Du même auteur, aux éditions Bragelonne :

Le Cœur du monde :
1. *Farlander*
2. *Farlander II : Entre chien et loup*

www.bragelonne.fr

À mes frères

« L'homme bon et l'homme mauvais ne sont qu'un seul et même être
qui se tient comme une ombre entre chien et loup. »

Zeziké

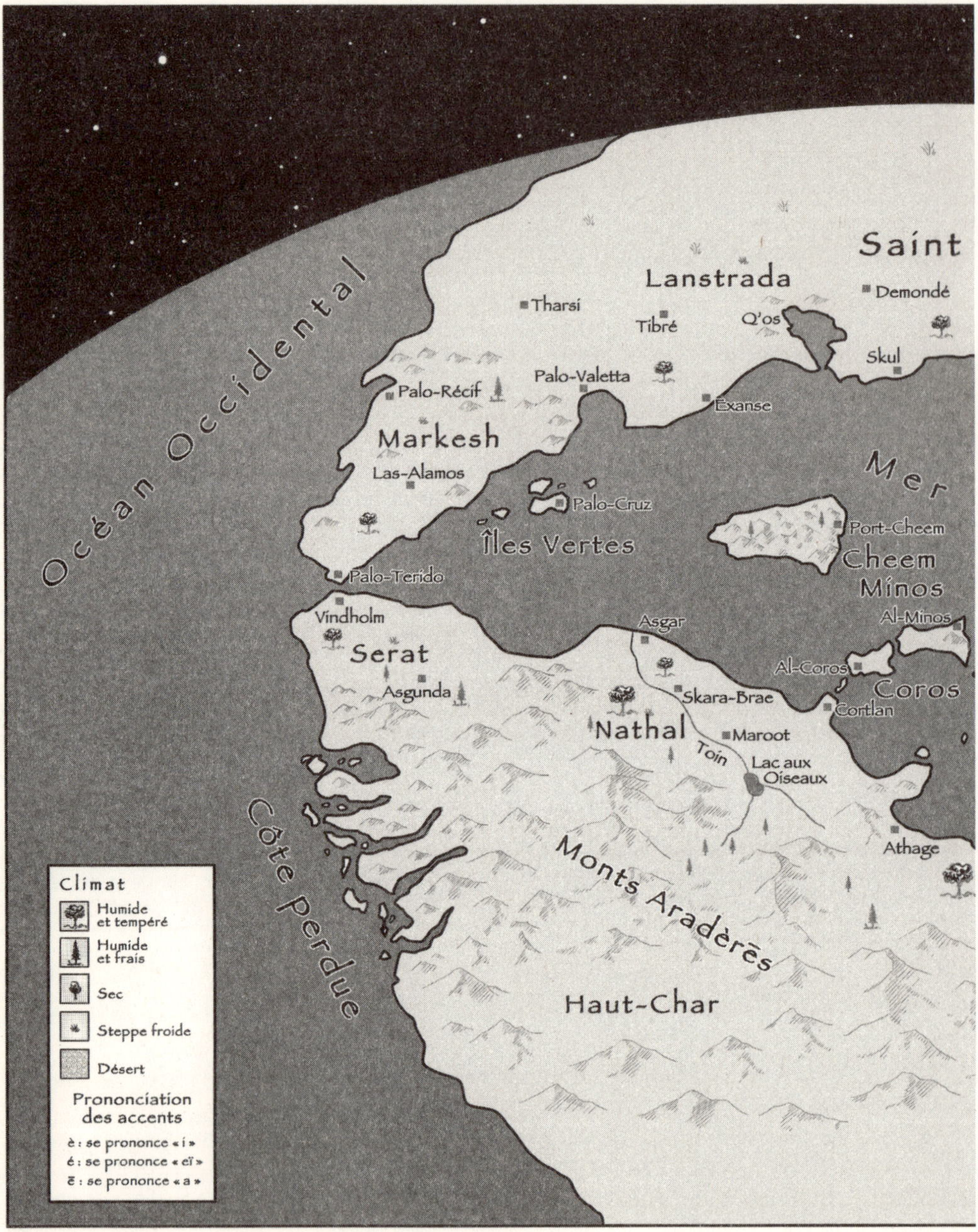
Saint
Lanstrada
Demondé
Tharsi
Tibré
Q'os
Skul
Palo-Valetta
Palo-Récif
Exanse
Markesh
Océan Occidental
Mer
Las-Alamos
Palo-Cruz
Port-Cheem
Îles Vertes
Cheem
Palo-Terido
Minos
Vindholm
Asgar
Al-Minos
Serat
Al-Coros
Asgunda
Skara-Brae
Coros
Cortlan
Nathal
Maroot
Toin
Lac aux Oiseaux
Côte perdue
Athage
Monts Aradèrēs
Haut-Char
Climat
Humide et tempéré
Humide et frais
Sec
Steppe froide
Désert
Prononciation des accents
è : se prononce « i »
é : se prononce « eï »
ē : se prononce « a »

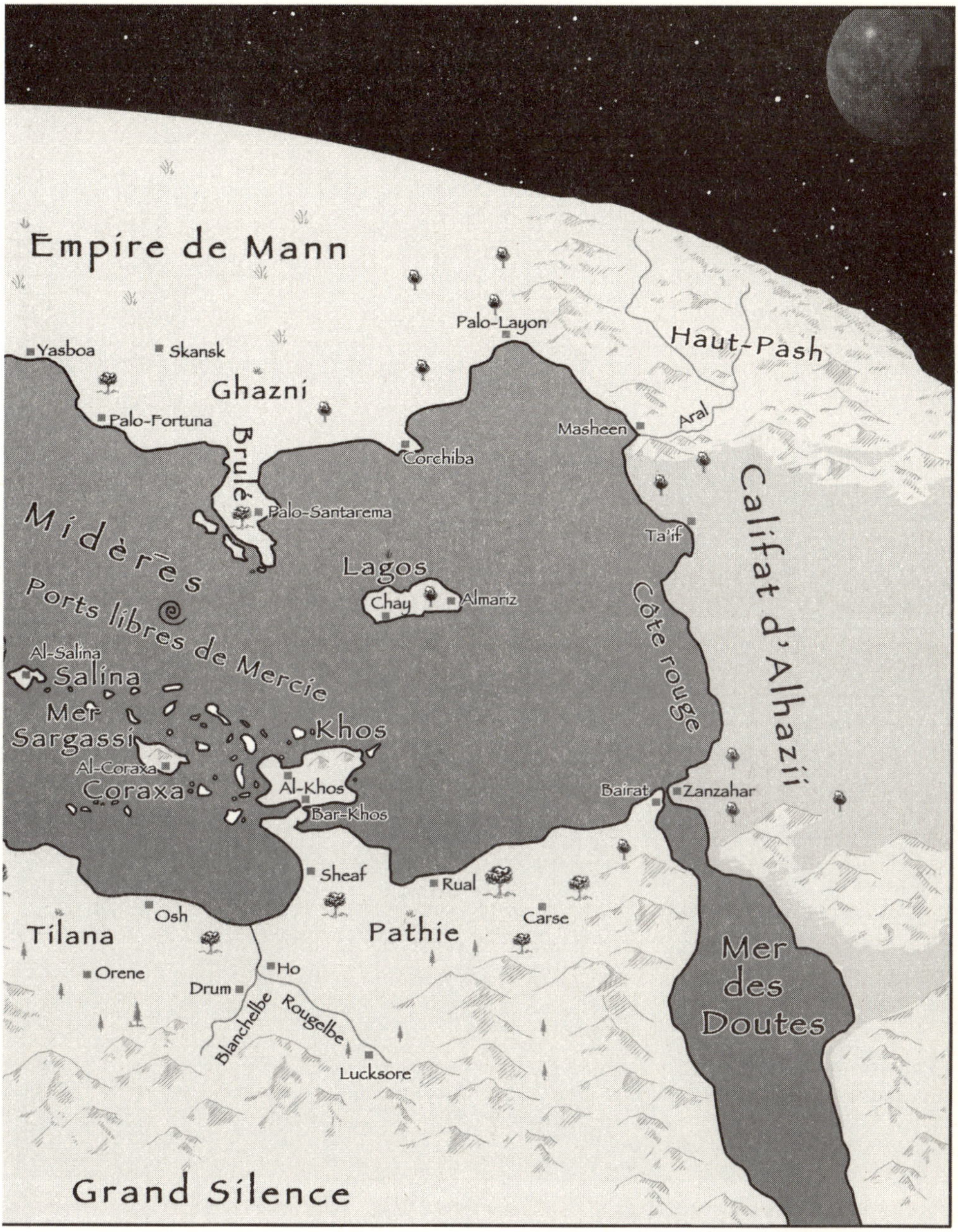

Empire de Mann
Haut-Pash
Palo-Layon
Yasboa
Skansk
Ghazni
Palo-Fortuna
Brulé
Masheen
Aral
Corchiba
Palo-Santarema
Califat d'Alhazii
Midères
Ta'if
Lagos
Chay
Almariz
Ports libres de Mercie
Côte rouge
Al-Salina
Salina
Mer Sargassi
Khos
Al-Coraxa
Coraxa
Al-Khos
Bar-Khos
Bairat
Zanzahar
Sheaf
Rual
Carse
Osh
Tilana
Pathie
Mer des Doutes
Orene
Ho
Drum
Blanchelbe
Rougelbe
Lucksore
Grand Silence

Prologue

La Voie lumineuse

C'était comme d'être au beau milieu de la mer : la plaine herbeuse s'étirait jusqu'à l'horizon et au-delà, et le ciel était partout où l'œil portait. Hautes et solitaires, les lunes jumelles luisaient au firmament ; dans la clarté laiteuse du jour, la plus petite formait un halo blanc et pâle, et la plus grande un halo bleu. Leur forme sphérique parfaitement découpée sur le noir de l'immensité rappelait à tout observateur doué d'esprit ou d'imagination que le monde d'Erēs n'était lui aussi qu'une monstrueuse boule lancée dans le néant, qui emportait l'homme dans ses révolutions.

— Loué soit le Bouffon, il n'y a pas de vent aujourd'hui, dit Kosh, nonchalamment assis sur la selle de son zel de combat. Je n'aurais pas eu les tripes pour un nouvel incendie.

— Moi non plus, répondit Ash en s'arrachant à la contemplation des lunes lointaines.

Il cligna des yeux comme si, à cet instant précis, il revenait à lui-même et au monde des hommes. L'air chaud et moite vibrait au-dessus de l'étendue d'herbe qui séparait les deux armées. Sous l'effet de la distorsion, la masse sombre et luisante des cavaliers ennemis paraissait irréellement proche et effrayante.

Ash fit claquer sa langue lorsque, une nouvelle fois, son zel agita nerveusement la tête. Moins bon cavalier que Kosh, Ash montait une jeune bête qui n'avait pas encore fait ses preuves. D'ailleurs, il ne lui avait même pas donné de nom. Le cœur de sa précédente monture, ce bon vieil Asa, avait lâché au cours de leur dernière escarmouche en date, quelque part à l'est de Car. Ce jour-là, une odeur de viande calcinée avait flotté au-dessus de la bataille comme un nuage bas et lourd ; Ash et ses camarades avaient lancé un gigantesque brasier poussé par le vent sur les rangs de leurs ennemis yashis qui avaient été brûlés vifs. Plus tard, son visage couvert de suie baigné de larmes, il avait pleuré son zel mort autant que ses frères d'armes tombés au combat.

Ash se pencha en avant pour caresser de sa main gantée l'encolure de sa bête. *Regarde ces deux-là*, s'efforça-t-il de dire à l'animal par la pensée, le regard tourné vers la silhouette compacte et immobile formée par Kosh et son zel auquel il se fiait aveuglément. *Vois comme ils ont fière allure ensemble.*

Le jeune zel broncha sur ses pattes arrière.

— Tout doux, mon beau, dit Ash sans cesser de caresser le cou musculeux de l'animal, de lisser son poil rêche aux rayures blanches et noires comme la poix.

Pour finir, le zel cessa de piétiner, chassa la peur de ses poumons en s'ébrouant et se calma.

Ash se redressa sur sa selle dont le cuir émit un craquement. À côté de lui, Kosh déboucha une outre d'eau et but une longue rasade, avant de reprendre son souffle dans un halètement, puis de s'essuyer la bouche.

— Je n'aurais rien contre quelque chose de plus fort, se plaignit-il, en omettant ostensiblement de proposer à boire à Ash.

Au lieu de cela, il lança l'outre à son fils, son écuyer au combat, qui se tenait pieds nus à côté de lui.

— Tu m'en veux toujours ? demanda Ash.

— Tu aurais pu m'en laisser un peu, c'est tout ce que je dis.

Ash émit un grognement, puis se pencha sur sa selle pour cracher au sol entre leurs deux montures. Sous l'effet de cette soudaine humidité, les brins d'amadou se redressèrent en crépitant. Le même phénomène pouvait être observé sur toute la plaine – d'où montait d'ailleurs un bruit de fond permanent, semblable à celui que produirait une pluie de riz cru sur des toits dans le lointain. C'étaient toutes les sécrétions des deux armées qui faisaient naître d'innombrables réactions instantanées dans l'herbe piétinée.

Il regarda droit devant lui, par-dessus la tête de Lin, son propre fils et écuyer, qui se tenait là, calme et concentré comme à son habitude. Tout le long de la ligne, d'autres montures caracolaient nerveusement sous les gestes apaisants de leurs cavaliers. Dans les souffles d'air erratiques, les zels sentaient l'odeur des panthères de guerre tenues en laisse dans les rangs ennemis, quelque part de l'autre côté de cette plaine perdue au milieu de la mer de Vent et d'Herbe.

Ce jour-là, l'armée révolutionnaire du Peuple était en infériorité numérique. Cela dit, ses effectifs étaient toujours moins nombreux que ceux d'en face, mais cela ne l'avait pas empêchée d'apprendre à l'emporter sur un adversaire qui manifestait une foi exagérée dans ses conscrits récalcitrants et les structures hiérarchisées dûment établies de l'art de la guerre, telles que fixées dans l'antique *Traité sacré de la science de la guerre*. Ce jour-là, les anciens qui attendaient que s'engagent les hostilités ne montraient pas le moindre signe de doute. Ils le savaient, l'heure de vérité avait sonné ; le dernier coup de dés. Toutes les forces que les deux camps avaient pu rassembler étaient là, parées pour cette ultime confrontation.

Un cri s'éleva et parcourut les rangs. Au petit galop de Chancer, son zel d'un noir immaculé, le général Oshō, chef de la Voie lumineuse, passait en revue les lignes de l'Aile, la section qui allait soutenir et servir d'ancrage au flanc gauche de la formation principale. La lance qu'il brandissait dansait en cadence ; la bannière rouge fixée à son extrémité flottait et claquait au vent, palpitant comme une flamme au-dessus du nuage de poussière soulevé par les sabots de sa monture. Une image brodée ornait l'étendard : Ninshi à l'œil unique, protectrice des déshérités.

Oshō chevauchait avec la grâce tranquille du cavalier s'adonnant à une petite promenade matinale pour le plaisir, aussi empli de confiance que tous les vétérans de l'Aile. Leur stratégie pour cette bataille était bonne ; elle avait été proposée par le général Nisan lui-même, commandant en chef de l'armée et héros militaire de la révolution. Au cours de l'assemblée générale tenue dans la nuit, ils avaient massivement voté en faveur de cette option.

Le gros de la troupe allait donc être servi en appât aux forces pléthoriques des Chocs ennemis, tandis que des feintes seraient menées sur les flancs pour piéger les « Ailes de cygne » que les chefs suprêmes n'allaient pas manquer de déployer. Cependant, le coup véritablement mortel allait être porté par les Étoiles noires, les groupes de cavalerie lourde de l'Aile du général Shin, présentement embusquées dans les hautes herbes au sud-ouest de la plaine, juste derrière la position de la Voie lumineuse. Lorsque chacune des Ailes ennemies serait engagée et empêtrée dans le combat, ils profiteraient de la confusion pour contourner l'ennemi à la vitesse de l'éclair et s'emparer à revers du centre de son dispositif. L'objectif était de provoquer le type de déroute auquel, tant de fois déjà, il leur avait été donné d'assister.

— Le jour est venu, mes frères ! rugit le général Oshō d'une voix vibrante. Le jour est venu !

À son passage, les hommes brandissaient leur arme en poussant des beuglements. Même Ash, rarement enclin à se laisser aller à des manifestations d'enthousiasme, sentit monter en lui une bouffée d'orgueil devant la vision de ces guerriers qui hurlaient le poing levé. Son propre fils était du nombre.

Le général tira sur les rênes pour arrêter son zel dans un nuage de poussière. À petits pas dansants, Oshō fit volter sa bête pour faire face aux rangs ennemis ; en les voyant, le zel renâcla et fouailla de la queue. Ensemble, ils attendirent que retombe le silence.

— Par les couilles du Bouffon, j'espère qu'il dit vrai, grommela Kosh avec un mouvement du menton en direction de leur chef charismatique. Il est grand temps pour nous de ramener ces garçons à leur mère, tu ne crois pas ?

C'était une question qui n'appelait pas vraiment de réponse.

Autour d'eux, les daojos passèrent dans les rangs, cinglant les croupes des zels, hurlant aux hommes de tenir leur formation et leur rappelant les ordres et les consignes élémentaires pour le combat.

— J'ai entendu dire que les chefs suprêmes offraient un coffret de diamants à tout général qui ferait défection.

D'un geste, Ash chassa une mouche posée sur sa joue.

— Pfff. Et quel jour n'ont-ils pas essayé de nous acheter ? Rien de bien neuf.

— Certes, mais aujourd'hui, le jour est venu.

Ils gloussèrent de conserve, d'un rire rendu rauque par la fumée de leur pipe et des feux de camp de la nuit précédente.

Ce qu'avait dit Ash traduisait la plus exacte vérité. Aux premiers jours de la révolution, alors que l'armée révolutionnaire du Peuple n'était rien de plus qu'une troupe informe sans la moindre victoire à son actif, et dont le moral ne valait guère mieux que la cohésion, les chefs suprêmes avaient offert à chacun de ses combattants une petite fortune en diamants bruts contre leur désertion.

Un certain nombre d'entre eux avaient changé de camp ; un grand nombre à dire vrai. Mais ceux qui avaient décliné, ceux qui étaient restés pour se battre en dépit du caractère désespéré de leur situation, ceux-là avaient puisé une force inattendue dans ce refus collectif de céder aux hommes qui pouvaient tout posséder et tout exploiter. Alors qu'ils étaient pour la plupart abattus et démoralisés par la faim, le chagrin amer et la crainte constante d'être capturés ou tués, ils avaient senti monter en eux un souffle nouveau, le sentiment d'une véritable fraternité. C'est là que naquit la cause pour de bon. À compter de cet instant, le cours des événements commença de s'inverser, lentement mais sûrement.

— On dirait bien qu'on approche du bout du chemin, non? demanda Kosh.

— Oui, d'une manière ou d'une autre, répondit Ash en baissant les yeux sur son fils.

Lin ne se rendit pas compte qu'il était observé. Entre ses mains, il tenait devant lui, bien droit, une botte de lances neuves ; dans le dos, il portait un bouclier d'osier en réserve. Ses grands yeux étaient emplis de l'émerveillement qu'on éprouve à quatorze ans. La lumière du soleil allumait des reflets dans ses pupilles sombres ; le blanc de ses yeux était injecté de sang, en conséquence des innombrables libations de la veille. Le garçon était resté tard autour d'un des feux, à plaisanter et à chanter à tue-tête en compagnie des écuyers les plus anciens de leur Aile.

Ce n'est plus le même, songea Ash. *Il n'a plus rien du gamin à moitié mort de faim qui a déboulé au camp de base il y a de cela deux ans, après avoir fugué pour me rejoindre et me servir d'écuyer.* Les pieds nus du garçon étaient alors en lambeaux au terme d'un périple qui aurait fait renoncer bien des hommes faits.

Et tout cela pour quoi ? Pour l'amour et le respect d'un père qui ne supportait même plus de poser les yeux sur lui.

Ash sentit une bouffée de chagrin monter dans sa poitrine ; une vague de honte que rien ne pouvait endiguer. À cet instant, il éprouva le besoin de toucher son fils, de le rassurer d'une main posée sur son épaule, exactement comme il l'avait fait avec son zel juste auparavant. Sa main gantée quitta le pommeau de la selle sur lequel elle reposait. Ash commença à tendre le bras.

Lin leva la tête. Le regard du père saisit les lourds sourcils et le nez retroussé du fils, qui lui rappelaient tant les traits de la mère du garçon. Des traits qui n'avaient rien de commun avec lui, Ash ; des traits qui étaient intégralement ceux de cette famille qu'il en était venu à tant mépriser.

Il interrompit son geste à mi-chemin ; l'espace de quelques battements de cœur, Ash et Lin considérèrent cette main suspendue entre eux, comme si elle avait représenté la quintessence de ce qui les reliait l'un à l'autre.

— De l'eau, marmonna Ash, alors même qu'il n'avait aucunement soif.

Sans un mot, le garçon lui tendit l'outre rebondie.

Ash prit dans sa bouche un peu d'eau tiède et légèrement croupie. Il la fit rouler sur sa langue, en avala un mince filet, puis recracha le reste. Au sol, l'amadou la reçut en crépitant. Il rendit l'outre à Lin et se redressa sur sa selle, en colère contre lui-même.

— Ils arrivent, dit Kosh.

— Je vois ça.

Tout le long du front ennemi, un nuage de poussière monta lentement dans l'air. Les Yashis se mirent au trot en formation ; les bannières accrochées dans le dos des cavaliers flottaient haut, indiquant les couleurs des Ailes engagées et repérant les positions des officiers. Des trompes sonnèrent, lâchant dans le vent une complainte qui ressemblait à un salut aux morts ; les notes sourdes et lentes glissèrent sur les rangs de l'armée révolutionnaire du Peuple. Le zel d'Ash renâcla, s'agitant de nouveau.

Sur ce seul flanc, les forces des chefs suprêmes représentaient vingt mille hommes au moins, une masse mouvante qui s'étirait sur la droite vers le centre de la ligne de combat, quelque part dans le lointain brumeux. Leurs armures noires absorbaient la lumière du jour ; de grandes plumes ornaient les casques des capitaines. Le soleil se reflétait sur des milliers de pointes de métal en un éblouissement aveuglant enveloppé de poussière. Les sabots des zels de l'armée en marche hachaient menu l'amadou sur la plaine, jusqu'à les réduire en une poudre fine comme le talc.

Devant l'immense troupe yashi, des nuages de mouches et d'insectes s'envolèrent de l'herbe rase ; une multitude d'oiseaux aussi. Une ombre immense passa au-dessus des soldats de l'armée révolutionnaire du Peuple en une vague de cris et de battements d'ailes, et l'air fraîchit subitement.

En dessous, les zels roulèrent des yeux en soufflant par les naseaux, tandis que tombait sur eux une pluie de plumes et de fientes mêlées. Lin hissa le bouclier d'osier au-dessus de sa tête pour se protéger. D'autres l'imitèrent le long de la ligne, donnant l'impression qu'ils essuyaient un tir soudain. Les vétérans lâchèrent des plaisanteries et même quelques rires – le plus inattendu des sons si près de l'engagement du combat.

Ash s'essuya le front et parcourut du regard les hommes aguerris de la Voie lumineuse, cette Aile de l'armée au sein de laquelle il combattait depuis plus de quatre années ; lui-même était un ancien, désormais, à l'âge de trente et un ans. L'Aile comptait six mille cavaliers. Ils portaient de simples calottes de cuir nouées autour de leurs oreilles, des écharpes blanches qui enveloppaient leurs visages noirs et des lunettes de bois fendues pour protéger leurs yeux de la lumière du soleil. Bon nombre d'entre eux avaient depuis longtemps peint des bandes blanches sur leurs manteaux cuirassés, pour rappeler les zels avec lesquels ils vivaient et combattaient ; les dents de leurs ennemis leur servaient d'ornements et d'amulettes. Plissant les yeux, Ash laissa son regard dériver au-delà, pour embrasser l'immense ligne courbe que formait le reste de l'armée, ce vaste agglomérat d'Ailes rassemblées.

Il se demanda combien d'entre eux retourneraient à leur ancienne vie auprès des leurs, si la victoire leur revenait. Au fil des ans, la révolution était devenue un mode de vie pour eux, aussi cruel et sanguinaire puisse-t-il être ; l'armée du Peuple était le foyer et la famille de chacun de ces hommes. Comment pourraient-ils renoncer à la liberté à laquelle ils goûtaient sur la selle de leur zel, aux liens qu'ils avaient noués entre eux, à l'excitation et l'ivresse dans l'action ? Comment pourraient-ils s'accommoder de leur ferme et de leur vie banale et monotone, avec pour tout viatique leurs cauchemars et leur regard perdu dans le lointain ?

Je le découvrirai par moi-même, se dit-il. S'ils l'emportaient ce jour-là, et si Ash et Lin survivaient, alors il repartirait avec son fils vers les montagnes du nord et Asa, leur village haut perché ; vers son domaine et sa femme qu'il n'avait pas vus depuis des années. Là, il s'efforcerait d'oublier les choses dont il avait été le témoin et qu'ils avaient commises au nom de la cause. Et pourtant, il regretterait cette vie aussi ; à bien des égards, Ash savait qu'il était bien plus doué pour faire la guerre que pour prendre soin d'une famille.

Il sentait la ceinture votive à sa taille, une bande de tissu qui lui enserrait l'abdomen ; les prières tracées à l'encre appuyaient contre sa peau humide de sueur. À l'intérieur, il avait glissé une lettre de sa femme qui lui était parvenue une semaine seulement auparavant. Ses mots, gravés sur une fine feuille de cuir, suppliaient une nouvelle fois Ash d'accorder son pardon.

— Père, dit son fils à ses côtés alors que l'ennemi se faisait plus proche.

Lin lui tendait l'une des lances ; le visage du garçon était luisant de transpiration. Ash prit l'arme, ainsi que le bouclier. À sa gauche, le fils de Kosh exécutait les mêmes gestes.

— Es-tu prêt ? demanda Ash à son fils sur un ton qui n'était pas dénué de douceur.

Le garçon fronça pourtant les sourcils. Il se pencha en avant et cracha comme son père avait coutume de faire parfois.

— Je tiendrai ma place si c'est ce que tu veux savoir, déclara-t-il d'un ton empreint de maturité, mais d'une voix qui n'avait pas encore mué.

Une pointe de colère était perceptible dans ses paroles ; il avait saisi l'insinuation selon laquelle il était susceptible de fuir ce jour-là, comme cela lui était arrivé à sa première bataille, lorsqu'il s'était senti submergé.

— Je sais que tu tiendras ta place. Je te demande seulement si tu es prêt.

Un muscle se contracta sur la joue du garçon. Son regard s'adoucit juste avant qu'il détourne les yeux.

— Reste à l'arrière, près du fils de Kosh. Et ne viens pas à moi sauf si je t'appelle. C'est compris ?

— Oui, père, répondit Lin.

Puis il se tut, mais garda la tête levée, les paupières battantes, comme s'il attendait quelque chose encore.

La mince feuille de cuir envoyée par sa femme demeurait fraîche contre le ventre d'Ash.

— Je suis heureux que tu sois ici, s'entendit-il dire. (Chacun des mots franchit avec difficulté sa gorge nouée.) À mes côtés.

Le visage de Lin s'illumina.

— Oui, père.

Il tourna les talons et s'éloigna d'un pas tranquille ; Ash le suivit des yeux, tandis que les autres écuyers remontaient vers l'arrière. Le fils de Kosh rejoignit Lin et lui assena une tape sur l'épaule ; un plaisantin celui-là, comme son père.

Un roulement commença à monter sur la plaine surchauffée.

Les Yashis chargeaient.

Ash abaissa ses lunettes de protection devant ses yeux et remonta l'écharpe sur son visage. Les secousses de la terre martelée lui étaient transmises par les os et les muscles de son zel. Il tourna la tête en direction du général Oshō, imitant en cela chacun des hommes de la formation. Pour autant, le général demeurait parfaitement immobile.

— Avec cœur, dit Ash à Kosh.

Son compagnon remonta son écharpe à son tour ; un peu gêné, le regard de Kosh parut éviter celui d'Ash. D'une manière ou d'une autre, jamais plus sans doute ils n'auraient l'occasion de combattre de nouveau côte à côte ; en camarades, en frères, en fous magnifiques de la révolution.

— Toi aussi, mon ami, répondit Kosh d'une voix assourdie.

Ils serrèrent plus fort les rênes de leur zel dans leurs poings. Le général Oshō abaissa sa lance en direction de la ligne ennemie ; Ash fit de même.

Le zel d'Oshō bondit vers l'avant.

D'un bloc, les hommes de la Voie lumineuse le suivirent dans un immense rugissement.

1

Sous le regard de Ninshi

Ash s'arracha des limbes du sommeil dans un grognement, pour s'apercevoir qu'il était trempé de sueur glacée et transi jusqu'aux os sous un ciel constellé.

Il cligna des yeux dans l'obscurité, en se demandant où il était et qui il pouvait bien être ; pendant un instant fugace et délicat, il eut le sentiment d'être en harmonie avec le Grand Tout.

Puis il aperçut une traînée lumineuse loin au-dessus de lui : une aéro-nef, dont les tubes de propulsion lâchaient des langues de feu bleutées devant le visage de Ninshi. Depuis l'ombre de sa capuche, la divinité contemplait de son unique œil rougeoyant, la nef, Ash, et le reste du monde qui tournait sur lui-même en dessous d'elle.

Q'os. Le souvenir lui revint en mémoire, accompagné d'une nausée soudaine au creux de son estomac. *Je suis à Q'os, de l'autre côté de l'océan, là où crachent les vents de soie, en exil depuis trente ans.*

Les derniers lambeaux de ses rêves s'évanouirent comme de la poussière dispersée par la brise ; il laissa s'en aller les goûts et les échos du Honshu. Il s'agissait de la perte d'une chose irremplaçable, mais c'était préférable ainsi. Mieux valait pour lui ne pas s'appesantir dessus lorsqu'il était éveillé.

Les lumières de la nef s'estompèrent lentement tandis qu'elle disparaissait vers l'horizon à l'est. Sa silhouette s'amenuisa dans la brume qui flottait au-dessus de la ville ; par instants, la masse sombre de la flèche d'un édifice masquait ses contours. À la lueur des étoiles, Ash vit que son souffle s'échappait en volutes blanches devant sa bouche.

Merde, se dit-il en remontant le manteau posé sur lui. *Il faut encore que j'aille pisser.*

Par deux fois déjà, il s'était réveillé au cours de la nuit ; la première à cause de sa vessie et la seconde apparemment sans aucune raison. Peut-être quelqu'un avait-il crié au loin dans une rue en contrebas, ou bien avait-il senti une douleur dans son dos à l'agonie ; peut-être y avait-il eu un vent coulis ou peut-être avait-il toussé, tout simplement. À son âge, tout et n'importe quoi le réveillait s'il n'était totalement abruti par l'alcool à l'instant de sombrer dans le sommeil.

En grommelant, le vieux Rōshun repoussa son manteau et se mit debout ; ses articulations craquèrent au point d'émettre un bruit audible dans l'air immobile.

Il se trouvait sur la surface plane d'un toit recouvert d'une couche de goudron sablé, au contact bien abrasif pour la plante de ses pieds nus. En position allongée, l'endroit n'était guère plus confortable, même avec un manteau supplémentaire en guise de matelas. Ash pivota sur lui-même, puis considéra l'énorme proéminence qui se dressait au centre de cet espace tout gris sous la lumière des étoiles : une statue de béton représentant une main gigantesque, l'index pointé vers le ciel. Ash se frotta le visage, puis s'étira avant de grogner encore une fois.

Il évita d'utiliser la rigole qui bordait le parapet sur tout le pourtour du toit, ainsi que les trous de drainage percés à chaque angle, à l'intérieur desquels proliféraient des algues vertes. Il ne voulait surtout pas révéler sa présence aux passants des rues loin en bas.

Au lieu de cela, il s'avança à pas feutrés vers le bord sud du toit ; autour de lui, la ville de Q'os tout entière était plongée dans le silence. Le couvre-feu était toujours en vigueur depuis la mort du fils unique de la Sainte Matriarche. Il descendit sur le toit adjacent, au grand dam de sa vessie mise à mal. La surface en était là aussi bitumée, mais percée cependant de lucarnes triangulaires apportant la lumière du jour dans les appartements luxueux en dessous. Toutes étaient d'un noir d'encre, à l'exception de la plus proche.

La veuve, songea Ash. *Encore une fois éveillée au milieu de la nuit.*

Ash alla se soulager à l'endroit qui était devenu le sien, tout en observant l'intérieur chaleureux éclairé par des bougies. À travers la vitre encrassée de suie, il apercevait la dame assise à table, vêtue d'une chemise de nuit de laine couleur crème ; ses cheveux blancs étaient tirés et noués en arrière. Ses mains fines et ridées tenaient une fourchette et un couteau au-dessus d'une assiette ; elle mâchait ses aliments avec un grand soin.

Cela faisait quatre jours qu'Ash avait élu domicile sur son toit et, chaque nuit, il avait contemplé cette femme en train de manger, seule, sans aucun serviteur près d'elle. Aux petites heures grises, elle s'asseyait en bout de table pour manger, le regard perdu au cœur de la flamme d'une bougie posée devant elle ; de temps à autre, ses couverts cognaient l'assiette, produisant un son cristallin qui, pour une raison mystérieuse, évoquait la solitude aux oreilles d'Ash.

Piqué dans sa curiosité, il s'était imaginé l'histoire de cet oiseau de nuit. Une jeune femme d'une grande beauté, issue d'un milieu privilégié, mariée à un homme occupant une position élevée. Pas d'enfant – ou du moins, s'il y en avait eu, cela faisait longtemps qu'il avait quitté le nid. Quant au mari, le maître de la demeure, emporté par la maladie, et peut-être même dans ses jeunes années. Il ne restait plus à cette veuve que des souvenirs, et un appétit qui la fuyait, hormis lorsque ses rêves du passé venaient la réveiller.

À moins qu'elle aussi ait une faiblesse du côté de la vessie, se dit Ash. Il émit un grognement en se traitant de vieux fou.

Un tintement sur le verre l'avertit qu'il avait par trop dévié, emporté par son indiscrétion, au point de compisser un coin de la lucarne. Son flot s'interrompit à l'instant même où la femme levait la tête.

Ash retint son souffle sans bouger. Il était pratiquement sûr qu'elle ne pouvait pas le voir dans cette obscurité ; curieusement, pendant une seconde, il le regretta presque.

Les yeux de la femme retournèrent à la table devant elle ; elle reporta son attention sur son maigre repas. Ash s'égoutta, avant de s'essuyer les mains sur sa tunique. Il hocha la tête en guise de salut silencieux à l'intention de la femme, puis pivota sur lui-même pour s'éloigner.

C'est alors que la lueur vacillante de la chandelle attira son œil. Un grand papillon de feu, tout scintillant de sa propre incandescence, voletait autour de la bougie, comme lancé dans une parade nuptiale. La flamme tremblotait sous les effleurements de ses ailes. Fascinés, les yeux fixes, Ash et la veuve contemplèrent la créature lorsqu'elle se fit piéger. L'une de ses ailes resta subitement collée à la cire en fusion autour de la mèche, avant de se recroqueviller en crépitant, puis de s'enflammer. L'autre aile battit frénétiquement un instant, tandis que se consumait le corps de l'insecte, puis elle prit feu à son tour, et le papillon ne fut plus qu'une forme brûlée vive qui se débattait, semblable à un bûcher miniature.

Ash détourna la tête ; un goût amer avait envahi sa bouche. Incapable de reporter à nouveau son regard sur la scène, il escalada le mur aussi vite que possible, comme pour fuir les images clignotantes qui s'étaient imposées à la périphérie de sa vision.

Elles le poursuivirent néanmoins. Alors qu'il se laissait glisser de l'autre côté du parapet, pendant un instant, il ne vit plus rien d'autre qu'un jeune homme en train de se débattre sur un bûcher différent. Son apprenti, le jeune Nico.

Ash inspira une grande goulée d'air, exactement comme s'il venait d'encaisser un coup brutal et inattendu. Son regard monta vers le temple des Murmures, dont l'ombre dressée s'ornait de chapelets de fenêtres éclairées de l'intérieur. Elle était là-bas, quelque part, la Matriarche, affligée par son propre deuil ; probablement tout en haut, dans la salle des Tempêtes, elle-même tout illuminée dans l'obscurité nocturne. Au cours des quatre nuits qu'Ash avait passées à la surveiller, pas une fois elle n'avait été plongée dans le noir.

Il souffla dans ses mains, puis les réchauffa en les frottant l'une contre l'autre. Depuis quelques jours, il ressentait le froid en permanence. Il vit qu'un tremblement agitait sa main gauche, alors que la droite ne bougeait pas. Il serra le poing gauche, comme pour se dissimuler sa faiblesse à lui-même.

Au bout d'un moment, il s'assit sur son couchage pour s'installer confortablement devant la longue-vue posée sur son trépied et résolument braquée sur la salle des Tempêtes. Il prit l'outre de feu-de-Cheem et en retira le bouchon. *Pour chasser le froid*, se dit-il. *Et pour m'aider à dormir.* Il la jeta à côté de son épée, posée debout contre la main de béton, non loin de sa petite arbalète double, dont il avait retiré les deux cordes pour les protéger des intempéries. Il ferma un œil et colla l'autre à la longue-vue ; il aperçut une vague silhouette qui passait devant les grandes fenêtres de la salle des Tempêtes.

Il se demanda combien de temps il allait encore lui falloir attendre ainsi, perché tout en haut de cette ville de deux millions d'étrangers, au cœur même de l'empire de Mann. Ash n'était en rien un homme impatient ; il avait passé la plus grande part de son existence à attendre que quelque chose se produise, qu'une occasion se présente. C'était ce à quoi un Rōshun consacrait l'essentiel de son temps – lorsqu'il ne risquait pas sa vie dans les ultimes phases de violence concluant une vendetta.

Cependant, d'une certaine manière, cette attente était différente pour lui ; après tout, il ne s'agissait pas d'une vendetta rōshun. Il était isolé, sans aucun soutien à espérer, sans même un foyer où rentrer si d'aventure il parvenait à mener à bien cette vengeance personnelle. Et puis, son état de santé se détériorait nettement.

Il avait été surpris tout d'abord lorsque la solitude avait rejoint le chagrin et la culpabilité qu'il éprouvait déjà. Elle lui était tombée dessus le premier soir où il s'était retrouvé seul dans la ville de Q'os, après le départ de Baracha, Aléas et Serèse, repartis au monastère rōshun de Cheem une fois achevée la vendetta contre Kirkus, et alors que son propre apprenti était mort, tué sur ordre de la Matriarche. La nuit avait été longue pour lui, recroquevillé dans son manteau sur le toit d'une maison de divertissement, l'endroit le plus sûr qu'il avait pu trouver pour surveiller le temple des Murmures ; il avait senti peser sur lui un noir sentiment de détresse.

Ash s'allongea et tira son manteau sur son corps engourdi. La tête posée sur une botte, il croisa les doigts sur son estomac, dans la chaleur du tissu rêche. C'était la première nuit claire qu'il passait là ; les lunes jumelles avaient déjà disparu à l'ouest, tandis que la Grande Roue tournait au firmament comme à l'accoutumée, aussi lente et fluide qu'une marée. À droite, bas sur l'horizon, il distinguait la constellation du Grand Bouffon ; les pieds du sage flottaient juste au-dessus de la surface de la Terre. Plus haut et plus loin encore sur la droite, la Capuche de Ninshi continuait de tout observer.

Ash se surprit à contempler les étoiles qui formaient le visage enveloppé de son capuchon. Plus précisément, il regardait fixement l'œil unique à l'étincelante teinte rubis ; l'Œil de Ninshi. Cette étoile était vraiment exceptionnelle. Parfois, elle disparaissait complètement, tandis que les autres continuaient de luire, mais uniquement pour mieux revenir quelques heures plus tard et retrouver lentement son éclat.

Selon les anciens prophètes du Honshu, celui à qui il était donné de voir cligner l'Œil de Ninshi se trouvait absous de ses pires méfaits.

Ash observait l'œil qui ne clignait pas. Il maintint longtemps et intensément son regard, au point que ses propres yeux commencèrent à le piquer et sa vision à se brouiller ; mais il tint bon, voulant de toutes ses forces que l'étoile disparaisse.

Il ne s'aperçut même pas que sa main avait saisi la petite fiole d'argile emplie de cendres suspendue à son cou, et qu'elle l'étreignait avec force.

2

Ché

— « Le foyer familial, les amis, les parents ne sont que l'expression du déni collectif opposé par les faibles à la vérité fondamentale de notre existence : chacun d'entre nous n'agit qu'en fonction de ce que lui dicte son intérêt personnel, et rien d'autre.

» Et c'est pour cette raison que les faibles abhorrent par-dessus tout d'être accusés d'égoïsme. Qu'ils font montre de bonne volonté et d'esprit charitable lorsque cela les arrange. Qu'ils parlent avec force et conviction de l'esprit d'une société juste.

» Et pourtant, prenez ces gens-là, opprimez-les, affamez-les, dépouillez-les de leurs notions de solidarité jusqu'à les exposer à nu à la réalité.

» Ensuite, choisissez-en un et dites-lui qu'il peut avoir la vie sauve s'il en tue un autre. Puis donnez-lui une lame.

» Et voyez alors comment il vous prend le couteau des mains pour aller obéir. »

Le Diplomate Ché porta une main à sa bouche pour étouffer un bâillement d'ennui ; pendant un instant, les mots du *Livre des Mensonges* furent assourdis jusqu'à ne plus rien produire dans ses oreilles. L'Acolyte à côté de lui l'observa par les fentes ménagées dans son masque. Ché soutint le regard de la femme, froidement, sans ciller, jusqu'à ce qu'elle tourne la tête.

Il examina nonchalamment la grande salle sans fenêtre, emplie de fumée et de la lueur des lampes à gaz, puis l'espace voûté du plafond à des dizaines de mètres au-dessus de lui ; ce dernier avait été conçu de façon à donner l'impression, au niveau du sol, de se trouver au fond d'un puits. Pour finir, son attention se porta sur la mer de crânes rasés réunis autour de lui en cette veille d'Augere el Mann ; les centaines d'officiari sacerdotaux du Caucus en train d'écouter attentivement les paroles sacrées de Nihilis, le premier Saint Patriarche de Mann.

Ché aurait été incapable de dire s'il croyait en ces enseignements, ou même s'il respectait encore la notion de foi. Car qu'était-ce donc, au fond, sinon un biais pour voir le monde tel qu'on voulait le voir, à travers le prisme de l'expérience, des inclinations et des opinions personnelles ? À l'évidence, il était bien rare que la foi permette d'approcher la vérité ; par hasard ou en vertu d'une prophétie autoréalisatrice, le cas échéant. En fait, il était bien plus probable qu'elle mène aux royaumes de l'illusion et du fanatisme aveugle.

Ché préférait se rappeler la phrase d'ouverture des *Bohémiens de la mer*, la satire interdite de Chunaski : « Le credo, c'est comme le trou du cul. Chacun a le sien. »

Il croisa les bras et modifia la position de ses jambes de façon à s'appuyer le dos contre la fraîcheur de la mosaïque murale. La journée avait été longue et rien n'indiquait que son terme approchait. À ce stade, il n'avait plus qu'une envie : que la cérémonie s'achève afin qu'il puisse regagner ses appartements pour se détendre et jouir du réconfort de sa propre compagnie.

Ché chercha le visage qu'il était censé surveiller ce soir-là. L'assemblée des prêtres était répartie en sept groupes : cinq pour chacune des villes de la Lanstrada, le cœur du territoire mannien, avec Q'os au centre. Deux autres sur les bords extérieurs étaient dévolus aux régions du Markesh et du Ghazni. L'homme qu'il visait, Deajit, était installé au sein de la faction représentant la ville de Skul, quelques rangs derrière le fauteuil détaché à l'extrême pointe de son groupe, sur lequel avait pris place le grand prêtre Du Chulane, isolé dans son silence face à l'autel central. Pendant un moment, son regard ne trouva pas Deajit ; puis un prêtre inclina la tête pour murmurer quelque chose à l'oreille de son voisin, et Ché l'aperçut enfin. Le jeune prêtre tenait le regard baissé et mi-clos, comme s'il dormait à moitié ou était plongé dans une profonde méditation contemplative.

Ché soupira en se laissant aller plus encore dans sa posture indolente, qui n'était pas vraiment inconvenante à l'endroit où il se tenait, à la périphérie de l'immense salle ; autour de lui, des prêtres de rang inférieur observaient, debout entre les Acolytes de faction, tandis que d'autres allaient et venaient par les portes dans le mur du fond. Chaque année, le Caucus se réunissait en ce lieu au cours de la semaine de l'Augere. Les assemblées se tenaient toujours de nuit, en souvenir des vieilles coutumes de Mann, lorsque ses fidèles ne représentaient rien d'autre qu'une secte urbainc secrète complotant pour jeter à bas la dynastie q'osienne. Et systématiquement, elles duraient presque jusqu'à l'aube.

Un bruit de tonnerre s'éleva ; des centaines de pieds martelèrent le sol lorsque le sermon s'acheva. Les officiari profitaient de l'occasion pour quitter leur siège et aller se rafraîchir. D'autres se hâtaient de revenir. Deajit resta assis ; un nouvel orateur prit place derrière l'autel, et se présenta comme étant un officiari chargé de l'impôt dans la ville de Skansk. Deajit se redressa sur sa chaise, comme si son intérêt était subitement éveillé.

L'homme se lança dans une diatribe enflammée au sujet des mauvaises récoltes en Ghazni. Les années d'agriculture intensive et d'irrigation intempestive dans la région orientale de l'Empire avaient finalement abouti à une chute de la productivité. Pour maintenir le niveau des recettes fiscales, soulignait-il, il n'y avait d'autre choix que d'augmenter les impôts pour l'année suivante et de réduire autant que possible les dépenses publiques. Ce fut suffisant pour déclencher un nouveau tonnerre de pieds martelés sur le sol.

Ché se surprit à se gratter le cou de nouveau sans même l'avoir voulu, juste sous l'oreille droite, à l'endroit où il pouvait sentir un pouls rapide qui n'était pas le sien. C'était le ganglion implanté sous sa peau qui recevait l'impulsion cardiaque transmise par le ganglion d'un autre Diplomate présent quelque part dans la salle. À plusieurs reprises déjà, il avait scruté les visages des prêtres alentour en se demandant lequel d'entre eux était le Diplomate, voire s'ils n'étaient pas plusieurs. Il n'avait aucun moyen de savoir cependant, à moins de s'approcher de chacune des personnes assistant à l'Augere, si bien qu'il arrêta de se gratter en s'efforçant d'ignorer la démangeaison ; son regard n'en continua pas moins de parcourir l'assemblée.

Ché concentra son attention vers l'intérieur en laissant dériver ses pensées pour passer le temps.

Il rêvassa à ses nouveaux appartements somptueux, dans la partie sud du quartier du Temple, qui lui avaient été accordés au retour de sa mission à Cheem ; une récompense de la Section apparemment, pour les marques de loyauté dont il avait récemment fait preuve. Il évoqua également Perl et Shale, les deux jeunes femmes qu'il courtisait depuis quelques mois, pour les plaisirs de la chair et de leur agréable compagnie. Comme un chat jouant avec une ficelle, il se demanda laquelle des deux il allait convier bientôt pour une soirée de détente.

Un mouvement attira son œil ; c'était Deajit qui enfin se levait de sa chaise. Ché le suivit du regard sans tourner la tête, tandis que le jeune prêtre marchait tranquillement en direction des portes à l'arrière de la salle.

Il se décolla du mur et lui emboîta le pas.

Dans la bousculade du grand couloir, le pouls du ganglion de Ché ralentit presque imperceptiblement. Il aperçut Deajit devant lui ; le prêtre se servait un verre de vin à l'une des tables dressées de part et d'autre du hall. Des serviteurs présentaient les mets exotiques proposés aux convives ; Deajit prit une cuillère de chair de homard, avant de se laisser tenter par une bouchée de moelle en gelée de mammouth des neiges. D'un bref hochement de tête, il marqua son approbation.

Ché hésita, puis alla se mettre à couvert dans une alcôve abritant une statue de bronze grandeur nature de Nihilis. Sous le visage extraordinairement austère et menaçant du premier Patriarche, aux traits devenus plus célèbres après sa mort que de son vivant, Ché tira une petite fiole d'une poche de sa tunique. Il en dévissa le bouchon, puis la bascula en ayant pris soin de placer au préalable son index sur le goulot. Il la referma soigneusement, avant de se tamponner les lèvres de son doigt humide. L'espace d'un instant, le parfum d'un produit vaguement nocif monta à ses narines ; puis la sensation s'en fut.

Deajit flânait dans l'une des salles donnant sur le grand hall, son verre toujours à la main. En passant devant une table, Ché prit un verre de vin et entra à son tour.

Dans la partie supérieure, une mezzanine couronnait la pièce. Le long de la rambarde, Ché s'arrêta à un endroit d'où il pouvait surveiller Deajit du coin de l'œil, puis inclina la tête comme pour suivre la conférence en cours en dessous. Une dizaine de prêtres, étonnamment jeunes pour la plupart, y participaient. Le visage empreint de ferveur, ils écoutaient un autre prêtre lancé dans un discours devant une mosaïque représentant une carte de l'Empire. Apparemment, l'homme exposait les principes de la gouvernance à deux mains.

Deajit prit une gorgée de vin en prêtant une oreille à ce qui se disait en dessous. Quelques autres prêtres déambulaient sur la coursive en surplomb, observant autour d'eux ou devisant à voix basse. Ché ne bougeait pas, attentif à ne pas toucher son vin, ni à se passer la langue sur les lèvres.

Comme de leur propre chef, ses yeux clignèrent en passant sur les détails de la carte ; il adorait les œuvres de ce genre.

Il nota la prédominance du blanc représentant les pays sous la domination de Mann – une blancheur qui recouvrait désormais l'essentiel du monde connu, semblable à une banquise. Puis il examina les zones roses des nations qui s'opposaient encore à l'Empire : la Ligue des ports libres dans la Midèrēs au sud, seule et isolée ; Zanzahar et le califat d'Alhazii à l'est, uniques fournisseurs de poudre noire en provenance des terres secrètes et mystérieuses des îles du Ciel ; la mosaïque des petits royaumes montagneux des Monts Aradèrēs et du Haut-Pash.

Ché savait qu'il serait bientôt amené à s'aventurer vers l'un de ces pays teintés du rose de la chair humaine, pour escorter une guerre d'invasion et contribuer à la défaite d'un peuple que l'Empire avait décrété comme étant le plus dangereux de ses ennemis. Pour autant, il avait le sentiment que toute l'opération avait bien plus à voir avec les ressources céréalières et minières de cette terre rebelle qu'avec le degré de menace qu'elle pouvait représenter – pour ne rien dire de son arrogante défiance envers les préceptes de Mann. Mais bon, ce serait l'occasion de fuir le cadre étroit et étouffant de Q'os, où régnaient le fanatisme, la paranoïa et les jeux de pouvoir dont raffolait la capitale impériale, ainsi que toutes ses petites missions d'assassin qui étaient devenues son quotidien.

Ché laissa son regard dériver au loin par la fenêtre qui courait tout au long du mur du fond de la mezzanine ; elle donnait au nord, offrant une vue sur la métropole de Q'os endormie. Quelques aéro-nefs patrouillaient dans le ciel étoilé ; leurs tubes propulseurs laissaient des traînées de feu et de fumée dans leur sillage. En dessous, s'étirait la ville insulaire, dont l'homme avait créé le littoral, pareille à l'empreinte d'une main immense rutilante de lumières posée sur le drap noir de la mer.

Ché suivit la côte des yeux, jusqu'à ce que son attention finisse par se focaliser sur le Premier Port – l'étendue d'eau entre le pouce et l'index de l'île en forme de main, à la surface de laquelle se reflétaient des myriades de lueurs. C'étaient les feux des navires de la flotte qui l'emporterait vers la guerre, dès que l'ordre serait donné.

— Comme Nihilis nous l'a enseigné, poursuivait l'orateur au niveau inférieur, et comme nous avons pu le mettre en œuvre et le perfectionner au cours des années de notre expansion, le règne absolu consiste à gouverner d'une main par la force, et de l'autre en obtenant le consentement des peuples dominés. Il faut que tous deviennent complices de leur propre soumission à Mann. Ils doivent comprendre que c'est la manière de vivre la meilleure et la plus conforme. C'est pour cette raison précise que lorsque l'ordre s'est emparé de Q'os au cours de la « Nuit la plus longue », il s'est débarrassé de la fille-reine et des vieux partis politiques des nobles tout en maintenant l'assemblée démocratique. Et c'est pour cela que les citoyens du cœur de l'Empire votent pour le grand prêtre de leur ville, mais aussi pour tous les administrateurs de moindre rang de leur district, en un geste que nous appelons la « main complice », la main qui offre à tous l'occasion de s'exprimer sur le cours de leur propre vie, ou du moins qui leur en donne l'illusion. Là réside le secret de notre succès, quand bien même la chose n'est guère secrète. C'est cela qui nous permet de régner avec tant d'efficacité.

La commissure des lèvres de Ché se releva lorsqu'il entendit ces mots ; lui savait que Mann avait besoin de plus que la gouvernance à deux mains pour conserver son emprise sur le monde connu. Après tout, il était un Diplomate, un élément de la troisième main ; le principe caché. Tout comme l'était aussi l'Élash, l'ordre des espions spécialisés dans le chantage et la conspiration ; mais aussi les Régulateurs, le corps de la police secrète qui surveillait les masses, traquant le moindre signe de dissension ou de contestation organisée, arguant systématiquement que c'étaient là des crimes contre l'esprit de Mann.

Ché vit que Deajit souriait lui aussi. Pendant un instant fugace, Ché eut comme l'impression que quelque chose l'unissait à cet homme ; peut-être appartenait-il lui aussi à la troisième main. Pour la première fois, le Diplomate se demanda ce que sa cible pouvait bien avoir commis pour mériter son sort ; son commanditaire ne lui avait rien dit à ce sujet – rien d'autre que ce qu'il y avait à faire.

Deajit pivota sur ses talons et commença à s'éloigner vers le couloir ; l'heure était venue.

Ché s'avança de quelques pas, de façon que le prêtre lui frôle le bras. Vif comme l'éclair, Ché saisit le poignet de l'homme et fit pivoter ce dernier sur lui-même jusqu'à ce qu'ils soient face à face. Un air choqué passa sur les traits quelconques du prêtre.

Sans un mot, Ché écrasa brusquement ses lèvres sur celles de Deajit, les frottant vigoureusement en un baiser fougueux.

Le prêtre se recula avec un halètement plein de colère ; ses yeux braqués sur Ché lançaient des éclairs. Au niveau du poignet qu'il tenait toujours, Ché sentit un frisson parcourir le corps de Deajit.

— Tu ne devrais pas trahir la confiance de tes amis avec autant de légèreté, lui dit Ché d'une voix tranquille, conformément aux instructions reçues.

Puis il relâcha le poignet ; son cœur battait la chamade.

Deajit s'essuya les lèvres d'un revers de la main et quitta la salle sur un ultime regard lancé en direction de Ché.

Le Diplomate attendit un assez long moment ; les personnes alentour évitaient nerveusement de croiser son regard. Il leur tourna le dos et tira une autre fiole de sa poche ; dans sa main en coupe, il versa un fond de liquide noir dont il s'enduisit les lèvres et se frotta les mains. Pour finir, il se rinça la bouche avec les dernières gouttes, avant de cracher sur le sol.

Deajit n'était nulle part en vue dans le couloir.

Ché chassa le prêtre de ses pensées, totalement et définitivement, exactement comme si le jeune homme avait déjà été mort.

« Boum, boum, boum ! »

L'Acolyte écarta sa main gantée de la massive porte d'acier donnant accès à la salle des Tempêtes, avant de s'éloigner, laissant Ché tout seul. La porte s'ouvrit.

Face à lui, le Diplomate découvrit un vieux prêtre qu'il ne reconnut pas. Il avait entendu dire que le portier précédent avait été exécuté pour avoir, par erreur, livré le passage aux Rōshuns au cours de leur récente incursion dans la tour. Il se disait qu'il avait été soumis à une longue séance à plat ventre sur le « Crocodile », avant de connaître la lente étreinte de la « Montagne de fer ».

Après un instant d'hésitation, Ché s'avança et franchit le seuil.

La salle des Tempêtes était à peu près restée la même depuis la dernière fois où il y avait été convoqué – combien de temps auparavant au juste ? Un mois, peut-être deux. Il ne s'en souvenait plus. Depuis son retour de sa mission diplomatique contre les Rōshuns, il avait constaté que sa mémoire linéaire s'éparpillait étrangement, comme si lui-même ne voulait pas garder le souvenir du fil de sa vie au quotidien. Ce soir-là, la salle était vide ; pour autant, une flamme vive et crachotante brillait derrière le verre de chacune des lampes aux reflets verts.

— La Sainte Matriarche va vous rejoindre, annonça le vieux prêtre, avant de se retirer dans une petite pièce contiguë, sur une ultime courbette.

Ché croisa les mains à l'intérieur des manches de sa tunique et attendit.

Le ganglion implanté sous son oreille droite pulsait au même rythme que son cœur.

Par les fenêtres qui s'ouvraient sur le pourtour de la salle circulaire, il apercevait la Matriarche Sasheen, debout sur le balcon, au milieu d'un petit aréopage de prêtres. Une grande femme vêtue d'une tunique blanche inhabituellement simple, les yeux tournés vers le ciel noir de Q'os, pendant qu'ils parlaient ; le verre épais réduisait les bruits de leur conversation à de simples murmures.

Des morceaux de charbon craquaient dans le foyer de pierre édifié au milieu de la salle ; la fumée montait droit dans la cheminée d'acier fichée dans le plafond – qui formait par ailleurs le plancher des chambres à l'étage du dessus. À côté de l'âtre, une carte de l'Empire tracée à l'encre noire sur une grande feuille était punaisée à un chevalet de bois ; c'était celle-là même qu'il avait vue lors de sa précédente visite. De grands traits de crayon indiquaient les mouvements de la flotte proposés pour l'invasion imminente des ports libres de Mercie. De confortables fauteuils de cuir étaient disposés en face en demi-cercle ; plus loin, il y avait d'autres sièges, des banquettes recouvertes de fourrures, et des tables basses sur lesquelles étaient posés des bols emplis de fruits, d'encens fumant ou de liquides aux vapeurs narcotiques.

Ils sont donc arrivés jusqu'ici, songea soudain Ché. *C'est l'endroit où les Rōshuns sont parvenus lorsqu'ils ont essayé à nouveau. Ici même, jusqu'à Kirkus, son fils.*

Il avait du mal à se figurer la scène. Des Rōshuns, dont l'un d'eux était un *farlander* selon tous les témoignages, en train de traverser cette salle à la recherche de leur victime ; et derrière eux, un long sillage sanglant de morts et de blessés jusqu'au pied du temple des Murmures. Ché avait le sentiment que Shebec lui-même ne serait pas arrivé aussi loin ; Shebec, son vieux maître rōshun, le plus doué de tous, à l'exception d'un seul.

Ash, se dit-il, sous le coup d'une intuition soudaine empreinte de certitude. *C'était forcément Ash.*

Puis Ché y réfléchit à deux fois. Était-ce seulement possible ? Ash devait avoir atteint la soixantaine – et encore fallait-il qu'il soit toujours de ce monde. Aurait-il été capable d'un tel exploit à son âge ?

En tout cas, qui que cela puisse être, Ché ne pouvait s'empêcher d'éprouver de l'admiration pour ceux qui avaient perpétré cette action. Il avait toujours été fasciné par l'audace et la prise de risques ; il sentit un sourire venir affleurer sur ses lèvres. Le temple des Murmures pris d'assaut par une armée de rats et trois Rōshuns résolus à mener à bien leur vendetta.

Soudain, il sentit monter dans sa poitrine un rire énorme ; il n'eut d'autre choix que de se mordre l'intérieur des joues pour le contenir. La sensation se dissipa et Ché se racla la gorge pour se donner une contenance.

La carte sur le chevalet attira son regard.

Une autre entreprise d'une grande audace : rien de moins qu'une invasion de Khos par la mer. Ché coula un œil en direction du groupe de prêtres de l'autre côté des fenêtres, puis se surprit à s'approcher de la carte pour la regarder de plus près.

Plusieurs modifications avaient été apportées depuis la dernière fois, même si les grandes lignes demeuraient les mêmes. Deux flèches traversaient la mer Midèrēs en direction du sud-est pour venir longer les îles des ports libres ; deux flottes chargées de faire diversion, parties toutes deux la semaine précédente avec pour mission de harceler les forces navales des ports libres, dans l'espoir d'attirer les escadres de défense loin de Khos. À côté des flèches, des chiffres et des annotations avaient été ajoutés à la plume – la taille des flottes, la durée des traversées –, et des points d'interrogation aussi. En grand nombre.

Une troisième flèche traversait la mer depuis Q'os jusqu'à l'île de Lagos à l'est ; d'autres chiffres et d'autres interrogations étaient griffonnés là. Ensuite, une quatrième flèche partait de Lagos en direction de Khos : le 1er corps expéditionnaire, pour l'invasion de Khos proprement dite.

Ché était absorbé dans son examen des détails lorsqu'il se rendit soudain compte, avec un sursaut, qu'il n'était pas seul dans la salle.

Il jeta un regard en direction d'un fauteuil si profond et si enveloppant qu'il n'avait pas remarqué jusqu'alors la créature qui l'occupait : Kira, la mère de la Sainte Matriarche de Mann. Apparemment, la vieille bique dormait, ses mains tavelées posées sur le tissu blanc de sa tunique. Ché laissa filer un soupir et observa plus attentivement. Une lueur était visible entre ses paupières ; l'éclat de ses yeux.

Était-elle en train de l'épier ? L'avait-elle vu contenir son rire ?

Ché sentit les poils se dresser sur ses bras. Il était tout aussi épouvanté par son propre manque d'attention que par la façon perverse qu'elle avait de l'observer.

Kira dul Dubois avait participé à la Nuit la plus longue quelque cinquante ans auparavant. À ce qui se disait, elle avait été la maîtresse de Nihilis lui-même, avant de prendre part au trépas du premier Saint

Patriarche, six ans après le début de son règne. C'était comme d'être sous le regard d'un serpent-argent.

Lentement, Ché s'éloigna de la carte, avec l'espoir de sortir en même temps du champ de vision de Kira. Il se racla la gorge et reprit la place qu'il occupait, en veillant à tenir son regard résolument détourné de la vieille femme.

Enfin, les portes de verre donnant sur le balcon s'ouvrirent et les prêtres commencèrent à traverser la salle ; quelques-uns lui lancèrent des regards à la dérobée. Il reconnut l'un d'eux comme appartenant à la secte du commerce, la Frelasé. Derrière eux, marchait Bushrali en personne. Ché aurait juré que celui-ci était déjà mort, après avoir échoué à débusquer les Rōshuns cachés dans la ville. Mais non, après bien des manœuvres pour sauver sa peau, il était là, toujours vivant – et toujours chef des Régulateurs. Après tout, peut-être y avait-il quelque fondement de vérité dans le bruit qui courait, selon lequel il détenait des dossiers sur tous les grands prêtres de Q'os.

Néanmoins, comme Ché put le constater, Bushrali n'avait pas totalement échappé à son châtiment. Une Parure de Q'os ornait désormais son cou – un collier d'acier auquel était attachée une longueur de chaîne terminée par un boulet de canon qu'il portait dans ses bras comme on porte un enfant. Cette « parure » était destinée à le suivre jusqu'à la fin de ses jours.

Sasheen et un garde du corps restèrent à l'extérieur ; la Matriarche semblait perdue dans ses pensées. Ché sentit un courant d'air qui passait sur sa joue, après s'être faufilé dans la salle par la porte-fenêtre ouverte ; seuls quelques bruits assourdis montaient de la ville, inhabituellement silencieuse en ces semaines de deuil. Lorsque Sasheen se retourna pour entrer à son tour, elle se pinçait le haut du nez entre le pouce et l'index, comme si elle avait été en proie à la migraine. Son garde resta dehors, à arpenter le balcon à pas lents. Elle s'approcha d'une desserte sur laquelle étaient posés des bols, et se pencha pour inspirer à pleins poumons au-dessus de l'un d'eux. Elle se releva avec un halètement ; son visage s'était empourpré.

Les yeux de Sasheen flamboyèrent lorsqu'elle aperçut son Diplomate qui l'attendait. Elle se dirigea vers l'âtre, les mains tendues pour en apprécier sa chaleur.

— C'est fait ? demanda-t-elle sans se retourner vers Ché.

— Oui, Matriarche.

— Alors, assieds-toi. Réchauffe-toi.

Il n'avait pas froid, mais il fit comme on lui disait de faire, prenant place sur une banquette de cuir devant le feu. Son dos était bien droit, ses mains croisées sur son giron ; il inspira profondément, résistant à l'envie qui le démangeait de se gratter le cou. Au bout d'un moment, la Matriarche abandonna la proximité du foyer pour venir s'asseoir à côté de lui, suffisamment près pour que leurs genoux se touchent.

Ché sentit les vapeurs de vin épicé dans son haleine ; il comprit qu'elle était ivre.

Le cuir de la banquette émit un craquement lorsque les longues jambes de Sasheen se croisèrent ; sa tunique fendue s'entrouvrit, révélant la douceur crémeuse de sa cuisse. Par rapport à ses tenues habituelles, cette tunique-ci était des plus simples, mais elle n'en était pas moins un rien plus ajustée que nécessaire, si bien que le coton épousait plus qu'étroitement les courbes de la Matriarche. Sous l'ourlet du bas pointaient ses pieds nus aux ongles laqués de rouge vif.

— Bushrali me dit qu'ils ne tenteront rien contre moi, pour avoir fait mettre à mort leur apprenti.

— Les Rōshuns ? lâcha Ché.

Les yeux de Sasheen s'étrécirent sous l'effet de la lassitude. *Ne me fais pas perdre mon temps.*

Ché secoua la tête.

— C'est effectivement peu probable. L'apprenti ne portait pas de sceau. C'est uniquement pour les porteurs de sceau qu'ils lancent une vendetta.

La Matriarche médita ce qu'il venait de dire ; avant de reprendre la parole, elle jeta un regard en direction de la silhouette assoupie de sa mère. À cet instant, Ché remarqua les marques rouges le long du cou de Sasheen, qui disparaissaient sous le col de la tunique. Elles ressemblaient fort aux traces de chaleur que laisse une Purge.

— Mais l'affaire va prendre une tournure personnelle pour eux, poursuivit-elle. Une humiliation publique. L'assassinat d'un de leurs jeunes.

C'est maintenant qu'elle pense à ça, songea Ché. *Bien après que l'acte a été accompli.*

— Non. Ce n'est pas comme ça qu'ils voient les choses. Ils suivent un genre de code. Pour eux, la vendetta relève de la justice élémentaire, ou du moins d'un simple principe de cause à effet. En revanche, ils réprouvent la vengeance. Chercher à se venger pour un motif personnel revient à agir contre ce qu'ils ont de plus sacré, et de la pire des manières.

— Je vois, répondit Sasheen d'un ton léger, amusée peut-être par l'idée d'une telle conception. C'est plus ou moins ce que Bushrali m'a déjà dit. Je voulais l'entendre de ta bouche aussi. De la bouche de quelqu'un qui a vécu parmi eux, et qui a même été l'un d'eux.

Ché ne put s'empêcher de détourner le regard à cet instant, bien conscient pourtant que ce geste allait trahir son soudain sentiment de malaise. Il faillit bien bondir sur ses pieds lorsqu'il sentit la main de la Matriarche lui tapoter la jambe. Ses yeux rencontrèrent ceux de Sasheen, d'une teinte chocolat foncé ; cette fois-ci, il y vit quelque chose de bien différent – une certaine douceur.

Sasheen sourit.

— Guanaro ! cria-t-elle à la ronde. Ne serait-il pas l'heure du déjeuner ?

Le vieux prêtre de faction émergea de la petite pièce à côté de la porte d'entrée. Il hocha la tête et repartit vers l'intérieur ; Ché entendit des ordres criés d'une voix bourrue, suivis du claquement de planches à découper et du bruit de portes de placards qu'on ouvrait et refermait.

— Des crevettes de sable au beurre, peut-être ! brailla-t-elle encore.

Sasheen se laissa aller sur le divan, le regard perdu dans l'âtre devant eux. Sa main caressait nerveusement l'accoudoir de cuir.

— Je ne t'ai pas encore remercié, finit-elle par dire d'un ton posé.

— Matriarche ?

— Tu nous as rendu un grand service en nous menant au monastère des Rōshuns. Tu m'as prouvé ta loyauté, envers moi comme envers l'ordre. C'est pour cette raison que j'ai voulu que tu sois mon Diplomate personnel dans ce… (d'un geste de la main, elle désigna la carte) ce plan que nous avons conçu. Tu comprends ?

Ché opina du chef, puis la regarda tandis qu'elle tournait la tête vers lui.

— Je pars à la guerre dans l'une des entreprises les plus risquées que nous ayons jamais tentées, reprit-elle. Lorsque j'aurai quitté ce sanctuaire, je serai aussi vulnérable que n'importe qui d'autre. J'aurai à craindre nos ennemis, mais tous ceux de notre peuple également. Le général Romano, par exemple. Si l'occasion lui était donnée, ne serait-ce qu'à moitié, il m'arracherait les yeux bien volontiers. Donc, poursuivit-elle avec un sourire, une ombre sur ses lèvres serrées, évanescente comme une confession, il va me falloir autour de moi des gens à qui je peux confier ma vie. Des gens dont je sais qu'ils exécuteront mes ordres. De gens capables d'agir sans le moindre scrupule.

—Je vois, répondit Ché.

Elle ne parut pas entièrement satisfaite de cette réponse. Sasheen se tourna pour prendre un bâtonnet de hazii sur une table à côté du divan.

—Mon ordre est donné. Nous partons avec la flotte pour Lagos après-demain matin, pour y rejoindre la VIe armée.

Ché sentit son cœur palpiter dans sa poitrine à cette perspective. Pendant un instant, il la considéra avec les yeux glacés d'un assassin. À ses oreilles résonnaient encore les paroles prononcées d'une voix grinçante par l'un de ses donneurs d'ordres, pour lui dire ce qu'il devait faire si la Matriarche montrait un signe de faiblesse, ou risquait d'être capturée au cours de la campagne.

—Vous allez manquer l'Augere, dit-il.

—Oui, confirma Sasheen tout en cherchant une allumette. Toutes ces heures d'ennui à parader devant le bétail.

Lentement, Ché se leva pour s'approcher du feu ; il sentait le regard de la Matriarche peser sur lui. Il alluma une brindille de jonc prélevée dans un pot d'argile posé devant l'âtre, avant de venir en présenter le bout incandescent à Sasheen. Elle le regardait avec une lueur d'intérêt amusé dans les prunelles.

Elle posa ses doigts sur la main de Ché pour stabiliser la tige. Ses yeux soulignés de khôl cherchèrent en clignant ceux du Diplomate. Les lèvres de la Matriarche s'arrondirent doucement autour de l'extrémité du bâtonnet de hazii. Ché sentit son pouls battre dans ses cuisses, au creux de son aine.

Arrête, idiot. Tu sais qu'elle procède ainsi. Qu'elle use de ses charmes auprès de ceux sur qui elle doit pouvoir compter.

Il se rassit au milieu d'un nuage de fumée de hazii ; Sasheen se tourna vers la porte de la pièce attenante, sans doute attirée par l'odeur du beurre en train de frire.

—As-tu faim ? demanda-t-elle. Je ne t'ai même pas demandé.

La pensée de partager un repas avec elle, là, dans la salle des Tempêtes, au sommet du monde, l'emplit d'un soudain sentiment de malaise.

—Non, merci. J'ai déjà mangé.

Les yeux de Sasheen s'attardèrent sur lui. Ensuite, elle considéra ses propres jambes nues, avant de revenir au visage de Ché. La main qu'elle avait posée sur l'accoudoir cessa de bouger ; puis elle frappa le cuir, une fois, légèrement.

—Je suis sûre que tu as appris que nous avions enfin rattrapé Lucian. L'Élash l'a enlevé à la cour du prince Suneed à Ta'if.

— Oui, je l'ai entendu dire.

Elle se leva dans le doux bruissement de sa tunique, puis traversa le tapis jusqu'à une autre table à côté de l'âtre. Une grande jarre ronde en verre, emplie presque jusqu'en haut d'un liquide blanc, trônait sur le plateau. À gestes précautionneux, Sasheen retira le bouchon de verre qui crissa contre le goulot. Ensuite, elle retroussa sa manche droite jusqu'au coude, se pencha en avant et huma profondément la substance blanchâtre.

— Du lait royal, dit-elle sans tourner la tête.

Les yeux de Ché papillotèrent. Jamais encore il n'avait eu l'occasion de voir de ce lait ; il en connaissait seulement l'existence. Les excrétions d'une reine Cree de la terre du Grand Silence, renommées pour leurs effets sur la vitalité.

Dans cette jarre, il y avait l'équivalent du trésor d'un petit royaume.

Même de là où il se tenait, Ché pouvait sentir, par-dessus les odeurs de beurre frit et de crevettes de sable, les émanations du liquide. C'étaient des effluves désagréables, qui n'étaient pas sans rappeler celles de la bile. Lentement, Sasheen plongea sa main dans le liquide blanc. Elle attrapa quelque chose et commença à le tirer ; une poignée de cheveux emmêlés.

Les cheveux et la peau d'un crâne…, songea Ché. Mais il y avait autre chose encore : un front, deux yeux fermés, un nez, une bouche figée en une grimace, un menton dégoulinant, un cou brutalement tranché. Elle tint l'apparition au-dessus de l'ouverture ; pareil à du vif-argent, le liquide blanc coulait le long de la tête suppliciée et de la main de Sasheen.

Comme le lait se retirait, Ché vit que la tête était celle d'un homme d'âge mûr. Les cheveux bruns avaient blanchi sur les tempes. Une bouche large et pleine, un long nez, des pommettes et des arcades sourcilières nettement marquées.

La dernière goutte retomba dans la jarre et Sasheen porta la tête sur la table ; elle posa le cou tranché sur la surface de tiq sombre et fit tenir la tête droite.

Le visage tressaillit sous le coup de la douleur ou de la surprise. Ché se raidit ; ses yeux écarquillés fixaient la chose devant lui. La Matriarche s'écarta de la tête, dont les yeux s'ouvrirent en battant des paupières ; ils étaient injectés de sang et emplis d'un immense tourment. Du lait blanc coula de la commissure des lèvres de la tête lorsque celle-ci aperçut Sasheen ; ses yeux lancèrent des éclairs.

— Bonjour, Lucian, dit la Matriarche à la chose.

La tête serra les lèvres ; elle donnait l'impression d'avaler une goulée d'air.

— Sasheen, croassa l'homme d'une voix étrange.

En sortant de sa bouche, le mot avait produit un son mouillé évoquant une vomissure.

Le regard de Ché passait en allers et retours nerveux de la Matriarche à la tête. Oui, c'était bien Lucian, autrefois célèbre général et amant de Sasheen, l'un des premiers nobles lagosiens à rejoindre les rangs de Mann lorsque l'île était tombée dans l'escarcelle de l'Empire. Mais cela, c'était avant qu'il trahisse la Matriarche et prenne la tête de la rébellion de Lagos et de la lutte pour l'indépendance.

Ché avait vu les morceaux du corps débité de Lucian accrochés sur la place de la Liberté, sous la garde de soldats chargés de chasser les corbeaux affamés. Et il avait pensé qu'ainsi se concluait l'histoire de Lucian. Néanmoins, Sasheen avait apparemment nourri d'autres projets pour celui dont elle avait partagé la couche.

La Sainte Matriarche tourna résolument le dos à la tête. Elle sourit à Ché ; une lueur de diablerie malicieuse s'était allumée dans ses prunelles.

Sasheen porta sa main droite à sa bouche et entreprit de se lécher les doigts, un par un. Au fur et à mesure, sa peau s'empourpra et ses pupilles se dilatèrent encore plus. Elle acheva son ouvrage en se passant une langue gourmande sur les lèvres.

— Il n'y a rien de mieux en ce bas monde, dit-elle, le souffle court.

Elle s'approcha de Ché ; à l'évidence, elle avait faim de quelque chose.

Une nouvelle fois, le Diplomate dut lutter pour contenir une absurde envie de pouffer. Et ce fut pire encore lorsqu'elle se pencha sur lui pour poser une main sur sa joue et écraser sa bouche sur la sienne. Le rire contenu faisait naître une douleur dans le torse de Ché. La langue impérieuse de Sasheen força le passage entre les lèvres du jeune homme.

Ce serait tellement facile de la tuer, songea-t-il. *Ici et maintenant. Si du venin était resté sur mes lèvres.*

Le goût du lait royal ne ressemblait à rien de ce qu'il avait pu goûter auparavant. Ce n'était ni sucré, ni acide, ni amer, ni salé. Sa langue commença à le piquer, avant de s'engourdir, tandis que Sasheen poursuivait son baiser.

— Putain, dit l'étrange voix de Lucian derrière elle.

Puis la vague déferla sur Ché, comme un souffle brûlant répandu dans tout son corps par la voie de ses veines. En un instant, il se sentit enveloppé et arraché à sa torpeur ; le sang pulsait en lui et un sentiment de légèreté l'envahissait, amenant avec lui de la lumière, de l'air, et les premiers chatoiements du désir.

Sasheen s'écarta de lui avec un râle; ses yeux se posèrent ostensiblement sur l'entrejambe de Ché. Elle s'éloigna dans un tourbillon; un sourire satisfait flottait sur ses lèvres.

Le souffle coupé, sur le point de perdre toute retenue, Ché se laissa aller en arrière contre le dossier du divan, avec la sensation de chuter dans le vide.

Deux pulsations, se dit-il distraitement. *J'ai deux pulsations dans mon cou.*

— Ah, le déjeuner! s'exclama Sasheen en voyant arriver le vieux prêtre avec un plateau.

Ché tenta de bouger, avant de renoncer. Il s'accrochait au cuir de la banquette, comme s'il avait été sur le point de s'envoler dans les airs d'un instant à l'autre; les bruits de Sasheen se préparant à passer à table semblaient lui parvenir de très loin.

— Qu'est-ce que c'est que ça? aboya la Matriarche. Elles sont si petites que je les vois à peine.

— Les crevettes de sable sont toujours petites en cette période de l'année, Matriarche. Elles sont encore jeunes.

— Quoi? Et on ne peut pas les nourrir un peu? Et ça, c'est quoi? Il y a des traces partout. Je suppose qu'en cuisine ils sont trop jeunes aussi pour faire briller l'argenterie?

— Toutes mes excuses, Matriarche. J'en suis encore à former les remplaçants. Cela ne se produira plus, je vous l'assure. Si vous voulez, je peux vous faire préparer autre chose.

— Pour que j'attende encore? Non. Tu peux te retirer.

Ché observa le visage sinistre de Lucian qui lui lançait des regards noirs, habités par la folie. Le Diplomate laissa rouler sa tête sur la droite en direction de Kira, toujours à la même place, toujours immobile.

Cette fois-ci, il y avait bien une lueur entre les cils de la vieille femme; à l'autre bout de la salle, ses yeux d'oiseau de proie examinaient Ché comme s'ils avaient pu voir à travers lui.

Ché ferma ses propres yeux et s'envola dans les airs.

3

Sans ailes

Ooh, songea Coya à l'instant où un coup de vent secoua la silhouette suspendue entre les deux aéro-nefs, au point de la lancer dans un mouvement de balancier.

— Stop ! cria le chef de pont effrayé, en levant une main à l'intention des hommes arc-boutés sur la corde secondaire.

Immédiatement, ils arrêtèrent de tirer et se tinrent immobiles, le regard fixé sur la silhouette soumise aux caprices du vide et du vent. Dans leurs yeux se lisait l'incertitude des hommes attelés à une tâche encore inédite, à laquelle ils n'auraient jamais songé si d'autres ne leur avaient pas dit qu'elle était réalisable.

Suspendue dans l'espace de ciel entre les deux bâtiments, accrochée à la corde lancée entre eux, la silhouette assise sur le siège de bois ouvrit bien grand la bouche.

— Quand vous voulez, messieurs ! cria l'homme.

Coya ne put s'empêcher de sourire malgré ses inquiétudes.

— Amenez-le, Seday. Et vite, dit-il sèchement au chef de pont.

Coya paraissait jeune pour ses vingt-sept ans – jeune en dépit du fait qu'il marchait le corps courbé sur une canne –, mais les hommes s'exécutèrent avec toute la célérité que des fils respectueux montrent envers leur père. De nouveau, ils se mirent à tirer.

À cet instant, une nouvelle rafale, plus forte que la précédente, fit tanguer l'homme harnaché à son siège. Coya entendit le vent passer sur l'enveloppe de soie au-dessus d'eux ; il vit comment les deux nefs s'écartaient de leurs positions respectives. Le long de leurs flancs, les tubes de manœuvre lâchèrent des traînées de feu en réponse aux ordres des capitaines. Malgré cela, les deux bâtiments continuaient à s'éloigner l'un de l'autre ; la corde filait sur le pont khosien au loin. Tendue, elle n'avait plus de mou, et l'homme suspendu dans le vide n'en était que plus dangereusement secoué. Dans un halètement fébrile, Coya se pencha en faisant porter son poids sur sa canne ; sa main en étreignait la poignée d'ébène.

Perdre cet homme à cet instant reviendrait à perdre la guerre tout court.

— Vite ! cria-t-il, sans détacher son regard de la précieuse cargaison.

Enfin, l'homme suspendu au-dessus d'un abîme de plusieurs centaines de mètres jusqu'à la surface agitée de la mer franchit la marque repérant la mi-parcours ; lentement, il se rapprochait de l'aéro-nef. Sur son siège de bois, il affichait un air plus calme que Coya, qui pourtant n'était que spectateur. Les jambes ballantes, il contemplait la côte déchiquetée de Minos, et la baie dans laquelle la ville d'Al-Minos était sertie comme une perle étincelante. Coya commença à distinguer les longs cheveux bruns de l'homme balayés par le vent, et son visage rougi par le grand air ; ses mains aux doigts ornés de nombreuses bagues ; la lourde peau d'ours dans laquelle était enveloppée sa grande carcasse.

Subitement, Coya sentit son cœur battre plus vite à la seule pensée d'être bientôt en présence du Seigneur Protecteur.

— Tout doux, garçons ! s'exclama le général Creed lorsque les hommes le halèrent vigoureusement sur le pont.

Et d'un coup, il fut là, dominant tout le monde de sa haute taille, affectant de montrer une tranquille nonchalance, alors qu'une lueur d'intense euphorie brillait dans ses yeux ; ce détail n'échappa pas à Coya.

Les hommes d'équipage libérèrent le général de son harnais, pendant qu'il leur manifestait sa gratitude en leur assenant quelques tapes amicales sur les épaules. Il s'avança pour serrer la main que Coya lui tendait.

Celui-ci perçut une odeur d'huile capillaire parfumée, mêlée à celle du fromage de chèvre épicé dont les Khosiens raffolaient tant.

— J'avais espéré que vous plaisantiez lorsque vous avez proposé un transfert en cours de route, dit le vieux général. Ce n'était pas possible qu'on se retrouve à terre, plutôt ?

Avant de répondre, Coya jeta un regard à Marsh, son garde du corps personnel. Avec une mine renfrognée, celui-ci chassa les hommes qui se pressaient sur le pont pour apercevoir la légende vivante de Bar-Khos. Sans plus de cérémonie, il les envoya rejoindre le reste de l'équipage de l'autre côté du pont.

— Trop dangereux, répondit Coya lorsqu'ils furent enfin hors de portée d'éventuelles oreilles indiscrètes.

Marsh prit position non loin d'eux ; il surveillait toutes les personnes présentes sur le pont par l'intermédiaire de ses réfracteurs aux verres teintés. Dans les lentilles à l'arrière de son crâne, on pouvait apercevoir le reflet des clignements de ses yeux.

— Quelqu'un d'autre a été touché ?

— La nuit dernière, à Al-Minos. La déléguée de la Ligue de Salina a eu la malchance d'être étranglée dans son sommeil durant sa visite. Cela fait maintenant huit assassinats au cours des deux dernières semaines. On peut en conclure qu'une troupe de Diplomates est actuellement à l'œuvre dans la ville.

Le Seigneur Protecteur hocha la tête, impassible ; il gardait son sentiment pour lui-même.

Ensemble, ils suivirent la manœuvre de récupération de la corde de transbordement à bord de la nef khosienne – celle-là même qui avait convoyé le général Creed depuis Bar-Khos. Le navire procéda ensuite à la mise à feu de ses tubes pour entamer une patrouille autour du bâtiment minosien à bord duquel le Seigneur Protecteur se trouvait désormais. Dans le silence, Coya étudia le profil de l'homme à ses côtés afin de jauger son état physique. Creed avait visiblement vieilli depuis leur dernière rencontre, un peu plus d'un an et demi auparavant. Ses tempes poivre et sel étaient désormais couvertes de fils d'argent ; les rides autour de ses yeux s'étaient encore creusées. D'après les rapports qui lui avaient été donnés, Coya savait que c'était le chagrin qui avait fait cela.

— Comment allez-vous ? demanda-t-il au Seigneur Protecteur. J'espère que votre voyage s'est déroulé sans heurt.

— Sans trop de heurts. Je regrette seulement que notre rencontre doive être aussi brève.

— Oui, répondit Coya. Le conseil khosien doit se mettre à pleurnicher chaque fois que vous quittez l'abri du Bouclier pour aussi longtemps. (Ils sourirent de conserve ; ils savaient tous deux que c'était la stricte vérité. Leurs yeux se croisèrent. La question informulée du motif de la présence de Creed flottait dans l'air entre eux.) Cela dit, c'est une bonne chose que nous puissions nous voir ne serait-ce que pour un court moment. Un repas va nous être servi dans la cabine du capitaine. D'ici là, si vous le souhaitez, nous pouvons gagner un endroit confortable, à l'abri de ce vent.

Creed répondit d'un regard qui disait que son confort personnel était rarement une préoccupation pour lui. Il tourna ensuite la tête en direction de Marsh et des nombreux hommes du bord qui ne le quittaient pas des yeux – parmi lesquels figurait le capitaine.

— Je suis trop vieux pour me carapater discrètement par peur de quelques assassins, si c'est là ce qui vous préoccupe, répondit-il. Profitons du grand air pendant que nous parlons. Ensuite, nous mangerons. (Il se tut un instant pour détailler Coya, le dos courbé, et chaudement emmitouflé pour se protéger du froid.) À moins bien sûr qu'il soit préférable pour vous d'être… à l'intérieur.

— Cela me va très bien d'être dehors, merci. Si c'est bon pour vous, répondit Coya un peu fraîchement, en accompagnant ses paroles d'une légère inclinaison polie de la tête. (Ce petit mouvement lui provoqua une douleur – comme d'ailleurs tous les mouvements qu'il pouvait faire. Malgré son âge relativement jeune, Coya avait l'arthrite d'un vieillard.) Mais permettez-moi au moins de vous offrir un peu de chee.

Creed accepta et, peu après, le commis de la coquerie du bord se présenta devant Marsh, avec deux tasses fumantes. Éberlué et bouche bée, le garçon regardait tour à tour l'impressionnante silhouette du Seigneur Protecteur et l'étonnant spectacle de Marsh plongeant un goyum dans le chee pour le sonder. Une vrille fut immergée dans le liquide bouillant, et le sac de la taille d'un poing conserva sa couleur dans les gris-brun. Marsh indiqua que les tasses pouvaient être passées à leurs destinataires.

— Comment va votre charmante épouse ? demanda Creed à travers une volute de vapeur.

— Elle va bien et elle vous envoie ses salutations.

Quelle grandeur d'âme, songea Coya. *Me demander ainsi des nouvelles de ma femme quand lui en est encore à pleurer la sienne.*

— Vous ne m'avez jamais dit comment vous êtes parvenu à la conquérir. Le chantage, je suppose ?

— C'était inutile. Elle est folle de moi. Et moi d'elle.

— L'amour alors… Que la miséricorde vous garde.

Gagné par l'amusement que provoquait en lui l'esprit caustique de Creed, Coya cligna des yeux.

— Il faudra que vous veniez nous rendre visite, lorsque les circonstances le permettront. Vous vous plairez chez nous. Rechelle me dit que la maison est toujours pleine de vie, envahie par les enfants des autres.

Pendant un instant, Coya craignit d'avoir été trop loin, mais Creed finit par répondre, d'une voix empreinte de chaleur :

— Oui, j'en serai ravi.

Ils sirotèrent leur chee le long du bastingage, tout en admirant le panorama de terre et de mer en contrebas. La côte de Minos défilait lentement à mesure que la nef dérivait dans le vent.

La ville d'Al-Minos rutilait sous le soleil de l'après-midi – le plus grand des ports libres de toutes les îles merciennes. Les deux langues de terre enveloppaient la baie comme des bras ; les plages de sable blanc étaient noires de monde et le ciel empli de cerfs-volants rouges. La cité portuaire accueillait une festa cette semaine-là, et même la présence de la Ire flotte dans la rade, en train de se préparer au combat, n'avait guère diminué la soif de réjouissances de la population. La femme de Coya était quelque part là-bas dans les rues trépidantes de la ville, en compagnie de ses parents et de l'abondante marmaille de ses sœurs. À moins qu'ils ne soient déjà en train d'assister aux courses équestres sur la plage d'Uttico, et de miser quelques pièces économisées tout en engloutissant des œufs-de-soif frais à l'un des stands du festin communautaire.

Coya ressentit un pincement au cœur de ne pas être avec eux ; longtemps il avait goûté la perspective d'une journée en famille, d'un moment où il aurait pu tout oublier, ne serait-ce qu'un court instant.

— Le jour de Zeziké, s'exclama soudain Creed, comme s'il venait seulement de remarquer les cerfs-volants et les plages bondées. Vous savez, j'avais pratiquement oublié.

Coya haussa les épaules.

— Vous êtes khosien. Ce n'est pas si étonnant.

— Nous fêtons le grand homme nous aussi. Mais peut-être pas avec autant de ferveur que vous autres les fanatiques de l'ouest.

Il s'était exprimé sur un ton de légèreté, mais dans le même temps, son regard s'attardait sur les manifestations dans le lointain contrebas, et un quelque chose d'indicible transparaissait sur son visage ; une forme de nostalgie peut-être. Coya ne pouvait guère qu'imaginer ce que cela devait être, pour le général et tout le peuple de Bar-Khos, de vivre recroquevillés derrière des murailles soumises à des attaques et un bombardement perpétuels, sous la menace permanente de l'anéantissement.

— Je ne fais que récriminer, Marsalas. Ce n'est pas comme si vous n'aviez rien d'autre à penser.

Le général se redressa et s'éclaircit la voix. Lorsque son regard croisa celui de Coya, ce fut la rencontre de deux sommets lointains et solitaires.

— Cela doit être dur pour vous aussi. Votre peuple attend sûrement beaucoup de vous. Le descendant vivant du grand philosophe lui-même.

— Ce n'est pas vraiment un fardeau par rapport à ce que d'autres endurent.

Coya préférait parler d'autre chose ; il ne se sentait pas très à l'aise de discuter de sa prestigieuse ascendance remontant jusqu'au père spirituel de la democras. Il observa les nombreux navires de guerre dans la rade, et le souvenir lui revint alors des flottes manniennes qui faisaient route vers eux – même si, sur ce sujet, sa mémoire n'avait guère besoin d'être stimulée.

— La révolution a cent dix ans cette année, dit Coya. Cela fait cent dix années que nous avons renversé le grand roi et les nobles qui pensaient prendre sa place. Et pourtant, parfois, lorsque je suis seul et moins optimiste que je devrais l'être, il m'arrive de me demander si notre rêve éveillé de la democras survivra encore bien longtemps.

— Les ports libres ne sont pas encore vaincus.

— Pas encore. Mais nous n'en sommes plus très loin, Marsalas. Nous ne tenons qu'à un fil. Les Manniens étranglent nos routes commerciales vers le reste du monde, de sorte que nous sommes perpétuellement proches de la famine. Zanzahar reste l'unique fil qui nous tient en vie. Et du coup, Zanzahar nous exploite, nous et nos ressources, autant qu'elle le peut. Bar-Khos résiste à grand-peine à l'est. Les flottes de la Ligue résistent à grand-peine en mer. Et par notre résistance collective, nous représentons chaque jour un péril plus grand pour la domination de l'Empire. À cause de nous, le reste du monde s'éveille chaque matin à l'idée qu'il peut y avoir d'autres manières de vivre que celle de Mann. C'est pour cette raison que l'Empire nous exècre tant. C'est pour cela qu'il ne s'arrêtera pas aussi longtemps qu'il ne nous aura pas vaincus – ou qu'il ne sera pas lui-même à terre. Et Mann ne donne pas l'impression d'être sur le point de s'effondrer.

— C'est déjà arrivé par le passé. D'autres empires se sont heurtés à des résistances. D'autres empires ont été repoussés. Cela peut arriver à l'avenir.

— Oui, bien sûr. Mais quand bien même cela devait se produire de nouveau… les idéaux de la democras survivraient-ils ? Je me le demande. N'aurions-nous pas payé trop cher le prix de notre victoire ? N'aurions-nous pas pris goût à la guerre ? N'aurions-nous pas un besoin irrépressible de nous venger ?

— Après les Années de l'Épée, nous avons su retrouver le chemin de la paix. Nous pouvons le faire à nouveau.

— Nous nous sommes apaisés parce que notre victoire était déjà en elle-même notre revanche. Nous étions rassasiés parce que les nobles avaient été vaincus. Et d'ailleurs, la mise en place de notre democras fut alors un exercice bien délicat. Ces périodes de transition sont toujours incertaines, Marsalas.

Creed écoutait, le visage impassible.

— Nos conversations m'ont manqué, déclara-t-il soudain.

Coya ne put qu'être d'accord avec lui. Il but une gorgée de chee et sentit son corps se détendre, accompagnant les glissements fluides de la nef dans le ciel.

— Quelles nouvelles avez-vous ? poursuivit Creed. Y a-t-il eu des mouvements du côté de Q'os ?

Coya laissa filer un souffle d'air réchauffé par le chee.

— Nos agents n'ont toujours pas découvert à quel moment l'invasion sera déclenchée, ni sur quelle cible. Apparemment, c'est le secret le mieux gardé dans tout l'Empire. Tout ce que nous savons, c'est ce que nos agents parviennent à voir de leurs propres yeux. La flotte des navires de transport est toujours à l'ancre dans le port q'osien. Les voiles-de-guerre déjà parties ont été repérées par nos nefs de reconnaissance. Et là, il n'y a aucun doute à avoir : elles ont mis le cap sur les ports libres de l'ouest. Un message arrivé aujourd'hui indique qu'une deuxième flotte aurait été aperçue ce matin, en approche par le nord-est.

— Hmmf…

— Oui. C'est ce que je me suis dit aussi.

Le général posa sa tasse sur la lisse du bastingage, mais sans la relâcher.

— Nous devons obtenir des renforts de la Ligue immédiatement, Coya. Je sais reconnaître une feinte quand j'en vois une. Si la flotte d'invasion débarque à Khos, il faut impérativement que nos fortins côtiers disposent de garnisons complètes. En l'état actuel, ils auraient du mal à résister à une bourrasque de vent.

— Votre délégué à la Ligue continue à dire le contraire – vous le savez, n'est-ce pas ? Vous disposez d'effectifs suffisants, c'est ce qu'il nous assure.

— Bah. Que peut-on attendre d'autre de Chaskari ? C'est un Michinè. Vous savez à quel point ces gens-là tiennent à ne surtout rien changer au *statu quo*. Vous voyez bien comme ils me lient les mains et nous obligent à nous tasser derrière le Bouclier, en espérant que la IVe armée impériale disparaîtra un jour par enchantement. Et c'est la même chose avec les Volontaires que la Ligue a envoyés à notre secours au fil des ans. Les soldats vivent au sein de notre peuple, et notre peuple voit comment ils sont, sans personne pour les encadrer, sans aucun supérieur à saluer. À Khos, ils rappellent à tous qu'ils sont membres de la Ligue et les égaux de chacun en democras. Ils rappellent que les Michinès ne sont là qu'à leur instigation, qu'ils sont des dirigeants dont la mission est de diriger et non pas de commander. Vous ne serez pas surpris d'apprendre que le conseil khosien s'oppose à mon souhait d'obtenir plus de Volontaires. Et c'est pour cette raison d'ailleurs que je vous le demande personnellement, comme une faveur : envoyez-nous des Volontaires.

— Mais, Marsalas, que puis-je faire de plus ? Mes mains et mes pieds sont eux-mêmes liés par la Constitution, vous le savez bien.

— Envoyez-les-nous quand même. Nous aurons bien le temps de nous préoccuper des conséquences lorsque l'orage sera là.

— Général, vous pouvez me croire, je serais heureux de pouvoir vous envoyer tous les Volontaires possibles, et sur-le-champ. Nous en serions tous heureux. Khos est notre bouclier, et chaque citoyen de la Ligue le sait. Mais la Ligue ne peut pas interférer dans les affaires d'une democras amie, et en particulier à la demande d'un seul homme – même si celui-ci est le Seigneur Protecteur de Khos lui-même. Nous ne pouvons envoyer des renforts que si votre délégué nous les demande. C'est à vous qu'il appartient de convaincre votre conseil sur cette question.

— J'ai essayé, merde.

— Alors, vous devez essayer encore.

Creed foudroya du regard la tasse qu'il tenait à la main.

— Et votre peuple ? Il lui est déjà arrivé d'intervenir dans les affaires khosiennes. Cela pourrait se reproduire.

Coya fronça les sourcils.

— C'était avant que je naisse, Marsalas. Et nous ne devrions pas parler de ces choses-là ici. Je suis désolé. Il n'y a rien que la Ligue ou n'importe qui d'autre puisse faire pour le moment. Il faut attendre… et voir.

La discussion était finie ; Creed souffla fortement par les narines et fixa Coya avec toute l'intensité de sa volonté. Coya soutint son regard sans ciller ; intérieurement, il était tendu comme une corde et son cœur battait la chamade. Le général Creed était comme une flèche décochée par un arc ; quiconque s'opposait à lui en ressentait le choc physique dans tout son corps.

Le Seigneur Protecteur marmonna quelque chose et serra son poing sur la lisse. Malgré lui, Coya ne pouvait que compatir, quand bien même son instinct lui disait qu'ils n'avaient encore fait qu'effleurer le cœur du sujet – la raison fondamentale pour laquelle Creed avait fait le déplacement.

— Nous aurions pu discuter de cela par courrier, dit Coya. Ce n'était pas la peine de venir en personne.

— Non.

Le silence retomba entre eux ; le vent les secouait tous les deux. *Qu'il retrouve d'abord son calme*, songea Coya.

La nef virait face au vent, de sorte que le monde entier paraissait tourner autour d'eux ; Minos s'éloignait sur la gauche tandis que le bleu de cobalt saisissant de la mer emplissait leur champ de vision. Coya distinguait la silhouette d'un chapelet d'îles dans le lointain vers l'est, guère plus qu'une chaîne de monticules rocheux s'étirant en direction de Salina. En esprit, il visualisait les îles au-delà de Salina, disséminées les unes à la suite des autres jusqu'à la lointaine Khos, à la pointe orientale, à plus de six cents laqs du point où ils se trouvaient à cet instant. L'archipel des democras et des ports libres. *Des peuples sans dirigeants.*

Outre les participos égalitaires de Minos, Coros et Salina, on pouvait découvrir en prenant le temps de voyager dans les îles merciennes, des lieux où les conseils étaient élus par tirage au sort et où la propriété privée n'avait pas cours, des matriarcats administratifs fondés sur les anciennes traditions et composés de myriades de petites industries associées à un strict contrôle des taxes sur le commerce, ou encore des enclaves prônant la liberté pour tous, telles que celle de Coraxa, où des individualistes farouches vivaient en tribus fort peu organisées et autres communautés éparpillées. Même la lointaine et puissante Khos était représentée au sein de la Ligue ; Khos où les ultimes vestiges de la noblesse mercienne, les Michinès, avaient réussi à s'accrocher au pouvoir après les chamboulements de la révolution un peu plus d'un siècle auparavant – non sans faire de nombreuses concessions au peuple, et grâce au fait, aussi, que la nation khosienne, après des siècles d'invasions et de sièges divers, s'en remettait par tradition à ceux qui assuraient sa défense et payaient pour l'entretenir.

Les différentes democras des ports libres, émanations des rêves d'un prisonnier politique mort des siècles plus tôt – un philosophe dont le sang coulait dans les veines de Coya et auquel celui-ci songeait précisément en cet instant –, n'avaient en commun avec Khos que les idéaux de la constitution de la Ligue, dans leurs principes tout au moins, sinon dans les faits. Cela et leur participation à cette expérience unique de gouvernement par le peuple. Ce n'était pas véritablement une « utopie » à laquelle ils avaient donné le jour. Rien ni personne n'approcherait jamais de la perfection. Mais parfaits ou non, ils avaient lutté pour créer un mode de vie juste et libre, d'où étaient bannis l'esclavage et l'exploitation des autres ; et sur la plupart des îles, ils étaient parvenus à faire vivre une approximation acceptable de cet idéal.

Et voilà que tous ces bruits au sujet d'une possible invasion formaient désormais une cacophonie permanente dans son esprit, une longue série hachée et entêtante d'angoisses et d'espoirs indécis. Coya ne parvenait plus à penser à autre chose. Pas plus tard que la nuit précédente, il avait fait un rêve dont il était sorti tremblant et en sueur.

Dans ce cauchemar, il avait imaginé la capitale impériale de Q'os sous la forme d'une masse monstrueuse et tremblotante qui pulsait au cœur absolu de Mann. Les artères et les vaisseaux qui en partaient s'étaient répandus dans le monde des humains sous la forme de croyances autoréalisatrices qui s'enfonçaient profondément dans l'esprit du peuple pendant son sommeil, et plus encore dans les phases de veille. Des murmures incessants lui soufflaient que la vie n'était rien d'autre qu'une compétition dénuée de toute règle, que la valeur humaine se mesurait à l'aune exclusive du statut et de la richesse, acquise ou transmise, que l'homme devait toujours se comporter en prédateur vis-à-vis des autres, que pour se libérer il fallait d'abord réduire autrui en esclavage. Dans son rêve, les murmures ne s'arrêtaient jamais, de sorte que ceux qui les entendaient n'avaient d'autre choix que d'y adhérer, et leurs voisins aussi, puis les voisins de leurs voisins, et les besoins impérieux de la monstruosité pulsaient à travers tous ces êtres, qui à leur tour enflaient sous l'effet de l'atroce puissance ; enfin, ils devenaient les mots eux-mêmes et en faisaient des réalités. Et pendant ce temps, le monstre se gorgeait et le monde tout entier se desséchait et devenait fou.

Toute sa vie, Coya avait craint et eu en horreur la tyrannie de Mann. Désormais, cette invasion imminente, avec ces flottes manniennes qui s'apprêtaient à fondre sur les peuples de la Ligue pour les conquérir, lui causait des cauchemars qui venaient le hanter aux petites heures glacées du matin.

— Il y a un autre point qu'il me faut aborder avec vous, dit Creed en s'arrachant à ses propres réflexions. Quelque chose dont je ne puis parler qu'en personne.

— Ah ?

— Si je suis dans le vrai, et si les Manniens envahissent Khos plutôt que Minos, c'est entre mes mains que seront détenus tous les pouvoirs que confère l'application de la loi martiale. Je veux que les vôtres au sein des

Rares sachent que je n'utiliserai pas ce pouvoir à d'autres fins que celles prévues, à savoir la défense de Khos. Cela et rien d'autre.

— Sincèrement, Marsalas ! Pas ici.

— Où cela alors ? Le temps nous est compté. Je veux que les Rares sachent que je ne nourris aucune ambition de devenir un dictateur.

Coya secoua la tête.

— Je n'aurais jamais pensé cela. Quoi qu'il en soit...

Coya s'interrompit, la bouche grande ouverte.

Marsh avait capté son regard. Quelque chose avait changé dans l'attitude du garde du corps ; une subite tension qui aurait échappé à Coya si celui-ci n'avait pas passé l'essentiel de sa vie à ses côtés.

— Je suis sûr que vos paroles seront bien accueillies, poursuivit Coya, tandis que Creed suivait son regard. (Tous deux observaient Marsh ; le garde glissait ses mains à l'intérieur de son long manteau de cuir noir pour prendre quelque chose dans le creux de ses reins.) Vous n'avez rien à craindre de notre part, vous pouvez me croire. Vous êtes assez sage pour ne pas laisser ce pouvoir vous conduire à votre perte... En outre, vous connaissez parfaitement les conséquences d'une telle éventualité...

Les yeux de Coya papillotèrent sous l'effet de la surprise ; Marsh avait sorti un pistolet qu'il tenait braqué sur les hommes de l'équipage.

Le bruit de la détonation le traversa de part en part. Stupéfait, il tenait son regard rivé sur son garde du corps, debout bien droit comme au sortir d'un duel, la jambe droite un peu en avant, la main gauche toujours glissée dans son dos ; le vent chassa le panache de fumée qui s'échappait de l'arme encore levée. Coya suivit la ligne de mire pour découvrir un homme en train de basculer vers l'arrière sur le pont, tandis que les autres à la ronde s'exclamaient de surprise ou plongeaient à couvert. Il vit que la victime était un moine, l'un des deux montés à bord pour bénir l'auguste événement que constituait cette rencontre.

Près d'eux, une deuxième détonation retentit soudain, suffisamment forte pour lui faire éclater le cœur. Creed cria quelque chose ; des éclats divers volèrent alentour.

Un nuage de fumée noire s'éleva à l'endroit où ils se tenaient, le long du bastingage. Coya eut le temps d'apercevoir le second moine qui s'élançait vers eux, avec un objet noir et sphérique à la main ; Marsh tira un autre pistolet de son manteau et fit feu avant que la fumée ne les ait totalement engloutis. L'instant d'après, Coya se retrouva étalé sur le pont avec un poids énorme sur lui ; une troisième détonation fit de son mieux pour lui faire jaillir les entrailles.

Lorsque la fumée se dissipa, Marsh était toujours au même endroit ; ses pistolets avaient disparu et il tenait un poignard dans sa main. Il se retourna pour suivre le moine qui bondissait par-dessus la lisse pour plonger vers son trépas.

Coya retint son souffle à l'instant où l'homme bascula dans le vide.

— Vous allez bien ? s'enquit Creed en le tapotant doucement avant de le remettre debout.

Coya retrouva l'usage de la parole.

— Je vais bien, je crois, répondit-il en se baissant maladroitement pour récupérer sa canne. Et vous ? (Il prit appui sur sa béquille et leva les yeux vers le général.) On dirait que vous saignez, à la tête. Là.

Creed se tâta le crâne, à l'endroit où un sillon rouge coulait d'une éraflure superficielle. Le général fronça les sourcils, puis se retourna pour regarder par-dessus bord. La curiosité de Coya était piquée elle aussi.

En dessous, très loin en dessous, une voilure blanche descendait doucement vers la surface de la mer. Une rafale de vent la poussa en direction de la côte et Coya distingua alors un homme accroché à des suspentes ; l'orange de sa tunique ne laissait planer aucun doute.

— Ces Diplomates, dit Creed en secouant la tête, de toute évidence fasciné. Chaque année, ils deviennent un peu plus fous.

4

La maison de la rue Tempo

En sueur, ils gisaient écartelés comme des martyrs sur le lit trempé, le souffle court et l'écho de leurs propres cris résonnant encore à leurs oreilles. Leurs corps luisaient dans la lumière qui filtrait à travers les lambeaux de rideaux en dentelle moisie accrochés devant la fenêtre ouverte.

Bahn cligna des yeux pour recouvrer un semblant de vision. Suspendus dans l'air au-dessus du lit, des grains de poussière dansaient dans la lumière, comme s'ils étaient encore sous le coup de l'action frénétique de la dernière heure écoulée.

— On fait trop de bruit, murmura-t-elle à côté de lui.

Le ton de sa voix ne trahissait aucune inquiétude cependant, pas même lorsque leur parvinrent les cris d'un enfant à travers les minces lames du plancher, ou les murmures d'une conversation derrière la cloison encore plus fine à la tête du lit.

Bahn en était encore à retrouver son souffle et à calmer les battements de son cœur affolé. Il bouillait littéralement ; il repoussa la mince couverture qui s'était entortillée autour de ses chevilles. Il s'essuya le visage et constata qu'il avait oublié de se raser ce matin-là.

La chambre avait la taille d'un placard ; la charpente triangulaire du toit pentu n'était pas assez haute pour permettre à un homme de se tenir debout. Une odeur d'humidité et de sexe se mêlait aux volutes épicées émanant d'un petit encensoir posé sous la fenêtre. Un « perchoir ». Ainsi appelait-on ce genre de chambrette sous les combles à Bar-Khos ; le royaume des prostituées, des entraîneuses et de ceux qui avaient maille à partir avec la loi.

Bahn baissa les yeux sur la fille lorsqu'elle roula sur elle-même pour venir contre lui. Elle posa un bras sur son ventre ; sa peau était aussi lisse que du papier. À l'instar de son visage, ses petits seins étaient empourprés. Allongé et immobile, Bahn goûtait le plaisir de les sentir s'écraser contre son propre torse tandis que la voix flûtée de la jeune femme jouait à son oreille.

— Ou plutôt, tu fais trop de bruit, reprit-elle avec son accent lagosien.

Elle fit glisser sa main au-delà du ventre de Bahn et caressa sa toison du bout de ses ongles laqués.

— Tu n'étais toi-même pas très silencieuse, haleta Bahn.

Il sentit son scrotum qui se contractait ; les ongles avaient poussé plus loin leur exploration. Douce miséricorde, il réagissait déjà à ses caresses. Il n'était jamais rassasié de cette fille.

Distraitement, Bahn se demanda si une ombre n'avait pas pris possession de lui ces dernières semaines ; un de ces esprits qui s'emparaient de la vie des gens, leur insufflaient de folles impulsions et les poussaient tout droit vers la tragédie en jouant sur leurs désirs insatiables.

Si au moins je croyais à ces balivernes, se dit Bahn avec son esprit rationnel coutumier. Il savait pertinemment que cette faiblesse était intégralement de son fait. Il songea à sa femme, Marlee, et ressentit les premiers picotements de la culpabilité au creux de son estomac, une nausée qu'il devrait garder avec lui tout au long de la journée. Il poussa un profond soupir.

La fille à côté de lui avait appris à reconnaître ce bruit ; elle retira sa main pour le laisser tranquille et nicha sa tête au creux de l'épaule de Bahn. Les yeux bleus de la jeune femme fixèrent les poutres inclinées de la charpente ; ceux de Bahn observaient les piques des cheveux couleur de miel de la fille, frottant contre sa peau.

— J'ai failli ne pas te reconnaître lorsque je suis arrivé, dit-il.

Elle leva vers lui ses yeux, qu'il trouvait toujours aussi fascinants.

— Tes cheveux, expliqua-t-il en désignant du menton la crête de mèches dressées qui lui hérissait le sommet du crâne, semblable à la parade nuptiale de quelque oiseau tropical. (Bahn sentait l'odeur de la cire qui enrobait les mèches et les faisait tenir ainsi.) Tu ressembles à l'un de ces nomades tuchonis avec ça.

— Tu n'aimes pas ? C'est Meqa qui m'a coiffée. Elle est à moitié tuchoni elle-même. Du moins, c'est ce qu'elle dit.

— Si, j'aime bien. On peut dire que c'est… exotique. (Bahn avait beau parler, il ne pouvait s'empêcher de penser à la première fois où il avait posé les yeux sur elle, debout au coin d'une rue avec les autres filles du quartier de la Barberie. Une petite pluie fine lui avait plaqué les cheveux, encadrant son visage de courtes bouclettes.) C'est juste que je trouvais que ta coiffure d'avant allait bien avec ton nom.

— Mais j'ai toujours mes boucles, ronronna-t-elle en enroulant l'une d'elles autour d'un doigt et en battant des cils.

— Ça suffit maintenant, s'exclama-t-il.

— Quoi ?

Il resta silencieux pendant quelques instants.

— Restons juste allongés tranquillement un moment. Deux personnes ensemble dans une chambre. Je paierai pour ton temps.

Elle sourit ; c'était le premier sourire véritable et sincère qu'elle lui offrait.

— Je peux faire ça.

La fille se laissa de nouveau aller contre son bras. Elle arrondit les lèvres pour souffler sur un grain de poussière brillant dans la lumière. Elle le suivit du regard pendant qu'il s'éloignait de son visage ; Bahn se surprit à faire de même, traquant ses mouvements erratiques au milieu du nuage tourbillonnant de points lumineux en suspension dans l'air de la chambre.

Le petit grain passa devant une pile de vêtements pliés, tassés entre le lit et le mur. Pour finir, il disparut quelque part dans les feuilles d'un jubba fiché dans un pot en bois ébréché, sur lequel s'épanouissait une unique fleur bleue tardive. Encore une manie lagosienne que de mettre des plantes en pot pour les rentrer à l'intérieur des maisons ; une mode qui d'ailleurs connaissait une certaine vogue dans la ville depuis le début de l'afflux régulier de réfugiés du Lagos. Marlee elle-même s'y était mise.

Dehors, un corbeau passa devant la fenêtre en lançant ses horribles croassements. Pendant un long moment, Bahn ne fit rien d'autre que contempler la maigre vue à travers les rideaux de dentelle ; des immeubles de logements en construction de l'autre côté de la cour et des potagers communautaires. Les grues et les échafaudages se dressaient vers la surface azur du ciel. Des voix se firent entendre de nouveau derrière la cloison guère plus épaisse qu'un drap ; Meqa se disputait avec un client sur la question du prix. Du dessous, montaient toujours des pleurs et des bruits d'enfants.

Ils composaient une véritable tribu ces quinze petits élevés uniquement par leur mère, Rosa, la propriétaire de la maison. En vérité, elle n'était pas leur mère du tout, hormis pour deux d'entre eux ; elle n'était qu'une veuve d'âge mûr au grand cœur, qui ne pouvait pas s'empêcher de recueillir tous les gamins errants et affamés qu'elle croisait. Quant aux enfants, ils paraissaient à peine remarquer les hommes qui défilaient à toute heure du jour et de la nuit dans l'escalier grinçant à l'arrière de la construction. Lors de ses visites, Bahn avait été purement et simplement ignoré après seulement quelques coups d'œil dans sa direction ; les enfants avaient mieux à faire dans la boue de la cour : se battre et crier pour attraper des vers, et hurler de bonheur quand l'un de ces derniers finissait coupé en deux.

À ce spectacle, Bahn ne manquait pas de songer à son fils et à sa fille, mais il se hâtait bien vite de chasser cette pensée, avant qu'elle puisse prendre corps et consistance.

— C'est calme, dit la fille.

Elle faisait référence au silence des canons autour du Bouclier, à près d'un demi-laq au sud.

Bahn hocha la tête. Les canons manniens se taisaient depuis plus d'une semaine. Il se disait qu'une période de deuil avait été décrétée dans tout l'Empire pour honorer la mémoire du fils défunt de la Matriarche. L'artillerie des défenses de Bar-Khos avait suivi l'exemple, mais uniquement afin d'économiser la poudre noire.

Il répondit d'une voix devenue mélancolique :

— C'était comme ça, il y a dix ans, avant que commencent le siège et la guerre. Dans la ville, on n'entendait rien d'autre que les bruits normaux de la vie. (Bahn soupira une nouvelle fois.) Je me demande si ce temps reviendra.

— Tu as l'air inquiet, observa-t-elle en scrutant son visage, les yeux plissés. Tu as appris quelque chose ?

Pendant un bref instant, Bahn sentit une douleur sourde dans sa poitrine ; ses muscles serraient son cœur. Une image lui traversa l'esprit : des étincelles d'incendies dans le lointain, des villes en train de brûler.

— Non, mentit-il. Et si c'était le cas, ce ne serait rien dont je puisse te parler de toute façon. (Bahn lui étreignit l'épaule en respirant profondément pour chasser la tension dans sa poitrine.) Bien trop de choses m'occupent l'esprit, c'est tout.

Elle ne lui demanda rien d'autre et posa simplement la tête sur son cœur.

— Tu ne devrais pas t'inquiéter comme ça, murmura-t-elle.

— Pourquoi dis-tu cela ?

— Parce que tu t'inquiètes comme une vieille femme. Trop de pensées…

Elle redressa la tête et, du bout de son index, lui tapota par deux fois la tempe.

Il se força à sourire.

— Ma mère est comme ça aussi. Toujours à s'inquiéter pour une chose ou une autre.

Elle hocha la tête d'un air entendu.

Bahn l'observa dans son ensemble, étendue comme elle l'était tout contre lui ; la légère rougeur que l'inhalation de dross lui laissait autour des narines ; le bleu dans son cou, de la taille exacte des lèvres de Bahn. Cette fois encore, il ne l'avait pas épargnée.

Quand donc ai-je laissé une telle marque à Marlee pour la dernière fois ? se demanda-t-il. Avant la naissance de leur fils. Avant la guerre, lorsqu'ils étaient tous deux jeunes et insouciants.

Bahn fit glisser un doigt sur la peau douce de la ligne d'épaule de la jeune femme.

D'une manière ou d'une autre, je ressentirai cette culpabilité, se dit-il.

Subitement, il roula sur elle. Pendant un instant, il vit de la surprise dans les yeux de la fille ; puis il se pencha sur elle pour embrasser sa gorge, et la lueur étonnée fut remplacée par une autre, indéchiffrable.

Il est en train de perdre pied, songea Boucle, tandis que Bahn s'en allait et que son pas décroissait dans l'escalier extérieur. Boucle avait déjà eu l'occasion d'assister au phénomène, chez d'autres soldats que le siège de la ville bouleversait, des hommes tout prêts à craquer et à sombrer dans la folie meurtrière, prêts à gronder, à mordre et à déchirer les vies autour d'eux pour trouver une issue. C'étaient toujours les plus brutaux, avait-elle remarqué, même si, en vérité, Bahn n'était pas si dur avec elle ; farouchement passionné tout au plus, comme s'il avait simplement besoin, dans ces heures passées auprès d'elle, d'oublier les conditions dans lesquelles il vivait.

Un cas de suicide, peut-être ; certainement pas un fou furieux.

Elle n'avait pas aimé la peur dans sa voix lorsqu'il avait parlé du silence des canons. Comme s'il avait été condamné ; comme s'ils étaient tous condamnés. Elle n'avait guère besoin d'entendre des choses pareilles ; qu'il partage donc ses soucis avec sa femme – dont il criait toujours le nom au plus fort de la passion.

Boucle se leva et glissa ses émoluments dans la bourse qu'elle dissimulait dans le pot du jubba. Le petit sac contenait une poignée de pièces d'argent, et une plus grande quantité de pièces de cuivre.

Pas grand-chose au regard de son activité. Avec des pénuries toujours plus grandes dans la ville, et des prix inévitablement à la hausse, Rosa était contrainte de sans cesse demander plus pour les repas, si bien que Boucle avait du mal à préserver son modeste trésor de semaine en semaine.

Elle versa une cruche d'eau dans la bassine de terre cuite. Debout, nue sur une serviette de coton posée sur le petit espace libre au sol devant le guéridon, elle se lava avec un morceau de savon parfumé à la pomme. Autour d'elle, les volutes de l'encensoir s'accrochaient à son corps, chassant les relents de la chambre. Néanmoins, une atmosphère lourde et chargée persistait ; les souffrances et la tristesse des hommes, qui s'attardaient dans la pièce rendue à sa tranquillité. Boucle fredonna un air de son enfance ; la chambre redevenait la sienne.

Un coulis d'air frais pénétra par la fenêtre ouverte et sa peau se couvrit de chair de poule. Elle se sécha rapidement et s'appliqua un peu de jus de citron sur les jambes, à l'endroit où les puces mordaient toujours. Elle se recoiffa d'un geste devant le morceau de miroir posé à côté de la bassine, avant de se glisser dans la tunique de coton qu'elle portait toujours lorsqu'elle ne travaillait pas. Sans cesser de chantonner, elle remit le charme de bois autour de son cou, puis écouta les cris de Rosa houspillant les enfants pour les chasser de la cuisine.

La propriétaire louait toutes les chambres du dernier étage de sa demeure afin de pouvoir nourrir et vêtir sa tribu de gamins rebelles. Le mélange était curieux, avec d'un côté les crises et les élans joyeux de la jeunesse, dont l'exubérance montait toujours vers les femmes recluses dans leurs minuscules chambrettes, entre leurs rendez-vous sordides et étriqués, et de l'autre, les vies fantomatiques des drogués accrochés au dross, et la folie douce des ermites urbains et des artistes sans le sou. Mais il fonctionnait – sans doute parce qu'ils n'avaient d'autre choix que de faire en sorte qu'il fonctionne. Rosa maintenait ses loyers aussi bas que possible, et veillait à ce que chacun ait le sentiment d'appartenir à une grande famille. Contre toute attente, il régnait un climat chaleureux dans la maison ; chacun s'y sentait chez lui.

Boucle tremblait, mais pas de froid. À gestes précautionneux, elle récupéra sa petite boîte de bois dans le plancher, puis se rassit sur les oreillers. À l'intérieur, se trouvait sa précieuse provision de dross, une poudre grise contenue dans une feuille de graffier pliée en forme d'enveloppe. Boucle versa une ligne du produit sur le dos de sa main, replaça l'enveloppe dans la boîte, puis posa la boîte sur le lit. Elle inséra dans une narine l'extrémité du roseau qu'elle utilisait pour cette opération, puis boucha l'autre narine et prit une profonde inspiration d'un coup sec. Toute la poudre sur sa main disparut.

Elle se frotta le nez et renifla, puis se laissa aller contre les oreillers sur un ultime halètement. L'arrière de sa gorge était déjà tout engourdi. Les doigts de ses mains et de ses pieds la picotaient ; puis le fourmillement s'atténua, laissant derrière lui une sensation de chaleur et de plaisir qui se répandait doucement dans ses membres, son corps, sa tête… pour finir par atteindre, avec grâce, son esprit.

5

De bonnes choses arrivent parfois dans la vie

Ce matin-là, la douleur lui fendait le crâne en deux ; il mâchonnait une feuille de doulce tout en déambulant entre les étals d'un marché de Q'os particulièrement animé. Depuis l'abri des plis trempés de son capuchon, il regardait à la ronde ; il tombait une pluie si fine qu'elle flottait dans l'air au point d'en perdre le sens de sa chute.

Loin au-dessus du sol, les cloches des temples avoisinants sonnèrent l'heure ; après des semaines de silence, leur timbre paraissait agressif et bien trop sonore. Du côté de la Serpentine toute proche s'élevaient les chants matinaux des pèlerins se dirigeant en masse vers la place de la Liberté ; on fêtait le premier jour de l'Augere el Mann, la festa reportée. Apparemment, la période de deuil avait été levée.

Ash en était encore à se demander ce qu'il faisait là, à risquer sa vie au grand jour simplement pour se procurer un morceau de pain frais. À la vue d'autant de gens dans les rues, le désir irrépressible lui en était venu ; et comme aucune envie plus forte ne l'en avait dissuadé, il se retrouvait donc à circuler parmi les badauds et les chalands, une écharpe nouée autour de son visage, la capuche baissée sur les yeux, suivant son odorat vers la boulangerie la plus proche.

L'estomac grondant, il attendit son tour devant l'éventaire d'un boulanger fort fréquenté. La pluie tombait sans discontinuer du ciel couleur de plomb ; l'eau glissait sur l'auvent pour lui goutter dans le cou. Ash examina d'un coup d'œil les façades et les bâtiments autour de la place, s'attardant plus longuement sur les points d'accès à chaque extrémité – et sur les deux auxiliaires impériaux qui patrouillaient sur le marché en balançant leur bâton, à la recherche d'un bon prétexte pour l'utiliser.

Je n'aurais jamais dû venir ici en plein jour, dit Ash en silence à son estomac. *C'est vraiment téméraire, même pour moi.*

Une ouverture se fit devant lui et Ash s'y glissa, sa bourse à la main.

— Oui ? demanda l'un des garçons ceints d'un tablier de l'autre côté du comptoir.

— Trois pains aux céréales. Les plus gros que vous ayez. Et quelque chose pour les transporter.

Le commis fourra les miches dans un sac en ficelle, qu'il lui tendit ensuite.

— Une merveille cinquante, annonça le garçon. Plus un quart pour le sac, ce qui nous fait une merveille soixante-quinze.

C'était un prix exorbitant, sans doute lié à l'arrivée massive de pèlerins pour la festa ; Ash tendit deux merveilles et prit le sac des mains du jeune homme.

— Il y a un quart de surtaxe.

— Et pourquoi donc ?

— Pour le rendu de monnaie.

Ash fut poussé dans le dos ; quelqu'un tentait de s'approcher du comptoir. Il repoussa la personne sans se retourner pour récupérer un peu d'espace autour de lui.

— Vous voulez que je vous donne un quart de merveille supplémentaire pour que vous puissiez me rendre un quart de merveille en monnaie ?

— Ce n'est pas moi qui fais les règles, rétorqua le garçon d'un ton impatient, en cherchant déjà des yeux le client suivant.

Ash laissa filer l'air contenu dans ses poumons. D'un geste, il évacua la question et se fraya un passage dans la foule massée, avant que l'abus dont il était victime ne lui fasse perdre son sang-froid. Il entreprit d'emprunter à rebours le chemin par lequel il était venu, mais il avisa les deux auxiliaires qui arrivaient dans cette direction. Il pivota donc sur ses talons et mit le cap sur l'entrée du côté opposé ; il n'avait plus qu'une seule envie désormais : rallier la solitude de son toit, pour y faire bombance, seul, en compagnie de lui-même.

— *Ken-dai* ! cria quelqu'un, l'arrêtant net dans son élan. *Ho, ken-dai* !

Ash se retourna vivement et aperçut immédiatement un visage noir au-dessus des têtes des passants, à une dizaine de pas à peine de l'endroit où il se tenait. Un homme du Honshu, comme lui-même.

Son compatriote le regardait depuis la chaise à porteurs sur laquelle il était installé, emportée par deux esclaves musclés ; devant son nez, il tenait un mouchoir parfumé semblable à une fleur blanche. Lorsque leurs yeux se croisèrent, l'homme leva une main pour le saluer. Ash jeta un coup d'œil à la ronde, puis remonta son écharpe sur son nez. Ensuite, il observa la silhouette de l'homme du Honshu reprendre pied sur le sol. Ses deux gardes du corps cuirassés entreprirent de repousser les gens pour lui dégager le passage.

— *Ken-dai* ! s'exclama de nouveau l'homme en honshu, leur langue maternelle commune.

Dans un claquement sec, l'un des portefaix ouvrit un parapluie au-dessus de la tête de l'homme.

— C'est sage à vous de vous déplacer ainsi vêtu. Ils ont arrêté bien des hommes comme nous dans toute la ville pour les interroger.

Ash ne répondit rien ; un instant de silence un peu gêné s'appesantit entre eux. L'homme devait plus ou moins avoir le même âge qu'Ash ; il était vêtu d'une tunique de fine soie du Honshu, qui ne parvenait pas à masquer son léger embonpoint. Ash ne put s'empêcher de remarquer les nombreuses bagues en or à ses doigts. *Un négociant du précieux tissu, poussé dans la Midèrēs par les vents de soie, il y a bien longtemps de cela ; ou un exilé politique comme moi.*

— Comment se porte le vieux pays ? s'enquit le marchand, avec l'espoir manifeste d'obtenir des nouvelles.

— Je ne saurais dire, confessa Ash. Cela fait bien des années que je l'ai quitté.

L'homme hocha la tête avec un air entendu.

— Oui, c'est un tel voyage qu'on ne l'entreprend qu'une seule fois dans sa vie. Je ne comprends pas comment ces marins supportent de faire ainsi la navette, en bravant tous ces dangers.

L'homme renifla sous son parapluie dégoulinant d'eau et porta bien vite son mouchoir à son nez. Ash aperçut alors le tatouage qui ornait le poignet gauche de son interlocuteur – un cercle avec un œil à l'intérieur.

— Vous faisiez partie de l'armée du Peuple ? laissa-t-il échapper.

Le marchand vit ce qu'Ash regardait et laissa retomber sa main dans un geste trahissant comme une gêne coupable.

— Et après ?

Ash détailla les riches vêtements et les bijoux dont l'homme était paré ; l'esclave qui tenait le parapluie, les cheveux collés par les gouttes d'eau ; le second porteur, debout derrière le palanquin, immobile et les yeux baissés ; les deux tueurs armés payés pour exécuter le moindre des ordres du marchand.

— Vous êtes tombé bien bas, lâcha Ash d'une voix traînante.

Son interlocuteur haussa les sourcils sous le coup de la surprise, avant de les froncer sous celui de la colère. Il se tourna vers l'un de ses gardes.

— Saisissez-le ! aboya-t-il.

Mais Ash s'était déjà mis en mouvement, se frayant un chemin à travers la foule en direction de la sortie. « Ramenez-le-moi ! », entendit-il crier le marchand dans son dos. Ash fila dans un espace dégagé entre les étals ; son sac de pain ballottait, secoué par la course, et les gens lâchaient des jurons sur son passage.

Il ralentit à l'approche de la sortie ; puis s'arrêta tout à fait, piégé par le Péage des voleurs qui barrait la voie – une ligne de tourniquets placés à l'intérieur de cages, et munis de fentes dans lesquelles il fallait glisser un quart de merveille pour pouvoir passer.

Il était en train de se battre avec sa bourse lorsqu'un des gardes tenta de l'attraper à travers les barreaux de la cage dans laquelle il était coincé. L'homme le loupa et, impuissant, secoua les barres de rage.

Le second garde se rua dans le tourniquet voisin et fouilla à son tour dans ses poches à la recherche de monnaie. Dans le même temps, il glissa son autre main à travers la grille pour tenter d'attraper la capuche d'Ash.

Celui-ci glissa une merveille dans la fente, et ne fut guère surpris de la voir avalée tout entière. Il s'arracha de la prise du garde et franchit le tourniquet pour déboucher dans la Serpentine de l'autre côté.

Aussi loin que portait l'œil, l'immense artère était emplie de processions de pèlerins en tunique rouge. De l'autre côté de la voie commençait le vieux quartier, avec ses ruelles tortueuses et ses bâtiments de pierre de guingois et bizarrement alignés. Ash plongea dans une procession, se frayant tant bien que mal un chemin à travers la masse des pèlerins pour gagner l'autre côté. Il aperçut des hommes et des femmes en proie à l'exaltation qui se fouettaient au sang le dos et la poitrine ; d'autres psalmodiaient, le visage levé et extatique, les joues transpercées de tiges d'acier.

Il parvint à traverser la voie et s'engouffra dans une ruelle étroite ; les deux gardes jaillirent de la foule peu après lui.

— Dégagez ! hurla-t-il en prenant de la vitesse.

Coudes au corps, il doubla des badauds et des pèlerins en train de marchander l'achat de babioles ou les services d'une putain ; il courait de toutes ses forces pour se perdre dans le dédale des passages et des petites places qui formait le cœur du vieux quartier.

Mais les deux larbins étaient rapides. Malgré leurs lourdes bottes et leur armure de cuir, ils ne se laissaient pas distancer ; l'un derrière l'autre, leurs épaules touchant presque les murs de chaque côté, ils martelaient le pavé en cadence et expiraient l'air de leurs poumons d'une manière experte signifiant qu'ils pouvaient tenir ce rythme pendant toute une journée.

Ash se demanda s'il ne devrait pas un peu accélérer l'allure, puis il aperçut un passage ouvert devant lui, et une solution moins douloureuse se présenta.

Il saisit son épée sous ses vêtements et la tira du fourreau à l'instant même où il débouchait de la ruelle.

En deux pas, il s'arrêta et pivota sur lui-même sur la pointe d'un pied ; il étendit son autre jambe derrière lui, de façon à être bas sur ses appuis, et se fendit, l'épée tendue loin devant lui.

À la dernière seconde, il corrigea l'angle de sa lame, et le premier garde vint s'empaler dessus, repoussant Ash d'un pas sous la force de l'impact. Ils poussèrent tous deux un grognement, puis le second garde vint emboutir le premier, droit sur la lame qui pointait dans son dos.

Ash se redressa ; il tenait toujours fermement la poignée de son épée. Les deux hommes grimaçaient, le visage emperlé de sueur ; ils tentèrent de se dégager, pendant qu'Ash examinait leurs blessures. Le premier homme regarda fixement le visage d'Ash, avant de baisser les yeux sur la lame fichée dans son flanc.

— J'ai évité vos organes. Nettoyez bien les plaies et vous vivrez.

Puis, sans un mot de plus, il retira l'épée. Ils tombèrent à genoux, les mains crispées sur leur ventre. Les gens alentour contemplaient la scène, stupéfaits.

Ash essuya sa lame sur le dos d'un des gardes, puis ramassa son sac de pain avant de s'éloigner.

Ché rentra chez lui d'un pas de flâneur, tout empli du sentiment d'être léger et aérien ; il sentait encore le goût du lait royal sur sa langue, et tout son corps, tendu comme un ressort, vibrait d'une énergie difficilement contenue.

Ses nouveaux appartements fort luxueux étaient situés dans la partie sud du quartier du Temple – la zone immédiatement contiguë au temple des Murmures, où des beffrois moins imposants s'élevaient au-dessus des demeures sacerdotales, des résidences et des maisons de divertissement richement ornées. Il marchait sous la pluie qui tombait sans discontinuer, l'oreille en alerte à l'écoute des oiseaux qui chantaient dans les parcs et les jardins suspendus, à se demander, emporté par sa belle humeur, si la nature célébrait le retour à la vie des rues de la ville. Il régnait en effet une intense atmosphère d'excitation en ce premier jour de l'Augere. Au long des avenues, les enfants écarquillaient les yeux devant les processions de pèlerins en tunique rouge qui allaient et chantaient, s'émerveillant de la somme incroyable des peuples de l'Empire venus là pour le cinquantième anniversaire de la prise du pouvoir par les Manniens.

Lorsqu'il arriva chez lui, Rouflaquette était déjà là, occupée à ranger les grandes pièces vides avec son soin coutumier. Ché éprouva un élan d'affection en apercevant la bonne femme ; au bout de quelques semaines seulement, elle était devenue un élément de stabilité bienvenu dans sa vie dispersée.

— Je pars demain matin, annonça-t-il à l'esclave domestique, quand bien même elle ne pouvait pas l'entendre. (À un moment de sa captivité, on l'avait rendue sourde avec de l'huile bouillante.) Rouflaquette, reprit-il en agitant une main pour attirer son regard, ce n'est pas le moment de faire ça.

Mais elle continua à épousseter les étagères sans lui prêter attention.

Les yeux de Ché se posèrent sur l'ardoise accrochée au cou de Rouflaquette, qui pendouillait lorsqu'elle se penchait. Il y avait aussi un petit morceau de craie attaché au bout d'une ficelle.

Jusqu'alors, il s'était refusé à communiquer avec elle par ce biais, et notamment parce qu'elle-même refusait de recourir à cet expédient. Peut-être choisissait-elle à dessein de laisser pendre cette ardoise inutile, comme un symbole terrible de ce qui lui avait été infligé ? Pour sa part, Ché préférait lui parler, s'accrochant à l'espoir qu'une forme ou une autre de communication pourrait finir par passer entre eux.

En outre, il aimait entendre des mots prononcés dans son appartement le plus souvent silencieux – même si ceux-ci n'étaient que les siens.

Ché erra jusqu'à sa chambre, où il considéra fixement son grand lit à la courtepointe de soie bordeaux, soigneusement choisie pour se marier subtilement au papier mural couleur d'or pâle. Il comprit que le lait royal et les événements de la nuit précédente le laissaient encore trop plein d'énergie pour qu'il envisage de dormir. Il retira donc sa tunique pour enfiler une chemise ample et des culottes longues, et mit à ses pieds des chaussures de cuir souple, qu'il laça soigneusement.

— Je vais courir ! hurla-t-il en se dirigeant vers la porte.

Ché cavala le long de la vaste avenue bordée d'arbres de la Serpentine. Il courait avec le rythme de la ville dans les oreilles : les cris des prêtres beuglant dans leur corne de taureau du sommet des flèches de leurs temples ; les harangues des marchands ambulants et des vendeurs des rues pour attirer le chaland ; les chants tristes des esclaves s'adonnant à leurs tâches. Les gens se retournaient sur son passage pour le regarder, frappés par le simple spectacle d'un homme courant dans les rues, ou bien s'écartaient vivement pour le laisser passer. La sueur perlait sur sa peau ; la pluie contribuait à le tremper elle aussi. À chaque pas, sa tête se purgeait des pensées qui s'étaient dernièrement emparées de lui de façon si compulsive ; en lui se faisait une clarté après laquelle il soupirait tant. Ché évitait les étals des marchands et les groupes de badauds, libre et le pied agile.

Son parcours habituel passait par différentes rues à l'est de ses appartements, une zone que la verdure des parcs embellissait. Il prit à gauche au niveau du théâtre Getti, puis suivit un boulevard le long des jardins de la Noyade ; à travers les grilles d'acier, il apercevait les arbres et les massifs aux riches nuances de vert, au milieu desquels tranchait le rouge des tuniques des pèlerins disséminés çà et là. Dans la rue, des portraits de la Sainte Matriarche grands comme des immeubles lui accrochaient l'œil ; il faisait de son mieux pour ignorer les messages simples des petites pancartes vantant de nouveaux restaurants, des programmes de construction de logements, des marques d'alcool et de produits alimentaires, mais les images s'imposaient dans son esprit et y laissaient une empreinte malgré lui. Les sourires aux dents blanches de l'abondance heureuse.

La rue de la Joie prolongeait le boulevard et, non loin, se trouvait le temple des Sentiates de sa mère. Ces derniers temps, Ché avait ignoré celle-ci, incapable de s'obliger à lui rendre visite. Il n'avait aucune envie que lui soit rappelé ce qu'elle représentait dans sa vie, ni d'ailleurs le rôle qui était le sien au sein de l'ordre. Lorsqu'il aperçut la tour des Sentiates dressée devant lui comme une menace, avec ses bannières écarlates fièrement hissées pour indiquer que le temple était de nouveau ouvert et que le commerce avait repris ses droits, son humeur chancela et son allure fléchit.

Il bifurqua avant d'atteindre la rue de la Joie, préférant entrer dans les jardins de la Noyade.

Il suivit une allée droite au sol pavé, bordée de pelouses soigneusement taillées. Aux jours torrides de l'été, il lui arrivait parfois de venir courir dans l'ombre bienfaisante de ces jardins aux bassins étincelants, pour fuir la chaleur moite des rues. Ce jour-là, il se rendit compte que venir là était une erreur : les pèlerins avaient envahi les lieux pour s'y noyer vraiment.

Ché passa devant des bassins aux margelles de pierre autour desquels des pénitents étaient agenouillés, la tête profondément immergée. De temps à autre, des bulles crevaient la surface de l'eau ; des pèlerins agitaient les bras en se forçant à garder la tête plongée. Les plus zélés avaient les mains attachées dans le dos par des ceintures de cuir. Ché contourna les servants du Selarus, les prêtres qui s'activaient autour des noyés et des personnes prostrées au sol, chassant l'eau de leurs poumons, pratiquant sur eux le bouche-à-bouche ou leur giflant le visage pour les ranimer. Deux prêtres emportaient un corps sans vie.

Ché força encore son allure ; son souffle s'accéléra. Devant lui, se trouvait un groupe de pèlerins en train de danser, une troupe si compacte qu'il paraissait impossible de la traverser. Mais Ché n'était pas d'humeur à s'arrêter.

Un sourire sauvage s'épanouit sur ses lèvres et, tête baissée, il chargea dans la foule à toute vitesse, chassant de l'épaule les hommes et les femmes. Pareil à quelque taureau furieux, il se fraya un chemin dans la masse ; des pèlerins culbutèrent au sol et d'autres le poursuivirent de leurs cris furieux.

Il émergea de l'autre côté, le souffle court. Son front était trempé ; il l'essuya de la main et vit du rouge sur ses doigts.

Il poursuivit sa course. La pluie rinçait doucement le sang, dont la saveur âcre se mêlait dans sa bouche à celle du lait royal.

De retour devant chez lui, Ché s'aperçut qu'il avait oublié d'emporter de la monnaie pour pouvoir rentrer dans l'immeuble. Avec un juron, il se mit à tirer sur la porte, mais en vain. Soudain, pourtant, le panneau s'ouvrit ; l'un de ses voisins sortait, et Ché en profita pour se faufiler à l'intérieur.

Il gravit l'escalier en courant et entra chez lui. Rouflaquette était dans la pièce ; elle lui jeta un regard, les sourcils froncés. Son visage était rougi. Un sifflement aigu se faisait entendre derrière elle.

— Pile au bon moment, dit-il en passant devant elle, tout en retirant ses vêtements.

Il mit le cap sur la salle de bains d'où venait la stridence. Rouflaquette passa devant lui d'un pas vif. Lorsqu'il pénétra dans la pièce envahie de vapeur, l'esclave domestique était déjà en train d'éteindre le gaz dont la flamme chauffait un grand chaudron de cuivre, hermétiquement fermé par un couvercle. Un jet de vapeur jaillissait en sifflant de la petite soupape montée sur le dessus. Le bruit décrut rapidement dès que Rouflaquette ouvrit le robinet à la base du récipient ; un filet d'eau chaude coula dans le bassin carrelé intégré dans le sol.

Nu, et l'humeur toujours au beau fixe, Ché pinça la croupe de la femme en passant derrière elle ; il répondit d'un sourire à la mine renfrognée que Rouflaquette affichait.

— Tu es trop bonne avec moi, lui dit-il en entrant dans le bain dont le niveau montait doucement.

Il s'installa avec un soupir d'aise, tandis que l'eau le recouvrait peu à peu. Rouflaquette lui jeta un regard chargé de mépris.

Il ferma les yeux tandis que son corps s'allégeait. Une intense sensation de chaleur parcourait agréablement sa peau ; il entendit l'esclave domestique se retrousser les manches et s'agenouiller à côté de lui ; elle se mit à le frotter. Ché laissa filer un long et profond soupir sous la caresse rugueuse du gant de peau de requin – et de l'un des baumes que sa mère voulait toujours lui faire utiliser pour soigner sa peau. Méthodiquement, Rouflaquette frictionnait les rougeurs et les boutons dont le corps de Ché était recouvert ; cela le soulageait tellement de ses constantes démangeaisons que, à un moment, il lâcha un gémissement qui n'était pas sans évoquer l'extase sexuelle.

Ma vie n'a pas que des mauvais côtés, songea Ché, nonchalamment. Un bain chaud par jour, par exemple, si l'envie lui en venait ; et ce n'était pas rien dans un monde où le commun des mortels pouvait s'estimer heureux de pouvoir se laver dans une bassine d'eau froide avec des feuilles de copal en guise de savon.

Tu te ramollis, se morigéna-t-il, en se demandant ce que Shebec, son vieux maître rōshun, penserait de lui s'il était toujours de ce monde.

Rouflaquette nettoya la petite plaie sur son front, sans poser la moindre question – par gestes ou simplement du regard. Lorsqu'elle eut fini son décrassage, elle s'égoutta les mains, puis le laissa jouir seul de son bain. Les bienfaits de sa course persistaient ; Ché avait l'esprit purgé et les idées claires. Il posa un linge humide sur son visage et respira à travers le tissu qui lui faisait comme une seconde peau. La fatigue l'assaillit soudain ; les effets du lait royal se dissipaient finalement. Peut-être les avait-il éliminés en transpirant ?

Ché bâilla, avec la conviction qu'il ne tarderait plus à sombrer dans le sommeil. Ses pensées dérivaient comme les nappes de vapeur dans la pièce ; lentement, il autorisa son esprit à contempler les étranges événements de la nuit précédente – et ce qui l'attendait au matin du jour suivant.

La guerre, songea-t-il, subitement dégrisé. *Demain, je pars à la guerre.*

À son réveil au milieu de l'après-midi, une lettre l'attendait sur la table à côté de la porte d'entrée. Rouflaquette était partie ; elle avait dû regagner le quartier des esclaves au sous-sol de l'immeuble.

Ché éprouvait une véritable aversion pour les lettres ; elles n'apportaient que de mauvaises nouvelles, ou des rappels à l'ordre. Néanmoins, il l'ouvrit.

> « J'espère que le nouveau baume est efficace. Viens me voir, mon fils. Tu me manques. Viens, je t'en prie. »

Sa mère. La laisse par laquelle on s'assurait de sa loyauté envers l'ordre.

Ché garda la lettre à la main pendant un instant, sans savoir au juste ce qu'il voulait en faire. Finalement, il ouvrit un tiroir pour y prendre une feuille vierge, un stylet et de l'encre. Avec soin, il écrivit :

> « Ma chère mère. Je dois partir avec la flotte au petit matin. Et non, je ne sais pas combien de temps je serai parti. Je penserai à toi, comme je le fais toujours.
>
> Ton fils »

Il souffla sur l'encre jusqu'à ce qu'elle soit sèche, puis replia soigneusement la feuille, avant d'écrire quelques instructions demandant qu'elle soit portée à sa mère au temple des Sentiates. Il la laissa sur la table, là où Rouflaquette ne manquerait pas de la voir.

Pendant un instant, Ché envisagea d'envoyer un mot d'invitation à Perl, ou à Shale, voire aux deux. Mais les jeunes femmes voudraient certainement absorber leur content de drogues du plaisir au cours de la soirée, et elles compteraient sur lui pour se joindre à elles. Il n'avait pas vraiment envie de s'intoxiquer ce soir-là, pas plus que les autres soirs d'ailleurs ; il n'aimait pas les endroits où son esprit s'en allait parfois dans ces états modifiés.

Non, mieux valait qu'il reste chez lui, de façon à être en forme le lendemain. En outre, un moment de paix serait un véritable luxe ; autant qu'il en profite tant qu'il le pouvait encore.

Ché sortit son sac à dos de cuir et entreprit d'y mettre ses affaires pour le départ ; dès que cela serait fait, il pourrait vraiment se détendre. Il y fourra quelques vêtements, à gestes machinaux ; néanmoins, lorsque se posa la question des livres, il s'interrompit, et s'assit même pour y réfléchir attentivement.

Le travail de Ché consistait à en apprendre le plus possible sur le monde entier. En conséquence, les rayonnages de sa bibliothèque contenaient, en grand nombre, des journaux et récits de voyages, des atlas, et des ouvrages sur la religion et l'histoire. Parfois, il avait le sentiment que c'étaient ses connaissances qui lui valaient ce sentiment de méfiance qu'il sentait poindre à l'occasion chez ses maîtres ; tout ce savoir sur les cultures et les modes de pensée contraires à Mann.

Pour finir, Ché prit l'un des ouvrages du Markeshien Salvo contant ses voyages – imaginaires pour la plupart – jusqu'aux plus lointaines extrémités du monde, et dépeignant les peuples étranges qu'il y avait découverts. Cela faisait longtemps que Ché ne l'avait pas lu.

Une idée lui vint après coup, et il prit son exemplaire des Saintes Écritures du Mensonge, qui était posé, fermé, au sommet de la bibliothèque. Il ne l'avait lu qu'une seule fois dans son intégralité depuis son retour à la vie de Mann ; cela avait fait partie de sa rééducation après toutes ces années où il avait été un apprenti rōshun dans les montagnes de Cheem. C'était ainsi que les prêtres-espions de l'Élash l'avaient peu à peu réintégré dans les voies de la chair divine, avant de lui révéler qu'il allait devenir Diplomate au sein de la Section.

Il glissa le mince volume dans son paquetage, mais à contrecœur.

Alors que le jour déclinait, Ché, vêtu d'une tunique blanche propre, dégustait un verre de vin du Serat, tranquillement assis dans son fauteuil dans la pièce à vivre éclairée par les lampes à gaz. L'estomac confortablement rassasié, il contemplait la rue en contrebas, perdu dans ses pensées.

Sa belle humeur tonique s'en était allée ; pour tout dire, il se sentait un peu déprimé, maintenant que son bagage était prêt et qu'il n'avait plus rien d'autre à faire qu'attendre que vienne le lendemain matin. La réalité de ce qui l'attendait lui tombait finalement dessus. Son existence de Diplomate lui permettait de vivre dans un éloignement relatif mais précieux de ses pairs. Or, pour les semaines à venir, il allait devoir coexister dans la plus grande proximité avec les autres prêtres ainsi qu'avec la Matriarche et son entourage de sycophantes. Il allait devoir surveiller chacune de ses paroles, faire attention à chacun de ses pas. Et cela promettait de n'être pas facile, en particulier depuis que ses pensées paraissaient aller de plus en plus à l'encontre du monde qui l'entourait.

Depuis Cheem et sa trahison des Rōshuns, Ché vivait avec un sentiment de colère sourde qui grandissait en lui. Il la sentait vibrer aux mille façons qu'il avait de voir son humeur virer au cours d'une journée ordinaire ; ou bien lorsqu'il disait des choses qu'il aurait mieux fait de taire, ou provoquait ses chefs avec ce qui avait toutes les apparences de l'arrogance. En vérité, ce n'était pas de l'arrogance, mais plutôt une forme de haussement d'épaules moral ; du désintérêt. C'était exactement comme s'il avait souhaité qu'on remette en cause son comportement, comme s'il avait voulu se confronter enfin aux prêtres, quelles que puissent en être les conséquences. Une forme de pulsion de mort sans doute, qui peu à peu gagnait en force et en puissance.

Ché but une gorgée de vin, goûtant la douce âpreté sur sa langue ; l'accompagnement parfait du lapin épicé dont le souvenir demeurait sur ses papilles. De la cuisine, lui parvenaient les bruits de Rouflaquette lavant les plats et les assiettes.

La pluie avait enfin cessé et la foule se répandait dans les rues pour les divertissements du soir. Pendant un moment, Ché surveilla les agissements d'un mac qui dirigeait son petit empire depuis le coin d'une rue. L'homme se pavanait et faisait le beau sous les réverbères. Puis Ché en eut assez et son attention glissa vers un groupe de jeunes, garçons et filles mêlés, assis sur un muret derrière un arrêt de tram. Les bâtonnets de hazii circulaient ; les jeunes gens bavardaient et riaient, se réchauffant mutuellement par leur présence. Ils ne paraissaient guère moins âgés que Ché ; et pourtant, il les considérait avec l'œil d'un vieillard.

Tout d'abord, il ne remarqua pas Rouflaquette ; elle était entrée dans la pièce et se tenait debout les mains croisées devant elle, attendant qu'on lui donne congé pour la nuit. L'esclave domestique se racla la gorge et Ché se retourna ; les yeux papillotants, il examina son petit visage, fatigué et triste.

Ché ne savait même pas comment cette femme s'appelait vraiment. Par principe, les esclaves qui n'étaient pas spécifiquement attachés à une maison n'avaient pas le droit de porter un nom, hormis ceux que leurs maîtres trouvaient bon de leur donner. Il l'avait donc baptisée de ce surnom le jour où il était entré dans ses murs et qu'il avait découvert cette femme d'âge mûr dotée d'un regard bleu et farouche et de cheveux blonds et fins qui lui encadraient étrangement le visage. Il savait qu'elle appartenait aux peuples des tribus du nord, mais uniquement à cause de la couleur de ses cheveux et du tatouage bleu qu'il avait un jour aperçu en haut de son bras.

Ce n'est pas une vie, s'était-il dit bien souvent à son sujet. Sept jours sur sept prête à répondre à ses ordres, et guère plus que le cœur de la nuit pour elle-même ; et encore, à condition de n'être pas convoquée dans le lit de son maître. Il imaginait que ses maîtres précédents n'avaient pas hésité à abuser d'elle ; elle était tout de même fort féminine. Lui-même avait joué avec cette idée, avant de décider qu'il préférait un minimum de consentement en la matière.

Derrière Rouflaquette, le reste des lieux était plongé dans des ombres mouvantes, qui s'agitaient au gré de la flamme dansante des lampes. L'obscurité enveloppait l'horloge d'où montait un « tic-tac » solitaire sur sa tablette au loin dans la pièce, ainsi que les piles de documents tassées contre le mur, et le globe laqué représentant le monde tout entier ; celui-là avait tant tourné déjà qu'il aurait fallu l'huiler à nouveau. Pas grand-chose d'autre dans ces appartements, hormis du vide et des murs nus ; et les bruits de la rue au-dehors.

— Reste encore un peu, dit Ché à son propre étonnement, accompagnant son invite d'un geste de ses mains ouvertes.

Rouflaquette se méprit sans doute, car le rose lui monta aux joues.

Une fois encore, l'idée lui vint que peut-être elle savait lire sur les lèvres ; bien des esclaves apprenaient à le faire après qu'on les avait rendus sourds. Après tout, c'était possible, et elle n'en disait rien pour des raisons qui lui étaient propres.

— Non, je voulais dire… (Il secoua la tête et détourna le regard, puis aperçut le plateau d'ylang posé sur la petite table devant lui. D'un geste, il désigna le jeu.) Peut-être m'accorderais-tu une partie, si tu sais y jouer ?

Les yeux de la femme suivirent sa main, avant de revenir se poser sur lui. Ché vit un sentiment de pitié passer sur les traits de Rouflaquette. Pendant un instant, il le distingua très nettement et se demanda ce qui, chez lui, pouvait bien susciter un tel sentiment en elle. L'esclave ne bougeait pas.

— Du vin ? proposa-t-il en levant la bouteille au-dessus d'un verre vide.

Lorsqu'il releva la tête, ce fut pour découvrir la mine d'un petit animal s'approchant à pas timides et prudents.

Rouflaquette prit place dans le fauteuil en face ; elle posa son ardoise devant sa poitrine et croisa soigneusement les mains sur ses genoux. Ché lui remplit son verre sans la quitter des yeux.

Ils jouèrent en silence ; les cris et les rires dans la rue étaient assourdis par les épaisses parois vitrées. Rouflaquette savait jouer, suffisamment bien, même, pour s'amuser au début. Cela dit, Ché ne la pressait pas trop ; il voulait que la partie dure un peu. Mais elle s'amusa de cela également ; une lueur de perspicacité égayée brillait dans les regards par en dessous qu'elle lui jetait de temps à autre, ombrés par ses épais sourcils.

À chacun des coups qu'elle jouait, Rouflaquette prenait garde à bien tenir son ardoise devant sa poitrine, de façon que cette dernière ne saille pas lorsqu'elle se penchait au-dessus du plateau. Ché finit par pointer l'ardoise de son index en lui jetant un regard.

— S'il te plaît, enlève-moi ça.

Elle le fixa en clignant des yeux.

Il tendit le doigt une nouvelle fois en accompagnant le mouvement d'un signe de tête.

Rouflaquette baissa les yeux et scruta son ardoise un moment. Puis elle la retira d'un geste empreint de hâte et de brusquerie, pour la déposer contre un pied de la table.

— Et maintenant, que dirais-tu de retirer le reste de tes vêtements ?

Il l'observait intensément pendant qu'elle le regardait. Le rose lui était-il monté aux joues ?

La curiosité de Ché n'en fut que plus piquée.

Rouflaquette but une gorgée et plaça trois de ses galets de façon à cerner l'un de ceux de Ché ; elle le récupéra sur le plateau de ses doigts rendus calleux par le travail, pour le déposer avec les autres cailloux déjà capturés.

— Je pars demain matin, dit-il en scrutant attentivement les yeux de son esclave. Avec la flotte. Nous allons faire la guerre aux incroyants.

Rien. Pas le moindre changement dans son expression.

Ché avança négligemment ses cailloux noirs vers les blancs blottis en quête de protection dans un quadrant du plateau. Il s'autorisa quelques erreurs pour bloquer sa propre offensive, et Rouflaquette améliora sa situation. Elle jouait rapidement, comme si elle n'avait guère accordé d'importance à la partie en cours. Elle paraissait bien plus intéressée par le vin.

Il lui remplit encore son verre et attendit qu'elle boive cette nouvelle ration. Lorsque leurs regards se recroisèrent, Ché parla.

— Mes maîtres m'ont demandé de tuer la Sainte Matriarche.

Ses paroles résonnèrent dans l'atmosphère tranquille et tamisée.

Une lueur sauvage s'était allumée dans les yeux de Rouflaquette fixés sur lui. Ché perçut l'intensité subitement apparue dans l'air entre eux.

— Si elle fuit le champ de bataille, pour être précis. Ou si elle semble sur le point d'être capturée. Apparemment, on ne veut pas que cela arrive. Elle doit vaincre ou périr. C'est tout.

Il posa un caillou, puis en prit un autre qu'il plaça à côté du premier. Un troisième vint se nicher derrière.

— Maintenant, je me demande qui sont mes maîtres. Qui sont ceux pour qui je travaille depuis tout ce temps, s'ils sont en mesure d'ordonner le meurtre d'une Matriarche ?

Le visage de Rouflaquette s'approcha brusquement du sien.

— Chut ! Suffit maintenant ! dit-elle d'une voix tremblante et d'un ton inégal.

Les mains de l'esclave étaient accrochées à la table.

Pendant un instant, Ché demeura silencieux, tétanisé par la surprise. Il déglutit.

— Quoi ? répondit-il d'une voix posée et avec un petit geste de la main. Tu crois qu'ils écoutent aux murs ?

Rouflaquette fixait des yeux les lèvres de Ché ; sa poitrine montait et descendait sur un rythme rapide ; elle haletait en silence.

— Vous allez nous causer du tort avec ce genre de paroles. Pourquoi me dire ça à moi ?

Elle tenait son visage si près du sien qu'il pouvait sentir la chaleur de son souffle.

— Parce que je croyais que tu ne me comprenais pas, répondit-il lentement. C'est ce que tu m'as laissé entendre depuis le premier jour. Tu prétendais ne pas savoir lire sur mes lèvres.

Il riva sur elle un regard dur et accusateur.

— Et pourquoi vous serais-je loyale ? aboya-t-elle de sa voix au ton étrange. Je ne suis pas votre épouse, soumise à vos quatre volontés. Et je ne suis pas votre mère non plus.

L'humeur de Ché s'assombrit instantanément ; ce fut comme une lampe qui s'éteint.

— Je sais parfaitement ce que tu es, grogna-t-il.

Et, comme s'ils avaient été animés d'une vie propre, les yeux de Ché vinrent se poser sur le collier d'esclave qui ornait le cou de Rouflaquette.

Elle haussa les sourcils.

— Oh ? Et qu'avons-nous là, sinon l'esclave d'un esclave ? (D'un regard circulaire, la femme embrassa tout l'appartement.) Ils vous ont donné une plus jolie cage qu'à nous autres. C'est tout.

Lentement, Ché inclina le plateau du jeu d'ylang, jusqu'à ce que les cailloux commencent à glisser, un par un ; ils tombèrent et roulèrent sur le sol de bois dans un *staccato* de claquements secs. Les regards des deux joueurs étaient rivés l'un à l'autre. Après la chute du dernier caillou, et le retour concomitant du silence, Ché relâcha le bord du plateau qui retomba sur la table.

Rouflaquette se rassit, toute tremblante.

— Est-ce que tu travailles pour eux ? demanda Ché. Est-ce que tu leur racontes tout sur moi ?

— À qui ? demanda l'esclave d'une voix blanche.

Ché lâcha un long soupir. Il l'observa un long moment, déchiré entre la colère et l'angoisse.

— Pars, dit-il. Va-t'en d'ici.

Elle se leva, non sans avoir ramassé son ardoise. Sans un mot, elle marcha jusqu'à la porte.

— Tiens ! aboya Ché, comme elle se retournait une dernière fois.

Il reboucha la bouteille de vin à moitié pleine et la lui lança. Rouflaquette écarquilla les yeux sous le coup de la surprise, mais elle se ressaisit. Emportant la bouteille, elle sortit et referma la porte derrière elle.

Ché se laissa aller dans son fauteuil ; son regard fixait les cailloux éparpillés sur le sol. Il y avait dans leur disposition quelque chose qu'il ne parvenait pas à déchiffrer.

6

Les Bâtards de St Charlos

L'homme lourd et massif qui gardait le sommet de l'escalier tomba dans ses bras avec un grognement de surprise. Pendant un instant, elle chancela sous son poids, semblable à quelque jeune épouse ramenant chez elle un ivrogne de mari, puis elle accompagna doucement le corps qui s'affala au sol, proprement et sans un bruit.

D'un petit coup du poignet, Swan évacua le sang sur sa lame, envoyant involontairement une traînée de gouttelettes sur le mur humide. La jeune femme considéra la composition à laquelle elle avait donné le jour ; le contraste entre les taches écarlates et le plâtre jaunâtre lui plaisait tout particulièrement.

— Qu'est-ce que tu fais ? demanda Guan en s'arrêtant à sa hauteur. Tu es défoncée ?

— Un petit peu seulement. Ne t'inquiète pas, frérot. Ça me maintient sur la brèche.

Ensemble, les deux prêtres enjambèrent le cadavre, puis s'arrêtèrent devant la porte. Un brouhaha de voix parlant en même temps leur parvenait depuis l'autre côté. Swan entendit aussi un bébé qui pleurait faiblement.

— Doucement, chacun son tour ! Milan, je t'ai vu lever la main le premier.

— Je voulais juste dire que si nous annulons ce plan, alors il faut que ce soit par choix délibéré, et non pas parce que nous avons peur de ce qu'ils nous feront.

— Mais, Milan, dit une autre voix. Pendant la semaine de l'Augere ? Ils vont nous massacrer sur place si l'on perturbe la semaine sainte comme ça.

— Et qui va faire tourner les filatures et les aciéries dans le Foutoir ? répliqua une femme. À moins que vous n'imaginiez qu'ils vont se contenter de perdre leur bénéfice pendant qu'ils forment d'autres travailleurs ?

— Tu parles ! cria un autre. Dans les filatures, ils peuvent mettre en place de nouvelles équipes en quelques semaines à peine. Ce n'est pas la question. La question, c'est qu'ils sont vulnérables pendant l'Augere. Tous ces pèlerins venus de tous les coins de l'Empire. Tous ces représentants du Caucus. Le monde entier est censé fêter l'unité de Mann pendant cette semaine. Un Empire uni et heureux, avec nous tous en train d'agiter nos petits drapeaux, convaincus de faire partie d'une grande famille, comme les bons petits moutons qu'ils nous ont appris à être. Et pendant ce temps-là, derrière leurs portes fermées, ils mettent au point leur stratagème pour nous pressurer encore plus. Non, ils ne vont pas aimer ça lorsque nous allons descendre dans la rue. Mais s'ils veulent parvenir rapidement à une solution sans commettre un bain de sang aux yeux de tous, alors ils devront écouter nos conditions.

— Nous ne sommes pas là pour parler de révolution, Chops. Et si jamais ils attendent que les pèlerins soient partis pour ensuite nous brûler vifs dans la Shay Madi, histoire de s'amuser, exactement comme ils le font avec les mendiants – et pour mettre alors dans les usines ces pauvres âmes qui sont véritablement esclaves ?

— Alors nous aurons droit à un véritable soulèvement. Comme au temps de nos pères et nos mères, la dernière fois que les prêtres ont cru qu'ils pouvaient ôter le pain de la bouche des travailleurs. Ils doivent nous permettre de gagner notre vie. Même les prêtres le reconnaissent.

— D'ailleurs, c'est la crainte de ce que nous pourrions perdre qui nous a conduits là où nous en sommes. Toutes ces fois où nous aurions dû faire front ensemble et que nous ne l'avons pas fait. Et systématiquement, c'était parce qu'ils nous menaçaient de faire venir des esclaves pour nous remplacer – ou même de déplacer les usines ailleurs. Je passe plus d'heures sur ma presse que je n'en passe chez moi. Et ma femme aussi, tout comme les plus âgés de nos enfants. Et nous parvenons à peine à nous vêtir et à nous nourrir – pour ne rien dire de nos loyers en retard et des remèdes à acheter lorsque les enfants sont malades. Il faut faire quelque chose, pour l'amour du kush.

Swan sourit ; non pas à cause de ce qu'elle entendait, mais à la lecture de la devise gravée dans le linteau de la porte.

« Mieux vaut allumer une seule chandelle que de maudire les ténèbres. »

Son frère, occupé à se détendre les muscles du cou à ses côtés, pointa du doigt quelque chose dans l'ombre au-dessus des mots. C'était une forme gravée représentant deux mains serrées, jointes par du fil barbelé.

— Ils s'appellent eux-mêmes les Bâtards de St Charlos.

— St Charlos ? Jamais entendu parler.

— Ce n'est pas étonnant, répondit Guan. Son nom a été interdit vingt-cinq ans avant notre naissance. C'était un prêtre de l'ancienne religion, du temps où la ville était toujours une monarchie. Il vivait et travaillait dans le Foutoir, le long de la rive est. Il donnait tout son argent aux pauvres. Il a œuvré à la création de ces maisons d'accueil. C'est pour cela qu'il est révéré comme un saint.

— Tu vois ? Voilà exactement pourquoi je suis contente de t'avoir pour frère. Sans ton intelligence, je serais obligée de lire moi-même tous ces livres assommants. Mais dis-moi, grand sage… pourquoi ces esclaves se qualifient-ils eux-mêmes de « Bâtards » ?

— Charlos avait un faible pour les femmes. On dit que la moitié des gamins du quartier étaient ses enfants illégitimes.

Swan rit à ces paroles, plus fort que nécessaire, sous l'œil perplexe de son frère, sourcils froncés.

À l'intérieur, les voix se turent subitement.

— On y va ? demanda-t-elle.

— Après toi.

Cinquante visages étaient tournés vers la porte lorsque Swan fit son entrée. Leurs yeux s'agrandirent lorsqu'ils découvrirent sa robe de prêtresse et son crâne lisse ; même le bambin qui pleurait sur les genoux de sa mère porta sur elle un regard brouillé par les larmes.

Swan claqua des doigts et l'enfant cessa de pleurer avec un petit sursaut étonné.

La pièce était bondée d'hommes et de femmes assis ; il y régnait une chaleur rendue étouffante par tous ces corps serrés les uns contre les autres.

Comment peuvent-ils s'entasser comme ça dans leur puanteur ? se demanda Swan.

— Nous cherchons Gant, annonça son frère d'une voix forte. Montrez-le-nous, s'il vous plaît.

Personne ne bougea. L'homme qui se tenait debout à l'extrémité de la pièce se tordit les mains de désespoir.

— C'est toi Gant ? lui demanda Swan.

Il jeta un coup d'œil en direction des autres pour solliciter leur aide ; Swan vit plusieurs hommes sur les côtés, qui cherchaient à tâtons des armes sous leur manteau.

— Qui le demande ?

C'était un homme adossé à la fenêtre aux volets fermés qui venait de parler. Ses bras étaient croisés sur son torse massif ; il avait une pipe à la bouche et une casquette à visière sur la tête, inclinée sur un œil.

— Moi.

— Et vous êtes ?

— Mon nom est Swan.

— Eh bien, Swan, le mien est Gant. Et ceci est une réunion pacifique. Nous ne commettons rien de mal ici.

Guan émit un reniflement.

— Je dirais tout de même que fomenter la dissension au sein du bétail humain est particulièrement mal.

Il y eut des raclements de chaises sur le sol. Les gens se levaient pour reculer le long des murs. Une poignée d'hommes prit position autour des deux prêtres.

— Nous ne voulons pas d'ennuis, dit Swan, en levant ses mains ouvertes, paumes vers le ciel. (Elle salua Gant d'une inclinaison de la tête.) Passe une bonne soirée, Gant. Ou du moins, ce qu'il en reste.

Lentement, à pas précautionneux, les prêtres sortirent de la pièce à reculons ; leur tâche était achevée. Swan jeta un ultime coup d'œil à l'expression interrogative sur le visage de Gant, avant de refermer la porte derrière elle.

Immédiatement, son frère brisa en deux un bâton de scellement, qu'il utilisa pour coller la porte à son cadre. La poignée s'agita frénétiquement ; quelqu'un tentait d'ouvrir depuis l'intérieur.

Les voix se firent entendre de nouveau.

Swan et son frère s'élancèrent dans l'escalier en faisant la course. La maison d'accueil était une vaste construction aux nombreux étages. Sans doute avait-elle été un hostalio en son temps, ou l'un des célèbres bordels du quartier. Les gens avaient bien vite déserté les volées de marches et les paliers à l'arrivée des deux prêtres. Derrière les portes fermées, on n'entendait plus que des murmures assourdis et des cris d'enfant prestement étouffés. Swan brisa en deux son propre bâton de scellement, puis aida Guan à fermer hermétiquement la porte de sortie de chaque palier au fur et à mesure de leur descente.

Guan évita de croiser le regard de sa sœur.

Dehors, dans la rue pavée, un petit vent chargé de relents soufflait à la surface de l'Accenine – l'unique cours d'eau sur l'île de Q'os – et au long des rues tortueuses et infectes de ces bas quartiers appelés le Foutoir. Les fumées que les hautes cheminées noires des aciéries toutes proches crachaient dans le ciel du soir piquèrent l'arrière-gorge de Swan. Guan s'activa pour sceller la porte d'entrée principale, sur laquelle Swan tapotait au rythme de sa musique intérieure ; la prêtresse observait les silhouettes qui s'éloignaient d'un pas précipité à la seule vue de leurs robes.

Elle leva les yeux vers le temple des Murmures dressé vers le ciel au-dessus de l'horizon des toits – flèche tordue et gigantesque parmi d'autres moins hautes. Il était plus brillamment éclairé qu'avant. Swan savait que la deuxième nuit du Caucus devait être en train de débuter ; elle éprouva un sentiment de soulagement en songeant qu'ils n'étaient pas tenus d'y être de nouveau cette nuit-là.

Plus près, sur la rive opposée du fleuve au débit rapide, se dressait la forteresse de la famille Lefall, illuminée par des lampes à gaz braquées sur elle. Le long du quai, des soldats embarquaient à bord de barges : les troupes personnelles du général Romano en route pour le port, d'où la flotte allait partir le lendemain. Swan songea qu'il lui restait encore à préparer son bagage, et à s'assurer que sa nouvelle esclave domestique comprenait bien comment s'occuper de ses animaux.

Guan la poussa du coude ; Swan revint à la réalité et à l'action du moment.

Le prêtre tira son pistolet de sa robe et surveilla les abords, pendant que la prêtresse s'emparait d'une des torches qu'ils avaient pris soin de laisser debout contre le mur. Swan saisit sa propre arme, visa l'extrémité du flambeau et fit feu.

Le bois gorgé d'huile brûla ; sa flamme bleu et orange s'agitait dans le vent. Dans un mouvement rapide, Swan passa la torche tout le long du bâtiment, laissant derrière elle un sillage de feu. Les flammes s'élançaient vivement à l'assaut du mur qu'ils avaient aspergé d'huile.

Laissant son frère à son poste, elle fit le tour complet du bâtiment, passant devant les portes qu'ils avaient déjà veillé à sceller. Lorsqu'elle le rejoignit, le feu enveloppait déjà la construction tout entière.

Des coups furent frappés à la porte principale ; les gens voulaient sortir.

— Rappelle-moi déjà : pourquoi ce ne sont pas les Régulateurs qui s'occupent de ce cas ?

— Parce que, ma chère sœur, la famille de la Matriarche possède la moitié des filatures du Foutoir. Elle voulait probablement s'assurer que le travail serait bien fait.

Les bruits de panique commençaient à rattraper les ronflements du brasier. On ouvrait les volets sur toute la façade ; des gens se penchaient aux fenêtres, enveloppés dans de grands panaches de fumée.

— Tu crois que cela va marcher ?

— Peut-être qu'ils cesseront enfin de faire du bruit au sujet de leurs droits, pendant un moment. À les entendre parler, on a l'impression que des droits sont remis à chacun d'entre eux à l'instant de leur naissance.

Quelqu'un poussa un hurlement et un corps fumant vint s'écraser sur le pavé devant eux avec un bruit sourd. D'autres suivirent bientôt ; leurs membres craquaient au contact du sol.

Swan bondit en arrière pour éviter les humeurs projetées par un crâne éclaté. Fascinée, elle contemplait le chaos sanglant.

Un bébé pleurait non loin. Elle l'aperçut parmi les corps encore animés, toujours à l'abri dans les bras de sa mère disloquée. Apparemment, c'était le même bambin que celui qu'elle avait vu dans la pièce au sommet du bâtiment.

— Petit veinard, dit Swan en se penchant pour l'examiner de plus près. (Elle tourna la tête vers son frère.) Tu as remarqué ? Leurs enfants pleurent sans presque faire de bruit.

— Non, répondit-il, au milieu des cris et du vrombissement des flammes. Allons-y.

Elle hocha la tête, puis se désintéressa du petit qui braillait. Ce n'était pas son problème.

Pedero jeta un coup d'œil par-dessus son épaule avant de frapper à la lourde porte de tiq. Il laissa retomber son bras ; sa main tremblait. Il sentait l'humidité sous ses aisselles, à l'endroit où des auréoles s'étaient épanouies sur sa robe blanche de prêtre.

Au creux du ventre, il éprouvait une sensation si intense qu'il pensait qu'il allait en vomir.

Ressaisis-toi, se morigéna le prêtre-espion.

Il prit une profonde inspiration qu'il laissa filer doucement, et serra les poings.

Un Acolyte habillé en civil le fit entrer dans la pièce, avant de le fouiller rapidement. Son regard mécontent examina l'apparence de Pedero.

— Restez ici, ordonna-t-il, avant de traverser la grande salle dans sa longueur jusqu'à un cabinet de bois adossé au mur du fond.

Un esclave domestique se tenait à côté de l'entrée ouverte du cabinet, avec un bol d'éponges à la main.

Pendant que Pedero attendait debout devant un lourd bureau, il s'efforça d'être calme. Le reste de l'espace était plein à craquer de boîtes de dossiers en tous genres, qui attendaient d'être ouvertes ; son propre bureau, dans l'autre aile du bâtiment, était plus ou moins dans le même état, depuis le déménagement annuel de l'ordre Élash dans cet édifice anonyme. Un déjeuner à moitié fini traînait parmi les documents sur la table de travail de son supérieur. Par une porte ouverte derrière celle-ci, il aperçut, dans la pièce contiguë, la lourde malle de voyage fermée par un verrou de cuir et ficelée à l'aide d'une corde duveteuse.

— Faites vite ! cria la voix rugueuse d'Alarum depuis ses latrines personnelles. Je dois filer au port.

Pedero tourna vivement la tête en entendant l'annonce du maître-espion.

— J'ai un rapport à vous remettre. Je... Je crois qu'il serait préférable que vous en preniez connaissance.

— C'est toi, Pedero ?

— Oui. Oui, c'est moi.

— Et ça ne peut pas attendre ?

Pedero baissa les yeux sur le rapport qu'il serrait entre ses mains tremblantes. À cause de ses doigts moites, l'encre des lignes tracées d'une écriture nette et serrée avait bavé par endroits.

— Je ne crois pas. Cela provient de l'un de nos postes d'écoute. C'est au sujet d'un Diplomate nommé Ché. Si j'ai bien compris, il accompagne la Sainte Matriarche dans sa campagne.

Une main émergea par la porte ouverte.

Pedero progressa en crabe vers elle, puis y fourra le rapport sans regarder. Il baissa la tête avant de reculer jusqu'à une distance respectable, les mains jointes dans le dos.

Quelques instants s'écoulèrent.

— Il a vraiment dit ça ? À son esclave domestique ?

— Oui.

Quelques jurons furent marmonnés. D'ordinaire, Alarum n'était pas un homme à l'humeur revêche. Néanmoins, depuis qu'il avait appris qu'il devait accompagner la Sainte Matriarche, à titre de conseiller personnel pour le renseignement, il se montrait désagréable envers tout le monde.

— Le tampon horaire remonte à la nuit dernière. Pourquoi est-ce que je ne suis prévenu que maintenant ?

Pedero manqua soudain d'air et toussa.

— Il y a eu une certaine confusion, commença-t-il avec une grimace. Dans le traitement administratif.

— Tu veux dire qu'il est resté sur ton bureau pendant tout ce temps, et que tu viens seulement de prendre la peine de le lire.

Pedero ne pouvait nier qu'il s'agissait là de la plus exacte vérité. Il avait déjà cherché un biais pour faire retomber son erreur sur un échelon inférieur, mais son esprit était resté vide, figé par la terreur. Assis à sa table avec le rapport entre ses mains tremblantes, il avait été saisi d'une horrible panique d'avoir lu ce message, de savoir qu'il était désormais contaminé par sa lecture, et de comprendre qu'il ne pourrait effacer cette réalité et qu'il lui faudrait donc subir le sort funeste que ces mots lus véhiculaient avec eux. *Déchire cette saloperie et brûle-la*, avait-il songé dans un instant de confusion hystérique. Il s'était même levé, prêt à accomplir ce geste ; puis il avait noté la présence de Curzon, assis à son bureau en hauteur de l'autre côté de la pièce, en train de l'examiner depuis son perchoir par-dessus ses bésicles. Lui, le cafteur de tous les cafteurs.

Accomplis ta mission, avait alors songé Pedero dans la solitude glacée de cet instant. *Fais face comme tu le fais toujours.*

C'était un instant de pure folie, songea-t-il devant la réalité de sa décision. Pedero redressa la tête, comme s'il avait offert sa gorge en sacrifice.

— J'ai bien peur que ce soit cela, maître-espion. Avec le déménagement… nous n'avons pas encore retrouvé toutes nos marques.

— Des excuses, Pedero ? Je devrais t'envoyer au bloc de douleur pendant une semaine pour ce que tu as fait. Et encore, il faudrait que tu me remercies de me montrer si indulgent.

— Oui, maître-espion.

Alarum poussa un long soupir harassé. Ce n'était pas le son le plus rassurant de la part de cet homme.

— Dis-moi. Dans combien de mains ce rapport est-il passé ?

En entendant ces mots, le sang se retira du visage de Pedero ; il le sentit à la soudaine sensation de fraîcheur dans sa chair. C'était comme s'il était déjà mort. Il tourna la tête vers l'Acolyte et l'esclave domestique ; tous deux évitèrent son regard.

— L'écouteur. Et moi-même.

— Qui est l'écouteur ? Je n'arrive pas à lire son nom.

— Ul Mecharo.

— Et la femme esclave ?

— Son numéro figure sur le rapport. En haut à gauche.

— Je le vois.

Un bruit étrange parvint à Pedero depuis l'intérieur du cabinet. C'était Alarum qui faisait claquer ses dents – une habitude qu'il avait lorsqu'il explorait sa mémoire à la recherche d'un souvenir.

— Je connais ce jeune homme, Ché, dit-il pensivement à travers la paroi. Ou du moins, j'ai connu sa mère, dans ma jeunesse. Elle était Sentiate à cette époque ; elle doit toujours l'être, je pense. Pas une de ces filles aux yeux morts comme on en trouve maintenant. Non, elle était toute en griffes et pleine de feu, celle-là. J'ai dû arrêter de la voir lorsqu'elle est tombée enceinte. Je ne supportais pas le goût de sa…

— Cela pose de sacrées questions au sujet de l'état d'esprit de ce Diplomate, se risqua à dire Pedero. Avec de tels propos, il signe son arrêt de mort. Dès que la Section recevra le rapport…

— J'ai plutôt l'impression que son arrêt de mort a été signé à l'instant où le détail de sa mission lui a été communiqué. Il en sait beaucoup trop maintenant. Nous devons partir du principe que la Section l'éliminera dès l'instant où sa mission aura été accomplie, d'une manière ou d'une autre.

Pedero se mordit les lèvres, en se demandant comment procéder pour inciter le maître-espion à se livrer plus encore. Cela faisait plusieurs années qu'il connaissait l'homme. Alarum avait toujours exigé de son personnel des discussions sincères et directes, ne serait-ce qu'en faisant preuve lui-même d'une franchise presque brutale ; il estimait que c'était une qualité essentielle dans leur travail pour garder un tant soit peu la tête sur les épaules.

De nouveau, Pedero jeta un regard du côté de l'Acolyte, puis de l'esclave, mais tous deux paraissaient passer leur vie les yeux rivés au sol. Il s'approcha d'un pas du cabinet ; il était presque tout contre.

— Est-ce vrai ? demanda-t-il à son supérieur. Je veux dire, est-ce vrai ce qu'il dit ?

La réponse d'Alarum explosa subitement dans la pièce.

— Laissez-nous, ordonna-t-il.

L'Acolyte et l'esclave regardèrent enfin Pedero, avant de se diriger vers la porte.

— Tu aimerais vraiment le savoir, si c'était vrai ? demanda Alarum une fois les autres partis.

— De toute façon, j'ai déjà l'impression d'avoir un nœud coulant autour du cou.

— Ah ? Et moi alors ? N'ai-je pas posé les yeux sur ce rapport également ?

— Peut-être faites-vous déjà partie de cette intrigue, répondit Pedero.

Il savait qu'à ce stade, la prudence n'était plus de mise.

Un étrange crachotement lui parvint du cabinet. Pedero choisit de croire qu'il s'agissait d'un rire.

Pourquoi rit-il ? Que peut-il bien y avoir de drôle dans tout cela ?

— Mes supérieurs, peut-être, répondit enfin Alarum. Les maîtres de ce Diplomate au sein de la Section, certainement.

Pedero tamponna ses lèvres humides ; selon toute apparence, il avait cessé de respirer. À cet instant, il songea à la brique d'herbe de hazii qui l'attendait dans sa chambre personnelle du quartier du Temple, et à la longue nuit de plaisir qu'il s'était promise avec l'esclave sexuel dont il venait de faire l'acquisition. Il se demanda s'il lui serait donné de rentrer chez lui vivant.

Ce fut donc d'un œil dur qu'il fixa le document jeté par la porte du cabinet, qui vint atterrir sur le sol devant lui.

— Enterre ça quelque part dans les dossiers. Ne dis rien à personne. C'est compris ?

Il aurait pu se jeter aux pieds d'Alarum tant était grande la gratitude qu'il éprouva en cet instant. Le soulagement passa sur lui comme une vague avec la force d'un plaisir sexuel.

— Bien sûr, maître-espion, répondit Pedero en se hâtant de ramasser la feuille de papier.

— Et… Pedero ?

— Oui, maître-espion ? répondit ce dernier, le souffle court.

— À quoi ressemble ce Diplomate ?

— Je crois que sa description est donnée dans son dossier.

— Apporte-le-moi.

7

Assassin

Tout d'abord, Ash ne vit pas les ailes-chauve-souris qui volaient vers lui ; elles n'étaient guère que de petites taches sur la brume lointaine au-dessus de la ville.

En préparation de ce qui allait arriver, il pratiquait une série d'étirements sous le ciel matinal, pour relâcher ses muscles et atténuer les douleurs dans son dos et ses genoux ; au plus profond de ses tripes, il savait que, ce jour-là, elle allait enfin sortir de son nid de corbeau haut perché.

Il était tout entier concentré sur ses mouvements et le son que produisait son souffle profond, remonté du fond de son ventre. Ash n'accordait donc guère d'attention au ciel, ni aux rues bruyantes en dessous, quand bien même étaient-elles bondées de milliers de passants. La lumière du matin lui faisait mal aux yeux ; c'étaient les prémices d'une migraine assurée. Il espérait seulement qu'elle ne serait pas trop terrible.

Ce ne fut qu'à l'instant de se baisser, pour étirer les muscles de son dos et de ses fessiers, qu'il les vit ; une formation d'ailes-chauve-souris répartie sur un demi-laq et qui volait au ras des toits en direction du quartier du Temple. Ash resta en position basse lorsque l'une d'entre elles passa pile au-dessus de lui, si proche qu'il aperçut le pilote suspendu sous l'aile, et entendit les cliquetis métalliques de son harnais. Elle laissa dans son sillage une turbulence qui fit loucher le Rōshun.

Du coin de l'œil, à l'extrême périphérie de sa vision, Ash perçut un éclair blanc sur sa gauche, là où s'élevait un bâtiment, à l'ouest de la maison de divertissement. Il se baissa davantage et avança de côté jusqu'à se tasser contre le parapet. Lentement, il releva la tête pour risquer un coup d'œil.

Un Acolyte faisait le tour du toit de l'immeuble, un fusil posé sur l'épaule ; de temps à autre, il s'arrêtait pour regarder dans la rue en contrebas. Ash se retourna pour examiner les autres toits aux abords, de l'autre côté de la maison de divertissement.

Sur un grand nombre d'entre eux, ceux qui étaient plats, il distingua des robes blanches qui émergeaient dans la lumière de l'aube.

Devant lui, la porte commença à s'ouvrir dans un grincement.

Ash se figea.

La porte qui donnait accès au toit de la maison de divertissement était encastrée dans la grande main de béton érigée au centre, de l'autre côté de l'endroit où il s'adonnait à ses exercices. Ash jeta un coup d'œil à la base de la main, là où était posé son second manteau, autour de ses armes.

Un Acolyte apparut de derrière la statue. Dans une main, il portait un fusil muni d'une longue-vue, et dans l'autre, un pistolet. La tunique blanche entama un mouvement, comme pour pivoter sur elle-même.

Sans réfléchir une seconde, Ash se jeta de l'autre côté du parapet.

Accroché par le bout des doigts au rebord, Ash connut un instant de vertige. Ses jambes se balançaient dans le vide au-dessus des toits bas de l'établissement d'origine – et des milliers de têtes allant et venant, très loin en dessous. Les bruits de la rue lui parvenaient nettement désormais, hachés et disparates, semblables à ceux d'un océan dépourvu d'harmonie.

Mais qu'est-ce que je fais là ? se demanda-t-il en s'accrochant de toutes ses forces au bord de béton rugueux.

Des bruits de pas lui parvinrent. Il releva la tête pour découvrir l'Acolyte penché au-dessus de lui ; seuls ses yeux étaient visibles à travers les fentes de son masque. Un petit vent agitait les pans de sa tunique blanche ; parcourue d'étranges mouvements, la soie scintillait dans la lumière du matin. En esprit, Ash revit le bûcher dévoré par les flammes, avec les Acolytes revêtus de leur robe blanche regroupés tout autour pour regarder brûler Nico.

— Donnez-moi la main, dit Ash en négoce, et relâchant la précieuse prise de sa main gauche pour tendre celle-ci.

Il n'avait pas parlé sur le ton de la supplique, mais sur celui du commandement.

L'Acolyte se trémoussa, en proie à l'incertitude. Ses yeux filèrent se poser sur le bras tendu. Ash sentait les doigts de sa main droite qui commençaient à brûler ; il savait qu'ils ne tarderaient plus à s'engourdir. Une nouvelle fois, il lança sa main libre en direction de l'Acolyte.

— Vite !

L'homme posa son fusil, mais conserva son pistolet dégainé ; il tendit son bras pour attraper Ash. Le Rōshun fit comme s'il ne pouvait plus se hisser, obligeant l'Acolyte à se pencher.

Leurs mains se saisirent. Avec un grognement, Ash tira de toutes ses forces, déséquilibrant l'Acolyte ; l'homme bascula par-dessus le parapet et chut dans le vide.

Ash entendit un cri lorsque l'homme passa devant lui, puis plus rien.

D'une traction, Ash reprit pied sur le toit. Il se mit debout et inspecta les environs. Aucun autre Acolyte ne regardait dans sa direction. Il vida longuement et profondément ses poumons, avant de jeter un regard par-dessus le garde-corps. La silhouette blanche gisait recroquevillée dans la rigole d'évacuation des eaux de pluie entre deux toits de la maison de divertissement.

— Ouh là ! s'exclama Ash.

Il déboucha dans le chaos de la Serpentine, sa capuche profondément tirée sur son visage. La festa battait son plein sur le vaste boulevard et dans les rues adjacentes. Dans la foule, bien des gens avaient l'air déjà passablement ivres ; on agitait en masse de petits drapeaux frappés de la main rouge de Mann, ou des guirlandes de fleurs blanches et rouges achetées à des marchands ambulants subitement apparus à chaque coin de rue, à côté des étals de nourriture, d'alcool et de drogues. Des soldats dégageaient la voie, repoussant tout le monde sur les trottoirs. Ash savait ce que cela signifiait ; il savait aussi pourquoi des ailes-chauve-souris survolaient le quartier et vérifiaient aussi méticuleusement les toits.

Il s'enfonça dans la presse, avec, sous le bras, le paquetage contenant toutes ses possessions. Il trouva un espace sous une voûte, à côté d'un éventaire où l'on pouvait manger chaud ; il y fit l'emplette d'une tasse en papier remplie de chee fumant et d'un roulé à la viande de porc et aux poivrons. Il mangea au milieu d'enfants dont les cris surexcités animèrent son repas.

Un vieux chien galeux s'approcha et s'assit devant lui, les yeux fixés sur sa nourriture ; de la bave coulait de ses babines palpitantes.

— Tiens, dit Ash au chien en lui lançant le dernier tiers de son roulé.

Le chien remua la queue sur le sol en engloutissant les restes en quelques coups de gueule. Puis il releva ses yeux quémandeurs, toujours en agitant la queue.

Ash essuya ses mains graisseuses et les tendit au museau inquisiteur de l'animal.

— Il n'y a plus rien, grogna-t-il.

Le chien se coucha. Tout en faisant de son mieux pour l'ignorer, Ash s'appuya contre le mur pour alléger le poids sur ses jambes. Puis il attendit, sous le passage en arcade, le regard rivé sur le défilé sinueux que formait la Serpentine, en direction de la place de la Liberté et au-delà, vers l'endroit où le temple des Murmures se détachait derrière une foule de toits et de cheminées. Il fourragea dans le chaume de sa barbe en prêtant attention aux bribes de conversation alentour. On parlait des navires de guerre dans le port, parés à prendre la mer ; de la Matriarche sur le point de lancer son invasion. On s'interrogeait sans fin sur leur destination.

À midi, un grand cri de guerre s'éleva en direction de la place. Quelques minutes plus tard, ce furent des vivats tout au long de la Serpentine. Au-dessus des innombrables têtes, Ash aperçut une procession sur l'avenue. Des mains peintes en rouge s'agitaient au bout de perches sculptées, sous lesquelles des prêtres se balançaient en cadence, vêtus de leur robe blanche, et le visage orné d'un masque d'argent poli luisant comme un miroir.

Ash tourna le dos à la rue pour se pencher sur son paquetage. Le chien cligna des yeux et suivit attentivement ce que faisaient ses mains. Ash sortit son arbalète et verrouilla en position de tir les deux branches de l'arme ; par-dessus son épaule, il s'assura que personne ne l'observait. Il arma la double corde et mit un carreau en place, puis un second ; l'odeur de la graisse lui monta aux narines.

Pendant un instant, il éprouva une sensation de *wani*, l'impression d'avoir déjà vécu cet instant ; puis elle s'évanouit.

Lorsque Ash se releva, son arbalète enserrée à l'intérieur de son manteau, l'avant-garde de la procession arrivait à sa hauteur. Il examina les balcons en surplomb de l'autre côté de la rue, tous bondés de familles en liesse. Au-dessus, plusieurs Acolytes étaient en position sur les toits, l'œil collé à la lunette pour suivre la scène en contrebas.

Un rugissement parcourait la cohue, progressant vers lui comme une vague qui déferle. Il avançait au même rythme tranquille qu'un haut palanquin qui remontait l'avenue, noyé dans un nuage de pétales rouges et blancs que la foule lançait depuis les trottoirs et les balcons. Ash l'aperçut fugacement ; Sasheen.

Des soldats luttaient pour contenir la foule qui se pressait, avide d'entrevoir la Sainte Matriarche ou, mieux encore, d'être vue d'elle.

Sasheen était resplendissante ce jour-là. Elle se tenait debout sur un palanquin massif et incrusté de pierreries, représentant un dauphin étincelant ; des rênes gigantesques reliaient la bouche de l'animal à une lisse devant elle, à laquelle elle pouvait se tenir d'une main pour conserver son équilibre. Vingt esclaves nus portaient le palanquin sur leurs épaules ; la Matriarche oscillait doucement au rythme de leurs pas. Son corps était enveloppé d'une armure blanche, et elle portait un masque d'or sculpté à sa propre effigie. Elle brandissait une courte lance dorée.

L'adoration par les personnes dans la foule était portée à son comble lorsque la silhouette de la Matriarche tournait son visage masqué pour poser les yeux sur elles. Des gens tombaient à genoux ; Ash vit plusieurs pèlerins défaillir sur l'instant.

L'arbalète tremblait dans sa main lorsqu'il la leva pour viser la tête de la Matriarche.

Tout le temps qu'il avait passé à attendre, sa longue surveillance sur le toit, tout cela lui paraissait désormais n'avoir duré que l'espace d'un battement de cœur. L'occasion s'offrait enfin à lui ; celle d'apaiser dans son cœur les tourments du garçon. Ash s'efforça de stabiliser sa visée, intensément conscient qu'il était sur le point de franchir une ligne, et qu'il ne pourrait ensuite plus reculer. Après cela, il ne serait plus un Rōshun. Même s'il avait déjà renoncé à ce rôle en paroles, son geste marquerait une rupture définitive.

Qu'il en soit ainsi. De toute façon, je me meurs.

Il enroula son index autour de la détente ; Sasheen passait précisément devant lui.

Quelque chose n'allait pas. Un reflet brillant s'alluma une seconde devant elle. Ash marqua une hésitation, plissa les yeux et vit qu'elle était enveloppée d'une cage de verre incroyablement fin. Il sut immédiatement ce que c'était : le verre exotique renforcé que le monde entier s'arrachait auprès de Zanzahar, et qui était en fait importé des îles du Ciel. Rien ne pouvait l'entamer hormis des explosifs.

Dégoûté, il abaissa son arbalète, pour la glisser bien vite sous son manteau.

Ash pivota sur la pointe des pieds. À son grand étonnement, il sentit que son cœur battait à tout rompre. Assommé, il regarda la Matriarche s'éloigner, indemne ; de rage impuissante, sa main étreignait la poignée de son arme.

Toujours couché sur le sol, le chien geignit ; pour Ash, ce fut le signal qu'il était temps d'agir. À gestes précis et rapides, il démonta son arbalète et la fourra dans son manteau roulé en paquetage, avec sa longue-vue et son épée. Il contempla une nouvelle fois la Matriarche qui s'éloignait sur la Serpentine, bien convaincu qu'il ne fallait absolument pas la perdre de vue ; il devait la suivre comme son ombre jusqu'à ce qu'une occasion se présente. Il prit son barda et s'élança à sa suite.

Le Rōshun s'enfonça dans la foule, laissant derrière lui le chien qui le suivait du regard.

Ash emprunta la procession tout au long du trajet tortueux de la Serpentine ; il sentit la présence du sel dans l'air et comprit qu'ils approchaient enfin du Premier Port. Les trottoirs étaient si bondés qu'Ash avait bien du mal à progresser au rythme pourtant lent du palanquin de la Matriarche. C'était comme dans le rêve d'un enfant qui se voit traversant un bosquet de bambous inflexibles au plus fort d'un orage. Lorsqu'il la perdit de vue pour de bon, il poussa un grognement et força le passage à travers un groupe d'hommes pour déboucher dans une rue adjacente un peu plus calme. De là, il poursuivit en direction du port mais par un autre chemin.

Lorsqu'il parvint enfin sur les quais, il s'arrêta pour considérer la flotte à l'ancre dans la rade. Elle lui parut plus petite que lorsqu'il l'avait vue le jour où il avait accompagné Baracha et les autres pour leur faire ses adieux. Le gros de l'armada des voiles-de-guerre était parti, à l'exception de quelques escadres. Pour l'essentiel, les derniers bâtiments encore présents étaient des transports lourds ; une flottille de canots à rames faisait la navette entre les quais et les navires pour y convoyer hommes et marchandises. Et au milieu, la coque massive du navire amiral de l'Empire les dominait tous.

Impuissant, Ash resta là à contempler les porteurs du palanquin de Sasheen lorsqu'ils s'engagèrent sur la passerelle menant à la barge qui les attendait. Le reste de l'aréopage de la Matriarche suivit, puis la passerelle fut halée à bord. De longues perches éloignèrent l'embarcation du quai, puis les rameurs commencèrent à souquer en direction du navire amiral.

Des gens allaient et venaient autour du Rōshun, mais il semblait à peine remarquer leur présence. Il ne bougeait pas d'un pouce, les yeux emplis de la vision de la barge s'éloignant vers des eaux profondes. Sur les quais, la foule saluait et acclamait la Sainte Matriarche, criant des vœux de prompte victoire. D'un coup d'œil fébrile à la ronde, Ash chercha un moyen de la suivre : un canot qu'il pourrait se procurer ou une place à bord de ceux qui encombraient déjà la surface de la mer.

C'était une pure folie, il le savait, née de son désespoir.

Doucement, se dit-il. *Calme-toi.*

Une nouvelle fois, Ash repartit dans la foule, avec son attirail sous le bras ; il finit par trouver un endroit à l'écart contre le mur de briques d'un entrepôt. Il contempla la mer, dans l'espoir que l'inspiration lui vienne soudain.

Peu à peu, le monde se dispersa, jusqu'à ce qu'il ne reste plus que ceux œuvrant au chargement des navires. Le soleil montait dans le ciel ; une petite brise venue de l'eau dissipait sa chaleur. Par petits groupes, les bâtiments qui avaient achevé leur chargement partaient pour la haute mer, remorqués par des canots ou mus par leurs propres rameurs.

Le navire amiral lui-même entama sa manœuvre vers la sortie de la rade, emporté par sa propre flottille de navires d'escorte. Ash s'obligea à rester assis.

Pendant un long moment, il examina les bateaux toujours à l'ancre, et le calme relatif à leur bord. Son attention glissa ensuite vers le chaos persistant sur les quais, où plusieurs capitaines et leur équipage commençaient à s'énerver. Les discussions étaient vives avec les intendants ; les marins voulaient à toute force obtenir les vivres et les produits qui leur manquaient.

À ce rythme, Ash conclut que bon nombre de ces navires partiraient après la nuit tombée. Il se laissa aller en arrière, tira sa capuche sur son visage, puis croisa les bras et ferma les yeux.

Lentement, l'après-midi d'automne s'écoula et laissa place au crépuscule.

L'histoire du Grand Bouffon était celle de ce sage du Dao du Honshu qui dénigrait tous les dogmes et dont le nom avait pourtant donné naissance à une religion après sa mort. Au cours de leur formation, tous les apprentis rōshuns entendaient ce récit.

Pendant une marche dans la montagne, à la source de la rivière des Parfums, la dernière recrue du Grand Bouffon parmi ses disciples, une femme marquée nommée Miri, lui avait demandé : « Comment quelqu'un peut-il rester immobile, grand maître ? »

En réponse, le Grand Bouffon avait jeté un bâton dans le torrent et avait demandé à ses disciples de le suivre du regard tandis que le courant l'emportait.

« Mais je ne suis pas un bâton », avait répondu Miri, dépitée. « Comment puis-je flotter aussi naturellement au fil de l'eau ? »

Le Grand Bouffon avait donné, du bout du doigt, un petit coup léger sur le front de la femme, une fois.

« En faisant en sorte que ton esprit demeure immobile. »

Lorsqu'il l'avait entendue pour la première fois au cours de sa formation de Rōshun, Ash avait été vivement impressionné par cette parabole fondée sur le paradoxe. C'était une époque où lui-même avait grand besoin d'un sauveur. Contraint à l'exil avec ses compagnons, coupé des siens et condamné à ne jamais retourner chez lui, il avait alors désespérément souhaité trouver quelque chose pour museler la tristesse dans son cœur et les pensées dans son esprit qui lui soufflaient de mettre un terme à cette vie qui ne valait pas la peine d'être vécue. Il avait donc embrassé la voie du Rōshun, la voie de l'être immobile ; et cela l'avait sauvé.

Il y avait une autre histoire dont Ash se souvenait de cette époque ; une histoire que le Grand Bouffon avait lui-même racontée pour instruire ses disciples.

« Un fou est gardé dans une cage, avec un tigre aveugle pour unique compagnon.

D'aussi loin qu'il se souvienne, le fou a toujours marché d'un côté à l'autre de la cage en tournant autour du tigre pendant que celui-ci, affamé, lui tourne lui-même autour en grondant. D'aussi loin qu'il se souvienne, le fou a toujours échappé aux attaques aveugles de l'animal en bondissant sur le côté ou en se tenant debout en silence dans un coin, pendant que le tigre tourne, prisonnier des barreaux. Jamais ce dernier ne s'est arrêté tant est fort son appétit.

Un jour, le fou se dit qu'il ne peut plus vivre ainsi. Il arrête de marcher, tourne le dos au tigre, s'assoit et attend la mort.

Il s'endort, ou du moins il suppose qu'il s'endort, car lorsqu'il rouvre les yeux, tout est différent.

La porte de la cage est grande ouverte et la liberté lui fait enfin signe.

Le fou sort et découvre alors combien toutes les choses ne sont en fait qu'une, dans ce lieu où la lumière consume tout. Il voit comment les barreaux de sa cage compartimentaient sa vision en bandes verticales. Il regarde le tigre, qui arpente toujours l'intérieur de la cage. Et il voit comment il lui a donné un nom, une identité et une histoire, pendant tout ce temps qu'ils ont partagé. Il voit ainsi combien ce tigre est immature et insignifiant, noble et puissant.

Et c'est alors que l'homme retourne dans la cage avec son vrai compagnon. L'animal voudrait encore le dévorer, car il craint toujours pour sa propre survie.

Mais le tigre ne lui fait aucun mal ; l'homme est devenu le maître dans la cage.

L'homme n'est plus fou. »

C'était de cette façon qu'Ash commençait à douter de lui-même. Il ne savait plus s'il se laissait emporter sans heurt dans le flux du Dao, animé d'une volonté claire et détachée. Dans son chagrin, peut-être avait-il perdu la Voie ?

Comment savoir ? Comment pourrait-il jamais distinguer la bonne de la mauvaise voie quand tout lui paraissait désormais uniformément sombre et flou ?

« Respire et fais avec. » Voilà ce que lui auraient dit les moines Chan du Dao. Ash prit donc une profonde inspiration dans l'air frais de la nuit, avant de laisser filer, en une longue expiration, toute la pression et la confusion qui s'agitaient en lui. Puis, son immobilité retrouvée, il s'élança de l'endroit où il était assis, jaillissant dans les ténèbres comme s'il avait marché sur des charbons ardents, courant à toute vitesse sur les pavés du quai, puis sur les planches d'un ponton, pour déboucher à l'extrémité et plonger dans un souffle, tête la première, dans la mer.

8

La brèche

Vêtus de leur robe noire flottant au vent, les hommes-nuages avançaient en procession sur les pavés, en chantant de leurs voix fortes les paroles du rite des morts. De temps à autre, une piécette tombait en tintant dans leur sébile ; un panache d'encens gris et âcre flottait autour de leurs têtes rasées. Tout à l'arrière du cortège, marchait le plus âgé des moines, un aeslo de bois à la main ; il en faisait claquer les planchettes comme se referment des mâchoires, en un battement lent et régulier qui saisissait les sens.

Bahn ne fit aucune offrande à leur passage. Ce n'était pas qu'il voulait leur refuser un don ; simplement, il ne parvenait pas à se motiver suffisamment pour accomplir cet acte tout simple. Il se tenait là, immobile, tout comme s'il avait été enterré à trois mètres de profondeur à l'intérieur de lui-même, à regarder le monde à travers un taillis de pensées, perdu dans une lassitude fatiguée qui lui était devenue familière désormais.

Tout ce qu'il voulait en cet instant, c'était échapper à ses devoirs de l'après-midi et sauter dans une voiture à bras pour rentrer chez lui au nord de la cité, se fourrer au fond de son lit, tirer la couverture sur sa tête et oublier le monde jusqu'au lendemain matin.

Cela faisait une semaine que cette léthargie s'était emparée de lui. Depuis toujours, Bahn devait chaque nuit lutter pour conquérir le sommeil, la tête farcie de pensées diverses et de sujets d'inquiétude. Mais là, quel que soit le temps qu'il parvenait à dormir – trois heures à se tourner et à se retourner ou bien dix heures d'oubli complet –, il se réveillait systématiquement abattu et épuisé.

Il était incapable d'autre chose que regarder d'un œil maussade passer les moines dans le bruissement de leurs robes, entre les haies de piétons qui manifestaient leur respect. Derrière les hommes-nuages, suivaient les personnes en deuil : un jeune homme qui portait une urne entre ses bras, et sa femme, plus jeune encore, qui allait à ses côtés, incapable presque de marcher sans son soutien.

Il fallait que Bahn reprenne sa route, ne serait-ce que pour retrouver un peu de vigueur. Pour ne pas se montrer irrespectueux envers le couple en le doublant d'un pas rapide, il s'engagea à sa suite ; il dut lutter pour ne pas bâiller tandis qu'il observait son chagrin.

Il se dirigea vers le sud, par les rues du quartier de la Barberie, celui-là même où il était né et avait grandi avec ses deux frères. De là, au-dessus des toits vers l'ouest, on apercevait le plateau sommital du mont Vérité, la colline couronnée d'un vaste parc vert, ainsi que le bâtiment blanc du ministère de la Guerre, où Bahn se rendait chaque jour ou presque pour travailler sous les ordres du général Creed.

Mais pas ce jour-là. Le général avait mis à profit le calme survenu dans les combats pour s'envoler à destination de Minos afin d'y mener une mission personnelle de diplomatie ; du moins, c'était là ce qu'il avait daigné expliquer à Bahn lorsque celui-ci avait exprimé sa curiosité. Bahn espérait qu'il reviendrait bientôt, tant lui pesait son fardeau quotidien consistant à répondre aux interminables missives du Conseil Michinè qui exigeait de connaître la date du retour du Seigneur Protecteur, ainsi que les raisons pour lesquelles ce dernier avait cru bon de ne pas solliciter l'avis du Conseil avant de déserter Bar-Khos et le Bouclier pour un temps si long.

Bahn avait commencé à répondre systématiquement par les mêmes formules ; il se contentait de les recopier à partir d'une page soigneusement rédigée qu'il conservait sur son bureau.

Il passa devant une longue file de réfugiés et d'habitants de la ville qui attendaient de recevoir leur ration de pain, distribuée par l'une des boulangeries financées par le Conseil. Il se demanda s'il ne devrait pas acheter un peu de nourriture pour y puiser quelque énergie. Depuis peu, Bahn mangeait de moins en moins, laissant sa part de leurs maigres provisions à Marlee et aux enfants. Cependant, lorsqu'il traversa la place des Fauconniers, les éventaires du petit bazar étaient pratiquement vides, et les prix affichés pour les rares produits disponibles étaient bien trop élevés pour sa bourse. Mieux vaudrait prendre un peu de pain et des haricots dans l'une des tentes de l'intendance.

Il s'arrêta en débouchant sur la rue du Grand-roi, la plus longue artère de Bar-Khos, qui traversait la ville de part en part, d'est en ouest, le long du littoral. Elle franchissait l'embouchure de la Lansvoie, l'isthme étroit qui s'étirait vers le sud en direction du continent, et sur lequel étaient édifiées les murailles successives du Bouclier. À cet endroit, la rue du Grand-roi surplombait le quartier des Tous Bouffons, le plus proche du Bouclier et l'unique zone civile sur l'isthme proprement dit, pleine à craquer de réfugiés. Au-delà, un canal coupait la Lansvoie et reliait les deux ports, et plus loin encore, une construction était en cours d'édification ; une nouvelle muraille, minuscule à côté du mur de Tyrill qui se dressait vers le ciel comme une falaise massive et formidable. La tache vive d'un Garde rouge patrouillant à son sommet permettait de prendre la mesure de son immensité.

À contrecœur, Bahn poursuivit son chemin dans cette direction.

La zone vide entre les murs offrait à la vue un mélange de passerelles de bois et de tristes carrés de tentes, flanqués de part et d'autre par les murailles sur la mer, et devant et derrière par les hauts murs du Bouclier, de sorte que cette étendue avait la même acoustique et la même luminosité qu'une vallée encaissée. Là, le chaos de la vie citadine avait laissé place à la stricte discipline ; il y régnait l'humeur rogue et brutale des hommes combattant chaque jour au pied et au sommet des remparts.

Une armée complète avait établi ses quartiers sur cette surface entre les deux murs les plus avancés du Bouclier. Au sortir de la poterne de l'avant-dernier mur, Bahn pénétra donc dans le principal camp de la zone de guerre. Devant lui se dressait le mur de Kharnost ; l'ultime enceinte qui le séparait de la IVe armée impériale.

Une chartassa complète d'infanterie lourde était à l'exercice en formation, sous la chaleur du soleil de midi ; en suivant les ordres hurlés par les sergents, la section exécutait la manœuvre avec une précision experte. Bahn observa les hommes de la phalange s'arrêter en frappant le sol du talon ; immédiatement, les premiers rangs baissèrent les têtes rutilantes de leurs lances de guerre, appelées « charta », en poussant un véritable rugissement. Les Gardes rouges et les Volontaires de la Ligue circulaient entre les tentes. Les Forces spéciales traînaient aux abords des tours ouvertes dressées au-dessus des puits d'accès aux tunnels qui s'étiraient sous le mur de Kharnost ; c'était là-dessous que les sapeurs œuvraient dans le noir et que les Forces spéciales allaient se battre quand on avait besoin d'elles.

Plus loin, derrière les tentes de l'intendance, un groupe de Vestes grises et de Volontaires s'adonnaient torse nu à une partie de croix. Le colonel Halahan était près d'eux en train de fumer sa pipe, sanglé dans son uniforme gris ; de temps à autre, il criait ses encouragements aux hommes de sa brigade, tous venus se battre de l'étranger – du Nathal, de la Pathie, de la Tilana et de plus loin encore. À ses côtés, l'homologue d'Halahan chez les Volontaires libres encourageait ses propres hommes en se moquant de leurs erreurs.

Les Volontaires étaient des combattants venus de Minos et des autres îles des democras. Dans les gestes et les propos qu'ils retournaient à leur officier, ils faisaient preuve d'une absence de retenue qui ne laissait pas de surprendre Bahn chaque fois qu'il y était confronté ; jamais un tel manque de formalisme n'aurait été toléré par la hiérarchie khosienne, particulièrement collet monté. Tout comme les Vestes grises qu'ils affrontaient, ces hommes ne se reconnaissaient aucun supérieur, hormis ceux qu'ils respectaient ; et d'ailleurs, lorsque ce respect était perdu, ils pouvaient même démettre et remplacer leurs officiers au terme d'un simple vote à mains levées.

Halahan héla Bahn dès qu'il l'aperçut ; celui-ci répondit d'un hochement de tête à l'intention du vétéran du Nathal.

— Colonel Halahan, cria-t-il en guise de salutation. Vous avez l'air en forme.

— Vous faites un sacré mauvais menteur, Bahn, répliqua le vieux guerrier, au moment même où l'un de ses hommes s'écroula au sol devant lui.

L'instant d'après, le colonel bondissait au milieu de la troupe en hurlant pour mettre fin à la bagarre qui venait d'éclater.

Bahn entra dans l'ombre du mur de Kharnost bien avant d'atteindre celui-ci. Les canons au sommet de la fortification restaient silencieux, mais des tireurs d'élite tentaient leur chance de temps à autre.

C'était la brèche du mur de Kharnost que Bahn était venu inspecter cet après-midi-là ; la section qui s'était écroulée au cours du mois précédent, sapée par les soldats de l'Empire, et qu'ils avaient tenue pendant une semaine au prix de combats désespérés, avant que les défenseurs parviennent à la combler avec les débris.

Bahn vit cet amas de gravats de couleur claire, déversé dans une brèche ouverte dans le grand rempart, et se dirigea vers lui. Avant même de l'atteindre, il constata à quel point c'était un travail improvisé. Des hommes et des zels œuvraient à remonter des blocs taillés, derrière une contre-paroi hâtivement élevée pour contenir les gravats que le temps n'avait pas encore tassés. Les spécialistes du génie disaient que le mur conserverait à jamais une faiblesse à cet endroit.

Bahn se rendit compte que cela faisait un moment qu'il n'était pas monté tout en haut du mur de Kharnost pour regarder de l'autre côté. Le silence des canons n'était pas si fréquent, de même que l'absence de projectiles dans le ciel. Bahn décida donc d'aller jeter un œil.

Lorsqu'il parvint au sommet, son front était couvert de sueur. C'était à cause de l'armure : il n'avait jamais appris à en porter le poids de la façon appropriée. Sur le chemin de ronde, il posa une main sur un créneau et repoussa son casque pour s'éponger le visage. Deux Gardes rouges lui jetèrent un regard, avant de retourner à leur partie de rash ; leur lieutenant ne lui accorda pas la moindre attention, tout occupé qu'il était à surveiller l'isthme à ses pieds.

Bahn se pencha par-dessus le parapet. Il aperçut les lignes sombres des fortifications, et les machines de guerre encore emmaillotées dans les protections de paille et de toiles huilées qu'on plaçait sur elles pour la nuit. Et puis, çà et là, le petit panache blanc du tir aléatoire d'un Mannien embusqué.

Derrière leurs lignes s'étirait l'immense camp de la IVe armée impériale, semblable à une ville brumeuse et endormie.

Nous devrions leur proposer une partie de croix, songea-t-il. *Nous pourrions régler cette histoire de guerre en une partie, puis reprendre le cours de nos vies.*

En bas, du côté khosien, la partie de croix venait précisément de s'achever. Il vit Halahan qui s'approchait du mur en boitant, tout comme s'il avait l'intention d'en gravir la montée ; or, en cet instant, Bahn n'avait aucune envie de lui parler – à lui ou à n'importe qui d'autre d'ailleurs.

Il avança vers la brèche le long du parapet crénelé, en se tenant courbé sans même y penser, avec le sentiment d'être exposé chaque fois qu'il passait devant un espace ouvert à tous vents entre les créneaux, ou devant un trou béant là où les fortifications s'étaient effondrées pour de bon. Cependant, personne d'autre ne marchait courbé ; personne ne semblait se préoccuper le moins du monde des tirs erratiques. Bahn fit un effort sur lui-même pour se redresser et marcher d'une manière plus seyante pour un officier.

Il s'arrêta à l'endroit où le rempart s'était écroulé ; la muraille de pierre y était toute déchiquetée. Bahn examina la brèche comblée.

La terre et les gravats utilisés comme remblai couvraient un espace d'un demi-jet. Le mélange avait été tassé et on avait posé dessus des lames de bois pour stabiliser le sol ; au sommet, des blocs de pierre avaient été apportés pour ériger une barricade sommaire ; personne ne s'y trouvait en cet instant. Du côté mannien du Bouclier, la brèche n'était plus visible. L'armée impériale se retrouvait face à une immense pente de terre, semblable à celle en place tout au long du mur ; c'était la seule défense connue capable d'endurer une canonnade incessante.

Pour autant, la fragilisation du mur demeurait parfaitement distincte depuis l'endroit où Bahn se trouvait, et il ne parvenait pas à en détacher les yeux. Il contemplait la section meurtrie du rempart tout comme s'il avait scruté les profondeurs de lui-même ; il ressentait comme une sorte d'affinité entre lui et la faiblesse dans cette masse de pierres.

Il songea à la note des services de renseignements de Minos reçue la semaine précédente, évoquant la probabilité d'une invasion imminente de Khos. Par devoir, il avait gardé la nouvelle pour lui ; après tout, ce n'était qu'une supputation quant aux plans de l'ennemi. Il avait même laissé Marlee dans l'ignorance, ne voulant pas lui causer d'inutiles inquiétudes. Néanmoins, elle avait vu que quelque chose n'allait pas chez lui ; son abattement ne lui avait pas échappé. Et puis, les canons manniens s'étaient tus, apparemment à cause de la période de deuil décrétée dans tout l'Empire. Pour sa part, Bahn avait plutôt l'impression que les Manniens retenaient leur souffle avant l'assaut imminent.

Il retira son casque pour le fixer à un morceau de métal sur un créneau de protection. Une citerne, intégrée dans le parapet, contenait de l'eau de pluie ; il y but quelques gorgées à l'aide d'une coupe fixée au bout d'une chaîne. Sa soif étanchée, il s'adossa au mur et laissa son regard se perdre sur la Lansvoie ; Bahn était absorbé par le tumulte de ses pensées.

Un orage balayait d'une pluie en rideau l'extrémité de l'isthme et la chaîne de collines qui s'étirait de part et d'autre : la pointe extrême du continent austral, et le territoire de la Pathie ensuite, depuis dix ans tombés aux mains des Manniens. Le vent ébouriffait ses cheveux ; très haut dans le ciel, les oiseaux tournaient sans but.

Dans un miaulement, le projectile d'un tireur d'élite ricocha non loin sur la pierre, et Bahn plongea à couvert. Il se retourna pour voir où la balle avait touché et découvrit Halahan, debout, le pied de sa mauvaise jambe posé sur du remblai, une main sur son genou, tandis que l'autre tenait sa pipe d'argile au coin de sa bouche. Tranquillement, il étudiait un petit panache de poussière qui s'élevait de la pierre à côté de sa botte.

Le vétéran du Nathal se pencha pour cracher sur l'impact crayeux, exactement comme s'il avait voulu éteindre une flamme ; puis il s'adressa à Bahn sans même se tourner vers lui.

— Vous pensiez à un coup ?

Bahn cligna des yeux ; il n'y entendait goutte.

— Vous aviez l'air ailleurs il y a un instant. Je me demandais si vous pensiez à une fille.

Bahn se redressa de sa position accroupie, puis se passa une main dans les cheveux avant de remettre son casque en place. Pendant tout ce temps, il veilla à bien rester à couvert derrière le rempart.

— Vous vous déplacez plus silencieusement qu'un lion des montagnes, répondit-il au colonel, avant de subitement prendre conscience de ce qu'il venait de proférer.

Halahan eut la courtoisie de ne pas baisser les yeux sur le support métallique qui enveloppait une bonne partie de sa jambe ; au contraire, il plongea son regard dans celui de Bahn. Une note d'humour noir pétillait au fond de ses prunelles, que le bleu foncé du ciel de fin d'après-midi rendait étincelantes. Bahn avait toujours apprécié le commandant nathalais de la brigade des Vestes grises, ses manières franches et dépourvues d'envie ou de vanité, contrairement à tant d'autres officiers qu'il connaissait.

Bahn avait entendu dire que le colonel avait été prêtre auparavant, mais il lui était bien difficile de distinguer quoi que ce soit de sacerdotal chez cet homme. Au contraire, il lui trouvait un quelque chose d'une tête brûlée dans le caractère, un quelque chose d'anarchique.

— Je songeais à cette flotte dans la rade de Q'os, confessa Bahn. Je me demandais si elle allait bientôt prendre la mer. Et pour où.

— Vous vous demandiez si elle allait venir ici ?

— Bien sûr. Pas vous ?

Halahan donna l'impression de rire, sans que rien en lui ne trahisse l'hilarité, hormis ses yeux.

— Le vieux est-il rentré ? demanda le colonel.

Ah…, songea Bahn.

— Non. Et le Conseil me rebat les oreilles à ce sujet.

— J'imagine. Cela ne leur plaît pas lorsque le Seigneur Protecteur part de son propre chef pour solliciter des renforts auprès de la Ligue.

— Vous pensez que c'est cela qu'il est parti faire ?

— Certainement. Entre autres choses. Pourquoi s'en serait-il allé sinon ? Les membres du Conseil préfèrent s'enterrer la tête dans le sable. À ce qu'il semble, ils prient pour que les Manniens envahissent Minos plutôt que Khos.

Bahn haussa les épaules, mais le mouvement passa inaperçu sous ses épaulières.

— Peut-être ont-ils raison. Minos pourrait aussi bien être une cible. Ils y sont durement touchés en ce moment même.

— Oui, j'ai lu les rapports. Avec tous ces Diplomates impériaux qui deviennent absolument fous à Al-Minos. La IIe flotte engagée dans une bataille contre d'importantes formations ennemies. (Halahan donnait l'impression de ne pas croire un seul mot.) Et la IIIe flotte envoyée hors de nos eaux en soutien. C'est bien pratique ça. Si l'on veut discrètement amener ici une flotte d'invasion depuis Lagos, sans subir le moindre dégât.

Halahan tira sur sa pipe ; le vent balayait ses longues mèches grises devant son visage. Il ne donnait vraiment pas l'impression d'être en train d'évoquer le risque de leur extermination prochaine. Bahn s'était souvent interrogé au sujet de ces hommes qui traversaient la guerre comme s'il s'était agi de la vie normale. Comment faisaient-ils pour interdire à leur imagination d'envisager le plus funeste des destins ? Comment parvenaient-ils à glisser tout au long du fil de leur existence, dans la paix comme dans la guerre ?

Il enviait tous ceux qui avaient ces qualités. Pour sa part, Bahn apparaissait comme un homme en permanence effrayé de l'avenir et de la guerre ; et une chose de sûre, il ne traversait pas la vie en une longue glissade. Il trottinait furtivement, regardant sans cesse de gauche et de droite, toujours inquiet à l'idée de commettre un faux pas ou de dire un mot déplacé. Peut-être serait-il bien inspiré de se mettre à la boisson, comme tant de ses homologues officiers. Ou au hazii, comme Halahan qui paraissait en fumer tout le temps. Même en cet instant, Bahn en sentait l'odeur dans le vent aux sautes d'humeur capricieuses.

Un vol d'aéro-nefs tournait au-dessus de la ville, loin au-dessus des ballons des marchands attachés à leurs tours, plus haut encore que les tourbillons d'oiseaux. Au cours d'une récente nuit, Bahn avait rêvé que sa famille et lui montaient à bord d'un de ces magnifiques vaisseaux volants pour s'en aller vers le soleil levant en quête d'un asile.

— Vous savez bien sûr que chacune d'elles dispose d'un navire privé amarré au port de l'ouest. Des sloops rapides avec leur équipage paré, au cas où le Bouclier viendrait à tomber.

Bahn hocha distraitement la tête. Il écoutait les gifles du vent contre ses oreilles.

— Peut-être, répondit-il enfin, d'une voix aux accents fragiles, comme prête à se briser. La feinte pourrait très bien être là, vous ne pensez pas ? Minos pourrait bien être leur cible réelle.

Halahan l'examina un instant ; toute trace d'humour avait disparu de ses yeux.

Il posa une main sur l'épaule de Bahn.

— Vous devriez aller vous remettre les idées en place, lui dit doucement Halahan. C'est ici qu'ils viennent.

9

En compagnie des rats

Le navire filait à toute allure cap au sud-est, ses voiles gonflées par le vent ; sa proue fendait la masse mouvante des flots. Ché se tenait debout contre le bastingage ; les embruns salés remontaient en gerbes le long de la coque, accompagnés d'un chuintement. Sous ses pieds, le vaisseau vrombissait en emportant ses passagers à travers le Cœur du monde.

Aux yeux des autres, il donnait l'impression d'être simplement en train de prendre l'air par une nouvelle journée de leur voyage vers l'est. Mais pour Ché, c'était une forme de méditation que d'être là, concentré sur sa respiration et les sens de son corps. C'était un plaisir pour lui que d'être dans cet état, un plaisir tel qu'un sourire flottait sur ses lèvres sans même qu'il s'en rende compte.

Il n'osait pas en faire plus ; pas là, pas en présence d'un si grand nombre de ses pairs. S'accroupir pour adopter la position traditionnelle d'un moine daoïste – ou d'un Rōshun plus précisément –, s'agenouiller sur le pont principal, le dos bien droit, immobile et l'esprit vide de toute pensée, reviendrait à tous les défier ouvertement. On ferait des remarques ; l'un des Monbarris viendrait lui dire quelque chose, avec des menaces à peine voilées derrière des questions à double sens.

Tandis que les pieds de Ché suivaient le doux balancement du navire, ses yeux apercevaient la timonerie qui se dressait devant lui au milieu du bâtiment ; une légion de pavillons flottaient au vent à son sommet. Derrière lui, à la poupe, les trois étages de la plage arrière abritaient la fastueuse cabine de la Sainte Matriarche, ainsi que celles de deux généraux. Sasheen se trouvait présentement sur le pont le plus élevé, en train de goûter l'air du large tout comme Ché le faisait lui-même, à la nuance près qu'elle était installée dans un profond fauteuil d'osier, enveloppée de fourrures pour se préserver de la morsure du vent, et cernée de panneaux blancs pour n'être pas exposée à la vue de tous. Par les interstices entre ces panneaux, on pouvait voir l'archigénéral Sparus et le jeune Romano, assis de part et d'autre de leur Matriarche, occupés à tenir une conversation tandis que des esclaves veillaient à leur service. Sasheen ne les regardait pas, tout absorbée qu'elle était dans la contemplation de l'une des ailes-de-guerre qui veillaient sur la flotte d'invasion – l'immense cohorte de vaisseaux répartis devant et derrière à la surface de la mer aussi loin que l'œil pouvait porter.

Bien plus qu'il l'entendit, Ché sentit que quelqu'un arrivait dans son dos.

— N'y pensez pas trop, dit un homme d'une voix tranquille. C'est toujours bien pire que vous pouvez l'imaginer.

Ché sentit monter en lui un instant d'irritation ; il tourna la tête pour découvrir Guan, le jeune homme du culte du Mortarus, qui avait embarqué avec sa sœur, en tant que membres de la suite de Sasheen. Les mâts et les voiles immenses, qui mangeaient une partie du ciel, le faisaient paraître plus petit.

— Penser à quoi ? demanda sèchement Ché.

— À l'invasion. Vous n'avez jamais été la guerre, n'est-ce pas ?

Ché se contenta de secouer la tête.

— Moi, j'y suis allé, avec ma sœur, la dernière fois que nous avons envahi les ports libres. Ce n'était pas joli à voir.

— Vous étiez à Coros ? Vous me paraissez bien jeune pour cela.

— En effet. Nous étions bien jeunes. Notre père était le commandant de la 55e brigade. À ses yeux, nous emmener avec lui devait servir à notre instruction. Et pour être instruits, nous l'avons été. Nous avons appris ce qu'une pointe de lance pouvait faire à l'intégrité de son crâne.

Son père, songea Ché. Il était bien rare qu'un prêtre parle de son père ; qu'il sache même qui il était.

Il vit que Guan attendait d'être questionné ; il choisit donc de ne rien dire. Il voulait seulement qu'on le laisse seul.

Ce fut Guan qui rompit le silence.

— Vous ne savez pas de quoi je parle, n'est-ce pas ?

— Je n'en ai pas la moindre idée.

— Alors vous n'êtes pas le seul. Apparemment, les personnes à bord de ce navire ne savent absolument pas dans quoi elles vont se fourrer. Ce n'est pas une quelconque tribu du nord que nous nous apprêtons à envahir. Ou une armée de rebelles lagosiens. Ce sont des Khosiens, avec la meilleure chartassa de tous les ports libres. Ils ont repoussé plus d'invasions que la plupart des nations australes réunies.

Ché n'était pas d'humeur à écouter d'horribles contes de guerre ce jour-là. Son interlocuteur ne voulait rien d'autre que lui en imposer, se hausser un peu du col.

— Je vois. Ils font peur.

Guan posa un regard dur sur Ché ; et Ché regarda la mer.

— Vous avez baisé récemment, Ché ? Vous me paraissez un peu crispé. (Guan sourit soudain, comme pour signifier que lui-même apprécierait d'entendre quelqu'un lui poser pareille question.) À moins que vous ayez eu plus que votre dose avec la Matriarche elle-même ?

Ché laissa une note de mépris affleurer dans ses yeux.

— Vous êtes un fou ou un idiot, Guan. J'ai l'impression que votre formation de prêtre du Mortarus vous a un peu trop donné le goût de la mort.

Guan haussa les épaules dans un geste plein d'insouciance. *Un idiot donc*, trancha Ché.

— Je constate que vous ne niez pas.

Ché s'écarta en lui tournant le dos ; il n'avait aucune envie de se laisser entraîner dans cette conversation. Une nouvelle fois, il se demanda si Guan et sa sœur n'étaient pas en fait des Régulateurs sous couverture, et si Guan n'était pas tout simplement en train de jouer les idiots insouciants. Ché avait été surpris de l'insistance avec laquelle le prêtre voulait se lier d'amitié avec lui, au point de nourrir des doutes. Se pouvait-il que Guan ait été chargé de le surveiller pendant la longue traversée jusqu'à Khos ?

Le prêtre poussa un lourd soupir comme pour évacuer un sentiment de frustration.

— Vous avez déjeuné ?

— Je n'ai pas faim.

— Plus tard alors. Peut-être pourrons-nous prendre un verre et trouver un autre jeu de cartes ? C'est votre tour de perdre, si je me souviens bien.

— Peut-être, répondit Ché.

Il attendit jusqu'à ce qu'il entende le bruit des pas de Guan qui s'éloignait ; alors, il se détendit, lentement.

Les choses se passaient souvent ainsi avec ses pairs ; la plus anodine des discussions pouvait prendre des allures de querelles pour une broutille. Et comment aurait-il pu en être autrement d'ailleurs ? Ils avaient tous été élevés avec au cœur trois certitudes absolues : leur propre importance, leur liberté à satisfaire leur moindre désir, et le besoin impérieux de vaincre l'autre. Ils chercheraient donc toujours un stratagème pour avoir le dessus sur lui, pour le manipuler. Cela finissait par devenir lassant ; pour sa part, Ché ne demandait qu'un peu de camaraderie sincère. Il finissait par en devenir aussi hostile que l'étaient tous ceux autour de lui.

Bien évidemment, le prix à payer était celui de l'aliénation, mais Ché avait trouvé l'autre option pire encore : celle consistant à aliéner la personne qu'il était véritablement au fond de lui. À trop fréquenter ces gens, il finissait par se sentir perdu ; ses propres convictions déjà vacillantes en ressortaient sapées.

Guan se trompait sur un point : les hommes et les femmes à bord du navire n'ignoraient rien de ce qui les attendait. Ché le sentait tout autour de lui – la tension dans l'air, l'immobilité.

Son regard obliqua de nouveau en direction de la Matriarche, qui écoutait toujours la conversation de ses deux généraux. Romano représentait un grand danger dans cette expédition ; le jeune général était en effet le rival le plus sérieux pour la conquête du trône de Sasheen. Ché avait le sentiment que c'était à dessein qu'elle avait choisi de souffrir sa présence au cours de la campagne, par crainte des troubles qu'il pourrait fomenter en profitant de son absence de la capitale. Cependant, même là, il méritait d'être craint ; Romano emportait avec lui sa contribution à la force d'invasion – les seize mille hommes de sa compagnie militaire personnelle. Si la situation en arrivait à certaines extrémités, cette troupe demeurerait fidèle à ceux qui la payaient – Romano et sa famille – plutôt qu'à la Sainte Matriarche elle-même.

Une dynamique de cette nature ne pouvait manquer de créer des tensions au cours d'un voyage tel que celui-ci. Dans le meilleur des cas, Sasheen et Romano éprouvaient un suprême dédain mutuel, même lorsqu'ils conversaient dans un climat de courtoisie apparente. Ché se demandait combien de temps il faudrait avant qu'ils en soient à s'étriper mutuellement – et que lui-même se trouve impliqué.

Il fit de son mieux pour évacuer toutes ces fadaises de son esprit par de profondes respirations, dans l'espoir de retrouver sa paix intérieure. En vain. Le calme qui l'habitait s'en était allé.

Ché se fraya un chemin parmi les marins et les prêtres qui déambulaient sur le pont principal, et mit le cap sur l'écoutille du gaillard d'avant. En chemin, il passa près d'un escadron d'Acolytes qui s'entraînaient nus sous le soleil ; des jeunes gens à l'air sérieux, garçons et filles, plus ou moins de son âge, ainsi qu'une poignée d'anciens. Chacun à leur tour, ils combattaient deux à deux, et les autres s'échauffaient ou s'étiraient.

— Fais gaffe ! aboya l'un d'eux en venant buter à reculons contre Ché.

L'espace d'une seconde, Ché fut tenté de lui saisir le bras pour le casser.

— Va chier, répliqua-t-il sans ralentir.

Avant de s'engager dans l'escalier, le Diplomate aperçut Sasheen en train de l'observer depuis sa position élevée. Elle leva son verre de vin pour le saluer ; il répondit d'une inclinaison de la tête, puis s'engouffra rapidement à l'intérieur.

Les ténèbres enveloppèrent Ash tout au long de chacune des nuits et des journées qu'il passa au fond de la cale du navire, en l'occurrence un lourd vaisseau de transport qui tanguait et gîtait ; il s'y était glissé clandestinement au moment où la flotte avait quitté le port de Q'os. Les ténèbres et une atmosphère si viciée qu'y respirer était à peine concevable – pour ne rien dire du bruit permanent : le ballast de sable et de gravier qui roulait au fond du bouchain ; les craquements et cognements de la coque ; les éclaboussures des rats plongeant dans l'eau – conspiraient à le déstabiliser.

Ash avait trouvé un espace juste au-dessus de l'eau clapotant tout au fond de la cale ; une avancée de bois près de la poupe, de quelques dizaines de centimètres de large seulement, sur laquelle il s'était tassé avec son épée. Il vivait comme l'un des rats qui lui tenaient compagnie et, même s'il ne voyait jamais le soleil se lever ou se coucher, il savait quand pointait l'aube aux bruits de pas des changements de quarts au-dessus de sa tête. Le soir, il entendait les sons éraillés des rires et des chants.

Pareil à quelque charognard craintif, il sortait au cœur de la nuit pour aller boire et glaner des restes pour se nourrir ; à pas de loup, il se glissait dans les coins sombres du navire pendant que le gros de l'équipage dormait. Au retour de ces expéditions, il s'asseyait sur sa petite saillie et mangeait ; et ses propres restes, il les donnait aux rats qui vivaient à ses côtés, en leur parlant d'une voix basse et tranquille. Bien vite, ils cessèrent de tenter de le manger pendant son sommeil. Certains commencèrent même à grimper sur lui pour se blottir contre sa chaleur.

Ses sempiternelles migraines s'estompèrent, sans doute grâce au manque de lumière, et c'était une chance, car il était pratiquement à cours de feuilles de doulce. Cependant, l'humidité constante le faisait frissonner, et il savait que le mal s'installait dans ses poumons. Sa respiration devenait lourde et difficile ; il craignait de contracter une pneumonie.

Ash se dit qu'il allait mourir là, dans ce trou de ténèbres ; il imaginait son corps flottant d'un côté et de l'autre dans l'eau saumâtre et croupie, et les rats se délectant de lui jusqu'à ce qu'il ne soit plus que des os reposant tranquillement sur le ballast. De temps à autre, il tentait de faire sécher ses vêtements – son caleçon de cuir tanné rembourré de coton, sa tunique sans manches – en les essorant avant de les étendre sur les flancs incurvés de la coque ; mais à l'instar de ses bottes, ils refusaient de sécher. Une nuit, il prit un risque et parvint à dérober, à l'un des marins endormi, un lourd manteau de toile huilée. Il enveloppa son corps nu dedans, en souhaitant que cela suffise.

Plusieurs fois, Ash se surprit à se demander dans quelle direction la flotte pouvait bien se diriger. Il se souvenait d'avoir vu une carte dans la salle des Tempêtes, lorsque Aléas et lui avaient réussi à en forcer la porte ; des mouvements maritimes y étaient indiqués. Cependant, il ne l'avait pas étudiée et, malgré tous ses efforts, il ne parvenait pas à en faire resurgir les détails.

En fait, il se demandait essentiellement dans combien de temps la flotte allait parvenir à destination. Il n'était pas certain d'être capable de tenir bien longtemps dans cette cale qui était devenue son petit enfer.

Ash avait soixante-deux ans, un âge bien supérieur à l'espérance de vie d'un Rōshun toujours en activité. Les années ne l'avaient pas épargné ; son corps devenait maigre et tout raide. L'arthrite rendait ses articulations douloureuses, et ses muscles renâclaient lorsqu'il allait trop vite ou exigeait un peu trop d'eux. Guérir lui prenait plus de temps désormais ; l'estafilade reçue à la cuisse au cours de la vendetta suppurait toujours, de sorte qu'il lui fallait chaque jour évacuer le pus de la plaie, avant de la rincer à l'eau de mer.

D'une certaine manière, Ash finit par ne plus se soucier d'être reclus dans ce cachot obscur dans lequel il s'était glissé. Du fond de son propre abîme intérieur, il avait le sentiment qu'il méritait d'être là ; qu'il pourrait endurer avec joie une éternité de cette désolation si cela lui permettait de ramener Nico à la vie. Sous le manteau de toile huilée, il sentait la petite urne d'argile, froide et inerte, posée sur sa poitrine.

10

Une question de diplomatie

— La Sainte Matriarche réclame un moment de votre temps, roucoula Guan.

Il était accompagné de sa sœur jumelle ; tous deux avaient posé sur lui leur regard arrogant aux paupières tombantes.

Ché serra un peu plus fort la porte de la cabine ; une violente embardée du bateau venait de tous les déséquilibrer. Tout autour d'eux, le navire geignait et grognait contre les secousses du gros temps. La sœur détaillait Ché de près ; il lui rendait son regard. Elle avait le même visage émacié et taillé à la serpe que son frère ; ses lèvres minces étaient légèrement retroussées d'un côté.

Ché leva un index. *Un instant.*

Il referma l'exemplaire des Saintes Écritures du Mensonge qu'il tenait à la main, en veillant bien à ce que ses visiteurs aient le temps de le voir, puis le posa en vue sur sa couchette faite au carré. Il sortit dans la coursive et emboîta le pas aux deux prêtres.

Il était heureux de cette occasion de se dégourdir les jambes, même si les convocations de la Matriarche déclenchaient généralement chez lui de sombres pressentiments. C'est qu'il n'avait guère quitté sa cabine au cours des sept jours écoulés ; le temps était trop mauvais pour traîner à l'extérieur. Ce jour-là était d'ailleurs le pire de tous. Le navire roulait si fort d'un bord sur l'autre qu'ils devaient marcher en s'appuyant sur les murs pour conserver leur équilibre.

En file indienne, ils sortirent sur le pont principal et rentrèrent immédiatement la tête dans les épaules pour se protéger du vent. Une rafale fit chanceler la sœur sur le côté, les mains tendues devant elle ;

son frère la rattrapa par la manche et la ramena près de lui. Une lame vint se briser contre la coque, projetant un brouillard d'écume par-dessus le bastingage dans un grand sifflement ; quelques marins culbutés par la vague glissèrent sur le pont noyé de pluie.

Les trois prêtres s'essuyèrent le visage avant de progresser en titubant jusqu'à la plage arrière, où ils purent se tenir et se haler.

— Un peu agité aujourd'hui, dit Swan, la sœur, en s'adressant à Ché par-dessus son épaule.

Guan se retourna lui aussi ; son visage montrait une expression parfaitement décontractée.

Cela faisait plusieurs jours que Guan et Ché n'avaient plus bavardé. Peut-être le premier avait-il fini par comprendre le besoin de solitude du second.

Cependant, il y avait dans ses yeux une petite note meurtrie. Ce n'était pas le type de réaction auquel Ché se serait attendu, si les jumeaux étaient bel et bien des Régulateurs sous couverture. Après tout, peut-être se montrait-il un peu paranoïaque.

C'est pour ça que je n'ai pas d'amis, songea-t-il.

À la porte de la cabine du général Romano, ils passèrent devant deux Acolytes qui montaient la garde, abrités autant que possible sous le petit auvent. De l'intérieur, malgré le vacarme de la tempête et des vagues, leur parvenaient les éclats de voix de Romano couvrant les rires des gens de sa suite. Comme bien d'autres à bord, le jeune général s'adonnait sans frein aux drogues et à l'alcool depuis que le mauvais temps confinait chacun dans ses quartiers.

À l'étage le plus élevé, devant la porte de la suite privée de Sasheen, ils attendirent tous trois sous le porche pendant que la garde d'honneur les fouillait à la recherche d'armes éventuelles. La sœur fut la dernière à y passer et, pendant qu'on la palpait consciencieusement, Ché vit avec quelle mine crispée le frère suivait l'opération. Swan ignora ses yeux scrutateurs et ses sourcils froncés, pour poser son regard sur Ché ; un sourire délicat vint adoucir les traits de la jeune femme.

Jolie, songea le Diplomate, en contemplant sans équivoque le corps de la prêtresse, sur lequel la pluie plaquait le tissu de sa tunique.

— Rien, annonça l'Acolyte lorsqu'il en eut fini.

Son compagnon frappa à la porte.

Heelas, le bras droit de Sasheen, les invita d'un geste à entrer dans le salon ; des prêtres de la suite de la Matriarche s'y prélassaient dans un silence feutré. Heelas les mena tous les trois de l'autre côté de la pièce, jusqu'à la porte de la cabine personnelle de Sasheen ; il donna un coup léger sur le panneau, puis ouvrit et entra sans attendre de réponse.

À l'instant même où il franchit le seuil, Ché sentit la colère présente dans l'air. Assise dans son grand fauteuil à l'arrière de la vaste pièce, Sasheen était emmitouflée dans des fourrures, passées sur une simple robe. Sa poitrine montait et descendait à un rythme rapide. Ché remarqua un verre brisé au pied du mur, glissant sur le sol d'un côté et de l'autre au gré des sautes d'humeur de la mer ; des gouttes de vin rouge rutilaient au milieu des tessons.

Quelques personnes de son cercle d'intimes entouraient la Sainte Matriarche. Sa vieille amie Sool était là, assise à ses côtés sur un tabouret matelassé, à moitié tournée de façon à permettre à Sasheen de regarder par la fenêtre les nuages et la mer déchaînée. Le visage aussi rouge qu'à l'ordinaire, le médecin Klint tirait machinalement sur l'un des bijoux ornant son visage percé. Alarum, que Ché connaissait vaguement comme un maître-espion de l'Élash, le salua d'un hochement de tête aimable, en l'observant attentivement. Enfin, l'archigénéral Sparus, l'Aiglon, se tenait au centre de la pièce, comme s'il venait tout juste d'arrêter de faire les cent pas ; un carré de tissu noir masquait son œil gauche, tandis que le droit était fixé sur Ché.

Le Diplomate l'ignora pour examiner la pièce dans son ensemble. Il repéra immédiatement la jarre de lait royal posée sur une table derrière Sasheen, puis avisa les deux gardes du corps debout sur le balcon extérieur, le visage engoncé sous leur capuche.

— Diplomate, dit Sasheen avec une moue contrite. (Ché vit qu'elle était ivre, quand bien même seuls ses joues et son nez rosis trahissaient son état ; la Matriarche s'exprimait distinctement.) J'ai une mission à te confier, Diplomate.

Ché inclina la tête.

— Matriarche, répondit-il avec un calme affecté.

— Je veux que tu fasses parvenir un message au général Romano. Aussi rapidement que possible.

Ché contint une amorce de sourire. *C'est parti.*

— Et quelle est la teneur de ce message, Matriarche ?

— Un avertissement uniquement, grommela l'archigénéral Sparus en jetant un regard à Sasheen. Son giton devrait suffire.

— Fais-en un exemple, dit la Matriarche d'une voix traînante. Un bon exemple. Est-ce que tu m'entends ?

Ché inclina une nouvelle fois la tête.

— Ce sera tout ?

Sasheen se pinça le haut du nez sans rien répondre.

— Vous pouvez partir, dit Sool.

Les jumeaux le raccompagnèrent à l'extérieur. Sous l'abri du porche, Ché marqua une hésitation. Il se tourna vers le frère mais, à l'instant de lui parler, il se ravisa et s'adressa plutôt à la sœur.

— Vous avez la moindre idée de ce dont il s'agit ?

Elle parut amusée par sa franchise. Le frère vint se poster à ses côtés, en jetant un coup d'œil aux deux gardes à leur poste derrière eux.

— Romano a calomnié la Sainte Matriarche, répondit Guan avant que sa sœur ait pu parler. Dans ses appartements, alors qu'il était ivre avec sa petite coterie.

— De quelle manière ?

Swan se pencha vers lui ; des gouttes de pluie coulaient le long des bijoux ornant son visage percé.

— Son fils, dit-elle d'un ton posé. Il a insulté son fils.

Ché laissa filer un soupir exaspéré entre ses lèvres ; il avait enfin compris.

Cet après-midi-là, ils aperçurent Lagos pour la première fois ; Lagos, la malheureuse île de la mort.

Le mauvais temps finit par se calmer, comme s'il avait voulu ajouter précisément une touche de solennité à cet instant ; en réalité, c'était surtout dû au fait qu'ils étaient désormais abrités du vent par la masse émergée. Ils naviguaient vers le sud en direction du port de Chir ; la flotte, jusqu'alors éparpillée sur la mer, s'était resserrée. Des falaises blanches apparurent le long de la côte, puis les pentes vertes des collines, toutes tachetées du gris des célèbres chèvres angoras lagosiennes.

Apparemment, le millier de personnes présentes à bord du navire amiral s'étaient massées le long des bastingages. Ché jeta un regard en direction de la Matriarche debout sur le pont avant, entourée de ses deux généraux et de leurs suites respectives.

Il étudia attentivement le trio qu'ils formaient, en se demandant ce qu'ils pouvaient bien ressentir à contempler la verte Lagos, l'île rebelle dont la population – comme nul ne l'ignorait – avait été brûlée vive. C'était l'archigénéral Sparus qui avait finalement écrasé la rébellion, à la tête de la VIe armée – toujours stationnée là et qui allait être adjointe au corps expéditionnaire. Sasheen elle-même avait ordonné le massacre de la population, en rétorsion de son appui aux rebelles, et ce malgré les protestations au sein de l'ordre de tous ceux qu'horrifiait la perspective de perdre autant d'esclaves.

Par ce geste, la Matriarche avait à jamais gravé son empreinte dans les pages de l'histoire. Son nom demeurerait toujours associé à ce génocide.

Et pourtant, face à l'île de Lagos qu'elle contemplait pour la première fois, Sasheen ne donnait à voir que le maintien majestueux et formel de sa posture le long du bastingage ; autour d'elle, les prêtres et les membres de sa suite paraissaient surtout très fiers d'avoir reconquis cette terre inestimable.

Au retour des troupes à Q'os, les gazettes avaient conté d'innombrables histoires sur la « pacification » de l'île, en précisant que ces territoires étaient désormais ouverts aux immigrants venus de tout l'Empire. Dans leurs comptes-rendus, les échotiers avaient minoré l'ampleur du massacre infligé aux Lagosiens et, lorsque d'aventure les évacuations et les carnages avaient été évoqués, ils en avaient rejeté la responsabilité sur les populations martyrisées. Tout était leur faute, écrivaient-ils, parce que la noblesse lagosienne s'était rebiffée, incapable de digérer la perte de ses terres au profit de ses nouveaux maîtres manniens.

Un détail pourtant trahissait l'état d'esprit de Sasheen ; sur la lisse du bastingage, devant elle, était posée la tête vivante de Lucian. C'était la première fois qu'elle l'exposait ainsi en public. La Matriarche avait posé une main sur le crâne du supplicié, de façon que le chef de l'insurrection défaite puisse voir sa terre natale désolée, du fond de son insondable silence.

Des coups de trompe résonnèrent à bord des navires les plus avancés de la flotte. Ils approchaient du port de Chir, l'une des plus fabuleuses merveilles du monde connu. Bientôt, après qu'ils eurent contourné un cap rocheux, Ché put contempler, bouche bée, l'Oreos légendaire dressée devant lui à une hauteur impossible, l'arche colossale qui enjambait l'embouchure naturelle menant à la rade, et sous laquelle flottaient des nuages de brume.

La cité portuaire, autrefois florissante grâce au commerce de la laine et de la viande salée avec Zanzahar, et ultime siège de la civilisation lagosienne, s'étirait autour d'une anse qui formait le plus vaste port naturel de toute la Midèrēs. L'Oreos avait été édifiée à l'entrée de la rade comme une déclaration lancée à la face du monde. Sa structure d'acier évoquait une lame gigantesque courbée en son centre, de sorte que sa surface lisse coupait en deux le souffle du vent ; peinte en blanc, elle étincelait sous le ciel, qui avait fini par se dégager pour laisser paraître le soleil.

Ché n'était encore jamais venu à Chir, ni même à Lagos, mais il avait beaucoup lu au sujet de l'île et du chef-d'œuvre d'art et de technique qu'il pouvait admirer en cet instant. La brume était artificiellement créée par de l'eau de mer pompée dans la structure de l'arche elle-même, grâce à la force motrice des vagues, puis expulsée par d'innombrables buses disposées sur la face inférieure qui la vaporisaient en la plus fine des bruines.

Certains jours, d'immenses bandes de couleur étaient visibles en suspension dans la brume sur toute la largeur de l'Oreos. Il n'était pas rare d'apercevoir quatre, cinq et même six arcs-en-ciel se mirant sur les embruns en l'air ou à la surface de l'eau. « L'attrape arcs-en-ciel », ainsi l'appelaient affectueusement les habitants de Lagos ; du moins, ainsi avaient-ils coutume de dire du temps où ils y vivaient encore.

Ché en distingua un – un arc de couleurs qui formait comme une seconde arche –, et plus loin, l'étendue de la ville éclaboussée de ses teintes de part et d'autre de la rade, où des navires impériaux étaient déjà à l'ancre. Il posa une main en visière sur son front et leva la tête vers le sommet de l'Oreos. Tout là-haut, il aperçut les minuscules silhouettes blanches de prêtres massés le long du parapet pour contempler le panorama depuis ce point de vue élevé.

Ché aurait volontiers admiré le paysage plus longtemps, mais son œil perçut à cet instant un mouvement sur le pont avant. C'était Topo, le giton de Romano, qui s'avançait vers le général et la femme sur ses genoux pour échanger quelques paroles pleines de feu et d'agitation.

Puis Topo pivota sur lui-même dans un tourbillon pour s'éloigner en direction de l'escalier.

Sur un ultime regard vers l'Oreos, Ché s'écarta du bastingage. Il emboîta le pas au jeune homme qui s'en retournait seul vers la cabine de Romano, le rouge aux joues ; d'un geste impérieux, Topo repoussa les gardes pour entrer. Ché attendit quelques instants, de manière à s'assurer que personne d'autre n'arrivait, puis il se prépara à aller délivrer son message.

Ché se glissa dans les appartements de Romano par le balcon sur l'arrière, pendant que tous les gens à bord, y compris les gardes, s'étaient portés du côté de la terre pour suivre l'arrivée au port.

À l'intérieur de la cabine, tandis que des bruits d'eau provenaient de la salle de bains, Ché assassina un garde du corps en lui tranchant la gorge.

Il s'écarta d'un pas en arrière pendant que l'homme s'effondrait au sol.

— Il y a quelqu'un ? dit une voix depuis la pièce d'eau.

Ché se tint immobile un instant ; l'homme à ses pieds gargouillait dans son sang. L'oreille aux aguets, il resta sur le qui-vive jusqu'à ce que reprennent les bruits d'éclaboussures de l'autre côté de la porte. Un garrot dans une main, Ché entrouvrit délicatement le panneau de l'autre. De la vapeur s'échappa doucement, en flottant autour de son crâne rasé.

D'un coup d'œil à l'intérieur, il aperçut un homme allongé dans le cuveau de bois, occupé à marmonner des choses pour lui-même, les yeux fermés. À pas de loup, Ché s'avança pour venir se tenir derrière la tête du baigneur ; il prit son garrot entre ses deux poings serrés. Ché baissa les yeux sur le jeune amant de Romano. Des cicatrices récentes étaient visibles sur son corps mince ; des marques encroûtées de la taille de morsures.

Ché considéra le grand récipient de bronze du chauffe-eau posé sur le fourneau au pied du cuveau ; il sut ce qu'il lui fallait faire.

Le jeune homme rua en ouvrant tout grands les yeux lorsque Ché lui passa le garrot sous la gorge en tirant fort sur les deux poignées de liège.

Des yeux bruns, constata Ché pour lui-même, en les voyant saillir hors de leur orbite. Une ombre envahissait le centre de la pupille vitreuse ; celle de Ché lui-même, immense. Le jeune homme émit un grognement, en cherchant désespérément de l'air à inspirer ; son visage se boursouflait. Ses mains s'agrippaient au garrot qui lui sciait la gorge. Ses jambes battaient l'eau, éclaboussant le pourtour du cuveau, ainsi que les pieds de son assassin chaussé de sandales. Le Diplomate ne desserra aucunement son étreinte. Son esprit était parfaitement vide de toute pensée pendant qu'il agissait ; néanmoins, il sentait monter en lui un étrange sentiment de colère.

Pour finir, Topo cessa de se débattre et son corps s'amollit dans l'eau. Ché continua à serrer quelques instants, puis relâcha le garrot en soufflant un grand coup.

Haletant, il ouvrit la porte du fourneau sous le chauffe-eau pour y enfourner une bûche prélevée dans le panier voisin, puis d'autres encore, autant qu'il lui était possible d'en mettre. Ensuite, il releva le couvercle du chauffe-eau et sortit le corps du bain ; ses mains glissaient sur la peau mouillée. Ché était très fort pour sa petite taille, mais il lui fallut déployer un effort considérable pour fourrer le corps sans vie de Topo dans le chaudron, et le tasser là, dans l'eau brûlante dont le niveau montait, afin de pouvoir ensuite rabattre le couvercle.

Lorsqu'il eut fini, le feu ronflait dans le foyer. Il imaginait les panaches de fumée qui devaient s'échapper de la cheminée, très loin au-dessus de sa tête ; il espéra que cela ne lui vaudrait pas un retour précipité de Romano. Ché sortit de la salle de bains, tous les sens aux aguets.

Derrière lui, le chauffe-eau de bronze fit entendre un bruit sec. Ché se figea.

Un autre bruit depuis l'intérieur.

Il est toujours vivant là-dedans.

Ché hésita, saisi par un instant de doute. Il jeta un regard en arrière, luttant contre la tentation de se ruer dans la pièce d'eau pour ouvrir le chauffe-eau et en sortir le pauvre garçon.

Il musela son impulsion. Il avait déjà consacré trop de temps à cette affaire.

Ché traversa la grande cabine ; un petit gémissement le poursuivit jusqu'à la fenêtre ouverte. Il en fut secoué ; ses mains tremblaient lorsqu'il escalada le rebord extérieur. Il se maudit pour sa négligence.

Dans la salle de bains, le cri devint de plus en plus fort, de plus en plus aigu ; puis il fut couvert par le sifflement strident du jeu de vapeur qui jaillit soudain d'une soupape.

Dans la confusion qui régnait en ce début de soirée sur le port de Chir, Ché attendit son tour devant la passerelle prise d'assaut, impatient d'être à terre pour aller découvrir quelques-unes des merveilles de l'antique cité portuaire.

De l'autre côté, le quai était bondé d'esclaves convoyant du ravitaillement pour les bateaux, et d'immigrants nouvellement arrivés de tous les coins de l'Empire, attirés sur l'île de Lagos opportunément vidée. Au milieu de toute cette foule, les colonnes sinistres et bien ordonnées de la VIe armée arrivaient au pas pour embarquer, en prévision du départ pour Khos, le lendemain à l'aube, du nouveau corps expéditionnaire composé de l'armée et de la flotte.

Il prit conscience d'un incident en entendant des cris en provenance de la plage arrière. Instinctivement, il se tourna vers les quartiers de Sasheen et vit que sa porte était grande ouverte et sa garde d'honneur partie ailleurs.

Ché marmonna un juron et s'élança dans l'escalier menant chez la Sainte Matriarche. Il passa devant les jumeaux, debout au sommet des marches, un air impassible plaqué sur leur visage.

À l'intérieur, les gardes luttaient avec un groupe de prêtres, qui eux-mêmes tentaient désespérément de protéger le général Romano. Au comble de la fureur, celui-ci crachait ses invectives et ses postillons en direction de la Sainte Matriarche, tranquillement assise dans son fauteuil entre ses deux gardes du corps ; elle contemplait la fureur de son officier avec un petit sourire satisfait. Ché écarquilla les yeux en avisant une lame dans la main du jeune général. Dans un cri, l'un des prêtres tenta de la saisir. Derrière eux, la tête tranchée de Lucian posée sur une table observait la scène avec sur ses traits une expression de joie démente.

Un bruit de pas retentit derrière Ché ; l'archigénéral Sparus entrait dans le salon. D'un regard tranquillement promené sur la pièce, il considéra toute la scène et nota la présence du Diplomate.

— Je te tuerai pour ce que tu as fait, hurlait Romano. Je n'ai rien dit que je ne te répéterai pas en face ! Ton fils était un lâche… et toi… toi, tu es la…

L'un des prêtres de sa suite lâcha un sifflement et plaqua une main sur la bouche du général. Romano se débattit pour s'en débarrasser, mais un autre prêtre imita le premier. Deux mains lui fermaient désormais la bouche.

Ché s'écarta tandis que les gardes refoulaient le groupe en plein tumulte. Le visage figé, l'archigénéral Sparus fixa Romano qu'on tirait de force hors de la pièce. La porte fut refermée derrière eux.

Des pas et des cris résonnèrent dans l'escalier au-dehors. Puis le silence se fit.

— Il ne pensait pas ce qu'il disait, plaida un vieux prêtre agenouillé aux pieds de la Matriarche. Il est ivre et en plein désarroi à cause de ce qui lui arrive. Il a perdu la raison pendant un moment, c'est tout.

Sasheen tourna la tête vers Heelas, son bras droit ; son regard fulminait.

— Dehors, dit Heelas au prêtre agenouillé.

Puis il le saisit par sa robe et le poussa hors de la pièce à la suite de son maître.

Un étrange reniflement monta de la tête tranchée ; Lucian essayait de rire.

— Et toi, ajouta Heelas avec hargne en traversant le salon à grands pas. Dans ta jarre, petit bout d'homme.

Heelas saisit la tête à deux mains pour l'immerger dans le lait royal.

Un instant passa sans que quiconque ne se risque à parler. Tout le monde observait Sasheen, qui ne souriait plus ; elle regardait fixement la porte par laquelle Romano venait de partir. Ses yeux vinrent en papillotant se poser sur Ché. Elle hocha gracieusement la tête, avant de se tourner vers les prêtres demeurés là.

— Comme vous en avez été les témoins, j'ai assez de motifs pour le faire exécuter sur-le-champ, en étant dans mon bon droit.

— Matriarche, intervint Sool en se penchant sur elle. Il ne va pas tarder à se calmer et à voir la situation dans son ensemble. Si vous vous arrêtez là, tout rentrera dans l'ordre. Il comprendra le message qui lui a été transmis. Il se soumettra.

— Sans cela, c'est la guerre civile, ajouta l'archigénéral Sparus. À Q'os, dès que sa famille sera informée. Et ici même, dans la flotte, lorsque ses hommes auront vent des événements. Un tiers du corps expéditionnaire pourrait se retourner contre nous.

Les ongles de Sasheen griffèrent les accoudoirs.

— Je n'oublierai pas ses paroles, dit-elle d'une voix dure. Je n'oublierai pas ce qu'il a osé me dire en face au sujet de mon propre fils.

Au cœur des ténèbres absolues, les rats s'agitaient autour de lui. Ash ignorait les petites créatures, entièrement tendu vers les bruits qui lui provenaient du dessus. Chaque son qu'il entendait était une histoire dont il ignorait encore tout.

C'était le vingt et unième jour qu'il passait dans la puanteur de sa cale, du moins selon ses estimations. Quelques heures auparavant, il avait entendu le vacarme terrible de l'ancre immergée ; la vibration s'était propagée dans la coque tout entière. Instantanément, il avait été saisi d'une irrépressible envie de sortir de son trou pour remonter jusqu'au pont le plus élevé afin de voir où la flotte avait jeté l'ancre ; pour cela et aussi pour savoir s'il pouvait quitter le navire pour de bon.

Toutefois, il avait contenu son désir. Avant de se risquer à sortir, il savait qu'il devait attendre jusqu'à ce que le silence de l'équipage lui indique que le jour était achevé.

Au milieu de la nuit, lorsque tout fut silencieux au-dessus, Ash décida qu'il pouvait remonter. Habillé, son épée à la main, il quitta la cale aussi discrètement que possible et entama son périple dans le ventre du vaisseau.

Le pont supérieur exposé à tous les vents était l'endroit le plus dangereux pour lui. Ash s'accroupit lorsqu'il y parvint, et repéra la position des marins de garde à la poupe et à la proue. Il emplit ses poumons et faillit bien lâcher un grognement tant l'air était vif et piquant. Au-dessus de sa tête, des nuages dissimulaient la plupart des étoiles, mais une faible lueur se reflétait sur les mâts et les voiles roulées.

Il regarda tout autour de lui ; les lumières du port, visibles à travers la forêt de mâts sur l'eau, lui firent cligner des yeux. De l'autre côté, la vue de l'extraordinaire arche posée à l'ouverture de la rade l'estomaqua ; le nuage de brume était à peine perceptible.

Ash reconnut l'Oreos et comprit qu'ils étaient à Chir, sur l'île de la mort.

Khos était donc l'objectif visé. Il n'y avait aucune autre raison justifiant que la flotte d'invasion aille si loin à l'est – à moins bien sûr que l'Empire envisage de partir en guerre contre l'Alhazii, au risque de perdre ses voies d'approvisionnement en poudre noire. Non, la flotte s'arrêtait là pour se ravitailler, en nourriture et en hommes, avant de poursuivre vers la terre natale de Nico ; vers sa mère et son peuple.

Ash laissa retomber sa tête sur sa poitrine et demeura ainsi un long moment, sans bouger.

11

Le vieux pays

De nouveau, le navire roulait et tanguait, pris dans la tempête. L'eau de la cale lui trempait les jambes en passant d'un bord à l'autre, et les rats s'accrochaient à lui ; la coque frappait les vagues dans une agonie de gémissements et de craquements.

Allongé dans le noir, Ash était au-delà du temps et de l'espace. Dans son esprit, les mots se formaient comme s'ils étaient prononcés à voix haute.

Il était en pleine conversation avec son jeune apprenti mort.

Je ne comprends pas, insistait Nico. *Vous m'avez dit un jour que les Rōshuns ne croient pas à la vengeance personnelle. Qu'elle est contraire à leur code.*

Oui, Nico. J'ai dit ça.

Et pourtant, c'est bien ce que vous faites.

Oui, c'est ce que je fais.

Alors, vous n'êtes plus un Rōshun ?

Ash ne répondit rien. Il n'avait aucune envie de s'étendre sur cette question à cet instant.

Vous ne pouvez pas me ramener à la vie, vous savez, poursuivit Nico. *Même si vous la tuez, je serai toujours mort.*

— Je le sais, mon garçon, répondit Ash à voix haute, éveillant des échos dans son antre enténébrée.

Il chassa les rats qui grouillaient sur lui.

Nico demeura silencieux un moment. Ash bascula sous l'effet des violents mouvements du navire. Il se tint tant bien que mal en s'aidant des mains et des pieds ; il s'efforçait de faire revenir le calme en lui.

Dites-moi, maître, reprit Nico. *Que faisiez-vous avant de devenir un Rōshun ?*

Ce que je faisais ?

Oui.

J'étais un soldat. Un révolutionnaire.

Vous n'avez jamais voulu suivre un autre chemin ? Devenir fermier, par exemple ? Ou le tenancier alcoolique d'une auberge de campagne ?

Si, bien sûr, répondit Ash.

Et lequel ?

Je suis fatigué, Nico. Tu poses trop de questions.

C'est uniquement parce que j'en sais si peu sur vous.

Une soudaine embardée du vaisseau plaqua Ash contre la coque, mais il s'en rendit à peine compte. Il cracha de l'eau saumâtre, s'essuya le visage, et son regard se perdit dans les ténèbres devant lui.

Avant d'être soldat, j'élevais des chiens de chasse. Nous vivions dans une ferme, ma femme, mon fils et moi. Je faisais de mon mieux pour être un bon époux et un bon père. C'est tout.

Et l'étiez-vous ?

Ash renifla.

Pas vraiment. J'ai fait un meilleur soldat qu'un bon mari ou un bon père. J'étais très fort pour tuer. Et faire tuer les autres.

Vous êtes trop dur avec vous-même. Je sais que vous êtes bien plus qu'un tueur. Votre cœur est bon.

— Tu ne me connais pas, mon garçon, s'exclama Ash. Tu ne peux pas me dire des choses comme ça. Ni maintenant, ni jamais.

L'eau glaciale passa sur lui une nouvelle fois, le ramenant violemment au temps présent. Ash se débattit un moment, gonflant ses joues à la recherche d'une goulée d'air. Il s'accrocha au rebord du replat sur lequel il était couché ; les rats poussaient des cris aigus. Il resta allongé un moment, immobile et pantelant.

Il se demanda si Nico était encore avec lui.

— Mon garçon, croassa-t-il.

Dans le noir, il entendait le bruit des pompes à main évacuant l'eau de la cale vers les ponts supérieurs. Il était bien difficile de parler dans tout ce bruit.

— Nico ! cria-t-il.

Je suis là, je suis là.

— Dis-moi quelque chose. N'importe quoi. Permets à mon esprit d'oublier tout cela.

Que voulez-vous savoir?

— N'importe quoi. Raconte-moi ce que tu voulais faire avant de devenir mon apprenti.

Moi? Un soldat, je suppose. Comme mon père. Mais à une certaine époque, j'ai rêvé de devenir acteur. De voyager dans les îles et de jouer pour gagner ma vie.

Ash s'assit, en s'efforçant de se tasser le plus possible contre la coque inclinée.

— Je ne savais pas, dit Ash.

Bien sûr. Vous ne me l'avez jamais demandé.

L'eau dans la cale venait se fracasser sur l'intérieur de la coque avec la même force que les vagues au-dehors. Les cris des rats se faisaient de plus en plus aigus.

— Tu aurais dû partir, Nico. Rentrer à Q'os, cria Ash en essuyant l'eau sur son visage. Le soir où tu es rentré pour me faire part de tes doutes. Tu aurais dû me laisser!

Je sais, répondit Nico. *Mais je n'ai pas pu.*

— Et pourquoi?

Un silence méditatif s'établit; puis s'éleva une voix posée, qu'Ash entendit distinctement dans le vacarme ambiant.

— Parce que vous aviez besoin de moi.

C'était une tempête des plus terribles. La coque résonnait sous les assauts furieux des vagues, elle gémissait et craquait tandis que la proue s'arrachait du sommet des crêtes pour retomber dans les creux en tremblant jusque dans ses tréfonds. De l'eau de mer s'infiltrait dans la cale par des fissures au-dessus de la tête d'Ash. Ses bottes et ses vêtements étaient trempés. Il avait solidement noué son manteau à sa taille, avec son épée.

Ses oreilles lui faisaient mal à cause du bruit des éléments déchaînés. Et, par-dessus tout ça, lui parvenaient encore les sons de pas précipités et les cris des hommes paniqués.

Il tentait de s'agripper au flanc de la coque, mais en vain. Il se retrouva propulsé dans l'eau au milieu des rats affolés; elle lui arrivait au ventre désormais.

Ash comprit que la situation était désespérée lorsqu'il entendit que les rats tentaient de grimper le long des parois pour fuir la cale. Sans doute aurait-il été bien inspiré alors de suivre leur exemple, mais outre qu'il n'était pas un rat, il ne pouvait guère escompter se balader à bord sans être remarqué. Au lieu de cela, il s'accrochait quand il le pouvait, ou bien roulait dans l'eau quand il n'y parvenait pas. Il vomit d'être ainsi secoué, et d'avoir avalé de l'eau de mer malgré lui. Comme dans un cauchemar, il sentit le niveau de l'eau monter peu à peu jusqu'à atteindre son torse. Pour finir, il n'y tint plus et entreprit de se diriger vers l'escalier.

Tout prit fin bien plus violemment qu'il l'avait escompté.

Un gigantesque frisson agita le bâtiment, comme si celui-ci venait de heurter quelque chose ; Ash vacilla et tomba dans l'eau.

Il se débattit et se remit debout ; à cet instant, du dessus, lui parvint le craquement déchirant que produit le bois réduit en pièces. Son cœur s'arrêta, et il entendit le rugissement d'une cataracte se précipitant vers lui. La terreur s'empara de sa personne. L'instant suivant, la trappe explosait sous la pression de l'eau ; une cascade s'engouffra et Ash fut projeté jusqu'au fin fond de la cale.

Il s'écrasa contre la coque, crachant et luttant de toutes ses forces pour respirer. Ses bras battaient l'air ; ses pieds cherchaient un appui. Ash réussit à se maintenir à la verticale et tenta de rebrousser chemin en direction de l'escalier. Mais c'était sans espoir ; la force de l'eau le refoulait, le plaquant si fort contre la coque que tout ce qu'il parvenait à faire c'était inspirer de temps à autre une goulée d'air.

Les madriers commencèrent à gémir sur une nouvelle tonalité. Le navire s'inclina et piqua du nez, tout en roulant sur le côté.

Il sombrait.

Ash inspira un grand coup tandis que son visage émergeait encore dans l'espace libre entre la surface des eaux furieuses et le plafond de la cale qui se rapprochait à toute vitesse. L'eau était gelée ; toutes ses forces quittaient ses muscles. Malgré lui, il passa en hyperventilation, si bien qu'il avala autant d'air que d'eau.

Ash laissa la vague de panique déferler dans tout son corps, avant de la refouler par un effort de sa volonté depuis longtemps exercée.

Sa tête heurta le plafond ; la pression de l'eau continuait à peser autant qu'une dalle de pierre sur lui. Il allait lui falloir attendre que le fond du navire soit rempli d'eau pour pouvoir sortir à la nage par la trappe de la cale.

Cette perspective n'avait rien de réjouissant ; l'eau acheva de l'engloutir.

Même la tête immergée, il entendait toujours la complainte de la coque martyrisée. Ash s'accrocha à l'espoir que lui offrait le petit volume d'air contenu dans ses poumons. D'une poussée des talons, il s'élança.

La pression dans ses oreilles se faisait plus forte. Il comprit que le navire avait sombré, et qu'il chutait vers le fond de la mer. Avec un sentiment d'urgence accru, il progressa en tâtonnant en direction de la trappe. Pendant une éternité, il ne sentit que le bois sous ses doigts ; il ne trouvait pas la sortie. Une nouvelle fois, il lui fallut museler la panique.

Ses mains rencontrèrent le vide et il se précipita dans l'ouverture. Quelque chose flottait contre lui, qu'il repoussa. Le corps d'un noyé.

Ash nagea en direction de l'endroit où devait se trouver le plafond, selon lui. Des objets le frôlaient ; les morceaux de viande et les sacs de provisions suspendus dans la cambuse. Il les écarta ; bientôt, ses mains rencontrèrent des marches. D'une traction vers le haut, il franchit un nouveau seuil. De mémoire, il pensait bien être dans la coursive de l'office avec, à son extrémité, un escalier qui menait au pont supérieur. Il nagea de toutes ses forces ; sous l'effet de la pression, qui l'enveloppait comme une seconde peau de pierre, le sang battait follement à ses oreilles. Ses poumons étaient en feu. Un autre corps flottait devant lui ; il le refoula comme le précédent. Cette fois-ci, le corps réagit ; des mains tentèrent de l'agripper, de retenir la vie. Un marin vivait encore.

Ash s'arracha à sa prise, puis tendit une main. Il sentit un visage – des lèvres fibreuses, un nez, des cils épais, des cheveux. Il empoigna une touffe et poussa sur ses talons. Un temps infini s'écoula avant qu'il parvienne au bout de la coursive, avec son corps en remorque. Enfin, ses doigts reconnurent la forme des marches de l'escalier.

Sur une ultime poussée, Ash arracha son corps et celui du marin hors du navire en perdition.

Il entrouvrit les yeux, ignorant la piqûre de l'eau salée. Autour de lui, tout n'était que ténèbres ; c'était comme contempler la mort.

Il n'avait aucun moyen de savoir où se trouvait le haut, faute de lumière ou de pesanteur. Sa bouche voulut s'ouvrir pour inspirer. Ash contraignit ses mâchoires à demeurer scellées ; une chaleur blanche faisait palpiter sa poitrine.

Voilà, c'est fini, songea-t-il un instant. *C'est fini !*

Un éclair au loin. Sans réfléchir, il se tourna de ce côté.

L'éclair de nouveau ; Ash plissa des yeux sous l'effet de sa brillance. La lueur était partie si vite qu'Ash n'en avait que le souvenir en rémanence sur sa rétine. Seule certitude, elle était loin.

Il brûla ses ultimes forces pour battre des jambes dans cette direction.

Ses poumons étaient sur le point d'exploser lorsque sa tête émergea ; sa gorge brûlante avala avidement de l'air avant qu'il soit attiré de nouveau sous l'eau par le poids du marin. Il regagna la surface et lutta pour s'y maintenir.

C'était la nuit, et la pluie et les vagues s'abattaient sur lui. Ash attira le marin vers lui, mais l'homme était mort. Un éclair zébra le ciel et Ash aperçut un visage qui contemplait fixement le ciel.

Il ferma les yeux du marin et le rendit à la mer.

Une vague souleva Ash. Pendant un instant, il vit la scène déployée devant lui : une côte de falaises blanches, une anse obscure, quelques plages plus claires, un feu au sommet d'une colline – et la flotte étalée sur une distance immense, plongée en plein chaos par la mer en furie. Les navires luttaient pour gagner l'abri d'une baie, mais certains qui avaient été déviés par le vent paraissaient filer droit sur des hauts-fonds rocheux.

Vidé de ses forces, Ash tenta de nager en direction de la côte et, plus précisément, d'une plage qu'il apercevait. Mais au bout d'une dizaine de mouvements, il dut arrêter, hors d'haleine, trop épuisé pour continuer. Sa tête coula sous l'eau ; il la ressortit d'un sursaut.

Des débris flottaient tout autour de lui. Il lança un bras sur un tabouret retourné, et constata qu'il avait à peine l'énergie de s'y accrocher. La houle le souleva de nouveau. Il tourna la tête pour voir les vagues qui déferlaient.

Ash comprit qu'il ne lui restait plus qu'une dernière chance.

Il relâcha le tabouret et commença à nager lorsque la vague suivante arriva derrière lui. Pendant un instant, il crut qu'il ne bougeait pas assez vite pour être emporté, mais il sentit son corps soulevé et il brûla tout ce qu'il lui restait pour s'élancer.

La lame le prit aux jambes, les soulevant par l'arrière. Il tendit les bras droit devant lui et releva le menton hors de l'eau ; le sommet de la vague monta et s'arrondit en l'emportant tout droit vers la plage.

Ash parcourut toute la distance avec une grimace euphorique plaquée sur le visage, et le sang qui chantait dans ses veines.

La vague le jeta sur le sable mouillé, l'abandonnant tout pantelant, tandis qu'elle se retirait dans un chuintement pour regagner la mer. Ash toussa pour se dégager les bronches.

Il était en vie.

Le capitaine Jute, commandant du fort côtier de Pashereme, observait depuis les remparts à travers le rideau de pluie. La tempête faisait rage ; il attendit qu'un nouvel éclair illumine la mer.

— Tu es sûr ? demanda-t-il à son second, le sergent Boson, une fripouille apathique à qui il n'accordait aucune confiance, hormis lorsqu'il s'agissait de sauver sa peau.

— Aussi sûr que le jour suit la nuit. Ils sont là, sûr et certain. Et nous ferions bien de dégager d'ici, vite fait bien fait.

Le tonnerre gronda au-dessus de leurs têtes, puis un éclair blanc frappa les eaux déchaînées au milieu de la baie. Penché en avant, le capitaine s'essuya les yeux et sentit la peur éclater au creux de son ventre ; il les avait vus lui aussi. Des centaines de bateaux secoués par les vagues qui se dirigeaient vers les plages.

— Par la miséricorde du Bouffon, marmonna-t-il en s'agrippant au parapet pour conserver son équilibre.

Une invasion, songea-t-il, pris d'un vertige. *Une putain d'invasion droit devant !*

— Capitaine ?

C'était la voix de Boson qui lui parvenait comme à travers une brume.

Le capitaine hocha la tête, en s'efforçant de mettre un peu d'ordre dans ses idées. Il se tourna vers le sergent et répondit d'une voix qu'il ne parvint pas à empêcher de trembler.

— D'accord, dit-il. Allumez le feu de signalisation et faites partir un oiseau. Nous n'avons guère de temps.

— Avec ces intempéries, ils ne verront sans doute pas le feu, capitaine. Je crois que nous ferions mieux de filer droit sur le fort Olson pour les avertir.

— Alors fais ça ! brailla le capitaine Jute.

Il se retourna vers les eaux de la baie de l'Entaille – une anse plus petite et abritée à l'intérieur de la baie de la Perle. Sur les flancs de ce havre naturel, les constructions du village de pêcheurs étaient plongées dans le noir à cette heure de la nuit. Jute pria pour que quelqu'un là-bas aperçoive le signal et fasse évacuer tout le monde.

Un nouvel éclair lui révéla que des navires étaient déjà à l'ancre devant les plages en contrebas, et que des silhouettes sombres s'élançaient à travers les dunes en direction de la colline au sommet de laquelle était édifié le fort.

Miséricorde, se dit-il. *Ils sont trop nombreux. J'ai demandé des renforts pendant tellement longtemps. Et maintenant, c'est trop tard.*

— Aucune chance que nous puissions contenir une telle force, observa le sergent Boson, qui s'en revenait après avoir été transmettre les ordres. (Jute posa les yeux sur lui, avide pour une fois d'entendre ce que son subordonné pouvait avoir à dire.) Il faut évacuer, capitaine. Sinon, nous serons assiégés en un rien de temps, et nous n'avons pas la puissance voulue pour les contenir. Vous savez ce qu'ils font à leurs prisonniers, n'est-ce pas ?

Les yeux du capitaine Jute, agrandis par la peur, se portèrent en direction de ses hommes, armés de brandons prélevés dans le foyer de la salle de garde, en train de bouter le feu au bûcher préparé sur une vaste soucoupe d'acier au sommet des remparts. Le bois imbibé d'huile prit rapidement malgré le vent et la pluie et, bientôt, de grandes flammes s'élevèrent.

— L'oiseau est parti ?

— À l'instant.

— Et les livres et les journaux de bord ? Il faut les brûler également.

— Ils sont dans le feu, capitaine.

— Très bien, dit Jute en jetant un ultime regard sur les silhouettes qui approchaient. (*Des Commandos*, songea-t-il en distinguant des visages noircis pour l'action de nuit.) Filons d'ici au plus vite.

Il tourna les talons et découvrit que le sergent et les autres hommes étaient déjà partis.

— Bande de crétins, marmonna-t-il pour lui-même, avant de s'élancer pour les rattraper.

Lorsque Ash revint à lui, il était toujours allongé là où la vague l'avait déposé sur la plage ; son visage et ses lèvres étaient constellés de grains de sable. Apparemment, il avait perdu conscience pendant quelques instants. La tempête faisait toujours rage et les vagues passaient et repassaient sur ses jambes.

Le corps d'Ash était comme un poids mort étalé sur le sable : amorphe, détaché de sa volonté et tremblant de froid et d'épuisement. Sa gorge le brûlait ; il avait avalé tellement d'eau salée. Il leva la tête vers le ciel et, bouche grande ouverte, tenta d'attraper des gouttes de pluie avec la langue.

Puis, peu à peu, la pensée lui vint qu'il allait mourir s'il restait exposé ainsi.

Avec un grognement, Ash fit un effort pour se mettre à genoux. La position debout fut encore plus difficile à conquérir, un muscle après l'autre, jusqu'à enfin se tenir chancelant sur ses pieds. Ses jambes tremblaient sous lui, prêtes à lâcher à tout moment.

Lorsque tes jambes n'en peuvent plus, marche avec ta volonté, se récita-t-il. L'arc-en-ciel de l'épuisement étincelait au bord de sa vision ; lentement, il fit un pas vers l'avant.

D'autres survivants du naufrage étaient éparpillés tout le long de la plage : des marins, des soldats, des petites mains de l'intendance. Ils erraient tous au hasard comme pris dans un brouillard ; leurs pas laissaient des traces confuses et erratiques dans le sable. Des pleurs et des gémissements ajoutaient une note lugubre au fracas de la tempête. Ils étaient tous misérablement exposés au vent et à la pluie, qui tombait si fort qu'Ash avait de nouveau l'impression de respirer de l'eau. Il se passa une main sur le visage et cligna des yeux pour tenter d'y voir plus clair. Sur sa droite, des gens se regroupaient au cœur des dunes ; plus loin, d'autres s'éloignaient vers la baie.

Machinalement, il s'essuya de nouveau les yeux. Les couleurs de l'arc-en-ciel gagnaient du terrain ; il avait l'impression de voir à travers un tunnel. Il avait conscience d'être en train de marcher en titubant dans les dunes, à la recherche d'un endroit où s'allonger à l'abri du vent. Un éclair zébra le ciel et il aperçut la pente de sable à ses pieds, dans laquelle les gouttes de pluie avaient creusé d'innombrables petits trous.

Devant lui, une voix de femme cria de colère ; d'autres se joignirent à elle. Un cri. Des rires d'hommes. Le vent tourbillonna, emportant ces bruits ailleurs ; Ash renifla. Ses narines captèrent une odeur de fumée.

Un feu !

À quatre pattes, il gravit la dune, haletant comme un chien à bout de souffle. Au sommet, il se remit debout ; les yeux mi-clos, il découvrit la scène en contrebas : un groupe d'hommes, des éclats d'acier à leurs poings ; un groupe de femmes assaillies devant un feu.

L'espoir de la chaleur et d'un abri rendit à Ash un semblant de vigueur. Il se concentra sur ce qu'il voyait et distingua une femme âgée, échevelée et le visage plein de défi, en train de crier après les hommes, de les repousser avec un morceau de bois flotté. Pour leur part, les hommes – des marins, lui sembla-t-il – jouaient avec elle, rien de plus.

— Ho ! cria Ash.

Tous les visages se tournèrent vers lui.

Un éclair illumina la nuit. Il se dit que le moment était bien choisi pour tirer son épée du fourreau.

Subitement nerveux, les marins échangèrent des regards et s'écartèrent des femmes. La plus vieille lâcha son bâton pour regrouper ses filles autour d'elle.

Partez, maudits salauds. Je n'ai pas la force de le faire.

Ils attendaient de voir ce qui allait se passer. Ash fit un pas en avant, et ne fut pas surpris de sentir ses jambes flageoler. Heureusement, il fut suffisamment rapide pour amener son autre pied en avant et transformer ainsi sa chute en quelque chose susceptible d'être pris pour une charge. Emporté par son élan, il brandissait sa lame devant lui.

Lorsqu'il s'écroula devant le feu, il fut soulagé de voir les marins qui s'enfuyaient dans la nuit. Il tremblait de tous ses membres ; une rafale de vent rabattit les flammes, et les braises rougeoyèrent. Le vent se calma et le feu repartit à l'assaut des bûches. La chaleur réchauffait l'âme d'Ash.

— Avez… ? croassa-t-il avec difficulté en s'adressant à la vieille femme. Avez-vous de l'eau ?

La femme l'ignora. Il s'assit, et elle s'occupa des filles avec le plus grand soin, les disposant autour du feu sous l'abri d'un morceau de toile tendu en guise d'auvent. Elles étaient cinq au total ; la plus âgée leur parlait en termes courtois et pondérés, tout comme si elle avait été leur vieille tante. Satisfaite, elle se couvrit la tête et les épaules d'un châle et s'approcha d'Ash. Il vit la flasque qu'elle tenait à la main, et qu'elle lui tendit.

D'un regard, la vieille femme nota la couleur de la peau d'Ash.

— Ce n'est que du rhulika, dit-elle en s'asseyant à côté de lui. (Elle resserra sa robe autour d'elle.) C'est parfait pour allumer le feu et se réchauffer l'estomac. Bois, vieux *farlander*. C'est bien le moins que je puisse t'offrir.

Ash aurait préféré un peu d'eau fraîche, mais il but tout de même ; ses dents claquaient sur l'embout de bois. Il avala sa gorgée d'un coup et l'alcool flamba au creux de son ventre, envoyant des filets de chaleur dans ses membres épuisés.

La flasque lui échappa des mains. La vague furieuse de l'alcool venait de se briser contre le mur de sa fatigue.

Devant son visage, au milieu de sa vision brouillée, dansaient les traits pâles de la femme, dont la bouche s'agitait pour former des mots qu'Ash n'entendait plus.

Dans un gémissement, Ash bascula en avant et tomba jusqu'aux tréfonds du monde.

12

Portraits de mémoire

L'écho de ses propres pas rebondissait devant Bahn, lancé dans une course éperdue à travers les interminables couloirs du ministère de la Guerre. Les semelles cloutées de ses bottes ne lui assuraient pas une grande stabilité sur le dallage de marbre. Bahn franchit un angle dans une glissade un peu pataude, puis reprit son élan pour se ruer vers les portes du bureau du général ; trop essoufflé, il n'était même plus en mesure de crier aux deux gardes de faction de s'écarter.

Les deux soldats aperçurent son visage fiévreux et ses mains qu'il agitait frénétiquement, conclurent qu'il n'avait aucunement l'intention de s'arrêter – ou simplement qu'il en serait capable – et s'écartèrent donc prudemment de son chemin.

Bahn franchit les lourdes portes de chêne dans un élan plein de vigueur et de théâtralité.

— Ils ont débarqué ! cria-t-il en direction de l'intérieur de la salle.

Debout dans la lumière du petit matin, devant les hautes fenêtres de l'autre côté de la pièce, le général Creed inclina légèrement la tête sans rien répondre. Il se tenait devant un chevalet, un pinceau à la main.

— Général, reprit Bahn. Ils…

Le pinceau traversa la toile de part en part – une fois, deux fois, trois fois – et la voix de Bahn fléchit.

Creed examina attentivement le résultat de ses gestes, puis hocha la tête avant de reposer son pinceau.

Il se retourna et considéra Bahn d'un regard empli de feu.

— Où ? gronda-t-il, en attrapant un chiffon pour s'essuyer les mains.

Alors que Bahn était enfin invité à parler, les mots restaient englués au fond de sa gorge.

— Ici, parvint-il enfin à dire. Dans la baie de la Perle.

— Quand ?

— La nuit dernière. Les premiers oiseaux envoyés par les forts du secteur viennent d'arriver.

— Importance des forces ?

Bahn secoua la tête.

— Les chiffres varient pour l'instant. La flotte est toujours en mer, mais elle représenterait au moins quarante mille hommes.

— Des Acolytes ?

— Oui. Et la Matriarche serait en personne à leur tête, général. Plusieurs de nos patrouilles auraient aperçu son étendard sur le navire amiral. Et l'étendard de l'archigénéral Sparus aurait aussi été vu sur la plage.

Le général Creed jeta le chiffon noirci sur sa table et s'installa dans son fauteuil de cuir. Il l'inclina en arrière, croisa ses longues jambes et posa ses bottes sur la surface vernie de son bureau. Il joignit l'extrémité de ses doigts et tapota ses deux pouces l'un contre l'autre ; son visage avait l'impassibilité d'une falaise.

Il le prend bien, songea Bahn, dont l'estomac restait tordu au creux de son ventre.

Il avait toujours pensé que le flegme était une grande qualité chez un chef. Mais en cet instant, la placidité de son chef lui donnait l'impression de n'être qu'un gamin effrayé.

— La perte de son fils la rend peut-être un peu téméraire, dit Creed d'un ton pensif.

Bahn ne répondit rien ; le général réfléchissait à voix haute.

Le corps de Bahn voulait bouger, agir. Saisi par l'impatience et la nervosité, il regarda par la fenêtre, derrière la tête du général. Depuis cette pièce, la Lansvoie et le Bouclier étaient visibles ; il apercevait même le damier parfait que formait le campement de la IVe armée impériale vers le centre de l'isthme.

L'accalmie des combats prenait tout son sens désormais ; elle avait été plus que la stricte observance du deuil pour la mort du fils de la Matriarche. En fait, l'enclume de la IVe armée attendait le marteau, et Bar-Khos était au milieu. *Combien de temps s'écoulera-t-il avant qu'ils reprennent leurs assauts sur les murs, en donnant la pleine mesure de leur puissance ?* s'interrogea Bahn.

Après avoir évoqué les combats à venir, Bahn laissa son regard dériver vers la toile posée sur le chevalet – et la vision de la paix que le tableau capturait. Le général Creed l'avait exprimée dans le style minimaliste des *farlanders* qu'il appréciait tant. Plutôt que de reproduire la vue à l'extérieur, il avait peint un paysage de mémoire : des pentes douces couvertes de vignes, qui s'étageaient vers le sommet d'une montagne.

Le souvenir d'un autre chagrin remonta à l'esprit de Bahn – un autre deuil, celui de la femme dont le général espérait par-dessus tout saisir l'esprit en peignant ces scènes encore et encore. Cela faisait trente et une années que le général Creed était marié lorsque Bahn avait rejoint son état-major comme jeune aide de camp. Il n'avait croisé l'épouse du général, Rose, qu'en une seule occasion, au sein du ministère ; un petit bout de femme au port plein de dignité et à la voix douce. Elle avait évoqué leur vignoble sur les pentes méridionales des contreforts des Alapolas, et exprimé son désir que son mari puisse venir l'y voir plus souvent. Elle avait paru bien seule et bien peu à sa place dans ce cadre du ministère de la Guerre. Bahn lui avait tenu compagnie jusqu'à ce que paraisse un sourire timide sur le visage de Rose ; ensuite seulement, il lui avait présenté sa propre épouse, qui l'avait remplacé. Les deux femmes s'étaient immédiatement entendues, comme deux amies de longue date qui se retrouvent.

Bahn détourna la tête ; le regard perçant des yeux bleus du général se riva au sien. D'un signe de tête, il lui désigna un fauteuil ; Bahn en fit le tour et s'assit.

— Gollanse ! cria le général.

Son intendant se glissa dans la pièce par les portes toujours entrouvertes derrière Bahn.

— Convoquez une réunion générale, je vous prie. Je veux tout le monde ici dans une heure.

— Oui, seigneur, répondit sobrement le vieil homme.

— Le Conseil a-t-il été averti ? reprit le général, à l'intention de Bahn cette fois-ci.

— Un coursier a été dépêché.

— Et la Ligue ?

— Pas encore.

Le général hocha la tête en direction de Gollanse.

— Envoyez un skud à destination de Minos. Et des oiseaux également. Informez-les que les récents mouvements de la flotte impériale n'étaient qu'une diversion. Le véritable assaut est ici, à Khos. Nous allons avoir besoin de tous les Volontaires qu'ils peuvent nous envoyer.

— Oui, seigneur. Ce sera tout ?

— Oui, et faites vite. Pas le temps pour un chee et quelques biscuits.

Le vieil homme haussa un sourcil, mais sortit de la pièce sans rien dire.

Le général Creed laissa aller sa tête en arrière.

— La baie de la Perle. C'est à cent quarante laqs de Bar-Khos, avec un terrain difficile sur les trente premiers, jusqu'à ce qu'ils atteignent le Bras. Ensuite, il leur faudra prendre la ville de Tume. Ils ne peuvent pas la laisser derrière eux. Bien sûr, ils avanceront à marche forcée. Treize jours, quatorze peut-être, avant que nous voyions leurs premiers éléments de reconnaissance par ici. Ce n'est pas vraiment assez pour que les renforts de la Ligue nous parviennent à temps.

Treize jours. Je pourrais peut-être avoir mis Marlee et les enfants à l'abri d'ici là.

— Il faut aussi nous attendre à une reprise de la campagne contre les murs. Ils vont pousser sur tous les fronts maintenant, en espérant nous briser au milieu.

— Général..., commença Bahn, en cherchant les mots justes. Que pouvons-nous faire ?

Creed retira ses bottes du bureau, puis posa les mains sur la table et se leva, dominant Bahn de toute sa hauteur ; ses yeux pétillaient.

— Faire ? Nous devons mobiliser toutes les forces possibles, et aussi vite que l'on pourra. Chacun des hommes capables de marcher et de se battre.

— Vous voulez affronter les Manniens sur le terrain ?

— Quoi... ? Vous préféreriez qu'on ferme les portes, je suppose ? Et qu'on se tasse derrière les murs pour attendre leur arrivée ?

Sans conteste, c'était exactement ce que Bahn aurait fait. Malgré ses dimensions modestes, la ceinture de remparts autour de la ville leur aurait certainement conféré un certain avantage sur l'armée impériale en marche. Mais c'était une stratégie à courte vue ; Bahn y renonça à l'instant même où son esprit la formulait. En fait, il ne songeait qu'à protéger sa famille. *Voilà pourquoi je ferais un bien piètre commandant*, se dit-il.

Le général paraissait lire ses pensées.

— Le mur d'enceinte de la ville n'a rien de comparable avec le Bouclier, Bahn. Il ne tiendrait pas longtemps face aux canons les plus récents dont l'Empire est équipé. Et je suis à peu près certain qu'ils en ont apporté quelques-uns avec eux. (Bahn hocha la tête en se grattant le crâne d'une main.) Dans l'intervalle, ils ne manqueraient pas de piller et brûler tout Khos autour de nous. Si nous restons là à les attendre, il n'y aura plus rien à protéger à part la ville.

— Mais sur le terrain, lâcha Bahn. Comment pouvons-nous vaincre une pareille multitude ?

— Nous ne sommes pas nécessairement tenus de les vaincre, Bahn. Tout ce qu'il nous faut, c'est gagner du temps.

Bahn se massa les yeux un instant. Il avait le sentiment de s'exprimer dans une langue étrangère avec le général.

— Mais, général, reprit Bahn, tandis que Creed se mettait à faire les cent pas devant lui. Même en mobilisant toute la réserve khosienne dont nous disposons, en raclant les fonds de tiroir, nous ne pouvons guère mettre que six à sept mille hommes sur le terrain. Nos réserves de poudre noire ont été affectées à la marine et à la défense des murs. Notre artillerie de campagne est quasiment inexistante. Nous n'avons pas de canons de la qualité des leurs, pour ne rien dire des hommes.

Le général s'arrêta devant les fenêtres, les mains dans le dos. Dans la lumière, ses cheveux noirs brillaient de reflets tirant presque sur le bleu.

Bahn n'aurait su dire s'il contemplait, en cet instant, son tableau sur le chevalet ou les murs silencieux du Bouclier.

— C'est un rude coup qu'ils nous ont porté, je vous le concède. Je n'aurais pas cru que la Matriarche pourrait se montrer aussi imaginative. Quant à Sparus, un tel plan aurait été trop dangereux pour lui. Peut-être le vieux Mokabi est-il sorti de sa retraite ? Je sens sa patte dans cette manœuvre.

Creed se tut un instant, la tête inclinée vers la fenêtre devant lui. À l'instant même où il prononçait le nom de l'archigénéral en retraite – l'homme qui avait conduit la IVe armée impériale jusqu'aux murs de Bar-Khos – une déflagration résonna du côté du Bouclier.

Puis une autre et une autre encore, jusqu'à ce que les fenêtres se mettent à trembler sous les chocs.

Les canons manniens avaient repris le pilonnage de leur ultime défense.

13

Tête de pont

Lorsque Ash s'éveilla le lendemain, tard, la femme lui avait préparé une tasse de chee. Au prix d'un grand effort, il s'assit ; il avait l'impression qu'un poids écrasait sa poitrine enflammée. Il toussa longuement et violemment dans son poing serré ; des croûtes de sable tombèrent de ses joues. À chaque spasme, la douleur lui faisait venir les larmes aux yeux.

Malgré sa vision brouillée, Ash vit que la tempête s'en était allée avec la nuit, mais un vent fort soufflait toujours de la mer. La brise et la chaleur du feu, à côté duquel il se trouvait, avaient séché ses vêtements et sa peau – du moins les parties sur lesquelles il n'était pas resté couché.

Lorsque Ash cessa de tousser pendant suffisamment longtemps, il but une gorgée du breuvage fumant, et son humeur en fut toute revigorée.

— Merci pour votre aide, dit la femme assise sur le sable à côté de lui. Vous êtes arrivé au bon moment. (Elle lui tendit une main.) Maîtresse Cheer.

Ash lui serra la main. Elle avait la poigne d'un homme et une vigueur à l'avenant. Un rideau de fumée passa entre eux un instant ; il en profita pour l'observer à la dérobée, détaillant ses traits sous la masse de ses cheveux noirs. Elle lui rappelait la mère de son épouse, Anisa, qui elle aussi avait possédé ce charme rare qui paraissait se bonifier avec l'âge.

Puis la fumée se dissipa et il distingua la courbure de la cicatrice coupant sa lèvre supérieure, semblable à un bec-de-lièvre, mais qui lui traversait le visage de haut en bas, en passant par son œil gauche.

— Ash, répondit-il, toujours sous le coup de ce qu'il venait de voir.

Ses lèvres s'étirèrent en un sourire.

— Enchantée, lui dit-elle, apparemment en toute sincérité.

Derrière elle, les jeunes femmes qu'elle avait protégées au cours de la nuit exploraient des malles emplies de vêtements. De toute évidence, elles cherchaient des tenues pour la journée.

Maîtresse Cheer retroussa le bas de sa robe au-dessus de ses chevilles et étira ses pieds gainés de bas vers le feu, en poussant un soupir d'aise.

— Quel chaos que cette descente à terre, dit-elle en désignant la baie au loin d'un signe de tête.

— Où sommes-nous ? demanda Ash par-dessus la vapeur qui s'échappait de sa tasse.

— À Khos. En un lieu qui s'appelle la baie de la Perle.

Il avait donc vu juste. À coup sûr, l'armée allait maintenant marcher sur Bar-Khos pour prendre la ville à revers. *La mère de Nico doit vivre non loin*, se souvint-il.

Il garda ses pensées pour lui-même et but son chee. La merveilleuse sensation de la chaleur dans son ventre lui fit mesurer le temps qui s'était écoulé depuis la dernière fois où il avait bu et mangé chaud. Maîtresse Cheer l'examina, les yeux plissés, notant le teint foncé de sa peau.

— Vous êtes quoi au juste, un mercenaire ? Vous n'êtes pas un peu vieux pour ce travail ?

— Garde du corps, répondit-il sans même réfléchir.

— Ah ? Et la personne qui vous emploie ?

Ash montra la mer d'un coup de menton.

Elle cligna des yeux fugacement, le temps de décrypter ce qu'il voulait dire.

— Alors vous êtes décidément tombé au meilleur des moments, voilà ce que je dis. Notre homme à nous ne savait pas nager, mais il n'a pas jugé bon de nous en informer avant que nous ayons de l'eau jusqu'au cou. Or, mes filles ont besoin d'être protégées, comme vous l'avez peut-être remarqué.

Tous deux tournèrent la tête en direction des filles dont elle parlait. Il les aperçut de l'autre côté des flammes, occupées à se vêtir ; des mollets et des cuisses lisses ; le balancement d'une poitrine lourde et généreuse ; des lèvres fardées ; deux yeux soulignés de khôl qui le dévisageaient.

Ash détourna la tête et se racla la gorge.

Des prostituées, comprit-il en se sentant un peu lourdaud. *Des filles qui suivent l'armée en campagne.*

Ash finit son chee en réfléchissant à l'offre qui lui était faite. Il lui faudrait un certain temps pour trouver ses marques et un moyen d'accéder à la Matriarche. Cela pourrait prendre des jours, voire plus. Et pendant tout ce temps, il lui faudrait rester au contact de l'armée.

Ash était capable de reconnaître un signe du destin lorsqu'il en voyait un.

— La paie ? demanda-t-il, même si la question n'était que de pure forme.

— Oh, ce n'est pas l'argent qui manque. Je peux vous payer aux tarifs de la campagne : dix merveilles par jour plus les repas, dès que nous nous serons remises en selle.

— Quinze, répliqua-t-il, toujours pour être dans son rôle.

— C'est d'accord, répondit-elle, avec un signe de tête gracieux. Et merci encore. Sincèrement. C'était courageux à vous d'intervenir comme ça, dans l'état où vous étiez.

— C'était votre feu qui m'intéressait, avoua-t-il.

Elle accueillit sa remarque d'un sourire, comme s'il s'agissait d'une plaisanterie.

Ash les laissa achever leurs préparatifs. Il mit ses bottes trempées à sécher sur des bâtons près du feu, puis alla se baigner, pour se laver et se réveiller.

La plage paraissait plus désolée encore à la lumière du jour. Les épaves gisaient en tas au milieu des algues et des cordages effilochés ; il y avait des corps à la peau blanche aussi, que les crabes matinaux commençaient à escalader. Des oiseaux criaient dans le ciel ou se querellaient pour un morceau sur la grève. Ash vit que la plage s'incurvait pour entrer dans la baie proprement dite ; la flotte y était à l'ancre sur des eaux à peine moins agitées qu'au cours de la tempête de la nuit. Il vit des radeaux et des canots qui transportaient à terre hommes et provisions – et même des canons, dont les fûts saillaient des monceaux agités par les flots.

La vision de la force d'invasion l'arrêta net. L'armée impériale avait établi une tête de pont sur le sable blanc de la plage et des champs de dunes. De la fumée montait vers le ciel d'un millier de feux de camp ; l'étendue de sable grouillait de silhouettes qui s'agitaient en tous sens jusqu'aux pâtures de couleur brune. Les ruines noircies d'un village étaient visibles sur un surplomb à l'extrémité de la baie, en contrepoint sinistre des décombres encore fumants du fort de l'autre côté.

Ash chercha des yeux les signes de la présence de Sasheen et repéra bien vite un étendard représentant un corbeau noir sur champ blanc, qui flottait au vent au milieu de plusieurs autres. Malgré tous ses efforts, il lui était impossible de distinguer la Matriarche au milieu d'une telle multitude.

Un pas à la fois, songea-t-il.

Il avança parmi les survivants qui récupéraient ce qu'ils pouvaient dans les restes du naufrage, puis se déshabilla au bord de l'eau et entra dans les vagues, dont l'écume cernait ses cuisses. Il se frotta et vit les contusions sur ses bras, laissées par le marin qui l'avait saisi à bord du navire en train de sombrer.

Ash plongea dans l'eau et nagea un moment, évacuant la tension dans ses muscles. De temps à autre, il jetait un regard en direction de l'étendard de Sasheen, plissant les yeux dans l'espoir de l'apercevoir.

Dans un sifflement furieux, le vent arrachait des grains de sable aux dunes, dans lesquelles avançait la Matriarche ; ses yeux plissés n'étaient plus guère que des fentes. Devant elle, ses gardes du corps fendaient la masse des soldats et des civils, tandis que derrière elle s'étirait très loin, jusqu'à la plage battue, une interminable file d'aides en robe blanche, au flanc des mamelons et au fond des cuvettes ensablés.

Pas maintenant, songea l'archigénéral Sparus en proie à l'irritation. *Je n'ai pas de temps à perdre avec ça.*

Sparus regardait Sasheen venir à lui au sommet de la dune où il se tenait, assis sur un fauteuil de campagne, au milieu de ses plus proches officiers accroupis en cercle autour de lui. Ses hommes étaient vêtus comme lui-même l'était, de leur cuirasse impériale de cuir durci ; les tatouages indiquant leur rang étaient parfaitement visibles sur leurs tempes. Le vent agitait un auvent de toile monté au-dessus de la tête de l'archigénéral. Au sol, une carte de l'île de Khos avait été dépliée ; des grains de sable s'y étaient déposés.

— Un dernier point, se hâta-t-il de dire à l'intention de ses hommes avant que la Matriarche l'ait rejoint. Nous connaissons notre ennemi. Nous savons que Creed est un guerrier dans l'âme, réputé pour être agressif et toujours sauter à la gorge. Et nous savons également que le conseil khosien des Michinès l'a obligé pendant des années à refréner son penchant naturel pour la témérité. Maintenant, la donne a changé. Avec notre présence ici, les pleins pouvoirs vont lui être confiés en tant que Seigneur Protecteur. Nous pouvons donc nous attendre à ce qu'il nous tombe dessus avec toutes les forces qu'il va pouvoir mobiliser. Et en fait, c'est exactement ce que nous devons espérer. S'il fait cela, nous emporterons peut-être cette campagne avant même d'arriver à Bar-Khos.

Ses officiers hochèrent la tête ; ils savaient déjà tout cela, mais ils mesuraient l'importance de le répéter encore.

Sparus se leva de son fauteuil pour accueillir Sasheen et ils l'imitèrent. Sous l'auvent, ils durent se tenir courbés comme des vieillards vaincus par le poids des années.

Sparus devait bien admettre que la Matriarche avait fière allure dans son armure blanche ; elle la portait avec l'aisance d'un vétéran. Alors qu'il la regardait venir à lui, d'une démarche à la fois détendue et confiante, Sparus dut se rappeler que Sasheen n'en était qu'à sa première campagne sur le terrain, à son premier commandement sur le champ de bataille. On voyait là l'influence de sa mère : Kira avait toujours voulu que Sasheen soit instruite dans les arts de la guerre. Mais la vieille sorcière n'était pas là, béni soit le kush. Avec ses manières et son ton moqueurs, Kira n'aurait pas manqué de dominer sa fille, à un moment où l'Empire avait précisément besoin que la Matriarche soit plus forte que jamais. Plus que tout, une campagne impliquait une compréhension intime et profonde entre les officiers et les chefs de l'armée. L'entourage de Sasheen n'aurait pas manqué de voir les choses dans leur crue réalité : bien plus que Sasheen elle-même, c'était Kira qui voulait que sa fille soit la Matriarche de l'Empire.

À cette pensée, le vieux général sentit sa répugnance s'estomper ; cette femme qu'il aimait passionnément, menait une vie pour laquelle elle avait été façonnée depuis son plus jeune âge, mais donnait parfois le sentiment qu'elle n'avait pas le cœur pour une telle existence.

Sasheen vint à lui, un grand sourire sur les lèvres.

— Comment allons-nous ? demanda-t-elle, le souffle rendu court par le vent.

Une note d'excitation transparaissait dans sa voix, mais Sparus vit qu'elle n'était pas ivre pour une fois. Dans ses yeux pourtant étincelants, nulle lueur suspecte n'indiquait qu'elle était sous l'emprise de l'alcool ou des drogues. Apparemment, Sasheen appréciait leur petite aventure, malgré son bras gauche en écharpe.

— Je vous en prie, dit Sparus en s'avançant pour lui offrir une main. Prenez place. Que s'est-il passé ?

— Ce n'est qu'un bras cassé, Sparus, le réprimanda-t-elle, en acceptant néanmoins la place dans le fauteuil. Et ce n'est sûrement pas le seul après la nuit que nous avons eue.

— C'est vrai. Mais les os brisés ne sont pas le pire.

Sparus resta debout, le dos voûté, tandis que Sasheen tournait la tête pour contempler les collines herbeuses au-delà des dunes derrière eux.

Les vestiges du fort fumaient encore ; dans leur frénésie, les Commandos d'Hanno l'avaient ravagé et incendié au milieu de la nuit. Au sommet d'un autre promontoire, les ruines d'un village fumaient elles aussi ; l'œuvre des Chiens cette fois-ci, les tirailleurs vétérans du Ghazni oriental. Sous le village, les Acolytes édifiaient la palissade qui protégerait le camp de commandement de la Matriarche pour la nuit.

Lorsque Sasheen se retourna face à lui, Sparus s'accroupit sur le sable à côté d'elle ; ses officiers firent de même.

— À quel point la situation est-elle mauvaise ? lui demanda-t-elle.

Le général tenait un morceau de bois flotté à la main ; il s'en servit pour désigner des points sur la carte.

— Apparemment, nous avons débarqué à une dizaine de laqs de l'endroit initialement prévu. D'après nos estimations, nous sommes là, dans la baie de l'Entaille. Depuis notre position, les voies d'accès vers l'intérieur sont plus escarpées. Donc, si nous voulons rester sur le tableau de marche prévu, il va nous falloir pousser les hommes.

— Et nos pertes, quelles sont-elles ?

Sparus passa une main sur son crâne nu, avant de se gratter la nuque.

— Nous avons perdu au moins trente navires la nuit dernière, dont un qui transportait de la poudre. Autrement dit, il nous manque un tiers de la poudre noire sur laquelle nous comptions. Mais ce n'est pas le pire. Il nous manque aussi le gros de notre cavalerie lourde. Nous ne savons pas encore si ces bâtiments ont été déviés ou s'ils ont sombré. Et enfin, quatre transports d'infanterie auxiliaire sont portés manquants.

Une rafale passa soudain sur l'endroit où ils se trouvaient, de sorte qu'ils détournèrent tous la tête pour se protéger du sable. Sparus attendit qu'elle passe, en tenant fermé son unique œil valide.

— Par ailleurs, reprit l'archigénéral, nous attendons toujours notre appui aérien. Mais après une telle tempête, il n'est pas dit que nos nefs arriveront.

Sasheen se laissa aller en arrière et émit un petit gloussement pour elle-même, dont les sonorités contrastaient pour le moins avec le ton de Sparus.

— Vous parlez comme si nous étions déjà condamnés, Sparus. Et pourtant, regardez-nous. Nous sommes là, assis sur le sable khosien, avec une armée derrière nous, face à une nation qui attend sa propre chute.

Sparus cligna des yeux, sans rien révéler de ses propres pensées. Il n'était pas du genre à voir le bon côté des choses. Selon lui, ce n'était jamais une bonne idée.

En outre, le souvenir du désastre de Coros restait vif dans son esprit. Neuf années s'étaient écoulées depuis la dernière fois qu'il avait foulé le sol mercien, mais il n'avait rien oublié : la chartassa des ports libres s'enfonçant dans les rangs des forces impériales pourtant deux fois plus nombreuses ; ces troupes hachées par la mitraille, les grenades et les obus, et qui pourtant ne cessaient d'avancer, jusqu'à ce qu'elles finissent par couper en deux l'armée impériale et brisent son élan.

Sparus n'était qu'un général de second rang à cette époque ; tout comme Creed l'était lui-même, à la tête du petit contingent de la petite chartassa khosienne. Les îles des democras l'avaient emporté ce jour-là, et Sparus se sentirait maudit s'il laissait une telle débâcle se produire de nouveau. Être vaincu une deuxième fois serait impardonnable ; autant se planter immédiatement un couteau dans le cœur. Sparus était archi-général désormais ; et Creed était Seigneur Protecteur. Vaincre Creed à Khos assiérait définitivement la réputation de Sparus, en tant que suprême général de son temps.

Oui, Sparus prétendait bien gagner cette campagne qu'il s'était montré si réticent à commander ; pour ce faire, il n'entendait toutefois pas tabler sur un optimisme complaisant, mais bien sur la suprématie de l'Empire en matière de logistique et de puissance de feu. Cette fois-ci, ils disposaient d'une force suffisante pour atteindre l'objectif ; des troupes aguerries qui plus est, et non pas des recrues fébriles. Lui-même était plus mûr, plus sage ; un meilleur général et de loin. Il avait tiré les enseignements de ses erreurs. À sa demande insistante, l'infanterie lourde impériale avait créé ses propres phalanges de piquiers, capables – du moins l'espérait-il – de faire face à la puissante chartassa.

Malgré tout, il estimait que la perte d'autant de zels de combat dans la tempête portait un sérieux coup à la campagne, avant même qu'elle ait pu démarrer.

— Oui, c'est toujours ainsi, dit-il à l'assemblée réunie, mais en s'adressant plus spécifiquement à Sasheen. Le plus abouti et le plus minutieux des plans vole inévitablement en éclats dès l'instant où il se frotte à la réalité. C'est pour cela que nous nous préparons toujours au pire. Et c'est pour cela également que nous nous débrouillerons avec ce que nous avons, comme nous faisons toujours.

Sasheen plissa ses yeux soulignés de khôl.

— Il y a forcément une bonne nouvelle. Quelque chose pour remonter le moral des troupes ?

Sparus tourna la tête un instant pour contempler la longue étendue de sable blanc de l'autre côté des dunes. Le plus grand chaos régnait là-bas. Des zels rendus à moitié fous cavalcadaient en tous sens, traînant leur harnachement derrière eux, sautant par-dessus des malles éventrées, renversant les hommes qui se dressaient devant eux. Des escadrons de fantassins erraient à la recherche de leurs officiers ; des traînards continuaient d'arriver sur la plage, titubant dans le sable comme des aveugles. Jamais encore Sparus n'avait vu une tête de pont en proie à un tel désordre.

Mais la situation aurait pu être pire.

— « Une bonne nouvelle » ? s'entendit-il demander. (Il jeta son morceau de bois flotté dans le vent.) Eh bien, nous sommes toujours en vie, non ?

14

Une embuscade

Une demi-heure à peine s'était écoulée depuis la fin de la réunion organisée par le général Creed – qui comptait les minutes sur sa précieuse clepsydre en buvant une tasse de lait tiède – lorsque les portes de son bureau s'ouvrirent à la volée pour la deuxième fois de la matinée. Les Michinès entrèrent, tous drapés de vertueuse colère ; le cliquetis de leurs maillons d'or et de diamant couvrait le bruissement de la soie de leurs vêtements.

Chonas et Sinese se tenaient aux avant-postes de la délégation ; la pâleur de leurs visages poudrés faisait ressortir l'intensité fiévreuse de leurs yeux. En voyant le général Creed tranquillement assis derrière son bureau, une tasse à la main, Sinese perdit tout contrôle de lui-même.

— Vous ne pouvez pas faire ça ! hurla le ministre de la Défense par-dessus la table, en agitant sa canne comme s'il avait voulu en frapper son vis-à-vis.

Creed reposa sa tasse et invita d'un geste les gardes près de la porte à se retirer.

— Je peux le faire et je l'ai fait, répondit-il à Sinese d'un ton posé, en soutenant sans ciller le regard outré qui lui était jeté.

Chonas, le Premier ministre, s'avança pour tapoter le bras de Sinese. Le ministre de la Défense tourna ses yeux furieux vers le Premier ministre, puis rabaissa sa canne et recula, le souffle subitement court.

— Général, commença Chonas en prenant place dans l'un des fauteuils installés devant le bureau.

Les hommes derrière lui clignèrent des yeux de surprise ; il n'était guère seyant pour un Michinè de s'asseoir à une telle place devant un homme du commun, fût-il le Seigneur Protecteur de Khos. Creed prit note du geste lui aussi. Il hocha la tête à l'intention du vieillard au maintien composé assis face à lui – un homme qu'il connaissait depuis plus de vingt ans et qu'il respectait en dépit de leur divergence d'opinions.

—Comme le ministre Sinese vient si gracieusement de vous l'expliquer, reprit Chonas, vous ne pouvez pas mettre en œuvre ce plan. Nous avons pris la décision d'abroger vos ordres sur-le-champ.

—Et en vertu de quelle autorité ?

—De l'autorité du Conseil ! aboya Sinese en s'avançant de nouveau d'un pas. Auriez-vous oublié la condition qui est la vôtre ?

Ces paroles firent l'effet d'un soufflet au visage de Creed ; ses joues s'empourprèrent. Pleins d'assurance, les autres Michinès tenaient Creed sous le feu de leurs regards glacés. Tout d'un coup, le général prit la mesure de la violence dont pourrait faire preuve cette assemblée.

Ah tiens, songea-t-il. *Les fleurets ne sont plus mouchetés.*

Creed se carra dans son fauteuil et ouvrit l'un des tiroirs de sa table. Un pistolet y était rangé, chargé et prêt à faire feu.

—Au cas où vous n'auriez pas remarqué, dit-il en s'adressant à tous, tandis que les vitres de la pièce vibraient sous l'effet de la canonnade sur le Bouclier, nous avons été envahis par une armée impériale de Mann. Pendant que nous sommes ici à nous quereller, des forces étrangères prennent pied sur le sol khosien. En vertu des termes du Concordat, en tant que Seigneur Protecteur, c'est moi qui assure le commandement suprême des défenses de cette île. (Il fixa Sinese d'un regard dur.) Y compris au-dessus de votre autorité, ministre. C'est le régime de la loi martiale, tel que décrit dans ce document.

—Je vois, railla le ministre de la Défense. Vous voulez jouer les roitelets, c'est ça ?

Creed grinça des dents pour contenir son humeur.

—Je crois que c'est vous qui oubliez votre condition, ministre.

—Qu'insinuez-vous par là ?

—Je vous en prie, intervint Chonas en levant une main pour ramener le calme.

Creed maintenait son regard rivé sur Sinese.

—En cet instant, vous n'êtes pas dans la salle du Conseil, dit Creed. Vous êtes dans mon bureau, et vous seriez bien avisé de faire preuve d'un tant soit peu de courtoisie. Sans cela, je vous ferai évacuer de cet édifice sous bonne garde.

Les Michinès rassemblés laissèrent éclater leur indignation.

— Messieurs ! s'exclama Chonas, couvrant les cris de colère. Je vous en prie ! Un peu de tenue. Marsalas, cela fait de nombreuses années que nous nous connaissons, vous et moi. J'ai le plus grand respect pour vous, même si je ne vous l'ai encore jamais dit. Khos tout entière vous respecte. Chaque jour, les gens remercient le Destin de nous avoir donné un général si capable en des temps si difficiles. Et ces paroles, je vous les dis autant en tant que compagnon qu'en tant que Premier ministre. Alors de grâce, écoutez-moi. Vous ne pouvez pas aller les affronter sur le terrain. Vous seriez submergés par le nombre, à plus de six contre un, pour ne rien dire de la supériorité de leur artillerie. Ils vous réduiraient en charpie.

Creed poussa un soupir.

— Vous raisonnez toujours en termes de chiffres, mon ami. C'est cela votre problème, à vous tous. Vous croyez qu'il s'agit juste de mobiliser des ressources et de les positionner le plus efficacement possible. Mais vous oubliez ce que nous sommes, ce que nous avons.

— Vous pensez que la chartassa peut nous sauver à elle seule, l'interrompit Chonas. C'est bien ce que vous voulez dire, n'est-ce pas ? La fameuse chartassa khosienne, crainte et respectée de ses ennemis. La « Tueuse géante » comme l'appelaient les Pathiens. La défaite, les troupes impériales l'ont certes déjà connue, comme à Coros. (Chonas secoua tristement la tête.) Non, Marsalas. C'est vous qui vous trompez. Peut-être suis-je un vieux politicien fatigué. Notre esprit combatif est certainement fort. Mais les chiffres ne peuvent pas être balayés d'un revers de la main, plein de défi et de vanité. Oui, la chartassa constituera bel et bien une vision effrayante sur le champ de bataille. Mais après, ils mourront ; tous. Et Khos sera définitivement perdue.

— Mais quel choix avons-nous ? s'exclama Creed. Les laisser violer et réduire en esclavage les populations de toutes les villes et tous les villages de Khos, pendant que nous nous terrons derrière les murs ? C'est ça que vous voulez de nous ?

— Non, Marsalas. S'il y avait une autre option valable, quelle qu'elle soit, ce n'est pas ça que j'attendrais. Mais nous sommes confrontés à une situation terrible. En cet instant même, la IVe armée impériale se masse du côté pathien du Bouclier pour lancer une attaque massive sur les murs. Écoutez leurs canons ! Écoutez-les ! Avez-vous entendu un tel tonnerre depuis les premières années du siège ? Ils vont lâcher sur les murs toute la puissance dont ils disposent, et ils ne s'arrêteront pas en route cette fois-ci. Et pendant ce temps-là, vous, vous voulez emmener la moitié de nos hommes sur le champ de bataille pour une action suicidaire.

— Vous aurez le général Tanserine, l'un des meilleurs tacticiens de tous les ports libres, pour commander les défenses. Et suffisamment d'hommes pour attendre notre retour.

— Et si vous ne revenez pas ?

— Alors vous devrez les contenir jusqu'à ce que d'autres Volontaires arrivent de la Ligue.

— Et comment réussirons-nous cet exploit, privés des réserves que vous emporterez avec vous ? Non. Nous prenons position ici, à Bar-Khos. Et tout ce que nous pouvons épargner, nous l'utilisons pour renforcer et tenir Tume. Nous nous retranchons et nous attendons de l'aide.

Creed fit jouer ses mâchoires.

— Si nous nous retranchons, nous serons sans doute tous morts avant que les renforts aient le temps d'arriver. Mais si nous les combattons, nous pourrons au moins gagner du temps. Par la miséricorde ! La Matriarche elle-même est ici. Vous ne voyez donc pas l'occasion que cela nous offre ?

Chonas laissa retomber sa tête, comme s'il n'écoutait même plus. Dans le silence, un homme sortit du groupe des Michinès pour s'avancer. Il portait la tenue blanche des professions spécialisées de la ville.

— Général Creed, dit-il. Si je puis me permettre d'attirer votre attention sur l'article quarante-trois du Concordat : « Dans toutes les circonstances, la défense du Bouclier doit primer, lorsqu'il s'agit de considérer la répartition des fournitures disponibles entre les actions offensives et les opérations défensives. »

— Qui est cet homme ?

— Un avocat, expliqua Chonas. Nous avons pensé qu'il pourrait apporter un éclairage utile sur nos points de divergence, s'il devait venir à en subsister.

— Un avocat ?

— Concrètement, ce que cet homme explique, c'est que nous pouvons vous refuser de la poudre noire pour les canons que vous voudriez emporter sur le champ de bataille. C'est ce que prévoient les dispositions de la loi martiale.

Creed demeura interdit un instant.

— Vous nous laisseriez aller au contact sans aucune artillerie ?

— En fait, nous espérons surtout que, sans aucune artillerie, vous n'irez nulle part.

Le Premier ministre scrutait le visage de Creed par-dessous ses épais sourcils. Il se pencha en avant et reprit la parole d'un ton résolument posé.

— Je vous connais, Marsalas. Vous en avez soupé de rester assis dans votre fauteuil derrière le Bouclier à ne rien faire pendant tout ce temps. Vous voulez les affronter pour de bon, pour tout ce qu'ils nous ont fait subir, pour les vies qu'ils ont prises, pour la mémoire de votre propre père, mort au combat au loin. Vous voyez la situation comme la dernière chance qui vous est offerte de les combattre et de les vaincre. Mais ce n'est qu'une folie. Je vous supplie de réfléchir.

Le général Creed se laissa aller contre le dossier de son fauteuil, désarçonné par la vérité contenue dans les paroles du Premier ministre.

Creed n'était pas quelqu'un d'enclin au doute mais, pendant un instant, il envisagea la possibilité que Chonas puisse être dans le vrai, et lui dans l'erreur, et qu'il soit sur le point de les mener tous à leur perte. Depuis qu'il avait eu vent de l'invasion, quelques heures auparavant, et alors que tout le monde paraissait sur le point de perdre la tête, Creed avait au contraire été surexcité par cette subite évolution du conflit ; par la possibilité qui se présentait d'aller combattre.

Les Michinès le regardaient fixement ; il les observa tous, un par un.

Il lui apparut que ce n'était pas seulement la peur qui avait déclenché cette soudaine hostilité à son égard. Il était le premier Seigneur Protecteur en quarante ans à obtenir les pleins pouvoirs dans les conditions prévues par le Concordat – cet accord passé plus d'un siècle auparavant entre les Michinès et leur chef militaire. La donne avait changé. Avec des envahisseurs sur le sol khosien, Creed pouvait faire comme bon lui semblait avec l'armée, sans tenir compte de l'avis des Michinès. Comme de juste, ces nobles ne voyaient pas d'un bon œil la tournure que prenaient les événements – ce subit mouvement qui les faisait reculer dans l'échelle du pouvoir. Et donc, ils étaient venus pour chasser ces idées de son esprit, avant qu'il ait la possibilité d'exercer ses nouveaux pouvoirs.

Il repensa à toutes les fois où ils l'avaient bridé, où ils l'avaient empêché d'aller affronter l'ennemi face à face, plus préoccupés de préserver le *statu quo* que de briser le siège. Il observa Chonas, dont l'expression sous ses épais sourcils trahissait une certaine anxiété.

Oui, le Premier ministre était sans doute un homme bon. Mais au bout du compte, il restait l'un des leurs.

Creed se leva, lentement. Il était plus grand que tous ces hommes, pas tant par sa taille que par sa stature et sa capacité d'action.

— Je ne resterai pas à rien faire pendant que les nôtres sont passés au fil de l'épée. Mes ordres demeurent inchangés. Nous partons demain matin.

Il leva une main pour leur imposer le silence – et éprouva un instant de satisfaction lorsque leurs bouches se fermèrent dans un bel ensemble.

— Gollanse ! cria-t-il.

De son pas traînant, son intendant passa devant le groupe des Michinès ; il escortait un homme vêtu lui aussi de la tenue des professions spécialisées de la ville. Il portait une serviette de cuir sous le bras ; une paire de bésicles ornait son visage aux traits anguleux et insipides, mais intelligents aussi.

— Ministres, voici mon avocat, Charson Fay. Si vous avez la moindre question de nature juridique au sujet de mes ordres, voyez avec lui. Il va constituer un dossier de sorte que nous puissions nous revoir au tribunal en séance publique, dès mon retour.

Le général referma le tiroir contenant son arme, puis contourna son bureau.

— Et maintenant, si vous voulez bien m'excuser, j'ai une armée à mettre en ordre de marche. Je vous souhaite une bonne journée à tous.

Creed sortit de la pièce ; le murmure des récriminations des Michinès était comme de la musique à ses oreilles.

— Est-ce vrai ? cria quelqu'un à Bahn à l'instant où il franchissait la porte du ministère de la Guerre pour pénétrer dans la foule massée là.

Derrière eux, des cornes mugissaient depuis le stade des Armes, appelant à l'action toute la soldatesque de la ville ; des hurlements plaintifs entre les coups de canon dans le lointain. Apparemment, tous les chiens de la ville sans exception étaient en train d'aboyer.

— Avons-nous été envahis, Bahn ? demanda encore la voix, comme il se frayait un chemin dans la foule.

Bahn se rendit compte que c'était Koolas qui lui parlait, le bavardēro de guerre.

Bahn passa devant lui sans rien répondre, mais Koolas lui emboîta le pas ; Bahn se dirigeait vers le sentier qui le mènerait en bas du mont Vérité. Le bavardēro de guerre transpirait malgré le vent frais soufflant de la mer ; il était trop replet pour monter jusqu'au sommet sans difficulté. Sa lourde panse ballottait sous sa chemise, au train élevé que Bahn leur imposait à tous deux. Néanmoins, Koolas avait suffisamment d'énergie pour rire d'incrédulité pendant qu'ils marchaient, et repousser les boucles noires qui lui tombaient dans le visage en mèches si détrempées qu'on aurait pu croire qu'il pleuvait.

— Alors c'est vrai !

Bahn tourna vers lui un visage renfrogné, mais tint sa langue. Koolas gagnait sa vie en écrivant des récits et des nouvelles sur la guerre pour les maisons de diffusion de la ville, ainsi que pour les crieurs des tours de lamentation des bazars. Bahn savait qu'en moins d'une heure la nouvelle se répandrait dans toute la ville comme une traînée de poudre.

Au fond, peu importe, songeait Bahn comme ils arrivaient au bas de la colline dans l'avenue des Mensonges. Les cornes sonnaient la mobilisation générale, et tout le monde les entendait. Au long des rues, l'ambiance générale paraissait déjà proche de la panique. Les quidams s'invectivaient les uns les autres dans leur hâte de rentrer chez eux, ou de rallier leur taverne habituelle. Des mères tiraient leurs enfants par la main pour les mettre à l'abri. Partout, des membres de la Garde rouge couraient vers le stade des Armes ; des vétérans en retraite, des Molaris, suivaient le même chemin, emportant avec eux leur bouclier poussiéreux et leurs longues chartas roulées dans de la toile huilée.

— Allez, insista Koolas sur un ton amical. Ils savent déjà que les ennuis arrivent. Tout ce que je cherche, ce sont des détails pour que leur imagination n'aille pas s'enflammer. À quoi avons-nous affaire ? À un raid ou à une véritable invasion ?

Bahn leva une main pour héler une voiture à bras. Le pousseur passa devant lui à toute allure sans s'arrêter ; sa voiture était vide de passagers. Bahn marmonna un juron en cherchant une voiture des yeux ; pour finir, il parvint à en arrêter une.

— Avenue Olson, jeta-t-il au pousseur.

Et juste avant de prendre place, Bahn commit l'erreur de jeter un regard – un seul – à Koolas par-dessus son épaule.

— Par les couilles du Bouffon, s'exclama Koolas en saisissant la lueur dans les yeux de Bahn. C'est si grave que ça ?

Koolas avait l'air sincèrement horrifié, ce qui rappela à Bahn que son interlocuteur était plus qu'un bavardēro en quête de nouvelles ; un Khosien né dans cette même ville, avec une famille et des amis auxquels il tenait.

Bahn s'affaissa à l'intérieur de sa cuirasse.

— Un instant, dit-il au pousseur, avant de se rapprocher de Koolas. C'est une invasion, reprit-il à l'intention de ce dernier. C'est tout ce que nous savons.

— Combien sont-ils ? Quelle armée ?

— D'après les rapports, c'est la VIe armée en provenance de Lagos, avec des auxiliaires de Q'os.

Koolas se redressa.

— Combien ? insista-t-il.

Bahn pivota sur lui-même comme pour s'en aller, puis hésita.

— Tout ce que je peux dire, c'est que nous appelons tous les hommes. Nous vidons les blocs et les prisons. Même ceux des Yeux sont réquisitionnés.

— Quoi ? Ces assassins et ces fous ?

— Oui. Tous ceux qui peuvent encore tenir un bouclier.

— Et le Conseil, que pense-t-il de tout cela ? J'ai vu une délégation entrer dans le ministère.

— Est-ce important ? Nous avons été envahis. Désormais, les choses ne sont plus du ressort du Conseil.

Koolas se passa les mains sur le visage, en un geste désabusé.

— Oui, et je suis certain que Creed le leur a expliqué en termes on ne peut plus clairs. C'est un homme qui en veut à tout le monde – ou je ne m'y connais pas.

Bahn se renfrogna et prit place dans la voiture à bras avant que le bavardēro ait le temps de poser une autre question. Le pousseur démarra ; Bahn salua Koolas d'un signe de tête.

Il accorda au pousseur une rallonge de cinq pièces de cuivre pour aller au plus vite, puis se laissa aller en arrière pour tenter de ramener le calme en lui ; la voiture à bras se faufila dans l'intense circulation au long des rues.

Tout au nord de la ville, dans une petite avenue bordée de cerisiers que l'automne parait de nuances de bronze, Bahn descendit de la voiture à bras, remercia le pousseur et pénétra dans la maison qui était la demeure de sa famille depuis quelque sept années. Les pièces étaient fraîches à l'intérieur ; tout était immobile. Un parfum d'encens flottait dans l'air, en provenance du petit autel à Miri, la grande disciple qui avait importé le Dao et les enseignements du Grand Bouffon dans la Midèrēs.

Son fils Juno devait être à l'école ce jour-là. À l'étage, il entendit sa petite fille se mettre à pleurer.

Bahn trouva Marlee dans le jardin de derrière, occupée à retourner la terre de leur petit potager. Elle donnait l'impression de ne pas entendre les cornes dans le lointain, mais ses gestes secs et rapides trahissaient son sentiment de frustration.

— Hé, dit-il à sa femme en glissant un bras autour de sa taille par-derrière. (Marlee se redressa contre lui. Son corps était tout tendu.) Tu n'entends pas la petite ? demanda-t-il.

— Bien sûr que je l'entends. Elle fait ses dents.

— Tu aurais besoin de quelque chose ?

— Non, il nous reste de l'huile des mères, mais je n'ai pas osé lui en donner encore. (Marlee se retourna et leva son visage vers lui. Son sourire était hésitant.) Que se passe-t-il, Bahn ? Pourquoi toutes ces alarmes ?

Il entendit le soupir qu'il laissa filer entre ses lèvres.

— Je n'ai pas beaucoup de temps. Il faut que je file au stade pour participer aux préparatifs.

— Préparatifs ?

Il lui serra le bras, incapable de répondre.

— Oh, Bahn, reprit-elle. (Les larmes brillaient dans ses yeux.) Ils ont débarqué ?

Il confirma d'un bref hochement de tête.

Les cris de leur petite Ariale se firent plus forts à l'intérieur de la maison. Ni elle ni lui ne savaient quoi dire. Marlee regarda ses pieds et prit une profonde inspiration. Puis elle releva la tête.

— Je vais aller m'occuper d'elle, dit-elle. Ensuite, tu pourras me dire à quel point la situation est grave.

Il tendit une main pour retenir sa femme.

— Je vais le faire, dit-il avec un petit sourire triste.

Et il se mit en route pour aller prendre soin de sa fille.

15

Enrôlement

Elle n'était qu'une enfant – de quatre ans peut-être – lorsque sa mère était morte en donnant le jour à sa plus jeune sœur, Annalese. Elle était si petite en fait qu'elle s'en souvenait à peine ; elle ne savait plus si c'était le jour ou la nuit, l'été ou l'hiver, si cela avait été rapide ou pas, ni même qui était là et qui ne l'était pas.

Boucle n'avait véritablement gardé en mémoire que les ultimes instants avant la fin, mais ceux-ci étaient encore si vifs en elle que leur simple évocation fit naître un flot d'émotions dans son cœur affolé.

Sa mère, pâle comme la lune, dévastée et en sang sur son lit d'accouchement ; son regard fixe rivé au plafond. Ses boucles brunes collées encadrant son visage aux reflets dorés. Sa poitrine qui bougeait à peine tandis qu'elle luttait pour respirer ; un petit rythme qui allait s'amenuisant. Ses tétons, sombres et durs, posés au sommet de ses seins marqués et gonflés de lait ; le petit charme de bois accroché entre eux – un dauphin taillé dans du bois de jupier encore un peu vert. Le nouveau-né hurlait dans la pièce adjacente, de l'autre côté de la porte.

À la fin, sa mère paraissait ne plus avoir conscience de tout cela ; Boucle lui tenait la main et versait des larmes sur son corps épuisé et recroquevillé. Une unique fois, leurs regards s'étaient rencontrés. Pendant un instant, la mère avait regardé sa fille, en clignant des yeux comme si elle la reconnaissait. Elle avait serré la petite main de Boucle jusqu'à lui faire mal, puis l'avait regardée intensément comme si elle avait voulu lui transmettre quelque chose d'essentiel en ces ultimes instants.

« Profite au mieux de cette vie, ma fille », avaient semblé dire ses yeux à la Boucle des années à venir. « Suis ton propre chemin – et lui seul ! »

Puis elle avait sombré dans le sommeil, puis dans la mort. Et on l'avait mise en terre.

Les années qui avaient suivi demeuraient floues dans les souvenirs de Boucle, comme si un linceul d'oubli avait été jeté sur son monde. Quelques images lui restaient cependant.

Son père, silencieux et amer, qui n'était plus l'homme qu'il avait été ; il s'épuisait dans son travail de médecin. Une maison où ne résonnait aucun rire, où ne régnait aucune joie. Le craquement du parquet, que tout le monde s'efforçait de fouler en silence. Et, au-delà du chagrin de leur famille, des soldats dans le village ; des prêtres de Mann hurlant leur sermon et décriant la foi ancienne ; des rumeurs de guerre et de rébellion qui formaient comme un roulement de tonnerre dans le lointain.

Lorsqu'elle eut treize ans, sa tante et ses jeunes sœurs avaient fêté l'entrée de Boucle dans l'âge de femme.

C'était sa tante, sage et d'une beauté subtile, qui avait instruit Boucle dans les mystères des cycles de la lune et des bourgeonnements à l'intérieur de son corps. Toujours en chuchotant, elle avait ainsi éduqué une à une toutes ses nièces, en leur apprenant comment un jour elles deviendraient femmes. Le soir de la célébration, elle fit à Boucle le présent d'un morceau de bois.

— Un nœud prélevé sur un saule tombé, lui expliqua-t-elle. Sculpte-le ce soir. Lorsque tu seras seule. Finis avant d'aller te coucher.

— Et que dois-je sculpter ? demanda Boucle, interloquée.

— Ce que tu veux, fille de ma sœur. Ce qui te fait chaud au cœur.

Lorsque les autres allèrent se coucher, Boucle s'assit sur l'épais tapis devant l'âtre, un peu grise du cidre qu'on l'avait autorisée à goûter pour la première fois. Et, avec le plus petit couteau de son père et sa pierre d'affûtage, elle entreprit de sculpter le morceau de bois de la manière qui lui paraissait la plus appropriée. Les heures passèrent ; le feu diminua, jusqu'à n'être plus que des cendres où luisait le souvenir d'un peu de chaleur.

Elle s'éveilla là même où elle s'était endormie, devant le foyer. Il faisait toujours nuit. Sa tante la portait dans ses bras. Elle l'avait enveloppée dans une couverture et l'emportait vers son lit. Les deux sœurs de Boucle dormaient à poings fermés dans l'autre couchette.

— Qu'as-tu sculpté ? demanda sa tante en bordant Boucle.

La jeune fille ouvrit la main pour lui montrer.

Sur sa paume reposait une figurine toute simple de la taille d'un pouce, une femme aux courbes généreuses, débordantes même. Les détails étaient rares ; à peine les contours vagues des formes. Les seins étaient énormes ; le ventre gonflé.

Sa tante sourit et déposa un baiser sur le front de Boucle.

— Ta mère aurait aimé, lui dit-elle. C'est un bel allié. Veille bien à le porter toujours désormais. Je prie pour qu'il veille sur toi lorsque tu en auras le plus besoin.

Boucle dormit, avec au cœur la certitude qu'elle n'oublierait jamais ce jour.

Par la suite, au cours des nuits les plus froides de l'hiver, son père commença à rejoindre Boucle dans son lit, pendant que ses jeunes sœurs feignaient de dormir de l'autre côté de la chambre.

Et leur monde changea encore.

Pour Boucle, ce fut un hiver de ténèbres et de rêves amers ; de nombreuses pertes bouleversèrent leur vie, dont la moindre ne fut pas celle de leur père.

Au printemps de l'année suivante, elles le trouvèrent pendu par le cou à une poutre du fumoir. Elles restèrent là, toutes les trois, à contempler son corps qui tournait lentement sur lui-même. Il avait revêtu l'élégante tenue du jour de son mariage ; ses chaussures étaient cirées et ses cheveux soigneusement peignés sur son crâne un peu dégarni.

Sur sa poitrine pendait le dauphin de bois que son épouse avait un jour sculpté et toujours porté.

Le matin où les soldats arrivèrent, Boucle était occupée à cueillir des six-clochettes dans les champs surplombant la ville de Hart – où sa tante avait emmené vivre ses trois nièces après le trépas de leur père.

Boucle escomptait bien se prémunir contre les risques de grossesse à l'aide de la petite plante bleue ; en secret, elle voyait un homme de la ville, un charretier marié et deux fois plus âgé qu'elle. Ce matin-là, elle s'éloigna beaucoup, vadrouillant dans les collines pour mener sa quête, remplissant lentement ses poches au fil des heures tranquilles.

Ce ne fut qu'à son retour qu'elle vit la fumée dans le ciel devant elle, lourde comme un ciel d'orage. Elle retroussa le bas de sa robe et gravit en courant la dernière colline ; au sommet, la scène qu'elle découvrit lui coupa le souffle et lui tétanisa l'esprit.

La ville était la proie des flammes. Sur son pourtour, un cordon de soldats, pas plus grands que des points blancs, avançait.

Les hurlements des habitants voletaient dans les airs comme des cris d'oiseaux.

Boucle pensa à sa tante et à ses sœurs qui étaient là-bas. Elle pensa à leurs visages, alors que les flammes et les soldats approchaient. Saisie par l'angoisse, elle se plia en deux en songeant qu'elle allait vomir.

Boucle resta toute la journée cachée dans les herbes à écouter l'agonie des habitants de la ville ; les cris lui parvenaient malgré ses mains plaquées sur ses oreilles. Par moments, la honte et la culpabilité devenaient insupportables ; elle tentait alors de se lever comme pour aller leur porter secours. Mais chaque fois, elle restait figée, incapable de faire le moindre pas. Elle sanglota jusqu'à n'avoir plus la moindre larme ; et elle demeura là, insensible et silencieuse.

Les soldats partirent aux lueurs déclinantes ; leurs chariots étaient lourdement chargés du butin razzié. Derrière eux, la ville n'était que ruines fumantes.

Boucle attendit encore une heure avant de se décider à aller voir.

Les yeux emplis de larmes, la gorge nouée par le chagrin, elle ne put rien retrouver des siens dans les décombres ravagés de ce qui avait été leur maison.

Après cela, elle mena une existence sauvage, errant sans but parmi les ruines et les restes calcinés de sa terre natale. Son esprit s'était un peu enfui ; le temps prenait des allures d'éternité.

Un jour, alors que Boucle marchait le long d'une plage, elle aperçut un homme devant elle ; il était grand et portait une longue barbe. La jeune fille avait encore suffisamment de bon sens pour se jeter au sol.

Mais trop tard. L'homme s'approcha de l'endroit où elle se tenait, le visage enfoui dans les hautes herbes des dunes.

— Tout va bien, lui dit-il doucement. Je ne te ferai pas de mal, ma belle.

Elle releva la tête pour découvrir le visage d'un homme âgé, aux traits épuisés et tannés par le grand air. Sa voix sonnait étrangement aux oreilles de Boucle, mais c'était uniquement d'être restée si longtemps sans entendre personne.

— Viens, dit l'homme en lui tendant la main. Nous devons partir maintenant.

Boucle se releva et tourna les talons, bien décidée à s'enfuir.

Va avec lui.

Immédiatement, elle vacilla.

— Tout va bien, répéta l'homme, en la prenant délicatement par le bras. Viens. Il faut que nous partions d'ici.

Il la conduisit jusqu'à une petite plage de galets dans une crique. Un bateau de pêche dansait sur l'eau. Des hommes et des femmes marchaient dans les vagues pour monter à son bord.

L'homme la fit avancer. Boucle se contracta violemment au contact de l'eau contre ses cuisses.

— Encore une ! cria l'homme à quelqu'un à bord.

Quelques visages se retournèrent pour la regarder. Elle vit des hommes et des femmes aux yeux rougis, aux cheveux emmêlés, aux traits affaissés. Ils l'aidèrent à monter dans l'embarcation sans prononcer une parole. Boucle trouva une petite place au milieu des ballots et s'assit, ramenant ses genoux contre sa poitrine.

— Tout le monde est là ? demanda l'homme.

— Oui, capitaine. Et maintenant, partons d'ici tant que nous le pouvons encore.

Deux hommes se mirent à souquer ; lentement, l'embarcation sortit des eaux relativement étales de la crique pour rejoindre les brisants au-delà. La voile fut hissée ; elle claqua lorsque le vent de terre s'y engouffra. Bientôt, ils filèrent à la surface agitée de la mer ; toutes les têtes étaient tournées vers l'île qui s'éloignait derrière eux.

— Ce fou de Lucian et ses maudits rebelles, cracha un petit homme chauve, en jetant à la ronde des regards de ses yeux noirs. Il a fait s'abattre le malheur sur nous tous et je maudis son âme pour ça. Que ton âme soit maudite ! hurla-t-il encore en agitant un poing en direction de l'île.

Le reste du groupe restait muré dans son silence. Tous contemplaient leur île natale de plus en plus petite dans le lointain.

Le vieux capitaine cria un ordre. Le jeune garçon à la barre manœuvra et le soleil passa derrière eux.

Le chauve se calma peu à peu ; ses marmonnements s'espacèrent jusqu'à laisser place au silence. Il sanglota un moment ; gênés, les autres hommes détournaient leur regard. Une par une, les femmes se mirent à pleurer elles aussi – à l'exception de Boucle, toujours hébétée, et dont les yeux restaient perdus dans la contemplation de la mer.

— Tu as eu de la chance de nous tomber dessus comme ça, dit l'homme chauve, les yeux désormais secs, en traversant le bateau pour venir s'asseoir près d'elle. (Boucle s'écarta doucement de lui.) Ta famille est peut-être en train de te chercher là-bas ? ajouta-t-il en gloussant d'un air moqueur.

— Laisse-la tranquille, aboya le vieux capitaine.

Le chauve se renfrogna, mais obéit.

Boucle entendit les femmes qui parlaient entre elles.

— Où allons-nous ? demanda la plus jeune.

— Dans les ports libres, répondit la plus vieille. Ils sont toujours libres. Et ils ne sont pas hostiles aux réfugiés comme l'est Zanzahar.

Des réfugiés. Boucle éprouva la sonorité du mot sur sa langue. C'était donc ce qu'elle était devenue désormais. Elle se dit que c'était un bien petit mot pour une signification immense.

Boucle se retourna vers l'île de Lagos, qui n'était plus qu'une petite tache à la surface de l'eau. Dans sa main, elle serrait la petite pièce de bois, devenue l'ultime famille qui lui restait. Du pouce, elle la caressait, tandis que la brise la transperçait tout entière et glaçait son cœur.

— Maintenant ça suffit. Je ne veux plus que les enfants t'entendent dire ces choses-là, murmura Rosa avec un geste d'exaspération fait pour intimer le silence.

Elle alla fermer la porte de la cuisine, avant de revenir plier les vêtements des enfants posés sur la table.

— Quoi ? s'exclama Boucle, assise de l'autre côté de la pièce, et occupée à regarder Rosa en train de s'adonner à son ouvrage.

Exaspérée, Boucle jeta un regard par la fenêtre ouverte à quelques-uns des gamins à moitié sauvages qui jouaient dans le jardin. En l'occurrence, ils s'amusaient aux voleurs des rues rançonnant des quidams.

Les gestes de Rosa étaient secs et pleins de colère contenue. Les pieds de la table branlante venaient claquer sur le sol de bois dès qu'elle s'appuyait un tant soit peu dessus, traduisant l'intensité de sa contrariété. Elles étaient seules toutes les deux dans la pièce. Cela faisait longtemps que le déjeuner avait été servi, peu après l'aube ; tous les locataires et pensionnaires avaient avalé leur petite portion de gruau au milieu des bruits de la canonnade en provenance de la Lansvoie toute proche. Immanquablement, ils avaient parlé d'invasion et de guerre. En cet instant même, la grande table sur laquelle les repas étaient pris semblait elle aussi réprouver muettement l'attitude de Boucle. La jeune femme jeta un regard dégoûté à la toile cirée crasseuse qu'on ne retirait jamais, pas même pour manger, et aux plats, assiettes et couverts sales laissés par les convives. Ce matin-là, c'était normalement au tour de Boucle de débarrasser ; et malgré tous ses efforts, elle n'avait pas encore pu se résoudre à s'y attaquer.

— Je dis seulement ce que j'ai entendu, rien d'autre, dit Boucle.

— Eh bien, que nous le sachions ou non ne changera absolument rien au résultat. Nous serons bien assez tôt informés si ces monstres submergent les murs pour nous tomber dessus. D'ici là, je te prierai de nous épargner. Laisse-nous vivre en paix tant que nous le pouvons encore.

Boucle tira sur un fil de son chemisier et tint sa langue. Ce n'était pas chose aisée pourtant, quand son sang vibrait encore des effets de sa dernière prise de dross, et que sa bouche ne voulait rien d'autre que s'épuiser en bavardages oiseux.

— Je suis à moitié tentée de me porter volontaire.

Rosa laissa éclater un rire aussi puissant qu'un rugissement.

— Oh, Boucle, ne me fais pas rire comme ça !

Les joues de la jeune femme s'empourprèrent.

— Eh bien quoi ? Ce ne serait pas pour me battre. Ils ont besoin de personnes pour d'autres choses. Pour cuisiner et… tout ça.

Rosa cessa de rire et lança une nuisette pliée dans un panier sur le sol. Elle prit ensuite la dernière chemise tout juste lavée ; sa respiration s'était faite lourde.

— Je ne sais pas ce que tu as aujourd'hui, ma fille. Mais tu seras bien avisée de ne pas raconter des choses pareilles aux enfants. Sinon, je t'en colle une, je te le promets. Tu vas leur briser le cœur à ces petits avec tes histoires.

La porte de la cuisine s'ouvrit à la volée ; Misha et Neese entrèrent en courant.

— Allez ouste, dehors ! cria Rosa. Vous salissez partout.

Mais les fillettes étaient suffisamment téméraires pour faire fi de ses jérémiades ; elles vinrent se planter devant Boucle. Feignant la surprise, elles ouvrirent des yeux ronds et poussèrent des cris devant la coiffure de la jeune femme.

— Dehors ! cria de nouveau Rosa.

Les fillettes battirent en retraite, sans cesser un instant de hurler.

— Très drôle, les filles, cria Boucle derrière elles.

Pea se tenait sur le seuil ; son nez coulait et elle avait un pouce fourré dans sa bouche. Cela ne faisait pas très longtemps qu'elle était arrivée ; elle n'avait pas encore appris à prendre les jappements de Rosa pour ce qu'ils étaient vraiment.

La fillette avait une main posée sur son petit ventre.

— J'ai faim, dit-elle.

— Il va falloir attendre, répondit Rosa. Et maintenant, file, petit bout.

Tandis que la gamine s'éloignait, Rosa poussa un soupir en s'essuyant le front d'un revers de la main. Debout devant la fenêtre, son autre main posée sur la hanche, elle regarda les enfants dans le jardin ; dans ses yeux, la tendresse le disputait à la consternation.

La voir ainsi adoucit l'humeur de Boucle. Au fil du temps, elle s'était profondément entichée de sa logeuse.

Boucle savait à quel point elle avait eu de la chance à son arrivée à Bar-Khos, des mois plus tôt, en avisant l'enseigne sur la porte et en frappant pour demander une chambre. Elle se tenait là, affublée des vêtements de récupération donnés par les volontaires des camps de réfugiés, perdue dans cette ville immense, ignorant totalement comment elle allait bien pouvoir subvenir à ses besoins. Puis la porte s'était ouverte et elle avait vu Rosa devant elle, avec ses yeux fatigués mais au regard chaleureux.

Et, comme dans les cauchemars de ses terreurs nocturnes, voilà que les Manniens arrivaient pour détruire son monde à nouveau.

— C'est seulement…, commença-t-elle. J'ai besoin d'avoir l'impression de faire quelque chose.

Rosa se tourna vers elle et la considéra un instant, une lueur bienveillante dans le regard.

— Tu pourrais faire quelque chose d'utile pour moi, ma belle.

— Ah bon ?

D'un signe de tête, Rosa désigna la table toujours pas débarrassée. Une lueur un peu rusée s'était allumée dans ses yeux.

Boucle se plaqua les mains sur les joues et poussa un soupir exaspéré.

Les volets de la fenêtre étaient ouverts, ce qui permettait à Boucle d'entendre, assourdis derrière le roulement incessant des coups de canon manniens, les ordres criés et le pas cadencé de pieds martelant le sol en très grand nombre. Assise sur son lit, elle tenait sa petite boîte sur les genoux ; son dross à moitié déballé était posé sur le couvercle ouvert. Attirée par les bruits du dehors, elle posa sa boîte pour s'approcher de la fenêtre.

Il n'y avait rien à voir, hormis la maison sur le trottoir d'en face et un vieil homme en haillons qui poussait un petit chariot le long de la rue ; des enfants passèrent à côté de lui en courant. Elle n'aperçut aucune fille attendant le chaland ; à coup sûr, elles devaient être le long de l'avenue des Mensonges, à proposer des passes aux soldats en marche vers les terrains d'entraînement au-delà des murs nord.

L'espace d'un instant, Boucle éprouva une bouffée de soulagement à n'avoir plus à vendre ses charmes dans la rue. Elle n'était pas particulièrement fière d'avoir su si vite et si bien s'adapter à son métier, ni même d'être si prisée au sein de la clientèle de passage dans le quartier. Néanmoins, en quelques mois à peine, elle avait su conquérir un certain nombre de clients réguliers et fiables, suffisamment pour les recevoir sur rendez-vous dans sa chambre – et les faire payer encore plus cher pour cela.

Elle se souvint alors qu'elle devait recevoir ce soir-là le vieux Bostani qui empestait la goudronnelle, la bière et la vieille sueur, et dont les yeux porcins paraissaient morts, même dans le plaisir. Boucle avait pour principe de ne jamais penser à ces choses-là pendant son temps libre. Elle regagna le lit et plaça de nouveau sa boîte ouverte sur les genoux ; elle la fixa des yeux sans ciller.

La poudre grise était une autre chose dont elle n'était pas fière. Sur ce plan-là aussi, elle s'y était mise bien trop facilement, puisant dans le produit de quoi supporter ses longues journées – et ses nuits solitaires plus longues encore. *Une prostituée accrochée au dross*, songea-t-elle. Sa tante et ses sœurs seraient horrifiées de voir ce qu'elle était devenue. Et sa mère…

Boucle détourna la tête ; une soudaine lueur s'était allumée dans ses yeux.

Pourquoi donc suis-je venue à Bar-Khos ? se demanda-t-elle. La ville portuaire d'Al-Khos était pourtant plus proche du camp de réfugiés au nord. Néanmoins, seule et pieds nus, en marchant ou en mendiant une place dans un chariot, elle avait fait tout le chemin jusqu'au sud de l'île ; bien souvent, elle n'avait dû qu'à la chance ou à l'amabilité d'étrangers d'échapper aux pires ennuis.

Boucle ignorait pourquoi, mais une part d'elle-même avait voulu venir jusqu'à Bar-Khos et son Bouclier légendaire ; la ville du siège éternel, qui avait résisté aux forces de Mann, et qui résistait encore en cet instant, alors qu'une armée impériale massée sur la côte est s'apprêtait à déferler.

Elle avait appris à apprécier les Khosiens et leurs manières. Dans un premier temps, elle s'était méfiée de l'aide qu'ils avaient apportée à sa petite troupe de réfugiés, tout juste débarquée de leur bateau en provenance de Lagos. Bien vite cependant, Boucle avait compris que cette générosité d'esprit était une qualité que l'on honorait chez les Khosiens, tout comme l'humilité d'ailleurs – ce qui n'était qu'une contradiction de plus chez ce peuple rustique, farouche et pétri d'orgueil.

De manière générale, les Khosiens semblaient volontiers enclins à la mélancolie, et à un certain romantisme aussi, si bien que même leurs guerriers pouvaient tout aussi bien se montrer poètes et amoureux qu'ivrognes et quasiment suicidaires. Ils plaçaient leur liberté plus haut que tout, mais n'appréciaient pas moins la coopération et l'esprit collectif. La famille était leur idéal, au même titre qu'une vie simple et pacifique. Bien souvent, ils parlaient des gens d'argent et de pouvoir, tels que leurs nobles Michinès, avec une compréhension un peu amère, comme si les hommes et les femmes au visage peint avaient été des simples d'esprit, victimes de leurs propres désirs de dominer les autres.

En parlant avec d'autres réfugiés du quartier, qui connaissaient les îles merciennes pour y avoir voyagé, Boucle avait appris qu'il en allait de même chez tous les peuples des ports libres ; ces penchants se trouvaient même renforcés là où il n'y avait pas de nobles du tout. Tout cela lui paraissait tout de même une notion bien difficile à appréhender.

Le regard de Boucle revint se poser sur le dross. Au déjeuner, l'un des locataires avait dit que les envahisseurs impériaux appartenaient à la VIe armée. Les mêmes hommes que ceux qui avaient semé le chaos et la mort à Lagos.

L'image d'une ville en feu et d'un ciel clair obscurci par la fumée passa dans l'esprit de Boucle. Les cris des siens perdus au milieu de tant d'autres. Les larmes dévalant ses joues. Pendant un long moment, elle resta immobile, tremblante et le cœur submergé, une main moite posée sur son visage brûlant.

Lorsqu'un sanglot parvint enfin à remonter de sa poitrine, elle s'assit et secoua la tête, donnant l'impression qu'elle s'admonestait elle-même. Elle renifla et passa une main sur sa joue, comme si elle avait voulu en chasser une toile d'araignée.

Elle tourna la tête vers son petit autel à Oreos ; une décision était en train de faire son chemin en elle.

— Merde, dit Boucle.

L'intérieur du stade des Armes était plus vaste qu'elle l'avait imaginé, à en juger par sa façade extérieure toute en colonnades et blocs de pierre courbes.

Debout au seuil de l'entrée principale, tassée contre un mur pour ne pas gêner le passage des soldats qui entraient et sortaient, elle contemplait une scène évoquant un chaos difficilement maîtrisé. Des centaines d'hommes étaient disséminés dans l'arène de l'amphithéâtre où, chaque année pour le jour du Bouffon, se déroulaient les courses de zels. Le reste du temps, ce lieu servait à l'entraînement des recrues.

Elle vit des membres de la Garde rouge, des Forces spéciales, des Vestes grises et des Volontaires libres. Une bonne part des hommes les plus âgés étaient habillés en civil. À certains, vêtus en haillons, on retirait les fers qu'ils portaient aux pieds. Au milieu de tout cela, des soldats couraient partout, les bras chargés de matériel et d'équipement ; ils en faisaient des tas, un peu partout dans l'arène. Aucun semblant d'ordre ne transparaissait dans toute cette effervescence. Et pourtant, des hommes hurlaient des directives, comme si la configuration des lieux n'avait aucun secret pour eux.

Boucle se tassa encore plus contre le mur en voyant arriver vers elle une compagnie de la Garde rouge marchant au pas en rangs serrés ; les hommes la sifflèrent au passage, alors même qu'elle portait les vêtements de garçon tout simples dans lesquels elle était arrivée dans la ville. Tête baissée, elle se hâta de passer son chemin, en direction des arcades qui couraient sous les gradins.

Un zel se cabrait sous les arches voûtées tandis que des hommes tentaient de le faire entrer dans les brancards d'une carriole. Sur leurs enclumes, des forgerons travaillaient à façonner des épées et des pointes de lance ; des soldats la frôlaient sans même se retourner sur elle. Certains juraient pour lui signifier qu'elle gênait. Confuse et désorientée, Boucle sentit son humeur s'assombrir. Elle arrêta un jeune homme avec un sourire, pour lui demander où se trouvait le bureau de recrutement.

D'abord, il pensa qu'elle plaisantait, mais elle garda un air menaçant jusqu'à ce qu'il cède.

— Sur la droite, répondit-il en jaugeant son corps d'un coup d'œil rapide. Par le passage qui se trouve là, puis la deuxième à gauche, ajouta-t-il avec un geste vague de la main.

Boucle suivit ses instructions et franchit un passage plutôt encombré pour se retrouver dans les latrines. En rang devant la rigole, une section d'hommes en cuirasse pissaient en bavardant. En un instant, une dizaine de têtes se tournèrent vers elle dans la petite pièce où flottaient d'âcres relents ; leurs sifflets et leurs railleries lui vrillèrent les tympans. Elle ignora ce qu'ils lui donnèrent à voir ; au lieu de cela, haussant un unique sourcil, elle partit non sans lâcher un chapelet d'imprécations.

Boucle était en nage et passablement énervée lorsqu'elle parvint enfin à la porte du bureau de recrutement ; elle trouva la pièce la plus animée de toutes celles qu'elle avait vues jusqu'alors. Elle se glissa derrière un homme qui entrait d'un pas rapide, puis se fraya un chemin vers le milieu de la salle, où se trouvait un bureau couvert de piles de documents ;

derrière, se tenait un homme qui, selon toutes les apparences, était en proie à une crise d'apoplexie. Son visage était le plus rouge qui lui avait jamais été donné de voir ; la sueur lui ruisselait jusque dans le cou.

— Je ne veux pas le savoir ! criait-il d'une voix rauque à un homme nerveux, debout à côté de lui. S'ils sont capables de marcher, alors ils partent !

— Mais les intempéries ont ravagé leur équipement, répondit l'excité. Entièrement.

— Je ne veux pas le savoir. Faites ce qu'il faut pour qu'ils partent. Point final !

Boucle attendit qu'il reprenne sa respiration avant de s'avancer.

— Excusez-moi, commença-t-elle, avant de se pencher en avant pour être mieux entendue, en posant ses mains sur le bureau de façon à ne déranger ni les papiers, ni le stylet ou l'encrier. Excusez-moi, reprit-elle d'une voix plus forte.

L'officier posa ses yeux ronds sur elle. Elle les regarda s'arrondir encore plus.

— Qu'est-ce que c'est que ça maintenant ? grommela-t-il. C'est pour un baiser d'adieu, c'est ça ?

Sur le bureau, les mains de Boucle se serrèrent jusqu'à former de petits poings rageurs.

— Je suis venue pour m'enrôler, répondit-elle.

L'homme ouvrit la bouche – et resta figé. Autour de lui, le silence se propagea, jusqu'à ce qu'il n'y ait plus un seul bruit dans la pièce, et que les regards de tous les hommes présents soient braqués sur elle.

— Rentre chez toi, fillette, répondit-il finalement avec un petit geste de la main. Nous n'avons plus besoin de putains dans notre bordel de campagne, crois-moi.

Sans même réfléchir, Boucle saisit l'encrier pour le lancer sur le bonhomme. Elle le vit rebondir sur le front de l'officier, à l'instant même où elle prenait conscience de son geste.

— Espèce de petite salope ! cria-t-il en plaquant ses mains sur son front, stupéfait et choqué.

Sur le bureau, elle prit le pot dans lequel était fiché le stylet et arma son bras en arrière pour finir ce qu'elle avait si bien commencé.

Mais une main attrapa alors la sienne par-derrière, et le pot lui fut retiré.

Elle se retourna, furieuse, et releva les yeux. Un homme en cuirasse de cuir noir la toisait de toute sa hauteur ; son visage et son cou étaient couverts de cicatrices.

— Vilaine fille, dit-il dans sa barbe épaisse. Tu as failli crever l'œil de ce pauvre homme.

— C'était exactement ce que j'essayais de faire, répliqua-t-elle, le souffle court.

Il rit, et les hommes autour de lui gloussèrent à leur tour.

— Tu étais sérieuse quand tu disais vouloir t'enrôler ?

— C'est bien le bureau de recrutement ici, non ?

L'homme considéra l'officier derrière le bureau, puis examina Boucle pendant un instant.

— Tu sais recoudre une blessure ?

Elle pensa à son père qui était médecin, à l'entaille qu'il s'était faite au cuir chevelu et qu'elle avait recousue elle-même, les mains tremblantes, en suivant les instructions qu'il lui donnait.

— Plutôt pas mal, répondit-elle. Je connais quelques remèdes aussi. Des décoctions maison. Des herbes et des onguents.

— Donne ton identité à Hooch qui est là-bas. Nos medicos trouveront peut-être quelque chose à te faire faire. Et au fait, je suis le major Bolt.

Boucle sourit et ouvrit la bouche pour lui exprimer sa reconnaissance.

— Non, ne me remercie pas, dit-il en levant l'une de ses énormes mains. Tu pourras me maudire quand tu voudras, mais surtout, ne me remercie pas.

16

Les Yeux

Bien rares étaient ceux qui se souvenaient du nom attribué à l'origine au fort sur la colline. Désormais, on l'appelait les « Yeux », en référence aux visages sales que l'on voyait toujours collés aux fenêtres munies d'épais barreaux, dont les regards désespérés observaient, du fond de leur réclusion, le monde qui passait devant eux.

Les « Yeux » avaient depuis longtemps cessé d'être un fort. Perché au sommet d'une colline du quartier de la Jachère, l'édifice constituait une sinistre présence surplombant le mur est, ainsi que les boutiques et les maisons de la zone. C'était désormais le lieu où l'on enfermait les vétérans de guerre – ces soldats traumatisés par le siège au point d'être devenus des dangers pour eux-mêmes et les autres ; des membres des Forces spéciales en particulier, ceux qui combattaient dans les tunnels sous le Bouclier.

Parfois, généralement quand une certaine tension régnait sur l'ensemble de la ville, les détenus criaient des obscénités aux Gardes rouges stationnés au sommet des remparts est, ou encore aux habitants du quartier, ces petites gens ordinaires vaquant à leurs occupations, trop polis pour lever les yeux vers les fous au sommet de la colline.

Ce soir-là, Bahn aurait été bien en peine de dire si quelque interné hurlait aux fenêtres de l'établissement ; une foule de Gardes rouges faisaient un vacarme de tous les diables devant les grandes grilles de fer forgé de l'institution, si bien qu'il n'entendait rien d'autre que leurs cris. Il se fraya un passage à travers la presse, mais ce ne fut que pour trouver porte close. De l'autre côté, leur faisait face un groupe de geôliers vêtus d'épais tabliers de cuir et armés de gourdins. Ils criaient eux aussi, avec tout autant de véhémence que les Gardes rouges.

— Que se passe-t-il ici ? demanda Bahn au lieutenant de l'escouade au milieu de laquelle il se trouvait.

— Le gouverneur de la place leur a donné l'ordre de nous empêcher d'entrer, répondit l'officier en criant, entre ses mains posées contre l'oreille de Bahn.

— Ils savent pourquoi vous êtes ici ?

— Bien sûr. C'est d'ailleurs pour cela que le gouverneur veut nous en empêcher.

— D'accord, dit Bahn. Ordonnez à vos hommes d'arrêter un moment.

Puis Bahn se tourna vers les geôliers, tandis que le bruit s'atténuait peu à peu.

— Je suis l'aide de camp du général Creed. Son ordre est clair. Ouvrez les portes et écartez-vous.

Il vit un mouvement dans la masse des geôliers et deux d'entre eux s'écartèrent pour laisser passer un homme aux cheveux gris, qui s'avança résolument face à Bahn.

— Je suis le gouverneur Plais, lui dit l'homme. Et en vertu de l'autorité du Conseil, je suis chargé de cette institution. Je vous répète ce que j'ai déjà dit à l'autre officier. Il n'y a pas d'hommes en état de combattre à l'intérieur de ces murs. Ils ne seraient pas ici si tel était le cas.

— Gouverneur, dit Bahn en s'avançant d'un pas vers la grille. En ce moment même, une armée de quarante mille Manniens a débarqué dans la baie de la Perle. Comme vous pouvez l'entendre, la IVe armée a repris son pilonnage du Bouclier en préparation d'un assaut d'envergure. Nous avons besoin de tous les hommes en état de combattre, quels que soient les crimes qu'ils aient pu commettre, ou leur état mental.

— Mais ces hommes sont dérangés ! Dangereux même !

— Peu importe. L'ordre a été donné. Et maintenant, ouvrez les portes.

Pendant un moment, personne ne bougea.

— Ouvrez-les ! aboya Bahn à bout de patience.

Il fixa les geôliers de l'autre côté de la grille, jusqu'à ce que l'un d'eux fasse un pas en avant ; les autres suivirent et les grilles furent ouvertes dans un grincement métallique. Bahn et les Gardes rouges pénétrèrent dans la cour, à la rencontre du gouverneur hors de lui.

— Le Conseil en entendra parler, cria-t-il.

Bahn le contourna pour continuer son chemin en direction de l'entrée.

— Je n'en doute pas un instant, dit-il par-dessus son épaule.

On accédait à la cellule par une longue coursive que fermait toute une série de lourdes portes d'acier, brunies par l'oxydation ; chaque fois que l'une d'elles était refermée, des miettes de rouille tombaient au sol. Les murs étaient humides dans ce niveau silencieux en sous-sol. Seule la lanterne à huile que portait l'un des geôliers procurait un peu de lumière.

— Cet homme est un fou, insistait le gouverneur de sa voix grinçante.

— Je sais qui il est. J'ai combattu à ses côtés les premières années du siège.

— Il a été condamné. Il a tué, il a torturé... Il y a plus de chances qu'il vous tue plutôt que l'ennemi ! Avez-vous perdu l'esprit ?

— C'est la seule personne ici à qui je n'ai pas encore parlé. Permettez au moins que je lui dise un mot.

Les ténèbres les cernaient de tous côtés. Elles semblaient suivre leur petit havre de lumière à mesure qu'ils avançaient, unis dans un silence collectif, le long de la coursive ; le raclement de leurs pieds et des gouttes d'eau tombant sur le sol étaient les seuls bruits qui leur parvenaient. Quatre geôliers les accompagnaient, ceints de leur tablier de cuir et les mains glissées dans des gants qui leur arrivaient aux aisselles ; ils portaient de lourds bâtons. Silencieux, ils fixaient l'obscurité devant eux ; ils donnaient l'impression de se préparer à un affrontement.

Bahn marchait derrière eux ; il n'aimait pas l'atmosphère confinée des lieux. Il ne se voyait vraiment pas être retenu prisonnier dans un endroit tel que celui-ci. Au bout d'une heure, il s'attaquerait aux murs pour sortir.

La porte de la cellule était faite d'une plaque de tiq durcie au feu et bardée d'acier. L'un des geôliers s'avança pour ouvrir le petit judas.

Bahn se pencha pour regarder à l'intérieur.

Il aperçut le halo chaleureux d'une chandelle au milieu d'une petite pièce voûtée. Dans le cercle de lumière était assis un homme grand, nu, enchaîné par le cou au mur contre lequel il était adossé. L'une de ses jambes était étendue et l'autre repliée ; il avait posé une main sur son genou. Dans son visage ombré luisaient deux yeux furieux et hostiles braqués sur ceux qui l'épiaient.

Auroch, songea Bahn. *Pourquoi ai-je toujours su que tu finirais ainsi ?*

Il recula ; deux geôliers déverrouillèrent et ouvrirent la porte. Les gonds gémirent.

— Restez derrière la chaîne, conseilla le geôlier à la lanterne. Il y a quelques mois, il a rendu aveugle l'un des nôtres. Avec les pouces.

L'homme se pencha pour entrer, son gourdin à la main, prêt à frapper. Bahn suivit et vint se placer à côté ; sa cheville toucha une chaîne détendue qui traversait le petit espace. Il portait son casque sous le bras ; il essaya de se tenir bien droit dans sa cuirasse et son manteau rouge.

Le prisonnier plaça ses mains sur le collier autour de son cou et se leva d'une traction, dans sa glorieuse nudité. Son torse tout en muscles et tendons montrait un vaste ensemble de cicatrices. Il enroula la chaîne autour de son bras pour mieux en supporter la charge, en un geste curieux donnant l'impression qu'il rajustait sur son dos la tunique de son office.

Tu as vieilli, songea Bahn en apercevant les ravages sur le visage de l'homme, ainsi que le recul de ses cheveux sur les tempes, là où il avait une paire de cornes tatouée.

Bahn avait effectivement combattu aux côtés de cet homme au cours des premières années terribles de la guerre, avant qu'Auroch ait été choisi pour l'infanterie lourde de la chartassa. Auroch était déjà fou à cette époque ; un homme dangereux et instable qui aimait se battre plus que n'importe lequel de tous les hommes que Bahn avait connus. Il n'avait pas été surpris d'apprendre qu'Auroch avait fini par perdre son sang-froid une fois de trop, et avec la mauvaise personne : son officier supérieur, qu'il avait quasiment tué en lui portant un unique coup. Et tout ça parce que le gradé avait commis l'erreur de l'appeler par son vrai nom.

Cela lui avait valu deux années d'enfermement, ainsi que la mise à pied définitive de l'armée. Par la suite, Bahn avait vaguement suivi sa renommée croissante en tant que combattant dans la fosse. L'un des meilleurs de Khos, à ce qui se disait.

Et puis, était venu le jour où Bahn, et tout le reste de la ville avec lui, avait appris le meurtre d'Adrianos – le chef valeureux du raid de Nomarl, le dernier commandant à avoir mené en personne une offensive couronnée de succès contre la IVe armée impériale. Le héros de la ville avait été retrouvé découpé en plusieurs morceaux dans ses luxueux appartements juste à côté du grand bazar. Il avait été bâillonné, attaché et torturé. Des parties de son corps avaient été écorchées.

À côté de son cadavre, on avait retrouvé Auroch, assis, vêtu en tout et pour tout du sang de sa victime.

—Salut, frère, lui dit Bahn dans un murmure.

Auroch s'avança d'un pas vers lui.

—Bahn ? demanda-t-il, incrédule.

—Oui.

Auroch s'approcha plus près encore ; la chaîne se dévidait de son bras. Le geôlier à côté de Bahn se trémoussa, mal à l'aise ; il étreignait son gourdin. Auroch ne tenait nullement compte de sa présence, tout entier concentré sur Bahn. Son bras massif était posé sur son ventre ; les phalanges de ses mains étaient enflées et difformes, et la peau récemment écorchée saignait.

— Qu'est-ce qui t'amène ici, hein ? Tu es perdu ? (Sa voix grinçait ; sans doute ne l'avait-il pas utilisée depuis bien longtemps.) Parle, s'emporta-t-il. Je doute que ce soit pour le plaisir de ma compagnie. Alors, de quoi s'agit-il ?

Subitement, alors que Bahn écoutait l'intonation de la voix du dément, tout en fixant ses yeux noirs au-dessus de ses pommettes proéminentes, il fut ramené aux jours du début de la guerre, accroupi derrière un parapet. Auroch, tout sourire, lui tapait dans le dos pour qu'il arrête de tousser ; il adorait chaque instant de ses journées, ce maudit fumier de cogneur de troncs.

— Les Manniens ont débarqué en force dans la baie de la Perle.

Auroch plissa les yeux et pencha la tête en avant pour scruter son interlocuteur d'encore plus près.

— Je suis venu chercher les vétérans. Voir s'il y en a parmi vous qui seront prêts à se battre avec nous.

— Un nouveau jugement, alors.

Auroch cracha au sol et commença à s'éloigner.

— Quoi ? Tu penses que tu n'as pas eu droit à un procès équitable ?

Auroch se dressa de toute sa hauteur pour le dominer ; la chaîne claqua derrière lui. Bahn lutta contre l'envie de reculer d'un pas.

— Tout doux, dit l'un des geôliers en posant l'extrémité de son gourdin contre le torse nu d'Auroch.

Auroch continua de l'ignorer ; son regard restait rivé à celui de Bahn.

— Si. Je suppose que si. Mais Adrianos aussi. Tu comprends ? Quand moi je l'ai jugé.

Il ne donnait pas du tout l'impression d'être fou. Plein de colère, certainement. Et affamé de violence.

— Te battras-tu à nos côtés, avec ton peuple ?

— Mon peuple ? demanda-t-il, incrédule.

— Oui, pour le peuple de Bar-Khos, comme ton père. Et pour le peuple de ta mère dans la Rafale.

Soudain, un large sourire s'épanouit sur le visage d'Auroch, semblable à une plaie laissée par une lame. Deux dents lui manquaient sur le devant ; les autres donnaient l'impression d'être en train de pourrir.

— Je n'ai aucune loyauté envers quiconque. Et surtout pas envers le peuple de Bar-Khos.

— Te battras-tu à nos côtés ?

— Une amnistie. C'est bien cela que tu me proposes ?

— Oui. Si c'est ce qu'il faut proposer.

— Et tout ce que j'ai à faire, c'est tuer des Manniens au nom de mon peuple ? C'est bien ça ? Tu prendrais l'assassin dans ta troupe, même si c'est un fumier de cogneur de troncs qui tue de sang-froid ? C'est bien ça, Bahn ?

Pendant un long moment, Bahn s'agita dans sa cuirasse ; il était las et ne se sentait pas à sa place dans cet endroit.

— Crois-moi, Auroch, répondit-il d'une voix posée à son ancien compagnon. Là où nous allons, nous aurons grand besoin d'hommes tels que toi.

17

Libre entreprise

De toute évidence, maîtresse Cheer était une femme qui savait comment retomber sur ses pieds. En l'espace d'une seule journée, au milieu de la confusion et de l'émoi général, elle était parvenue à se procurer un chariot et une mule, un chargement de fournitures diverses, et suffisamment d'éléments de confort pour installer un petit campement des plus douillets, à l'orée des dunes du côté mer, pour elle-même et ses filles.

Le soir venu, des auvents avaient été dressés des deux côtés du chariot, et le sol recouvert de tapis d'herbes tressées. Il y avait aussi des tabourets pour s'asseoir, et une marmite ainsi qu'une bouilloire étaient suspendues au-dessus d'un feu ; de l'eau bouillait dans l'une, tandis qu'un ragoût mijotait dans l'autre. Maîtresse Cheer avait fait l'acquisition de trois tentes pour elles toutes ; elle demanda à Ash d'aller les monter pas trop loin du chariot – mais suffisamment tout de même pour leur garantir une certaine intimité.

Les filles commencèrent alors à se détendre, à se pomponner au su et au vu des hommes qui s'affairaient autour du camp, et à se prendre de bec lorsque leur maîtresse s'éloignait. Avec désinvolture, quelques-unes entreprirent de conter fleurette à Ash, le taquinant sur la couleur de sa peau ou la fermeté de son vieux corps. Gloussant de plaisir, l'ancien Rōshun rendit coup pour coup en matière de galanterie.

Ash avait entendu quelqu'un dire que l'endroit où ils se trouvaient s'appelait la baie de l'Entaille ; une petite anse à l'intérieur de la baie de la Perle, située sur la côte orientale de Khos. C'était un endroit plutôt agréable, avec des collines à l'ouest, les hauts sommets de montagnes au nord et au sud, et un îlot rocheux couvert de mouettes au milieu de la grande anse. À bien des égards, le panorama lui rappelait la partie nord du Honshu ; malheureusement, l'odeur de l'armée déployée sur toute la zone de la tête de pont gâchait quelque peu les splendeurs de la nature, pour ne rien dire des milliers d'hommes et de femmes massés tout autour. C'étaient tous ceux qui avaient suivi la force d'invasion jusqu'à Khos – comme maîtresse Cheer elle-même – dans l'espoir d'en tirer quelque profit.

La flotte était à l'ancre dans les eaux transparentes juste en lisière de la bande côtière. Rangés en formations serrées, les navires montaient et descendaient doucement à la surface des vagues ; même depuis la plage, ils avaient l'air bien mal en point, avec des avaries et des mâts manquants ou brisés, toujours emmêlés dans les voiles. Certaines coques penchaient sur un côté. Malgré l'arrivée du crépuscule, l'activité ne faiblissait pas. Selon toutes les apparences, il y avait encore des cargaisons à décharger avant que l'armée puisse se mettre en marche le lendemain matin.

Ash prit du repos du mieux qu'il put. Sa toux avait empiré et ses membres tremblaient à tout instant, comme agités par quelque frisson intérieur. Pour autant, ses vêtements étaient pour une fois miraculeusement secs et il tenait son manteau de toile huilée serré autour de lui ; il s'éloignait le moins possible de la chaleur du feu.

De temps à autre, maîtresse Cheer lui jetait l'un de ses regards chargés d'autorité. Alors, avec un grognement, Ash se levait pour faire une patrouille autour du camp, son épée au fourreau ostensiblement tenue à la main ; la mine fermée, il observait les soldats et les civils installés tout autour de leur petite oasis de parfums, de lingerie et de rires féminins.

Lorsque le soleil disparut derrière l'horizon, maîtresse Cheer mit ses filles à l'ouvrage en tapant sèchement dans ses mains – et en leur prodiguant quelques paroles d'encouragement. Elles n'étaient pas les seules prostituées sur la plage, loin de là ; néanmoins, une longue file de guerriers ne tarda pas à se former devant leur campement. Des hommes ivres pour la plupart, en train de vociférer sur une plage loin de chez eux. Ash veillait au maintien de l'ordre sur leur territoire, tandis que les filles menaient, chacune leur tour, leurs chalands vers les tentes ; leur petite affaire ne durait jamais bien longtemps.

Ash n'avait pas vraiment la tête à ce qu'il faisait. En direction du sud, là où le terrain s'élevait vers le village réduit en cendres, il apercevait les tentes cernées de palissades du campement de la Matriarche ; son étendard flottait bien haut et paraissait rappeler le Rōshun à lui chaque fois qu'il portait son attention ailleurs.

Ce soir-là, il n'y eut guère de problèmes avec la clientèle. Il était tard déjà lorsque maîtresse Cheer entendit enfin les revendications des filles réclamant que s'achève leur besogne ; elle annonça la fermeture de son petit commerce. Un petit groupe de soldats avinés attendait encore, mais leurs récriminations s'évanouirent bien vite devant les regards furibonds de maîtresse Cheer, et la présence du *farlander* silencieux à ses côtés.

Mais plutôt que de se coucher, les filles s'organisèrent une petite fête entre elles.

Ash était épuisé de sa longue journée. Sur quelques mots d'excuse, il quitta à regret la chaleur du feu pour aller s'installer au sommet d'une dune voisine ; enroulé dans son manteau, il pouvait garder un œil sur elles. Là, avec son épée pour unique compagnie, il observa les lueurs du campement de la Matriarche dans le lointain, et la bande de terre éclairée par la lune qui le ceinturait. Il étudia les mouvements entre les nombreux feux, à peine plus gros que des scintillements depuis l'endroit où il se trouvait. Il regretta de ne pas avoir sa longue-vue ; une paire d'yeux plus jeunes aurait même fait l'affaire.

Ash toussa une nouvelle fois, expectora quelques sécrétions, puis s'essuya la bouche d'un revers de main. Des bandes de nuages lents et lourds envahissaient le ciel par le nord. De la pluie à prévoir sans aucun doute. Ils allaient masquer les lunes brillantes et plonger dans les ténèbres la terre en dessous.

Une bonne nuit pour agir, se dit-il.

— Vous voyez des choses intéressantes depuis là-haut ?

Il sentit son parfum musqué avant même qu'elle s'assoie sur le sable en tirant sa robe pour se couvrir les jambes ; quelques grandes herbes éparses furent couchées. Ash leva la tête vers maîtresse Cheer lorsqu'elle lui mit une flasque de rhulika entre les mains.

Il la remercia d'un hochement de tête et but une longue gorgée pour se réchauffer.

— Doucement. C'est la dernière.

Il lui rendit la flasque et lui sourit.

— Merci. Cela faisait un moment que je n'avais pas eu l'occasion de boire quelque chose digne de ce nom.

Derrière eux, les cris et les rires des filles s'élevaient dans la nuit ; leur petit feu formait un halo de lumière au creux des dunes. Le vent agita quelques mèches des cheveux de maîtresse Cheer. Elle resserra son châle sur sa tête.

— Rappelez-moi ce que faisait celui qui vous employait auparavant ?

Du bout de l'index, Ash tapota la flasque qu'elle tenait.

— L'alcool ?

— Il en avait embarqué pour une petite fortune. Mais il ne m'a jamais laissé en goûter la moindre goutte.

Piètre mensonge, songea Ash. Il n'aurait su dire si elle le croyait. Cheer détourna la tête ; les lueurs des feux dansaient dans ses yeux. Le vent apportait des rires et des chants ; plus loin dans les dunes, des gens étaient d'humeur festive.

Et par-dessus ces bruits, ils pouvaient entendre les battements rythmiques de la mer.

— Nous sommes bien loin de chez nous, lui dit-elle d'une voix empreinte de mélancolie.

Ash hocha lentement la tête.

De nouveau, maîtresse Cheer tourna la tête vers lui.

— Certains plus que d'autres, je suppose. Est-ce que cela vous manque ? Le Honshu ?

— Oui. Parfois.

— Bien sûr que votre pays vous manque, dit-elle, avec dans le ton comme une note de réprimande contre elle-même. Bien sûr.

Ash vit que la masse des nuages s'approchait des deux lunes. Bientôt, il ferait noir ; suffisamment pour marauder.

— Vous savez, reprit-elle, vous avez les yeux les plus tristes que j'aie vus de toute mon existence. Et vous pouvez me croire, j'en ai vu plus que mon content.

Ash fronça les sourcils, faisant apparaître des rides sur son front. Il avait une furieuse envie de se lever pour s'éloigner de cette femme et de sa conversation intempestive. Mais elle se laissa alors aller contre son flanc pour se nicher dans sa chaleur. Ash apprécia suffisamment pour ne pas bouger.

Elle scruta son visage, attendant qu'il dise quelque chose. Mais il n'avait pas de mots à lui offrir.

— J'ai l'impression que mon lit m'appelle. Et il est temps que les filles se reposent elles aussi. (Elle se leva et épousseta le sable de sa robe.) Vous n'êtes pas fatigué ? lui demanda-t-elle.

Il entendit le feu dans ses paroles – et l'offre informulée qu'elles contenaient.

Ses yeux s'attardèrent sur les courbes du corps de la femme, qu'il devinait sous sa robe. Il regretta énormément de ne pouvoir accepter.

— Je crois que je vais rester debout un peu et veiller sur le campement.

Maîtresse Cheer masqua sa déception en baissant la tête pour regarder le sable.

— C'est ma cicatrice, n'est-ce pas ?

— Pas du tout, répondit-il. Sincèrement, je suis juste fatigué.

Elle hocha la tête ; elle ne le croyait pas.

— Alors, bonne nuit, dit-elle en se retournant pour redescendre vers le pied de la dune.

Il attendit une bonne heure pour être sûr que les filles et maîtresse Cheer dormaient profondément. Quelques feux brûlaient encore dans les dunes ; des petits groupes bavardaient tandis que des escarbilles montaient vers le ciel, emportées dans des volutes de fumée. Sur la plage, des équipes continuaient de décharger matériels et provisions.

Laisser les femmes toutes seules n'était pas sans risque. Mais c'était un risque qu'il allait devoir courir.

Ash retira son lourd manteau, prit son épée et s'enfonça dans la nuit.

18

« La capitulation rend libre »

— Il faut que j'y aille, dit Bahn à sa femme, en attachant à sa selle le dernier de ses bagages.

Marlee répondit d'un bref hochement de tête. Derrière elle, dans les ombres du soir, un homme penché sur des béquilles passa dans la rue déserte ; un lambeau de peau pendouillait à l'endroit où naguère il avait eu un pied. Il avançait en toute hâte, comme s'il avait été poursuivi par le son des cornes qui résonnait dans toute la ville pour annoncer le départ des dernières troupes.

— N'oublie pas ce que je t'ai dit. Envoie un message à Reese et dis-lui qu'elle peut venir vivre ici avec toi. Dis-lui que je suis désolé de n'être pas allé la voir. (Bahn passa subitement une main dans ses cheveux. Il se souvenait de la dernière fois qu'il avait vu sa belle-sœur ; de sa voix calme expliquant que son fils avait quitté la ville.) Miséricorde, je ne suis même pas allé demander des nouvelles de Nico. Cela fait combien de temps ?

— Tout va bien, dit sa femme d'une voix apaisante derrière lui. J'expliquerai à Reese. Elle comprendra.

Ses paroles ne parvinrent pas à apaiser Bahn. Depuis que son frère Cole avait quitté Reese et son fils, il s'était toujours senti une responsabilité à leur égard.

D'un ultime coup sec, il boucla la sangle de cuir ; son geste contenait toute sa frustration. Il inspecta le résultat de son travail, puis prit une profonde inspiration avant de se retourner vers son épouse.

— Il est l'heure.

Marlee hocha la tête, le visage impassible. Elle faisait l'effort de se maîtriser pour leur bien à tous les deux.

Au cours des dernières semaines, il s'était senti mal à l'aise auprès de sa femme. En sa présence, il avait constaté que les tiraillements coupables de sa conscience lui faisaient souvent penser à Boucle ; sous le regard de Marlee, il se sentait comme sur des charbons ardents, comme si elle avait été capable de lire clairement en lui.

Là, il la regarda au fond des yeux, sans ciller. Marlee noua ses bras à son cou ; il enserra sa taille mince. Leurs nez se touchèrent.

— Je t'aime, lui dit-il.

— Et moi aussi, je t'aime, mon homme chéri.

Des larmes brillaient dans le regard de Marlee.

Il la serra contre lui, l'écrasant contre sa cuirasse. Il ne voulait plus la relâcher.

Je ne la mérite pas, songea-t-il avec amertume.

Les enfants dormaient déjà à l'intérieur. Bahn avait déposé un baiser sur le front de sa fille endormie, puis échangé quelques mots avec son fils ensommeillé, tenu dans ses bras au-dessus de son lit.

Bahn ne parvenait pas à oublier ce qu'il avait vu dans la ville lorsqu'il était rentré chez lui en toute hâte : des files de personnes massées le long des rues et des avenues qui acclamaient les colonnes de soldats et d'anciens Molaris en route pour les portes nord de la ville, et leur fourraient à toute force dans les mains des charmes porte-bonheur, des paquets de nourriture et des bouteilles d'alcool. Certains pleuraient à ce spectacle, émus par la détermination montrée par les soldats, le cœur brisé à la pensée de ce qui les attendait.

Nous pouvons le faire, avait songé Bahn, l'esprit gagné par l'enthousiasme collectif. *Si nous restons unis, nous pouvons réussir.*

Mais ensuite, en passant par les petites rues pour aller plus vite, il avait vu d'autres foules qui se précipitaient vers les ports en emportant avec elles tout ce qu'elles possédaient, dans l'espoir de trouver à s'embarquer pour quitter l'île. Il les avait regardées passer, avec au cœur comme un sentiment d'envie.

Sur les murs, des slogans avaient été peints, en lettres qui évoquaient le sang. « La chair est forte. La capitulation rend libre. » L'œuvre d'agitateurs manniens, qui refaisaient surface à l'intérieur de la ville à l'instant où s'en allait le gros de ses forces et où elle était la plus vulnérable.

Avec Marlee entre ses bras, Bahn ressentit une nouvelle fois l'envie furieuse de secouer sa femme en lui disant : « Par pitié, prends les enfants et pars ! » Mais ce n'étaient là que des mots destinés à lui-même ; jamais il ne pourrait se résoudre à les prononcer. Pas à Marlee, son pilier, son socle ;

sa femme, dont le père était tombé au premier jour du siège, pour la défense de sa cité. Elle refuserait, résolument ; et ensuite, sa considération pour lui en serait diminuée, en tant qu'époux et en tant qu'homme.

— Veille bien sur eux.

Ce fut tout ce qu'il parvint à dire dans la masse soyeuse de ses cheveux.

— Bien sûr, répondit-elle dans un souffle. Et toi, promets-moi d'être prudent.

— Je le serai.

Et malgré leurs serments qui se voulaient rassurants, ils s'embrassèrent longuement avec une fougue désespérée, comme s'ils étaient condamnés à ne jamais se revoir.

Au sommet de la colline où les ruines étaient encore fumantes, Ash s'assit dans les cendres et les débris de ce qui avait été un village de pêcheurs pour contempler une file de pénis tranchés ; dans la pénombre, cette farandole évoquait quelque jeu de petits bâtonnets oublié par un enfant.

Non loin, les corps calcinés des suppliciés gisaient, disloqués, dans les restes d'une écurie effondrée. Ash avait aperçu quelques corps plus petits : des enfants et même des nouveau-nés.

En revanche, nulle trace d'aucune femme.

Ce n'était pas la première fois dans sa longue existence qu'Ash se faisait la réflexion que la mort avait toujours la même odeur, qu'il s'agisse d'un homme, d'un zel ou d'un chien. Il lui avait déjà été donné de contempler pareil spectacle du temps où il était dans l'armée révolutionnaire du Peuple. L'interminable guerre dans son pays avait à jamais éradiqué la compassion dans le cœur de bien des hommes. Le deuil avait rendu fous des amis à lui ; d'autres s'étaient simplement endurcis, comme lui-même. Quant à ceux déjà portés à la cruauté, ils s'étaient délectés de l'état de guerre, dans lequel il n'existait plus aucune décence, ni aucune limite.

Il avait eu le cœur brisé la première fois qu'il avait été témoin d'une telle atrocité ; une angoisse presque comparable à l'indicible détresse qu'éprouve celui quitté par une aimée infidèle. Mais en bien pire. La soudaine mise à nu épouvantable de l'existence d'un mensonge ignoble au cœur du monde.

— Ce n'est pas ta guerre, dit Ash à voix haute et pour lui-même dans les ténèbres de la nuit.

Il s'attendit presque à entendre la voix de Nico lui faire une remontrance. C'étaient des Khosiens qui gisaient là dans les décombres. Le pays tout entier, y compris tous les membres de la famille du garçon, avait l'esclavage pour perspective – ou un sort comparable.

Aucune réponse ne vint – ni voix d'une conscience, ni esprit désincarné ; rien d'autre que le vague sentiment désagréable qu'il était aussi impliqué que n'importe qui, qu'il choisisse ou non un camp.

La minuscule trouée dans les nuages se referma ; l'obscurité la plus complète enveloppa Ash. Le visage et les mains passés au noir de fumée, son épée au fourreau empoignée, Ash tourna le dos à tout ce qui gisait dans les ténèbres.

Il posa un doigt sur une narine et vida l'autre en soufflant, puis il s'avança à travers les décombres jusqu'au bord du plateau de la colline. Couché sur le ventre dans l'herbe rêche, il observa les tentes brillamment éclairées du campement de la Matriarche en contrebas.

D'innombrables lampes les illuminaient de l'intérieur ; elles étaient installées sur un vaste replat et entourées d'une palissade de bois constituée de poteaux pointus, inclinés vers l'extérieur. Un fossé creusé au pied de l'enceinte parachevait l'ensemble. À l'intérieur, des sentinelles en tunique blanche montaient la garde, postées tous les cinq pas. Derrière elles, un grand feu brillait au centre d'un espace dégagé autour duquel les tentes étaient disposées. Les flammes illuminaient la bannière de la Matriarche qui claquait au vent.

Ash porta son attention sur le plus vaste campement établi tout autour de la palissade ; il y avait là un millier d'Acolytes au moins. Une zone obscure bordait leurs quartiers ; Ash plissa les yeux pour distinguer la double rangée de piquets de sentinelles qu'il était certain de trouver au-delà de la zone éclairée. Il ne vit rien néanmoins ; rien d'autre que les feux dont les lueurs disséminées allaient très loin dans les dunes, là où le gros du corps expéditionnaire avait trouvé à s'installer.

Il revint à l'enceinte impériale. Apparemment, l'entrée était sur le côté ouest de la palissade, mais il ne pouvait en jurer. S'il voulait voir de plus près, il n'allait avoir d'autre choix que de s'approcher.

Au cours de la demi-heure suivante, Ash descendit de son promontoire pour s'approcher du périmètre extérieur, en décrivant une large courbe. Il fit une pause pour boire à un ruisseau qui jaillissait d'une crevasse au flanc de la colline. Puis il s'arrêta encore une fois parvenu dans la plaine du côté ouest, en constatant qu'il approchait de la première ligne de défense : les piquets de sentinelles qu'il n'avait pas réussi à voir depuis le haut.

Ash attendit jusqu'à avoir une impression assez nette de ce qu'il avait devant lui : un périmètre de gardes largement espacés. Il sentait leur odeur musquée de sueur et d'ail. Il les entendait également : un raclement de gorge, le bruissement d'un manteau resserré pour repousser le froid.

Lorsqu'il pensa avoir repéré où se trouvaient les deux plus proches, Ash se mit à ramper dans l'espace entre eux. Ce n'était pas plus difficile que cela.

Devant lui, il y avait maintenant la ligne intérieure des piquets de sentinelles. Mais là, il voyait leurs silhouettes découpées contre les lueurs des feux, espacées d'une quinzaine de pas. *Ils sont trop espacés*, songea-t-il en homme rompu à ces choses-là. *Ils sont plus vulnérables ici, dans l'obscurité éclairée par l'arrière. Ils sont plus visibles et, en plus, ils voient moins bien.*

Au centre du campement, il y avait l'enceinte de la Matriarche. Du fil de fer barbelé avait été disposé entre les poteaux de la palissade. Le fossé creusé au pied demeurait invisible depuis la position où se trouvait Ash ; à coup sûr, son fond était tapissé de herses, de manière à empaler la plante des pieds imprudents. Au moins, il distinguait désormais bien mieux l'entrée de l'enceinte. Un panneau de bois la recouvrait ; pendant son observation, il le vit glisser sur le côté pour livrer passage à un Acolyte.

À ce stade, Ash devait prendre une décision : était-il lancé dans une simple reconnaissance, ou bien dans une véritable tentative pour atteindre Sasheen ? En tout cas, il en avait assez vu pour savoir qu'il n'y avait qu'une seule solution pour lui de parvenir jusqu'à l'enceinte.

Il s'allongea sur l'herbe fraîche et posa son menton sur ses mains ; il s'efforça de sentir le flot général du cours des événements. Certes, l'occasion s'offrait à lui, mais elle était risquée. Et il n'avait aucun moyen de déterminer quelles procédures suivaient les gardes à l'entrée ; pas depuis son poste d'observation en tout cas.

Allons voir ça de plus près.

Ash repéra la sentinelle la plus proche ; une silhouette, debout, seule, en train de boire un coup dans une flasque. Il évalua la taille de l'Acolyte, et estima qu'il ferait l'affaire.

Pendant une demi-heure encore, Ash rampa vers l'homme à travers l'absolue obscurité de la nuit. C'était un exercice des plus difficiles : bouger chaque membre d'une infime fraction à la fois – et le tout dans le plus grand silence. Il lui fallut y consacrer toute sa concentration. Pendant tout ce temps, il respira à peine, à toutes petites goulées ; ses bronches et sa poitrine furent mises au supplice.

À deux mètres à peine de sa proie, il se figea ; non loin, quelqu'un fit entendre une quinte de toux. Par contagion, Ash faillit bien tousser à son tour. Un spasme lui traversa le torse et il dut se plaquer une main sur la bouche en attendant qu'il passe. Il vit l'Acolyte tourner la tête dans sa direction.

Ash se tassa sur le sol ; il respirait à peine et gardait les yeux fermés.

De longs instants passèrent ; suffisamment pour qu'un moustique vienne se poser sur sa joue barbouillée de suie. Il sentit son poids infime qui le chatouillait, mais parvint à rester si parfaitement immobile que l'insecte s'envola sans même l'avoir piqué.

À travers ses cils, il vit que l'Acolyte regardait ailleurs. Ash reprit sa lente reptation. Comme un chat à l'affût, il levait tour à tour chacun de ses membres pour les positionner avec une lenteur délibérée. Centimètre par centimètre, il avançait. La sueur lui emperlait la peau lorsqu'il fut à portée de sa proie.

Couché aux pieds de l'Acolyte.

L'homme en robe blanche huma l'air en regardant autour de lui. Il sentait la sueur d'Ash.

Ash jaillit à la verticale et planta ses pouces dans la gorge de la sentinelle. L'Acolyte s'étouffa, luttant pour émettre un son ; une main griffa le visage d'Ash. Le Rōshun appuya encore plus fort ; il voyait le blanc des yeux de sa victime derrière le masque.

Le garde s'amollit sous sa prise et Ash l'accompagna pour le déposer doucement au sol. Il maintint la pression sur son cou jusqu'à ce qu'il ait la certitude qu'il était mort.

— Cuno ? dit une voix dans les ténèbres sur sa gauche.

Ash demeura tétanisé, les mains toujours posées sur la gorge de son ennemi. Il perçut l'odeur de l'alcool répandu de la flasque tombée au sol.

Ash avala de l'air et se contracta le gosier pour émettre un rot.

— Oui, répondit-il en négoce, en s'attendant à entendre un cri d'alarme.

— Rien, reprit la voix. Je croyais avoir entendu quelque chose.

Ash s'activa. Sa victime était plus corpulente qu'il l'avait d'abord cru ; sur son dos, la cuirasse et la robe blanche de l'Acolyte flottaient pour le moins.

Puis il comprit que c'était lui qui n'était plus le même ; il avait perdu beaucoup de poids pendant son long voyage.

Il passa son manteau sur la cuirasse, en espérant que cela suffirait à dissimuler le problème de taille et la saillie de son épée. Puis il fixa le masque sur son visage ; dans sa partie haute, il enveloppait le crâne comme un heaume. Ce ne fut qu'à cet instant qu'il jeta un regard au visage tourmenté du garde mort : un homme d'âge mûr, la tête rasée, aux fortes mâchoires sous des traits durs. Ash se pencha pour fermer les yeux exorbités de l'Acolyte.

Le campement était tranquille à cette heure-là ; la plupart des Acolytes dormaient, mais des rires et de la musique s'échappaient de la tente la plus grande et la plus éclairée de l'enceinte de la Matriarche, un peu plus loin. Le camp était organisé en carrés nettement tracés ; Ash avança le long des allées entre les tentes légères et les feux de camp moribonds, exactement comme s'il était chez lui. Il ignora purement et simplement les Acolytes qu'il croisa ici et là, comme ceux blottis devant un feu.

Plus il approchait du tertre de l'enceinte et plus les bruits prenaient du volume. Il entendit un cri de plaisir et le tintement d'une cloche.

Devant lui, un Acolyte approchait de la palissade ; un éclaireur en tenue de camouflage marchait en boitant à son côté. Ils s'arrêtèrent devant le panneau de bois et de fils barbelés qui bouchait l'entrée. Ash accéléra l'allure dans leur direction, en répétant silencieusement quelques mots qu'il pourrait dire.

Puis son cœur manqua un battement : l'Acolyte montrait aux gardes à l'intérieur l'extrémité écrasée de son petit doigt.

Avec un juron, Ash ralentit ; sa démarche avait perdu son assurance. Il vit le panneau qu'on faisait coulisser sur le côté pour livrer l'accès à l'Acolyte et l'éclaireur.

S'il s'élançait immédiatement, sans doute parviendrait-il à franchir l'entrée avant qu'elle soit refermée.

Mais ensuite ? Comptait-il vraiment livrer combat à une centaine d'hommes ?

Il sentit un nouveau spasme monter dans sa poitrine, et une quinte de toux le saisit. Il s'arrêta et se courba en deux pour tousser derrière son masque. Il vit les gardes à l'entrée se tourner vers lui pour l'observer, tandis que le panneau se refermait.

Ash se redressa, puis s'éloigna ; il savait combien il devait leur paraître suspect. Il n'avait qu'une envie : accélérer le pas. Mais au contraire, il ralentit pour marcher tranquillement, s'attendant à chaque instant à ce que quelqu'un s'intéresse à son cas.

— Eh là-bas ! cria une voix d'homme dans la nuit.

Ché leva la tête ; quelqu'un criait son nom.

C'était Sasheen qui l'avait appelé depuis la couche sur laquelle elle était allongée, nue, si l'on faisait exception bien sûr du plâtre gris enveloppant son bras cassé. Mais l'attention de la Matriarche s'était déjà reportée sur la jeune femme agenouillée sur l'une des fourrures, qui léchait ses seins lourds. Sasheen caressa la tête rasée de la belle dévouée, et murmura quelque chose à son oreille en approchant de son nez un petit bol empli de drogue.

Le médecin Klint faisait le tour de la tente, une cloche de joie dans une main, une bouteille de vin dans l'autre. Chaque fois qu'il entendait un cri de plaisir, il la sonnait à la volée. À petits pas prudents, Klint contournait la masse des corps qui se contorsionnaient, sans cesser un seul instant de déclamer des paroles de dévotion. Il s'arrêta devant l'une des alcôves ménagées le long d'un mur de toile, dans laquelle la tête de Lucian était exposée sur un petit piédestal. Le médecin lui agita la cloche sous le nez en criant, le visage barré d'un large sourire :

— Libère-toi et tous tes désirs seront exaucés !

L'ancien amant de la Matriarche lui répondit d'un petit clignement lourd des paupières. Sasheen rit, l'encourageant à continuer. Son humeur était excellente cette nuit-là ; celle de tous les convives à l'avenant. Les forces du 1er corps expéditionnaire avaient enfin débarqué ; elles étaient en vie et jouissaient sans retenue de ce qu'elle avait à offrir.

Soudain, un hurlement déchira l'air empli de fumée de la tente. Dans un coin, quelques prêtres s'amusaient avec l'une des esclaves tout juste attrapées. « Pour goûter Khos ! », cria l'un d'eux en rabattant ses vêtements sur son épaule, avant de se laisser tomber sur la femme.

Assis dans un fauteuil dans l'une des alcôves, Ché se frotta les yeux, en se demandant quand donc la Matriarche l'autoriserait à se retirer. Lui-même n'avait jamais été grand amateur de ces *passionestas* de l'ordre. Il s'y sentait exposé bien plus que sur le seul plan physique, contraint en somme de baisser sa garde en présence de ses homologues prêtres. Et pourtant, malgré cela, il sentait l'excitation monter en lui.

À ses côtés, le sol était comme un bassin où les chairs se mêlaient ; les vapeurs narcotiques étaient si entêtantes qu'il en avait du mal à se concentrer. Il écoutait le crissement des soupirs et des voix, observait la brillance des peaux huilées, l'éclat des yeux, le rose des langues, les dents, les sourires et les moues, les lèvres qui murmuraient, les sexes exposés.

Louée soit la chair divine, songea-t-il avec amertume.

Toutes les personnes du premier cercle et de l'entourage de Sasheen étaient présentes. Les deux généraux se regardaient en chiens de faïence prêts à mordre, tout en caressant une esclave, en grignotant des fruits et en buvant du vin. Heelas, le bras droit de Sasheen, s'occupait d'un de ses jeunes étalons. Alarum, le maître-espion, entretenait une cour d'oreilles attentives ; Sool était du nombre.

Entourant ce noyau, les prêtres représentaient le deuxième cercle de la cour de Sasheen – les courtisans de moindre rang engagés dans une lutte sans merci pour conquérir les niveaux supérieurs. Ensuite, on trouvait les aides et les parasites de l'entourage de la Matriarche. Les jumeaux étaient là, Guan et Swan, le frère et la sœur, en train de batifoler avec une femme entre eux deux.

Et tout autour, les hommes de la garde d'honneur de Sasheen veillaient sur ces différents cercles concentriques, les bras croisés, les mains dans leurs gants aux griffes empoisonnées et les yeux masqués par des bésicles aux verres fumés.

Et qui surveille ceux qui surveillent ? se demanda distraitement Ché, en portant son regard vers les prêtres assis eux aussi dans les petites alcôves à la périphérie de la tente, en train de bavarder ou d'observer autour d'eux. Certains étaient trop âgés pour ce genre de loisirs, trop fatigués ou trop las. Trois prêtres de la secte des Monbarris, les fanatiques de Mann, avaient pris place au fond d'une alcôve du côté diamétralement opposé de la tente. Le plus grand des trois, assis au milieu, avait un visage sans lèvres et ravagé de cicatrices ; sa peau avait été rongée à l'acide en un geste de foi résolument extrême, même pour un inquisiteur des Monbarris.

Depuis son poste juste en face de lui, le prêtre scrutait Ché.

Le Diplomate soutenait sans ciller le regard de l'homme sans visage. Les corps enchevêtrés se rapprochaient de lui, semblables à une marée montante de chair. À ses pieds, deux amants se traînaient sur le sol en haletant ; une tête se frotta contre sa botte. Il posa sa semelle sur le crâne lisse et poussa jusqu'à ce que le couple bascule de l'autre côté. Au même instant, il aperçut Swan, et se rendit compte qu'elle le regardait de loin.

Il accorda à la jeune femme une inclinaison de la tête en guise de salut. Elle sourit. Cet instant fugace d'entente complice l'échauffa ; un frisson lui parcourut l'échine.

Depuis l'autre côté de la tente, l'inquisiteur des Monbarris ne le lâchait toujours pas du regard.

Ché décida qu'un peu d'air lui ferait du bien ; il se leva. Il marqua une pause en cherchant le regard de Swan, souhaitant qu'elle le suive, puis il pivota sur lui-même pour se diriger vers l'entrée ; l'inquisiteur le regarda s'éloigner.

Il sortit de la tente et prit une profonde inspiration. Les sentinelles l'ignorèrent ; il n'était qu'un des prêtres de l'entourage de Sasheen. Ché jeta un regard sur sa droite où un feu brûlait joyeusement dans la nuit. Deux Acolytes jetaient dans les flammes une caisse vide, qui avait contenu des bouteilles de vin ; l'une des nombreuses caisses déjà vidées par les prêtres.

C'était prévisible, songea Ché. La traversée avait abouti et l'essentiel de la flotte avait survécu à la tempête de la veille ; la Matriarche et son état-major avaient bien besoin d'évacuer les tensions. À les voir festoyer et s'abandonner sans retenue, Ché avait compris que, jusqu'au dernier moment, personne n'avait su avec certitude si la flotte parviendrait à gagner la terre sans être décimée.

Il s'éloigna encore un peu du vacarme de la tente, avec l'espoir au cœur que Swan sortirait à son tour ; une petite brise soufflait sur la vallée, porteuse des prémices de l'hiver à venir. Il allait leur falloir faire vite s'ils voulaient prendre Bar-Khos avant les premières chutes de neige.

À la porte d'accès au campement de la Matriarche, un Acolyte escortait un éclaireur – un purda d'âge moyen, couvert de boue et qu'une jambe abîmée rendait boiteux. Il n'avait plus son chien-loup. Ché plissa les yeux. Derrière ces deux hommes, un second Acolyte qui approchait de l'entrée venait d'être plié en deux par une quinte de toux, mais l'homme s'éloigna ensuite dans une tout autre direction.

Bizarre, se dit Ché.

— Eh là-bas ! cria Ché aux gardes.

Ils se retournèrent pour voir qui les appelaient.

Un autre cri déchira l'air de la nuit. Il rappela au Diplomate celui provenant de l'intérieur du chaudron d'un chauffe-eau, et que le sifflement de la soupape avait fini par couvrir.

Le regard de Ché s'attarda sur la silhouette de l'Acolyte qui s'éloignait.

— Non, rien, cria-t-il aux gardes.

Il se retourna vers le seuil de la tente de la Matriarche. Swan n'était pas sortie pour le rejoindre.

Ché partit d'un pas lourd vers sa propre tente. Seul.

19

Désirs anciens

Ce fut un petit coup de botte coquée d'acier dans les côtes qui réveilla Ash.

Il ouvrit des yeux rendus bouffis par le sommeil bien trop court grappillé aux petites heures du matin, et sentit la chaleur d'un corps blotti contre le sien.

Il écarta la couverture qui lui couvrait le visage et cligna des yeux ; la face pleine de dédain d'un soldat impérial était penchée sur lui.

— Debout, vieil homme.

Ash poussa un grognement et remonta la couverture sur sa tête. La botte le frappa un peu plus fort.

Avec un nouveau grognement, Ash se leva d'un pas chancelant, son épée au fourreau brandie devant lui.

— Qu'est-ce que c'est ? s'écria-t-il, de manière à gagner quelques précieuses secondes pour évaluer la situation.

Trois soldats l'entouraient. Plus loin, d'autres réveillaient les gens dans les dunes pour les presser de questions. Ash se détendit un peu. Ils ne savaient pas qui ils cherchaient ; du moins, ils ignoraient à quoi il pouvait bien ressembler.

Néanmoins, ils ne manquèrent pas de noter l'aisance avec laquelle Ash maniait l'épée ; tous gardèrent la main fermement posée sur la poignée de la leur.

— Capitaine Sanson ! cria l'homme à la botte ferrée si amicale.

Un autre soldat s'approcha. L'œil plissé, il considéra le vieux *farlander*.

— Tu aimes te promener la nuit, vieil homme ?

— C'est une invitation ?

Le capitaine se crispa. Du coin de l'œil, Ash aperçut d'autres soldats qui emportaient un homme, suspect à leurs yeux.

— Il est avec moi, dit une voix à leurs pieds.

Tous les soldats baissèrent la tête pour découvrir maîtresse Cheer qui s'extirpait de sous la couverture ; en époussetant le sable collé à son flanc, elle se mit debout dans sa lourde chemise de nuit.

Le capitaine Sanson posa un regard froid sur elle.

— Et à quel titre ?

— Il est mon garde du corps, expliqua-t-elle en prenant Ash par le bras. Qu'alliez-vous croire d'autre ?

— Et depuis quand l'employez-vous ?

Le regard papillotant de maîtresse Cheer vint se poser sur Ash.

— Cela fait deux ans, si ça vous intéresse. Mais d'abord, qu'est-ce que tout cela signifie au juste ?

Le capitaine Sanson l'ignora un instant, posant un long regard inquisiteur sur Ash, avant de le laisser dériver vers les tentes où les filles dormaient encore. Alors, seulement, il inclina la tête devant maîtresse Cheer.

— Toutes mes excuses, lui dit-il. Des éclaireurs ennemis sont peut-être passés dans la zone la nuit dernière. Nous menons une patrouille de contrôle sur la plage, rien de plus.

D'un petit geste sec de la main, il ordonna aux autres de poursuivre. Puis il s'éloigna.

— Merci, dit Ash, lorsque les soldats furent suffisamment éloignés pour n'être plus à portée de voix.

Maîtresse Cheer frissonna dans le petit vent du matin, puis relâcha le bras d'Ash.

— J'honore mes dettes, c'est tout. Y a-t-il quelque chose que vous voudriez me dire, Ash ?

— Vous avez entendu ce qu'il a dit. C'étaient des éclaireurs ennemis.

Elle détourna la tête un instant, avant de fixer sur lui un regard dur.

— Cette nuit, avant de vous rejoindre, j'ai remarqué que vous êtes resté absent un long moment.

Ash serra les lèvres et fixa des yeux le sable à ses pieds.

Avant l'aube, lorsqu'il était enfin rentré de sa mission inachevée, il s'était écroulé d'épuisement près du feu éteint de leur petit campement. Peu après, il s'était à moitié réveillé lorsque maîtresse Cheer était venue étendre une couverture sur lui, avant de blottir son corps doux contre le sien.

— D'accord, jouez-la comme ça, aboya-t-elle. (Elle était en colère ; il n'y avait pas à se méprendre. Elle s'éloigna de quelques pas avant de se tourner vers lui de nouveau.) Peu m'importe que vous soyez allé voler – ou pire encore. Mais je ne peux pas me permettre d'avoir un garde du corps sur qui je ne peux pas compter. Ni un menteur dont je ne peux pas comprendre les secrets. Ma dette envers vous est soldée. Mangez un plat chaud quand les filles seront réveillées, puis je vous donnerai votre dû. Et peu importe aussi que je vous aime bien, Ash – si tant est que ce soit votre vrai nom. Je crois qu'il est préférable que vous partiez après le déjeuner.

Elle avait perdu confiance en lui ; il le voyait clairement. Des trahisons par le passé l'avaient rendue sensible à ce sujet.

Il lui revint à l'esprit les petites heures du matin. Il songea aux longs baisers qu'ils avaient échangés sous la couverture et les nuages dans le ciel ; à leurs longs échanges pleins de passion et de tendresse. C'était la première femme avec laquelle Ash couchait depuis bien des années, et il mesurait désormais combien cela lui avait manqué ; l'intimité, l'éloignant pendant un instant de sa solitude.

Convaincu qu'elle ne changerait pas d'avis, il baissa la tête.

— Les filles et vous… Vous allez vous en sortir ?

— Je suis sûre que nous trouverons une autre épée à louer quelque part sur cette plage de misère. Nous nous en sortirons.

Il hocha de nouveau la tête, puis la surprit en l'embrassant à pleine bouche ; la lèvre fendue de maîtresse Cheer produisait une sensation étrange sous les siennes ; étrange mais excitante aussi.

— Bonne chance à toi, vénérable et mystérieux homme du Honshu, dit-elle tandis qu'il s'éloignait.

Ché sortit des latrines en petite forme après sa courte nuit ; pour autant, il était heureux de n'avoir pas la gueule de bois, comme tant d'autres des hommes et des femmes qu'il croisait dans le campement, le teint blafard et les yeux injectés de sang.

Un petit vent s'était levé ; la sensation sur son visage était rafraîchissante. Sur son crâne, la repousse de ses cheveux d'ordinaire rasés accrochait l'intérieur de la capuche de sa robe. Ché avait cessé de se tondre pour se préparer à toute éventuelle mission sur Khos, au sein de la population. C'était une sensation agréable de retrouver des cheveux.

Dans l'espace dégagé devant la tente de la Matriarche, Alarum sanglait une couverture à la selle d'un zel.

—Vous partez faire un tour ? demanda Ché en s'arrêtant pour examiner le maître-espion.

Ce matin-là, il ressemblait ni plus ni moins à un paysan devenu bandit. Le prêtre portait une tenue anonyme de civil, avec des culottes de peau pour monter, un grand manteau de laine verte, et un foulard noué sur sa tête lisse. Il avait retiré tous les bijoux ornant son visage pour ne conserver qu'un unique anneau d'or à l'oreille droite. Deux longs couteaux courbes saillaient de l'épaisse ceinture de cuir dans laquelle ils étaient glissés.

Alarum jeta un regard en direction de Ché, un pied déjà passé dans un étrier. Il sautilla plusieurs fois, avant de lancer sa jambe par-dessus la selle. Puis il se redressa ; le zel s'ébroua et recula d'un pas.

—Prêtre Ché, dit-il en tirant sur les rênes de ses mains gantées. (Derrière sa monture, deux autres zels de bât suivaient à la longe.) Oui, un peu de travail sur le terrain, expliqua-t-il le souffle court, comme excité.

—Seul ?

—Croyez-moi, je préfère ainsi. C'est infiniment plus sûr.

Le zel s'immobilisa sous son cavalier ; Alarum posa les mains sur le pommeau de sa selle et baissa le regard sur Ché, avec une expression étrange et pénétrante.

—Dites-moi, Ché. Votre mère vous aurait-elle déjà parlé de moi, par hasard ?

—Elle m'a parlé de bien des hommes. Je ne tiens pas de registre.

Alarum s'abîma dans ses réflexions un instant.

—C'est que… je l'ai connue autrefois. Avant votre naissance.

—Ah bon ?

—Oui. C'est une femme aimable. Elle m'a aidé à passer un cap difficile. La prochaine fois que vous la verrez, dites-lui que je vous ai demandé de ses nouvelles, en toute sincérité.

Ché hocha la tête sans rien dévoiler de ses pensées. Cette conversation au sujet de sa mère le mettait mal à l'aise et, comme toujours dans ce genre de situation, il se mit à se gratter.

—Pour ce problème de peau que vous avez, dit Alarum. Venez me voir à mon retour. J'ai des onguents qui vous feront peut-être du bien.

—Merci, mais j'ai déjà ce qu'il me faut. (Il flatta l'encolure du zel, puis recula.) Bonne route.

Alarum leva une main, puis planta ses talons dans les flancs de sa monture pour la lancer au trot ; d'une main, il tenait la longe de ses zels de bât. Ché le regarda s'éloigner quelques instants, avant d'offrir de nouveau son visage à la caresse du vent.

De retour dans sa petite tente, il remit le paquet de feuilles de graffier qu'il tenait à la main dans le sac à dos ouvert posé sur le sol, puis regarda le lit de camp le long d'un mur de toile, le tabouret et la petite tablette de toilette.

Il se tint debout, immobile, sans rien faire ; quelque chose le perturbait.

Du regard, il passa en revue tour à tour toutes les choses que contenait sa petite tente. Pour finir, ses yeux se posèrent sur son exemplaire des Saintes Écritures du Mensonge. Il était posé sur son lit de camp, face retournée, alors que lui-même avait laissé la couverture au-dessus, bien visible.

Ché ouvrit l'ouvrage relié de cuir et en parcourut rapidement les pages. Une feuille de papier glissa pour tomber à ses pieds.

Il jeta un regard par-dessus son épaule, puis se baissa pour la ramasser.

« TU EN SAIS TROP, MON AMI. »

C'était une écriture qu'il ne connaissait pas. Le mot n'était pas signé.

Ché froissa le message et se releva pour aller regarder au-dehors. Il revint vers son lit de camp et s'assit dessus, méditatif, le morceau de papier toujours serré dans son poing.

Pour finir, il fourra le mot dans sa bouche et commença à mâcher.

Ce matin-là, le 1er corps expéditionnaire partit pour la guerre.

À l'arrière, un contingent de soldats, de marchands et d'esclaves resta sur la plage de sable souillé où avait été établie la tête de pont ; il avait pour mission de ramasser et transporter le reste de l'intendance pour les troupes. Ensuite, la flotte lèverait l'ancre pour regagner la sécurité de Lagos. Sans un appui suffisant des escadres voiles-de-guerre, demeurer au mouillage à Khos pouvait se révéler trop dangereux. De même, les rades plus proches du continent austral restaient trop exposées tant que les convois merciens faisaient la navette avec Zanzahar pour maintenir leurs échanges vitaux. Au moins, le corps expéditionnaire pouvait compter sur une présence aérienne puisque trois ailes-de-guerre étaient finalement parvenues à les rallier. Les autres étaient toujours portées disparues.

La mise en route fut lente pour le gros des effectifs ; la matinée s'écoula presque tout entière avant que tout le monde, y compris l'intendance, commence à marcher. Il fallut atteler les animaux de trait aux chariots, puis les convaincre de tirer sur un terrain apparemment dépourvu de tout chemin ; de même, il fallut conduire tout le bétail et les troupeaux de zels jusqu'en haut des flancs de la colline.

Devant l'avant-garde, la cavalerie légère patrouillait dans la campagne, à la recherche de contingents ennemis et de cibles civiles à piller et incendier. La tâche était aisée, les plateaux de la partie orientale de Khos étant peu densément peuplés et mal défendus ; pour l'essentiel, les habitants du cru étaient partis se cacher dans les montagnes inexpugnables de la région. Plus loin, les éclaireurs d'élite, les purdas, sillonnaient l'intérieur de l'île avec leurs énormes chiens-loups ; leurs techniques furtives leur permettant de ne pas se faire repérer. Ils partaient en reconnaissance le long de la voie que l'armée allait devoir suivre à travers les hautes terres pour atteindre la région des Cascades, puis le fleuve Cannelle, avant d'en suivre le cours vers l'aval pour s'engager dans le Bras.

Des tirailleurs allaient se déployer en éventail pour former des flancs mobiles chargés de protéger la progression plus lente des colonnes de la formation principale du 1er corps expéditionnaire. L'infanterie légère, la predasa, marchait en tête ; elle regroupait des soldats de tous les coins de l'Empire, revêtus de cuirasses et de manteaux de couleurs vives, portant leurs casques et leurs boucliers dans le dos. Leur avance était loin d'être aisée à travers les herbes et la bruyère. Derrière eux suivait la predoré, l'infanterie lourde, le cœur de l'armée. On y voyait essentiellement des soldats plus pâles de teint, de Q'os et de la Lanstrada. Elle était accompagnée de chariots emportant des piques roulées dans de la toile huilée. Venaient ensuite les Acolytes, qui avançaient en chantant doucement ; quelques milliers de voix qui apportaient une curieuse harmonie au martèlement de tant de pieds. Ils donnaient à leur progression un rythme parfaitement en phase avec le balancement du palanquin, intégré au milieu de leur section et sur lequel voyageait la Matriarche.

Dans la trace boueuse laissée par la colonne, venaient ensuite les chariots et les civils du train de l'intendance qui s'étirait en un convoi bruyant et chaotique : des forgerons emportant avec eux leur forge mobile, des chasseurs aux cheveux ébouriffés de l'arrière-pays de l'Empire, des bergers avec leurs troupeaux, des rancheros armés de pistolets et chevauchant des zels rapides, des bouchers et des marchands de viande, des marchands d'esclaves et des porteurs réduits en esclavage, des couturiers, des charpentiers, des négociants aventuriers, des milices indépendantes, des soigneurs, des chirurgiens, des chiffonniers, des poètes, des prostituées, des astrologues, des historiens… Tout ce qu'on pouvait imaginer dans le sillage d'une armée impériale partie conquérir des territoires.

L'inertie énorme d'une telle force finit par être vaincue et le corps se mit en branle. Le rythme de la progression fut maintenu pendant les trois journées suivantes, tandis que l'immense colonne serpentait vers les sommets accidentés du pays de collines de la partie orientale de Khos, suivant scrupuleusement les pistes balisées par les purdas.

L'armée établissait ses campements aux endroits repérés par ses éclaireurs dans la journée. Les soldats montaient leurs tentes légères et allumaient des feux, en brûlant le bois trouvé sur place ; les Acolytes dressaient le campement de la Matriarche, qu'ils entouraient de sa palissade, transportée à bord de lourds chariots. Tous ceux du reste du convoi s'installaient tant bien que mal, en faisant ce qu'ils pouvaient avec ce qu'ils trouvaient.

Les nuits étaient bien aigres sur les hautes terres ; Ash en passa plus d'une roulé en boule dans son manteau, sans même le luxe d'un feu. Le bois mort était rare dans les forêts de pins jaunes bien clairsemées, et il était généralement très vite ramassé pour les besoins de l'armée. Pour se sustenter, Ash puisait dans les quelques pièces remises par maîtresse Cheer – une somme plus que généreuse au regard du travail qu'il avait fourni – et achetait ce qu'il lui fallait à l'un des innombrables petits marchands de nourriture. Bien sûr, les prix étaient exorbitants ; bientôt, il n'eut d'autre choix que de recourir à la bourse secrète qu'il dissimulait à l'intérieur de son caleçon de cuir.

Il aurait ronchonné encore plus s'il n'avait vu comment les soldats de l'armée eux-mêmes subissaient le même sort que le sien. Tout comme Ash, il leur fallait acheter leur nourriture sur leurs deniers ; ils s'approvisionnaient en gros auprès des négociants aventuriers du train de l'intendance, ou bien auprès des petits vendeurs ambulants qui accouraient aux heures des repas, comme un essaim de mouches.

Ash était stupéfait de découvrir que l'armée ne nourrissait pas ses soldats. Il se demanda même comment tout cela pouvait fonctionner, jusqu'à ce qu'il surprenne une conversation entre un soldat et une prostituée ; l'homme tentait de la convaincre d'accepter des pommes pourries en rétribution de ses services. Sa solde n'était pas suffisante pour lui permettre de manger, expliquait-il, à telle enseigne qu'il était déjà endetté auprès de son officier. En revanche, dès qu'ils auraient razzié une ville ou remporté une victoire, il serait de nouveau à flot ; les esclaves et le butin des pillages étaient répartis entre les hommes, après que les officiers avaient pris leur part.

C'est donc le profit qui motive bon nombre de ces hommes, conclut Ash. *Tout comme les civils qui suivent le convoi*. Ceux avec lesquels il avait échangé quelques mots lui avaient livré des témoignages du même ordre : des dettes envers leurs propriétaires ou des créanciers ; l'impossibilité de trouver autre chose que des travaux saisonniers dans des régions emplies d'esclaves. C'étaient des gens désespérés, au point d'avoir vendu tout ce qui leur restait pour acheter en masse des passages sur des navires suivant le corps expéditionnaire impérial.

Pour sa part, Ash cheminait seul au cours de ses longues journées de marche dans les collines. Il s'en tint à son histoire de garde du corps dont l'employeur avait sombré la nuit de la tempête. Cela étant, il n'avait que très rarement besoin d'y recourir. Le plus souvent, il allait et venait à son gré autour du train de l'intendance, en veillant bien à toujours se tenir à distance de maîtresse Cheer et ses filles – ce qui n'était guère difficile dans une telle multitude. Il ne les vit d'ailleurs qu'une seule fois au cours des premières journées de marche. Maîtresse Cheer avait embauché un nouveau garde, jeune et élancé, vêtu d'un manteau de laine brune, qui utilisait son épée pour couper le bois.

Ash restait dans son coin, parlant peu, mais écoutant beaucoup. En permanence, ses yeux cherchaient Sasheen.

20

Le Bac de Juno

Le village du Bac de Juno était situé au sud de la forêt de la Rafale – ce bois nimbé de mythes et de mystère qui couvrait la zone centrale de Khos. Au cours des mois d'été, les grosses branches des arbres se balançaient sous la chaude caresse de l'asago, qui soufflait de l'est en apportant avec lui un peu du sable du lointain désert d'Alhazii. Aux saisons froides, elles s'entrechoquaient les unes les autres sous les assauts sporadiques du shoné, qui balayait la Midèrēs tout entière depuis le continent nord. On disait de ce vent qu'il rendait fous ceux qui vivaient sur son chemin.

À l'est, la grande bande de la Rafale était bordée par la frontière naturelle du puissant Chilos, le fleuve sacré de Khos. Connues pour leurs vertus de purification du corps et de l'esprit, les eaux du Chilos étaient aussi renommées pour ne jamais geler, même au plus fort de l'hiver. Il prenait sa source dans les eaux chaudes du lac Bouillon, site de l'antique ville flottante de Tume, et tandis que ses méandres le conduisaient lentement vers le sud jusqu'à la baie des Bourrasques, ses eaux ne se refroidissaient que peu à peu.

Sur une section de son cours qui allait s'élargissant, le double village du Bac de Juno était édifié de part et d'autre du fleuve, comme deux reflets inversés d'un même bourg. Sur la rive ouest, on apercevait le fort et le camp des réserves d'élite khosiennes, les « Hoo » comme on les appelait en référence à leur cri de guerre ; deux mille hommes d'infanterie lourde au total. À côté s'étirait le complexe des temples, avec ses bassins en pierre pour les bains et ses cloches de bronze qui sonnaient les heures ; des tonalités profondes dont les échos couraient à la surface des eaux du fleuve. D'innombrables campements étaient installés entre les temples ;

des milliers de dévots se lavaient de leurs transgressions dans les eaux gonflées du Chilos.

Par comparaison, la rive est était un endroit délabré de tavernes enfumées, de vendeurs de zels et de marchands de chariots, une étape pour les voyageurs et les caravanes de marchands ; un lieu de commerce. C'était là, sur la rive orientale, que l'armée khosienne avait fait halte pour la nuit, et établi son campement au bord du village civil. Dans la nuit, les bacs à fond plat continuèrent de transporter hommes et équipements d'une rive à l'autre.

Comme bien d'autres hommes, Auroch se tenait nu dans le fleuve, avec de l'eau jusqu'aux cuisses ; ses pieds s'enfonçaient dans un banc de sable pendant qu'il se récurait. Autour de lui, les hommes poussaient des cris, surpris par la fraîcheur de l'eau – même si celle-ci n'était pas aussi froide qu'elle aurait dû l'être. Quelques-uns des prêtres de l'armée se lavaient à l'écart dans un silence plein de dévotion ; les hommes-nuages silencieux du Dao, qui les béniraient avant la bataille, au nom du Grand Bouffon. Auroch s'aspergea le torse et regarda l'eau rebondir en petites perles bleues. Où qu'elle tombe à la surface des eaux paresseuses, l'écume produisait la même petite lueur évanescente ; c'était l'effet des Larmes de Calhalee, la figure légendaire du lac Bouillon au nord, dont ces eaux tiraient non seulement leur chaleur, mais aussi ces propriétés surnaturelles et enchanteresses.

Enfant, Auroch était déjà venu se baigner ici, lorsque son père l'avait conduit là avec son plus jeune frère, à la demande pressante de leur mère. Et, cette fois-là comme à cet instant, Auroch s'était senti revigoré par les eaux purifiantes du fleuve sacré – mais rien de plus. Après tout, les propriétés spirituelles qu'on leur prêtait n'étaient peut-être que des chimères ; à moins que le mal qui pesait sur son esprit ne soit trop profond pour que le peu de foi qu'il avait puisse l'emporter.

Au nord, sur l'autre rive, on distinguait la forêt, véritable mur végétal, noir et immobile sous la lueur des étoiles. Des coups secs résonnaient depuis la lisière, semblables à ceux qu'auraient produits des oiseaux gigantesques en train de picorer des troncs. En fait, c'étaient des signaux d'alarme des Contrarè, les chasseurs-cueilleurs marginaux qui, à l'occasion, brigandaient volontiers dans la forêt. Auroch les imaginait avec leurs visages crispés, leurs vêtements d'écorce tissée, en train de les observer prudemment.

Sa mère avait été une Contrarè, avant de se marier à son père, un marchand de peaux de Bar-Khos ; elle l'avait suivi à la ville pour y fonder une famille. Auroch ne savait pas grand-chose au sujet du peuple de sa mère, hormis les histoires qu'elle lui avait racontées pour l'endormir, et les chansons qu'elle lui chantait quand elle le baignait. Et puis, il y avait les petites superstitions qu'elle avait apportées avec elle de la forêt – comme le signe de protection qu'elle faisait en entendant le grondement du tonnerre ou en voyant un éclair. Sa propre voix comportait des accents de sa mère, son teint était particulièrement foncé, et ses yeux étaient rapprochés au-dessus de ses pommettes hautes. Lorsqu'il était enfant, les gens savaient ce qu'il était – un cogneur de troncs – et un grand nombre d'entre eux l'avaient traité comme un chien pour cela.

Le souvenir douloureux de ses années de jeunesse lui revint en mémoire ; alentour, les soldats évitaient de se retrouver dans le courant juste en aval de lui. Désormais, ce n'était plus parce qu'il était un sale cogneur de troncs pouilleux. Non, c'était parce qu'il était un assassin ; l'homme qui avait tué leur héros, Adrianos.

Auroch n'en avait cure ; du moins, c'était ce qu'il se disait. Depuis son plus jeune âge, l'indifférence et les plaisanteries cruelles de ses pairs l'avaient toujours mis en rage. Il s'était battu bec et ongles pour conquérir le respect des Khosiens, d'abord comme bagarreur de rue, puis comme soldat dans la Garde rouge. Au moins, plus personne ne le regardait de haut ; désormais, tout le monde avait peur de lui.

Et puis, il était enfin libre et, en cet instant, rien n'avait plus d'importance aux yeux d'Auroch. À dire vrai, il avait bien été sur le point de perdre la raison au fond de son cachot souterrain. Mais il était là désormais, dehors, debout dans les eaux du Chilos, à la surface desquelles se miraient les étoiles ; les Larmes de Calhalee étincelaient autour de lui et les odeurs puissantes de la forêt emplissaient l'air de la nuit. S'il vivait là les derniers jours de son existence, alors il ne pouvait guère demander plus.

Il s'aspergea une dernière fois le visage, puis s'égoutta les mains, dont les articulations déformées, détruites par des années de combats dans la fosse, craquèrent bruyamment. Pendant quelques instants encore, son regard s'attarda sur la forêt. Il ne s'était jamais aventuré au-delà des comptoirs installés à la lisière ; pourtant, la forêt faisait intimement partie de lui. Elle était dans son sang.

Qu'est-ce qui t'arrête ? se demanda Auroch, sans parvenir à trouver une réponse.

Les hommes de sa section de la chartassa étaient assis autour du feu, en train de discuter entre eux en se partageant une outre de vin. Auroch ne leur parlait pas ; il savait qu'ils ne l'écouteraient pas. D'ailleurs, lorsqu'il s'approcha des flammes pour se sécher, ils se turent tous en détournant les yeux.

Auroch se renfrogna et s'éloigna vers l'un des chariots tout proche, son barda sous un bras et son sac à l'épaule. À l'abri de la chaleur et de la lumière, il s'habilla rapidement, sans toutefois enfiler sa cuirasse ; il la laissa posée contre le chariot, à côté de son épée courte au fourreau. Il resserra son manteau autour de lui et s'adossa contre l'une des roues, avant de fouiller dans son sac à la recherche de sa petite fiole d'huile des mères. Il en mit un peu sur un doigt et s'en massa les gencives, à l'endroit où ses molaires le lançaient de nouveau ; son regard ne lâchait pas les hommes massés autour du feu.

Ils sont terrorisés, se dit Auroch. *Ils savent qu'ils vont se faire massacrer.*

Il songea à la bataille qui les attendait au terme de leur marche et sentit la peur qui s'insinuait en lui également. La sensation le fit frissonner ; il se sentait vivant.

Auroch tira son épée toute neuve de son fourreau et inspecta les filigranes le long de la lame à l'acier rutilant. C'était de l'acier Sharric, le meilleur de toute la Midèrēs, forgé sur l'île de Khos. Il se contenta d'en affûter le tranchant en usant du meilleur côté de sa pierre à aiguiser.

À la lueur du feu non loin, il aperçut le général Creed qui circulait dans le campement en compagnie du colonel des Vestes grises. Bahn marchait quelques pas derrière eux, la mine aussi pensive que le premier jour où Auroch avait fait sa connaissance des années auparavant. C'était sur le terrain entre les remparts et il faisait froid ; les deux premiers murs du Bouclier étaient tombés et le troisième n'allait pas tarder à subir le même sort. Les hommes étaient abattus et leur moral plus bas qu'il ne l'avait jamais été.

Bahn l'aperçut et le salua d'un petit coup de tête ; Auroch remarqua néanmoins que Bahn préférait ne pas s'arrêter, ne pas échanger quelques mots avec lui.

D'un œil glacé, Auroch le regarda s'éloigner, sortir du cercle de lumière du feu.

Dans le sillage des silhouettes qui venaient de se fondre dans la nuit, le jeune Wicks s'approcha d'Auroch en titubant ; le garçon buvait du vin à une outre déjà flasque. Il trébucha pour se retrouver le nez dans l'herbe, avant de se relever comme si de rien n'était. Wicks était seul lui aussi, mais cela paraissait être un choix chez lui.

Il aperçut Auroch dans l'ombre et vint s'écrouler à côté de lui.

— Salut, champion, marmonna Wicks le souffle court en proposant du vin.

Auroch secoua la tête. Il se méfiait de l'effet de l'alcool sur lui depuis le jour où il s'était rendu chez Adrianos pour le découper comme un gibier.

Wicks s'installa avec un soin exagéré et s'adossa lui aussi à la roue du chariot.

— Toute cette putain de marche, bredouilla-t-il en se massant les orteils. Je n'ai plus de pieds.

— Ce n'est rien. Tu as encore de la chance qu'on n'avance pas à marche forcée.

À l'instant même où il prononçait ces paroles, Auroch prit conscience des élancements dans son dos et ses propres pieds ; il savait que son état allait encore empirer, avant de s'améliorer. Après une année passée dans sa cellule, il n'était pas au mieux de sa forme – malgré tous ses efforts pour ne pas se laisser aller.

— Rien ? Alors que j'ai déjà les pieds en lambeaux.

Plus loin, Auroch entendit des hommes pousser un rugissement ; c'était la deuxième fois que la clameur lui parvenait.

— C'est quoi ? Ils se battent ?

— Ouais. Ils ont remis ça, les Gris et les Volontaires. Deux champions à mains nues cette fois.

Wicks promena son regard autour de lui ; ses grands yeux pétillaient à la lueur des feux. Auroch voyait bien que le garçon s'ennuyait ; il cherchait une bêtise à faire pour s'occuper. Cela rappela à Auroch le temps où lui-même ne tenait pas en place.

Avec un soupir, Auroch prit l'outre de vin du jeune homme et s'en octroya une longue rasade.

— Tu sais, je t'ai vu combattre une fois. Le jour où tu es devenu champion de Bar-Khos.

— J'espère que tu avais parié sur moi.

— J'aurais bien aimé. Mais j'ai cru que tu étais juste un candidat comme les autres. Ce soir-là, tu m'as fait perdre une pleine bourse que je venais de voler. Je dois quand même dire que ça en valait la peine. Au moins pour le plaisir de te voir combattre. J'ai bien cru que tu allais le tuer à la fin.

— Je l'aurais fait s'ils ne m'avaient pas arrêté.

— Je n'arrive pas à croire que c'est vraiment toi. Le vrai, l'unique, en personne devant moi. Le plus grand combattant de Khos. Incroyable.

Auroch passa sa pierre sur toute la longueur de la lame, sans plus accorder la moindre attention au garçon. Cela faisait bien longtemps qu'un étranger ne lui avait plus manifesté son admiration. Autrefois, il adorait ces compliments ; il se sentait légitimé par le respect de tant de personnes.

Désormais, cela ne faisait que lui rappeler combien le monde est inconstant.

— Les revoilà qui causent de nous, dit Wicks sur le ton de la conversation en désignant le feu d'un coup de menton.

Les hommes assis en cercle parlaient à voix basse.

Le vieux Russo, le vétéran de Coros, jeta un regard dans leur direction.

Face à son air accusateur, Auroch grinça des dents. Avec satisfaction, il ressentit la douleur de ses caries jusqu'au plus profond de sa mâchoire.

— Tu t'es trouvé une fille ?

— Non, reconnut Auroch. Aucune d'entre elles n'acceptera de me toucher.

— Elles doivent croire que tu serais prêt à les étrangler sur place.

Wicks lâcha un rire aviné, amusé par cette simple pensée.

— Ne rigole pas de moi, mon garçon. Je t'arrache les yeux si tu rigoles de moi.

Le garçon parut être dégrisé ; son sourire disparut de son visage. Il se vautra sur le dos ; un rot sorti de sa propre gorge le surprit.

— En fait, tu ne supportes pas la plaisanterie, champion. C'est ça ton problème.

Un moment, Auroch se sentit piqué par ces paroles. Il savait que le garçon était dans le vrai.

Malgré lui, il ne pouvait s'empêcher d'éprouver de la sympathie pour ce jeune homme, à la fois irréfléchi et ne craignant personne. Il lui rappelait son jeune frère. Jusqu'à présent, Wicks avait été l'une des rares personnes à lui adresser la parole. « Je ne suis rien qu'un voleur qui joue les soldats », avait-il dit à Auroch en lui montrant les marques à ses poignets. Il avait été libéré d'une forteresse militaire le jour même où l'armée était sortie de Bar-Khos.

Auroch jeta un regard à l'outre de vin.

— Je croyais que tu étais fauché, dit-il. Tu t'es remis à voler ?

— Je suis allé nager, expliqua le jeune homme. Du côté des temples sur l'autre rive. Si tu vas là-bas quand le soleil est encore haut, tu peux voir les pièces au fond du fleuve.

— Espèce d'idiot, gronda Auroch. Cela porte malheur de voler les offrandes. Tu veux que la malédiction s'abatte sur toi ?

Wicks fit un petit geste négligent de la main.

— Qu'est-ce que ça peut faire ? Ils jettent leurs pièces et ils ne les revoient plus jamais.

Discuter ne servait à rien ; à l'évidence, le garçon n'avait aucune notion de ce que pouvaient être la tradition et la foi.

Une nouvelle fois, les rugissements résonnèrent dans la nuit. Une décision prit forme dans l'esprit d'Auroch.

Il se mit lentement debout.

— Où vas-tu ? demanda Wicks, subitement intéressé.

— Me battre un peu, répondit Auroch en repoussant son manteau. Tu veux venir ?

— Attends-moi, dit Wicks en luttant sans succès pour se mettre à la verticale. (Pour finir, Auroch dut l'aider.) On devrait mettre nos mises en commun. Je m'occuperai d'engager les paris.

— Wicks, dit Auroch avec, sur le visage, un sourire qui allait d'une oreille à l'autre. (Puis le sourire disparut d'un coup.) Tu crois vraiment que quelqu'un va se risquer à miser contre moi ?

Bahn marchait plus facilement ce soir-là. La douleur, que la chevauchée avait fait naître dans ses mollets et son dos, était plus supportable que les nuits précédentes ; finalement, il s'accoutumait de nouveau à rester en selle. Chaque jour, ils parcouraient pratiquement vingt laqs ; le général Creed préférait ne pas aller au-delà de ce rythme compte tenu de la distance qu'il leur restait à parcourir. Le Seigneur Protecteur préférait que les hommes soient aptes à se battre lorsque viendrait l'heure de la bataille.

Devant Bahn, le général et Halahan marchaient de front. Ils étaient particulièrement satisfaits ce soir-là ; ils avaient réussi à rallier le Bac de Juno dans les temps, pour faire jonction avec les deux mille hommes des Hoo. Les hommes aussi étaient d'humeur tapageuse. Ils avaient franchi le Chilos et une longue marche à travers la zone du Bras les attendait, pour tomber sur l'ennemi. Ce soir-là, la réalité de la situation commençait à s'imposer à leur esprit ; ils avaient besoin d'un peu de distractions.

Bahn sentait les vapeurs de hazii de la pipe d'Halahan. Ce soir-là, lui-même n'aurait rien eu contre une grande bouffée tirée sur un bâtonnet de hazii. Depuis qu'ils avaient traversé le fleuve, Bahn avait lui aussi senti la froide réalité s'imposer à lui.

— D'après nos éclaireurs, ils approchent de La Cime, disait Creed devant lui. En suivant le fleuve Cannelle comme nous nous y attendions. D'ici un jour ou deux, ils vont entrer dans la vallée du Silence. Nous les accrocherons avant qu'ils atteignent Tume. Si les choses tournent mal pour nous, nous pourrons nous replier sur Tume pour nous regrouper.

— Vanichios va être ravi de vous voir, dit Halahan d'une voix traînante.

Creed lui jeta un regard noir.

Ce nom évoquait quelque chose à Bahn. Il y avait eu une histoire entre Creed et le Principari de Tume, mais ses souvenirs n'étaient plus très précis. Une histoire de duel.

— Les réserves d'Al-Khos, reprit Halahan depuis l'ombre du large bord de son chapeau de paille. Savons-nous à quel moment elles vont rallier Tume ?

Il boitait plus bas qu'à l'ordinaire ce soir-là. « À cause du froid », avait-il expliqué. « Le froid qui s'amuse avec mon genou. »

— S'ils tiennent la cadence, ils doivent être à mi-chemin. Bien sûr, cela suppose que cet idiot de Kincheko ne soit pas en train de tergiverser.

— Vous croyez que c'est le cas ?

Creed hocha la tête.

— Qui peut savoir avec ce crétin ? Il est bien capable de traîner un jour ou deux en route, juste pour montrer le mépris que lui inspirent mes ordres.

— C'est un idiot plus grand encore qui l'a fait Principari d'Al-Khos.

— Ouais, le sang des Michinès est plus épais que le vin.

À cet instant, une section de Forces spéciales débarqua du bac ; des hommes équipés de pied en cap avec leurs sacs et leurs armes. Ils saluèrent le général d'un coup de tête en passant devant lui en une colonne plus ou moins bien formée. L'un d'eux connaissait Bahn ; un ancien ami de son frère Cole. À la grande surprise de Bahn, l'homme lui offrit l'accolade en lui souhaitant bonne chance, avant de rejoindre à la hâte le reste de son groupe.

— Que se passe-t-il là-bas ?

Creed s'était arrêté pour scruter une petite foule massée dans une clairière au bord de l'eau. C'étaient des Volontaires et des Vestes grises pour la plupart, en train de crier et de se bousculer, tandis que deux hommes torse nu se battaient comme des chiffonniers.

Un détachement de la Garde rouge, emmené par un officier monté sur son zel, tentait de les séparer, mais des Volontaires excités criaient pour chasser l'homme et tentaient d'effrayer sa monture en agitant les mains sous ses naseaux. L'animal se cabra et faillit bien désarçonner son cavalier. D'autres Volontaires s'approchaient pour désamorcer la situation. Bahn vit le général froncer les sourcils.

— Regardez-les. À la première occasion, ils oublient la discipline. C'est pour ça que nous autres Khosiens avons la meilleure chartassa – et pas eux.

Halahan émit un gloussement.

— Ils s'amusent un peu tant qu'ils le peuvent encore, rien de plus.

— « Ils s'amusent » ? Mais ce n'est pas d'amusement dont ils ont besoin, colonel.

— Allons, lorsque viendra le matin, ils reprendront la marche et seront doux comme des agneaux.

Creed émit un reniflement.

Ils poursuivirent leur chemin ; le général montrait son visage aux hommes et en profitait pour voir comment se portait la troupe. Il échangea quelques mots avec des gardiens qui veillaient sur les zels de guerre dans les enclos, puis avec le chef de l'intendance qui s'énervait sur les provisions embarquées à bord du bac. Il fit même une pause auprès de l'une des aéro-nefs redescendue à terre pour la nuit, afin de demander à l'équipage s'il avait besoin de quoi que ce soit ; le général prit grand soin de ne rien montrer de la frustration qu'il éprouvait de ne pouvoir compter que sur un si faible contingent aérien – trois aéro-nefs en tout et pour tout, plus une poignée de petits skuds. Pas vraiment de quoi tenir le ciel.

Chez les Hoo, les hommes de la chartassa d'élite, Creed se mit en quête de Nidemes, le colonel auprès de qui il avait combattu à Coros. Le général s'entretint seul quelques instants avec le petit homme placide, tandis qu'Halahan fumait sa pipe, penché sur son genou, tout en bavardant avec quelques vétérans. Pour sa part, Bahn contemplait, par-dessus les flammes, des soldats silencieux aux visages couturés et aux yeux durs, enveloppés dans leurs manteaux pourpres.

— Il est inquiet, dit Creed à Halahan lorsqu'ils reprirent leur marche. Il aimerait bien connaître notre plan d'attaque.

— Que lui avez-vous dit ?

— La vérité. Que je suis encore en train d'y réfléchir.

De nouveau, Halahan émit un gloussement sec, dont la sonorité irrita Bahn.

— Ces hommes vont se retrouver face à une armée forte de quarante mille hommes, intervint Bahn avant même d'avoir réfléchi.

Et vous trouvez le moyen de rire parce que nous n'avons pas encore de plan.

Halahan retira sa pipe de sa bouche et posa sur Bahn son regard où pétillait une lueur moqueuse.

— Mais je serai avec eux, n'est-ce pas ?

Bahn referma la bouche, au comble de l'exaspération.

— Qu'est-ce qui vous préoccupe, Bahn ? demanda le général. Crachez le morceau.

Bahn baissa la voix.

— C'est juste que j'ai l'impression que nous courons au-devant d'une défaite certaine, et que vous êtes tous les deux ravis de cette perspective.

Creed reprit sa marche, d'un pas plus nerveux cette fois-ci. Les deux autres le suivirent.

— Rien n'est jamais certain, Bahn, répliqua sèchement Creed par-dessus son épaule.

— Non. Mais on peut toujours évaluer quelles sont nos chances.

— Pff. Nos chances ? Cela fait bien longtemps que nous les avons perdues.

La voix du général vibrait de colère ; Bahn n'avait aucune envie de le pousser plus loin dans cette voie-là. Au bout du compte, sa foi en cet homme était toujours intacte.

Bahn avait combattu sur le Bouclier aux premiers jours de la guerre, aux temps où le Seigneur Protecteur était encore le général Forias – un noble décrépit qui ne devait son poste qu'aux relations de sa famille. Avant même le début du siège, lorsque les Manniens s'étaient d'abord emparés de la Pathie au sud et que les réfugiés avaient afflué vers Bar-Khos, c'était le général Creed – et non pas l'indécis Forias – qui avait ordonné qu'on ouvre les portes pour que ceux-ci puissent y trouver asile.

Au cours de la première année du siège, Forias commandait les défenses de la ville ; atterrés, les Khosiens avaient vu les murs tomber un à un. Le vieux Forias n'avait pas commis que des inepties en tant que Seigneur Protecteur ; c'était lui qui avait fait édifier les rampes de terre au pied des murs encore debout pour les protéger contre le pilonnage incessant, et certains jours, il lui était même arrivé de venir combattre sur les remparts aux côtés de ses hommes, et de risquer sa peau comme les autres. Pour autant, il n'avait ni le charisme, ni la bravoure qu'exigeait la situation dans ces jours sombres où le moral était au plus bas. Il n'était tout simplement pas un chef de guerre capable d'insuffler l'espoir à tout un peuple. Des manifestations avaient été organisées contre lui ; sa démission était réclamée par une majorité de personnes. Mais le vieux Forias, appuyé par le conseil des Michinès, refusait de céder.

Lorsque la nouvelle arriva que les forces impériales avaient également envahi la lointaine Coros, dans leur tentative d'ouvrir un second front contre les ports libres, les Michinès avaient accepté de faire un geste en faveur de la défense désespérée de l'île ; le général Creed avait été dépêché à la tête d'un petit contingent de la chartassa. Pendant que Creed était au loin, et alors que la situation de Bar-Khos assiégée était au plus mal, le Seigneur Protecteur Forias s'était retiré dans son domaine, prétextant quelque maladie. Et là, il s'était suicidé – ou était mort dans son sommeil, selon la version qu'on préférait.

Le spectre de la défaite avait plané sur la ville comme un brouillard.

Creed avait changé tout cela. Une semaine après les funérailles du vieux Forias, il était rentré de Coros, auréolé de sa victoire inattendue ; salué comme un héros, il avait acquis aux yeux de beaucoup l'étoffe d'un sauveur. La population de la ville avait envahi les rues pour demander qu'il soit fait Seigneur Protecteur. Pour finir, les Michinès n'avaient guère eu d'autre choix que d'accéder à cette demande.

Le général Creed s'était donc attelé à inverser ce qui paraissait être, jusqu'alors, le cours naturel de la guerre. Il avait lancé des contre-attaques audacieuses contre l'armée impériale, développé le réseau des tunnels de combat sous les murs pour enrayer les manœuvres de sapement, et redonner l'espoir aux soldats comme aux habitants en devenant un exemple pour tous. Peu à peu, l'avancée impériale avait ralenti, et le siège s'était transformé en années de résistance que personne auparavant n'aurait osé imaginer possibles.

Et désormais, Bahn et tous les autres escomptaient un nouveau miracle de la part de cet homme.

— Général !

Ils arrivaient devant la tente de commandement lorsque le cri les arrêta. Deux éclaireurs khosiens arrivaient en compagnie d'un cavalier civil qu'ils encadraient ; un homme à la tête ceinte d'un foulard et dont une oreille était ornée d'un anneau d'or. Ils s'arrêtèrent devant Creed ; de petits nuages blancs se formaient devant les naseaux de leurs zels.

— Un ambassadeur mannien, général, annonça l'un des cavaliers Khosiens. Il veut s'entretenir avec vous. Nous l'avons fouillé et il n'a pas d'arme.

Les trois officiers khosiens examinèrent le civil avachi sur sa selle. Par sa physionomie, il évoquait un peu un brigand.

— Salut à toi, Peau d'ours, s'exclama l'homme avec un petit sourire contrit.

— Allez, il faut que tu nous en racontes plus que ça !

— Arrête. C'est gênant.

Boucle rit avec les hommes et les femmes rassemblés dans l'espace chaleureux de la tente des services de soins. Ils avaient pris place autour de la table d'opération ; devant chacun d'eux, il y avait des cartes et de petites piles de pièces. Leurs visages blafards luisaient à la lueur de l'unique lanterne suspendue au plafond.

Andolson jouait de la jitare à l'arrière de la salle, en accompagnement des paroles obscènes qu'il fredonnait, au sujet du roi déchu de la Pathie. Debout devant une desserte sur le côté, sur laquelle était disposé tout un assortiment de bouteilles de vin et de tasses de cuir, Kris versait, à petits gestes prudents, quelques gouttes d'huile de san d'un flacon médicinal. Les autres medicos bavardaient entre eux en agitant les mains au-dessus de la table, à grands gestes que l'alcool rendait incertains. D'épaisses volutes de hazii emplissaient la tente.

Le jeune Coop sortit une nouvelle fois en titubant pour aller vomir.

— C'est du bon vin que tu gâches ! hurla Milos derrière lui.

Ces medicos des Forces spéciales, chez qui Boucle avait atterri, formaient une équipe bien étrange. Parmi eux, bon nombre avaient peint des symboles et des slogans sur leurs tenues de cuir noir : le cercle de l'unité daoïste ou des citations de toutes natures et toutes origines, dont quelques-unes manniennes. Leurs cheveux étaient longs pour certains et courts pour d'autres, leurs visages couturés de cicatrices, leurs tempéraments volcaniques et leurs humeurs imprévisibles. Endurcis par de longues périodes passées dans les tunnels sous les murs du Bouclier, ils composaient un groupe d'individus sauvages et perturbés, qui avaient pourtant accueilli Boucle parmi eux aussi facilement qu'elle-même les avait adoptés.

Kris faisait un nouveau tour de table pour proposer des tasses de sa décoction.

— Encore un peu, madame ?

— Merci, répondit Boucle en acceptant la tasse. (Elle but une gorgée. Le vin était fort, mais elle n'en sentit pas moins la pointe d'huile de san qu'il contenait ; du dross liquide, généralement utilisé comme antalgique pour les blessés.) Si j'avais su que je pourrais me procurer gratuitement de cette chose, je me serais engagée bien plus tôt.

— C'est exactement pour ça que le vieux Jonsol s'est enrôlé, railla Milos. Pas vrai Jonsol ?

Jonsol la reluquait depuis l'autre côté de la table. Cela dit, l'homme aux cheveux grisonnants reluquait toutes les femmes qui passaient à sa portée ; la grimace renfrognée que lui fit Boucle était exempte de toute fâcherie. Jonsol se laissa aller en arrière et hurla comme un chien désespéré, la tête levée vers le toit de toile.

Boucle avait été servie par la chance dès le début, l'histoire de son esclandre au bureau de recrutement l'ayant précédée. Le corps des medicos des Forces spéciales était parti du principe qu'elle était une garce au caractère bien trempé, avec laquelle il ne valait mieux pas trop plaisanter, et elle n'avait vu aucune raison de les détromper.

— Je suis, annonça Jonsol d'une voix forte en jetant une poignée de pièces de cuivre sur la table.

Boucle et lui étaient les deux seuls encore en lice pour cette main. La dernière carte était posée entre eux, découverte. Un grand roi.

Boucle posa ses trois cartes sur la table, face vers le haut. Des rires se firent entendre ; elle avait gagné encore une fois. Elle salua leurs félicitations et leurs malédictions, tout en ratissant les pièces vers elle.

— Tu es un idiot, Jonsol. Elle te piège à tous les coups.

— Elle est peut-être tombée de la dernière pluie, mais elle sait jouer. Je lui reconnais au moins ça.

C'était exact ; Boucle se débrouillait plutôt bien aux cartes. Mais à dire vrai, pour le simple goût du frisson, elle trichait ce soir-là. Chaque fois que c'était à elle de distribuer, Boucle battait les cartes en recourant à l'un des nombreux tours qu'un ancien amant lui avait appris pour se servir une donne parfaite. Elle pratiquait avec une telle dextérité qu'une seule personne semblait avoir remarqué son manège ; c'était Kris, qui se contentait de l'observer avec une note amusée dans les yeux.

Dans un même ensemble, toutes les têtes se tournèrent vers l'entrée ; Koolas, le bavardēro de guerre, arrivait dans la tente.

— Je peux me joindre à vous ? demanda-t-il en soufflant.

Des grognements exagérés se firent entendre dans tous les coins.

— Il doit y avoir des centaines de parties de rash dans tout le campement, ce soir, persifla Milos. Et il faut toujours que tu finisses chez nous.

— Eh bien, répliqua Koolas en s'asseyant sur une chaise libre. C'est uniquement parce que c'est vous autres, medicos, qui avez les meilleures drogues.

Des sifflets et des huées montèrent dans tous les coins de la tente. Kris exécuta une petite courbette devant lui et partit lui préparer un verre de vin allongé à l'huile de san. Andolson changea de chanson ; il inventait les paroles au fil de la mélodie, évoquant le bavardēro grassouillet qui aimait tant la guerre qu'il passait sa vie à rôder autour juste pour la regarder.

— Mais il n'y a pas que ça, reprit Koolas. J'envisage d'écrire une histoire sur vous tous. Les medicos. Les héros dont on ne chante jamais les exploits et qui pourtant vont au contact des tueries pour sauver ceux qui peuvent l'être – et voler les bijoux de ceux pour qui on ne peut plus rien.

Au milieu des huées, Milos se mit à crier.

— Ce sont plutôt les idiots dont on ne chante jamais les exploits !

— Eh bien, si c'était vrai, les maisons de diffusion voudraient sûrement que j'écrive à ce sujet. Merci, ajouta-t-il à l'intention de Kris qui venait de lui apporter à boire.

Tout le monde était en train de crier lorsque le major Bolt entra sous la tente.

— C'est l'endroit où tout le monde sort ce soir, murmura Milos tandis que le silence se faisait.

Kris dissimula la bouteille d'huile de san dans son dos.

— Repos, dit Bolt. Je suis juste passé voir comment vous alliez. Voir si vous aviez besoin de quelque chose.

— Tout va bien, major. Tout va bien, répondit tranquillement Andolson derrière sa jitare.

Bolt regarda chacun d'eux tour à tour. Ses yeux s'attardèrent un instant sur Kris, dont les mains étaient toujours dans le dos.

— Alors continuez, dit-il.

En tournant les talons pour sortir, il jeta un regard en coin en direction de Boucle, accompagné d'un petit coup de tête.

Boucle ignora les commentaires autour d'elle et suivit le major à l'extérieur.

Dehors, l'air était frais. Boucle ressentit un étrange instant de transition ; soudain, elle était de nouveau au cœur d'un campement de guerre. Le souvenir de ce qu'ils faisaient là, de ce qui les attendait, remonta lentement à son esprit. Quelque part devant eux, l'armée impériale les attendait.

Un frisson l'agita et sa peau se couvrit de chair de poule ; elle posa un bras sur sa poitrine.

— Comment ça se passe ? demanda Bolt. On dirait que tu t'intègres bien.

— Ils sont gentils, répondit-elle, en levant fugacement les yeux vers lui.

Elle se sentait toujours nerveuse en présence de cet homme, dont elle ne parvenait pas à deviner les pensées.

— Tiens, dit-il en lui tendant quelque chose.

Elle baissa le regard et vit un paquet de feuilles de graffier dans sa main tendue.

— J'ai vu les marques, dit-il en scrutant les narines de Boucle. (Elles étaient moins rouges depuis qu'elle avait quitté la ville et que sa provision de dross s'en était allée.) C'est juste un petit muscado pour t'aider à passer le cap difficile.

— Je vais bien, dit Boucle. Sincèrement.

— Prends-le, dit-il, et elle obéit. (Elle glissa les feuilles pliées dans une poche.) Tu seras contente de les avoir quand on va commencer à voir un peu d'action et que les réserves d'huile de san seront rationnées.

Elle releva la tête pour le regarder dans les yeux.

— Merci.

Bolt la fixa durement de son regard gris.

— Je ferais mieux d'y retourner, dit-elle.

Au bout d'un moment, il hocha la tête ; son visage demeurait impassible. Sans un mot, il tourna les talons et s'éloigna.

Ils étaient réunis dans la chaleur de la tente de commandement ; un poêle d'acier noir installé dans un coin, et dont la cheminée traversait le plafond de toile, chauffait l'intérieur. Une simple table carrée était posée au milieu de la tente, couverte de cartes et de notes griffonnées. Bahn les ramassa prestement pour les mettre hors de vue. Creed allégea le poids sur ses jambes en s'asseyant dans son fauteuil d'osier. Halahan s'assit sur le bord de la table ; l'articulation mécanique de sa jambe émit un grincement. Le colonel nathalais faisait des efforts manifestes pour contenir sa colère.

Au bout d'un moment, l'ambassadeur mannien fut autorisé à entrer. Les gardes l'avaient délesté de ses vêtements pour le fouiller dans les moindres recoins. Il dissimulait sa nudité sous un manteau rouge emprunté posé sur ses épaules, et comme cela faisait plusieurs jours qu'il ne s'était pas rasé, il avait l'allure d'un mendiant en haillons. Mais ce n'était qu'une impression. L'homme se tenait bien droit et ne paraissait nullement préoccupé de se trouver ainsi au cœur du camp ennemi.

— Apparemment, nos espions avaient vu juste, dit-il avec un fort accent q'osien. Même si j'ai du mal à le croire. Vous n'avez même pas dix mille hommes ici – voire moins.

Creed porta une main à son menton ; son regard glissa vers Halahan.

— Dites ce que vous avez à dire, ambassadeur, ordonna Halahan en ôtant son chapeau.

Il le posa sur la table ; son ton était ouvertement hostile.

— Je vous en prie, appelez-moi Alarum. Puis-je m'asseoir ?

Cette dernière question s'adressait à Creed.

Le général manifesta son consentement d'un petit mouvement de la main. Le Mannien s'installa sur une chaise en poussant un long soupir fatigué.

— C'était une longue chevauchée, dit-il. Peut-être pourrions-nous partager un peu de vin et de nourriture pendant notre conversation ?

Creed se pencha en avant ; sa chaise émit un craquement sonore.

— Pourquoi êtes-vous ici, fanatique ?

Alarum inclina la tête pour étudier le général de ses yeux noirs.

— J'ai été envoyé ici par la Sainte Matriarche pour vous faire une offre.

— Elle veut se rendre ?

Alarum eut un petit sourire pincé.

— Il n'est pas trop tard, vous savez. Même après toutes ces années, nous pouvons encore solder notre différend d'une autre manière.

— Oui, intervint Halahan d'un ton sec. Vous pouvez remballer votre armée et repartir.

— Allons, répondit Alarum. Vous savez aussi bien que moi à quel point il y a des réputations en jeu dans cette histoire. Nous ne pouvons pas nous contenter de nous retirer. En revanche, voici ce que nous pouvons faire : nous pouvons vous garantir la vie sauve pour votre peuple si vous nous livrez Khos et acceptez de devenir un État client de Mann.

— Quoi ? Vous ouvrir nos portes comme le Serat l'a fait, pour vous permettre de décimer la population avec vos purges, et de réduire en esclavage ceux qui survivent ? (Halahan était scandalisé ; Bahn voyait le sang empourprer son visage.) Vous avez fait tout ce chemin uniquement pour nous dire ça ?

— Si vous ne le faites pas, nous massacrerons chaque homme, chaque femme et chaque enfant de Bar-Khos. Et c'est une promesse qui n'est pas faite à la légère.

Halahan se leva, les poings serrés. Creed leva une main pour le retenir, sans détourner son regard qu'il tenait fixé sur l'ambassadeur.

— Il faudrait d'abord nous vaincre, rappela-t-il d'une voix posée.

— J'ai quarante mille combattants derrière moi, général.

— Oui. C'est vrai. Et ces hommes sont loin de chez eux. Leur flotte est repartie. Leurs provisions se limitent à ce qu'ils ont déjà avec eux et ce qu'ils peuvent piller. S'ils ne sont pas assez rapides, l'hiver arrivera et les piégera ici sans abri ni sources d'approvisionnement. Vous n'êtes pas vraiment dans une position très sûre, ambassadeur. Dans le cas contraire, vous ne seriez pas là.

Pour toute réponse, Alarum se leva de sa chaise ; son manteau d'emprunt pendouillait autour de lui. Il jeta un regard à Halahan qui fit un pas vers lui. Bahn sentit la subite poussée de tension dans l'air. En un geste réflexe, il saisit la poignée de son épée.

— Si je puis me permettre, dit Alarum avec un petit sourire prudent. La Sainte Matriarche a envoyé un cadeau à votre intention, dans l'éventualité où vous ne verriez pas où se trouve le bon sens dans cette affaire.

Creed hocha la tête, et l'un des gardes à l'entrée s'approcha avec quelque chose entre ses mains. Il tendit l'objet à Bahn, la personne la plus proche sur son chemin.

Bahn regarda la dague dans son fourreau, posée entre ses mains. C'était une lame courbe pas plus large que son pouce. L'étui était rehaussé d'or et de diamant, et doté d'un cordon pour permettre à son possesseur de porter l'arme autour du cou.

— Qu'est-ce que c'est ? demanda-t-il.

Il releva les yeux pile à l'instant où Halahan frappa l'ambassadeur en plein visage, l'envoyant bouler de l'autre côté de sa chaise.

Comme Alarum tentait de se relever, Halahan lui mit un coup de pied sur le côté de la tête.

— De quel droit ? De quel droit exigez-vous des autres qu'ils s'inclinent devant vous ou qu'ils meurent ?

— Colonel, aboya Creed. Halahan !

Finalement, le colonel recula, le souffle court. Rien au monde n'aurait pu lui faire détourner son regard fixé sur Alarum, qui se remettait difficilement sur ses pieds. L'ambassadeur saignait de la bouche ; il remonta son manteau sur ses épaules pour couvrir sa nudité subitement exposée.

Tout en se tamponnant la lèvre à l'aide d'un pan de son vêtement, il braquait un regard noir sur Halahan.

— De quel droit ? Mais du droit que donne la loi naturelle. Faut-il que je vous l'explique comme à des enfants ? Quelle est la nature de l'homme si ce n'est de s'emparer du pouvoir partout où il le peut ? Le fort fait ce qu'il veut. Le faible doit supporter ce que la nature l'oblige à endurer. Ne vous retournez pas contre ceux qui suivent la parole de Mann parce que la vie est ainsi faite. Retournez-vous contre votre Mère du monde. Contre votre Dao.

Creed posa les mains de part et d'autre de sa chaise, puis se leva lentement pour venir se poster devant le Mannien.

— Dans les ports libres, nous avons une croyance, ambassadeur. Nous croyons que le déséquilibre des pouvoirs engendre inévitablement la corruption. C'est pour cette raison que le pouvoir doit toujours aller vers l'extérieur, en particulier à destination de ceux qui sont les plus affectés par ledit pouvoir. Cette idée nous vient de Zeziké. Je suppose que vous autres Manniens ne lisez guère les œuvres de notre grand philosophe ?

Alarum inclina la tête sur le côté, mais ne répondit rien.

— Je vais être franc avec vous, je ne suis moi-même pas toujours d'accord avec lui. Mais parfois, il dit des choses très justes, en particulier au sujet des notions telles que les vôtres. Si ma mémoire est bonne, il a dit que la nature humaine était autant le produit de notre environnement que du sang qui coule dans nos veines. Et que notre environnement dépendait autant de la manière dont nous le choisissons que du ciel et de la rotation de la terre.

Il se pencha en avant pour scruter attentivement l'expression du visage de l'ambassadeur.

— Cette idée ne vous plaît pas, peut-être ? Et pourtant, vous autres Manniens, vous voulez façonner le monde entier à votre image. Pourquoi cela ? Je vais vous le dire, moi, pourquoi. Parce que vous voyez la véracité dans ces paroles autant que la voyait Zeziké. Vous savez que pour conserver le pouvoir absolu, il vous faut contrôler les choix des personnes par lesquels elles façonnent leur environnement. N'est-ce pas ?

Le souffle d'Alarum s'était apaisé. Il se tamponna encore une fois les lèvres, puis examina le sang qui tachait le tissu de son vêtement.

— Vous parlez d'idéaux, général, répondit-il. Des paroles vides de ceci et de cela. Moi, je vous parle de quelque chose de bien plus proche de la réalité. Je vous parle du pouvoir qui, au bout du compte, n'a nul besoin de défense. Le pouvoir parlera toujours pour lui-même. Il soumettra toujours ce qui est plus faible, quoi que vous puissiez penser.

— Oui, voilà encore une vieille histoire. La subjugation. Et pourtant, il en va ainsi pour le meurtre. Le viol. Le vol. Toutes ces choses que les personnes honnêtes méprisent et bannissent de leur vie lorsqu'elles en ont le choix. Car elles choisissent de croire en la capacité de l'homme d'être meilleur.

Ils s'observaient l'un l'autre, les yeux écarquillés, comme s'ils avaient été de part et d'autre d'un abîme. Bahn distinguait à peine la rage bouillonnante sous les traits impassibles du général, tant celui-ci la dissimulait bien.

— Et maintenant, ambassadeur, si vous voulez bien déguerpir de ma vue, grogna Creed.

Alarum accepta son congédiement d'une inclinaison du buste un peu cavalière. Un air vaguement amusé passa sur sa physionomie lorsque les gardes l'évacuèrent de la tente.

— Je ne comprends pas, dit Bahn en considérant la dague dans ses mains.

Creed parut ne pas l'entendre. Debout, immobile, il tenait son regard fixé sur l'entrée de la tente ; les muscles de ses mâchoires étaient contractés.

— La dague, expliqua Halahan en s'essuyant la bouche d'un revers, est une lame de cérémonie de Mann.

— À quoi sert-elle ?

— À se suicider.

21

La mise à sac de La Cime

Au cinquième jour de sa marche, le corps expéditionnaire impérial entama sa descente vers la région connue sous le nom des Cascades, où l'immense convoi put découvrir les rapides du fleuve Cannelle, alimentés par la fonte des neiges.

Au nord, la silhouette noire des hautes montagnes couronnées de neige se découpait contre le ciel pâle. À l'ouest, les Cascades couraient jusqu'à l'horizon. Au-delà, des terres fertiles de rizières, de vergers et de vignobles s'étiraient plus loin encore que la Rafale, jusque dans la plaine qui occupait la moitié occidentale de l'île et abritait la quasi-totalité de sa population. C'était là-bas que les champs de blé s'étendaient jusqu'à la mer Sargassi.

L'armée obliqua vers le sud-ouest sur un axe longeant le fleuve Cannelle. Par la suite, cette trajectoire allait la conduire dans la vallée du Silence et les territoires du Bras, puis de là jusqu'à l'antique cité de Tume. À cette heure, la ville flottante devait héberger une importante garnison. Nul ne pouvait ignorer que les troupes manniennes devaient d'abord s'occuper de Tume avant de poursuivre sur Bar-Khos au sud.

Ce fut là, sur le cours du fleuve, que la horde impatiente tomba sur sa première ville khosienne. Les guides indiquèrent qu'il s'agissait de la ville de La Cime ; les forces impériales n'eurent même pas à s'interroger sur l'origine de ce nom. C'était une bourgade de montagne nichée sur un contrefort rocheux élevé qui s'avançait dans la plaine de la vallée du fleuve Cannelle. Un mur d'enceinte serpentait tout autour, épousant fidèlement le relief tout en descentes et montées de la couronne sommitale sur laquelle étaient édifiées ses bâtisses blanchies à la chaux ; d'innombrables flèches de granit pâle se dressaient vers le ciel, semblables à des lances pétrifiées.

Le soir venu, les portes de la ville avaient volé en éclats sous les tirs des canons, et l'infanterie impériale se répandait dans les rues tortueuses. Les défenseurs submergés se battirent vaillamment ; pour l'essentiel, c'étaient les soldats du Principari de la ville, aidés de quelques civils. Ils jetaient des pierres depuis les toits ou tenaient des barricades bloquant les rues. Le gros de la population avait déjà fui vers l'ouest, harcelé par les tirailleurs impériaux.

Pendant un moment, une aéro-nef khosienne s'aventura au-dessus de la razzia. Elle tenta même de se poser parmi les tourelles de la citadelle pour mener une évacuation, mais les trois nefs lourdes manniennes eurent tôt fait de la chasser de la zone.

Dans le pâle crépuscule, Ché mit pied à terre devant la tente de commandement de Sasheen ; la Matriarche était avachie sur un fauteuil de campagne, à côté de l'archigénéral Sparus. Autour d'eux, des membres de son entourage se prélassaient en mangeant des fruits pillés dans les vergers de la vallée au sud-ouest de la ville. Leurs visages étaient illuminés par les flammes qui embrasaient la cité et se dressaient bien haut vers le ciel assombri.

Il y avait une chaise vide à côté de Sasheen ; en s'approchant, Ché vit que la tête de Lucian était posée dessus. C'était une vision grotesque, presque comique dans un cadre pareil.

Sasheen sourit en apercevant son Diplomate.

— Tu as vu quelque chose d'intéressant pendant ta tournée ?

Ché avait fait le tour du petit mont au sommet duquel brûlait La Cime, histoire de s'affranchir quelques instants de leur compagnie. Il avait gravi la route en lacets conduisant jusqu'aux portes de la ville – et à l'infanterie impériale en train de se livrer au pillage – mais il n'avait pas été plus loin, arrêté par la vision des tas de cadavres empilés là, l'odeur de la mort qui flottait dans l'air et les hurlements qui provenaient de l'intérieur.

Il avait préféré faire demi-tour – et avait croisé Romano pendant qu'il redescendait. Le jeune général et sa suite étaient venus se repaître du spectacle eux aussi.

— Quelques greniers ont été récupérés, je crois, dit-il à la Matriarche. Les chariots sortent de la ville en ce moment même.

Installé à côté de Sasheen, Sparus hocha la tête d'un air satisfait. Un butin de céréales était forcément une aubaine pour un général à la tête d'une armée de cette taille.

— Assieds-toi, dit Sasheen. Tu as l'air fatigué.

Elle se tourna vers l'un de ses aides, qui s'empressa de libérer son siège.

À contrecœur, Ché prit place, alors que son plus grand désir aurait été de rejoindre sa tente et ses livres. La chaleur de la ville livrée aux flammes était perceptible jusqu'où ils se trouvaient. Sool et les trois inquisiteurs Monbarris étaient dans l'entourage de Sasheen, tout comme les jumeaux, mais ni Guan ni Swan ne le regardaient. En fait, Guan contemplait la ville en train de flamber ; sa bouche murmurait une imprécation silencieuse. Il tenait un objet votif dans son poing fermé, une boule de piques qu'il serrait de toutes ses forces. Derrière lui, sa sœur caressait un chiot au pelage brun posé sur ses genoux.

Pas de vin, ce soir, songea Ché. Pour une fois, l'humeur n'était guère démonstrative, comme si la vision de la ville incendiée les avait tous plongés dans un ravissement subjugué.

Soudain, un croassement se fit entendre sur une chaise ; c'était Lucian, le front plissé sous l'effet de la douleur – ou de l'angoisse.

— Où. Sommes. Nous ? rota-t-il lentement.

Dans ses yeux vitreux, les flammes allumaient des lueurs.

— Je te l'ai déjà dit, répondit Sasheen sur le ton sec qu'on emploie pour un enfant. Nous sommes à Khos. Et là-bas, sur la colline, c'est La Cime.

— Pas. Lagos. Alors.

Sasheen émit un gloussement ; un son bien désagréable aux oreilles de Ché en cet instant.

— Lagos n'existe plus, Lucian. Et grâce à toi, tu te souviens ?

La tête grinça quelque chose d'inintelligible ; le Diplomate regarda ailleurs.

Un cavalier approchait ; derrière lui, il menait à la longe un second zel, chargé d'un long paquet enveloppé dans un tapis. Bientôt, Ché reconnut l'arrivant ; c'était Alarum. Une barbe naissante commençait à ombrer son visage émacié. Le maître-espion tira sur les rênes de sa monture et salua l'assemblée d'un signe de la main.

— Vous avez été bien occupés, dit-il en jetant un regard vers la ville.

Des contusions ornaient un côté de son visage ; ses lèvres étaient encroûtées là où un coup les avait fendues.

— Vous aussi, si l'on en juge à votre mine, répondit Sparus. Alors, vous leur avez fait part de nos conditions ?

Alarum confirma d'un hochement de tête, avant de descendre doucement de sa selle. Ses pieds prirent appui sur le sol et il tituba légèrement.

— À Creed directement ?

— Bien sûr. Et oui, sa réponse n'a pas été une surprise.

Sasheen était toujours vautrée sur son fauteuil.

— C'est lui qui t'a fait ça ?

— Non. Ça, c'est Halahan des Vestes grises. Je les ai taquinés autant que possible et leur humeur est devenue… (il esquissa un petit geste de la main pour signifier qu'il cherchait le mot juste) évidente.

— Et ? demanda Sparus.

— Je vais d'abord boire un verre. J'ai fait une longue chevauchée et cela fait des heures que je ne me suis pas arrêté.

— Plus tard. Répondez d'abord.

Alarum haussa les sourcils, puis posa un bras fatigué sur sa selle.

— Creed est confiant. Ne me demandez pas pourquoi, vu que ses effectifs sont aussi faibles qu'on nous l'avait dit. En fait, je dirais qu'il a vraiment hâte de nous affronter sur le champ de bataille. (Sparus écoutait chaque mot avec une attention d'une grande intensité.) Il a l'air en forme. Paré pour le combat.

— Et mon cadeau ? intervint Sasheen. Comment l'a-t-il pris ?

Un sourire passa sur les lèvres du maître-espion, mais c'était plus un rictus qu'autre chose.

— Oh, ils l'ont bien pris. Pour commencer, ils m'ont un peu frappé, puis ils m'ont fait un petit exposé sur toutes nos erreurs. Creed m'a donné ça en réponse.

Alarum s'approcha du zel de bât, d'un pas raide qui donnait l'impression que ses jambes étaient des bouts de bois, puis il défit la sangle maintenant le long paquet sur les flancs de l'animal.

Il déroula le tapis dans l'herbe pour exposer l'objet qu'il contenait ; Ché observait la scène comme tous les autres alentour.

C'était une charta, la fameuse lance de la chartassa mercienne.

Pendant un instant, personne ne dit rien. Sasheen et Sparus contemplaient l'arme en clignant des yeux.

Une toux rauque résonna non loin. C'était Lucian. Et la tête poursuivit sur sa lancée jusqu'à ce que le son produit commence à ressembler à un rire.

Sparus ne lui accorda aucune attention. Il détourna le regard de la charta, donnant l'impression que cet objet lui était odieux. Lucian continua de grincer son rire étrange, jusqu'à ce que Sasheen, le visage empourpré, se retourne vers lui – son ancien amant. D'un coup de pied, elle envoya bouler dans l'herbe la chaise et la tête qu'elle portait. Après plusieurs tours, cette dernière s'arrêta, les yeux tournés vers le ciel ; une feuille de couleur brune était restée collée sur une joue.

— Remettez-moi ça à sa place, ordonna-t-elle en ne s'adressant à personne en particulier.

Ché saisit l'occasion pour se lever ; il enjamba la charta, s'arrêta à côté de la tête, puis la saisit par une touffe de cheveux. Elle était plus lourde qu'il l'avait pensé. Il pénétra dans la tente en écartant la tenture qui en masquait l'entrée, et s'enfonça dans l'ombre.

Il gagna le fond de la salle où la jarre de lait royal était rangée dans une alcôve. Doucement, il posa la tête sur le piédestal pendant qu'il retirait le couvercle.

Ché souleva la tête jusqu'à ce que leurs regards puissent se croiser. Les yeux de Lucian étaient un peu jaunes.

— Comment vas-tu ? demanda Ché.

Lucian accommoda sa vision pour distinguer celui qui lui parlait.

— Fatigué, répondit-il. Peux. Pas. Dormir.

— Peut-être es-tu déjà endormi. Peut-être est-ce juste un cauchemar.

Lucian cligna des yeux, comme s'il reprenait conscience.

— Mets. Fin. À. Ma. Honte.

Ché poussa un soupir en fronçant les sourcils. Mais il ne fit rien.

— T'en. Supplie.

Ché tendit une main pour retirer la feuille posée sur la joue de Lucian ; sa chair était froide. Avec des gestes précautionneux, il remit la tête dans la jarre de lait royal ; pendant qu'il disparaissait sous la surface, Lucian tint son regard rivé sur le Diplomate.

Ché resta un instant à observer les quelques bulles qui remontaient. Lentement, avec un plaisir gourmand, il se lécha les doigts. Son corps se mit à vibrer, tandis qu'une poussée de vitalité soudaine et brûlante se répandait en lui.

Il tourna les talons, laissant la jarre là où elle était, plongée dans l'ombre.

Assis seul dans la nuit, Ash laissa filer son regard par-dessus les tentes du train de l'intendance et du campement de l'armée impériale en direction des ruines de La Cime, toujours en train de brûler.

Les soldats étaient bruyants ce soir-là, ivres de l'action de la journée et du butin razzié. Ils en étaient déjà à négocier leurs prises auprès des prostituées et autres négociants – et leurs esclaves également, conduits en longues files silencieuses vers les cages des marchands.

Ash méditait sur le défi qu'avait relevé la ville. Pour lui, cela n'avait aucun sens ; de toute évidence, La Cime n'avait aucune chance face à l'artillerie de l'armée impériale. Et pourtant, le petit contingent de la ville s'était massé sur les murs, pour se battre jusqu'au bout.

Peut-être avaient-ils seulement voulu ralentir l'avancée de leurs envahisseurs pendant une journée ou deux. Par leur sacrifice, peut-être avaient-ils offert du temps à d'autres : aux habitants de La Cime qui fuyaient en direction de l'ouest ; à l'armée khosienne, dont il se disait qu'elle avançait à marche forcée vers eux.

Naguère, les villes de la révolution du Peuple avaient fait de même ; certaines d'entre elles tout au moins. Elles avaient tenté de ralentir les forces des chefs suprêmes, pendant que l'armée révolutionnaire se regroupait pour la bataille finale dans la mer de Vent et d'Herbe. Toutefois, au bout du compte, ces sacrifices et cette longue guerre de résistance avaient été menés en vain.

— En vain, marmonna Ash, en agitant sa gourde en direction de la ville ravagée.

En un geste d'ivrogne, il grinça des dents, puis se laissa aller en arrière ; il tremblait. Non loin, les eaux d'un ruisseau, rendues noires par la nuit, couraient le long de leurs berges de pierres. Au firmament, les Sœurs de la Peine et du Regret étaient pleines. Elles paraissaient gorgées de sang ainsi posées au-dessus de la ville en flammes. *Un mauvais présage*, songea-t-il.

Ash éprouvait une profonde admiration pour ce que les gens avaient accompli dans les ports libres. Ils étaient allés bien plus loin que tout ce que le peuple du Honshu avait pu rêver d'atteindre un jour. Et pourtant, une part de lui-même avait toujours su qu'à un moment ou à un autre arriverait la catastrophe qui leur tombait dessus. Il était infiniment trop conscient de la fragilité de la liberté – une petite flamme protégée par les mains d'un enfant, dans un monde où les ténèbres dévoraient la lumière.

Un élancement s'emparait de sa tête ; il le combattit avec un grondement. Ses douleurs étaient revenues avec la mise à sac de La Cime ; sa main tremblait de nouveau. Avant de se retirer sur cette rive herbeuse du ruisseau, Ash avait dépensé une petite fortune pour se payer une flasque de feu-de-Cheem, dans l'intention de se tenir chaud et d'apaiser ses douleurs.

Il but une nouvelle gorgée, puis contempla les étoiles au-dessus des feux qui constellaient la vallée. L'Œil de Ninshi, rouge et brillant, luisait au fond de sa capuche ; sans ciller.

Il pensa à Nico, par une nuit comme celle-ci, dans les montagnes de Cheem. Il se souvenait de leur ivresse à tous deux autour du feu.

Et Ash but encore.

22

La vallée du Silence

Ché s'était levé tôt ce matin-là ; blotti sous sa tente, il appliquait sur les rougeurs de ses bras l'onguent à la camomille de sa mère. Il n'avait pas bien dormi ; trop de choses occupaient son esprit. Le cou endolori par un torticolis, il regarda au-dehors par l'ouverture de la tente, attiré par la maigre lumière de l'aube et la vue sur la vallée. Une neige fraîche tombée au cours de la nuit la saupoudrait.

Avec ce temps, il allait falloir une éternité à l'armée et au convoi de l'intendance pour se mettre en route. À l'extérieur, le vent aigre s'attaquait aux tentes de toile ; des feuilles et d'autres débris tourbillonnaient dans l'air. Nerveux, les zels se bousculaient dans leurs enclos pour gagner la chaleur au cœur protecteur du troupeau. Quelques personnes se dirigeaient à pas lourds dans la neige en direction des latrines, en tenant fermement leur chapeau ou leur capuche sur leur tête.

Par l'embrasure, Ché vit passer Swan et Guan. Le jeune homme lui jeta un regard dénué de la moindre expression ; il se montrait froid à son égard désormais. En revanche, Swan lui offrit un petit sourire.

Ché reposa la fiole sur son lit et rabaissa les manches de son vêtement. Il s'assit un instant pour réfléchir.

Il s'assura que son poignard était bien dans son étui, à sa cheville, puis il se leva et sortit. Il aperçut les jumeaux qui entraient dans l'un des enclos. Leur tente n'était guère éloignée de la sienne. Lorsqu'il l'atteignit, il s'y glissa furtivement.

D'un coup d'œil à la ronde, il examina l'intérieur bien rangé, puis fondit sur les sacs à dos, dressés contre les deux lits de camp. Dans le premier, il trouva des vêtements civils ficelés en ballot, un exemplaire annoté des Saintes Écritures du Mensonge, et un journal avec des dessins et des observations de Khos. Il recula soudain en découvrant tout au fond le petit coffret de bois contenant un nécessaire pour pratiquer des empoisonnements ; un coffret identique à celui qu'il possédait lui-même.

D'un coup d'œil par-dessus son épaule, Ché s'assura qu'il était toujours seul. Rapidement, il fouilla l'autre sac, d'où il tira un sac de toile contenant une petite fiole. Il la sortit pour l'exposer à la lumière ; elle contenait un épais liquide doré. Il retira le bouchon pour en renifler le contenu.

Ché referma sa main sur la fiole et se hâta de repartir.

Ils étaient toujours dans l'enclos, occupés à bouchonner leurs zels, lorsqu'il vint les affronter. Guan l'aperçut et murmura quelque chose à sa sœur. Un petit sourire en coin passa sur les lèvres de la jeune femme, puis elle reprit son sérieux.

—Je sais ce que vous êtes, aboya Ché en lançant la fiole entre les mains de Guan.

Le jeune homme baissa les yeux sur l'objet, avant de chercher le regard de sa sœur.

Dans un éclat de rire, elle saisit à pleine main la crinière de son zel et sauta sur son dos pour le monter à cru. L'instant d'après, Guan l'imitait.

—Viens donc faire un tour avec nous, dit-elle en baissant la tête pour s'adresser à Ché.

Et avant qu'il réponde quoi que ce soit, elle planta ses talons dans les flancs de l'animal qui s'élança et bondit par-dessus la barrière de l'enclos. Guan suivait juste derrière.

Ché émit un grondement au fond de sa gorge. Il attrapa la crinière du zel le plus proche, sauta sur son dos et l'éperonna pour qu'il franchisse la barrière, en la touchant néanmoins de ses sabots postérieurs. Le Diplomate pourchassa les jumeaux de l'autre côté de la palissade, puis à travers le camp des Acolytes dressé tout autour ; derrière eux, les sabots des zels soulevaient des mottes de neige, semblables à des nichées d'oiseaux apeurés d'un blanc immaculé.

Au-delà du camp, le terrain se prêtait à une cavalcade ; le vent était fort au point que des larmes coulaient des yeux de Ché. À moitié aveuglé, tête baissée, il incitait du talon sa monture à donner toute sa mesure ; à fond de train derrière ses proies, il les vit pénétrer dans un bois. La vitesse rabattit sa capuche en arrière, exposant sa tête aux intempéries. Il se coucha encore plus sur sa bête pour se faufiler entre les troncs tordus ; des feuilles et des branches lui fouettaient le visage. Devant lui, les jumeaux franchirent d'un bond un ruisseau et poursuivirent le long de sa berge. Ché vira à gauche pour leur couper la route. Il fit franchir l'eau à sa bête et poursuivit au grand galop.

Ses cuisses le brûlaient lorsqu'il parvint à hauteur de Swan. Elle le cingla d'un coup de baguette, et rit de nouveau lorsque Ché para le coup de la main.

Sur sa gauche, Guan arriva subitement sur lui, une branche à la main, prêt à lui assener un coup sur la tête. Ché rentra la tête dans les épaules et sentit le vent du coup frôler les cheveux ras qui repoussaient sur son crâne.

Il tira de toutes ses forces sur la crinière de son zel, jusqu'à ce qu'il se cabre et s'arrête. La bête fit encore quelques pas, puis resta immobile ; des nuages blancs sortaient à grands jets de ses naseaux. Ché demeura là, sur place, tandis que les jumeaux décrivaient deux courbes distinctes pour revenir vers lui, chacun sur sa propre trajectoire de façon à arriver des deux côtés.

Ché attendit sans rien faire ; son regard allait de l'un à l'autre.

Pour finir, ils arrivèrent ensemble et s'arrêtèrent devant lui. Dans le silence un peu gêné, les bêtes plongèrent leur museau vers le sol pour brouter les longues herbes qui saillaient à travers la neige.

— Du suc de bois sauvage, dit Ché en hochant la tête en direction de Guan. Pour inhiber les réflexes d'un ganglion implanté.

Ses paroles ne firent qu'allumer une lueur d'amusement dans leurs regards.

— Allez, répondit Swan à la place de son frère. Tu ne croyais quand même pas être le seul Diplomate dans toute cette campagne ?

— C'est ce qu'on m'a amené à penser, répondit-il d'un ton aigre. La Matriarche est-elle informée de tout ça ?

— Bien sûr qu'elle est informée, répliqua Guan d'une voix traînante.

— Et quels sont vos ordres ?

Silence ; seul le vent sifflait à ses oreilles.

— Nous sommes ici en soutien, rien de plus, dit Guan, s'attirant par là même un regard noir de sa sœur.

Ché se laissa aller sur le dos de sa monture, puis les examina chacun à leur tour. Il s'efforçait de respirer calmement pour s'éclaircir l'esprit.

Ils ne m'ont pas demandé quels étaient mes ordres.

— Vous savez ce que j'ai été chargé de faire, dit-il à voix haute.

Guan ouvrit la bouche pour répondre, mais Swan éperonna son zel, qui vint cogner dans celui de son frère.

— Ta mission donne l'impression de te perturber, Ché, dit Swan. Est-ce qu'elle te tient éveillé la nuit, à te tourner et te retourner ?

Il scruta la jeune femme et vit que l'expression d'ordinaire si jolie avait disparu de ses traits, en ce lieu battu par les vents, remplacée par un air de dédain amer.

— Nous exécutons nos ordres, poursuivit-elle. Et tu serais bien avisé d'en faire de même.

— Quoi ? Tu doutes que j'accomplisse ce qui m'est demandé, c'est bien ça ?

— Tu n'as pas l'air très convaincu toi-même. Qu'en penses-tu, Guan ?

Son frère, qui mâchonnait quelque chose, prit la parole.

— Peut-être que la foi lui fait défaut. Peut-être n'y met-il plus assez de cœur.

— J'ai prouvé ma loyauté, répondit vivement Ché, en regrettant ses paroles à l'instant même où il les prononçait.

— Oh, s'il te plaît, dit Swan. Comme si la Section comptait sur la loyauté. Tu devrais savoir aussi bien que nous ce qui arrive lorsqu'un Diplomate s'écarte de sa mission. Ta mère est une Sentiate, n'est-ce pas ? Eh bien, une putain, c'est ce qu'il y a de plus facile à faire disparaître.

Ché cligna des yeux ; c'était l'unique signe de la rage qui s'était subitement emparée de lui. La colère le stimulait, l'aidait à se concentrer.

Il se pencha vers Swan ; ses yeux s'étaient étrécis jusqu'à n'être plus que deux fentes.

— Si vous êtes venus pour moi, dit-il d'un ton posé. Je vais vous mettre en tête de liste pour le dépeçage.

Il fit volter son zel pour s'éloigner au trot ; il n'avait qu'une envie : être loin d'eux.

Ce matin-là, le soleil de l'aube se leva sur une plaine d'un vide devenu blanc ; des hommes et des femmes sortirent de leurs abris engoncés dans la neige, comme une armée de morts relevés de leurs tombeaux enfouis dans le sol gelé.

Ash pouvait voir son souffle en suspension dans l'air devant sa bouche avant que le vent l'emporte. Roulé en boule pour se protéger de la morsure du froid et des rafales, Ash sentit une pensée s'imposer à son esprit.

La neige arrive bien tôt dans la saison.

Sa migraine avait reflué jusqu'à n'être plus qu'une pulsation lancinante, mais il lui fallait aussi compter avec une gueule de bois consécutive à la veille. Il retourna à pas tranquilles vers le camp pour y entendre des pleurs et du chagrin, mêlés aux autres bruits ordinaires de la journée. Le froid avait prélevé son tribut et un certain nombre de personnes étaient mortes dans la nuit ; des personnes âgées du convoi de l'intendance pour l'essentiel, ou des personnes déjà malades. On luttait pour creuser des tombes dans la terre gelée.

Dans une cantine tenue par un couple, Ash fit l'emplette d'un déjeuner de pâté de foie et de biscuit, accompagné d'une tasse de chee. Toutes les provisions étaient embarquées à bord du chariot de l'homme et de la femme, à l'arrière duquel ils cuisinaient sous un auvent. Le fleuve Cannelle avait en partie gelé au cours de la nuit ; dans les conversations, bien des personnes s'étonnaient de ce subit changement de climat. On s'inquiétait : se pouvait-il que cet épisode soit plus qu'un coup de froid et marque l'arrivée d'un hiver précoce ?

La mise en branle du corps expéditionnaire prit encore plus de temps qu'à l'ordinaire.

Les premiers à partir furent les tirailleurs et l'infanterie légère ; ils levèrent le camp alors que le reste de la troupe n'en était encore qu'à se rassembler. Une par une, les compagnies d'infanterie s'engagèrent sur la piste qui longeait la vallée du fleuve ; dans leur sillage, la neige n'était plus qu'une boue infâme. La Sainte Matriarche et ses Acolytes suivaient derrière, protégés par plusieurs rangs de cavalerie légère. Lorsque le train de l'intendance partit enfin, la colonne semblait s'étirer presque indéfiniment sous un ciel de nuages suffisamment noirs pour laisser craindre de nouvelles chutes de neige. Le prix des vêtements tripla en moins d'une heure.

Toujours en suivant la piste, l'immense cortège s'engagea dans la vallée du Silence, en obliquant vers l'ouest, en direction de Tume et des terres inondables du Bras. Dans sa partie la plus large, la vallée couvrait jusqu'à cinq laqs ; vers le sud, les collines et les montagnes étaient à peine visibles au-delà des étendues de plaines labourées et de fermes désertées, au milieu desquelles serpentait le fleuve qui allait s'élargissant. C'était une vallée aussi tranquille que son nom le laissait supposer, exception faite du courant d'air qui la balayait en permanence et lui conférait une atmosphère de solitude et de démesure.

En fin d'après-midi, la procession commença à se resserrer ; ceux de l'arrière rattrapèrent ceux de l'avant. Pour une raison inconnue, l'avant-garde s'était arrêtée. Bientôt, des rumeurs remontèrent vers l'arrière, indiquant que l'armée khosienne aurait été aperçue.

Le 1er corps expéditionnaire se prépara au combat.

Un groupe de rancheros fut autorisé à quitter son troupeau. Ils partirent au galop voir ce qui se passait à l'avant ; une main accrochée à leur chapeau à larges bords, ils poussaient des cris pour produire leur petit effet, et cravachaient leur zel pour aller plus vite. Le reste du train de l'intendance s'organisa en un vaste cercle, dont les chariots délimitaient le périmètre extérieur. Tout le monde s'arma du mieux possible. En moins d'une demi-heure, le prix des armes avait été multiplié par cinq. Une certaine tension se fit sentir.

Les rancheros ne tardèrent pas à revenir ; ils tirèrent les rênes au milieu d'une foule qui se pressait pour obtenir des nouvelles. Certes, il y avait bien une armée en face, mais d'une taille qui ne justifiait aucune inquiétude.

Les conversations gagnèrent en excitation.

— Quand est-ce que l'armée va les accrocher ? voulut savoir quelqu'un.

— Demain matin, répondit l'un des rancheros.

Les troupes d'assaut allaient se reposer pendant la nuit, pour attaquer à la première heure.

— Et s'ils nous attaquent en premier ? demanda Ash d'une voix tranquille, depuis les derniers rangs de la foule.

Sa question provoqua l'hilarité ; tout le monde pensait que c'était une plaisanterie.

L'humeur devint légère, presque joyeuse, après cette évaluation de la situation. On évoquait les profits à venir ; après les combats, un champ de bataille était toujours la promesse d'une bonne récolte. Les yeux brillants, ils s'installèrent autour des feux pour attendre.

23

Peau d'ours

— Plutôt un très grand nombre, observa Halahan d'un ton tranquille en tirant sur sa pipe depuis l'ombre de son chapeau à larges bords.

Rien dans l'attitude du général Creed ne laissait entendre qu'il écoutait. Il se tenait debout, immobile dans l'air froid du crépuscule, sur un rebord en saillie surplombant la vallée ; ses longs cheveux tombaient sur ses épaules et le col de son manteau de fourrure. Le regard fixe, il scrutait dans le lointain le campement de l'armée impériale, dont les feux brillaient déjà par centaines.

Bahn et les autres officiers attendaient en silence, tandis que s'estompaient tout doucement les couleurs de la journée. Les premières étoiles parurent au firmament ; la masse des nuages s'était effilochée au cours des dernières heures, sans provoquer de nouvelles chutes de neige.

L'armée impériale s'était installée pour la nuit autour d'un hameau appelé Chey-Wes, le long d'une section de la route qui filait tout droit. De part et d'autre, aussi loin que l'œil portait, l'immense troupe occupait la piste et la plaine qu'elle longeait, bordée au nord par le fleuve Cannelle et le lac Hermetes, et au sud par une proéminence de terrain étroite et surélevée. Il y en avait plusieurs qui s'étiraient ainsi, perpendiculairement à la colonne vertébrale du fond de la vallée, évoquant la cage thoracique d'une baleine décharnée.

—Aucune fortification autour de la force principale, dit Halahan en pointant en direction du campement ennemi la branche cassée sur laquelle il s'appuyait. (Quelques flocons de neige agglutinés à son extrémité se détachèrent pour tomber sur le sol.) Ils considèrent que la force du nombre les protège.

Bahn écoutait en silence. Il tremblait, et refusait cependant d'admettre pour lui-même que ce n'était pas uniquement à cause du froid que lui communiquait son armure. Il détourna la tête de l'atroce spectacle de l'armée d'invasion, pour regarder le soleil couchant derrière lui ; il se reput longuement de cette vision, comme si c'était la dernière occasion qui lui serait donnée d'en profiter. Dans la lumière déclinante, l'armée khosienne préparait son propre camp pour la nuit – quelque chose d'assez modeste pour rester dissimulée derrière l'élévation de terrain au sommet de laquelle se tenaient les officiers. Dans le lointain, il discernait à peine les lueurs de Tume se reflétant à la surface du lac Bouillon.

Tout le monde attendait que Creed dise quelque chose, qu'il prenne en main la situation, comme un chef, mais il restait muré dans ses pensées. Les muscles de ses mâchoires roulaient sous sa peau ; la concentration le faisait grincer des dents.

En tant qu'aide de camp du général Creed, Bahn connaissait tous ces hommes. Du coin de l'œil, il les étudia tour à tour. Le général Nidemes des Hoo, et son vieux rival, le général Reveres de la Garde rouge ; deux vétérans aux cheveux gris, qu'on aurait pu croire frères tant ils se ressemblaient. Le colonel Choi des Volontaires libres, coraxien de naissance. Le major Bolt, commandant des Forces spéciales de l'armée régulière. Le colonel Mandalay des Lanciers, le contingent de cavalerie de l'armée khosienne. Et enfin, Halahan, qui se tenait plus près de Creed que les autres.

Chacun d'eux portait une paire de bésicles Grand-duc autour du cou – ces équipements hors de prix constitués de lentilles fabriquées dans les îles du Ciel. Et tous étaient emmitouflés dans leur manteau, serré autour de leur armure et sali par des jours de marche forcée. Aucun d'eux ne semblait le moins du monde heureux d'être là, exception faite d'Halahan.

— Nous sommes six mille, mes frères, dit Creed en tournant le dos à l'armée impériale. En face, ils sont au moins six fois plus nombreux. D'après ce que nous ont dit les éclaireurs ennemis capturés, nous avons affaire à bon nombre de vétérans des campagnes de Lagos et du Haut-Pash. À cela, il faut ajouter deux mille Acolytes manniens. Pour la cavalerie, les chiffres sont moins clairs ; on estime qu'ils ont perdu une bonne part de leurs zels pendant leur traversée. Ils ont aussi un contingent non négligeable d'archers et de fusiliers. Et bien sûr, n'oublions pas leur artillerie. Pour chacune de nos pièces, ils en comptent dix. Que proposez-vous ?

Le général Reveres de la Garde rouge s'éclaircit la voix et parla en premier.

— On s'enterre ici et l'on mène une action de résistance. Nous n'avons aucune chance de les battre en rase campagne, face à une telle puissance de feu.

— À ce compte-là, nous pouvions tout aussi bien rester à Bar-Khos, railla le général Nidemes.

— Vous avez un autre avis ? demanda Creed.

Nidemes montrait un regard intrépide et déterminé.

— Absolument. Nous devrions les attaquer dès l'aube. Ils ne s'attendront sûrement pas à ça de notre part. Avec un peu de chance, nous pourrions nous emparer de leurs batteries par surprise.

— Cela nous laisse tout de même quarante mille hommes à affronter, contra Reveres.

Nidemes ne parut pas s'en émouvoir outre mesure.

— Et alors ? Nous étions bien en infériorité numérique à Coros.

Le général Creed portait son lourd manteau en peau d'ours pardessus son armure. Il le resserra autour de lui, puis croisa les bras sans rien dire.

— Je suis d'accord avec Reveres, dit Choi, le colonel des Volontaires, à la barbe et aux cheveux blonds. Enterrons-nous ici et retenons-les aussi longtemps que possible. Vous nous avez dit vous-même que l'objectif était de gagner du temps.

— Colonel Halahan ? demanda Creed à son vieil ami.

Un sourire carnassier s'épanouit sur le visage de l'officier.

— Vous savez très bien ce que je préconise, général.

Creed retomba dans un silence méditatif.

Bahn posa son regard sur le général et attendit. Il restait intimement persuadé que Creed pouvait tous les sauver.

— Savez-vous comment j'ai tué cet ours ? demanda soudain Creed, sans s'adresser à l'un d'eux en particulier.

Il ouvrit son manteau pour leur montrer son ampleur.

— Il m'est tombé dessus un jour où j'étais allé relever des nasses que mon père avait posées dans un cours d'eau. Je n'étais qu'un jeune garçon alors, avec en tout et pour tout un petit couteau pour vider les poissons. Une petite chose, deux fois plus petite que celle-ci, ajouta-t-il en baissant les yeux sur la dague courbe sur son torse, suspendue au cordon passé à son cou.

La lame du rituel mannien, qu'il gardait là pour une raison connue de lui seul.

— Je n'ai pas besoin de vous dire à quel point j'étais terrorisé, poursuivit le général Creed. J'étais tétanisé, incapable de bouger. Mais quand mon cœur s'est remis à battre, et que j'ai vu cette bête en train de démolir les nasses, j'ai compris que j'étais encore plus terrifié à l'idée de ce que mon père allait me faire pour être resté là sans rien tenter. J'ai donc chargé. Pour tenter de l'effrayer – si vous pouvez vous figurer la scène. Probablement la chose la plus idiote que j'aie faite de toute mon existence. Et là, il m'a attrapé le bras dans sa gueule pour me l'arracher. J'avais toujours mon couteau à la main, alors j'ai frappé. Ensuite, je me suis retrouvé au sol avec le sang s'échappant de moi à chaque battement de cœur. L'ours était parti.

» J'ai rampé jusqu'à la ferme et mon bras a été sauvé. Le lendemain, mon père est parti traquer l'ours dans les collines. Il l'a retrouvé mort à quelques laqs des nasses. Il s'était vidé de son sang par les entailles que je lui avais infligées à la gorge. J'ai été désolé d'apprendre ce que j'avais fait, mais j'étais fier également.

Creed pencha la tête en arrière pour les regarder tous.

— C'est exactement ça que nous allons faire, reprit-il. Nous allons nous approcher et les frapper à la gorge pendant qu'ils feront de leur mieux pour extirper la vie de notre corps.

— Général ? intervint Bolt, interloqué.

— Nous attaquons. Nous attaquons cette nuit, pendant qu'ils sont blottis sous leur tente à attendre le lever du soleil.

Autour de Bahn, les officiers s'agitèrent. Pour sa part, Bahn avait l'impression que son estomac était en chute libre dans son corps.

— Colonel Mandalay !

L'officier de cavalerie se mit au garde-à-vous.

— Général.

— Vos hommes vont avancer en direction des positions ennemies. Dès qu'ils seront repérés, ils chargeront. C'est compris ?

— Oui, général, répondit Mandalay après une pause fugace.

— Ne traînez pas en route. Droit devant à travers tout le campement, jusqu'à parvenir de l'autre côté dans le train de l'intendance. Détruisez tout ce que vous pouvez au passage. En particulier, visez les chariots de poudre. On va vous donner des bombes incendiaires pour ça. Et si possible, dispersez ce qui leur reste de zels également.

Un programme gigantesque, songea Bahn. La peau de Mandalay paraissait s'être rétrécie sur son visage.

— Major Bolt, poursuivit Creed. Les Forces spéciales suivront de très près la charge de la cavalerie. L'ennemi sera sur ses gardes lorsque vous arriverez au campement. Espérons qu'un minimum de confusion régnera toujours à cet instant. Votre mission consiste à entretenir cette confusion pour les empêcher de se mettre en formation jusqu'à l'arrivée de l'infanterie.

Bolt hocha la tête ; son visage demeurait impassible. *Bien calme*, songea Bahn. *Pour quelqu'un à qui l'on vient de confier une mission suicide.*

— J'aimerais autant que mes medicos restent avec la force principale, général, dit Bolt.

Il était inutile qu'il précise les motifs de sa demande.

Creed donna son accord.

— Nidemes. Reveres.

Les deux généraux attendirent en rectifiant leur position.

— Le corps principal arrivera dans le sillage de ces actions. Formation en ogive. Général Nidemes, si vous n'y voyez pas d'objection, j'aimerais que les Hoo tiennent le centre. Général Reveres, la chartassa de la Garde rouge prendra position sur les flancs. Nous franchirons directement leurs lignes, pour marcher droit sur le pavillon impérial – où qu'il soit. C'est la gorge que nous voulons atteindre. On vise la Matriarche elle-même.

» Colonel Halahan, on nous a signalé des mortiers en position sur la crête le long de leur flanc sud. Vous et votre compagnie de Vestes grises serez largués derrière les lignes impériales. Emparez-vous de cette crête et tenez-la à tout prix. Je dis bien à tout prix. Il est essentiel que nous tenions les positions hautes.

Le général Creed, Seigneur Protecteur de Khos, scruta ses officiers avec une sombre intensité dans le regard. Dans sa bouche, l'histoire qu'il venait de leur conter était ce qui pouvait ressembler le plus à un discours d'encouragement avant la bataille. Il n'était pas homme à le gâcher ensuite par des fadaises sur la victoire et le devoir ; pas après avoir demandé à des hommes de remettre leur vie entre ses mains pour obéir à ses ordres.

— Des questions ?

Bahn attendit pour voir si quelqu'un allait s'exprimer.

— Notre artillerie, dit-il finalement. (Sa langue lui donnait l'impression d'être un morceau de bois sec dans sa bouche.) Que va faire notre artillerie ?

— Elle ne nous sera guère utile dès que la bataille sera engagée. Et elle sera vulnérable. Le mieux, c'est que nous l'envoyions à Tume avec le reste de nos équipages. Autre chose ?

Personne n'ouvrit la bouche. À côté du général, Halahan observa le silence un peu gêné avec une lueur d'amusement tranquille. Il se pencha sur son bâton, en portant son poids dessus pour en enfoncer l'extrémité dans la neige, puis inclina légèrement la tête sur le côté.

— Oui, général, dit-il en lâchant un nuage de fumée autour du tuyau de sa pipe. (Pour une fois, c'était de la simple goudronnelle qu'il fumait.) Je me demandais pourquoi vous portiez cette maudite dague mannienne autour du cou ?

— Pourquoi ? répéta Creed, une lueur farouche dans le regard. Parce que, colonel, si nous parvenons à atteindre la Matriarche elle-même, j'ai bien l'intention de lui trancher sa putain de gorge avec.

24

Le fracas des armes

Ash fut réveillé par le bruit d'un martèlement qui arrivait directement dans son oreille collée sur le sol ; il l'identifia instantanément.

Le vieux Rōshun bondit sur ses pieds, son épée au fourreau brandie devant lui ; des yeux, il fouilla le périmètre des chariots regroupés tout autour. Des cavaliers jaillissaient de la nuit. Des cris d'alerte retentissaient.

Un zel sauta par-dessus le brancard d'attelage d'un chariot, pour atterrir dans une gerbe de neige lorsque ses sabots reprirent contact avec le sol. Le cavalier tira sur les rênes d'un coup sec, et Ash aperçut entre les mains de l'homme un objet assorti d'une mèche qui fumait. L'homme lança la petite jarre dans le chariot, qui s'embrasa à l'instant.

Quelqu'un cria dans la nuit. D'autres cavaliers fondaient sur le campement du convoi de l'intendance, pour lancer des bombes incendiaires sur tous les chariots qu'ils voyaient. On hurlait ; on courait se mettre à couvert. Les cavaliers frappaient sur tout ce qui bougeait.

C'est le moment.

Ash jeta un regard vers le nord, en direction du camp où résidait la Matriarche. Des lampes y éclairaient les tentes de l'intérieur.

Il commença à courir.

C'était un moment sacrément stupide pour voler. À cette altitude, l'air était suffisamment froid pour que le petit canot aérien soit intégralement recouvert de givre. L'enveloppe de soie au-dessus, les tubes des commandes directionnelles sur les flancs, tout était recouvert d'une pellicule blanche et luisante, tandis que des perles d'humidité gelée constellaient le gréement et les espars de tiq reliant la coque de bois à la poche de gaz. Pire encore, il n'était pas possible de se fier à la lumière, la vallée recouverte de neige en dessous se fondant inévitablement au gris chaque fois qu'un nuage obscurcissait les deux lunes ; la visibilité devenait alors pratiquement nulle. Pour Halahan, tout cela ne faisait que rendre l'expérience plus excitante.

— Une nuit bien froide pour ce qu'on fait ! dit-il à son sergent-chef, suffisamment fort pour couvrir le bruit des propulseurs.

Le sous-officier se tenait recroquevillé au milieu de ses hommes, au centre du petit pont étroit, aussi éloigné que possible des lisses du bastingage. Un pauvre sourire flotta sur les lèvres du sergent-chef Jay, un vétéran du Nathal lui aussi ; il referma les yeux et reprit la litanie de ses prières.

Pour sa part, Halahan mâchonnait le tuyau de sa pipe éteinte en promenant un regard sur ses Vestes grises. Chacun des hommes tenait son fusil droit entre ses bras, en grelottant sous son manteau ; dans l'obscurité, le blanc de leurs yeux jetait des lueurs intermittentes. Quelques-uns faisaient circuler des flasques d'alcool, mais aucun d'entre eux ne parlait au-delà du simple murmure. Le colonel savait que c'étaient tous d'excellents combattants ; tous des exilés, loin de leur pays conquis. Des hommes sur qui il pouvait compter.

Par-dessus leurs têtes, Halahan scruta dans le lointain les lueurs du campement de l'armée impériale. Ses dents mâchonnèrent un peu plus fort le tuyau de sa pipe.

Son propre pays, le Nathal, était tombé quelques années auparavant – à un moment où Halahan, en tant que prêtre d'Erēs, avait déjà consacré la moitié de sa vie à enseigner l'unité du monde. Désormais, le Nathal n'était rien d'autre qu'une colonie de Mann, où le peuple était exploité et opprimé d'une manière pire encore qu'aux temps où régnait la noblesse nathalaise.

Halahan massa sa mauvaise jambe, que le froid rendait douloureuse – à moins que ce soit uniquement à cause de vieux souvenirs. Il avait été blessé après l'invasion de sa terre natale par la IVe armée impériale, une calamité qui l'avait contraint à renoncer à sa vocation et même, suprême ironie, à combattre aux côtés des forces de la reine Hano. Au cours de l'avant-dernier combat de la guerre, sur les rives du fleuve Toin, il avait eu la jambe broyée par un boulet de canon qui avait ricoché ; lorsque l'armée s'était repliée, on l'avait laissé pour mort. Il avait rampé pour se mettre à couvert dans l'obscurité, et n'avait dû sa survie qu'à la bonté d'une femme qui vivait dans la forêt.

Par la suite, tandis que le pays subissait de plein fouet le poids de l'occupation mannienne, la foi était la dernière chose qu'il avait perdue.

Halahan fit bouger sa jambe ; la douleur lui fit cligner les yeux.

Il jeta un regard vers le pilote à la barre, enveloppé dans son manteau de cuir, une écharpe autour du cou et des bésicles de vol sur les yeux. Par l'intermédiaire de leviers à côté de la barre, l'homme activait par à-coups les propulseurs fixés aux flancs de la coque, tandis qu'un autre homme d'équipage, qui s'était péniblement hissé dans les gréements, se démenait pour ouvrir le bouchon d'une vanne gelée sur l'enveloppe elle-même ; il leur fallait lâcher un peu d'air de l'une des poches de délestage pour maintenir incliné le nez du vaisseau. Deux autres hommes d'équipage travaillaient à manœuvrer ce petit canot aérien, qu'on appelait communément un « skud ». L'un d'eux était assis derrière le canon pivotant, aussi immobile qu'une pierre. À côté de lui se tenait la vigie, une femme équipée de bésicles Grand-duc, qui guidait le pilote à grands gestes silencieux de la main.

Le colonel observa les arabesques d'un bleu évanescent que traçait la main gantée de la vigie dans l'obscurité. Le gant était imprégné d'une teinture produite à partir d'une plante aquatique du lac Bouillon. À chacun des mouvements répondait un crachotement des propulseurs, ou le grincement des câbles des palonniers commandant les gouvernes.

Il tapota amicalement l'épaule du sergent-chef Hay et s'avança vers l'avant à travers la masse des soldats tassés les uns contre les autres. Aucun des deux hommes à la proue ne parut noter sa présence ; concentrés à l'extrême, ils regardaient devant eux au-delà du bastingage avant. Tous deux puaient la sueur, mais à dire vrai, c'était le cas de tout le monde à bord, Halahan compris. Pires encore étaient les vents que lâchaient leurs entrailles.

Ils vont nous sentir avant même de nous voir, songea Halahan avec une pointe d'ironie.

Devant le canot aérien, les lueurs du campement impérial se rapprochèrent. Des cris parvinrent aux oreilles d'Halahan ; ceux des hommes en dessous, braillant de surprise ou de panique. Un roulement sourd leur annonça que la cavalerie khosienne avait lancé sa charge à travers le camp.

Le skud perdait rapidement de l'altitude à l'approche des positions ennemies, et gagnait de la vitesse dans son piqué. Halahan se retourna sans quitter sa position accroupie, pour regarder vers l'arrière par-dessus les têtes de ses hommes. Derrière leur canot, il distinguait les éclats bleutés dans le ciel nocturne des tubes de l'un des autres skuds manœuvrant pour rester dans leur sillage. Sept escouades de dix Vestes grises chacune ; soixante-dix hommes. Il espérait que ce soit suffisant pour prendre et tenir la crête.

Le pilote alluma les propulseurs pendant un instant, mais la vigie leva sa main et la serra en forme de poing.

Le pilote coupa les gaz et ils poursuivirent dans le silence leur glissade vertigineuse.

Ils passèrent au-dessus de la lisière du camp. Sur la gauche, Halahan aperçut la route visible sous sa croûte de neige piétinée, et l'auberge de voyageurs plus loin, avec quelques bâtiments regroupés ; de la lumière brillait à toutes les ouvertures. Puis les innombrables lueurs du camp qui s'étirait tout autour sur la plaine. Des ombres avançaient furtivement au sol : les Forces spéciales lancées vers les lignes ennemies par petits pelotons de quatre hommes.

Le nuage devant les lunes commençait à s'écarter ; la scène au sol fut de nouveau éclairée. Les montants et la structure du skud grincèrent ; le canonnier scrutait le ciel devant eux, à la recherche des ailes-de-guerre manniennes. Le givre craquait sur les cordes tendues. Le vent d'altitude les faisait légèrement dériver ; dans l'obscurité, le pilote jeta un regard vers le gant lumineux de la vigie – toujours serré en un poing immobile.

Et l'objectif fut là. Une crête de terrain surélevé bordant le flanc sud du camp impérial ; sur ses pentes poussaient quelques arbres, faméliques et clairsemés. Le skud arrivait selon une trajectoire diagonale qui allait leur faire franchir le point le plus à l'ouest de la corniche, à l'endroit où elle se redressait pour former une falaise verticale et dépourvue de toute végétation. À l'aplomb de leur canot aérien, des soldats s'activaient, rassemblant leurs armes à la hâte. Toutefois, leur attention paraissait mobilisée sur les attaques menées sur le camp principal.

Le skud volait très bas désormais. La cime d'un arbre frôla le ventre de la coque. Halahan regarda par-dessus bord ; sous l'effet de l'anticipation, son sang pulsait dans ses veines.

Une minute, indiqua d'un geste la vigie.

Les Vestes grises d'Halahan s'avancèrent vers le bastingage, près des échelles de corde roulées. Le skud redressa le nez et commença à ralentir ; néanmoins, le vent continuait à les faire dériver. Halahan aperçut quelques visages levés vers le ciel, mais leurs cris d'alerte se perdaient dans toute la confusion. Le skud survola un cours d'eau gelé, puis la neige au sol offrit un aspect irrégulier et accidenté. Çà et là, de grandes étendues de glace blanche affleuraient parmi les hautes herbes à la surface du marécage qui s'étirait jusqu'au pied de la falaise. La zone était dégagée, sans aucun soldat ennemi.

Un éclair apparut au sommet de la crête. Un tir ricocha sur la coque. Puis un autre.

La vigie se retourna vers les hommes. Ses bésicles Grand-duc masquaient ses yeux. Elle tourna son poing, pouce vers le bas.

Immédiatement, les Vestes grises basculèrent les échelles de corde dans le vide et entamèrent leur descente. Le sergent-chef Jay fut le premier à sortir. Halahan enfonça son chapeau sur son crâne et suivit ; l'échelle se balançait de droite et de gauche sous ses bottes.

Ses pieds traversèrent une mince couche de glace et il atterrit dans une mare d'eau ; il en avait jusqu'aux chevilles.

Merveilleux, se dit-il. *Et maintenant, je vais avoir les pieds mouillés pendant toute la nuit.*

Il régnait une obscurité intense dans l'ombre de l'élévation de terrain. Des tirs crevaient la surface de l'eau tout autour d'eux. Halahan s'accroupit dans les herbes, tandis que ses hommes se déployaient en formation de tirailleurs et ripostaient.

Libéré du poids de sa cargaison humaine, le skud reprit rapidement de l'altitude. Quelques Vestes grises durent sauter au sol, accrochées à l'extrémité des échelles de corde. Un deuxième canot aérien arrivait ; d'autres Vestes grises les rejoignirent. Du haut de la falaise, un tir nourri arrosait les skuds planant au ras du sol ; certains coups laissaient en rémanence sur la rétine l'image d'une petite langue de feu.

— Des tirailleurs ! cria le sergent-chef Jay, une main posée sur son casque. J'aurais préféré qu'il n'y ait que des archers !

Les premiers skuds avaient rallumé leurs propulseurs, filant plein gaz par la droite ; leurs canons mobiles crachaient flammes et mitraille sur les défenseurs au sommet de la crête. Halahan distingua des éclats de bois qui giclaient à la ronde ; sur la pente, un pin jaune avait été déchiqueté et coupé en deux. Il attendit que le troisième canot ait largué ses hommes. Après cela, il savait qu'il n'avait plus le temps d'attendre les autres ; il ordonna donc aux deuxième et troisième escouades d'avancer vers la falaise, tandis que la première continuait de tirer pour couvrir leur approche.

Il jeta un coup d'œil de l'autre côté du cours d'eau gelé. Des soldats impériaux se regroupaient et commençaient à marcher vers eux. Les autres skuds arrivaient à toute allure ; leurs propulseurs laissaient de grandes traînées de feu derrière eux. Les Vestes grises à leur bord tiraient sans relâche sur les soldats de l'Empire.

Le sergent-chef Jay se tourna vers Halahan ; les hommes des escouades d'assaut s'élançaient, le fusil à l'épaule, l'épée courte à la main. Certains étaient armés de pistolets ou d'arbalètes miniatures. Sous la mitraille, ils couraient vers la pente ; leurs pieds dans l'eau éclaboussaient tout autour.

— Je vous retrouve là-haut, dit Jay avec un signe de tête.

Puis il tira son épée et s'élança à son tour.

Halahan lui souhaita bonne chance.

— Dépêche-toi donc ! s'emporta Sparus, tandis que son aide sortait en courant de sa tente.

Deux esclaves le suivaient, chacun portant une pièce de l'armure de l'archigénéral.

Debout dans ses vêtements de nuit, insensible au froid, Sparus contemplait le chaos en train de s'emparer du camp en dessous.

La cavalerie khosienne en était à ravager le train de l'intendance. Quelques instants plus tôt, elle avait surgi de la nuit telle une horde fantôme, à un moment où la plupart des hommes du corps expéditionnaire dormaient dans leur tente. Sur le coup, même les plus vifs demeurèrent trop stupéfaits pour réagir. Si les Khosiens s'en étaient tenus là, la situation aurait déjà été mauvaise en elle-même. Mais ils ne s'arrêtèrent pas en si bon chemin et semèrent au contraire un chaos sans nom en poursuivant leur route à travers le camp tout en longueur, pris entre le lac et la ligne de crêtes dans le lointain. Et parmi les chariots qui avaient formé le cercle de l'intendance, bon nombre étaient la proie des flammes.

Les tirailleurs khosiens étaient arrivés immédiatement après la cavalerie pour se battre à l'intérieur du camp. Et c'étaient de bons combattants. Sparus voyait des groupes de silhouettes qui tombaient sur ses troupes prises par surprise, en évitant soigneusement les îlots d'ordre formés autour de ses officiers hurlant pour que leurs hommes se mettent en formation.

— C'est un raid ? demanda un jeune prêtre à côté de lui, les yeux encore tout ensommeillés.

Sparus reconnut Ché, le Diplomate personnel de Sasheen.

— Non, répondit l'archigénéral, le regard tourné en direction de l'ouest, vers le flanc de la vallée où une forêt de pointes de lance brillait à la lumière des lunes.

Le Diplomate suivit son regard et observa ce qui arrivait sans faire le moindre commentaire.

— La Matriarche est-elle levée ? demanda Sparus à l'un de ceux qui l'aidaient à enfiler son armure.

— Pas tout à fait, répondit l'aide, un peu troublé. Elle a pris une décoction pour dormir. Un breuvage assez puissant, m'a-t-on dit.

— Romano ?

L'aide allait répondre quelque chose, lorsqu'un rugissement se fit entendre dans la tente du jeune général. Tous tournèrent la tête pour voir atterrir dans la neige un Acolyte jeté hors de la tente ; Romano émergea juste après lui, nu et l'œil fulminant, une épée courte à la main. Le général tituba dans la neige et se redressa. Il aperçut alors Sparus qui achevait de boucler sa cuirasse.

— Cette nuit ? cria-t-il en direction de l'archigénéral. Par la miséricorde, dites-moi que je suis en train de rêver.

— Vous rêvez, répondit Sparus d'une voix traînante. Nous sommes tous en train de rêver.

Romano se frotta un œil en poussant un juron.

— Où est mon armure ? hurla-t-il en se précipitant à l'intérieur de sa tente.

L'archigénéral Sparus boucla la dernière sangle de sa cuirasse et prit l'une de ses jambières des mains d'un esclave. Une nouvelle fois, il promena son regard autour de lui ; les flammes se reflétaient dans ses yeux.

Ils nous attaquent – et en pleine nuit, songea-t-il.

À côté de lui, le Diplomate prit la parole sans détourner son regard de la chartassa qui approchait.

— Ces Khosiens ont tout de même des couilles, déclara-t-il, exactement comme s'il avait lu dans les pensées du général.

En arrivant au sommet de l'escarpement, le colonel Halahan découvrit une perspective bien désespérée. Des sections de tirailleurs et de fantassins de l'armée impériale avaient été postées là pour assurer la protection des servants des mortiers ; et elles se battaient pour accomplir leur tâche.

Un soldat impérial jaillit des ténèbres pour fondre sur lui en hurlant. Halahan tira un pistolet de son sac en bandoulière, arma l'amorce qui allait percer la cartouche d'eau et de poudre noire, puis visa l'homme entre les deux yeux. Il appuya sur la détente et, à travers une corolle de fumée, il vit l'homme s'effondrer au sol ; la moitié supérieure de son crâne avait disparu.

Machinalement, il rechargea son pistolet, en l'ouvrant pour extraire l'étui usé et replacer une nouvelle charge, avant de le refermer.

Il visa un autre ennemi qui arrivait en courant sur son côté gauche, là où les Vestes grises étaient engagées dans une mêlée furieuse au corps à corps. Halahan fit feu de nouveau, sans manquer sa cible.

Le colonel évalua l'évolution de la situation et conclut que l'issue des combats était encore incertaine. Derrière lui, au pied du flanc escarpé, les pelotons de l'arrière-garde tiraient sur les soldats de l'Empire qui traversaient le cours d'eau gelé pour leur tomber dessus. Parfaitement détaché, il examina ensuite la plaine enneigée du côté ouest, et aperçut des éclats d'acier massés autour de torches aux lueurs mouvantes : la chartassa khosienne s'approchait pour attaquer les soldats impériaux.

Une fois encore, il rechargea son pistolet ; il en avait quatre autres au chaud dans son sac en bandoulière. Il resta là, debout, à attendre sans bouger ; au pire des combats, il eut même le temps d'éprouver une bouffée de fierté pour ces hommes qu'il commandait. On devinait la colère qui brûlait en eux à la manière qu'ils avaient de se battre. Pour chacun d'eux, cette guerre était une affaire personnelle. Ils avaient des comptes à régler, des familles à venger, des souvenirs à évacuer par l'intermédiaire du tranchant de leur épée.

La vague commençait à tourner en leur faveur. Il vit arriver l'instant où ce qu'il attendait se produisit enfin ; il ne ressentit ni surprise, ni soulagement. Seule l'impatience l'avait accompagné.

Comme on éliminait les derniers soldats impériaux, il s'avança parmi les Vestes grises, regardant les medicos entrer en scène pour s'occuper des blessés. Dans un torrent d'imprécations, un homme frottait désespérément ses yeux devenus aveugles, tandis que ses camarades luttaient pour le maintenir. Un autre avait perdu une main ; l'œil torve, il considérait son appendice tranché tombé sur la neige piétinée, comme s'il s'était agi d'une femme qui l'aurait quitté pour un autre.

Dans un coin, deux frères pathiens œuvraient au couteau sur un soldat impérial blessé. Ils s'amusaient à le tourmenter – à arracher des sanglots de ses lèvres. Halahan ne les arrêta pas.

Au lieu de cela, il sortit une allumette pour tranquillement allumer sa pipe.

La crête était à eux.

Désormais, tout ce qu'il leur restait à faire, c'était la tenir.

Des flammes s'élançaient vers le ciel tout noir. Un cavalier fondit sur Ash, la lance baissée. Sans même une pensée, il frappa d'un coup d'épée ascendant, tranchant net la lance en deux. Le cavalier vira pour s'enfoncer plus loin dans le cercle du train de l'intendance.

Ash se mit à courir en direction des chariots en feu à la périphérie, mais un groupe de personnes lui barrait le chemin : celles qui avaient vu son habileté à l'épée. Groupées autour de lui, armées de couteaux et de gourdins, elles étaient à l'évidence bien décidées à rester le plus près possible de ce combattant d'exception. Ash joua des coudes pour se dégager. Avec un grognement, il se fraya un passage en assenant des coups du plat de son épée.

— Poussez-vous ! cria-t-il.

Il sentait s'enfuir ses chances de parvenir jusqu'à Sasheen.

Les choses étaient mal engagées ; ils restaient agglutinés.

D'un seul coup de poing, Ash écrasa le nez d'un homme, l'étendant pour le compte. Il donna un coup de pied dans une rotule ; le bruit du craquement lui parvint malgré le vacarme ambiant. La foule s'écarta, choquée.

Le souffle court, il se pencha sur les deux hommes au sol ; il vit la tache sombre du sang sur la neige mêlée de boue. Les mains levées, les deux victimes tentaient de prévenir d'autres attaques.

La colère d'Ash s'évanouit, pour se transformer en honte.

Je n'ai pas de temps pour ça.

La foule s'écarta devant lui lorsqu'il s'élança.

Ash n'eut pas un regard en arrière.

25

Dans le pétrin

La ligne de la chartassa sortit de la nuit, les pointes de lance dressées et les boucliers collés les uns aux autres. Les yeux et les dents des hommes luisaient au fond de leurs casques empanachés ; chacun d'eux criait en même temps que les coups de tambour qui marquaient la cadence.

Les Hoo revêtus de leur manteau pourpre marchaient en tête de l'armée khosienne, constituant la chartassa générale proprement dite à l'extrémité de la formation en fer de lance, tandis que la Garde rouge occupait les flancs et l'arrière. Dans les deux premiers rangs de chaque chartassa, les hommes étaient armés d'épées courtes avec des lames en forme de feuille, spécifiquement conçues pour le travail de boucherie de première ligne. Dans les rangs suivants, les hommes avaient l'épée au fourreau et tenaient leur longue charta pointée vers le ciel, prêts à l'abaisser dès que l'ennemi serait assez près pour l'engagement.

Derrière les lignes des phalanges, ainsi que dans les espaces entre elles qu'on appelait les « caniveaux », des sergents allaient et venaient en permanence, une latte à la main, hurlant sur ceux qui perdaient du temps, assenant de petits coups secs de leur badine sur les membres des hommes qui se détachaient du groupe, maintenant coûte que coûte la cohérence de leur chartassa dans les phases de déplacement. Des pavillons de commandement furent hissés au-dessus des têtes pour transmettre les ordres. Des coups de sifflet stridents retentirent.

Les lances hérissées descendirent dans un ensemble parfait, tandis que les hommes criaient leur « hoo ! » à l'unisson.

La panique sembla s'emparer des soldats ennemis, qui s'égaillèrent devant eux. Avec la puissance et l'inertie d'un vaisseau lancé à la surface de l'eau, la formation khosienne s'engagea dans le camp impérial.

Le temps était un facteur déterminant dans la manœuvre ; tous en étaient parfaitement conscients. À chacun de leur pas exécuté dans le même élan collectif, ils s'enfonçaient davantage dans le campement en proie à la plus grande confusion, laissant derrière eux un large sillage de morts et de blessés. Mais au bout d'un moment, les Manniens finiraient par se ressaisir, et la predoré impériale viendrait peser sur les flancs des chartassas avec la puissance d'un étau. Déjà, une certaine agitation se manifestait aux avant-postes ; les couleurs impériales étaient hissées tout autour et des hommes venaient se masser en désordre.

Bahn marchait derrière la chartassa de réserve la plus au centre, juste derrière son capitaine et le général Creed. Il essuya la sueur qui lui coulait dans les yeux et les leva vers les trois aéro-nefs au-dessus de leurs têtes. Les hommes embarqués lançaient des grenades sur les soldats impériaux. Sous son armure, son corps tout entier tremblait de la tête aux pieds ; c'était ainsi qu'il réagissait habituellement aux manifestations de violence. Ses mouvements étaient empreints d'une certaine lourdeur, voire franchement maladroits. Il avait l'impression de rêver ce qui se passait ; s'enfoncer ainsi dans le campement impérial, c'était comme de marcher dans la mer jusqu'à ne plus avoir pied et être emporté par une vague. Après, il était trop tard pour faire demi-tour.

Au moins, le général Creed était dans son élément. Le Seigneur Protecteur était entouré par ses gardes personnels, qui tenaient bien haut leur bouclier pour le préserver d'une flèche éventuelle. Creed ne leur facilitait pas la tâche. Le nez orné de bésicles Grand-duc, comme la plupart des officiers supérieurs de l'armée, il allait d'un bord à l'autre de la chartassa, jetant un œil dans les caniveaux entre cette chartassa et les suivantes, s'efforçant de distinguer la configuration du terrain à l'avant.

— Et les Forces spéciales ? demanda Bahn, en s'étonnant lui-même, lorsque le général revint à sa place.

Le regard du général Creed se détourna de l'intensité croissante des combats devant lui pour se poser sur son lieutenant.

— Quoi ? cria-t-il pour couvrir le bruit.

— Les Forces spéciales, général, répéta Bahn en trébuchant. (Il venait de marcher sur le cadavre d'un soldat impérial.) Elles devraient être en train de se replier maintenant.

— Aucun signe de leur part, répondit distraitement Creed.

Il cherchait à apercevoir quelque chose au cœur de la masse des troupes impériales.

— Nidemes ! hurla-t-il en direction du chef des Hoo.

Le vieux général se tenait à l'arrière des lignes de sa chartassa d'une façon quasiment identique à celle de Bahn et Creed. Il tourna la tête en entendant son nom.

D'un geste de la main vers le côté, le général Creed lui indiqua de faire obliquer ses hommes vers la gauche. Nidemes accusa réception du message et se mit à crier ses ordres. Les porteurs de pavillons agitèrent de nouveaux drapeaux à l'intention des capitaines pour leur demander d'infléchir leur route. Bientôt, des coups de sifflet retentirent pour avertir les hommes. La ligne tout entière commença à pivoter.

À la faveur d'une trouée, Bahn vit ce vers quoi ils allaient se diriger. Un petit tertre dans le lointain éclairé par la lumière des étoiles ; les taches claires de tentes au-dessus desquelles flottait la bannière personnelle de la Matriarche : un corbeau noir sur champ blanc.

Le général lançait son armée droit sur la Matriarche Sasheen elle-même.

Sur la plaine de Chey-Wes, Ché voyait comment le corps expéditionnaire se ressaisissait enfin – grâce à l'arrivée de l'archigénéral Sparus. Tandis que la formation khosienne s'enfonçait toujours plus dans le campement, telle une pointe de lance luisante, les carrés de la predoré impériale commencèrent à l'attaquer sur tous les flancs, tirant et poussant pour rompre sa cohésion. Cependant, même cernés de toutes parts, les Khosiens poursuivaient leur marche en avant vers la position de la Matriarche. Désormais, il ne faisait plus aucun doute que c'était leur destination ; ils étaient venus pour en découdre avec Sasheen elle-même.

— Laissez-moi, disait la Matriarche d'une voix pâteuse parmi les bruits d'eau et d'éclaboussures.

Ses aides et serviteurs la tiraient du cuveau de bois rempli de neige fondue dans laquelle ils venaient de lui faire prendre un bain.

— Matriarche, tenta de nouveau Sool. Nous sommes attaqués.

— Oui, j'avais bien entendu la première fois, marmonna Sasheen.

Debout sur un tapis, nue à l'exception du plâtre trempé entourant son bras, elle titubait pendant qu'on s'activait à la sécher en la frictionnant avec des serviettes. Tout le monde faisait de son mieux pour lui redonner un semblant d'énergie.

— De l'huile de jonc, dit Sasheen à Heelas, son bras droit. Apporte-m'en.

Heelas en avait déjà un petit pot à la main ; il l'ouvrit et le lui tendit. Avec une grimace, Sasheen s'appliqua un peu de la crème blanche sur les lèvres.

Ché se tenait à l'entrée de la grande tente. Son grand couteau était passé à sa ceinture, tout comme son pistolet garni d'une unique charge au projectile empoisonné.

Dehors, les prêtres et les Acolytes couraient en tous sens à l'intérieur de l'enceinte protégée de la Matriarche. Sa garde personnelle, déjà parée pour le combat, avait harnaché les montures. L'un des gardes tenait les rênes du zel de guerre matriarcal à la robe blanche immaculée. Nerveuse et impatiente, la bête tirait sur sa bride.

— Pour mon fils, dit Sasheen d'une voix déjà un peu plus ferme. (Ché l'entendit nettement.) Je dédierai cette victoire à mon fils.

Alarum entra d'un pas martial et décidé sous la tente, engoncé dans un lourd manteau de laine. Il assena une claque amicale sur l'épaule de Ché, comme pour lui signifier qu'il était ravi de le voir.

— Il fallait qu'ils choisissent cette nuit, hein ? dit-il en tapant ses bottes pour en évacuer la neige.

Ché suivit des yeux le maître-espion lorsqu'il s'approcha de la Matriarche pour s'entretenir avec elle, puis se retourna pour observer la plaine. Il se concentra sur le fil des événements au loin, mais d'une manière détachée. Coupé de la réalité tangible des combats par la distance et une absence de sentiments, il se sentait dans la peau d'un spectateur à la Shay Madi en train de contempler deux gladiateurs s'affrontant pour vivre ou mourir. En fait, ce qui le fascinait vraiment, c'étaient la discipline et l'efficacité dont faisaient preuve les Khosiens. Il mesurait assez bien les efforts que cela supposait pour faire avancer tant d'hommes d'un même pas – et plus encore, pour les faire manœuvrer pendant la bataille. À les voir rugir et agiter leurs bannières, il était resté bouche bée et avait senti son cœur s'accélérer ; jamais il n'aurait pensé qu'une telle maestria était possible.

Peu m'importe qui l'emporte, se dit Ché avec un geste d'humeur. Puis il sut combien c'était faux ; en cet instant, il avait bel et bien une préférence.

Seulement, ce n'était pas pour le bon camp.

Quelque chose rebondit sur le casque d'Auroch et il releva le nez pour observer par-dessus son bouclier ; il vit l'homme à sa gauche dans la rangée s'effondrer dans l'obscurité et dans la masse mouvante qui constituait le ventre de la chartassa.

Auroch secoua la tête pour évacuer la sueur qui lui coulait dans les yeux. Un autre homme s'avança d'un pas pour combler l'espace, piétinant celui tombé à terre. Il mit son bouclier dans le dos du Garde rouge devant lui, se pencha en avant et commença à pousser. Il était en partie couvert par le large bouclier d'Auroch ; il leva les yeux vers lui et les écarquilla en le reconnaissant. Un sourire de pure démence lui monta aux lèvres.

Auroch hocha la tête en guise de salut.

Tranquillement, il poussait lui aussi son bouclier dans le dos du jeune Wicks positionné devant lui. Ses pieds glissaient dans la boue. Des déflagrations retentissaient tout autour d'eux. Le jeune voleur était penché en avant, exactement comme s'il avait été nu sous le plus violent des orages, de sorte qu'il ne protégeait guère Auroch, qui le dominait de près de cinquante centimètres.

Sa taille avait toujours été un inconvénient quand il se retrouvait à l'intérieur des rangs ; il lui fallait se tenir courbé pour être protégé par le bouclier de son voisin. Du coup, son dos lui infligeait le martyre. *Je n'ai plus vingt ans*, songea-t-il avec amertume. Autrefois, il était un homme fiable au point qu'il tenait la position de flèche, le soldat à l'extrême avant-poste, dont on savait qu'il tiendrait sa place à tout prix. Et même, plus à l'intérieur des rangs, il était parfois chef de file : l'homme qui maintenait l'ordre à l'arrière de la formation.

Au moins, depuis la position qu'il occupait ce jour-là, il pouvait voir ce qui se passait près du front – même si un banc de nuages en train de voiler les Sœurs de la Peine et du Regret diminuait ce qu'il pouvait distinguer. Au cours des dernières minutes, les combats avaient gagné en intensité.

Par-dessus le rebord de bronze de son bouclier, il voyait tout juste les trois hommes devant lui. Wicks était désormais suffisamment proche de la ligne de contact pour pouvoir frapper à l'aveugle, en passant sa charta par-dessus l'épaule des hommes qui le précédaient ; la manœuvre était aussi dangereuse pour ses camarades que pour l'infanterie ennemie. L'homme devant Wicks assenait ses coups avec plus de méthode et moins de sauvagerie, comme s'il était rompu à cet exercice. Et celui encore devant, en première ligne, frappait à grands coups de son épée, les pieds sur le Garde rouge tombé juste devant lui, luttant à chaque seconde pour conserver la vie. Des flammes dans le lointain se reflétaient sur son casque et l'acier de sa lame.

Au-delà, Auroch ne distinguait pratiquement rien de la masse de l'infanterie ennemie qu'ils affrontaient, hormis les pointes de lance projetées à grands coups comme pour les tisonner. Mais par-dessus le fracas du combat, il entendait les cris et les grognements poussés à l'instant de la collision. L'ennemi provoquait de gros dégâts ; en peu de temps, il avait avancé de trois rangs. Les trois hommes qu'il avait remplacés étaient morts ; leurs casques et leurs boucliers étaient piétinés, leurs visages réduits à l'état de bouillie, leurs membres brisés comme du bois mort. Pour tout dire, les soldats khosiens progressaient dans les rangs plus vite que la chartassa n'avançait elle-même.

Pendant un instant, la lueur des lunes les éclaira par une trouée dans les nuages. *Miséricorde*, songea Auroch en apercevant alors une silhouette trop haute pour qu'il puisse seulement croire à sa réalité. Puis l'obscurité l'enveloppa de nouveau.

La file avança, sous la poussée d'Auroch. Une nouvelle fois, il piétina un corps tombé au sol : un Garde rouge, dont le casque s'ornait d'un trou de la taille de son crâne.

Le jeune Wicks jeta un regard par-dessus son épaule, la bouche toute grande ouverte. Il n'y avait plus qu'un seul Garde rouge entre l'ennemi et lui. Auroch abaissa sa propre charta au-dessus de l'épaule du garçon et attendit que le fer de lance trouve son équilibre, contrebalancé par la pointe à la base de la hampe, qu'on appelait le « taille orteil ». Le Garde rouge derrière Auroch en fit de même.

Il les apercevait désormais. Trois géants – il n'y avait pas d'autre mot pour les décrire – trois hommes combattant côte à côte d'au moins deux mètres cinquante de haut chacun. La crête de cheveux blonds dressée sur leur crâne rendait leur taille encore plus impressionnante. *Des hommes des tribus du nord*, se dit-il en reconnaissant les peintures de guerre ornant leur visage. On disait effectivement que certains étaient aussi grands que cela.

Pendant un instant, Auroch fit une chose qui ne lui était plus arrivée depuis ses premières fois au combat, lorsqu'il était tout jeune homme. Il demeura tétanisé, saisi par ce qu'il voyait. La bouche subitement asséchée, il contempla le mouvement circulaire d'un énorme marteau de guerre, qui s'abattait avec la puissance irrépressible d'un arbre coupé au pied. L'homme touché disparut complètement sous le coup assené.

Wicks tenta de reculer, et la charta du Garde rouge placé derrière Auroch lacéra la joue du jeune voleur. Wicks avait laissé tomber sa lance à terre pour se glisser sous l'abri de son bouclier. Le géant relevait son marteau.

Dans un élan désespéré, Auroch frappa le géant. Le fer de sa charta rebondit sur le grand bouclier rectangulaire de son adversaire, et Auroch réarma son bras pour un nouveau coup.

D'autres chartas aiguillonnaient le géant. *Allez, piquez-lui sa putain de couenne !*

Auroch tenta de repérer une zone de frappe derrière le bouclier, mais il perdit sa cible lorsqu'un homme à sa droite le bouscula.

Wicks s'écroula au sol avec un cri étouffé et un morceau de métal dans le corps.

Auroch fit un pas vers l'avant, plaçant ses jambes de part et d'autre du garçon, portant un coup long dans le même mouvement. Il était plus grand que quiconque dans sa chartassa, mais il n'en était pas moins un nain à côté des trois mammouths du nord – trois frères à ce qu'il pouvait en juger. Dans la fraction d'instant qu'il prit pour inspirer, il vit la silhouette sombre dressée devant lui montrer le blanc de ses dents dans un sourire.

Un homme tomba à sa gauche et Auroch dut lutter pour conserver son équilibre. Il leva son bouclier et piqua à l'aveugle droit en ligne devant lui. Sa charta franchit le barrage du bouclier du géant pour riper sur le métal d'une armure. Le colosse abattit son marteau sur la lance d'Auroch, la brisant en deux et arrachant le moignon de hampe de la main du Khosien. Il y eut un mouvement entre les pieds d'Auroch ; Wicks était toujours vivant.

Auroch tira son épée courte du fourreau et planta résolument ses talons dans la boue.

— File, garçon ! hurla-t-il à Wicks dans une gerbe de postillons. File !

Le sac du nécessaire de soins battait contre la hanche de Boucle, lancée derrière Kris sur le sol gelé. Elles couraient à travers les rangs de l'infanterie légère des Volontaires et de la Garde rouge chargée de protéger les flancs et l'arrière de la formation khosienne qui, lentement, poursuivait sa marche en avant. Dans cette section moins dense, les soldats étaient plus exposés qu'au cœur de la masse ; leurs pertes montaient en flèche.

D'un geste, Kris désigna un homme à terre, et poursuivit sa route sans même un coup d'œil derrière elle pour voir si Boucle avait saisi son ordre.

Une lueur illumina la nuit à l'instant où Boucle se baissait à côté du Volontaire blessé, éclairant violemment la scène pendant quelques secondes. Les yeux de l'homme roulaient dans leur orbite. Du sang lui coulait le long de la hanche, juste en dessous du bord de sa cuirasse. Pour ce que Boucle en savait, une balle pouvait fort bien s'être logée là-dessous.

— Kris ! cria-t-elle.

Mais la jeune femme était déjà hors de vue, happée par la nuit et les groupes d'hommes en train de se battre.

C'est de la folie, se dit Boucle en examinant la blessure. *Je ne suis pas formée pour ça. Je ne suis pas prête.*

Accroupie, gelée, emportée dans la folie de cette nuit, les oreilles emplies des cris des mourants, Boucle se sentait cernée par une violence qu'elle haïssait jusqu'au plus profond de son être. Elle haïssait ce besoin des hommes de se battre et de conquérir, de mettre le monde en pièces pour satisfaire leurs désirs enfantins.

Le soldat blessé gémissait de douleur en marmonnant des mots indistincts. Elle baissa les yeux sur lui. Il était d'âge moyen et portait la barbe ; ses lèvres étaient toutes craquelées. C'était un père, un mari ; il avait des enfants, une femme. Boucle se rappela soudain ce qu'elle était censée faire.

Elle vérifia son pouls ; il battait encore. En hâte, elle fouilla dans son sac, à la recherche du flacon d'huile de san. Elle lui ouvrit la bouche en lui appuyant sur les joues et laissa tomber quelques gouttes sur sa langue. Il émit un grognement et elle lui versa un peu d'eau dans la bouche de sa propre gourde.

— Merci, haleta-t-il en tentant de rouler sur le côté.

— Ne bougez pas, lui dit-elle.

Elle prit une compresse qu'elle tint fortement appuyée sur sa blessure.

Autour d'elle, la cavalerie légère était refoulée par une formation de soldats impériaux en approche. Les hommes tiraient sur l'ennemi – des javelines, des flèches, des grenades – faisant feu de tout bois. Des escouades passèrent devant elle en courant pour tenter d'aller harceler cette nouvelle force par le flanc. Une explosion déchira la nuit ; un homme s'écroula, le visage dans la neige, à dix pas d'elle à peine.

— Pressez fort ! cria-t-elle au Volontaire en prenant sa main moite et poilue dans la sienne pour l'appuyer sur la compresse. (Les yeux du blessé roulèrent dans leur orbite, puis il parvint à se concentrer de nouveau.) Pressez !

D'un battement des paupières, il lui indiqua qu'il avait compris.

Dans son carquois, Boucle préleva l'un des piquets dotés d'une pointe de flèche ; elle dégagea la neige sur un petit périmètre, puis le ficha en terre en s'assurant qu'il tenait bien en place. Ensuite, elle déroula le fanion blanc à son extrémité, grâce auquel les brancardiers repéreraient plus facilement le blessé. Son regard dériva vers l'homme tombé non loin.

Une main posée sur la tête, elle s'élança vers lui.

— Général ! cria Bahn, tandis qu'ils avançaient pas à pas avec la première ligne de la chartassa. Le général Revers demande des renforts sur la gauche. Il dit que la VIIe chartassa a été emportée et que la VIe est en train d'être repoussée.

— Emportée ?

— Elle s'est détachée du corps principal et il ne sait pas trop où elle se trouve.

Le général marcha à grands pas rageurs sur Bahn ; ses gardes du corps ne le lâchaient pas d'une semelle. Ses longs cheveux trempés tombaient sur le col de son manteau de fourrure. Dans sa colère, il donnait l'impression d'être encore plus colossal.

— Les maudits crétins ! Mais à quoi est-ce qu'ils jouent là-bas ?

Bahn n'avait aucune réponse à cette question.

Creed se redressa avec un reniflement, puis croisa les mains dans son dos. Il jeta un regard derrière lui en direction des archers et manieurs de fronde, positionnés dans l'espace étroit à l'intérieur de la formation. Ils n'avaient aucun bouclier pour se protéger, et les pertes étaient importantes dans leurs rangs. Derrière eux, au-delà des medicos et des brancardiers qui s'activaient en tous sens, il régnait une trop grande obscurité pour qu'il puisse apercevoir l'infanterie légère qui tenait l'arrière de la formation, marchant à reculons au rythme des tambours. Le général se retourna vers l'avant.

Une javeline vint frapper l'un des boucliers tenus devant lui. Le garde du corps examina d'un œil dubitatif la pointe barbelée qui avait traversé son écu ; c'était la troisième. La pluie de projectiles s'intensifiait.

À moins de six pas de Bahn, une lance cloua un medico au sol. Le jeune homme se débattit en hurlant ; une écume rosâtre sourdait de sa blessure.

Bahn haletait ; tout ce qui se passait autour de lui le plongeait dans une sorte d'engourdissement. La progression de la chartassa s'était considérablement ralentie. Ils poussaient toujours vers l'avant, mais de façon beaucoup plus marginale. Sur la gauche, il semblait même que les forces impériales parvenaient à les faire reculer. Mais pire que tout, l'armée tout entière était désormais cernée de toutes parts, sans aucune échappatoire.

Les capitaines et les sergents beuglaient et juraient pour que leurs chartassas respectives continuent de pousser. Sur sa gauche, un capitaine poussait physiquement dans le dos de ses hommes tout en hurlant des obscénités par-dessus leurs têtes.

— Envoyez un messager à Ocien à la IXe, cria Creed à son oreille, en désignant d'un coup de menton les maigres chartassas de réserve, à peine visibles sur leur droite. Qu'il envoie une chartassa pour appuyer le côté gauche.

Une nouvelle fois, Bahn s'étonna de la prodigieuse faculté qu'avait le général à mémoriser les noms de tous ses officiers.

— Ah, lieutenant, cria encore Creed, à l'instant où Bahn faisait demi-tour pour trouver un messager. Informez le général Reveres que s'il cède encore un pouce de terrain, j'irai moi-même voir sur place ce qui se passe.

— À vos ordres.

Bahn dépêcha un messager et se passa une main sur le visage ; une explosion toute proche le fit sursauter.

Aucun homme ne pouvait être vraiment préparé au bruit immense que produit une bataille. Il se souvenait de la première fois qu'il avait entendu ce vacarme et ces stridences, du premier jour de l'assaut des Manniens sur le Bouclier. Ses entrailles étaient devenues de l'eau, et son esprit de la boue. C'était comme d'être au milieu d'une tempête, les os tremblants, les oreilles plus déchirées encore que la gorge, alors même qu'on hurlait pour se faire entendre.

Les bruits provenant des premiers rangs étaient inimaginables désormais. Sur les bordures, les choses viraient au pur massacre, mais Bahn n'en voyait que les conséquences – que les corps piétinés par les bottes des soldats des lignes qui avançaient. L'odeur immonde était elle aussi difficile à supporter. Le sang se mêlait à la boue sur le sol, gorgée de tout ce que les corps relâchaient en ces instants, pour former une bouillie atroce et glissante, dans laquelle il était tombé plus d'une fois.

Dans l'espace libre au centre de la formation, les morts et les blessés s'entassaient. Les brancardiers couraient en tous sens, totalement submergés par le niveau des pertes, luttant pour déplacer tous ces hommes au rythme de la progression de la grande chartassa. Des moines prêtaient main-forte là où cela leur était possible. Les medicos livraient leur propre combat, luttant pour que les hommes restent entiers. Les blessures donnaient à voir d'horribles spectacles – même aux yeux de Bahn, qui en avait pourtant vu plus que sa part sur les murs du Bouclier. Les blessures ouvertes saignaient abondamment ; les chairs à nu luisaient épouvantablement. Des pieds glissaient sur la masse grise d'intestins dévidés sur le sol. Des lambeaux de peau pendaient. Des orbites étaient béantes, privées de leurs yeux arrachés. Des corps mutilés ou démembrés faisaient gicler du sang.

Assis dans la boue, certains hommes apparemment indemnes sanglotaient ou contemplaient le vide devant eux. Un soldat tentait de retirer son armure. Cela faisait plusieurs minutes qu'il s'escrimait et il n'était toujours pas parvenu à enlever sa cuirasse. Le pire, c'étaient ceux qui ne pouvaient plus marcher ; quand l'immense formation en fer de lance progressait, ils restaient en arrière et se faisaient piétiner.

Bahn détourna la tête. Il cherchait la silhouette massive et rassurante du général Creed, et vit que Koolas, le bavardēro, s'entretenait avec lui.

— On dirait bien que nous n'avançons plus ! disait-il.

— Quoi ?

— Je dis qu'on dirait bien que nous n'avançons plus, répéta-t-il. Y a-t-il quelque chose que nous puissions faire ?

— Faire ? dit le général en écho. S'il y avait quelque chose que nous puissions faire, nous le ferions.

Koolas donnait le sentiment qu'il avait espéré une réponse plus encourageante. Il jeta un regard en direction de Bahn, et celui-ci vit que le bavardēro tremblait.

— Nous conservons un avantage néanmoins, reprit le général. (Koolas et Bahn se penchèrent pour mieux entendre.) Comme nous sommes totalement cernés, nos hommes n'ont nulle part où fuir. Nous ne serons pas déviés quoi qu'il arrive.

Les yeux de Bahn papillotèrent. Creed lui assena une claque sur le bras, d'une force telle que Bahn faillit en tomber au sol.

— Nous avons attrapé l'ours ! reprit Creed. Et maintenant, il faut supporter son étreinte le temps de trouver sa gorge.

Même en cet instant, Koolas ne perdait pas le fil.

— Et si elle fuit, général ? La Matriarche. Que se passe-t-il alors ?

— Alors, les siens la finiront sans doute pour nous. Ces Manniens accordent beaucoup d'importance au courage de leur chef.

— Et vous pensez qu'ils rompront si nous parvenons à la tuer ?

— Peut-être. Ou alors, Sparus parviendra à maintenir leur unité. Qui sait ?

Le général Creed eut un de ses rares sourires. Peut-être l'accordait-il à son interlocuteur et à ses écrits ? Il se détourna et se mit à hurler de nouveaux ordres.

Malgré ce que le général venait de dire, les hommes commençaient à céder sur les premiers rangs du côté gauche. Les officiers frappaient les fuyards ou les repoussaient à l'avant en les agonisant d'injures.

Bahn ne les entendait pas, mais il imaginait ce qu'ils pouvaient dire : *« Où crois-tu aller, hein ? Où crois-tu pouvoir aller, pauvre idiot ? »*

Koolas parvenait à affecter une attitude composée en dépit des tremblements qui agitaient tout son corps. En cet instant, Bahn éprouva une bouffée de sympathie pour le bavardēro. Comme ce dernier s'éloignait en direction des rangs agités en resserrant son manteau autour de lui, le lieutenant lui accorda un petit signe de tête.

Un messager s'approcha de Bahn ; il arrivait des premiers rangs de la chartassa. Il se mit au garde-à-vous, le souffle court ; ses joues rougies se gonflaient et se dégonflaient en cadence.

— La IIIe chartassa… Ils ont été arrêtés… par un assaut de troupes fraîches… Des Acolytes.

La IIIe chartassa, songea Bahn en sentant la peur lui retourner l'estomac. C'était un carré de Hoo intégré au sein de l'avant-garde de la formation, un peu à droite du centre. La crème de la crème des soldats khosiens.

Par le Dao, même eux n'avancent plus.

Il prit une profonde inspiration et s'approcha du général pour lui transmettre l'information.

— Des Acolytes, cracha Creed.

Les pieds bien campés sur le sol, les mains sur les hanches, le général leva les yeux vers le ciel nocturne, à la recherche d'une inspiration.

26

La crête

Ils arrivèrent par la ligne de crête au-dessus de la corniche ; une escouade de l'infanterie impériale, bouclier contre bouclier et l'épée courte à la main. Des Ghazni de l'armée régulière à en juger par les plumes ornant leurs casques.

— Tenez bon, cria Halahan aux deux lignes de Vestes grises en position debout au niveau de l'étranglement du replat.

La première ligne couvrait les arrières à l'aide de boucliers empruntés. Il ne doutait pas un instant que ses hommes tiendraient bon. Simplement, il voulait leur rappeler qu'il était avec eux ; qu'ils n'étaient pas seuls.

C'était la première contre-attaque structurée depuis que les Vestes grises s'étaient emparées de la position surplombant le camp impérial. Sur les pentes où poussaient quelques pins jaunes clairsemés, des soldats impériaux gisaient, le corps tout disloqué, à l'endroit où ils étaient tombés au cours des piètres tentatives lancées tout d'abord pour reconquérir la place. Depuis, les Manniens s'étaient contentés d'arroser leurs ennemis de projectiles divers : flèches, balles de fusil et carreaux d'arbalète, avec quelques grenades de temps à autre. Couchés sur le contrefort le plus à l'ouest de la crête, dans un petit périmètre de défense, d'autres hommes d'Halahan tiraient sur l'ennemi, dissimulés derrière des corps et avec des boucliers en protection au-dessus de leurs têtes.

Au centre de la position, d'autres Vestes grises avaient pris possession des mortiers impériaux trouvés sur place. Les hommes en maniaient les obus avec d'infinies précautions, les retirant de leurs emballages imperméables comme s'il s'était agi de nouveau-nés. Chaque obus ressemblait à une gargousse de très grande taille, mais avec une mèche courte dépassant de l'extrémité ouverte. Pour tirer, un servant de mortier imbibait la cartouche d'eau, avant de la laisser tomber rapidement dans la bouche d'un mortier court et trapu. Ensuite, il courait se mettre à l'abri derrière l'un des panneaux d'osier déjà en place. L'instant d'après, lorsque l'épingle de mise à feu à la base du tube perçait la charge, la poudre noire détonait d'être subitement exposée à l'air humide, et le projectile – ni plus ni moins qu'une grosse grenade – jaillissait du mortier dans un grand bruit sourd et à une vitesse trop rapide pour que l'œil puisse voir quoi que ce soit.

Halahan les observa un bon moment, avant de reporter son attention ailleurs. Il avait des questions plus importantes à traiter – à commencer par l'assaut ennemi par la ligne de crêtes.

— Feu ! cria le sergent-chef Jay aux Vestes grises positionnés tout le long de l'endroit où le replat se resserrait.

Ils lâchèrent une salve qui fit des ravages dans le premier rang des fantassins ghazni. La moitié d'entre eux furent fauchés ; les suivants leur marchèrent dessus.

Les positions vides furent rapidement occupées. Les officiers impériaux hurlaient leurs ordres pour maintenir les lignes en formation et poursuivre leur progression. Une autre salve ; d'autres hommes à terre. Néanmoins, les soldats impériaux continuaient d'avancer.

À une distance de dix pas, les fantassins ghazni poussèrent un rugissement et chargèrent. Les deux lignes se percutèrent dans un immense fracas de métal et une assourdissante clameur. Halahan observa l'assaut à travers les volutes de fumée de sa pipe.

Le choc causé par un tel déchaînement de furie était suffisant pour plonger certains dans un état d'hébétude absolue ; ils restaient figés sur place, la bouche ouverte, et compissaient leurs chausses – ou pire. Parfois, certaines des recrues les plus tendres lâchaient leurs armes pour tenter de repousser la charge de leurs seules mains tendues, implorant les assaillants de s'arrêter, de retrouver leurs esprits et de leur accorder un répit.

Deux des hommes d'Halahan parmi les plus verts connurent ce sort, frappés de stupeur au point de ne plus pouvoir agir, voire de s'effondrer complètement. Puis, il y en eut trois. Puis quatre.

Halahan ne s'en faisait pas outre mesure, tandis que les medicos se précipitaient pour leur apporter de l'aide. C'était toujours ainsi les premières fois. Quant à ceux qui tombaient pour de bon, ceux qui ne récupéreraient jamais et laisseraient derrière eux des souvenirs et du chagrin dans le cœur de leurs proches, Halahan n'avait pas le temps d'y songer. Il serait toujours temps de penser à eux plus tard. De penser à eux et de boire.

Un cinquième homme tomba ; l'un de ses bras n'était plus qu'un moignon d'où jaillissait un flot de sang. La ligne s'incurva sous la poussée ennemie.

— Sergent Jay ! La moitié des hommes du premier peloton en renfort du second !

Courbé en deux, le sergent-chef Jay longea en cavalant les Vestes grises couchées en position de tir le long du bord sud de la crête ; il tapa sur l'épaule d'un homme sur deux. Les combattants désignés se levèrent, tirèrent leur épée et, protégés derrière ce qu'ils avaient pu glaner en guise de bouclier, s'élancèrent au combat. La ligne de contact avait bien failli céder, mais l'arrivée opportune des renforts lui avait permis de se stabiliser. Lentement, pied à pied, ils reconquirent ce qui avait été perdu.

Halahan gagna le bord nord, où les Vestes grises tiraient vers la plaine depuis leur position surélevée. Les projectiles sifflaient dans l'air de la nuit, ou venaient s'écraser sur les rochers. Le colonel les ignorait purement et simplement.

Dans un sifflement strident, une charge éclairante s'éleva dans le ciel comme un feu d'artifice avec son panache de fumée, éclaboussant d'une intense lueur verte la scène digne d'une éruption en dessous. Elle illumina aussi l'aile de guerre très loin au-dessus, à l'aplomb de l'est du campement. Une aéro-nef la pourchassait ; son canon de proue faisait feu sur son enveloppe.

La crête s'étirait dans un axe est-ouest tout le long du campement impérial, offrant un surplomb parfait au-dessus du champ de bataille. *En bas, la situation n'est pas brillante*, constata Halahan. La formation khosienne était déployée en une bande étroite et mince ; une grande masse sombre constituée de carrés d'acier rutilant, entourée de centaines de torches et de milliers de combattants ennemis. Par endroits, elle montrait des zones de fléchissement – et de rupture même. Loin sur la droite, il voyait comment l'avant de la formation avait été bloqué dans son élan. À ce rythme, l'armée ne survivrait pas plus d'une demi-heure encore.

Halahan doutait de pouvoir tenir la crête la moitié d'un tel laps de temps.

Les yeux plissés, il évalua la distance entre leur position et la formation khosienne en contrebas, puis appela le caporal de la section affectée aux mortiers.

— Curtz, dit-il au grand échalas qui le dominait d'une tête. L'avant des lignes ennemies, celles au contact de notre chartassa, dit Halahan en pointant un index vers la zone où Khosiens et Manniens s'étripaient, est-ce que ces mortiers peuvent l'atteindre d'ici ?

L'homme évalua la distance, puis leva le nez pour sentir le vent. Curtz avait été sergent artilleur au sein de l'armée pathienne ; il connaissait son affaire.

— Oui, colonel. Je dirais que c'est possible. Mais il va falloir faire très attention.

— Alors passez le mot. Visez les lignes directement devant celles de notre chartassa.

Les ordres du colonel furent transmis. Curtz se chargea lui-même du premier tir, réglant la hausse du mortier en prenant soin de noter l'angle de tir. Il versa de l'eau sur le dispositif de mise à feu, puis inséra la cartouche dans le tube avant de s'accroupir à côté de la pièce, pendant que ses hommes filaient se mettre à couvert.

Un bruit grave et sourd accompagné d'un souffle. Curtz porta son regard sur la plaine et attendit. Un long instant plus tard, une gerbe de flammes s'éleva au milieu d'une masse sombre de la predoré, tout près du front khosien. Un tir remarquable.

Curtz se retourna vers Halahan.

— Je ne pourrai pas faire mieux que ça.

Le colonel mâchonnait le tuyau de sa pipe.

— Feu à volonté ! s'exclama-t-il.

De l'autre côté du campement de la Matriarche, qui était pratiquement désert lorsqu'il y parvint enfin, Ash suivit une colonne de robes blanches marchant devant l'étendard impérial en direction de la zone de combat. Tout à l'avant, flottaient les couleurs de Sasheen ; le corbeau noir sur champ blanc.

Il s'arrêta en avisant un poste médical brillamment éclairé à l'intérieur du camp. Des brancardiers y apportaient des blessés en un flot ininterrompu ; les corps des morts étaient entassés dans la neige, derrière la tente principale. Aucune sentinelle ne montait la garde.

Ash se glissa hardiment jusqu'au cadavre d'un Acolyte, qu'il débarrassa de son masque et de son manteau blanc. À l'intérieur de la tente inondée de lumière, il aperçut un chirurgien affairé à recoudre le membre d'un blessé en plein délire.

Ash poursuivit son chemin, pour se glisser dans l'ombre de la Matriarche, qui s'avançait vers le fracas des armes.

Les pertes atteignaient des proportions énormes. Bahn lui-même avait été blessé par une flèche qui lui avait traversé l'avant-bras et tranché les tendons. Il ne parvenait plus à fermer complètement la main gauche. Cela lui faisait un mal de chien ; dents serrées, il restait aux côtés du général Creed pendant qu'une medico s'occupait à la hâte de sa blessure.

Tout n'était pas perdu ; ils allaient de nouveau de l'avant. Apparemment, les Vestes grises d'Halahan tiraient au mortier sur les lignes impériales depuis la crête. Les rangs ennemis en étaient suffisamment étiolés pour que la chartassa puisse de nouveau progresser. Cette évolution avait eu un effet salutaire sur l'humeur de Creed ; c'était à croire que ses prières tournées vers le ciel avaient été exaucées. Le général ne quittait pas des yeux la chartassa qui se battait devant lui ; toute sa volonté poussait avec elle.

— Ne bougez pas le bras ! cria la medico à Bahn en nettoyant sa plaie à l'alcool.

Malgré la douleur, il baissa les yeux sur la jeune femme vêtue de la tenue de cuir noir des Forces spéciales, qu'il n'avait pas encore bien regardée. Elle n'était guère qu'une jeune fille, et jolie avec cela, à sa manière gracile et fragile. Elle s'activait en tirant un petit bout de langue au coin de sa bouche. Ses cheveux de la couleur du miel étaient tout sales et aplatis sur sa tête.

Pendant un moment, il ne la reconnut pas. Pas là. Pas en cet instant.

— Boucle ? croassa-t-il, stupéfait. C'est toi ?

Le regard de la jeune fille croisa le sien un instant, avant de retourner à sa blessure.

— Je me demandais si tu allais me reconnaître, dit-elle, le souffle un peu court.

— Mais qu'est-ce que tu fais là, pour l'amour du Bouffon ?

— Je m'occupe de ton bras pour que tu ne te vides pas de ton sang.

— Tu vas bien ?

Elle s'interrompit un instant pour lever les yeux vers lui.

— Non, répondit-elle en secouant la tête. (Elle prit une compresse dans son sac.) Et toi ?

Bahn vit qu'elle était blême de peur ; une ombre hantait son regard, comme si elle avait vu des choses qu'elle ne voudrait plus jamais revoir.

Il se souvint qu'elle était de Lagos, et qu'elle avait survécu à ce que les Manniens avaient fait subir à son peuple. Une pensée traversa l'esprit de Bahn avec une intensité incroyable : *Maudits Manniens... S'il y a une justice en ce bas monde, nous emporterons ce combat. Nous écraserons cette armée et pendrons leur Sainte Matriarche.*

Il y avait un corps par terre sur leur chemin ; mort de toute évidence. Ils l'enjambèrent sans cesser de marcher. Boucle posa la compresse sur la blessure de Bahn.

— Tiens ça un instant, dit-elle en fourrageant de nouveau dans son sac. (Elle en tira un bandage cette fois-ci et commença à lui envelopper le bras.) Tu peux relâcher.

Bahn attrapa sa gourde d'eau. Il en retira le bouchon avec les dents, puis récupéra celui-ci dans son unique main valide. Il avala une gorgée d'eau fraîche. Il perdait la notion du temps. Depuis combien de temps se battaient-ils ?

— Tu as soif? demanda-t-il à Boucle.

Elle ouvrit la bouche et le laissa y verser un peu d'eau. Lorsqu'elle eut achevé d'emmailloter son avant-bras, elle récupéra le bouchon, reboucha la gourde et la passa en bandoulière à son épaule.

— J'en ai plus besoin que toi, lui dit-elle. Pour les blessés.

Il manqua l'occasion de lui répondre. Creed avait aperçu quelque chose loin devant et s'avançait pour voir à travers la forêt de lances dressées de la chartassa.

Bahn suivit son regard et n'en crut pas ses yeux. L'étendard de la Matriarche flottait droit devant eux. Sasheen s'était lancée en personne dans la bataille.

Par le Dao, on peut encore l'atteindre.

Les charges de mortier continuaient de pleuvoir sur les lignes ennemies, et d'y semer la confusion. Pendant un instant, Bahn sentit s'épanouir en lui la fleur de l'espoir.

Si seulement Halahan pouvait tenir la crête.

— Colonel Halahan !

— Oui, je vois, sergent.

Les Manniens tentaient une attaque depuis l'autre côté de la corniche – celui au sud, qui ne donnait pas sur le champ de bataille. Depuis un certain temps déjà, il s'attendait à une manœuvre de ce genre. Une dizaine de soldats des Vestes grises y étaient en position, abrités derrière un muret de neige et de boue mêlées qu'ils avaient hâtivement élevé. Ils mirent en joue les troupes ennemies qui avançaient vers eux accrochées au flanc de la crête, et firent feu.

Une salve ennemie répondit. Un Veste grise s'effondra en arrière. Les défenseurs tirèrent encore une fois, puis dégainèrent leurs épées courtes pour recevoir l'assaut.

Partout sur le replat, des scènes identiques se jouaient ; la section d'Halahan était assaillie de toutes parts.

Sur le flanc est, de l'autre côté du goulet resserré, les Vestes grises encore debout, en formation sur deux rangs, frappaient et tentaient de repousser les soldats ghazni dont le nombre paraissait infini. Au bord de l'épuisement, ils cédaient un pouce de terrain après l'autre.

Sur le côté nord, la majorité des Vestes grises se battaient au corps à corps contre des flots de fantassins lancés à l'assaut de la pente. Derrière eux, au centre du replat, les servants de mortier maintenaient un feu roulant aussi nourri que possible, mais leurs réserves de charges explosives allaient s'amenuisant.

Attention !

Un Mannien avait réussi à passer sur le flanc sud, où une nouvelle vague d'assaut venait d'être lancée. D'un tir, le colonel Halahan atteignit l'homme en pleine poitrine ; puis il rechargea son pistolet tout en étudiant les lignes en train de céder peu à peu. Il cherchait à repérer les zones de tension et de fragilité, à évaluer les points de faiblesse et les nœuds de résistance, tout comme un artisan inspecte les outils nécessaires à son ouvrage.

Les lignes n'étaient pas assez étoffées. Deux soldats impériaux réussirent de nouveau à franchir le barrage au sud. Le colonel fit feu, puis prit un autre pistolet dans son sac, l'arma et tira. L'ennemi était sur le point de les déborder ; après cela, les hommes au niveau du passage étranglé rompraient inévitablement. C'en serait fait d'eux tous.

— Sergent-chef Jay ! Cinq hommes de la batterie de mortiers en renfort sur le goulet. Et cinq autres sur le flanc sud.

C'était là tout ce qu'il pouvait faire. S'il retirait plus d'artilleurs, l'impact des mortiers sur les lignes manniennes serait réduit à presque rien.

Halahan s'appuya sur sa bonne jambe pendant qu'il rallumait sa pipe. Il se demanda si c'était la dernière fois qu'il aurait l'occasion de goûter au plaisir de fumer. Il espérait bien que non ; le hazii avait un goût âcre en cet instant.

C'était étonnant de constater que son humeur pouvait produire cet effet.

Halahan poussa un grognement. Il avait l'impression d'être condamné à ne jamais vaincre ces Manniens.

Le sergent-chef Jay criait quelque chose depuis le côté nord. Halahan se retourna et vit des soldats impériaux qui débordaient les défenses tout le long de la ligne. Le sergent-chef frappait dans le tas de droite et de gauche, à grands coups de son tulwar courbe nathalais, tout en hurlant par-dessus son épaule. Halahan visa et tira, envoyant un soldat impérial au sol dans un tourbillon. Instinctivement, il se retourna en tirant un autre pistolet de son sac. Dans le même mouvement, il l'arma et le pointa par-dessus son épaule sur un soldat ennemi qui le chargeait, l'épée brandie. Il appuya sur la détente.

Le mécanisme joua, mais rien ne se produisit.

Halahan avait déjà trop vécu pour être pris au dépourvu par un tel coup du sort. Il écarta le coup d'épée qui lui était destiné pour écraser le canon de son arme sur la gorge de l'assaillant. Ses yeux virent l'homme s'effondrer au sol, mais son esprit était déjà en train de prendre en compte ce qui se produisait sur le flanc sud.

Celui-ci cédait à son tour.

— Tenez bon ! rugit-il autour du tuyau de sa pipe fiché entre ses dents, en luttant contre la tentation qui lui venait de voler au secours de ses hommes.

Il vida son cinquième pistolet sur un soldat mannien qui chargeait les derniers servants des mortiers. Il le mit de côté, puis tira de son sac son ultime arme.

Nous y sommes, songea-t-il sombrement. *Au moins, pour une fois, on leur est rentrés dedans à ces fumiers.*

— Colonel !

Pantelant d'épuisement, le sergent-chef Jay se tenait sur le flanc nord. Tous les Vestes grises autour de lui étaient dans le même état ; de la vapeur montait de leurs corps et du sang dégouttait de leurs épées. Leurs regards étaient tournés vers la pente ; d'une manière ou d'une autre, ils avaient réussi à contenir l'assaut qu'ils avaient essuyé.

Halahan laissa la mêlée furieuse derrière lui pour les rejoindre.

Parmi les arbres accrochés au flanc escarpé, des silhouettes vêtues de noir luttaient pour gravir la montée, lardant de coups sur leur chemin tous les soldats impériaux qui traînaient. C'étaient des combattants des Forces spéciales.

Pendant un instant, Halahan en resta saisi de surprise.

Des mains se tendirent pour aider les nouveaux arrivants. Des visages sortirent de l'obscurité, crasseux, sinistres et les yeux écarquillés. Une quarantaine de personnes au total, dont une bonne part de blessés.

— Heureux que vous soyez arrivés jusqu'ici, dit Halahan en aidant une femme à prendre pied sur la corniche.

— Heureuse d'être ici, répliqua-t-elle hors d'haleine.

— Des officiers ?

— Morts, répondit-elle.

Rien que de très classique chez les Forces spéciales ; les officiers allaient toujours en tête au combat. Halahan fit face aux nouveaux arrivants.

— Vite. Tous ceux qui sont en état de combattre, répartissez-vous pour soutenir les lignes. Nous avons ordre de tenir cette crête aussi longtemps que possible.

Chacun des combattants valides partit occuper une position dans le dispositif de défense. Bien vite, les lignes se stabilisèrent et les assauts en cours furent repoussés, exception faite de l'offensive sur le goulet. Mais au moins, ils tenaient fermement ce qu'ils avaient conquis.

Sur tout le pourtour du replat, les cadavres furent repoussés contre les murets de défense improvisés, de manière à les renforcer.

— Bien joué, sergent-chef Jay, dit Halahan.

— Merci, répondit le vieux briscard en se tamponnant une coupure sur le front.

— Faites reculer ceux qui en ont besoin quelques instants. Occupez-vous des blessés, et faites donner à boire à tout le monde.

Le sergent-chef hocha la tête en promenant un regard sur les membres des Forces spéciales répartis parmi eux. Il se pencha vers Halahan.

— Vous savez que s'ils remettent ça, nous ne serons toujours pas assez nombreux pour tenir, dit-il d'un ton posé.

— Je sais. Mais gardons cette information pour nous pour l'instant. D'accord ?

Avec à ses côtés la protection relative de la force principale khosienne, Boucle put prendre le temps de regarder autour d'elle, de réfléchir un instant et de comprendre ce qu'elle ressentait ; elle put alors constater que la terreur commençait à l'envahir.

Ce n'était plus la folie de la violence qui l'effrayait, ou même le risque de mourir. Non, c'était la proximité des soldats manniens, juste de l'autre côté de la chartassa – dont certains d'ailleurs parvenaient même à bondir jusqu'au cœur de la formation elle-même. C'étaient ces mêmes hommes qui avaient massacré les siens et réduit en cendres sa terre natale.

Boucle avait honte de cette peur qu'ils instillaient en elle ; c'était une chose au-delà de toute raison, dotée d'une dimension primale, comme la peur du noir. Cette emprise qu'ils conservaient sur elle était absolument épouvantable.

À la hâte, elle noua un foulard autour du cou de Bahn pour maintenir son bras. C'était une sensation apaisante que d'être à ses côtés ; un visage familier au cœur de la tempête. Bahn aussi était effrayé ; elle le voyait.

— Merci, dit-il en examinant le résultat.

— Fais-toi soigner pour de bon lorsque tu pourras, répondit-elle.

Ils restèrent un instant à se regarder ; quelque chose d'informulé passa entre eux. Bahn ouvrit la bouche pour parler, mais ses yeux furent attirés sur le côté, et ceux de Boucle suivirent son regard. D'une escouade de soldats impériaux contenus derrière les lignes, une main lança une grenade dans leur direction. Quelqu'un cria un avertissement. Bahn se jeta sur elle ; ses bras l'enveloppèrent, puis une déflagration la coupa un instant de ses propres sens. Un souffle glacé passa sur elle, suivi l'instant d'après d'une haleine brûlante qui l'enveloppa tout entière.

Elle était allongée par terre sur le dos, le souffle coupé ; Bahn pesait de tout son poids sur son corps.

— Je vais bien, dit-elle. Je n'ai rien.

Mais les yeux du lieutenant étaient fermés. Boucle ne sentait pas sa respiration.

Elle le repoussa, et Bahn roula sur le dos. Sa joue gauche était déchirée ; du sang lui coulait de l'oreille de ce même côté. Un autre homme gisait tout près d'eux ; ses yeux morts fixaient les étoiles.

— Bahn ! cria-t-elle en cherchant son pouls.

Il était faible, presque impossible à déceler, mais il était là.

Elle cherchait son sac à tâtons lorsque le général Creed lui-même s'approcha, avec ses gardes du corps autour de lui.

— Il est vivant ?

— À peine ! cria-t-elle.

Le général tourna la tête en direction d'un officier qui l'appelait, puis reporta son attention sur Bahn étendu sur le sol.

— Prenez soin de lui, vous m'entendez !

Elle hocha la tête. Creed contempla une dernière fois Bahn, avant de s'éloigner vers l'officier.

— Prenez soin de lui ! répéta-t-il.

— Matriarche, dit le capitaine de la garde d'honneur de Sasheen. Nous devrions nous reculer vers une position plus sûre. Vous êtes exposée ici.

Le capitaine disait vrai. Sasheen était très profondément enfoncée dans les lignes manniennes – une position qu'elle était d'ailleurs allée chercher à dessein.

— Capitaine. Lorsque nous aurons remporté cette bataille, je ne veux pas qu'il soit dit que j'ai tout observé tranquillement assise à l'arrière. Vous êtes le chef de mes gardes du corps. Alors protégez-moi.

Ché écoutait cet échange avec intérêt. Ils se trouvaient à l'intérieur d'un espace dégagé au sein de la multitude de formations toujours engagées dans les combats, et dont les premiers rangs étaient directement au contact de l'ennemi.

Et les Khosiens se rapprochaient de plus en plus.

L'archigénéral Sparus avait été convoqué aux côtés de Sasheen quelques instants plus tôt ; il arrivait avec sa cohorte d'officiers derrière lui.

— Vous ne pouvez pas les arrêter, archigénéral ? demanda Sasheen, depuis la selle de son zel. Je pensais qu'ils étaient presque vaincus ?

Sparus leva la tête vers elle ; ses yeux étaient injectés de sang, comme ceux d'un homme qui depuis longtemps aurait bien besoin de dormir.

— C'est le cas, Matriarche. Mais ils ont des artilleurs qui tiennent une position de mortiers sur la crête au sud, expliqua-t-il en pointant un doigt dans la direction indiquée. Ils tirent sur nos lignes avancées, ce qui leur permet de progresser.

— Alors reprenez la corniche et finissons-en.

Sparus dissimulait fort bien sa contrariété.

— Nous nous y efforçons, Matriarche. Elle ne devrait plus tarder à nous revenir.

D'un geste négligent de la main, Sasheen le congédia. L'archigénéral la salua d'une inclinaison de la tête.

Ché tourna le dos à tout cela. Derrière, des troupes fraîches d'infanterie attendaient avec impatience leur tour d'entrer dans le combat. Les hommes paraissaient pressés eux aussi d'en finir. C'est qu'ils avaient froid dans leur armure, au fond de cette vallée glacée. Bon nombre d'entre eux avaient certainement la gueule de bois ; ou du moins, ils étaient fatigués d'avoir été arrachés si brutalement à leur sommeil.

En tant que Rōshun, puis en tant que Diplomate, Ché avait été formé à repérer en priorité les détails importants. Quelque chose retenait son attention ; les yeux plissés, il examina l'Acolyte qui marchait seul entre les formations, en direction de l'endroit où se tenait la Matriarche.

Il fallut un moment à Ché pour prendre conscience de ce qui le perturbait. L'homme portait un caleçon de cuir sous sa robe blanche.

La main de Ché vint se poser sur la poignée de son couteau.

Ash était tout près.

Il voyait la Matriarche en selle sur son zel blanc, le visage recouvert d'un masque d'or, entourée de ses robes blanches et ses gardes du corps montés, son étendard fièrement hissé. Le regard d'Ash s'étrécit.

Il longeait un carré d'hommes qui attendaient. Des équipements divers et des tentes piétinées gisaient sur le sol, que des milliers de pieds avaient transformé en une boue infâme. Il traversa les restes d'un feu de camp, dispersant à la ronde des cendres et des braises encore rougeoyantes. Sa main se referma sur la poignée de son épée ; il approchait du cercle extérieur des Acolytes regroupés autour de la Matriarche.

Derrière Sasheen, un peu à côté des robes blanches, un jeune Acolyte ne quittait pas Ash des yeux.

Ash s'arrêta.

L'homme tira sa lame et s'avança dans sa direction.

Comme les Khosiens gagnaient du terrain vers la position de la Matriarche, l'infanterie légère impériale de la 81e predasa – des auxiliaires guère chevronnés, tout juste rentrés d'un tour de garnison dans le nord de l'arrière-pays de l'Empire, tous dessoûlés et épuisés à cette heure, et qui plus est positionnés à côté d'une section d'Acolytes particulièrement déterminés – décida que la perte de la moitié de ses effectifs, dont la plupart de ses officiers, sous les tirs de mortier et les grenades, était plus qu'elle ne pouvait supporter pour une même nuit. Elle prit donc le parti de battre en retraite vers une zone moins exposée.

En fait, ils rompirent lorsque Cunnse des tribus du nord, le plus colossal et le plus sauvage d'entre eux, qui ne s'était enrôlé que pour l'argent, jeta à terre son bouclier et son épée pour reculer à travers les rangs plus clairsemés de l'arrière, en criant que trop, c'était trop, et que d'autres devaient maintenant se charger du massacre. Il ne fallut guère qu'un instant pour que le reste de la troupe suive son exemple.

En un rien de temps, ils se ruaient vers les lignes arrière, pile vers l'endroit où la Matriarche se trouvait. D'autres soldats de l'avant se joignirent au mouvement, fuyant le pilonnage des mortiers depuis la crête en surplomb.

Au moment où il commençait à marcher, Ché fut bousculé par-derrière par cette vague aussi inattendue que soudaine d'hommes en fuite.

Attentif à ne pas lâcher son épée, il tomba dans la boue nauséabonde. Lorsqu'il se releva, il vit un flot d'hommes qui passaient de part et d'autre de Sasheen. Ses Acolytes et ses gardes montés luttaient pour les dévier, ou même les repousser vers la mêlée. Des épées furent tirées et des hommes tombèrent. Mieux valait des soldats morts que des soldats en déroute.

Ché regarda tout autour ; il ne voyait plus l'imposteur dans cette foule apparue soudain.

Qu'est-ce que je fais ? se demanda-t-il.

D'autres questions urgentes se posaient. Les Khosiens approchaient rapidement désormais, et la Matriarche stupéfaite restait tétanisée sur son zel blanc devenu nerveux, et dont la queue était teinte en un noir très seyant.

Ché écarta un soldat en fuite et tira son pistolet chargé d'un projectile empoisonné.

Puis il attendit de voir ce que Sasheen allait faire.

Bahn revint à lui dans un souffle haletant ; un soldat barbu le tirait.

Une femme s'activait au-dessus de lui.

— Marlee ? demanda-t-il d'une voix rauque.

Mais c'était Boucle et non pas sa femme ; elle était penchée sur lui, un flacon de sels à la main. Elle paraissait surprise de le voir reprendre conscience ; ses lèvres esquissèrent nerveusement un sourire.

— Ne bouge pas, dit-elle. Tu as probablement une commotion.

Bahn leva les yeux vers le visage couvert de contusions et de sang du soldat. L'homme hocha la tête et continua à le tirer.

Il ne se souvenait absolument pas comment il était arrivé là où il était. À un moment, Boucle s'occupait de la blessure à son bras… puis plus rien.

— Que s'est-il passé ? demanda-t-il.

— Tu vas bien, répondit-elle. Tu vas t'en tirer.

— J'ai été touché ?

— Tu as été pris dans une explosion. Tu as de la chance d'être encore entier.

Il baissa les yeux sur son corps et constata que tous ses membres étaient à leur place.

Autour d'eux, la bataille faisait toujours rage. L'ensemble de la formation continuait à progresser.

—Aide-moi à me mettre debout, dit-il à Boucle en tendant une main pas très ferme.

Elle fronça les sourcils, puis saisit sa main. Le soldat l'épaula et, ensemble, ils tirèrent jusqu'à ce que Bahn soit de nouveau sur ses deux jambes. Il se sentait faible et nauséeux.

—Nous en sommes toujours là, dit-il.

—Oui, répondit le soldat de sa voix rugueuse. J'en ai bien peur.

27

Contact

Cela ne lui ressemblait pas d'avoir ainsi, au cœur de l'action, l'esprit empli d'autant de pensées. Ash ne parvenait pas à trouver son immobilité, là, sur ce champ gelé.

L'Acolyte qui avait été sur le point de s'interposer devant lui avait disparu dans la confusion. À mesure qu'Ash approchait de la position de Sasheen, il sentait monter en lui une colère froide qui l'envahissait totalement.

Et au milieu surnageaient des souvenirs, semblables à des corps horribles et tout gonflés.

Il se souvenait de Nico, debout derrière les barreaux de la prison de Bar-Khos, où il l'avait vu pour la première fois. Le garçon était effrayé ; ses yeux étaient injectés de sang d'avoir tant pleuré avec Reese, sa mère, bien déterminée à sauver son fils ce jour-là. Ash lui avait fait un serment. Il avait promis de protéger le garçon, au prix de sa propre vie s'il le fallait.

Il revoyait Nico en train de brûler sur le bûcher dans l'arène de Q'os. Le dernier souffle exhalé par son apprenti, puis sa tête retombée sur le côté, tandis que des langues de feu s'emparaient de tout son corps.

La fureur d'Ash était absolue. Il se fraya un chemin à contresens des troupes manniennes qui refluaient, poussant sans ménagement ceux qui fuyaient. Sans même s'arrêter, il se glissa dans le cercle des Acolytes et des gardes montés qui entouraient la Matriarche.

Les zels de guerre des gardes tenaient bon face au flot, déviant de leur seule présence les fuyards le long de leurs flancs écumants. Un garde fit pivoter sa monture pour lui bloquer le passage ; Ash s'arrêta.

Une charge éclairante était montée droit dans le ciel au-dessus de l'homme, illuminant le ventre d'un nuage. À moitié aveuglé, Ash se baissa sur ses appuis à l'instant où l'homme abattit sa lame, couché sur sa selle pour l'atteindre.

Ash cligna des yeux pour chasser les lueurs incrustées à la surface de sa rétine. Il tendit les mains, saisit l'homme et le jeta à bas de sa monture. Il posa sa botte sur le cou du garde, puis marcha dessus. Au milieu de son carré protecteur, Sasheen tentait de faire volter son zel pour se dégager de sa position.

Une ouverture se fit sur l'arrière de la ligne des Acolytes et des gardes ; Ash bondit.

Les Khosiens s'étaient mis à chanter tout en menant leur charge vers l'avant. Des flèches commençaient à s'abattre tout autour de l'étendard de la Matriarche. L'archigénéral Sparus, qui se tenait non loin, exhortait ses officiers à maintenir la ligne, luttant pour restaurer la cohésion et l'esprit de groupe au sein d'une troupe en équilibre bien précaire au bord du gouffre du chacun pour soi et de la déroute.

Ché jeta un regard en direction de la Matriarche, désespérément proche de la ligne khosienne en marche et des explosions des tirs de mortier qui semblaient avancer vers elle. Manifestement, elle essayait de se dégager pour se replier, malgré les appels de Sparus à tenir bon.

Ainsi, on en est là.

Une partie de l'esprit de Ché fut soudain stupéfait de la possibilité qui s'offrait à lui. Il tenait son pistolet à la main. D'un seul tir dans la tête, il pouvait tuer une Sainte Matriarche ; la faire tomber de son piédestal impérial… Sa bouche s'assécha d'un coup à cette pensée. Son visage s'était figé comme un masque.

Ce n'est guère différent qu'avec tous ceux que tu as déjà assassinés pour satisfaire ses caprices, se dit-il.

Ché se lécha les lèvres et chercha du regard Swan et Guan. Il était à peu près certain qu'ils avaient ordre de le tuer dès que la campagne en cours serait achevée. Le billet laissé dans son exemplaire des Saintes Écritures du Mensonge disait vrai : il en savait trop.

Alors ne reste pas. Pars et prie pour qu'ils s'imaginent que tu fais partie des morts. Qu'y a-t-il ici pour toi sinon la douleur et l'angoisse ?

Rien d'autre que sa mère ; il ne l'oubliait pas. Mais elle était déjà perdue pour lui ; et lui pour elle. Depuis des années ; depuis ce jour où il avait été envoyé à Cheem pour y devenir un Rōshun. L'ordre de Mann ne lui avait rien laissé ; rien d'autre que la complexité vide et creuse d'une vie qu'il n'avait jamais voulue, ni jamais choisie.

À cet instant, Ché choisit de lever son pistolet. D'une main ferme.

Il plaça son autre main sous son poignet pour le stabiliser, puis fixa un point sur la Matriarche et attendit qu'une ouverture se présente dans le cercle des gardes montés qui l'entouraient. Une charge éclairante s'éleva dans le ciel. Les hommes qui refluaient en courant de part et d'autre, ces hommes subitement illuminés gênèrent sa visée.

Ché lutta pour raffermir son bras. Il aperçut fugacement Sasheen en train de tirer sur les rênes de son zel pour le faire volter, puis le rempart des boucliers de ses gardes se referma. D'un instant à l'autre, elle allait partir.

Merde! jura-t-il en silence.

Il ne parviendrait pas à ajuster son tir.

Subitement, l'un des gardes fit pivoter sa monture, puis leva bien haut son épée et l'abattit sur quelqu'un à ses pieds. Dans le mouvement, le garde se baissa sur sa selle.

La tête de Sasheen apparut.

Ché appuya sur la détente et son pistolet cracha une petite langue de feu.

Ash vit Sasheen emportée subitement vers l'arrière sur sa selle. Le zel blanc de la Matriarche hennit en se cabrant sur ses postérieurs. Il recula de quelques pas en direction d'Ash. Tout autour, les cavaliers se bousculèrent en hurlant.

Il vit la Matriarche à terre à côté de son zel blanc, vautrée dans la boue; le sang de Sasheen s'écoulait d'une blessure à son cou. Ses gardes du corps se regroupaient autour d'elle, leurs boucliers levés bien haut pour la protéger. Leurs gestes paraissaient aussi heurtés et maladroits que ceux de jeunes garçons effrayés.

Ash poussa un cri, comme si l'on venait de lui voler une chose précieuse qui n'appartenait qu'à lui. Il luttait pour rester sur ses pieds; son épée pendait au bout de son bras, oubliée et inutile.

Ash vit à peine les gardes du corps montés qui le cernaient. À la périphérie de sa vision, il aperçut le soldat qui levait son épée. Son regard demeurait fixé sur le tas immobile que formait la Sainte Matriarche de Mann.

Elle était morte ou mourante. C'était l'unique chose qui importait.

L'épée s'abattit.

28

Retraite en ordre de combat

Ché glissa son pistolet à sa ceinture et se fraya un chemin à travers la masse des fantassins pour arriver jusqu'à Sasheen. Il aperçut son corps immobile dans la boue nauséabonde. Quelqu'un lui avait retiré son masque. Une blessure au niveau de son cou saignait abondamment.

Juste à côté, un Acolyte gisait au sol. Son manteau grand ouvert ne dissimulait plus le caleçon de cuir que l'homme portait. Ché retira le masque du visage de l'homme. Le souffle coupé, il se releva, tétanisé par la surprise.

Ash! songea-t-il en voyant la peau noire du vieux *farlander*. Un Rōshun ; en cet endroit et à cet instant.

Les pensées de Ché avaient volé en éclats. Du sang coulait d'une plaie enflée à la tête de l'homme du lointain. Mais il vivait encore.

Ché regarda autour de lui un instant ; les masques et les visages nus des étrangers.

Il s'agenouilla pour gifler le visage du *farlander*. Les yeux d'Ash papillotèrent, s'ouvrirent, puis se refermèrent. Ché le souleva pour le charger sur ses épaules ; Ash paraissait ne peser presque rien, réduit à sa peau et ses os. Ché attrapa les rênes d'un zel sans cavalier et balança le vieil homme en travers de la selle. L'animal tenta de s'écarter lorsque le Diplomate se baissa pour ramasser l'épée d'Ash tombée à terre. Il le ramena vers lui en tirant fermement sur les rênes, puis bondit en selle derrière Ash.

D'un coup de talons dans les flancs de l'animal, il lança le zel au trot.

Pendant un moment, l'issue de la bataille se maintint dans un état d'équilibre incertain.

Si l'armée impériale n'avait tiré aucun enseignement des cinquante années précédentes de guerre terrestre, ou si les cinq cents Acolytes personnels de Sparus n'avaient pas pris position précisément sur la trajectoire de progression de la force khosienne et tenu bon, ou si un seul Mannien de plus de la troupe ordinaire s'était débandé, pris de panique pour sa vie, alors le 1er corps expéditionnaire aurait peut-être cédé.

Mais il n'en fut rien. Au lieu de cela, il retrouva courage et vigueur et commença à contre-attaquer. Et à la faveur de cet élan retrouvé, la honte collective d'avoir presque cédé amplifia la force des efforts de l'armée mannienne ; elle déferla sur les flancs khosiens avec l'élan irrépressible d'un raz-de-marée.

Les Khosiens cédèrent.

— Elle est tombée, général. Je l'ai vu de mes yeux.

Debout, un peu penché en avant, le capitaine de la Garde rouge livrait son témoignage ; il tenait une main couverte de sang crispée sur son ventre.

— Très bien, répondit le général Creed. Et maintenant, allez vous montrer à un medico.

L'officier grinça des dents – peut-être dans une tentative de sourire – puis reprit sa charta avant de rejoindre les lignes sur le flanc droit. Elles étaient en train de se disloquer – comme un peu tout le reste de la formation.

Bahn n'accorda guère d'attention à la nouvelle du trépas probable de la Matriarche, ni même à celle de la destruction de l'armée khosienne tout autour de lui. Sa conscience était comme noyée dans une brume ; il luttait contre la nausée simplement pour tenir sur ses pieds. Du sang coulait d'une de ses oreilles, par laquelle il n'entendait plus rien.

— Cela fait quatre témoignages, Bahn ! s'exclama le général Creed à côté de lui, en l'arrachant à ses pensées éparpillées.

Bahn cligna des yeux en guise de réponse.

Les mains dans le dos, le général observait le massacre que les troupes impériales infligeaient aux siennes sur tous les côtés.

— Ils se ressaisissent bien, vous ne trouvez pas ?

— Comme des Khosiens, général, répondit finalement Bahn, du fond de son vertige.

Creed examina son lieutenant. La peau autour de ses yeux était tout enflée ; il était épuisé.

— Nous avons fait ce que nous pouvions ici. Je crois qu'il est temps pour nous de partir, vous ne croyez pas ?

— Général ?

— Vous préféreriez que nous restions encore un peu ?

Bahn tenta de secouer la tête pour répondre par la négative, mais cela ne fit qu'empirer ses élancements et sa nausée.

— Pas… pas un instant, répondit-il.

Creed se tourna vers l'un de ses gardes du corps.

— Chargez une estafette de ramener le général Reveres.

— Reveres est mort, général, répondit l'homme.

— Quoi ? Quand ?

— Je ne sais pas au juste, général.

— Nidemes alors !

Quelques minutes s'écoulèrent, et le général Nidemes sortit de l'obscurité pour s'avancer vers eux en boitant. Il avait perdu son casque, et ses cheveux grisonnants collés sur son crâne évoquaient quelque étrange nid d'oiseau.

— Nidemes, on s'en va. Nous allons exécuter un demi-tour et nous diriger vers le lac aussi vite que possible.

Avec un soulagement manifeste, le général Nidemes se hâta de tourner les talons pour aller transmettre l'ordre de repli.

— Le lac ? demanda Bahn.

Le souffle de Creed formait un petit nuage blanc devant sa bouche.

— Le temps que nous arrivions là-bas, je suis sûr que vous aurez compris, Bahn.

— Ils se dirigent vers le lac, observa le sergent-chef Jay.

Halahan le constata à son tour. Les vestiges de l'armée khosienne avaient resserré les rangs et infléchi leur route, pour se frayer un passage vers le lac à la lisière nord du champ de bataille.

— Il était sacrément temps, souffla le colonel pour lui-même.

Il se tourna vers ce qui restait de son propre détachement. Les mortiers impériaux avaient été abandonnés ; trois d'entre eux s'étaient enrayés, trop brûlants pour encore fonctionner. Quant au quatrième, il avait explosé, mais par miracle seule la charge propulsive avait détonné et non pas la charge explosive. Les servants de la batterie descendaient avidement leurs petites flasques d'alcool ; ils avaient la mine de personnes qui viennent de survivre au jeu mortel d'un duel à l'aveugle.

Les fusiliers qui défendaient le périmètre étaient à cours de munitions. Parvenus aux limites extrêmes de l'épuisement, ils observaient avec une certaine nervosité les soldats impériaux en train de se regrouper au niveau du goulet et au pied de l'escarpement. Tous savaient que le prochain assaut signerait leur fin.

Halahan prit une profonde inspiration et beugla son ordre.

— Envoyez une charge éclairante. On s'en va ! (Les hommes se levèrent ; de minuscules bouffées d'énergie reprenaient possession de leurs corps exténués.) Et détruisons le reste des mortiers, si vous le voulez bien.

Halahan laissa courir son regard sur le carnage sanglant qui s'était déroulé sur la crête. Les morts allaient devoir rester là où ils étaient tombés. Il tira une allumette pour rallumer sa pipe. Tout en tirant quelques bouffées, il rassembla ses précieux pistolets, qu'il avait mis de côté jusque-là. Il était à côté de son sergent-chef lorsque la charge éclairante monta dans le ciel, dans une grande gerbe de lumière jaune, avant de décrocher pour retomber au sol.

Au-dessus, aéro-nefs et ailes-de-guerre se tiraient dessus, de courtes langues de feu jaillissant de leurs canons.

— Prions pour que nos skuds soient toujours quelque part là-haut, dit le sergent-chef Jay.

Et tous deux se tinrent là à scruter le ciel noir, plongés dans un silence plein d'espoir.

Ché tira sur les rênes de son zel pour l'arrêter devant la tente des jumeaux. Il sauta à terre, laissant Ash où il était, en travers de la selle ; sans même prendre le temps de regarder autour de lui, il se baissa pour se glisser à l'intérieur.

Les sacs de Guan et Swan étaient posés sur le sol, à côté de leurs lits de camp. Ché fouilla dedans jusqu'à trouver la fiole de suc de bois sauvage ; il ressortit en courant. Il mena le zel jusqu'à sa propre tente, où il pénétra pour récupérer ses affaires. Il fourra ses livres dans son sac, les tassant à côté de son ballot de vêtements civils. Il abandonna son exemplaire des Saintes Écritures du Mensonge sur sa couchette, le verso de l'ouvrage sur le dessus.

— Comment ça se passe là-bas ?

Une silhouette apparut sur le seuil de la tente ; un prêtre.

Ché se releva lentement, tout en raffermissant sa prise sur les bretelles de son sac à dos.

La silhouette porta une main à sa bouche pour mordre dans quelque chose. Les effluves narcotiques d'un parmadio flottèrent jusqu'aux narines de Ché.

— C'est difficile à dire, répondit-il au maître-espion Alarum. Je ne suis pas vraiment expert en matière de combat.

Le maître-espion avait les épaules enveloppées dans une couverture. Le regard de Ché glissa vers l'autre main d'Alarum, négligemment posée à côté de la dague au fourreau à sa ceinture. Ché savait combien cet homme était dangereux.

— À vous voir débouler comme ça dans le camp, j'ai cru un instant que nous avions été débordés. (D'un geste, il désigna le sac que tenait Ché.) Vous allez quelque part ?

Sans le moindre avertissement, Ché balança son sac au visage d'Alarum.

Il suivait immédiatement derrière. Il frappa le maître-espion au creux de l'estomac, le pliant en deux et vidant ses poumons de tout leur air. Ché passa un bras sous le cou d'Alarum, attrapa la dague dans son fourreau, puis l'écarta de l'entrée en posant la lame sur sa gorge.

— Attends ! siffla Alarum entre ses dents serrées. (En dépit de son gabarit léger, le maître-espion avait de la poigne ; accroché au poignet de Ché, il luttait pour écarter la dague. D'un coup de pied, il renversa une couchette.) Attends ! murmura-t-il dans un étonnant chuintement et une gerbe de postillons.

Alarum releva une manche pour exposer la peau de son bras sous le nez de Ché. Les yeux agrandis, le Diplomate reconnut la zone de peau étrangement écailleuse. Il desserra très légèrement son étreinte.

— Nous partageons probablement le même sang, Ché, dit Alarum de sa voix étranglée. Je suis sans doute ton père !

Ché relâcha le maître-espion. Alarum avala avidement de grandes goulées d'air, une main posée sur sa gorge.

— Ma mère a couché avec des tas d'hommes, répondit-il. Cela ne prouve rien.

— En effet, cela ne prouve rien. Mais tu ne te poses pas la question ?

D'un geste sec, Ché lança la dague qui se ficha dans le sol.

— C'est vous qui avez glissé un mot dans mon livre des Saintes Écritures, dit-il sous le coup d'une intuition subite. C'était bien vous.

— Je vois que tu en as tenu compte. C'est bien. Si tu restes, ils te tueront. Je ferai ce que je pourrai pour ta mère. Même si c'est peu.

— Vous pouvez l'aider ?

— Peut-être. Si j'agis assez rapidement.

Ché marqua une hésitation, pris entre deux sentiments soudains. Il scruta le visage hâve où luisaient deux yeux noirs au regard intense, en se demandant s'il pouvait y avoir la moindre vérité dans les paroles d'Alarum.

Quelques prêtres passèrent en courant devant l'ouverture de la tente. Quelqu'un criait dans le lointain.

— Attends ! cria Alarum à l'instant où Ché pivota sur lui-même pour sortir, l'abandonnant au milieu de la tente, à côté d'un lit de camp renversé.

L'esprit de Ché s'agitait en tous sens.

— Allez, en route, vieil homme, dit Ché à Ash, toujours inconscient.

Le Diplomate se mit en selle avec son sac sur le dos. D'un signe de tête, il salua Alarum qui émergeait de la tente. Manifestement, le maître-espion cherchait ses mots.

Ché planta les talons dans les flancs de son zel, tout en cinglant son encolure de l'extrémité de la bride ; il partit au grand galop vers la sortie du camp. Alarum et les gardes postés à l'entrée le regardèrent s'éloigner.

Un garde du corps baissa la tête sous son bouclier ; non loin, un projectile passa en sifflant. Pour une fois, Bahn ne broncha pas.

— Nos éclaireurs ont fait un essai avant l'attaque, expliquait Creed à Koolas, le bavardēro de guerre. Cela devrait tenir, si l'on se montre prudents.

La surface du lac était entièrement gelée. C'était un spectacle étonnant que cette vaste étendue silencieuse qui s'ouvrait devant eux, quand la bataille faisait toujours rage à l'arrière.

— Avec un peu de chance, la cavalerie de Mandalay aura dispersé leurs zels. Il va leur falloir un bon moment pour organiser une poursuite.

Creed et les autres se tenaient sur une langue de terre qui s'avançait sur au moins une trentaine de mètres à l'intérieur du lac. Les restes de l'armée s'y engageaient, infanterie légère et infanterie lourde. Suivant les instructions de leurs officiers, les hommes abandonnaient leurs casques et leurs boucliers et se débarrassaient de leurs plaques d'armure, avant de s'engager sur le lac. Ils se déployèrent en ligne afin de répartir le poids le mieux possible. Les brancardiers firent marcher tous les blessés qui en étaient encore capables. La glace, toujours un peu mince, craqua sous leurs pieds, mais tint bon.

L'armée disparaissait en une sorte de sublimation.

Au-delà de la considérable masse de soldats qui s'avançait vers la bande de terre, Bahn distinguait à peine l'arrière-garde déployée sur toute l'intégralité de l'accès. Elle s'était constituée en une unique chartassa qui, à elle seule, contenait les assaillants impériaux ; il y avait là des Hoo et des Gardes rouges, dont bon nombre étaient sérieusement blessés. Chacun d'eux était volontaire pour cette tâche.

Bahn sentit son cœur se serrer.

Il n'avait plus qu'un seul désir désormais : rentrer à Bar-Khos pour retrouver le sanctuaire de sa demeure en compagnie de Marlee et de ses enfants. En pensée, il voyait déjà la scène : il pleuvait au-dehors ; un feu brûlait à l'intérieur. Marlee faisait dorer des brioches à la flamme, pendant que Juno, leur fils, jouait avec ses petits bateaux, sous l'œil intéressé de sa petite sœur Ariale. Engoncé dans son fauteuil, Bahn contemplait ce tableau avec un air lumineux de quiétude satisfaite.

Le général Nidemes s'approcha, flanqué du colonel Barklee, l'un des officiers de la Garde rouge. L'homme tenait un bouclier au-dessus de leurs têtes, pour les protéger des projectiles qui continuaient de pleuvoir.

— Il est temps d'y aller, annonça Nidemes à Creed.

Les yeux du général Creed luisaient dans l'obscurité.

— Avez-vous toutes les chaînes des hommes de l'arrière-garde ?

— Oui, nous les avons, répondit Barklee en faisant tinter un ballot contenant les plaques d'identité.

— Il nous appartiendra de trouver un moyen de leur rendre justice pour ce qu'ils font, annonça Creed.

Koolas, le bavardēro de guerre, n'en perdait pas une miette.

Une fois encore, Creed se tourna vers l'arrière-garde, qui insensiblement cédait du terrain.

Bahn observa dans le lointain la bravoure de ces hommes qui faisaient le sacrifice de leur vie pour que d'autres puissent continuer. Pour une étrange raison, depuis qu'il s'était relevé, Bahn ne ressentait plus aucune peur, comme s'il avait retiré de ses épaules un lourd manteau dont il avait oublié la présence. Plus que jamais auparavant, il comprit pourquoi il était là où il était, et pourquoi les soldats de l'arrière-garde donnaient leur vie pour leur peuple.

— Je reste, dit-il à Creed, à l'instant où le général s'apprêtait à partir.

Creed lui jeta un regard empreint de surprise.

— Qu'est-ce qui se passe ?

— Je reste, réaffirma Bahn en retirant de son cou la chaîne à laquelle était attachée sa plaque d'identité. Avec ces hommes.

Il lança sa plaque à Barklee.

Sourcils froncés, Creed sonda son subordonné du regard.

— Vous êtes en état de choc, Bahn, dit-il d'un ton catégorique. Vous ne savez plus ce que vous dites. Nous avons gagné ici, merde ! Même si ça n'y ressemble pas pour le moment, nous avons remporté une victoire !

— Tenez Bar-Khos, général. À tout prix, répondit Bahn. C'est le seul moyen de rendre justice à ces hommes.

Et avant que Creed puisse répondre quoi que ce soit, Bahn tourna les talons.

— Bahn ! cria Creed. Bahn !

Mais en une dizaine de pas, Bahn avait déjà été englouti dans la masse confuse. Disparu.

29

Tume

Le calme régnait dans les collines au sud de la vallée du Silence, et la pâle lumière du soleil de l'aube s'imposait doucement sous la masse de nuages. Des plaques de neige s'accrochaient toujours sous l'ombre des herbes jaunissantes doucement agitées par le vent qui balayait la petite vallée transversale dans laquelle il avait installé son campement.

Voici donc Khos, songea Ché, comme si pour la première fois, dans sa solitude relative, loin de la pression et des exigences de son entourage mannien, il pouvait véritablement apprécier le paysage de cette île.

Assis sur le sol humide, Ché se tenait adossé à l'une de ses sacoches de selle. Il avait retiré le bijou qui ornait son arcade sourcilière percée, et revêtu une tenue confortable et anonyme composée de grosses chausses de laine, d'une chemise de coton sur les manches de laquelle étaient cousus de petits coquillages, et d'un manteau par-dessus pour se protéger du vent. Pendant le reste de la nuit, il avait conservé sa ceinture de munitions à la taille, son pistolet dans son étui, ainsi que son couteau. Sur ses gardes, il n'avait pas dormi et avait guetté les moindres signes susceptibles d'indiquer qu'on le traquait.

Et à présent, tandis que le soleil commençait à pointer, Ché observait le vol d'un faucon au-dessus du flanc opposé de la vallée, la manière dont il planait silencieusement en bougeant uniquement l'extrémité de ses ailes à la recherche d'une proie. Devant ses jambes allongées, un petit feu de camp brûlait à l'intérieur d'un cercle de pierres. Les maigres flammes ne lui réchauffaient guère que l'âme.

Soudain, le rapace piqua, les ailes rabattues derrière lui. Il disparut derrière un ressaut herbeux, avant de reparaître, les serres vides. *Sûrement un jeune*, songea Ché. *Il en est encore à apprendre à tuer.*

Essaie encore.

Le feu crachota, et il posa les yeux dessus, contemplant les deux branches qu'il venait de poser sur les braises. Elles commençaient à rougeoyer au milieu ; de petites flammes luttaient pour s'élever, tremblotaient et mouraient pour mieux renaître. Les yeux de Ché étaient lourds de fatigue.

Le vieux Rōshun ronflait de l'autre côté du feu. Le *farlander* souffrait des bronches, et sa respiration était à la fois difficile et superficielle. D'ailleurs, il toussa précisément à cet instant et s'agita sous le manteau que Ché avait posé sur lui en guise de couverture.

La tête d'Ash parut, et l'homme du lointain ouvrit ses yeux gris tout bouffis.

Il observa longuement le jeune homme en face de lui, puis cligna des yeux quand il l'eut reconnu.

— Ché, dit-il d'une voix grinçante.

— Tout doux, répondit Ché en voyant le vieil homme se tenir la tête et tenter de se lever. Je crois que vous avez une commotion. Toute la nuit, j'ai tenté de vous maintenir éveillé.

Ash s'assit prudemment. Du bout des doigts, il tâta la grosseur sur son crâne, ainsi que les points récemment cousus sur la plaie.

— Voilà qui explique que je me sente pire que la mort, croassa le *farlander* en posant délicatement le plat de sa main sur le sommet de sa tête.

Ché lui lança la gourde d'eau. Le vieux Rōshun but longuement ; il s'arrêta, le souffle court. Il leva la tête pour regarder le ciel, puis la tourna pour examiner les flancs de la vallée en dessous de leur campement. Il s'octroya une nouvelle rasade, se lécha les lèvres et demeura un moment à fixer la gourde posée entre ses jambes.

Lorsqu'il releva finalement la tête, un semblant de clarté était apparu dans son regard.

— La bataille, dit-il. Que s'est-il passé ?

Ché répondit d'un petit haussement d'épaules.

— Le corps expéditionnaire a fini par se ressaisir. La dernière fois que j'ai vu les Khosiens, ils étaient en train de fuir de l'autre côté d'un lac gelé.

— Et Sasheen ? Est-elle morte ?

— J'espère bien. Elle a pris un tir dans la gorge. Mais j'aimerais bien savoir ce que vous faisiez là à essayer de la tuer.

Ash chercha à tâtons quelque chose dans sa tunique. Il tira une bourse de cuir, plongea les doigts dedans et n'y trouva rien. Dégoûté, il jeta la bourse vide dans le feu. Une longue quinte de toux le saisit ; la douleur lui fit plisser les yeux. Pour finir, il expectora quelques mucosités dans les flammes, où elles grésillèrent un moment. Ash resta là, la tête pendante entre ses jambes.

— Le garçon, c'était le vôtre, n'est-ce pas ? L'apprenti qu'elle a fait brûler à Q'os ?

— Oui, c'était le mien, répondit Ash de sa voix enrouée.

— Mais il ne portait pas de sceau.

— Non, il n'en portait pas.

Le vieux *farlander* était donc humain après tout, songea Ché.

Il examina l'homme dans la pâle lumière du petit matin. Ash avait bien vieilli depuis la dernière fois que Ché l'avait vu, des années plus tôt, à Cheem. Il était plus maigre que dans son souvenir. Dans son visage, les os saillaient sous sa peau sombre, froissée, ridée et plus fine que du papier. Son petit bouc de barbe grise avait poussé. Profondément enfoncés dans leur orbite, ses yeux montraient un peu de jaune.

Il avait tout d'un vieil homme, plus près du seuil de la mort que de toute autre chose.

— Qu'est-ce que je fais là ? demanda Ash. Tout cela n'a aucun sens.

— C'est exactement la question que je me pose depuis un moment.

Le *farlander* releva la tête pour scruter le Diplomate. Les yeux d'Ash se posèrent sur l'extrémité écrasée des auriculaires du jeune homme. Il grimaça.

— Que fais-tu ici, Ché ? demanda-t-il. Tu es l'un d'eux ?

Ché détourna la tête.

— Ché ?

À mesure que le temps s'étirait, le Diplomate sentit monter la suspicion du vieil homme.

— Tu as quitté Sato sans nous prévenir, hasarda Ash.

De nouveau, Ché contempla l'oiseau qui planait dans le ciel. Une part de lui-même voulait tout confesser au vieil homme – avouer le rôle qu'il avait joué dans la destruction de l'ordre des Rōshuns. Mais il en était incapable.

Néanmoins, la compréhension se faisait jour peu à peu dans l'esprit du vieux *farlander*.

— Tu étais avec eux tout du long. Avec l'Empire. Mais comment ? Le Prophète aurait dû le voir en toi. (Ash se redressa, même si le mouvement lui provoqua des douleurs.) Ché, qui es-tu ? Qu'as-tu fait ?

— Je suis un Diplomate, aboya Ché. Un Diplomate qui n'a d'autre choix que de vivre la vie qui est la sienne. Et ce que j'ai fait, vieil homme, c'est vous sauver la vie.

Ché s'efforça de se calmer, sous le regard incrédule du *farlander*. Les émotions roulaient et enflaient en lui.

« Tout est fini alors », avait tristement déclaré le vieux Prophète à Ché, tandis qu'ils regardaient brûler le monastère rōshun dans la nuit de Cheem. Tous ceux qu'il avait connus pendant les années qu'il avait passées là-bas, ceux qui s'étaient liés d'amitié avec lui, qui avaient été une famille pour lui, tous ceux-là étaient morts ou en train d'agoniser dans les flammes.

« Autant me finir, Ché », lui avait encore dit le Prophète. « Fais-le maintenant. Je préférerais que ce soit toi plutôt qu'un étranger. »

Ché sentit sa gorge se serrer. Il regarda Ash de l'autre côté du petit feu. Il savait que le vieux Rōshun était désormais l'un des derniers des siens – et que celui-ci ne le savait même pas.

Ce savoir avait la consistance d'un sale petit secret dans son esprit.

— Ils savent que les Rōshuns sont à Cheem, dit Ash, en levant sur Ché un regard accusateur chargé d'une soudaine colère.

Ché ne voulait pas répondre.

Le vieil homme repoussa le manteau qui le couvrait et s'élança en direction de Ché ; il s'effondra sur le sol avant d'avoir pu l'atteindre. Ché demeura immobile. Il regarda le *farlander* qui tentait de se relever – en vain.

Pour finir, Ché se leva et vint remettre Ash à l'endroit où il était allongé, puis déposa de nouveau le manteau sur son corps tremblant. Ash observa les nuages dans le ciel ; sa poitrine montait et descendait à un rythme très rapide. Ché se sentit ému au point de vouloir parler, de partager avec le vieil homme l'expérience des pertes qu'il avait lui-même subies, mais il s'interrompit, la bouche grande ouverte.

Le vieux Rōshun gloussait ; un son brisé empli d'amertume.

— Tout est perdu, ricana Ash pour lui-même.

Ché inclina la tête sur le côté, curieux subitement. Il regarda le sourire s'évanouir sur le visage du *farlander*. Ash retrouvait son sérieux, une fois encore.

— Je suppose que vous voulez me tuer, dit Ché.

Le vieil homme fixa sur lui un regard dur.

— Lorsque j'en aurai la force.

Ash tourna la tête et vit le jeune faucon qui redécollait du sol de l'autre côté de la vallée. Cette fois-ci, il tenait entre ses serres une petite créature qui se débattait.

Il se laissa aller en arrière et ferma les yeux.

Dans les premières lueurs de l'aube, Auroch observait les soldats impériaux en train d'explorer, deux par deux, le champ de bataille à la recherche de survivants. Lorsqu'ils trouvaient l'un des leurs qui respirait encore, ils appelaient un brancardier. Et lorsqu'ils tombaient sur un Khosien blessé, ils regardaient tout d'abord si l'homme n'était pas un officier, puis l'achevaient d'un coup de lance.

Un binôme de ces nettoyeurs venait de s'arrêter non loin de l'endroit où Auroch gisait. Ils examinaient un Garde rouge blessé, dont la main s'agitait à la surface d'une masse de corps sous laquelle il était enfoui. L'un des soldats impériaux écarta la main d'un coup de pied, puis pesa de tout son poids sur le bras pour l'empêcher de bouger. L'autre assena deux coups ; ses yeux étaient aussi mornes que le ciel laiteux au-dessus de leurs têtes.

Auroch détourna la tête, épuisé et sans aucun espoir désormais.

Il avait passé la nuit allongé sur le sol, coincé sous le corps du colosse des tribus du nord, plus lourd qu'une montagne. Comme un ruisseau rouge et chaud, le sang du géant à l'agonie avait coulé de sa blessure dans l'air vif, inondant le torse d'Auroch ; le guerrier khosien en avait certes été préservé du froid, mais il avait bien failli suffoquer sous la pression qu'exerçait l'énorme masse sur sa cuirasse délabrée. Il était écrasé, prisonnier, et le simple fait de respirer exigeait de lui un terrible effort de volonté.

Venir à bout du géant en plein cœur de la bataille avait contraint Auroch à livrer le meilleur combat à l'épée de sa vie. Ils avaient combattu comme deux guerriers dans la fosse, au contact l'un de l'autre, en une étreinte brutale et physique. C'était Auroch qui avait encaissé le plus gros des coups. Dès le premier instant, il avait compris qu'il n'avait qu'une infime chance de l'emporter ; et il l'avait tentée, crânement, même lorsque ses jambes avaient commencé à se dérober sous lui. Un coup donné à l'instant parfait avait touché le colosse dans le bas de la cuisse, au point de le paralyser. Un bref instant, Auroch avait ressenti le frisson de la victoire, mais le géant avait alors tendu les bras devant lui pour l'attraper. Le poids énorme du géant les avait entraînés tous deux au sol – où Auroch était resté piégé.

Le sang encroûtait son visage à l'endroit où sa pommette semblait bien être fracturée. Il n'arrivait plus à ouvrir l'œil droit, ni à bouger sa main gauche. Malgré sa force, il n'était pas parvenu à repousser son ennemi mort sur lui.

Un beau bordel, avait-il songé en contemplant le ciel nocturne au-dessus de sa tête, et en écoutant le fracas des combats qui allait s'éloignant. Il savait qu'on l'avait laissé pour mort.

Autour d'eux, les morts et les blessés tombés çà et là s'étaient vidés de leur chaleur. Un homme sanglotait, brisé ; d'autres gémissaient de douleur et d'effroi d'avoir eu un membre arraché. Un jeune homme réclama sa mère en criant, toute honte oubliée ; plus tard, il hurla qu'il n'était pas prêt pour mourir. Des voix haletaient, murmuraient des prières ; des voix khosiennes et manniennes aussi. Un homme à l'accent du nord prononcé parla à sa femme, lui disant qu'il rentrerait bientôt, qu'il l'aimait et qu'il regrettait de l'avoir trompée. Un autre appelait ses camarades déjà repartis, ou déjà morts à côté de lui ; personne ne lui répondit.

À un moment donné, le colosse du nord avait repris conscience dans un immense frisson. Il avait craché du sang et regardé autour de lui ; ses lèvres tremblaient. Puis il avait tenté de bouger son énorme carcasse ; en vain. Il sentait le corps d'Auroch sous le sein ; Auroch qui respirait et était toujours vivant.

Avec un accent guttural, l'homme avait demandé en négoce combien de temps la nuit allait encore durer.

Pendant un moment, ils avaient bavardé.

Il avait dit son nom : Ersha. Un mercenaire originaire de la tribu des Sengetti, qui vivait tout au nord sur la steppe glacée.

Puis il avait glissé de nouveau dans l'inconscience, plus ou moins au moment où la neige s'était remise à tomber au milieu de cette longue nuit, les recouvrant doucement comme si la grande Mère du monde les avait enveloppés d'une couverture.

Et là, dans les premières lueurs de l'aube, un gémissement s'échappa des lèvres d'Ersha – un souffle d'air qui donnait l'impression qu'il avait retenu sa respiration pendant tout ce temps. Au cours de la nuit, leurs deux corps s'étaient peu à peu fondus l'un dans l'autre pour former un amas de sang séché et de muscles engourdis. Une nouvelle fois, le titan poussa sur ses bras dans un effort pour se dégager d'Auroch ; une nouvelle fois, il échoua. Il faillit bien écraser Auroch pour le compte lorsqu'il retomba dessus.

— Vous autres Khosiens ne faites pas de bons matelas, dit Ersha avec son accent rugueux.

Auroch émit un grognement.

— Et vous, ceux du nord, de bien piètres couvertures.

Un sifflement ; quelque chose ressemblant à un rire.

Auroch grimaça ; les secousses de la masse colossale le clouaient à son armure brisée. Les deux hommes restèrent silencieux un moment. Apparemment, Ersha éprouvait lui aussi quelques difficultés à respirer.

Pour finir, ce fut l'inconfort qui poussa Auroch à parler de nouveau – ne serait-ce que pour penser à autre chose.

— Dis-moi, demanda-t-il. Est-ce vrai que vos femmes se percent les parties intimes pour les orner de bijoux ?

Ersha redressa la tête pour baisser son visage barbu sur Auroch. Ses dents étaient taillées en pointes.

— Oui, c'est vrai. On le faisait depuis longtemps quand les Q'osiens s'y sont mis.

— Vos femmes doivent être bien plaisantes au lit.

— Ne fais pas ça, souffla l'homme du nord. Ne me fais pas penser à mes femmes. Ça m'étonnerait que tu aies envie que je chope la gaule.

Auroch fit de son mieux pour ne pas éclater de rire.

— Tu veux que je te dise ? Tu l'as déjà chopée.

— Tu plaisantes.

— J'aimerais bien.

Un instant de silence s'installa.

— On pourrait croire, reprit le géant, d'une voix devenue sourde. On pourrait croire que passer sa nuit à se vider de son sang finirait par diminuer ce genre de choses.

— On pourrait le croire.

— Au fait, c'était un joli coup à ma jambe.

C'était la deuxième fois que l'homme lui en faisait le compliment. Auroch lui fit la même réponse que précédemment.

— Tu laisses une ouverture. Tes défenses en ligne basse laissent à désirer.

— C'est à cause de ma taille. Tu dois avoir le même problème.

— Oui.

Le soleil nimbait de lumière les nuages au-dessus de leurs têtes. Ils avançaient presque imperceptiblement, mais plus Auroch les regardait et plus il avait le sentiment que c'était lui qui bougeait ; lui et le reste du monde en dessous.

Au loin, une voix se tut brutalement, coupée en plein cri.

—Tu devrais être content, Auroch. Qu'est-ce qui est le mieux ? Mourir à côté de ta charta brisée, ou pourrir dans un cachot pendant le reste de ton existence ?

—Ce n'est pas vraiment une fin très glorieuse. Embroché et cloué au sol par une érection.

—Ne fais pas ça, dit Ersha dans un gloussement. Cela me fait vraiment mal quand je ris.

Les tressautements du corps du géant sur le sien arrachèrent une grimace à Auroch.

—Au fait, tu ne m'as pas dit ce que tu avais fait pour mériter ta condamnation.

Auroch passa sa langue sur ses lèvres desséchées. La soif lui brûlait la gorge.

—J'ai tué un homme, répondit-il. Un héros de Bar-Khos.

—Un héros ? Et que t'avait-il fait, ce héros ?

—Il avait profité de mon jeune frère, avant de lui briser le cœur.

—Ah, je comprends.

Pendant un instant, Auroch écouta le souffle d'Ersha, qui s'amenuisait doucement. Le géant luttait pour rester conscient.

Un jour, Auroch avait fait la connaissance d'Adrianos, le héros du raid de Nomarl. C'était deux années auparavant, lorsque la foule s'était déplacée en masse pour assister à la victoire d'Auroch qui avait fait de lui le champion de Bar-Khos. Il avait apprécié son esprit vif et éprouvé de la sympathie pour lui – voire une certaine admiration pour ce qu'il avait accompli contre l'Empire.

Le cadet d'Auroch avait admiré Adrianos lui aussi, lorsqu'il était entré dans les Forces spéciales sous son commandement. L'année précédente, à seulement vingt-quatre ans, il avait trouvé la mort au cours d'une bagarre dans une taverne, déclenchée par un groupe d'amis d'Adrianos qui chantaient bien fort les louanges de leur héros. La mort de son jeune frère avait choqué Auroch au plus profond de lui-même, et plus encore après qu'il avait découvert les motifs de la rixe et les causes de la soudaine hostilité de son cadet envers Adrianos.

D'y repenser suffisait à raviver la colère en lui.

Auroch tourna la tête sur le côté et se purgea du souvenir en une longue expiration. À travers ses larmes, il n'apercevait rien d'autre qu'un immense tapis de cadavres qui s'étirait dans toutes les directions. Il espérait que Wicks s'en était tiré ; qu'il ne gisait pas quelque part parmi les morts.

Une paire de bottes apparut dans son champ de vision. Auroch cligna des yeux pour éclaircir sa vue brouillée, puis releva la tête ; deux soldats appuyés sur leur lance le regardaient.

— Il y en a un, dit le plus petit des deux.

Il arma son bras, en dirigeant la pointe ensanglantée de son arme droit sur le cou d'Auroch.

Le Khosien se força à ne pas ciller. Les yeux grands ouverts, il attendait la mort, en souhaitant seulement qu'elle soit rapide.

— Non, croassa Ersha. (Le géant tourna la tête autant qu'il put pour les regarder.) Celui-là… Celui-là est à moi.

Les deux soldats plissèrent les yeux, évaluant l'état général du colosse.

— On a des ordres, dit le plus petit. Pas d'esclaves. On les tue tous sauf les officiers.

— Je n'en ai rien à foutre des ordres, gronda Ersha. Celui-là est à moi, compris ?

— À toi ? Tu auras de la chance si tu vois le soleil se coucher.

À tâtons, l'homme du nord tenta de saisir quelque chose à son côté. Il jura, puis parvint à ramener dans son poing serré un cordon noir. Sa respiration était lourde et sifflante.

Ersha passa le cordon par la tête d'Auroch et le fit glisser autour de son cou. Une pierre taillée était fixée au bout du cordon.

— À moi, répéta-t-il entre ses dents serrées.

Ché et Ash n'échangèrent guère de paroles pendant leur traversée de la zone de collines bordant la vallée du Silence. Ils s'efforçaient de mettre la plus grande distance possible entre eux et le site de la bataille, en effectuant un long contournement par l'ouest le long du flanc de la vaste cuvette. Vers le sud, le relief montait encore pour s'élever jusqu'aux sommets arides couronnés de neige, qu'ils apercevaient par instants à travers les branches des arbres, au fil des ravines et des vallons tapissés de sauge.

Tous deux avaient retourné leurs manteaux blancs pour n'en montrer que la doublure d'un gris discret. Ché menait le zel par la bride et Ash était en selle. Le *farlander* restait extrêmement faible. Souvent, il réclamait une halte pour vomir et expectorer ce qui l'encombrait.

Ils n'avaient absolument rien à manger. Ché cueillit des baies en chemin, mais Ash refusa d'en manger, affirmant que son estomac refuserait de les garder. Il souffrait d'une commotion, et Ché savait fort bien que bouger le vieux Rōshun dans cet état était la dernière chose à faire. Mais passer encore une nuit dans le froid serait bien pire. Ash n'avait pas la mine d'un homme capable de survivre à une telle expérience.

En fin d'après-midi, ils firent halte sur une crête élevée ; les yeux plissés pour les protéger du vent mordant, ils scrutèrent en contrebas la plaine inondable qu'on appelait le Bras. Cette étendue fertile était recouverte de neige et de givre. Des fermes et des villages étaient disséminés çà et là, ainsi que des bois et des bosquets de bouleaux, de pins jaunes et de tiqs. Des colonnes de fumée montaient vers le ciel ; les champs où la végétation n'avait pas encore commencé à pousser étaient incendiés. Le long des pistes sales, des familles entières fuyaient à bord de chariots ou en tirant des carrioles, leurs maisons abandonnées derrière elles.

L'air était étonnamment clair ce jour-là. À une dizaine de laqs de distance vers le nord-ouest, Ché apercevait le lac Bouillon, et à sa surface une tache pâle : la ville de Tume. Une mince tranche noire s'élevait en son centre. *L'ancienne citadelle*, se dit-il. Plein nord, les méandres glacés du fleuve Cannelle sinuaient vers le lac, plus ou moins le long de l'axe plus rectiligne de la piste principale. Celle-ci était bondée d'hommes à pied : l'armée khosienne qui se repliait.

— Ils se dirigent vers Tume, annonça Ché.

Plissant les yeux, il se concentra sur le grand lac et sa ville insulaire. Un point noir flottait dans l'air au-dessus de la citadelle. Une aéro-nef.

Il considéra ensuite les nuages de plus en plus sombres. *Il va bientôt neiger.* Ché se tourna vers Ash, dans l'espoir que le vieux Rōshun propose quelque chose. Mais le *farlander* à bout de forces dodelinait de la tête sans rien dire.

— Sparus et son armée ne vont pas tarder à venir jusqu'ici, marmonna Ché pratiquement pour lui-même. (Il poursuivit ensuite d'une voix plus forte, de manière à être entendu d'Ash.) On n'a pas le choix.

Il tira le zel par la bride et ils se mirent en route vers la ville.

— Miséricorde, dit Kris en remontant sur ses épaules les bretelles de son nécessaire de soins. J'ai l'impression que mes pieds vont tomber.

Boucle coula un regard vers son amie plus âgée qu'elle, et constata qu'elle n'avait même pas l'énergie de trouver une réponse. Déjà atrocement douloureux, ses propres pieds la faisaient encore plus souffrir d'avoir à marcher sur la structure de bois bordé du pont flottant qui permettait de rallier Tume.

Autour d'elles marchaient les blessés, les soldats meurtris dans leurs chairs, tous boitant, traînant la jambe et se soutenant les uns les autres du mieux qu'ils pouvaient. Comme Boucle, tous ces hommes étaient trop épuisés pour parler. Dans leurs visages vides d'expression, couverts de crasse et de sang séché – excepté aux endroits que leur casque recouvrait – leurs yeux battus donnaient l'impression qu'ils avaient passé la nuit à contempler le cœur rougeoyant d'une fournaise. Ensemble, ils avaient traversé l'essentiel de l'horreur et des épreuves. En ce nouveau jour, Boucle constata qu'elle ne se comportait plus comme une civile, mais comme un membre à part entière de l'armée khosienne.

Un flot de citoyens de Tume bien plus présentables avançaient à contresens, poussant ou tirant leurs maigres possessions, fuyant la ville. Au passage, ils jetaient des regards nerveux aux soldats ; ils voyaient en eux non pas des sauveurs, mais des signes avant-coureurs de la défaite. Boucle n'était pas absolument certaine qu'ils étaient dans l'erreur.

Elle resserra son manteau autour d'elle pour se protéger de la neige fondue qui tombait. Ses cheveux trempés collaient à son crâne et le froid lui brûlait les oreilles ; elle aurait donné beaucoup pour avoir une capuche à rabattre sur sa tête. Elle s'essuya le visage et tint son regard obstinément fixé sur le dos du soldat qui la précédait. Les bras tenus serrés autour de lui, l'homme frissonnait ; il n'avait plus de manteau. Les nuages blancs de son souffle voletaient au-dessus de sa tête enveloppée dans un bandage sanguinolent.

Devant lui, tout au bout de la longue ligne d'hommes qui se traînaient d'un pas lourd sur le pont, on avait ouvert en grand les portes de la bretèche fortifiée, derrière lesquelles s'étirait de part et d'autre la cité de Tume.

Seule la citadelle, dont les murs et les tours s'élevaient loin au-dessus des toits des maisons, était édifiée sur la terre ferme – une proéminence rocheuse au milieu du lac. Tous les autres bâtiments, de bois bordé comme le pont, flottaient sur d'immenses masses de ce que Kris appelait les « herbes du lac ». Il s'agissait d'une forme végétale naturelle, qui avait pour particularité de filtrer et retenir les nutriments et les éléments minéraux, de sorte que l'eau était aussi limpide que celle d'un petit lac de montagne. Boucle distinguait parfaitement, sur les fonds envasés, les rochers couverts d'algues et la flore diverse qui les peuplait. Près de la surface, elle aperçut également des bancs de poissons en train de se repaître des jeunes pousses à la lisière des hautes herbes flottantes.

Elle comprenait par ailleurs ce qui valait au lac Bouillon d'être ainsi nommé. Par endroits, l'eau bouillonnait littéralement, en particulier le long de la rive sud, où de grosses bulles venaient crever la surface, relâchant dans l'air vif des nuages de brume.

— Tu vois la rive qui est là-bas ? dit Kris, qui s'était aperçue de son intérêt. Eh bien, tu peux y creuser un trou, attendre qu'il se remplisse d'eau, puis ensuite faire cuire ton repas dedans.

Au prix d'un effort, Boucle hocha la tête. Elle se demandait comment quiconque pouvait songer à manger dans un lieu où l'air empestait si fort l'œuf pourri.

Devant elle, elle vit que certains regardaient en direction de la rive au loin, côté est. À cause du mouvement des habitants qui fuyaient, elle ne put distinguer ce qui attirait leur attention.

— Écoute, lui dit Kris.

Boucle tendit l'oreille. Le vent à la surface des eaux changea de sens et les sons lui parvinrent. Les détonations sourdes des coups de feu.

— Ils arrivent, dit Kris.

Les habitants de Tume les entendaient eux aussi. Un murmure parcourut la colonne, puis des cris d'alerte. Certains firent demi-tour pour regagner l'abri des murs de la ville. D'autres au contraire poussèrent pour s'en éloigner au plus vite.

Les soldats de l'armée khosienne poursuivirent vers l'avant, l'esprit tout entier tourné vers la perspective d'un abri et d'un repas chaud.

30

Ponts brûlés

Il se disait que la tortue avait trois cents ans, soit le même âge que la citadelle qui depuis toujours était sa demeure. Au cours de sa longue et pesante existence, la créature avait connu des temps de disette et d'abondance, de guerre et de paix – et même de révolution. Ses yeux avaient vu des générations de la famille régnante de Tume vieillir et mourir entre ces murs humides, l'une après l'autre. Elle avait été le témoin de la naissance d'innombrables enfants, de bals et de banquets, de disputes amères, de querelles assassines, d'intrigues amoureuses, de maladies mortelles, jusqu'à devenir elle-même une partie vivante de l'histoire, un lien entre les aïeuls disparus et les descendants à naître.

Debout contre une table basse, dressée sur ses pattes arrière, la tortue semblait se soucier bien peu de son prestigieux patrimoine. Elle étirait son long cou parcheminé pour s'emparer d'une pomme verte posée dans un compotier, ignorant méticuleusement les soldats qui arrivaient en masse et cherchaient un coin où s'installer entre les murs du grand hall.

Elle était si calme de tempérament qu'elle en ignora la paire de gantelets qui atterrit sur la table à côté de la coupe contenant le fruit, de même que l'homme marchant à grands pas le long de cette table. La tortue emporta la pomme sur le sol et entreprit de mordre dedans, tandis que la haute silhouette s'éloignait vers un groupe de personnes rassemblées autour de l'âtre central où brûlait un feu.

L'homme paraissait gigantesque dans sa colère, engoncé dans sa peau d'ours.

— Où sont mes maudits renforts ? hurlait le général Creed au Principari de Tume. (Sa voix résonnait sous les hautes voûtes du plafond.)

Les réserves d'Al-Khos ? cria-t-il encore en voyant son interlocuteur se détourner des flammes pour lui faire face.

Vanichios ouvrit un peu plus grand les yeux sous le rebord de sa coiffe de velours bleu ; son visage n'était pas fardé de blanc selon la coutume des Michinès.

D'un signe de tête, le Principari congédia les hommes qui l'entouraient, tous revêtus de la tenue grise des conseillers. Puis il croisa les mains dans son dos et attendit que le général Creed s'approche ; ses bijoux de diamants étincelaient dans les plis lustrés de sa tunique de soie.

Creed se planta devant lui, le souffle court. La surprise le saisit lorsque Vanichios tendit les mains devant lui et l'embrassa sur chaque joue comme s'ils étaient encore amis. Le Principari dégageait un léger parfum de sureau et de savon.

— Général, dit Vanichios de sa voix douce, tout en examinant la mine de Creed avec un air inquiet sur le visage. Venez, nous devons parler.

Sans attendre de réponse, il se dirigea vers une alcôve où aucun soldat ne s'était encore installé, et où son épouse, Carine, faisait retirer par un groupe de serviteurs les tableaux et livres précieux exposés là sur des étagères.

— Carine, murmura Vanichios à sa femme. Laissez cela, s'il vous plaît. Les enfants et vous-même devez vous préparer.

D'un geste, Carine écarta les cheveux gris qui lui tombaient sur le visage, et regarda fixement le général pendant que son mari faisait les présentations.

— Soyez le bienvenu, général, dit-elle avec une petite inclinaison de la tête. Je vous en prie, faites comme chez vous. Vous devez être épuisé.

Il n'y avait aucune trace de rancœur dans sa voix ; rien d'autre qu'une parfaite courtoisie. Instantanément, le général Creed se sentit décontenancé d'avoir parlé aussi fort, debout dans son armure puante et avec ses hommes en train de s'installer partout comme en terrain conquis. Pour toute réponse, il inclina la tête ; il ne savait pas quoi dire.

Pour être honnête, il s'était attendu à être accueilli un peu plus fraîchement dans le grand hall du Principari – cet homme dont il avait été l'ami, au temps où ils étaient tous deux de jeunes officiers frais émoulus au sein de la Garde rouge. Ils étaient restés quinze années sans se parler ; à compter du jour du duel, et du mariage concomitant de Creed avec la femme pour laquelle ils s'étaient battus.

Vanichios pria son épouse de les laisser seuls. La cicatrice du duel était toujours visible sur sa joue droite, et il avait les traits tirés et la mine un peu hagarde à cause de l'inquiétude et du manque de sommeil ; Creed comprit que beaucoup d'eau avait coulé sous les ponts, et qu'il avait fait irruption plein de colère chez un homme qui ne lui voulait plus aucun mal depuis fort longtemps. Avant tout, il était dans la demeure d'une famille subitement agressée par l'arrivée de la guerre. Creed observa les regards que le Principari et sa femme échangèrent et prit conscience des liens qui les unissaient. Carine s'éloigna.

Marsalas éprouva une subite flambée de désir teinté de nostalgie, non pas pour cette femme-là, mais pour la sienne qui n'était plus.

— Les réserves, reprit Creed, mais d'un ton devenu calme. (D'un geste, Vanichios l'invita à prendre place dans un fauteuil, tandis que lui-même s'installait dans un autre.) Pourquoi ne sont-elles pas là ?

— Parce qu'elles sont encore à quatre jours de marche forcée d'ici, annonça le Principari en repoussant un coin de sa tunique sur ses genoux. Elles n'ont quitté Bar-Khos qu'hier.

— Quoi ? s'exclama Creed.

— Apparemment, Kincheko était réticent à l'idée de laisser partir ses réserves. Il a longuement pinaillé avant de se décider.

Creed se prit la tête à deux mains, comme sous le coup d'une violente douleur subite. Pendant un moment, il se contint, le temps de digérer lentement la nouvelle.

— J'aurai sa foutue tête pour ça.

— Pas si je la prends en premier, répliqua Vanichios.

Creed vit alors à quel point le Principari était sincèrement scandalisé derrière sa mine et ses manières parfaitement contrôlées.

Le général se redressa dans son fauteuil. Ses plaques d'armure et sa vénérable cuirasse de cuir matelassée gémirent. Il vrilla son regard sur Vanichios.

— Nous ne pouvons pas tenir cette ville. Pas sans l'artillerie lourde qu'ils sont censés nous apporter.

— Nous avons les pièces que vous nous avez envoyées.

— Cette artillerie de campagne ne servira pas à grand-chose pour le siège qui s'annonce. J'avais surtout dans l'idée d'éviter qu'elle tombe entre les mains des Manniens.

Creed vit que Vanichios savait déjà tout cela.

Creed laissa filer un long soupir de frustration, puis promena son regard sur le hall. Il suivit des yeux la fumée qui montait du feu vers le dôme du plafond voûté pour s'échapper par les ouvertures noircies disposées en cercle. Par moments, des rafales chargées de neige fondue la rabattaient vers l'intérieur. Des arbres poussaient tout en haut, des belladones à feuilles pourpres accrochées aux murs et dont les ramures surplombaient l'immense pièce. Sous cette canopée, ses hommes prenaient du repos, assis ou allongés sur une jonchée d'herbe fraîche. D'autres arrivaient encore, pour s'effondrer là où ils trouvaient de la place.

— Quatre jours, marmonna-t-il, sans même regarder Vanichios. Qu'est-ce qui l'a décidé à la fin ?

— J'ai menacé Kincheko de le provoquer en duel s'il ne les envoyait pas.

— Ah ! s'exclama Creed. Alors, il doit être encore moins bonne lame que vous.

Ils sourirent de conserve, oubliant un instant les soucis qui les cernaient. Vanichios donna même une petite chiquenaude à la cicatrice sur sa joue, avec un air de feinte indignation sur le visage. Ils rirent pour de bon ; des hommes se retournèrent vers eux.

— Je suis heureux de te voir entier et en bonne forme, dit Vanichios sur un ton chaleureux. Sincèrement. Nous avons trop longtemps repoussé ces retrouvailles. Et maintenant… (Il agita une main dans l'air devant lui.) Nous sommes jusqu'au cou dans les ennuis, et nous n'avons plus le temps de rattraper notre retard.

Creed essuya une larme que le rire lui avait fait monter au coin de l'œil. *Oui, c'est bon d'être ici*, se dit-il. *Bon de se parler de nouveau.*

À bien des égards, la guerre pouvait être détestable, mais elle tranchait dans l'absurdité ordinaire de la vie comme nul autre événement. D'un coup, Creed se souvint des qualités morales de l'homme en face de lui, de son humanité envers les moins fortunés, à un moment où même lui était tenté de ne plus voir la détresse et la misère qui l'entouraient. Cela provenait sans doute du fait que Vanichios était le plus jeune de quatre frères, soit celui occupant la position la moins élevée dans la hiérarchie traditionnelle d'une famille des Michinès.

Il avait survécu à son père et à ses frères, ce qui avait fait de lui le seigneur de Tume – la dernière chose qu'il avait jamais voulu être. Néanmoins, Creed trouvait que Vanichios était fait pour ce rôle, et que ce rôle était fait pour lui.

Vanichios se pencha en avant pour se rapprocher de Creed.

— Je t'ai envoyé un message de condoléances, dit-il d'une voix douce. J'espère que tu l'as reçu à temps.

— Oui, répondit Creed. (Il cligna des yeux.) Et j'ai été sensible à ta marque de sympathie.

Le souvenir lui revenait à cet instant. Une lettre était arrivée après les funérailles de sa femme. Du fond de son chagrin, il n'y avait pas accordé d'attention ; avec le temps, elle s'était perdue.

— J'ai pleuré lorsque j'ai appris la nouvelle de son décès, dit bravement Vanichios.

Puis il détourna la tête, comme pour s'empêcher d'en dire plus. Lui-même avait été profondément épris de Rose.

Creed tapota l'accoudoir de son fauteuil ; il ne savait pas quoi dire. Il n'était vraiment pas doué pour ces choses-là.

Une petite flaque s'était formée sur le sol à ses pieds. La neige accumulée sur son long manteau s'était mise à fondre et gouttait avec un petit bruit.

— Ils sont juste derrière nous, mon vieil ami, annonça-t-il. Nous devons brûler le pont avant qu'ils puissent se ruer dessus.

Vanichios plaça ses mains sous son menton. Une nouvelle fois, il hocha imperceptiblement la tête, avec une petite moue.

— Cela devrait les tenir éloignés quelques jours, jusqu'à ce qu'ils en mettent un autre en place. Après… (Creed secoua la tête tout en réfléchissant vite. C'était l'aptitude sur laquelle il avait toujours le plus compté.) Nous devons faire évacuer toute la ville, décida-t-il. Immédiatement.

L'œil gauche du Principari papillota.

— Tu crois vraiment que notre situation est si désespérée que ça ? J'ai entendu des rumeurs disant que la Matriarche était morte.

— Des rumeurs, oui. Nous ne le savons pas encore avec certitude. Quoi qu'il en soit, ils voudront prendre Tume avant de pousser vers Bar-Khos. Ce serait trop dangereux pour eux de nous laisser dans leur dos.

Vanichios prit une profonde inspiration, s'emplissant longuement les poumons.

— Cette citadelle tient bon depuis trois siècles, Marsalas. Je dispose de cinq cents hommes dans ma garde. Des hommes courageux et en bonne santé. Ils se battront.

— Cette citadelle a été bâtie pour d'autres époques. Pour des armées avec des balistes et autres formes d'artillerie rudimentaires. Face aux canons de l'Empire, les portes voleront en éclats en quelques heures à peine. Tu sais cela, mon vieil ami.

— La question n'est pas vraiment là, dit le Principari. Tume est la demeure de ma famille depuis neuf générations, Marsalas. Je ne peux tout simplement pas l'abandonner.

— Si tu ne pars pas, tu mourras ici.

Un silence un peu tendu se fit.

— Je n'aurais jamais dû les laisser emporter les canons de la ville, il y a de cela des années, dit Vanichios d'une voix pensive. Nous ne serions pas dans ce pétrin aujourd'hui si je les en avais empêchés.

— Et le Bouclier serait peut-être tombé. L'heure n'est plus aux « si » et aux « peut-être ».

— Il n'est pas exclu que le Bouclier tombe. Il subit une terrible attaque en ce moment même. Le général Tanserine a bien du mal à tenir le mur de Kharnost.

Ce fut au tour de Creed de grimacer. Tanserine était leur meilleur général pour les stratégies de défense. S'il avait du mal à tenir, cela signifiait que l'attaque était la pire encore jamais vue.

Les portes du hall s'ouvrirent à la volée ; un flot de neige fondue entra dans la pièce et un coulis d'air froid lui passa dans le cou.

Des hommes jurèrent et ordonnèrent en criant qu'on referme les portes. Pendant un instant, alors que les nouveaux arrivants luttaient pour refermer les lourds battants, ils entendirent le son du canon dans le lointain ; les quelques pièces d'artillerie dont ils disposaient tiraient sur la rive.

— Nous devons faire vite, observa Creed, en notant tout de même qu'il était incapable de se secouer.

— Oui, convint Vanichios, sans bouger lui non plus pour autant.

Exténué, Creed chercha Bahn autour de lui. Puis il se souvint que Bahn n'était plus là. Que Bahn était probablement mort.

Il se passa une main sur le visage et les yeux, comme s'il avait voulu s'abstraire du monde pendant un instant béni. Le chagrin de la perte de ses hommes demeurait tapi dans un coin de son esprit ; pour autant, il y avait du soulagement aussi. Son plan avait miraculeusement fonctionné et, d'une certaine manière, il avait mené ses hommes à la bataille et les avait fait se replier en limitant les pertes.

La sensation qu'il ressentit alors fut si vive que ses doigts se mirent à trembler. L'émotion lui rendait les yeux douloureux.

— Tu te sens bien, Marsalas ?

— Je suis seulement fatigué, répondit Creed.

Un instant, il se sentit perdu. Vieux.

— La guerre n'est pas faite pour les jeunes, dit Vanichios. Ni pour les fanatiques de l'adoration de soi qui ne rêvent que de conquérir le monde.

— C'est bien vrai.

— Alors, pissons-leur dessus, déclara le Principari, le regard soudain allumé d'une lueur fière et farouche.

C'était un regard qui ramenait Creed plus de quinze années en arrière. Il sentit sa gorge se nouer, et son cœur se gonfler d'un sentiment d'affection.

Il comprenait que son vieil ami se préparait à mourir.

Ash tira son manteau sur sa tête, même si cela irritait la boursouflure tout juste recousue de sa blessure. Il luttait de toutes ses forces pour ne pas tousser ; chaque fois, la douleur était insupportable. Le zel marchait lourdement sur les planches de Tume, et Ash se laissait bercer, mi-endormi et mi-éveillé, conscient de tout ce qui se passait, mais d'une façon incertaine et discontinue comme au sortir d'un rêve.

Le Diplomate marchait devant lui, menant le zel par la bride de sa main gantée. Autour du jeune homme, des milliers de personnes allaient le long des pontons, les bras chargés de tout ce qu'elles pouvaient porter. Elles se dirigeaient vers le canal parallèle à la grande artère. Des embarcations de toutes tailles s'élançaient sur le lac, ou s'enfonçaient dans les eaux sous le poids des affaires et des gens qui les remplissaient. Une trompe sonnait sans relâche depuis la citadelle toute proche ; les cloches des temples sonnaient à toute volée, ce qui ne faisait qu'ajouter au sentiment d'urgence général.

De toute sa vie, Ash ne s'était jamais senti aussi vidé. De sa vision brouillée, il observait un petit garçon de quatre ou cinq ans, tout seul au milieu de la rue, en train de pleurer, terrorisé à l'idée d'être abandonné ; de grosses larmes dévalaient sur ses joues rougies, et les sanglots agitaient ses petites épaules. Au passage, Ash tenta de dire quelque chose à l'enfant, mais sa bouche était toute sèche et engourdie ; il ne parvint qu'à tousser plusieurs fois. Il se retourna pour voir la frêle silhouette disparaître derrière une escouade de soldats qui faisaient de leur mieux pour maintenir un semblant d'ordre.

— Ils partent. (C'était Ché qui s'adressait à lui en criant.) Ils partent tous !

Ash baissa la tête en plissant les yeux. Il inspira une goulée d'air et toussa une nouvelle fois dans sa main, dans un grand râle.

— D'accord, dit Ché. J'ai compris.

Ils bifurquèrent dans une petite rue perpendiculaire et circulèrent dans un quartier de petites habitations de bois noir. Le zel avançait sur une sorte de ponton étroit ; de part et d'autre, on apercevait les hautes herbes brunes du lac. De près, la végétation ressemblait fort à une algue aux longues feuilles plates emmêlées, le long desquelles remontaient de grosses bulles d'air. Pour aller plus vite, des gens coupaient à travers ces étendues glissantes, les bras tendus en balancier pour garder leur équilibre.

Ils traversèrent des canaux secondaires et d'autres rues, jusqu'à parvenir à la rive ouest de l'île, dans une zone où les constructions paraissaient plus cossues ; édifiées sur des parcelles closes, les demeures de trois étages avaient toutes les portes verrouillées et les volets fermés. Aucune lumière n'était visible. La rue était déserte, mais une large artère la croisait à son extrémité, orientée dans l'axe nord-sud. Au-delà de cette voie, par-delà le rideau de neige fondue qui tombait, les tresses d'herbes densément mêlées affleurant à la surface du lac Bouillon formaient comme des plages brillantes et huileuses d'aspect. Les eaux du lac, ternes dans le crépuscule, s'étiraient jusqu'à une masse d'arbres sombres sur la berge opposée.

Ché s'escrima sur un portillon verrouillé, tandis qu'Ash regardait les bateaux qui déjà s'éloignaient de l'île – sans parvenir à saisir pleinement ce que cela signifiait.

Le Diplomate poussa un juron et se secoua les mains pour les réchauffer. Il jeta un regard en direction d'Ash, exactement comme s'il avait voulu le mettre au défi de faire un commentaire. Ash considéra la maison devant eux, en se demandant s'il n'était pas en train de rêver. C'était une belle demeure khosienne avec du verre de qualité aux fenêtres et un toit en forme de cloche ; les avant-toits, qui débordaient largement en saillie hors des murs, étaient recourbés à leur extrémité pour créer des gouttières joliment dessinées. À chacun des angles de la bâtisse, des citernes permettaient de récupérer les eaux de pluie.

Le portillon céda dans un craquement, et Ché mena Ash et le zel à l'intérieur. Il arrêta la bête docile et s'approcha de la porte d'entrée. Une rafale vint fouetter le visage d'Ash, et ramener un semblant de vie en lui. Le vieux Rōshun vit Ché ouvrir la porte sur un intérieur plongé dans l'ombre.

Ash tenta de mettre pied à terre, mais son corps ne répondait plus vraiment. Il chuta lourdement sur le sol et demeura là sans bouger, le souffle court. Tout en marmonnant quelque chose au sujet des vieux *farlanders* un peu piteux, Ché le prit sous les bras pour le tirer à l'intérieur.

— Là, dit Halahan, l'œil collé à sa longue-vue. Sur la droite. Une épaule.

Hoon plissa un œil pour accommoder sa vision à travers la lunette de visée de son fusil à canon long. Il y avait bien un ressaut à l'extrémité du pont, qu'il distinguait malgré le crachin de neige fondue et la lumière déclinante du crépuscule. Une ligne de boucliers de siège en bois avançait lentement sur le chemin de planches, poussée par des Commandos impériaux dissimulés derrière. Hoon fit tout doucement pivoter son arme.

— Je le vois, dit-il.

Puis il vida ses poumons et appuya sur la détente.

Le coup partit avec une détonation sèche, qui naguère lui aurait laissé les oreilles sifflantes pendant des jours, et qu'il ne remarquait presque plus désormais. Son oreille s'était « faite ». Dans sa longue-vue, qui tremblait légèrement à cause du froid qui rendait sa main moins ferme, Halahan vit une petite gerbe sombre jaillir de l'épaule du Commando tassé derrière le bouclier le plus à droite. Puis l'homme disparut.

— Confirmé, annonça-t-il.

L'air empestait la poudre noire. Hoon ouvrit son arme, puis en retira la gargousse vide pour la mettre dans son sac. Il souffla dans le canon pour invoquer la chance et préleva une nouvelle munition à sa ceinture.

Ils étaient agenouillés sur un balcon de la tourelle de droite de la bretèche édifiée tout autour de l'entrée dans la ville de Tume. Ses hommes étaient épuisés, même si ceux qui l'avaient accompagné sur la crête avaient eu l'occasion de dormir quelques heures après que les skuds les avaient largués dans la ville.

Halahan avait demandé qu'on leur distribue de l'huile de jonc pour les maintenir éveillés, et qu'on veille à ce qu'ils soient bien nourris.

Au-dessus d'eux, au sommet de la bretèche, l'un des canons de campagne de l'armée lâcha une volée de mitraille en direction de l'extrémité du pont. Les projectiles cinglèrent et balayèrent le passage de planches, emportant la rambarde latérale avec eux, pour finir dans l'eau du lac.

L'œil rivé à sa longue-vue, Halahan restait concentré sur ces boucliers de siège qui avaient interrompu leur progression. Ces positions allaient servir à des tireurs embusqués ; d'ailleurs, des panaches de fumée s'élevèrent, suivis un instant plus tard par le claquement des détonations. Il observait tout cela avec un sentiment de détachement, quand bien même quelques tirs venaient s'écraser en miaulant dans la pierre des créneaux derrière lesquels lui et ses hommes étaient abrités. Le jeune Cyril gisait au sol, avec dans le front un trou de la taille d'une pièce de monnaie.

Les autres Vestes grises en position à genoux le long du parapet ignorèrent le garçon passé de vie à trépas, pour tirer calmement, la tête bien rentrée dans les épaules, sur l'ennemi qui avançait sur le pont.

— Avancez, marmonna Halahan en pointant sa longue-vue sur une scène qui se déroulait bien plus près d'eux.

Les hommes de la garde de Tume, reconnaissables à leur cape de couleur fauve, avançaient vers l'autre côté du pont, en une ligne irrégulière derrière leurs propres boucliers de siège. À peu près à mi-parcours, ils essuyaient un tir nourri en provenance à la fois du mur de boucliers face à eux, mais aussi des tireurs embusqués sur la rive au loin. Dans son sillage, la section des gardes de Tume laissait un chapelet de morts et de blessés. D'autres hommes faisaient rouler de grandes jarres de terre cuite contenant de l'huile, écartant les corps qui les gênaient.

Leur rempart de boucliers s'était arrêté ; c'était ce qu'Halahan venait de voir. Les soldats qui les avaient poussés jusque-là tiraient l'épée ou encochaient des flèches sur leur arc.

Halahan redirigea sa longue-vue sur la ligne ennemie et régla la mise au point.

Il y avait du mouvement là-bas. Des Commandos sortaient de leurs positions abritées pour s'élancer le long de la portion du pont entre eux et les gardes de Tume. Halahan compta quatre escadrons ; les Commandos avançaient en petits groupes, en s'abritant tant bien que mal le long des parapets.

Les tireurs sur la tourelle de gauche de la bretèche firent feu et l'un des Commandos tomba. Les hommes autour d'Halahan en firent de même et leurs armes crépitèrent. Au-dessus, les canons entrèrent dans la danse ; au loin, des éclats de bois volèrent en tous sens sur le pont. Avec une sombre détermination, les Commandos continuèrent à progresser sous le feu.

Halahan ramena sa longue-vue sur les gardes de Tume. L'un des sergents s'était retourné pour faire signe aux hommes roulant les jarres. Le plus proche était encore à un demi-jet de distance ; l'homme s'arrêta pour regarder derrière lui la file de ceux qui le suivaient. Le sergent cria quelque chose. L'homme tira son épée et, d'un seul coup, sabra le goulot de la jarre. L'huile se répandit.

— Pas maintenant, bande d'idiots, marmonna Halahan.

Il vit alors chacun des autres soldats tirer son épée pour sabrer sa jarre. Halahan mordit à pleines dents le tuyau de sa pipe éteinte, tandis que prenaient corps ses pires craintes.

Une grenade explosa devant leur mur de boucliers. Les hommes s'accroupirent tandis qu'un nuage de fumée les enveloppait.

Le sergent en sortit d'un pas chancelant, en agitant les bras et en criant. Un de leurs archers décocha sa flèche sur les Commandos qui s'approchaient ; les gardes de Tume se bousculaient pour se mettre à l'abri derrière les boucliers.

Une autre explosion survint ; derrière le mur des boucliers cette fois-ci. Des hommes tombèrent à droite et à gauche. Un éclat incandescent partit en tournoyant vers le premier soldat en train de vider sa jarre. Tétanisé et bouche bée, l'homme regarda le brandon rebondir dans la flaque d'huile – et y mettre le feu. Des flammes s'élevèrent sur toute la surface du ponton ; les lueurs bleutées se teintèrent très vite de rouge et de jaune. Le soldat tourna les talons pour fuir, tandis que les flammes l'engloutissaient. Il courut comme une mèche se consume en direction du parapet ; il l'enjamba en agitant les bras et plongea dans les eaux transparentes.

Sans cesser un instant de mâchonner le tuyau de sa pipe, Halahan vit une sandale qui brûlait à la surface, tandis que celui qui la portait coulait vers le fond.

— Miséricorde, s'écria Hoon en redressant la tête au-dessus de son fusil.

Halahan baissa sa précieuse longue-vue pour contempler le pont de ses propres yeux. Toute la partie la plus proche de la citadelle était la proie des flammes. Des hommes dévorés par le feu hurlaient et se jetaient à l'eau. Les gardes Tume coincés derrière leurs boucliers de siège se battaient pour contenir l'assaut furieux des Commandos impériaux, qui les repoussaient vers le brasier.

— La moitié du pont ! jura Halahan en se redressant. (Il sentit la chaleur de l'incendie sur son visage, ainsi que l'odeur de l'huile et des herbes aquatiques brûlées portée par le vent. Ses hommes le regardèrent tourner le dos à la scène et s'éloigner d'un pas rapide en direction de l'escalier.) Une moitié de ce putain de pont !

« C'est pour votre bien », lui avait expliqué Klint, son médecin personnel, sur un ton apaisant. « Si vous bougez un seul muscle de votre cou, vous risquez de mourir. » En conséquence, Sasheen restait allongée sur son lit, la tête et les épaules enserrées dans une attelle de bois qui l'immobilisait entièrement ; elle se sentait à la fois faible et fiévreuse – et un peu ridicule également.

On lui avait tiré dessus, lui avait dit Klint. La balle de plomb s'était fragmentée en plusieurs morceaux en perforant la plaque d'armure qui lui protégeait le cou, et si la plupart d'entre eux l'avaient traversée nettement et proprement, Klint avait retiré un petit fragment logé dans ses chairs. Hormis quelques coagulants et les potions prévues pour éviter la septicémie, il n'y avait pas grand-chose d'autre qu'il puisse faire.

— Vais-je survivre ? lui avait demandé Sasheen dans un murmure, après qu'il lui avait expliqué la situation.

Klint avait posé une main moite sur son bras – une main qu'elle avait d'ailleurs à peine sentie.

— Peut-être… S'il se produit un miracle, lui avait-il répondu avec un air sinistre.

Puis, avec un grand sourire, il lui avait alors demandé la permission d'en réaliser un, en lui expliquant comment il comptait procéder.

Quelques instants plus tard, le médecin était revenu avec une fiole de lait royal tenue bien haut entre ses mains. Avec des gestes précautionneux, il avait démailloté son cou et, tandis que ses aides tenaient fermement la Matriarche, il avait versé quelques gouttes brûlantes directement dans sa blessure.

Au cœur de sa tente pleine de courants d'air, tandis que battait la toile tout autour d'elle et que les généraux et les prêtres hurlaient à qui mieux mieux, Sasheen se sentait calme et forte ; le lait royal circulait dans ses veines. Ils se disputaient pour savoir ce qu'il y avait lieu de faire au sujet de la Sainte Matriarche de l'Empire, et au sujet de la conquête de l'armée. Sasheen écoutait à peine ce qu'ils disaient. Pendant un moment, elle examina les flammes de l'un des braseros, rabattues par le vent ; la fumée stagnait sous le toit de toile, avant de s'échapper par l'un des évents. Elle pensa à Q'os, à son foyer, au fils qu'elle avait récemment perdu. Mais leurs voix se faisaient plus insistantes, au point de se transformer en cacophonie dans sa tête.

— Assez ! ordonna-t-elle dans un croassement qui n'avait absolument rien à voir avec ce qu'elle avait escompté.

Néanmoins, son cri suffit à les faire taire.

— Matriarche, intervint sa vieille amie Sool en se précipitant à son chevet. Je t'en prie. Il ne faut pas que tu parles.

— Tais-toi, toi, répondit Sasheen. Parler, il n'y a plus que ça que je puisse faire.

Sool marqua une hésitation, puis inclina la tête et recula de quelques pas. Sasheen demanda de l'eau, et Heelas en versa un peu entre ses lèvres.

— Avons-nous gagné ? lui demanda Sasheen posément.

Le vieux prêtre hocha la tête ; l'inquiétude se lisait dans ses yeux.

Sasheen reprit la parole, du mieux qu'elle pouvait.

— Archigénéral, dit-elle en s'adressant à Sparus, debout, le casque sous le bras, face au jeune Romano. (Les deux généraux, pareillement empourprés par la colère, se tournèrent vers elle.) Quelle est la situation ?

— Matriarche, commença Sparus avec une brève inclinaison de la tête. Creed s'est réfugié à Tume. Il a évacué les habitants de la ville et brûlé le pont. Nous sommes toutefois parvenus à en garder une moitié intacte. Nous entamerons sa reconstruction dès l'aube. Nos tirailleurs et notre infanterie légère cernent le lac Bouillon en ce moment même. Notre artillerie prend position. Ce n'est qu'une question de temps avant que la ville tombe.

— Alors pourquoi cette querelle ?

Sparus regarda le sol, les lèvres pincées.

— Général Romano ?

Le jeune homme se raidit. Il porta sur elle le même regard que pose un loup sur sa proie blessée. Elle nota qu'à aucun moment il n'inclina la tête ; en une seconde, toute l'exécration qu'elle éprouvait pour lui la submergea.

— Matriarche.

— Parlez franc.

— Nous ne savons pas combien de temps il faudra pour que Tume finisse par tomber. Selon nos guides locaux, l'hiver pourrait être précoce sur les îles. Cela nous entraverait grandement, si nous ne parvenions pas à nous emparer de Bar-Khos avant qu'il s'installe pour de bon.

— Et ?

— Nous pouvons envoyer la moitié de l'armée droit sur Bar-Khos. Il n'y a plus aucun obstacle sur notre route.

— Archigénéral ?

Sparus n'était toujours pas disposé à la regarder en face. Ce fut Klint qui prit la parole.

— Nous ne pouvons pas vous transporter dans votre état actuel. Le moindre cahot sur la route pourrait vous tuer.

Elle cligna des yeux en considérant tour à tour le médecin au teint fleuri, puis Romano.

— Je vois, dit Sasheen, en mesurant effectivement le pétrin dans lequel elle se trouvait.

Romano voulait avancer sur Bar-Khos pour s'adjuger les lauriers de la victoire, en sachant parfaitement que cela donnerait du poids à ses prétentions au trône. Et si elle envoyait Sparus à la place, elle se retrouverait entre les mains de Romano, cernée d'hommes loyaux à la bourse du jeune général.

Je retarde nos plans, comprit-elle. Des yeux, elle fit le tour de la tente. Les visages étaient baissés ; on évitait de croiser son regard. Elle voyait bien à quel point elle devait leur paraître pitoyable, elle, la Sainte Matriarche du divin Empire, immobilisée sur son lit pendant que son médecin s'activait autour d'elle.

Ses mains se refermèrent sur les draps. Sasheen tenta de se redresser. Sool se précipita pour la repousser sèchement.

— Ça suffit maintenant ! siffla-t-elle entre ses dents.

Sasheen tenta de lutter un instant, mais cela la vida des maigres forces qui lui restaient. Elle cessa de résister et s'effondra sur sa couche, le nez pincé. Un sentiment d'impuissance passa sur elle, instillant la nausée au creux de son estomac.

Le soupir de Sasheen emplit le silence tombé sur la tente. *Il n'y a donc jamais aucun répit. Jamais*, se dit-elle. Même là, en pleine campagne de conquête, elle devait se battre en permanence pour maintenir sa position. Et alors même que ces pensées se formaient dans son esprit, elle sentit son corps devenir subitement lourd, comme si la charge de toutes ces années au pouvoir tentait de l'écraser.

Le lait royal finissait peut-être par ne plus faire effet.

— Nous devons rester tous ensemble, croassa-t-elle. Tous. Au moins jusqu'à ce que nous ayons pris la ville de Tume.

Ses paroles firent venir un air renfrogné sur le visage de Romano. Pour sa part, Sparus s'inclina profondément devant elle – à l'instar de toutes les autres personnes présentes d'ailleurs.

Pendant un instant, Sasheen ferma les yeux et laissa son esprit divaguer.

— Matriarche, dit une voix dans le lointain.

Elle rouvrit les yeux, regarda autour d'elle et constata qu'un certain temps s'était écoulé.

— Qu'on me laisse, murmura-t-elle.

Elle s'aperçut alors que tout le monde était déjà parti et que seul Klint était encore là, en train de se réchauffer les mains devant le brasero. Les jumeaux Swan et Guan, arrivés entre-temps, étaient penchés au-dessus de son lit.

— Matriarche, répéta Guan. (Son visage était mouillé et il se passait une main sur le crâne pour en évacuer l'eau.) Il y a une chose dont vous devez être informée. Votre Diplomate a déserté.

— Ché ?

Guan répondit d'un hochement de tête, et quelques gouttes tombèrent de la pointe de son menton.

— Tu dois te tromper.

— Il a été vu en train de quitter le campement après votre chute, intervint Swan.

Sasheen était trop épuisée pour tout cela.

— Vous vous trompez, dit-elle dans un souffle. Il est loyal. Il me l'a prouvé.

— Sainte Matriarche. Il est parti.

Klint apparut dans son champ de vision, entre les deux Diplomates. Guan et Swan l'ignorèrent cependant, maintenant leurs regards fixés sur Sasheen.

Elle ne parvenait pas à imaginer ce que tout cela signifiait ; elle observa le toit de toile de la tente, violemment agité par le vent. Il y avait quelque chose de menaçant et de désespéré dans ce mouvement.

— Faites votre devoir, dit-elle posément.

Puis elle referma les yeux.

31

Une partie de rash

Ash s'éveilla en toussant dans une chambre plongée dans le noir. Il s'efforça de se souvenir où il était, pendant que ses mains découvraient à tâtons des draps doux et soyeux.

— Doucement, dit une voix.

Il tourna la tête vers l'endroit d'où elle provenait ; sa respiration siffla dans sa poitrine. Une silhouette se leva devant une fenêtre obscurcie pour s'approcher du lit ; elle tenait quelque chose à la main.

Ash se releva en prenant appui sur des oreillers moelleux, et accepta la gourde de bois qu'on lui tendait. Il toussa une nouvelle fois en avalant une gorgée d'eau fraîche et apaisante, puis but encore.

— Merci, murmura-t-il d'une voix rauque, tandis que Ché retournait s'asseoir près de la fenêtre.

Doucement, Ash fit glisser ses pieds hors du lit pour aller les poser sur le plancher de bois froid. La tête lui tournait sous les assauts de la nausée. Son crâne le lançait d'une manière sourde, à l'endroit où s'était formée une grosseur. Il ne se sentait pas le moins du monde reposé.

— Où sommes-nous ? réussit-il à demander après quelques inspirations et expirations rapides.

La silhouette de Ché pivota pour lui faire face.

— Enterrés quelque part dans une ville que tout le monde paraît vouloir fuir à tout prix, répondit le Diplomate, avant de se tourner de nouveau vers la fenêtre.

Ash se mit debout et fit craquer son dos, dans une série de bruits nettement audibles, en attendant que sa tête veuille bien cesser de tourner. Des coups de feu étaient tirés au loin ; il sentait une odeur de brûlé dans l'air. En gémissant, il tituba jusqu'à la fenêtre pour regarder à l'extérieur.

La neige fondue avait enfin cessé de tomber, et le vent effilochait les nuages, de sorte qu'un peu de la lumière des étoiles filtrait au travers. C'était suffisant pour distinguer l'étroit ruban de fumée qui montait haut dans le ciel en provenance de la ville.

Ash observa les bateaux qui s'éloignaient sur le lac en direction de l'est ; les embarcations laissaient une étrange lueur bleue dans leur sillage.

— Nos chances de partir d'ici diminuent à chaque bateau qui s'en va.

Ash posa une main à plat sur l'embrasure de la fenêtre et s'appuya dessus. À chacune de ses respirations, sa poitrine le brûlait, mais l'air lui-même n'était peut-être pas étranger à ce phénomène, chargé comme il était de relents soufrés.

Il plissa les yeux pour scruter les rives du lac qu'on distinguait vaguement. Des torches étaient visibles là-bas ; en grand nombre. On en voyait tout le long des berges sud et nord ; et des feux aussi, qui s'élevaient dans la nuit, des bâtiments en flammes. À mesure qu'il regardait, il vit les torches se répandre partout, avancer lentement le long de la rive ouest, à la lisière de la forêt de la Rafale.

— Sur un lac que l'ennemi est en train de cerner.

Maladroitement – car sa coordination n'était pas encore rétablie – Ash tira une autre chaise à travers la chambre ; il la cogna contre l'un des pieds du lit, produisant un son démesurément fort dans la maison vide. Il s'assit près de la fenêtre avec sa gourde d'eau, dont il buvait une gorgée de temps à autre. Ché et lui contemplaient la nuit au-dehors.

— Pars si tu veux, dit Ash à la forme sombre en face de lui.

Dans l'obscurité, il vit les yeux de Ché venir se poser tranquillement sur lui.

— Je ne voudrais pas vous priver de votre vengeance.

Ash lança la gourde sur les genoux du jeune homme et vit la manière dont ses yeux avaient cillé. Ché redressa la gourde, dont l'eau gouttait sur ses jambes et jusque par terre.

— Parce que tu m'as tiré d'un mauvais pas, gronda Ash, tu crois que tu as payé pour tout ce que tu as fait ? Ne crois pas cela, Ché. Et ne plaisante pas au sujet de tout ce qui doit être réglé entre nous. Il n'y a rien de drôle là-dedans.

Ché se tourna vers la fenêtre.

— Faites ce que vous avez à faire, vieil homme, soupira-t-il.

Le Diplomate se gratta nonchalamment le cou, et Ash se souvint alors de ce jeune homme lorsqu'il était un apprenti Rōshun à Sato ;

un garçon de petite taille, résolu, avec des yeux inquiets. Et un rire qui pouvait jaillir de lui à tout instant comme s'envole une nichée d'oiseaux effrayés.

— Tu étais l'un des nôtres, dit Ash d'un ton accusateur.

— Je le croyais moi aussi.

— Et pourtant, tu nous as quittés pour Mann.

Ché étira ses lèvres minces en un sourire dépourvu de tout humour.

— J'ai toujours appartenu à Mann, répondit-il d'un ton méditatif. Simplement, je ne le savais pas à l'époque.

— Explique-toi.

Le jeune homme se gratta plus vigoureusement, sans même se rendre compte de son geste. Doucement, Ash tendit la main pour lui saisir le poignet. Il ressentit le choc de leur contact puis éloigna lentement la main du Diplomate de son cou ; le pouls du jeune homme était rapide sous les doigts d'Ash.

— Ché ?

Le Diplomate ferma les yeux un instant. Lorsqu'il les rouvrit, il se mit à parler comme un homme récitant l'histoire d'un autre – sans le moindre signe d'émotion.

— L'ordre mannien a des méthodes pour jouer avec l'esprit des gens, Ash. Ils ont joué avec le mien lorsque j'étais enfant. Ils m'ont fait croire que j'étais quelqu'un d'autre, puis ils m'ont envoyé jouer à devenir un Rōshun. Sincèrement, je ne cherchais à tromper personne. Je pensais que je n'étais rien d'autre qu'un apprenti innocent. Mais lorsque j'ai eu vingt et un ans, mes véritables souvenirs me sont revenus, exactement comme mes donneurs d'ordres l'avaient prévu. Et ma mission m'est apparue clairement.

» Et maintenant, retirez cette main, vieil homme, avant que je la retire pour vous.

Ash écarta sa main, puis se rassit en proie à la stupéfaction.

— Tu as condamné à mort tous ceux de Sato, lui dit-il.

Le jeune homme n'était qu'une ombre sur sa chaise ; le blanc de ses yeux fixés sur le lac luisait dans le noir.

— J'ai agi comme je l'ai fait pour protéger la vie de ma mère. Pour qu'ils ne lui fassent aucun mal. Je n'avais aucune autre solution, vous comprenez ?

— Tu n'avais aucun autre choix.

— Exactement.

— Et que va-t-il advenir de ta mère maintenant, Ché ? Vont-ils lui faire du mal maintenant que tu as déserté ?

Les yeux du jeune homme flamboyaient.

Subitement, Ash regretta ses paroles, mais avant même qu'il puisse dire quelque chose, le moment était passé dans une nouvelle quinte de toux.

Ché retendit la gourde d'eau à Ash, à l'instant où celui-ci se courbait pour cracher sur le sol. Il but une gorgée pour calmer sa gorge, puis Ché se pencha pour prendre quelque chose et le lui lancer. C'était un petit pain rassis, enveloppé dans du papier, dont une moitié avait déjà été mangée. Ash entendit gronder son estomac, tandis que ses yeux dévoraient déjà le quignon.

Pendant qu'il mangeait, Ash sentit quelque chose céder en lui ; la colère qu'il éprouvait envers le jeune homme – le sentiment de la trahison – se délita. Il mâchonna la dernière bouchée et l'avala, puis demeura un moment sans bouger, sans savoir que dire. Des vols d'oiseaux passaient dans le ciel nocturne, s'appelant mutuellement, chassés de leurs nids par les tirs, qui ne produisaient guère plus de bruit que des feux d'artifice. Dans les rues, un homme braillait le nom de quelqu'un.

— Nous pourrons toujours gagner la rive à la nage, s'il faut en arriver là, dit Ash.

Ché le détailla de la tête aux pieds.

— Par ce temps ? Vous donnez l'impression qu'un bain froid suffirait à vous faire trépasser. Alors nager…

— Laisse-moi un jour ou deux et tu verras. Et puis, ici, l'eau n'est pas si froide.

— Et que ferez-vous ensuite, si jamais nous y arrivons ?

Ash suivit les torches du regard, tandis qu'elles s'étiraient sur la rive ouest. Au bout d'un moment, il laissa filer son souffle longuement retenu.

— J'irai prévenir mon peuple, Ché. Voilà ce que je ferai. (Il sentit le poids de la petite fiole d'argile à son cou, qui tiraillait sa conscience.) Mais avant cela, je dois aller parler à une mère au sujet de son fils.

Il y avait un truc pour s'endormir la nuit ; à une certaine époque, Ché le connaissait. Il était capable de poser sa tête sur l'oreiller, de se détendre par la respiration, pour sombrer dans le sommeil en quelques instants seulement.

Mais il était adolescent alors ; il vivait dans l'instant, comme vivent les jeunes, sans songer constamment aux jours passés ou à ceux à venir.

Il n'avait pas encore eu à souffrir de cette manière, nerveuse et agitée, de voir les choses qui viennent avec l'âge adulte ; là, ses pensées étaient devenues une sorte de bavardage intérieur compulsif, qui ne faisait que s'amplifier une fois couché. Dormir était donc devenu une question de volonté, bien plus que de détente, un combat bien plus qu'une reddition, et le simple fait d'essayer de dormir avait le chic de faire fuir le sommeil.

Et donc, malgré son immense lassitude, Ché passa les longues heures de cette nuit à se tourner et se retourner, sans pratiquement parvenir à dormir. Il pensait à sa mère à Q'os, et à des fantômes armés de garrots en train de glisser vers elle. Il songea également à son enfance passée dans l'enceinte capiteuse du temple des Sentiates, seul, sans autre enfant de son âge, assommé par les sempiternels enseignements sur Mann, et renforcé par les purges effectuées de temps à autre.

Mais plus encore, il songea à quel point il n'était pas libéré de tout ça. Il savait que l'ordre ne laisserait jamais survivre un Diplomate affranchi.

Sasheen allait dépêcher les jumeaux sur sa piste. À cet instant même, ils devaient déjà être en route.

À un moment au cours de la nuit, il entendit Ash renverser quelque chose dans la chambre à côté de la sienne. L'oreille aux aguets, il suivit les craquements des pas du vieux *farlander* descendant l'escalier ; les cliquetis et les claquements dans la cuisine ; puis les bruits de pas du retour et le grincement de la porte refermée.

Le Rōshun n'était qu'un souci de plus pour s'occuper l'esprit.

Pour finir, il renonça totalement à l'idée de dormir ; en grognant, il se leva du lit et se frotta le visage pour se secouer.

Dans la chambre à côté, Ash, enroulé dans une couverture, dormait en respirant lourdement. Une bouteille de vin vide gisait sur le sol à côté du lit, ainsi qu'un petit pot qui sentait quelque chose comme le miel. Le *farlander* toussa quelques fois, se gratta sous sa couverture, mais ne s'éveilla pas.

Ché prit la couverture qu'il avait lui-même utilisée pour l'étendre sur le vieil homme endormi. Il fouilla dans son sac posé sur la table dans sa chambre, jusqu'à trouver la fiole de suc de bois sauvage, soigneusement enveloppée. Il s'efforça de se souvenir de la quantité qu'il lui fallait prendre pour inhiber les réflexes de son ganglion implanté ; jamais encore il n'avait utilisé ce produit. Il savait une chose néanmoins : rien n'était plus facile que d'en prendre trop. Or, une trop forte dose pouvait déclencher le geste suicidaire, que seule la volonté pouvait décider en temps normal.

Il s'en appliqua une petite touche sur la langue, remit la fiole dans son sac, puis glissa ledit sac sous le lit, où il serait en sûreté. Le bois sauvage avait un goût désagréable et amer dans sa bouche.

Ché s'assura que son pistolet était bien chargé et le glissa dans son étui. Son manteau était toujours trempé. D'un coup d'œil par la fenêtre, il distingua les étoiles dans le ciel entre les nuages étirés. Il ouvrit la fenêtre et suspendit son manteau pour le faire sécher.

Le suc lui picotait la langue ; il descendit l'escalier jusqu'au rez-de-chaussée de la vaste maison vide, sortit par la porte de devant, puis franchit le portillon donnant sur la rue. Là, sur les passages en planches luisants d'humidité, il se tint immobile un instant, écoutant les échanges de tirs à l'est.

Ché se tourna dans la direction opposée pour regarder les eaux toutes proches du lac ; une vaste étendue noire était visible entre deux rangées de maisons. Attiré, il remonta la rue et traversa la large artère, avant d'avancer à pas maladroits sur la berge glissante d'herbes aquatiques, jusqu'à avoir l'eau à ses pieds.

Des feux de camp scintillaient sur tout le pourtour du lac, et le va-et-vient des radeaux n'avait pas cessé. Ils allaient mettre le cap sur les embouchures du Chilos et du Suck, dans l'espoir de gagner un endroit sûr.

Je devrais être sur l'un de ces radeaux, se dit-il avec amertume. *Je devrais être en train de partir aussi loin que possible.*

À contrecœur, Ché tourna le dos au lac.

Face aux lueurs et aux bruits du centre de la ville, il se demanda combien de temps il lui restait avant qu'ils viennent le chercher.

La vieille femme se tenait accroupie sur la rive de l'île flottante, les deux pieds immergés jusqu'aux chevilles et ses jupes nouées autour de ses cuisses. À l'aide d'un couteau, elle coupait un long filament de l'herbe du lac, qu'elle laissa tomber dans un baquet posé à côté d'elle.

Pendant un instant, les canons cessèrent de tirer du côté du pont où le feu crépitait. La vieille femme entendit un clapotis non loin d'elle, suivie du bruit que fait l'eau lorsqu'elle glisse sur quelque chose.

Elle interrompit son ouvrage pour relever la tête, les deux mains posées sur son baquet pour garder l'équilibre.

— Qui est là ? demanda-t-elle, d'une voix que l'âge rendait un peu chevrotante.

Personne ne répondit, en dépit du fait qu'elle percevait nettement la présence de quelqu'un à côté, en train de l'observer.

Elle se releva, le couteau à la main. Un autre clapotis ; de nouveau le bruit de l'eau refoulée.

— Qui est là ? demanda-t-elle de nouveau, en reculant de quelques pas jusqu'à ne plus être dans l'eau.

— C'est moi, vieille mère, ton enfant, dit une voix féminine, jeune, toute proche.

La vieille femme tressaillit de peur.

— Quoi ? Je n'ai pas d'enfant. Qui est là ?

Elle sentit un filet d'eau passer entre ses orteils ; une haleine épicée toute proche de son nez.

— Arrête de jouer avec elle. Tu ne vois donc pas qu'elle est aveugle ? (Une voix d'homme ; un murmure.) Swan, aide-moi à sortir nos vêtements avant qu'on meure de froid. Tu veux bien ?

— Aveugle ou pas, elle reste un témoin.

Le cœur de la vieille femme cessa de battre ; un tranchant glacé venait d'être posé sur sa gorge. Elle n'osait plus bouger. Ses yeux morts s'agitaient, comme animés de leur propre volonté.

— Une vieille femme aveugle et sans enfant, susurra la voix féminine sur un ton de reproche.

— Swan !

Une douleur fulgurante traversa la gorge de la femme. Une toux pleine d'humeurs la saisit ; elle s'étouffait. Elle porta une main à son cou et sentit quelque chose de chaud couler entre ses doigts. Ses genoux cédèrent et elle s'affaissa sur le sol d'herbes compactées ; une de ses mains retomba dans le lac. Sa bouche s'agitait comme celle d'un poisson hors de l'eau.

« Celle-ci devrait me remercier », fut la dernière chose que ses oreilles entendirent.

Des centaines de personnes encombraient les rues et se pressaient dans la plus grande confusion le long des quais grouillants du Canal central, luttant pour se trouver une place à bord des quelques bateaux qui se préparaient encore à partir, ou des bacs dont l'équipage avait été suffisamment courageux pour revenir chercher d'autres habitants de Tume.

Ché vit des gens désespérés au point d'entasser leur famille sur des radeaux de fortune, faits d'un fond en herbes aquatiques sur lequel des portes étaient arrimées. Des femmes serraient leur bébé contre elles ;

des enfants portaient des paniers, des pots divers, ou tenaient la laisse de chiens qui aboyaient furieusement ; des grands-parents marmottaient des prières.

L'armée khosienne avait établi son cantonnement à l'intérieur de la citadelle au cœur de la cité flottante, ainsi que dans les rues et les bâtiments alentour. Les gardes de la cité de Tume se démenaient pour maintenir un semblant d'ordre, tandis que les soldats de l'armée titubaient de fatigue et d'ivresse dans les rues, pissaient dans les ruelles, s'éclaboussaient comme des enfants dans les citernes publiques, ou forniquaient avec des prostituées suffisamment avides d'argent pour s'attarder encore un peu. Ché enjamba un Garde rouge en train de ronfler en travers du passage de planches ; sous l'auvent d'une échoppe, il aperçut deux groupes d'hommes qui se battaient. L'un des protagonistes recula, un couteau planté dans la cuisse.

Les conséquences de la bataille, songea Ché. Des hommes comme lui, exténués jusque dans la moelle de leurs os, mais trop excités d'avoir survécu pour simplement se reposer. Ils ne ressemblaient en rien aux hommes qui, par leur unité, l'avaient tant impressionné au cours de la nuit précédente.

Une porte s'ouvrit sur son passage devant l'entrée d'une ruelle ; un couple en sortit d'un pas mal assuré, enveloppé dans un nuage de fumée. De la musique et des rires lui parvinrent de l'intérieur. Ché s'arrêta pour décrypter l'enseigne au-dessus de la porte : un cartouche représentant une femme aux longs cheveux ondulés, avec un poisson à moitié englouti dans sa bouche, sous un nom : « *Le Repos de Calhalee* ».

Il avait déjà vu ce nom-là quelque part. *Calhalee.* La mère fondatrice de la cité de Tume, dont les vingt enfants affamés avaient engendré les principaux clans de la ville.

Ché s'approcha de la porte ouverte et entra. Il descendit un petit escalier de bois pour déboucher dans une cave toute en longueur, à peine suffisante pour contenir la centaine de soldats qui l'emplissaient d'un mur à l'autre. En pleine ivresse débridée, tous ces hommes jouaient à celui qui crierait le plus fort pour couvrir la musique du groupe en train de se produire sur la scène. Il sentit l'odeur un peu aigre de la sueur dans l'air humide empli de volutes de fumée de hazii et de goudronnelle, qui s'accumulaient en un lourd nuage.

Ché ne s'entendait pratiquement pas réfléchir dans un tel vacarme – ce qui lui convenait parfaitement. Il s'approcha du comptoir sur le côté gauche de la longue salle. Des officiers s'étaient installés là, adossés au bar ou juchés sur de hauts tabourets, autour d'un groupe de prostituées. L'un de ses pieds glissa sur le sol et il baissa les yeux sur une mare de liquide noir ; il marchait sur un dallage vitré. Un vaste puits aux parois chemisées de bois avait été creusé à travers l'épaisse couche d'herbes aquatiques qui formait les fondations du lieu. Entre ses pieds chaussés de bottes, il apercevait l'éclat de lueurs fugitives dans les profondeurs des eaux.

Ce fut l'instinct du joueur qui poussa Ché à traverser toute la salle jusqu'au fond – où une partie de rash était en cours autour d'une grande table ovale. La pièce était plus calme à cet endroit ; les hommes étaient concentrés sur leurs cartes.

Il suivit la partie un instant et vit que deux joueurs étaient encore en course : un homme vêtu de la tunique pourpre des Hoo, et une femme aux cheveux courts, dont la tenue de cuir noir était celle des Forces spéciales. Toutes les places étaient occupées, mais l'un des joueurs était avachi, la tête en arrière, la bouche ouverte, de toute évidence endormi. D'un doigt, Ché le poussa doucement à l'épaule jusqu'à ce qu'il glisse de sa chaise et tombe au sol.

Quelques gloussements se firent entendre ; Ché se glissa sur la chaise comme un jockey monte en selle. Les cartes furent découvertes et la jeune femme vêtue de cuir regarda ses pièces disparaître du centre de la table.

— Quelle est la limite ? demanda Ché à la ronde.

— Nos âmes, grommela une voix à côté de lui.

L'homme, habillé en civil, exhibait une panse volumineuse. Une coupe de vin et une assiette de petites brochettes de viande étaient posées devant lui. Ché inclina la tête à son intention ; l'homme se lécha les doigts maculés de graisse.

— Gros jeu donc, répliqua Ché, en attrapant sa bourse dans sa poche.

Il fit glisser une poignée de pièces sur sa main, puis les empila devant lui. C'était de la monnaie khosienne : pièces d'argent et quelques aigles. Sa bourse de secours.

Le donneur distribua une nouvelle main, et tous les joueurs mirent une pièce de cuivre au pot. Ché jeta un regard à la jeune femme en face de lui. Elle avait les yeux fermés, mais lorsque le vieux soldat à sa droite regarda ses propres cartes avant de les lancer sur la table dans un geste plein de dégoût, elle les ouvrit une fraction de seconde pour étudier son jeu. Une petite moue passa sur ses lèvres.

Un peu jeune pour être chez les Forces spéciales, songea Ché, avant d'apercevoir le brassard blanc des personnels de santé à son bras.

Lentement, elle préleva une pièce d'argent dans son tas pour la lancer dans le pot.

L'homme à sa gauche lui lança un regard méfiant, avant de jeter son jeu sur la table. D'autres encore se couchèrent à leur tour. Lorsque vint le tour du bouffi, il suivit, puis griffonna quelque chose sur un petit carnet devant lui.

La jeune femme vint poser le regard ivre et flou de ses yeux bleus dans celui de Ché.

— Vous jouez ou vous regardez ? demanda-t-elle.

— Un peu des deux, répondit-il.

Il baissa la tête pour étudier ses deux cartes : un moine noir à trois bras et un étranger blanc.

Ché étudia sa position. Peu lui importait de gagner ce soir-là. Il était déjà bien heureux de retrouver l'environnement familier d'une table de jeu, et d'oublier tout le reste pendant un moment. Sur un coup de tête, il suivit à son tour, avant de relancer de deux autres pièces d'argent, histoire de voir sa réaction.

La fille referma à moitié les yeux, puis se laissa aller contre le dossier de sa chaise, en attendant que revienne son tour de miser.

— Votre accent. Vous n'êtes pas de Khos, n'est-ce pas ? demanda l'homme ventru en buvant une gorgée de vin.

— Je viens de partout, répondit Ché sur le ton de la conversation.

L'homme s'essuya la main sur sa tunique de laine et la lui tendit.

— Koolas, se présenta-t-il.

— Ché.

Ils se serrèrent la main et Ché se demanda si l'homme n'était pas simplement en train de prendre sa mesure.

— Qu'est-ce qui vous amène ici, mon ami ?

— Des affaires, répondit Ché. Et vous ?

— Moi ? Je bricole comme correspondant de guerre, lorsque je ne couche pas sur le papier ce que je ressens.

— Koolas ? reprit Ché, sur le ton de la surprise. Le Koolas qui a écrit *Le Premier et le dernier* ?

À ces paroles, le bavardēro ne put retenir un sourire d'orgueil.

— Lui-même, dit-il. Vous êtes un lecteur averti, mon ami. On n'en a pas tiré tant d'exemplaires.

Ché inclina modestement la tête sur le côté.

Le donneur retourna quatre cartes sur la table, face découverte. Ché vit un étranger rouge avant même de découvrir le reste. Deux des autres cartes étaient rouges elles aussi.

Cette fois encore, la fille ouvrit la mise ; à un niveau supérieur toutefois. Cinq pièces d'argent atterrirent avec un cliquetis dans le pot.

Ché s'adossa à sa chaise et s'efforça de lire en elle. *Calme*, se dit-il. Elle ne donnait pas l'impression de bluffer. Il y avait de fortes chances qu'elle ait quelque chose – une suite le cas échéant.

Ils attendirent que Koolas parle. Le gros homme étudia ses cartes, puis celles sur la table ; son œil gauche louchait légèrement. Il jeta un regard à la fille.

— Sans moi, dit-il finalement en lançant ses cartes sur la table.

Ché prenait plaisir à cette partie. Il savait qu'il avait de grandes chances d'être battu, mais il n'en saisit pas moins ses pièces dans sa main pour jouer un instant avec elles, écoutant leur cliquetis métallique. La jeune femme faisait mine de l'ignorer tandis que lui l'observait ; il mit à profit cet instant pour regarder sa poitrine, ses courbes comprimées par le cuir.

On ne peut pas bluffer cette fille, se dit-il. À regret, il fit glisser ses deux cartes devant lui pour les repousser. D'un geste, il désigna le pot. « Il est à vous », semblait-il dire.

Elle ramassa ses gains sans manifester la moindre expression. Une seule fois, elle coula un regard en direction de Ché, et une amorce de sourire retroussa l'un des coins de sa bouche.

Elle bluffait, comprit-il en tressaillant. La petite garce les avait tous bluffés.

Ché se laissa aller en arrière en éclatant d'un grand rire. Il se sentait si bien en cet instant qu'il rit encore et encore ; son rire se perdit dans le vacarme de la foule. Et lorsqu'il s'arrêta enfin, il se sentait vraiment mieux et une autre main était en cours. Il croisa le regard d'une des serveuses et lui demanda d'apporter de l'eau et du bon vin.

Le vin était passable et l'eau donnait l'impression d'avoir été puisée directement dans le lac.

— Comment se passe l'évacuation ? demanda Koolas.

— Ne devriez-vous pas aller voir par vous-même, correspondant ?

— J'en ai vu assez pour l'instant, merci, répondit Koolas d'un ton placide.

Ché se coucha les quelques tours suivants ; il n'avait que des jeux médiocres, insuffisants même pour bluffer. Il préférait voir comment se déroulait le jeu et cerner le style des autres joueurs avant de commencer à les entreprendre.

Une bagarre éclata près du bar. Debout sur le comptoir, un homme agitait sa bite sous les huées moqueuses de ses amis. Une table fut renversée sur le sol, et les verres et les bouteilles répandus. Les tambours de l'orchestre entamèrent un rythme en cadence et la musique passa sans transition à une autre chanson ; la chanteuse modulait un gémissement empreint d'un sentiment d'urgence et de passion. Ses paroles devenaient un ululement aigu du plus pur khosien ancien, presque alhazii par ses intonations. Ché se retourna pour la regarder chanter.

Elle portait une robe de satin noir des plus ajustée. Ses cheveux étaient ramenés en un chignon tenu par des baguettes de bois laqué. Un trait de khôl soulignait ses yeux. Elle chantait en balançant les hanches d'une manière qui captivait l'attention des hommes dans la salle – et des femmes également. Chacun se mit à la contempler fasciné de désir pour elle, ou désirant devenir elle. La femme soutenait leurs regards ; ses bras enveloppaient sa tête tandis qu'elle se tortillait dans les volutes de fumée.

— Calhalee !

Ché se retourna vers la table.

— Quoi ? dit-il à la fille.

— Calhalee, répéta-t-elle en criant pour couvrir le bruit. Il paraît qu'elle possède cet endroit.

Ché nota qu'elle s'exprimait avec un accent grasseyant nettement lagosien.

— Elle chante bien, dit-il en jetant un regard vers la scène par-dessus son épaule.

Le vin était fort ; il en sentait déjà les effets. Ché se pencha sur la table et tendit la main.

— Ché, dit-il.

— J'avais entendu, répondit-elle. (Elle l'étudia un instant, avant de lui tendre la main pour serrer la sienne.) Boucle, dit-elle.

Lorsque leurs peaux se touchèrent, il sentit son sang s'accélérer dans ses veines ; il vit les lèvres de la jeune femme s'entrouvrir. Il lui serra la main un peu plus fort ; il la désirait.

32

Désirs

— Général Creed, des troubles ont éclaté dans le quartier ouest, dit le caporal Bere, les rênes de son zel écumant à la main.

Le sous-officier revenait de la rive ouest de l'île, où il était allé porter un message au capitaine Ashtan, positionné là avec des unités de la Garde rouge.

— Des troubles avec qui ?

— Des civils pris de panique. Ils ont décidé de ne pas tenir compte de nos avertissements au sujet du Chilos et du Suck. Ils pensent pouvoir passer sur des radeaux.

Creed scruta l'homme dans la lumière nacrée de l'aube. Bere était crasseux, comme ils l'étaient tous d'ailleurs. Il n'avait plus de casque et ses cheveux formaient une masse ébouriffée et collante. Sa tunique écarlate pendouillait, réduite à l'état de loque sur son armure. Néanmoins, il se tenait le dos droit et le regard vif ; un homme solide selon toutes les apparences, capable de résister sous la pression.

Le général se souvint alors qu'il avait besoin d'un nouvel aide de camp – ce qui revenait tout de même à considérer que Bahn était mort à Chey-Wes. C'était un seuil qu'il n'était pas encore tout à fait prêt à franchir.

— Que proposez-vous, caporal ?

Bere parut surpris qu'on lui pose la question.

— Je ne sais pas, général. Peut-être des renforts pour les contenir.

Creed réfléchit à cette proposition.

— Ils demeurent libres pour l'instant, dit-il finalement. S'ils veulent courir le risque, eh bien, qu'ils le courent !

Le caporal hocha la tête et remonta sur sa bête. Les gardes du corps du général s'écartèrent et le sous-officier lança son zel au galop, dispersant devant lui les soldats qui encombraient les chemins de planches de la cité.

Creed se tenait au milieu du pont qui enjambait le large Canal central. Dans un claquement, il abattit ses grosses mains sur la rambarde et contempla la scène de chaos devant lui, le visage impassible. Une aéro-nef décollait du toit d'un entrepôt voisin, chargée à craquer de civils et de blessés.

L'humeur des habitants encore coincés dans la ville virait au désespoir ; une nouvelle aube se levait et eux ne s'en étaient toujours pas allés. Ils voulaient partir à tout prix et par n'importe quel moyen. Malheureusement, les accès aux deux fleuves qui coulaient à partir du lac, le Chilos et le Suck, avaient bel et bien été fermés par les troupes impériales, si bien que tous ceux qui tentaient de s'engager sur l'un ou l'autre des cours d'eau s'exposaient à une volée de projectiles en provenance des deux rives. Une heure auparavant, le capitaine Trench, commandant l'aéro-nef *Faucon*, avait signalé que les eaux du Chilos étaient rouges du sang des corps qu'elles charriaient.

Ils n'ont aucune confiance en nous pour les protéger, songea Creed devant l'infernal capharnaüm tout autour du canal.

Il ne pouvait guère leur en vouloir de penser cela. L'armée était entrée dans la ville de Tume d'un pas chancelant, harcelée par l'ennemi sur ses talons. Elle n'avait pas donné l'impression d'être en mesure de garder un seul pont – alors une ville... D'ailleurs, sans artillerie lourde, il était peu probable qu'elle puisse réaliser pareil exploit.

Le vent glissait ses doigts glacés dans les longs cheveux de Creed. Il bascula la tête en arrière et huma les miasmes de pourriture et d'humidité émanant des herbes du lac – parmi toutes les odeurs flottant sur la ville. Il avait toujours apprécié la cité de Tume, lorsqu'il y venait autrefois en visite chez son vieux camarade Vanichios, pour jouer, boire et courir les jupons en jeunes officiers qu'ils étaient, avec tout le luxe offert au fils du Principari.

Au-delà du Canal central se dressait la citadelle – une ancienne forteresse posée au sommet de l'île rocheuse. Des douves, converties en canal, faisaient le tour de la base de la petite île. Plus aucun bateau n'y circulait depuis que Vanichios avait fait partir sa famille et tout son personnel civil la nuit précédente.

Son ami le Principari avait refusé de revenir sur sa décision de rester et de se battre. En cet instant même, les hommes de sa garde personnelle faisaient entrer des chariots de provisions et d'équipement dans la citadelle, en prévision du siège à venir. Sur les remparts, on retirait les grandes toiles de protection enveloppant les balistes et autres machines de guerre. Malgré ce que Vanichios avait espéré, les hommes de sa garde avaient fait défection en masse tout au long de la nuit, de sorte qu'il n'y avait plus guère que la moitié des effectifs pour assurer la défense de la ville. Vanichios les avait maudits, les qualifiant de couards et de chiens. Les yeux luisants, il avait exhorté Creed à ne pas évacuer l'armée, mais au contraire à rester pour défendre la ville à ses côtés.

Pendant un moment, Creed avait été influencé par l'appel vibrant de son vieil ami. C'était exaspérant à la fin de toujours fuir devant l'armée impériale. Mais le bon sens lui était revenu avant même qu'il ait répondu quoi que ce soit.

Tume était un tombeau qui n'attendait plus que d'être rempli. Défendre la ville lui coûterait tout ce qui lui restait d'hommes ; les réserves d'Al-Khos étaient encore à trois jours de marche avec leur artillerie lourde. Trop loin pour peser dès à présent sur le cours des combats. Dans l'intervalle, les gardes de la bretèche étaient venus l'avertir que les soldats impériaux s'étaient déjà attelés à la reconstruction du pont à moitié détruit, alors même que les défenseurs les tenaient sous un feu nourri. D'après eux, l'ennemi pourrait avoir fini l'ouvrage en une journée si la cadence était maintenue. Creed ne doutait pas un instant que les Manniens feraient le nécessaire pour la maintenir.

Ensuite, lorsqu'ils auraient franchi le lac, ce serait un combat rue par rue. Et personne ne pouvait dire à l'avance combien de temps les défenseurs resteraient une force cohérente avant que les choses virent au chacun pour soi – et que l'armée se débande.

Non, Creed ne laisserait pas se produire une chose pareille.

Le général baissa les yeux sur le Canal central, où étaient amarrés les bacs qui étaient revenus après leur dernière traversée.

Des grappes de manœuvres s'activaient sur les énormes vaisseaux, sciant et clouant du bois, fixant des renforts sommaires et des protections sur les bastingages et les cabines de chaque coque. Le colonel Barklee de la Garde rouge circulait parmi eux, grimpant et sautant de bateau en bateau pour inspecter les meurtrières de tir qu'ils découpaient dans le bois ; il était le seul officier de marine un tant soit peu expérimenté dont l'armée disposait.

Chacun des bâtiments allait avoir besoin de toute la protection possible. Une fois embarqués les blessés et les derniers civils, restait la question de l'évacuation du reste de l'armée. Certains pourraient être emportés par les aéro-nefs et les skuds ; le reste devrait se tasser à bord des bacs et affronter l'épreuve de la bouline au niveau du goulot d'entrée dans le fleuve Chilos, en espérant franchir le barrage des forces impériales pour se laisser ensuite porter par le courant vers le sud, jusqu'au Bac de Juno – où Creed avait décidé de regrouper ses forces et d'établir une ligne de défense.

Ils avaient de la chance sur un point, dans la mesure où ils conservaient la maîtrise du ciel ; les ailes-de-guerre impériales s'étaient repliées après quelques engagements. Mais combien de temps cela durerait-il ? Personne ne le savait.

L'intention de Creed était d'avoir évacué tout le monde avant le lendemain matin, lorsque les forces impériales auraient achevé de reconstruire le pont.

Tous ceux qui resteraient dans la ville ne pourraient alors compter que sur eux-mêmes.

Boucle l'aimait bien celui-là. Il y avait quelque chose de solitaire chez lui ; quelque chose de blessé et une absence de racines. Mais il se comportait bien aussi, avec une petite note de défi jusqu'au-boutiste dans les yeux. Et puis, son rire franc et honnête était contagieux.

Qui es-tu ? se demanda-t-elle en regardant Ché jouer. Il n'avait pas l'allure d'un Khosien. Elle avait noté les cheveux blonds sur son crâne, coupés court comme ceux d'un soldat. Ses yeux sombres et vifs sous ses sourcils nettement dessinés. Son visage agréable au menton carré. Ses mains fines.

Pour une fois dans son existence, Boucle ressentait le besoin d'une présence masculine à ses côtés. Ou du moins, c'était ce qu'elle avait éprouvé au cours de la nuit lorsqu'elle s'était réveillée sur le sol glacé de l'entrepôt où ils avaient été cantonnés avec les blessés, chassée du sommeil par les fantômes de ses cauchemars ; les visages de jeunes gens qui lui criaient de les sauver. Tandis que certains moines et volontaires de la ville prenaient soin des blessés, Kris avait dormi du sommeil du juste, en ronflant. Andolson ronflait lui aussi ; elles l'avaient retrouvé, lui et sa jitare, à leur arrivée à Tume. Il leur avait appris que Milos et le jeune Coop étaient morts, et que les autres medicos qu'elles connaissaient devaient être dispersés dans le reste de l'armée.

Ailleurs, dans un autre coin de cet entrepôt glacé, un jeune homme s'était mis à crier, hanté par ses propres cauchemars de la bataille.

Boucle s'était levée tranquillement, pour errer, seule, en quête de quelque distraction. Auprès d'un vendeur des rues, elle avait acheté une dose de dross dans une feuille de graffier pliée, qu'elle avait absorbée en totalité, avant de rejoindre un lieu d'où s'échappait de la musique.

Dans cet endroit baptisé *Le Repos de Calhalee*, elle s'était retrouvée assise à la table de rash ; la poudre grise se répandait dans son sang. Elle avait joué l'esprit à moitié concentré sur le jeu, et à moitié sur les hommes autour d'elle, les jeunes et agréables à regarder et les vétérans pleins d'allant.

Elle avait placé Ché dans la première catégorie lorsqu'il avait pris place en face d'elle en distillant à la ronde ses sourires de vainqueur. *Celui-là*, avait-elle pensé de temps à autre. Il jouait bien aux cartes, gagnait plus qu'il perdait, mais d'une manière indolente. Et peu à peu, elle était entrée dans le jeu elle aussi. Elle avait joué avec lui, et avec les autres aussi, avec leurs cartes et avec leur argent, en se perdant dans le jeu de la même manière qu'avec un homme dans un lit, plus ivre à chaque gorgée du keratch amer qu'elle allait chercher au bar.

Au petit matin, la partie de rash était devenue une épreuve d'endurance ; la cave de la taverne s'était faite plus calme lorsque les envies des soldats s'étaient tournées vers d'autres choses : la nourriture et le sommeil. Les derniers membres du personnel encore présents apportèrent des repas chauds. Calhalee, la propriétaire, était du nombre ; elle refusait tout paiement à cette heure. On remplit de nouveau les lanternes de la taverne, quand bien même la lumière du jour sourdait dans la salle par le sol de verre, en se reflétant en éclats bleutés sur le plafond et les murs.

Des joueurs quittèrent la table, pour être remplacés par d'autres ; un noyau demeurait cependant : Koolas, le correspondant de guerre grassouillet, et l'homme appelé Ché, apparemment lancé dans une mission d'ivresse et de distraction comparable à la sienne, à en juger par les quantités d'alcool qu'il buvait.

Les pensées de Boucle tournoyaient à une allure pleine de langueur, semblable au passage des heures. Elle parla avec Ché et les autres joueurs à la table, faisant des plaisanteries et riant à celles des autres. Mais pendant tout ce temps, une part d'elle-même emplie de stupeur et de terreur était encore sur le champ de bataille de Chey-Wes où des hommes s'étripaient autour d'elle.

— Dites-moi, dit-elle à Koolas. Qu'est-ce qui peut bien manquer aux Manniens pour qu'ils aient ainsi envie de conquérir le monde tout entier ?

L'homme griffonnait des choses dans son carnet tout en jouant. Il tressaillit et releva la tête.

— Des cheveux ? répondit-il simplement, avant de revenir à ses notes.

— À Lagos, on raconte une histoire, poursuivit-elle. Celle du Canosos. De la fin des temps. Elle dit qu'un jour viendra où les mensonges seront la vérité, et où la vérité sera méprisée. Un jour où un groupe d'âmes mortes régnera sur le monde pour le façonner à son image. Et alors, seule restera pour leur résister une poignée d'hommes et de femmes.

Koolas hocha distraitement la tête.

— Oui, je crois que je l'ai déjà entendue. Lagos finit noyée dans ses propres larmes, c'est bien ça ?

Boucle se souvenait de cette partie de l'histoire. Son visage s'empourpra à l'instant même où Koolas relevait la tête de son carnet.

— Je suis désolé, dit-il. Je ne voulais pas...

Sa voix se tut et un air étrange passa soudain sur le visage du correspondant.

— Il existe une histoire du même type dans le Haut-Pash, intervint Ché de sa voix à l'élocution pâteuse et avinée. (Il tenait toujours l'outre de keratch contre lui ; Boucle lui avait proposé d'y goûter.) Au sujet d'une Grande faim qui dresse les hommes contre le monde lui-même. À la fin, Erēs les avale tous. Hormis ceux qui ont résisté.

— J'espère que c'est vrai, dit Boucle. (Elle perçut la haine dans le tremblement de sa propre voix et resta stupéfaite du venin dans ses paroles.) J'espère qu'ils seront tous rayés de la surface du monde. Jusqu'au dernier d'entre eux.

L'homme qui s'appelait Ché la regardait bizarrement, un œil à moitié fermé.

— J'aurais dû me douter que je te trouverais dans un endroit comme celui-ci.

Boucle releva la tête pour découvrir Kris debout devant elle. Elle tenait une tasse dans une main.

— Kris. Assieds-toi avec nous.

Kris secoua la tête.

— Pas tentée. Je fais juste une tournée pour voir où chacun se trouve.

Boucle tendit la main pour récupérer son outre de keratch.

— On ne sait toujours pas quand on se replie ?

— Demain matin. Bolt vient de me prévenir. Il a besoin que des medicos restent ici jusqu'au départ des derniers bateaux. (Elle regarda

Boucle boire une longue rasade.) Tu devrais peut-être ralentir avec ça. La situation tourne à la folie au-dehors.

— Kris, c'est ça ou je passe une heure à hurler.

— Peut-être, mais fais attention quand même. Ne te balade pas toute seule.

— Je ne le ferai pas, répondit Boucle, sur un ton d'apparente sincérité.

Kris jeta un regard à l'homme appelé Ché, puis fixa Boucle de nouveau.

— À plus tard.

— Hoon, baissez votre putain de tête !

Halahan hurlait ces mots lorsqu'un nouveau tir d'artillerie vint frapper les créneaux, dans une explosion de poussière et de gravats. Miraculeusement indemnes, Hoon et un autre homme des Vestes grises se débattaient dans la poussière en toussant. Halahan leur assena de vigoureuses tapes sur les épaules, comme si les deux hommes avaient été en feu.

Un nouveau tir frappa l'épais mur de façade de la bretèche, et leur artillerie répliqua, envoyant ses boulets par-delà le pont en partie détruit. Ils atterrirent devant l'artillerie ennemie sur la rive opposée. Les tireurs embusqués de l'armée impériale maintenaient un feu nourri. Respirer devenait difficile dans la poussière qui ne cessait de retomber. Les oreilles d'Halahan sifflaient si fort qu'elles en devenaient douloureuses.

Leur pas de tir faisait penser à une portion du Bouclier aux premiers jours de la guerre. Accroupis aussi bas qu'il leur était possible sur les débris jonchant le dallage, les hommes nettoyaient le canon de leurs armes ou s'activaient pour recharger. Un medico effectuait un point de compression sur le flanc ensanglanté d'une Veste grise ; trois autres hommes gisaient à l'arrière de cet espace, les yeux encore ouverts dans la mort. À croupetons, Halahan rejoignit le sergent-chef Jay, tapi contre le parapet, en train d'observer le pont et la rive opposée dans la longue-vue du colonel.

Le sergent-chef parut sentir l'arrivée de son officier. Il se retourna à la seconde même où Halahan se penchait à côté de lui pour lui crier dans l'oreille sans autre forme de préambule.

— Ils nous envoient la sauce maintenant !

Halahan accepta la longue-vue que le sous-officier lui tendait et tâtonna dans la mise au point jusqu'à ce qu'il distingue nettement le lourd canon qui crachait sa fumée un peu en retrait de la rive. Désormais, l'armée impériale comptait trois batteries pointées sur eux ; de lourdes pièces, d'une portée plus longue que leurs petits canons de campagne.

Il rendit la longue-vue au sous-officier, puis examina le pont. La moitié calcinée, la plus proche de la ville, s'était affaissée dans l'eau ; le bois évoquait un long ruban couleur de charbon. Une bonne part de la masse d'herbes aquatiques sur laquelle il prenait appui avait coulé juste en dessous du niveau de l'eau ; là où celle-ci remontait, intacte, une ligne de boucliers de siège était déployée, protégeant des tireurs embusqués et des manœuvres occupés à remettre le pont en état. De derrière le mur de boucliers, des silhouettes s'élançaient par petits groupes chargés de paquets d'herbes aquatiques et de tronçons de bois, pour aller les jeter sur les restes du pont effondré, avant de revenir bien vite se mettre à couvert.

C'étaient des esclaves – des Khosiens à en juger à leur allure. Tout d'abord, les Vestes grises avaient refusé de tirer sur ces silhouettes, mais Halahan avait alors ordonné de faire feu en grinçant des dents, et ses troupes de volontaires venus de partout s'étaient exécutées. Les soldats khosiens les avaient regardés faire dans un silence éberlué. Les esclaves tombaient comme des poupées de chiffon, mais les Manniens semblaient en avoir des quantités infinies à leur disposition. Peu à peu, la section détruite du pont se reconstruisait.

Une secousse fit trembler les pieds d'Halalan ; un nouveau tir de l'artillerie mannienne. Sur leur gauche, un morceau du parapet glissa et disparut, emmenant avec lui une partie du sol dallé. Hoon et les autres tireurs durent reculer à la hâte pour se mettre en sûreté.

Par l'ouverture béante, Halahan apercevait le balcon de gauche de l'autre côté de la bretèche, où le capitaine Hull, son second originaire de Lagos, commandait une section de tireurs semblable à la sienne. Tous étaient pareillement recroquevillés pour échapper aux salves meurtrières.

— Oh non, murmura quelqu'un.

Lentement, le balcon se détacha de la façade en s'effondrant sous les pieds de leurs camarades.

— Tirez-vous ! cria quelqu'un dans ses mains en porte-voix.

Mais il était déjà trop tard. Une section périphérique du parapet courbe partit d'abord, faisant basculer les hommes par-dessus les créneaux. Il vit le capitaine Hull, reconnaissable à son écharpe blanche, indiquer d'un geste de la main au reste de ses hommes de reculer dans les escaliers, puis tout le reste du vaste balcon se décrocha dans un fracas assourdissant et terrible, emportant Hull et les autres avec lui.

Un cri résonna sur la rive opposée ; les canonniers de l'Empire braillaient pour saluer leur victoire.

Halahan ferma les yeux un instant. Lentement, il essuya son visage mangé de barbe ; le froid lui engourdissait les mains. Cela faisait deux nuits qu'il n'avait pas dormi. Avec un grognement, il tourna le dos à l'horrible scène et s'efforça de réfléchir en faisant abstraction de sa fatigue et de sa colère. Tous les hommes avaient les yeux fixés sur lui, prêts à fuir au premier ordre.

Il hocha brièvement la tête.

Les Vestes grises ramassèrent leur matériel et se ruèrent vers les escaliers.

Dans la rue en dessous, les balles de fusil passaient en miaulant au-dessus des têtes ou ricochaient sur les murs de la bretèche. Les hommes d'Halahan se dispersèrent en direction de leurs positions de tir de repli dans les bâtiments alentour. Les Gardes rouges tenaient toujours les rues, abrités derrière des barricades improvisées.

Halahan tomba sur le sergent-chef Jay au moment où il franchissait en courant les portes défoncées.

— On se replie sur nos deuxièmes positions, cria-t-il au sous-officier.

— Toujours rien sur le moment où l'on va être relevés ?

Ils sautèrent en même temps par-dessus un tas de gravats ; Halahan tenait d'une main son chapeau de paille.

— Les ordres restent les mêmes, sergent. Nous devons tenir cette position jusqu'au matin.

Le sergent-chef lui jeta un regard oblique.

— Je sais, vieux frère, dit Halahan. Je sais.

33

Une réunion de Diplomates

Ché en avait oublié qu'il était en pleine partie de rash, tant il était ivre.

C'était la faute de cette fille, Boucle à la belle frimousse, qui conversait avec lui de temps à autre pendant qu'elle jouait, ou qui riait de l'une de ses plaisanteries, mais qui avait surtout partagé avec lui sa grande outre de keratch tout en faisant comme s'il ne l'intéressait pas. Ché but jusqu'à ce que les bruits à l'intérieur de la taverne lui parviennent comme quelque chose de distant, d'assourdi et d'irréel. Alors, il s'enfonça plus profondément encore en lui-même.

À un moment donné, Koolas et les autres joueurs cessèrent de se moquer de lui pour tenter de le ramener à la vie. Ensuite, ils les soulevèrent – lui et sa chaise – pour l'écarter de la table et permettre à un autre de prendre sa place.

— Lâchez-moi, bafouilla-t-il, mais ils ne lui accordèrent aucune attention.

Ché avait des élancements dans la tête. Il ne se souvenait pas avoir jamais bu autant. L'espace d'un moment, il resta sur sa chaise, pendant que quelque chose tentait de se frayer un chemin dans son cou pour en sortir. Il se frotta d'une main ; la sensation refusa de s'en aller.

Apparemment, ils l'avaient installé à une table vide. Il aperçut une tasse remplie d'eau devant lui ; il la but, le cœur empli de reconnaissance.

Il constata soudain qu'il penchait d'un côté, comme si son équilibre était en train de s'ajuster à un monde en train de basculer. Il contrôlait le mouvement en se repérant à l'épaule d'une personne. C'était la fille, assise à côté de lui.

— Rentre avec moi, s'entendit-il lui dire à l'oreille.

— Et pourquoi aurais-je envie de faire une chose pareille ? demanda-t-elle d'un ton taquin.

Il lutta pour se concentrer sur les mots qu'il lui fallait dire.

— Parce que, commença-t-il, j'aimerais bien que tu le fasses.

Un genou collé au sien.

— On peut prendre une chambre ici, proposa la fille. Et faire monter un peu de nourriture. Tu as l'air de quelqu'un à qui cela ne ferait pas de mal.

Elle l'aida à se lever, puis il se retrouva debout, chancelant sur ses pieds, pendant qu'elle s'éloignait un instant. À son retour, elle souriait.

— Par ici, dit-elle en le menant vers un escalier, qu'éclairait une unique lampe à la flamme vacillante.

Quelqu'un siffla derrière eux, avant de crier quelques encouragements. Il jeta un regard par-dessus son épaule sans voir d'où cela provenait.

Il ne vit pas les deux silhouettes qui entrèrent dans la taverne à cet instant – un homme et une femme vêtus d'habits civils, leurs crânes rasés coiffés de chapeaux de feutre, et leurs regards durs fixés sur lui.

Dans sa longue-vue, l'archigénéral Sparus observait le décollage de deux aéro-nefs depuis le cœur de Tume. Des gardes rouges se tenaient le long des bastingages ; le vent agitait leurs manteaux tandis que les deux vaisseaux s'élevaient lourdement dans les airs. D'un geste sec, il referma sa longue-vue et la tendit à l'officier le plus proche, le capitaine Skayid. Ainsi, c'était vrai : Creed évacuait les combattants de la ville de Tume.

Sparus savait que le Seigneur Protecteur serait l'un des derniers à quitter la cité flottante ; et sachant cela, il poussait d'autant plus les efforts de reconstruction du pont.

La perspective de laisser une nouvelle fois filer cet homme-là lui faisait horreur. Il voulait capturer Creed vivant ; il brûlait de le livrer aux mains expertes de ses meilleurs spécialistes. Ils le briseraient, comme ils brisaient tout le monde, avec des drogues, des techniques pour jouer sur l'esprit et des mesures de douleur soigneusement appliquées. Alors Creed ne serait plus qu'une épave, malléable et totalement assujetti à leurs volontés…

Depuis la fin de la bataille – et la fuite de l'armée khosienne – c'était devenu son fantasme favori. Le Seigneur Protecteur nu et enchaîné dans une cage, renonçant haut et fort à tout ce pour quoi il s'était toujours battu, pendant que lui-même, Sparus, l'exhiberait dans une parade devant les murs de Bar-Khos, afin que tous les Khosiens puissent voir le sort fait à leur grand chef de guerre.

Le général Creed pourrait même rejoindre la tête tranchée de Lucian, à titre de trophée vivant. *Oui, ce serait tout à fait approprié*, songea Sparus. Dans la défaite, l'insurrection lagosienne avait prouvé qu'elle n'était rien d'autre qu'une folie désespérée. Bientôt, la provocation de Khos et des ports libres serait ravalée au rang d'erreur. On se rappellerait des batailles de Coros, de Chey-Wes et du Bouclier comme les derniers feux d'artifice d'un peuple obstinément tourné vers le passé – des tentatives vaines et futiles pour nier l'avènement d'un nouvel ordre du monde.

Sparus ne nourrissait aucun doute à ce sujet ; il en avait déjà été le témoin à maintes et maintes reprises. Si les érudits appréciaient railler les conquérants victorieux qui s'imaginaient écrire les livres d'histoire, Sparus savait que les choses étaient plus profondes que cela. C'était la victoire elle-même qui façonnait l'histoire dans l'esprit des gens, qui montrait la vertu d'une cause et les croyances erronées de ceux qui avaient été vaincus. La victoire comportait en elle-même un certain pouvoir, tandis que la défaite... La défaite était une bogue dont on se défaisait rapidement ; ne subsistaient alors que les graines qu'elle contenait – celles de l'espoir de triomphes futurs.

Lorsque Mann aurait finalement achevé la conquête des ports libres et des territoires alhazii, alors on cesserait de contester les temps advenus et les croyances. La victoire elle-même serait la preuve de la vertu de Mann.

Mais avant cela, il avait un compte personnel à régler avec cet homme – ce Seigneur Protecteur qui par deux fois déjà l'avait fait passer pour un idiot. Une première fois avec son attaque de nuit, puis une seconde avec sa fuite inattendue du champ de bataille. Et Sparus savait exactement comment il allait faire.

— Colonel Kunse, dit-il. (Le colonel se mit au garde-à-vous, de même que tous les officiers à la ronde.) Préparez nos Commandos pour une attaque nocturne. Faites-leur construire des radeaux pour pouvoir traverser. À l'approche de la nuit, faites redoubler les efforts sur le pont. S'il le faut, proposez de l'or pour attirer des volontaires. Je veux qu'il soit achevé cette nuit et pas demain. C'est compris ?

Il tourna son œil unique en direction de l'ouest, par-delà la ligne d'artillerie lourde qui pilonnait la rive sud de l'île. Une autre aéro-nef khosienne revenait précisément depuis l'autre côté du lac.

—Et puis faites quelque chose pour ces aéro-nefs. Nous devrions nous battre dans les airs et non pas laisser le champ libre aux Khosiens pour qu'ils puissent fuir en bon ordre.

—Nos bâtiments sont toujours en réparation, archigénéral.

—Je ne veux pas le savoir, colonel. S'ils peuvent voler, qu'ils prennent donc les airs.

Sparus demandait l'impossible, mais il n'en avait cure. C'était ce que doit faire un général.

—Nous prendrons la ville cette nuit, et Creed aussi par la même occasion, pendant qu'il en sera encore à évacuer ses hommes.

Quelques-uns sourirent en saisissant l'ironie de cette stratégie.

Oui, songea Sparus. *Voyons voir comment ces Khosiens apprécient le goût de leur propre potion.*

Le bruit de plateaux de bois entrechoqués arracha Ché à son hébétude alcoolisée.

Il vit que de la nourriture avait été posée sur une petite table, et que Boucle et lui étaient seuls dans une chambre. Un lit fait était installé le long d'un des murs, et des rideaux de velours masquaient une fenêtre derrière eux. Un tapis pelucheux était posé au sol. La pièce était propre et nette, mais il y flottait une odeur d'humidité et de moisi.

Par la porte fermée leur arrivaient des rires étouffés en provenance du couloir et de la salle au bas de l'escalier. Ché s'assit et contempla la nourriture pendant que le monde tournoyait lentement autour de lui. L'espace d'un instant, il oublia qui était cette fille assise à côté de lui. Pourtant, leurs jambes se frôlaient et elle ne donnait pas l'impression d'en être dérangée ; donc, il devait y avoir quelque chose entre eux, même s'il ne parvenait pas à se souvenir ce que c'était. De la fumée montait d'un bâtonnet de hazii allumé qu'il tenait entre les doigts. Il le porta à ses lèvres ; sa main tremblait. Il inspira et sentit distinctement chacune des graines du hazii lui piquer le fond de la gorge.

—Souffle, idiot, dit la fille en lui retirant le bâtonnet.

Ses joues étaient gonflées d'une bouchée de nourriture qu'elle était occupée à mâcher. Lui était resté assis, là, la fumée bloquée dans ses poumons, immobile et le regard perdu au cœur de la flamme vacillante de la chandelle posée au milieu de la table.

Ché relâcha son souffle, se laissa aller en arrière et contempla la jeune femme.

—Comme tu es belle, dit-il.

Elle lui sourit poliment, comme s'il avait dit là des mots qu'elle avait déjà entendus des centaines de fois. Puis elle revint à son repas.

— Tu devrais manger, lui dit-elle. Cela ne te ferait pas de mal.

À ce stade, il était incapable d'envisager d'avaler quoi que ce soit. Une douleur lancinante pulsait au niveau de son cou. Lentement, la pensée se fit jour en lui qu'il s'agissait d'autre chose que d'une simple migraine. *Combien de temps s'est-il écoulé depuis que j'ai pris le suc de bois sauvage ?* se demanda-t-il soudain.

— Ils viennent pour moi, marmonna Ché en tentant de se mettre debout.

Sa langue presque tétanisée dans sa bouche ne produisit qu'un vague borborygme.

— Ils viennent pour nous tous, entendit-il la fille lui répondre.

Sa main glissa de la table et il retomba sur son siège. Il ne parvenait plus à se tenir assis le dos droit. Il se pencha en avant pour poser son front sur la surface fraîche de la table, puis tourna la tête pour y poser la joue. Un filet de bave lui coulait au coin de la bouche.

Il vit que l'outre était toujours posée sur ses genoux. *À boire, c'est ça qui me faut*, se dit-il. Il se redressa sur sa chaise en poussant un gémissement, puis entama le difficile processus consistant à faire couler le keratch dans sa gorge.

Avant d'avoir pu avaler, il fut secoué par un coup de coude de la fille dans ses côtes.

Dans sa vision incertaine et flottante, il vit que quelqu'un se tenait devant la table et qu'une autre personne dans la pièce refermait soigneusement la porte.

Tous deux portaient des vêtements civils sous de fins manteaux ; par une ouverture au niveau de la taille, chacun d'eux avait sorti un pistolet de l'intérieur des pans de son habit et le tenait pointé droit sur le cœur de Ché.

D'un coup, il s'assit sur sa chaise, droit comme un « i ».

— Cela ne te dérange pas si on s'assoit ? demanda Guan en tirant l'une des chaises autour de la table.

Swan l'imita. Ensuite, elle examina un instant les plateaux de nourriture, choisit une petite pâtisserie et la mit dans sa bouche.

Boucle restait figée sur sa chaise. Swan jeta un regard de ses yeux noirs à la jeune fille.

— C'est qui ton amie au joli minois ? demanda-t-elle d'un ton aigre.

Ché se demanda comment il avait fait pour un jour lui trouver du charme.

Il ne répondit rien ; Guan le fixait de son regard glacé.

— Si j'étais toi, j'arrêterais d'essayer de prendre cette arme, dit Guan. Je suis à un doigt d'appuyer sur la détente.

Ché éloigna sa main de la crosse de bois du pistolet à sa ceinture.

— Les mains sur la table, lui dit Guan. (Ché posa l'outre sur la table, puis ses mains à plat de part et d'autre.) Toi aussi, ajouta-t-il à l'intention de Boucle.

Ché avait bien du mal à rester concentré sur le visage du Diplomate. Dans la faible lueur de la chandelle, il ne distinguait que les puits noirs de ses yeux, au-dessus de l'entaille tordue formée par ses lèvres, en train de lorgner étrangement dans sa direction. Il sentait l'odeur de l'eau du lac sur lui. Les yeux de Ché volèrent vers les mains de Boucle sur la table ; elles tremblaient. Il cligna des yeux et se concentra de nouveau sur le visage de Guan.

— Alors, dis-nous quelque chose, attaqua Guan. Pourquoi ne nous expliquerais-tu pas pour quelles raisons tu es devenu un traître ?

Ché remarqua que son silence irritait Guan. Il laissa un coin de sa bouche se relever, de manière à l'asticoter encore plus.

Guan se tourna vers sa sœur, qui se contenta de hausser les épaules avant de reprendre une pâtisserie.

Guan leva son pistolet au-dessus de la table pour le pointer droit sur le visage de Ché. Sa sœur s'essuya la bouche et avala son ultime bouchée. Ensuite, elle se leva, marcha jusqu'à la porte et attendit là, l'arme à la main. Elle hocha la tête.

Ché leva un doigt, en un geste indiquant qu'il réclamait un instant. Guan marqua une hésitation. À travers la lueur mouvante de la flamme de la chandelle, Ché observa l'extrémité du canon de l'arme. Il se pencha en avant.

Il arrondit la bouche et souffla.

Le keratch dans sa bouche passa au-dessus de la flamme du bougeoir, allumant une langue de feu qui enveloppa le Diplomate. Le coup partit dans un grand bruit. Guan chancela en arrière, les vêtements en feu. Ché souleva le bord de la table de son côté pour la jeter sur lui.

Ché fit une large embardée, tituba pour se récupérer et pivota dans le même mouvement vers la fenêtre. La fumée lui donnait des haut-le-cœur. Il écarta les rideaux d'un coup sec et tenta d'ouvrir les volets, mais ils ne voulurent rien savoir.

Agenouillée à côté de son frère, Swan se démenait pour éteindre les flammes.

Tétanisée par la panique, Boucle restait plantée au milieu de la pièce ; Ché la saisit par le poignet. Il la tira vers la fenêtre, mais elle résista et parvint même à libérer son bras.

— Ils vont te tuer toi aussi ! s'écria-t-il, en s'élançant vers la fenêtre, l'épaule en avant pour percuter les volets.

Ils cédèrent bien plus facilement qu'il l'avait pensé ; dans un grand cri, Ché culbuta par l'ouverture pour atterrir sur le dos sur une pente moelleuse d'herbes aquatiques. Boucle lui atterrit dessus et ils glissèrent ensemble jusqu'au bord de l'eau.

Leur chute s'arrêta juste à temps ; ils s'aidèrent mutuellement à se remettre debout. Ché posa une main sur ses yeux, pour les protéger de l'éblouissante lumière du jour.

Un coup de feu partit de la fenêtre. Aucun d'eux ne vit où finit le projectile.

— Qui c'est ? demanda Boucle. Je ne comprends rien !

— Par ici, dit Ché.

Et ils s'élancèrent en courant en direction du chemin de planches le plus proche.

Les rues étaient vides de tout civil. Ils couraient aussi vite qu'ils le pouvaient, mais Ché ne cessait de partir sur le côté, comme si le sol sous ses pieds était incliné, de sorte que Boucle devait tirer de son côté pour le tenir droit. Ils coururent jusqu'à perdre haleine, puis coururent encore. Pendant quelques instants, il eut l'impression que le pouls dans son cou ralentissait un tant soit peu. Puis il accéléra de nouveau et il sut que les deux Diplomates étaient sur leurs traces.

— Où allons-nous ? demanda Boucle.

Chez elle, l'exaspération prenait le pas sur la peur.

Mais Ché n'avait aucune réponse à lui offrir. Il était trop occupé à vomir tout en bondissant sur le chemin de planches ; dès que le réflexe de régurgitation cessait, il s'enfonçait un doigt dans la gorge, afin de se vider l'estomac de tout l'alcool qu'il contenait encore.

— On devrait demander de l'aide, cria-t-elle en passant un bras autour de la taille de Ché. (Tout bien pesé, son pied demeurait plus sûr que celui du jeune homme.) Cherchons des gardes !

— Non, pas de soldats, gronda Ché.

La bile lui brûlait la gorge. Il continuait de courir, en direction du quartier ouest de la ville. Il tenta de charger son pistolet sans s'arrêter, mais la charge refusait de rentrer. Avec un juron, Boucle lui prit les deux objets des mains, chargea l'arme et jeta un regard derrière elle.

— Ils arrivent, haleta-t-elle.

Il tourna la tête. Il ne voyait rien d'autre qu'un badigeon atroce de formes et de couleurs. Il plissa les yeux pour ajuster sa vision, et vit que Swan courait sur le côté gauche de la rue et Guan sur le droit, en rasant les murs, leur arme tenue bien bas. Dans la partie supérieure du corps de Guan, ses vêtements étaient brûlés, réduits à l'état de loques. Swan tendit un doigt vers l'autre côté de la rue. Guan hocha la tête et prit une rue perpendiculaire ; il disparut.

Ché se dit qu'ils ne devaient plus être très loin de la maison ; la rue lui disait quelque chose. Pour éviter que Guan puisse les surprendre, Ché bifurqua dans une ruelle. Ils la remontèrent en courant, puis tournèrent de nouveau à gauche, de sorte qu'ils se dirigeaient de nouveau vers l'ouest. Il pivota sur lui-même et pointa le pistolet à l'instant où Swan passait la tête au coin de la rue ; elle recula vivement. Il attendit, mais elle ne reparut pas.

— On part, dit-il.

Ils s'élancèrent le long des panneaux de chaume bordant le côté gauche de la rue, conçus pour occulter l'arrière des jardins.

Une nouvelle fois, il pivota sur lui-même et braqua son arme sur Swan, à moitié aveuglé. Elle esquiva sur le côté à l'instant même où il tirait.

Une escouade de Gardes rouges apparut ; le coup de feu les avait mis en alerte. Boucle se précipita vers eux d'un pas chancelant avant que Ché ait pu l'arrêter. Il marqua une hésitation pendant que la jeune femme parlait, en pointant un doigt en direction de leurs poursuivants. Les soldats aperçurent Swan et se mirent à avancer vers elle en se déployant.

Ché tira Boucle par la manche et, d'un coup de menton, lui indiqua de le suivre. Ils étaient vidés. Plus lentement, ils trottinèrent le long de la rue. Ché regardait à droite et à gauche, guettant l'apparition de Guan et cherchant à reconnaître la maison.

Quelque chose battit dans le vent.

C'était son manteau, accroché à la fenêtre de l'étage, toujours là où il l'avait mis à sécher.

Ils gagnèrent le mur de chaume à l'arrière. Ché tomba et roula sur une surface recouverte de morceaux d'écorce. Lorsque Boucle l'aida à se relever, il la conduisit à travers le jardin jusqu'à l'avant de la maison.

— Ici, dit-il.

Son cou pulsait. Ils entrèrent et refermèrent la porte derrière eux. Ché tira le verrou. La maison était telle qu'il l'avait laissée. Il gravit les escaliers quatre à quatre, entra dans sa chambre et fouilla dans son sac, à la recherche de la fiole de suc de bois sauvage. Il en fit tomber une goutte sur sa langue. Debout sur le seuil, la jeune fille le regardait faire.

Ché s'approcha de la fenêtre. Collé contre un montant, il jeta un coup d'œil à l'extérieur.

Personne.

Prudemment, il récupéra son manteau pour le rentrer ; il était parfaitement sec.

Il tira Boucle à l'intérieur de la chambre et referma la porte. Il s'assit sur le lit avec son pistolet et entreprit de le recharger à gestes malhabiles. Pour finir, il le referma et attendit, assis, l'arme à la main. Des ronflements sonores arrivaient de la chambre d'à côté.

Les pulsations de son ganglion paraissaient s'atténuer. Tout d'abord, il n'en fut pas certain, mais au bout d'un long moment, il en eut la conviction.

Il poussa un soupir de soulagement.

— Nous sommes en sécurité maintenant, dit-il en s'affalant sur le lit avec un grognement.

La tête lui tournait toujours.

— Tu en es sûr ?

Il opina du chef.

— Tu me dirais qui c'étaient ces deux-là ?

— De vieux amis, dit-il sans grande conviction. Je leur dois de l'argent.

— Tu es quoi au juste ? Un voleur ?

Ché se leva maladroitement, puis gagna de nouveau la fenêtre pour regarder dehors ; il n'y avait toujours personne en vue. Lorsqu'il se retourna vers Boucle, la jeune femme était en train d'ouvrir la porte pour s'en aller.

Il traversa la chambre en trois enjambées. Boucle haleta lorsqu'il lui saisit le poignet.

Il allait lui demander d'attendre, mais avant d'avoir conçu une pensée, il se retrouva collé à elle contre la porte fermée, leurs souffles chauds l'un contre l'autre.

Puis ils s'embrassèrent et leurs mains se cherchèrent avidement ; leurs esprits furent submergés par la passion et le désir.

34

La bouline

Un homme des Vestes grises tomba dans l'obscurité à l'instant où Halahan passait devant lui en courant ; mort avant même d'avoir touché le sol. Halahan chemina tant bien que mal à travers les décombres de ce qui avait été un entrepôt, puis s'arrêta à côté du sergent-chef Jay accroupi derrière un chariot renversé. Le colonel se mit à couvert. De part et d'autre d'eux, des archers tiraient frénétiquement leurs flèches par-dessus la barricade qui s'étirait jusque de l'autre côté de la rue. Il risqua un rapide coup d'œil par-dessus le chariot et vit les traînées et les éclats incandescents des tirs dans la nuit.

Des formes se glissaient dans les décombres de la bretèche, penchées en avant dans leur course furtive. Plus loin, massées derrière les boucliers de siège avancés sur le pont reconstruit à la hâte, d'autres silhouettes se préparaient pour une deuxième vague d'assaut.

— Où est-il ? Avez-vous dépêché un autre messager ? cria Halahan dans l'oreille de Jay.

Le sergent-chef hocha la tête, la mine sinistre, avant de regarder à nouveau, par un interstice dans le bois, les grappes de soldats impériaux qui traversaient le pont.

Une explosion fit plonger le sergent-chef à couvert à côté du colonel ; des grenades lancées pour préparer l'assaut.

Halahan leva les yeux sur les bâtiments avoisinants. Tirailleurs et archers lâchaient tout ce qu'ils avaient sur le pont en dessous d'eux. Au-dessus du lac, le tonnerre d'une canonnade emplissait l'air de la nuit ; les aéro-nefs se livraient combat.

D'une manière ou d'une autre, les positions de tir dans les immeubles ravagés jouxtant la bretèche de part et d'autre étaient tombées.

Des rapports arrivaient faisant état d'unités ennemies lancées dans des manœuvres pour attaquer par le flanc la deuxième ligne de défense. Halahan était d'avis que des Commandos avaient recours à la ruse et arrivaient à la nage depuis le pont, voire depuis la rive opposée. Apparemment, ils menaient une attaque sur toute la rive sud de l'île – pour peu qu'on puisse se fier aux coups de feu tirés.

Halahan se renfrogna en voyant arriver des hommes de la Garde rouge et des Forces spéciales qui se repliaient depuis une rue perpendiculaire qu'ils tenaient jusqu'alors. À ses côtés, un archer se dressa pour tirer sur un soldat impérial en train d'escalader l'autre côté du chariot. D'autres bondissaient dessus en hurlant comme des chiens ; le chariot tanguait sous leur poids. De part et d'autre du colonel, des Gardes rouges piquaient de leur charta droit devant eux. Le visage dément d'un homme le fixa un instant avant de tomber à la renverse et de disparaître.

Il se retourna pour regarder la rue derrière lui, prêt à lâcher le juron qu'il avait sur le bout de la langue, puis il aperçut la grande carcasse de Creed qui s'avançait vers lui, entouré de ses gardes du corps sur le qui-vive. Le général criait plus fort que le bruit, le visage empourpré par l'ardeur.

— Ils attaquent sur tout le flanc sud avec des radeaux et des nageurs. Combien de temps pouvez-vous tenir ici ?

— Tenir ? Avons-nous l'air de pouvoir tenir ?

— Nous avons encore deux mille hommes dans la ville, colonel. Vous devez nous donner le temps de les évacuer tous.

— Je suis bien conscient de vos problèmes, général. Mais je vous l'affirme, nous ne pouvons plus tenir ici.

Creed leva la tête, comme tout le monde autour de lui ; une explosion venait de déchirer le ciel de la nuit, du côté de l'est. Une aéro-nef se désintégrait en une pluie incandescente de boules de feu.

— D'accord, cria Creed. Repliez-vous en bon ordre, mais retardez-les autant que vous le pourrez. Je ferai en sorte qu'un bateau vous attende tous.

— C'est une promesse, général ?

Ils se fixèrent mutuellement pendant un instant, tous deux en colère, tous deux brûlant d'envie de crier au visage de l'autre, simplement pour évacuer leur terrible frustration. Puis l'expression sur le visage de Creed s'adoucit et Halahan vit qu'il lui tendait la main. Le colonel la serra ; très fort.

— Je vous retrouve là-bas, dit-il.

De toute évidence, le Principari Vanichios savait ce que Creed allait dire avant même qu'il ouvre la bouche.

Néanmoins, le général parla quand même.

— C'est maintenant ou jamais, mon ami. Il faut y aller.

Le Michinè posa ses mains sur le parapet et regarda en direction du sud, vers l'extrémité de la ville. Depuis leur position au sommet de la tour la plus élevée de la citadelle, ils voyaient Tume dans son intégralité, tout autour d'eux. Des coups de feu crépitaient dans les rues au sud. Quelques édifices brûlaient ; le vent soufflant de l'est faisait naître des traînées de feu. Des soldats arrivaient en ordre dispersé en direction du Canal central, où les derniers bacs s'apprêtaient à partir.

— Pourras-tu faire partir tous tes hommes à temps ? demanda Vanichios.

— Non, avoua Creed d'une voix épaisse. Il y a des poches qui sont piégées au sud-ouest. Nous ne pourrons pas les sortir suffisamment tôt.

— Et le reste. Tu as assez de place pour eux ?

— Nous improvisons. Mais il y a toujours une place pour toi et tes hommes si tu veux.

Le regard de Vanichios glissa sur le côté. Des flammes dansaient dans ses yeux. Il n'avait plus rien à ajouter à ce sujet.

Pendant un instant, Creed songea à nouer ses grands bras autour de Vanichios pour l'arracher de force à sa demeure ancestrale. Mais un tel geste manquerait de dignité. Vanichios était un Michinè. Sans dignité, il n'était rien.

À l'est, la bataille aérienne faisait toujours rage. Il voyait les courtes langues de feu illuminant les coques des nefs, qui se pilonnaient mutuellement.

— Je ne pensais pas que je serais autant effrayé, dit Vanichios d'une voix posée.

Creed tressaillit. Il se faisait l'impression d'être un misérable à quitter ainsi son ami.

— Adieu, frère, dit-il finalement en posant une main sur l'épaule de Vanichios.

Le Principari ne se retourna pas.

Ash frissonna sous ses couvertures. Des taches de couleur dansaient devant ses yeux. Cela faisait longtemps déjà qu'il avait tiré les rideaux devant la fenêtre de la chambre, mais la lumière de la lune filtrant par les interstices était encore trop forte pour ses yeux fermés. Il gardait donc la tête enfouie, sans cesser de tousser et crépiter ; il avait l'impression que son lit tournoyait.

Dans son esprit, les tirs dans le lointain n'étaient guère plus que des grains de maïs en train d'éclater sur un feu. Il rêvait à moitié de la maison de boissons de son village d'Asa, de la pièce chauffée par le grand feu dans l'âtre et du pot noir posé dessus dans lequel le maïs chauffé éclatait, sous l'œil attentif de Teeki, emplissant la salle enfumée de son odeur délicieuse.

Assis tout seul dans un coin, il surveillait du coin de l'œil son oncle par alliance, avec un sentiment de haine qui allait croissant.

Ash avait passé la soirée assis là, à se soûler tranquillement comme les anciens habitués de la maison, en ruminant ses pensées au-dessus de son verre de vin de riz – la potion du soir au Honshu pour oublier les vicissitudes du monde. Mais ses propres soucis avaient refusé de s'en aller. Même en cet instant, il n'avait aucune envie de rentrer chez lui pour retrouver sa femme, leur fils – et toutes les responsabilités qu'ils représentaient.

La maladie du tremblement avait encore emporté un de leurs chiens d'élevage. Ash ne parvenait pas à imaginer comment ils allaient bien pouvoir trouver l'argent pour le remplacer, ni même comment ils allaient rembourser les dettes qu'ils avaient déjà.

Plus il buvait et plus l'idée se faisait insistante en lui de s'enfuir en abandonnant tout derrière lui. Il ne vivait pas vraiment la vie qu'il avait rêvée lorsqu'il était enfant à la ferme familiale, et qu'il avait vu ses parents se tuer à la tâche pour faire face à leurs propres dettes et à l'impôt. Ash avait rêvé de faire son chemin tout seul lorsqu'il serait assez grand, de gagner sa vie comme soldat ou comme marin ; en tout cas, pas comme ça.

Puis il était tombé amoureux, s'était marié et installé... Et en l'espace d'un clin d'œil, il s'était retrouvé à boire pour oublier ses soucis, comme son père l'avait fait avant lui.

Broyant du noir, Ash observait son oncle par alliance de l'autre côté de la salle. Lokai était le chef d'une dizaine de villages à l'intérieur de la zone des montagnes du Schiste, le collecteur des taxes vêtu de l'habit royal, dûment nommé par un représentant du chef suprême Kengi-Nan. Mais il jouait aussi les usuriers en prêtant aux villageois la part que lui-même touchait sur leurs propres impôts - et à des taux exorbitants.

Un homme qu'il est utile d'avoir dans sa famille – voilà ce qu'Ash aurait pu croire. Et pourtant, cet oncle par alliance ne pensait qu'à accroître sa richesse et, partant, le pouvoir dont il jouissait sur les autres. Dès qu'il s'agissait d'argent, les liens du sang n'avaient guère d'importance pour lui.

Lokai prenait du bon temps ce soir-là. Au milieu des plaisanteries échangées avec ses sbires, il daigna s'apercevoir qu'Ash avait les yeux braqués sur lui. La pipe au coin de la bouche, Lokai lui rendit son regard la tête légèrement inclinée en arrière, de sorte qu'il montrait ainsi un air parfaitement hautain. Même depuis l'endroit où il se trouvait de l'autre côté de la salle pleine de fumée, ses yeux donnaient l'impression de se moquer.

Ash craqua subitement à cet instant ; il n'aurait su dire pour quelle raison au juste. Une intuition liée à l'ivresse peut-être. Le sentiment que ces yeux moqueurs savaient qu'ils allaient déclencher cette réaction chez lui – quand bien même lui-même ignorait ce qu'elle allait être.

Puis il vit Lokai écarquiller les yeux lorsqu'il se mit debout en titubant pour traverser la salle d'un pas incertain.

Ash marmonna des mots qu'il ne comprit pas lui-même, tandis que son oncle par alliance se levait, imité par tous ses sbires.

Une table fut bousculée. Lokai s'effondra au sol en l'entraînant dans sa chute, projetant des verres tout autour de lui ; son visage était inondé de sang.

Le poing d'Ash était brûlant ; il hurlait des choses à la silhouette au sol.

Des hommes le saisirent par-derrière. Il se débattit jusqu'à en perdre haleine, puis s'immobilisa sous leur poigne. Debout, pantelant, il tenait l'homme au sol sous son regard furieux.

— Tu te prends pour quelqu'un, hein ? demanda son oncle par alliance toujours par terre, une main sur son nez sanglant. Parce que tu as épousé ma jolie petite nièce et que ton mariage t'a fait entrer dans une meilleure famille que la tienne, tu crois que tu es devenu quelqu'un ? (Lokai repoussa d'une tape les mains de ses hommes qui voulaient l'aider ; il se remit debout tout seul sur ses jambes flageolantes.) Tu n'es rien d'autre qu'un idiot, aboya-t-il. Et ta propre femme fait de toi le plus grand de tous !

Le silence s'abattit sur la salle. Ces mots étaient si incongrus qu'il fallut plusieurs instants pour qu'ils fraient un chemin dans l'esprit d'Ash.

— Qu'est-ce que tu racontes ? demanda-t-il d'une voix épaisse.

Lokai était bien lancé à cet instant.

— Et que crois-tu que je raconte ? Lorsque tu as eu besoin d'argent l'année de ton mariage, pour acheter tes maudits chiens, tu crois que je t'ai prêté cette somme pour rien ? J'ai pris mon acompte avec elle. (Il se tut un instant pour regarder les hommes autour de lui, qui l'écoutaient bouche bée.) Parfaitement, j'ai fait ça et pas un d'entre vous ne va y trouver quoi que ce soit à redire.

Il reprit son souffle, à l'évidence bien décidé à en dire plus.

Ash sentit qu'il tenait toujours serré dans sa main gauche le quart métallique dans lequel il buvait ; il était vide désormais. D'un mouvement brusque vers l'avant, il s'arracha par surprise à l'étreinte des hommes qui le retenaient et balança sa tasse de toutes ses forces, décuplées par la rage noire qui l'animait.

Lorsqu'ils remirent Ash sur ses pieds, son oncle par alliance gisait au sol, avec dans la face comme une cavité fraîchement creusée. Du sang sourdait depuis un trou, tout au fond. Le pied gauche de Lokai battait contre le plancher. L'homme haleta et rendit son dernier souffle, sous les yeux médusés de toute l'assistance.

— Il a tué le chef, marmonna quelqu'un.

Ash s'enfuit dans la nuit.

Il releva la tête et se découvrit en train d'observer un clair de lune rectangulaire.

C'était la fenêtre de la chambre, obturée par le mince rideau.

Une silhouette était assise dans le fauteuil ; ses doigts frôlaient le bois d'un des accoudoirs.

— Ché ?

La silhouette se pencha en avant ; Ash entendit le bois craquer.

— Cela n'a pas dû être facile d'apprendre cette nouvelle au sujet de votre fils.

Nico.

Un nœud étrange se forma au creux de l'estomac d'Ash, semblable à celui que provoque la peur de tomber. Il constata qu'il ne parvenait plus à parler.

— Je suis désolé, dit Nico. Je n'avais pas l'intention de me montrer indiscret.

Ash se laisser aller contre la tête de lit ; l'oreiller était trempé là où sa tête avait reposé.

Le souvenir s'étiola doucement dans son esprit ; néanmoins, l'odeur du maïs lui restait dans les narines.

— Cela n'a pas été aussi difficile que de le perdre, dit-il d'une voix grinçante.

Le sang se mit à battre dans sa gorge.

— Il vous manque.

— Je pense à Lin chaque jour. Tout comme je pense à toi.

— Et que pensez-vous ?

— De toi ou de mon fils ?

— De votre fils.

— Ah, fit Ash pour exprimer sa frustration.

Il sentit en lui une subite envie de boire. Puis, il se souvint qu'il avait déjà fini la bouteille de vin trouvée dans la cuisine.

— Je pense à ses yeux, les mêmes que ceux de sa mère. Je pense à la manière dont il a offert à ses amis son quignon de pain dans les pires journées sur le chemin. Je pense à lui en train de courir après les filles, avant même de savoir exactement pourquoi il leur courait après. Je pense… (Il s'interrompit là, au bord du désespoir.) Je pense à sa mort, dit-il dans un souffle.

Ash revit alors la scène, exactement comme s'il avait été là-bas dans la mer de Vent et d'Herbe. Il vit la poussière de l'amadou qui enveloppait le cœur de la bataille. L'Aile lourde du général Shin émergeant depuis l'arrière des lignes de la Voie lumineuse, trahissant l'armée révolutionnaire du Peuple pour une fortune en diamants, alors même que la victoire était à sa portée.

Un cavalier fondant sur son fils et le tuant d'un seul coup. Des sabots piétinant son corps comme s'il n'avait été rien d'autre qu'un sac de vieux chiffons.

— Qu'est-ce que c'est ? demanda Nico dans le silence.

Ash serra dans son poing le drap sur lequel il était couché ; il avait besoin de s'accrocher à quelque chose.

— Vous voulez me cacher des choses, encore maintenant ?

Non, se dit Ash. *C'est à moi seul que je veux les cacher.*

Il regarda la silhouette de son apprenti plongée dans l'ombre de l'autre côté de la chambre.

— Je ne l'aimais pas, dit Ash d'une voix en train de se briser. Pendant un certain temps tout au moins, j'ai cru que je ne l'aimais pas comme mon fils.

— Vous pensiez qu'il n'était pas de vous.

Ash serra le drap plus fort. Il vit alors que peu importait qu'il efface ces souvenirs ; peu importait la manière dont il s'était comporté vis-à-vis du garçon. Lui demeurerait là, obligé de vivre avec la honte de ce qu'il avait fait.

— Après ce que m'avait dit l'oncle de ma femme, je me suis montré dur envers Lin.

Dur, songea-t-il avec dégoût en s'entendant prononcer ce mot.

Non, il s'était conduit comme un salaud envers le garçon – purement et simplement. Pendant les quelques années qu'ils avaient passées ensemble au sein de la cause, avant que le garçon trouve la mort, Ash avait traité son fils avec une indifférence glacée qui le satisfaisait.

— Je suis désolé, Nico, dit-il.

— De quoi ?

— Si je me suis montré dur envers toi aussi. Si je t'ai donné l'impression de ne pas t'aimer. Parfois, je ne suis pas très doué avec… ces choses-là.

La silhouette le regardait en silence.

— Maintenant, je suis fatigué, dit-il.

Il se rallongea et tira lentement la couverture sur sa tête. Puis il attendit jusqu'à avoir la certitude que Nico était bien parti.

Les bacs approchaient de l'embouchure du Chilos à la sortie du lac, les uns à la suite des autres, emportés par le courant et les rameurs souquant dans les eaux noires. À côté des bancs de nage, on battait le tambour sur un rythme régulier, afin de soutenir l'ardeur des hommes.

Debout dans la timonerie renforcée à la poupe du bateau, en compagnie du général Creed, Halahan scrutait la nuit par la meurtrière ménagée en haut du panneau de protection, qui calfeutrait complètement la petite salle morose. Derrière, d'autres officiers suivaient le doux roulis ; ils empestaient la sueur et ne parlaient guère. Koolas, le bavardēro de guerre, était tassé dans un coin à l'arrière. La capitaine du bord, une femme d'âge mûr, avec la pipe à la bouche tout comme Halahan, maniait la barre en sondant la nuit par la mince ouverture devant elle. Elle portait sur les yeux une paire de bésicles Grand-duc qu'elle avait empruntée. L'humeur était sombre. Personne ne savait s'ils allaient pouvoir passer.

La capitaine manœuvra vivement la barre. Le navire vira lentement ; avec tant d'hommes à son bord, sur le pont et dans la cale, il pesait lourd sur le fleuve.

— C'est parti, murmura-t-elle comme ils s'engageaient sur le cours d'eau.

Elle frappa trois fois le sol du talon de sa botte. Quelqu'un cria un ordre sous leurs pieds. Le rythme du tambour s'accéléra et les rameurs augmentèrent la cadence. Les avirons plongeaient de plus en plus vite dans l'eau. Halahan entendit la première volée de tirs contre le bois tout autour d'eux.

Une charge éclairante s'éleva dans le ciel, illuminant la scène comme un soleil de minuit.

D'autres tirs s'abattirent. Une grêle de flèches arriva en cloche ; certaines étaient allumées. Sur le pont, des tireurs ripostèrent ; il y avait là des archers, des hommes des Vestes grises et des soldats des troupes régulières.

Halahan s'avança vers les panneaux fixés sur la gauche de la timonerie et regarda derrière eux en se tordant le cou. Il vit les autres bacs qui tanguaient dans leur sillage ; les eaux agitées du Chilos luisaient d'un feu bleu. Chacun des bateaux remorquait des lignes de radeaux improvisés, sur lesquels des hommes se dissimulaient derrière tout ce qui pouvait leur servir de protection. Certains tombaient déjà, fauchés par les tireurs embusqués sur les berges.

— « La peur est le plus grand fossoyeur », chantait quelqu'un couvrant le fracas des tirs. À la faveur des lueurs vives qui pénétraient par les ouvertures, Halahan vit que c'était Koolas. Il chantait la prière de la Miséricorde du destin.

Ils vont en avoir besoin, songea Halahan en apercevant les sombres silhouettes de canons sur la rive est, que des hommes manœuvraient pour ajuster leurs tirs.

— « N'aie pas plus de regret qu'un fétu dans le vent. »

Le colonel s'aperçut qu'il retenait son souffle ; il tourna la tête vers Creed pour voir comment il allait. L'attention du général était tout entière concentrée sur le fleuve devant eux. Son visage était figé en une grimace ; il donnait l'impression de vouloir déchirer quelque chose. Sa main gauche serrée formait un poing.

Ils passaient dans l'axe de tir des canons.

— « Sois comme un seau vide sous la pluie. »

Halahan attendit qu'ils ouvrent le feu. Il tenta de ne pas penser à tous les hommes entassés sous le pont. Qu'adviendrait-il d'eux si la coque était percée et que le navire allait par le fond ?

Les tireurs sur le pont faisaient feu sans relâche, ripostant aux tirs sur la berge. Les cadences de tir devinrent folles au point de ne plus former qu'un bruit continu et assourdissant.

— « Sois comme le ruisseau qui coule vers sa source. »

Ils étaient passés ; ils étaient en aval de l'artillerie. Halahan laissa filer son souffle et reprit appui sur ses pieds endoloris. De nouveau, il regarda derrière lui.

Le deuxième bac eut moins de chance. Une colonne d'eau s'éleva sur son côté gauche, pour retomber en une pluie sifflante de fines gouttelettes. Le navire se coucha sur le flanc ; il avait une voie d'eau. Des cris s'élevèrent sur le pont.

Les hommes sur les radeaux se laissèrent glisser dans l'eau, s'accrochant comme ils pouvaient tout en s'efforçant de rester le plus possible immergés.

Les tirs sur le pont se calmèrent. Halahan comprit qu'ils avaient couru la bouline, franchi la double haie des tireurs de l'armée impériale ; à cet instant, les canons tonnèrent de nouveau derrière eux.

Sur les deux rives plongées dans le noir, il n'y avait plus personne désormais. Une charge éclairante monta en hurlant dans le ciel.

Dans leur sillage, des cadavres flottaient.

—Je leur ferai payer pour ça, marmonna Creed sans s'adresser à personne en particulier. Kincheko et tous les autres Michinès. Ils paieront pour ça.

Puis le général se saisit le bras gauche comme s'il était la proie d'une soudaine douleur, et grinça des dents, envahi pas une fureur silencieuse.

35

Réveil à Tume

À son réveil, Ash se sentait mieux qu'il ne s'était senti depuis des semaines. Il n'avait plus cette sensation de poids sur la poitrine, et il pouvait de nouveau s'emplir les poumons sans être immédiatement saisi d'une quinte de toux.

Il porta une main à son crâne et grimaça en sentant la douloureuse boursouflure qui l'ornait.

Tume, se dit-il. *Je suis à Tume.*

Sa vessie lui donnait l'impression de pouvoir exploser d'un instant à l'autre. *Debout!* s'enjoignit-il, avant de se lever d'un coup. Ses pieds nus claquèrent sur le sol de dalles froides. Il glissa une main sous le lit pour en ramener le pot de chambre ; il s'assit et se soulagea en bâillant et en se grattant l'aisselle.

Il se souvenait d'avoir vu dans la cuisine une boîte métallique contenant du chee moulu. Ash se leva et tangua un instant ; la tête lui tournait un peu. Il se sentait aussi faible qu'un chaton.

Il trottina jusqu'à la fenêtre, le pot de chambre à la main. Il ouvrit les rideaux à la volée et plissa les yeux pour les protéger de l'irruption de la lumière du jour ; à moitié aveuglé, il tira à tâtons le loquet de la fenêtre et l'ouvrit. Une bouffée d'air frais s'engouffra dans la pièce, à la fois vif et acide. Il inspira profondément ; il sentit ses sinus se déboucher. Un autre bâillement lui ouvrit le visage en deux. Debout, nu, il s'étira et entendit ses os craquer.

Lorsqu'il rouvrit les yeux, il perçut un mouvement dans la rue en contrebas. Un soldat mannien passait tranquillement devant la maison, en examinant les herbes aquatiques de la rive.

Ash se plaqua contre le mur, hors de vue. Il laissa passer quatre battements de cœur avant de se risquer à un nouveau coup d'œil. L'homme avait continué son chemin.

Ash se précipita à la porte.

— Hé ! s'exclama Ché lorsque Ash bondit par-dessus son lit.

Ash gagna la fenêtre pour regarder au-dehors par un interstice entre les rideaux. Un peloton de soldats impériaux marchait dans la rue, l'arbalète à l'épaule. Plus loin, d'autres mettaient à sac les maisons du quartier, empilant leur butin sur des carrioles et réduisant le reste en miettes. Dans toute la ville, des colonnes de fumée montaient vers le ciel.

— Vous avez récupéré, on dirait, dit Ché d'une voix rauque, depuis le lit.

Ash pivota sur lui-même pour faire face au jeune homme. Une jeune femme nue était allongée à côté de lui ; elle s'assit en se frottant les yeux. Le visage de Ché avait cette pâleur qu'affichent les gens sur le point de vomir.

— Y aurait-il quelque chose que tu voudrais me dire, Ché ?

— Comme quoi ?

— Comme la raison pour laquelle il y a des troupes impériales dans la rue.

Ché se laissa rouler à bas du lit pour se précipiter à la fenêtre. Son visage blême gagna encore en lividité.

— Tu n'as pas remarqué que la ville était tombée. Tu étais trop occupé.

D'un doigt, le Diplomate se gratta le crâne.

— J'étais soûl, répondit-il sur la défensive. (Il porta une main à son estomac et eut un renvoi.) À ce que je vois, cela ne vous a pas empêché de dormir non plus.

Ash tendit le pot de chambre à Ché juste au bon moment ; le Diplomate vomit dedans, bruyamment, en le tenant sous sa bouche. Il cracha, découvrit ce qu'il tenait à la main, eut un nouveau haut-le-cœur, puis se précipita vers la porte, le pot toujours à la main.

Les bruits de sa nausée décrurent dans l'escalier.

La jeune fille dévorait Ash des yeux, à l'évidence stupéfaite par son corps. Il supposa qu'elle n'avait jamais eu l'occasion encore de voir un homme noir nu devant elle.

— Bonjour, dit-il avec un petit hochement de tête.

Puis il repartit chercher ses affaires.

— Je n'y crois pas, siffla Boucle en cherchant sous le lit l'une de ses bottes égarées. Il faut que je voie ce qui se passe dehors. Par le kush ! s'exclama-t-elle encore en se redressant, sa botte à la main. Et s'ils sont déjà tous partis ?

Ensemble, ils s'habillaient en toute hâte. Ché regardait la jeune fille, qui elle-même l'observait.

Il prenait subitement conscience du fait qu'il ne la reverrait probablement jamais – et c'était bien dommage. Ils s'étaient trouvés à un moment où tous deux étaient particulièrement seuls. Il ne la connaissait pas très bien, mais Ché s'était tout de même senti suffisamment à l'aise avec elle pour relâcher un peu sa garde ; pour être un peu plus lui-même. Le rire lui était venu facilement aux lèvres ; l'affection était venue sous ses caresses. Pour la première fois de sa vie, il avait été plus préoccupé du plaisir de l'autre que du sien.

Elle était remarquable et il n'était pas rassasié d'elle.

— La nuit dernière, commença-t-il, comme elle se dirigeait déjà vers la porte. (Elle s'arrêta, le souffle suspendu, puis se retourna.) La nuit dernière, reprit-il, avant de s'empêtrer, incapable de trouver les mots. (Il secoua doucement la tête.) Merci.

Elle posa une main sur le visage de Ché.

— Ce n'est rien. C'était bien.

— Attends ! l'appela-t-il encore, alors qu'elle venait de franchir le seuil.

Il attrapa son sac sur le sol. Son pied cogna quelque chose qui glissa sur le plancher ; il n'y prêta pas attention, tout à son idée de la rattraper. Il n'était toujours pas dans son assiette et la gueule de bois lui laissait la tête encore douloureuse.

Elle était déjà à la porte de devant lorsqu'il descendit les escaliers clopin-clopant.

— Boucle, attends ! Tu n'as pas les idées claires. Les tiens doivent être déjà partis.

— Tu n'en sais rien, dit-elle, la main posée sur la poignée. Ils sont peut-être réfugiés dans la citadelle. Il faut au moins que je sache.

Ché posa une main sur la porte et appuya de tout son poids.

— S'ils tenaient encore la citadelle, on entendrait le bruit des combats.

Elle l'ignora et tira obstinément sur la porte, tandis que lui poussait pour la maintenir fermée. Elle l'insulta, des larmes plein les yeux.

— C'est ta faute ! cracha-t-elle entre ses dents serrées, les poings fermés.

— Ma faute ? Si tu ne m'avais pas forcé à tant boire, je crois que j'aurais remarqué ce qui se passait.

— Moi ? Je t'ai forcé à boire ? Tu es…

— Chut, intervint Ash en descendant l'escalier en quelques bonds, son épée à la main.

Au passage, il jeta un regard noir à Ché, puis disparut dans la cuisine.

Par la porte de devant, Ché entendit qu'on ouvrait le portillon donnant sur la rue.

Boucle leva un regard effrayé vers lui.

En silence, il la tira derrière lui jusque dans la cuisine. Le vieux *farlander* était déjà à moitié engagé dans la fenêtre ouverte. Ché poussa sans ménagement la jeune fille à la suite d'Ash. Elle était encore suffisamment agacée pour lui assener une petite tape indignée sur les mains.

Alors même que le Diplomate se faufilait à l'extérieur, il sentit le montant de la fenêtre vibrer sous sa main ; la porte d'entrée venait d'être défoncée.

Accroupis dans le jardin de derrière, ils écoutèrent le raclement des bottes dans la maison, auquel s'ajoutèrent quelques détonations venues de plus loin, vers le sud.

— Je te l'avais dit, murmura Boucle. Ils se battent encore dans la ville.

Ché l'ignora et rechargea son pistolet. D'un geste, Ash leur indiqua son intention, puis se glissa en direction de la porte de derrière. Ils le suivirent.

Une escouade de l'infanterie impériale investissait une maison à l'extrémité ouest de la rue. Une carriole tirée par un zel attendait au milieu du chemin de planches, gardée par un seul soldat, occupé à fumer un cheroot, tranquillement avachi. Quelques civils capturés étaient attachés à l'arrière du tombereau ; des hommes jeunes, résignés, la tête basse.

Ash attendit jusqu'à ce que le soldat tourne la tête de l'autre côté ; alors, il emmena Ché et Boucle dans la direction opposée. Adossé à une barrière, il risqua un coup d'œil dans la rue suivante, orientée vers le nord. Il s'y engagea.

Boucle l'ignora pour partir de son côté vers le sud, d'où provenaient les bruits de combat.

— Boucle ! siffla Ché. (Elle ne se retourna pas – et s'arrêta encore moins.) Boucle ! insista-t-il une dernière fois.

Peut-être perçut-elle l'inquiétude dans sa voix, toujours est-il qu'elle se retourna cette fois-ci, les invitant d'un signe à la suivre.

Le *farlander* répondit d'un simple haussement d'épaules lorsque Ché l'interrogea du regard. Ensemble, ils s'élancèrent derrière elle.

— Vous, les Diplomates, dit Ash à Ché, vous êtes moins durs que ce que je croyais.

Boucle courait vite ; lorsqu'ils la rattrapèrent, Ché avait de nouveau la nausée et Ash n'avait plus de souffle. Ils avançaient le long d'une rangée de constructions abritant des logements, de vastes blocs de bâtiments en bois, entre lesquels sinuaient d'étroites allées. Une escouade de soldats impériaux passa en courant au bout de la rue, sans regarder dans leur direction.

À l'extrémité d'une petite voie, ils s'accroupirent à l'abri sur le chemin de planches pour écouter les tirs sporadiques. Un Garde rouge passa en courant devant eux. Boucle était sur le point de le héler lorsque Ché lui plaqua une main sur la bouche. D'un geste excédé, elle le repoussa ; elle était sur le point de l'insulter lorsque trois soldats impériaux passèrent, à l'évidence sur la piste du combattant khosien.

— Regardez, murmura Ash.

De l'autre côté de la rue, sur la droite, d'un petit bosquet d'arbres entourant une citerne de pierre, une silhouette sortit de l'ombre pour s'avancer prudemment dans la lumière du jour. Un membre des Forces spéciales, le visage noirci à la suie. L'homme jeta un regard à la suite des Manniens, puis commença à courir dans la direction opposée – pour passer devant leur cachette.

Cette fois-ci, Ché ne fut pas assez rapide.

— Hé ! cria Boucle, avant qu'il ait pu l'en empêcher.

L'homme se retourna, instantanément sur ses gardes ; il abaissa néanmoins son couteau en avisant la tenue de cuir de Boucle, qui agitait la main. Il les rejoignit en courant et s'accroupit à côté de Boucle ; calme et maître de lui-même, il procéda à un examen détaillé du trio. Du sang maculait son cou et ses mains passés au noir de fumée. Ché était à peu près sûr que ce n'était pas le sien.

L'attention du soldat khosien s'attarda longuement sur le vieux *farlander*.

— Bonjour, dit Ash avec un hochement de tête.

L'homme agita sèchement la tête en guise de réponse.

— Que se passe-t-il ? demanda Boucle sans autre forme de préambule. Comment la ville a-t-elle pu tomber aussi vite ?

De nouveau, le soldat considéra Ché et Ash, puis ses yeux revinrent se poser sur la jeune femme.

— Je ne te demanderai pas comment tu as fait pour manquer ça.

Boucle se renfrogna.

— Ils ont achevé le pont pendant la nuit, pendant que nous étions encore en train d'évacuer. Ils ont également envoyé des Commandos par le lac.

— Combien sont partis ?

— De l'armée ? L'essentiel des effectifs, avec Creed. J'ai l'impression qu'il ne reste plus que nous dans la ville. Tous ceux qui se sont fait piéger dans la partie sud-ouest.

— Y a-t-il un plan ? Une manière de s'échapper ? demanda Ché.

L'homme se pencha pour cracher sur le chemin de planches, puis le fixa de son regard étréci.

— Lorsque nous avons perdu nos positions de tir au sud, le mot a circulé. Ils vont tenter une extraction ce soir, à minuit. Des aéro-nefs.

— Où ça ?

— Il y a une marina à la pointe sud-ouest de l'île. On nous a dit de nous retrouver sur le toit de l'un des entrepôts. C'est là que j'essaie de me rendre.

— En plein jour ?

C'était Ash qui venait de poser la question, d'un ton aussi tranquille que celui du Khosien.

— Seul, je crois que je peux y arriver si je fais bien attention. Vous avez de l'eau ?

Ché lui passa son outre.

— Merci, dit le soldat des Forces spéciales en s'essuyant la bouche. (Il hocha la tête une fois encore.) Bonne chance à vous, dit-il en lançant la gourde à son propriétaire.

Puis il regarda la rue sur toute sa longueur et partit sans un mot de plus.

Boucle se leva comme si son intention était de le suivre, mais Ché attrapa son poignet pour la retenir.

— Vous l'avez entendu, dit-elle. Nous devons aller à la marina.

Ce fut Ash qui mit un peu de bon sens en elle.

— Vous pensez vraiment que nous arriverions jusque là-bas, à nous trois et en plein jour ? Il a dit minuit. Attendons donc la fin du jour. Nous aurons de meilleures chances lorsqu'il fera noir.

— Il a raison, ajouta Ché.

Boucle cessa de se débattre, et il la relâcha.

— Qu'est-ce que vous êtes au juste ? demanda-t-elle subitement au vieux *farlander*.

Ash ne répondit rien et Boucle se tourna vers Ché.

— C'est une longue histoire, répondit ce dernier. Et maintenant, viens.

Ash s'élança à l'intérieur de l'immeuble de logements par l'une des portes de derrière ; vivement, il passa la tête à droite et à gauche pour s'assurer que la voie était libre. Boucle et Ché se dépêchèrent de le suivre.

Ils grimpèrent par un escalier jusqu'au troisième étage – le plus élevé. Par l'une des portes, Ash pénétra dans un petit appartement. Il inspecta le plafond de chacune des trois petites pièces, pendant que Boucle et Ché montaient la garde dans le couloir extérieur. Le vieux *farlander* revint, puis ressortit dans le couloir pour en examiner là aussi le plafond sur toute la longueur.

Pour finir, il s'arrêta devant une fenêtre. Il ouvrit les volets pour regarder à l'extérieur, puis sauta sur l'appui. Sous le regard attentif des deux jeunes gens, il bondit pour attraper le rebord du toit. Il tenta de se hisser, mais n'y parvint pas.

— Un coup de main, dit-il, suspendu dans le vide devant la fenêtre.

Ché glissa son pistolet à la ceinture et tendit ses deux mains en coupe pour lui faire la courte échelle.

Avec un grognement, le vieil homme se hissa.

— À toi, dit ensuite Ché à Boucle.

Il l'aida comme il l'avait fait pour Ash, avant de se hisser à son tour.

Sur le toit en pente, Ash commença à retirer les lauses de bois, qu'il rangeait au fur et à mesure sur un côté. Immobile, Ché scrutait les rues alentour.

Lorsqu'il se retourna, Ash avait disparu, et un trou dans le toit avait pris sa place. Ché glissa la tête à l'intérieur et découvrit un petit espace sombre en soupente, dans les combles sous le toit. Il fit passer son sac à dos à Ash, aida Boucle à se glisser, puis descendit à son tour. Prudemment, il installa ses pieds sur l'un des madriers de bois qui traversaient de part en part, au-dessus des plafonds de plâtre. De la paille était tassée dans les espaces entre les poutres.

Ché se pinça le nez un moment, résistant à l'envie qui lui venait d'éternuer.

—Pas de trappe dans les plafonds, pas d'accès. J'aime bien votre approche.

—Passe-moi les tuiles, dit Ash à Ché.

Il les répartit entre deux madriers pour leur ménager un peu d'espace où s'installer.

Ils restèrent assis en silence ; des grains de poussière de paille dansaient dans un rai de lumière. Ils partagèrent équitablement l'eau dont ils disposaient. Aucun d'entre eux n'avait quoi que ce soit à manger.

Ché se prit la tête entre les mains, prêt à se lamenter sur son sort. Apparemment, sa gueule de bois empirait – si la chose était encore possible. Il avait l'impression d'être en train de mourir.

—Si vous avez l'intention de me tuer, vieil homme, dit-il, je ne saurais trop vous recommander de tenter votre chance maintenant.

À sa grande surprise, le *farlander* répondit d'un sourire.

—C'était quoi ? Du keratch ?

—On m'a forcé à boire, répondit Ché avec un hochement de tête.

—C'est toi qui en demandais sans cesse, répliqua sèchement Boucle.

—Tss-tss, fit Ash, comme s'il admonestait deux enfants. On m'a dit un jour qu'en khosien ancien, le mot « keratch » désigne une grave blessure à la tête.

—Oui, répondit Ché. C'est à peu près ça.

Le *farlander* examina Boucle assise dans la lumière.

—Tu m'as l'air un petit peu jeune pour ça.

—J'ai dix-sept ans, répondit-elle d'un ton froid. C'est bien assez vieux pour la plupart des choses, vous ne croyez pas ?

Il parut se rendre à son point de vue.

—Eh bien, Boucle, je m'appelle Ash, dit-il en lui tendant la main.

Elle la serra prudemment.

Ash se leva pour passer la tête par le trou dans le toit, les bras posés sur le rebord. En dessous, Ché fouilla dans son sac à la recherche de son bâton de souak. Puis il versa dessus les dernières gouttes d'eau de sa gourde avant de se brosser les dents dans l'obscurité.

—Comment te sens-tu ? demanda-t-il à Boucle sans retirer le bâton de sa bouche.

Il espérait bien parvenir à vaincre sa froideur.

—J'aurais bien besoin d'utiliser ton bâton après toi.

—Bien sûr, si cela ne te fait rien de partager. (Il leva la tête vers Ash.) Quelque chose d'intéressant là-haut, vieil homme ?

Ash ne répondit rien. Il semblait fixer des yeux un point dans le lointain.

Ché cracha et tendit le bâton de souak à Boucle, avant de rejoindre Ash en crapahutant pour regarder à l'extérieur. Il suivit son regard à travers les colonnes de fumée qui montaient vers le ciel, en se concentrant sur la citadelle dressée au centre de l'île.

— Dis-moi ce que tu vois là-bas, demanda Ash.

— Un étendard au sommet de la citadelle.

— Quel genre d'étendard ?

Ché plissa les yeux. La lumière était bonne et le ciel dégagé. Il sentit un frisson passer sur lui.

— Je croyais que tu m'avais dit qu'elle était morte, dit Ash d'un ton sec.

D'un coup d'œil, Ché s'assura que Boucle n'écoutait pas en dessous. Il se mordit les lèvres et modifia l'appui de ses pieds sur le madrier, tout en réfléchissant.

— C'est peut-être une ruse, répondit-il d'un ton posé. Peut-être ne veulent-ils pas annoncer sa mort pour l'instant. Ou peut-être est-elle en train d'agoniser.

Il secoua la tête.

Le Rōshun émit un grognement. Son regard restait fixé sur l'étendard dans le lointain, au sommet de la citadelle. Un corbeau noir sur champ blanc qui flottait au vent comme un défi.

36

Prisonniers de guerre

Fermé à son sommet par un treillis de barres de bois, le puits avait une profondeur d'une fois et demie la taille d'un homme. Vu depuis son fond immonde, le ciel n'était qu'un cercle lumineux dans lequel passait de temps à autre un oiseau, qui inclinait les ailes pour suivre une brise qu'ils ne sentaient pas. Les hommes levaient tous la tête pour voir ce cercle. Là où ils étaient, ils n'avaient rien d'autre à regarder, hormis eux-mêmes – comme autant de rappels de leur condition de prisonniers et des souffrances qu'ils enduraient.

C'était le troisième jour de leur captivité. Chacun d'eux portait une tenue crasseuse de coton jaune finement tissé, avec des rabats boutonnés qu'ils pouvaient défaire pour se soulager. Leurs mains et leurs pieds étaient entravés. Tous avaient le corps marqué de contusions et de plaies ; certains avaient des blessures internes.

Auroch avait craché une gorgée d'eau sur le sol et examinait une dent pourrie qu'il venait d'arracher de sa gencive.

—Tiens, murmura-t-il en tendant sa gourde d'eau à son vieux frère d'armes.

Bahn ne répondit rien. Ses yeux fixaient le mur de terre en face de lui, mais contemplaient bien plus loin ; son visage était barbouillé de crasse, à l'exception de ses yeux injectés de sang et de la boursouflure violine ornant sa joue, là où une plaie s'était enflammée. Il avait une main posée sur sa jambe tendue – et elle tremblait sacrément. Son autre main appuyait sur son ventre qui grondait ; ils étaient tous mal nourris et affamés.

Bahn s'était plaint de ne plus entendre de son oreille droite, si bien qu'Auroch le poussa du coude ; Bahn tourna lentement la tête, regarda la gourde, puis le visage d'Auroch. Pour finir, il s'abîma de nouveau dans la contemplation du mur.

La faiblesse envahissait Auroch comme une nausée. Il lança la gourde au sergent-chef Chilanos, qui lui aussi refusait de parler. Le sous-officier le remercia avec les yeux. Le suivant prit la gourde lorsque Chilanos eut avalé une gorgée. Cette eau tiède était l'unique luxe qu'ils avaient ; ils la dégustaient comme un nectar.

Depuis trois jours, le petit groupe était privé de tout ce qui peut revêtir une certaine importance. Ils n'étaient pas autorisés à parler – même s'ils s'y risquaient par moments, à la dérobée, lorsque l'ennui finissait par émousser leur peur. De même, on ne les laissait pas dormir ; leurs gardes lançaient des cailloux à ceux qui fermaient les yeux. La nuit, des hommes venaient leur uriner dessus lorsqu'ils se recroquevillaient, exténués de fatigue.

Pendant un certain temps, Auroch avait scruté les soldats au-dessus d'eux, guettant le géant des tribus du nord qui l'avait sauvé. Il voulait le voir pour lui crier ce qu'il avait sur le cœur : « Regarde, regarde pour quoi tu m'as sauvé ! » Mais il ne le vit pas et comprit que l'homme avait dû mourir de ses blessures.

De temps en temps, un peloton de durs de l'armée impériale descendaient une échelle dans le puits et choisissaient l'un d'entre eux, apparemment selon le caprice du moment, puis s'acharnaient sur lui à coups de latte de bois. Au début, ils avaient tenté de protester, mais chaque fois ils avaient tous été battus avec la même brutalité, au point qu'Auroch lui-même n'en pouvait plus. Désormais, il leur paraissait plus judicieux de rester assis sans récriminer, et de se contenter d'obéir.

L'humour était l'arme à laquelle Auroch avait recours aux pires moments pour les soutenir. Lorsque l'un d'entre eux rampait sur le sol après une bastonnade. Lorsque l'un d'entre eux se tenait au-dessus du baquet et pissait du sang.

Après trois jours de ce traitement, le monde avait commencé à se parer d'un étrange lustre transparent, comme si Auroch avait pu glisser ses doigts à travers quelque chose pour passer vers un ailleurs différent et irréel. L'odeur au fond du puits était devenue insupportable. Ils n'avaient qu'un baquet pour se soulager tous, et il n'était vidé qu'une seule fois, le matin. Auroch supportait mieux la situation que les autres hommes. Après tout, il était de longue date accoutumé aux privations qu'impose la captivité. D'une manière tangible, il devint leur rocher au milieu d'une mer déchaînée.

Lorsqu'un cliquetis au-dessus du puits poussa Auroch à lever la tête vers le treillis de bois posé sur l'ouverture, les visages crasseux se tournèrent vers lui pour se rassurer.

Les gardes déverrouillèrent la claire-voie et la rabattirent, avant de descendre l'échelle.

S'ils le choisissaient lui pour un tabassage, il était bien décidé à se battre cette fois-ci.

Quatre soldats descendirent avec leurs lourdes lattes, puis étudièrent les hommes au sol qui levaient vers eux leurs yeux papillotants. Le plus ancien des soldats vit Bahn, les yeux fixés sur le mur. Il pointa son bâton sur lui.

— Là-haut ! aboya-t-il.

Bahn ne lui prêta aucune attention.

Les autres soldats saisirent Bahn et le mirent debout de force ; ses fers cliquetèrent. Ils lui fourrèrent un sac sur la tête ; les yeux de Bahn papillotaient follement. Puis ils le tirèrent vers l'échelle.

Auroch se mit debout en faisant glisser son dos le long du mur de terre.

— Où l'emmenez-vous ? demanda-t-il d'une voix rauque.

— Silence ! cria le plus vieux des soldats, en abattant sa latte sur Auroch.

Le Khosien parvint à l'attraper de ses mains entravées, puis à mettre un coup de tête à l'homme. Il se contenta de cette victoire, heureux de voir le sang couler ; il supporta la suite à sa manière habituelle, écoutant les coups qui pleuvaient sur lui, refusant de céder, comme si cela avait pu avoir la moindre importance, comme s'il était revenu aux jours de ses combats dans la fosse, repoussé contre le mur sans même que lui soit laissée une possibilité honnête de se défendre.

Néanmoins, il finit par céder. Il s'écroula au sol et les salua de son sourire ensanglanté pendant qu'ils emportaient Bahn vers la surface. L'aide de camp du général Creed ne fit aucun effort, se laissant haler par l'ouverture comme s'il n'avait été rien d'autre qu'un sac de pommes de terre.

Chilanos se mit à chanter à l'instant où ils refermaient l'ouverture du puits derrière eux. C'était *La Chanson des oubliés* ; les paroles que tous connaissaient résonnaient et vibraient dans les profondeurs du puits.

Auroch se mit à genoux tant bien que mal ; ses fers tintèrent.

— Dis-leur ce qu'ils veulent ! cria-t-il. Tu m'entends, Bahn ? Dis-leur tout ce qu'ils te demandent.

Sparus n'était pas très satisfait lorsqu'il descendit l'escalier en spirale qui s'enfonçait dans le rocher sur lequel était édifiée la citadelle.

Creed s'était échappé, il n'y avait plus à en douter. Le Principari de Tume l'avait d'ailleurs dit, en se moquant de lui qui plus est, pendant qu'il mourait de ses blessures.

Et puis cette nouvelle selon laquelle l'état de la Matriarche empirait.

Sparus commençait à avoir le sentiment que tout se détricotait autour de lui ; cette folle invasion inspirée par les plans de son prédécesseur Mokabi. À propos du succès militaire, la chute de Tume ne signifiait pas grand-chose pour lui. Même s'ils avançaient à marche forcée sur Bar-Khos, tout pouvait encore virer au désastre pour eux tous ; pour lui.

Plus que jamais, il regrettait d'avoir accepté de commander cette expédition. Toutes ces années passées à mener des campagnes dans la poussière des territoires étrangers, à gravir les échelons glissants de la promotion pour atteindre cette position qu'il avait longtemps crue inaccessible : archigénéral de Mann. Et voilà qu'à lui était échu ce chaos périlleux de l'invasion de Khos, dans laquelle il jouait la réputation d'une vie. Que retiendrait de lui l'histoire si tout virait au cauchemar ?

Cette simple pensée le mettait en rage.

Loin dans les profondeurs de la citadelle, le palais immergé formait un complexe de vastes salles, brillamment éclairées par des lanternes de cristal accrochées à d'innombrables candélabres. Ses murs extérieurs étaient constitués en totalité de vastes baies au verre épais, devant lesquels les membres de la garde d'honneur de Sasheen se tenaient au garde-à-vous. De l'autre côté de ces vitres bouillonnaient les eaux claires du lac, assombries par la masse de l'immense radeau d'herbes aquatiques sur lequel était posée la ville. Des arcs lumineux se déversaient par les canaux ouverts. Par toutes les vitres, on apercevait des bancs de poissons dans le lointain, passant et repassant dans la lumière. Des bulles montaient depuis le fond lugubre du lac ; certaines remontaient crever la surface, tandis que d'autres roulaient et dansaient sans fin sous la masse des herbes agglomérées.

— Ah, archigénéral. Puis-je m'entretenir avec vous, s'il vous plaît ?

C'était Klint, venu se planter devant lui.

— Qu'y a-t-il, médecin ? demanda-t-il, plein d'impatience.

D'un signe, Klint l'invita à gagner une pièce vide – un salon meublé de sièges inclinables et aux murs ornés de vieux portraits. L'homme se passa la langue sur les lèvres et, d'un coup d'œil circulaire, s'assura que nul ne les écoutait.

— J'ai l'impression que la Sainte Matriarche a été empoisonnée, lâcha-t-il dans un murmure tout juste chuchoté.

— Empoisonnée ? Comment ?

— Sa blessure. J'ai tout lieu de croire que le projectile était imbibé d'une toxine.

— Vous en êtes sûr ?

— On peut la sentir dans la blessure, pour qui a le nez rompu à ces choses-là. Et puis, il y a ses symptômes. Au début, j'ai cru à une septicémie, mais maintenant… (Il secoua la tête.) Je vois que c'est plus que ça. Cela ressemble à des spores « pieds noirs ».

Sparus resta un long moment les yeux fermés. *Ainsi donc le voilà*, se dit-il. *Ce désastre que tu guettais.*

— Je ne pensais pas que les Khosiens utilisaient ce genre de choses, dit-il.

Klint s'approcha et l'archigénéral put sentir le parfum écœurant du médecin.

— Ils n'en utilisent pas. Seul l'Élash fabrique ce genre de toxines. Et seuls nos Diplomates les utilisent.

L'archigénéral Sparus plissa les yeux pour scruter son interlocuteur.

— Vous laissez entendre qu'un des nôtres a fait ça à notre Sainte Matriarche ?

Un petit haussement d'épaules.

— Je suis médecin, rien de plus. Je me limite à faire état de mes conclusions.

Sparus se frotta l'arête du nez de ses doigts crasseux. Tout cela lui paraissait n'avoir aucun sens.

— Pouvez-vous la sauver ?

Le médecin regarda ses pieds.

— C'est difficile à dire. Je la traite au lait royal, mais le lait lui-même… Notre unique source est dans cette jarre avec la tête de Lucian, et elle n'aime pas trop que j'y touche.

— Peu importe cet idiot de Lucian. Utilisez tout ce qu'il vous faut. Vous avez mon assentiment pour ça.

— Merci. Mais quand bien même. Le lait est déjà ancien, éventé, tout juste bon pour la préservation. Il nous faudrait un approvisionnement tout frais, et même comme ça… Les pieds noirs… Voyez-vous, les Diplomates utilisent cette toxine précisément parce que le lait royal n'a que peu d'effet sur elle. La « terreur des rois », c'est ainsi qu'ils l'appellent.

Sparus sentit comme une pointe de condescendance dans la manière du médecin laissant entendre qu'il pouvait ignorer certaines choses. Néanmoins, il contint son irritation pour se concentrer sur le problème en cours.

— Et si vous receviez un approvisionnement tout frais ?

Klint secoua tristement la tête.

— Je suppose que nous pourrions envoyer une aile-de-guerre à Zanzahar ou Bairat. Mais je doute que nous en ayons le temps. Elle s'enfonce vite.

— Lui avez-vous dit tout cela ?

— Non. Pour l'instant, je crois que le mieux est qu'elle continue de se reposer.

— Klint, si elle est mourante, elle doit en être informée.

— Certes. Mais peut-être est-ce mieux que nous ne lui disions pas comment elle meurt.

Sparus convint du bien-fondé de cette remarque.

— Il faut que je la voie.

— Oui, bien sûr. Il va juste vous falloir prendre certaines précautions.

Klint le conduisit jusqu'à la chambre royale. Ils passèrent devant la prêtresse Sool, qui paraissait perdue, là, dans les profondeurs du rocher. Dans l'antichambre, le médecin tendit à Sparus un masque de soie à placer sur son nez et sa bouche. Il sentait la menthe et quelque chose de plus fort encore.

— C'est contagieux ? demanda Sparus depuis l'intérieur du masque.

— C'est réputé pour l'être. En particulier quand la toxine s'est installée. Avec ces choses-là, il est toujours préférable de se montrer prudent.

Le médecin lui remit également une paire de gants en boyau de mouton.

Dans la plus grande des chambres que seule éclairait la lumière bleutée du lac filtrant à travers la fenêtre courbe, Sasheen était allongée sur le lit ; son corps était agité de frissons sous les draps froissés. Elle avait de la fièvre et son souffle était court. Son visage, luisant de sueur, était enflammé – tout comme l'étaient aussi ses mains et ses bras. Un fort relent de bile flottait dans l'air.

— Matriarche, dit Sparus en s'approchant de sa couche.

Sasheen cligna des yeux, confuse pendant un instant. Elle se concentra sur lui, pleine de faiblesse et de langueur.

— Sparus, dit-elle d'une voix rauque. (Elle tenta de se redresser, mais renonça après un seul effort.) On m'a dit de ne toucher personne. De crainte que je ne contracte quelque chose dans mon état.

Après une hésitation, Sparus posa une main sur le dos de celle de la Matriarche. La peau de Sasheen était chaude sous la fine couche du boyau de mouton qui enveloppait la sienne. Une vague teinte bleutée nuançait sa main, ainsi que ses lèvres. Les pansements sur son cou étaient tachés de jaune.

Le médecin s'activa autour d'elle. De ses mains gantées, il lui prit le pouls et examina les lésions sur son corps. En repoussant complètement les draps, Sparus vit que les pieds de la Matriarche étaient devenus noirs.

Douce miséricorde, se dit-il, saisi de surprise de découvrir à quel point son stade était avancé.

— Qu'avez-vous à dire, général ?

Sparus s'éclaircit la voix derrière son masque.

— Nous rencontrons encore quelques poches de résistance au sud-ouest de la ville. Nous sommes en train de les réduire en ce moment même.

— Et Romano ?

— Il se plaint de n'avoir pas encore été autorisé à pénétrer dans la ville avec ses hommes.

— Il fait ça ? souffla-t-elle. (Sparus vit la colère s'emparer de la Matriarche, même dans l'état où elle était. Elle haleta plusieurs fois, inspirant l'air dont elle avait besoin pour nourrir son ire.) Eh bien, laissons-le se plaindre. Je ne vais pas prendre le risque de le laisser rentrer dans Tume avec ses hommes. Il sait que je suis vulnérable. Ce ne serait que l'inviter à tenter de me renverser.

Sparus inclina la tête, gardant pour lui-même ses pensées. Poser les yeux sur elle était bien difficile pour lui ; l'archigénéral en était déjà à évaluer les différentes évolutions possibles de la position qui était la sienne. Avec l'appui de sa famille, Romano était le concurrent le plus sérieux pour devenir le nouveau Patriarche de Mann. Si Sasheen ne récupérait pas, si elle mourait à Tume, Romano se déclarerait Patriarche, sans tenir compte du successeur que Sasheen aurait éventuellement désigné. Il exigerait de prendre le commandement du corps expéditionnaire, pour la gloire de faire tomber Bar-Khos.

Sparus se dit qu'il pourrait lui concéder cela si en échange il obtenait de pouvoir rentrer à Q'os avec une réputation intacte. Mais cela était-il encore possible ? Il y avait à craindre que Romano lance une nouvelle purge, auquel cas le nom de Sparus pourrait fort bien être en tête de liste.

Je pourrais tenter une approche en lui proposant un geste de loyauté, songea-t-il, en se demandant à qui il pourrait bien confier une telle mission.

Sasheen le fixait ; ses yeux scrutaient attentivement le visage de l'archigénéral.

— Je suis en train de mourir, Sparus, n'est-ce pas ?

Son filet de voix fragile donnait l'impression qu'elle n'était qu'une petite fille.

Voyez-moi ça. Je suis là à comploter pour ma survie alors qu'elle gît sur son lit, à peine capable de respirer.

— Il y a encore de l'espoir, tenta Sparus. Nous allons faire chercher une réserve toute fraîche de lait royal.

La Matriarche laissa aller sa tête sur l'oreiller.

— Alors faites vite. Je sens que les choses empirent à chacune de mes respirations.

Elle pencha la tête sur le côté pour regarder le médecin Klint qui ouvrait la jarre contenant la tête de Lucian. À l'intérieur, Sparus distinguait les cheveux du haut du crâne du rebelle lagosien décapité ; la réserve de lait avait diminué jusque-là.

— Soyez parcimonieux, dit Sasheen à l'instant où le médecin plongeait une petite louche dans la jarre.

Klint s'approcha de la blessée pour verser quelques gouttes entre ses lèvres. Immédiatement, celles-ci perdirent de leur blancheur et ses joues retrouvèrent quelques couleurs.

— Sortez-le un peu, dit-elle. Amenez-le près de moi.

Klint jeta un regard à Sparus, comme si l'archigénéral avait eu voix au chapitre sur ce sujet. Le médecin tira la tête de la jarre et vint l'installer sur la table de nuit à côté de la Matriarche. Lucian avait les yeux fermés ; ils bougeaient derrière les paupières closes, comme s'il était en train de rêver.

— Nous parlerons plus tard, dit doucement Sasheen en fermant elle aussi les yeux.

— Oui, Matriarche, dit l'archigénéral.

Puis il pivota sur lui-même et sortit de la pièce, avec le médecin sur les talons.

Sparus fut bien heureux de quitter cet endroit.

— Gardez pour vous la nouvelle de son état, dit-il à Klint pendant qu'ils retiraient leurs masques et leurs gants. Et pas un mot au sujet du poison.

Sparus se dirigea ensuite vers l'escalier qui allait le ramener à la lumière du jour. Son esprit était en plein désarroi.

— Elle meurt. Au mieux, il lui reste quelques jours.

— Vous êtes sûr ? demanda Romano.

Le médecin Klint tenta de masquer l'agacement que lui causait cette insistance.

— Bien sûr. On a envoyé chercher une nouvelle réserve de lait royal, mais je doute qu'elle arrive à temps pour faire quoi que ce soit.

Le général Romano digéra la nouvelle avec un frisson d'excitation. Son oncle avait vu juste tout du long. Avec du temps et de la patience, les choses finissaient toujours par arriver à ceux qui les voulaient.

Il baissa les yeux sur le médecin au visage rubicond qui se tenait devant lui.

— Je saurai ne pas oublier l'aide que vous m'avez apportée.

— Merci, répondit Klint avec une petite inclinaison de la tête. Je dois y retourner maintenant, avant qu'on ait besoin de moi.

— Alors partez, lâcha Romano d'une voix traînante.

Il regarda l'homme monter sur son zel et en éperonner durement les flancs pour le lancer au petit galop en direction du pont de Tume.

L'expression sur le visage du second du jeune général, debout à ses côtés, était aussi sombre que de coutume.

— Alors, l'heure est venue, dit Scalp de sa voix âpre.

— On dirait bien, répondit Romano avec un sourire sauvage et carnassier. J'espère que cette chienne va souffrir jusqu'à la dernière seconde.

Ils étaient à côté de l'une des parois ouvertes de la tente, le visage balayé par le vent chargé de miasmes. Romano laissa son regard errer sur ses hommes, le lac et la ville posée dessus ; il se sentait ragaillardi au plus profond de lui, tous ses doutes envolés comme autant de paroles dans la brise. À Q'os, il n'avait quasiment aucune chance de prendre la place de la Matriarche. Mais là, tout était différent ; à Khos, à l'endroit même où le trône pouvait être perdu.

— Et l'archigénéral ? demanda Scalp à côté de lui.

— Sparus n'est pas idiot. Il va surveiller ses arrières maintenant. Lorsqu'elle sera morte, je lui demanderai de me faire allégeance. À lui et au corps expéditionnaire tout entier. Une fois l'armée à moi, je pourrai m'emparer de Bar-Khos. Personne ne pourra alors s'opposer à mes prétentions au titre de Saint Patriarche.

— Si nous attendons trop longtemps, nous risquons de compromettre nos chances de prendre la ville.

— Tsss ! siffla Romano. Ne me ramène pas déjà à la réalité. Laisse-moi profiter un peu de cet instant.

— Tout de même, dit Scalp. Nous ne devons pas traîner.

— C'est inéluctable désormais, crois-moi. La partie qui se joue ici va au-delà de ce que peut saisir ton esprit étroit.

Romano, Saint Patriarche de Mann, se dit Romano pour en éprouver la saveur.

— Nous pourrions au moins entamer quelques préparatifs, insista Scalp.

Romano poussa un soupir. Il n'avait plus qu'une envie désormais : se débarrasser de son second, pour pouvoir aller fêter dignement la nouvelle avec ses proches.

— D'accord. Va voir les capitaines et les officiers subalternes. Fais-leur miroiter une promotion s'ils sont de notre côté. Et tous ceux qui tardent à répondre, note-les pour la purge.

37

Chemins séparés

Ils passèrent le gros de la journée à dormir pour récupérer de leur gueule de bois ; de temps à autre, le bruit de tirs au loin les réveillait. Boucle était allongée sur les lauses de bois qu'ils avaient posées sur les madriers, avec Ché collé contre son dos, un bras passé sur elle pour lui tenir chaud.

Le vieux *farlander* restait à l'extérieur, juché sur le toit dans l'ombre d'une cheminée, à observer la citadelle et les rues en contrebas.

Boucle avait faim, et soif aussi ; ils n'avaient plus d'eau. Néanmoins, l'idée de s'aventurer à l'extérieur était au-dessus de ses forces. Elle avait déjà suffisamment paniqué lorsque du bruit leur était parvenu des pièces en dessous ; une porte qu'on ferme, des verres entrechoqués. Elle était restée figée, silencieuse comme un rat à l'affût.

Ché s'agita contre elle dans la lumière déclinante qui filtrait par le trou dans le toit.

— Tu as des puces ? demanda-t-elle.

— Pourquoi ?

— Tu n'arrêtes pas de te gratter.

Il arrêta de bouger. Elle sentait son souffle dans son cou.

— Il va bientôt être l'heure de partir, murmura-t-il à son oreille.

Boucle hocha la tête. Jusque-là, elle s'était efforcée de ne pas y penser. Elle se sentait en sûreté dans cette cachette – du moins autant que possible compte tenu des circonstances.

— J'ai peur, dit-elle.

Il la serra un peu plus fort contre lui ; ce n'était pas ce dont elle avait besoin en cet instant. Boucle avait besoin de se mettre une bonne petite pincée de poudre dans le nez, puis d'un alcool fort pour faire passer.

— Tu n'as pas peur, toi ? demanda-t-elle en tournant légèrement la tête.

— Non.

Étrange, se dit-elle.

— Tu ne m'as toujours rien dit sur toi. Si je me souviens bien, c'est surtout moi qui ai parlé la nuit dernière.

— Entre autres choses. Eh oui, je ne suis guère bavard.

— Tu ne veux pas me dire, c'est ça ?

Un soupir.

— C'est mieux comme ça, crois-moi.

Boucle roula sur le dos. Sa hanche était tout endolorie d'être restée si longtemps sur les tuiles de bois dures. Par le trou dans le toit, elle aperçut une étoile qui brillait au firmament dans le ciel du crépuscule.

Elle posa ses yeux fatigués sur Ché.

— Alors, me trouves-tu toujours jolie ?

— Pardon ?

— Hier, lorsque tu étais soûl, tu m'as dit que j'étais jolie.

— « Soûl », c'est celui-là le mot important dans cette phrase.

Elle feignit d'être agacée et tourna sur elle-même pour s'éloigner de lui. Elle sentit ensuite la main du jeune homme sur son épaule, qui la tirait doucement en arrière.

— Boucle, si un millier de femmes magnifiques se tenaient nues devant moi, tu serais celle que je verrais en premier.

— Vraiment ?

— Vraiment.

— Alors il n'y a que ça qui compte pour toi, un beau minois et un corps ferme ?

Ce fut au tour de Ché de se renfrogner. Néanmoins, l'expression de son visage s'adoucit et l'ombre d'un sourire passa sur ses lèvres.

— Non, répondit-il. Pas avec toi.

Il paraissait sincère.

Un raclement se fit entendre au-dessus, et la tête du vieux *farlander* apparut dans l'ouverture.

— Ché, dit-il. Je peux te parler un instant ?

Boucle regarda le jeune homme se lever et s'avancer pour aller s'entretenir avec Ash. Elle s'assit et s'épousseta. Subitement, l'envie lui vint d'un bon bain chaud et d'un repas dans son estomac.

Les deux hommes se disputaient à voix basse au sujet de quelque chose. Boucle attendit en observant une toile d'araignée dans l'ombre d'un madrier ; un spécimen un peu replet était installé au centre de son royaume de fil de soie, attendant que quelque mouche vienne s'y faire prendre.

La voix de Ché prit du volume.

— Elle est peut-être déjà en train de mourir, vieux fou. Vous allez vous faire tuer. Et tout ça pourquoi ?

— Parce que je dois le faire, siffla le vieil homme entre ses dents.

Ils restèrent silencieux un instant, tous deux pareillement en colère. Ché jeta un regard en direction de Boucle, qui fit semblant de regarder ailleurs.

Ché tendit sa main au *farlander*. L'homme du lointain hésita, puis finit par la serrer. À l'instant où Ash relâchait la main de Ché, celui-ci lui saisit subitement le poignet.

— Les choses sont-elles réglées entre nous ?

Le vieil homme scruta son visage.

— Tout du moins, je crois que nous ne sommes pas ennemis, dit-il.

— Alors, cela ira, répondit Ché en desserrant sa prise.

Ash jeta un regard en direction de Boucle, puis partit dans le crépuscule.

Lorsqu'elle rejoignit Ché debout au bord du trou, la jeune fille vit le *farlander* qui s'éloignait d'un pas léger sur le toit, son épée à la main. Deux soldats impériaux buvaient à une citerne dans la rue en contrebas. Quand ils s'éloignèrent, Ash marcha parallèlement à eux sur les lauses de bois juste au-dessus.

Au bout du toit, il s'arrêta, scruta une rue dans laquelle ils ne pouvaient pas voir. Doucement, il posa son épée et prit deux lourdes lauses, une dans chaque paume.

Il tendit les mains par-dessus le bord du toit aussi loin que possible, puis les rapprocha l'une de l'autre de quelques centimètres environ ; à l'évidence, il évaluait quelque chose. Il siffla en direction de la rue.

Puis il lâcha les deux lauses en même temps.

L'instant d'après, il dévalait la pente du toit.

— Ash ! cria Ché derrière lui.

Le *farlander* s'arrêta pour se retourner.

— Quoi ?

— Puissiez-vous trouver la paix, vieil homme.

Ash se balança dans le vide, accroché au rebord du toit ; puis il disparut.

— Qui es-tu ? demanda le vieux prêtre, le visage presque collé au sien.

C'était la millième fois que l'homme lui posait cette question. Pour la millième fois, Bahn lui dit qui il était.

— Bahn, souffla-t-il, les yeux au sol.

Parler lui faisait mal ; la blessure sur sa joue était enflammée et douloureuse.

— Et quel est ton grade ?

Bahn sentit qu'on lui tirait les cheveux par-derrière, pour que son visage soit face à celui du vieux prêtre. De profondes rides marquaient sa peau, mais il avait aussi des cicatrices d'acné qui devaient dater de sa jeunesse.

— Lieutenant. De la Garde rouge khosienne.

— Oui, murmura le prêtre d'une voix apaisante en lui caressant le visage. (Son haleine fétide soulevait le cœur de Bahn.) Mais qui es-tu ?

Il faisait chaud dans l'espace confiné à l'intérieur de la tente. Un brasero fumait près du mur du fond ; le front de Bahn était emperlé de sueur.

— Je ne comprends pas, sanglota-t-il.

Le prêtre sourit et jeta un regard aux Acolytes debout derrière la chaise à laquelle Bahn était attaché. L'un d'eux lâcha les cheveux de Bahn qu'il tirait ; la tête du Khosien s'affaissa sur sa poitrine. Il contempla le sol de terre nue. Entre ses paupières mi-closes, il vit le prêtre lui tourner le dos, pendant que ses mains flétries s'approchaient de la petite table encombrée de fioles, de papiers pliés, de lames.

— Es-tu un traître ? demanda le prêtre sans même se retourner.

Bahn sentit un élancement flamber au creux de son estomac. *Je vais vomir*, songea-t-il. *Là, à mes pieds.*

— Es-tu un traître ? répéta l'homme.

Un poing l'atteignit derrière la tête.

Bahn s'efforça d'accommoder sa vision. La sueur lui dégoulinait le long du visage, pour se mêler au sang dans sa bouche.

— Non, répondit-il d'une voix rauque. Je ne suis pas un traître.

— Ah ? Et donc, tu ne trahirais jamais ton peuple ?

— Bien sûr. Je ne trahirais jamais !

Le prêtre se retourna. Dans une main, il tenait un bout de papier plié, et dans l'autre une fine lame courbe.

— Pourtant, tous les hommes sont des traîtres.

Il se pencha vers le visage de Bahn et, du pouce, ouvrit le morceau de papier plié. Bahn recula, le souffle bloqué dans sa poitrine. Il vit le prêtre resserrer les lèvres, puis souffler une fois sur la feuille pliée. Une fine poudre blanche enveloppa le visage de Bahn. Dans sa panique, il ne put retenir un halètement, ingérant de la poudre en même temps. Instantanément, sa bouche devint insensible.

Des couleurs dansaient à la périphérie de son champ de vision. Une lumière blanche clignotait au cœur d'une masse de ténèbres en train de se former.

La tête de Bahn bascula vers l'arrière ; tout son corps devenait mou. Derrière lui, des mains le repoussèrent pour le redresser.

— Bien, dit la voix du prêtre dans le lointain. Reprenons. Qui es-tu ?

Ché leva les yeux vers le trou dans le toit. Le crépuscule arrivait et le ciel était d'une teinte violine de plus en plus prononcée. De lourds nuages de fumée montaient ; des pans de plus en plus importants de la ville étaient la proie des flammes. L'air semblait de plus en plus épais, empli de l'odeur du feu. Ses yeux commençaient à le piquer.

Les Diplomates étaient là, quelque part à l'extérieur, en train de tourner autour de la zone. Il sentait leur présence au léger picotement dans le ganglion implanté sous la peau de son cou ; un genre de démangeaison impossible à calmer en se grattant. Il en était ainsi depuis le moment où le soleil avait commencé à descendre – moment où il s'était aperçu qu'il avait oublié le suc de bois sauvage dans la maison. Néanmoins, la sensation demeurait stable, sans s'intensifier.

Qu'attendent-ils ? se demanda Ché.

— Les incendies se rapprochent, dit-il.

Boucle hocha la tête ; elle observait la main de Ché, mais fuyait son regard. Elle était assise en face de lui ; il était en train de jouer avec les doigts de la jeune fille, et elle avec les siens à lui.

Il la regardait avec affection. Il y avait quelque chose de vulnérable chez elle, derrière son esprit vif et son attitude décidée.

— On devrait y aller, dit-il en la tirant par la main.

Elle leva enfin les yeux vers lui ; il vit qu'elle s'armait de courage pour aller affronter ce qui les attendait – toutes ces rues à franchir s'ils voulaient parvenir à se mettre en sécurité. Ché l'aida à se lever, à l'instant où elle porta une main devant sa bouche pour tousser. La fumée s'épaississait encore.

Un instant, ils demeurèrent à contempler au-dehors, bouche bée d'étonnement.

Au nord, à quelques rues de là, une rangée entière de constructions était la proie des flammes ; une rangée de brasiers qui craquaient, lançaient des étincelles et montaient toujours plus haut, alimentés par les murs et le mobilier de bois. Le feu se propageait vers eux, d'immeuble en immeuble. Sur la gauche, c'était pareil ; une rue entière livrée à l'incendie. Et sur la droite aussi. C'était comme si Boucle et lui s'étaient tenus au centre d'un enfer en train de se refermer sur lui-même.

— Je ne comprends pas, dit Boucle en agitant la tête de droite à gauche.

Ché sortit par le trou et grimpa à quatre pattes jusqu'au sommet du toit. Il toussa et se couvrit la bouche en regardant devant lui en direction du sud ; les flammes se reflétaient dans ses yeux.

— L'eau, dit-il à Boucle. Il faut absolument parvenir à l'eau.

Il vit qu'elle n'était pas loin. Il l'aperçut à travers la fumée lorsqu'ils passèrent le coin de la rue.

— Par ici, dit Ché derrière le linge qui lui enveloppait le visage.

Il s'élança vers les murs de l'établissement de bains ; ses yeux scrutaient de chaque côté. Sans même se retourner, il savait qu'elle le suivait.

Ils traversèrent en courant une place occupée par de longues tables et des chaises installées sous une tonnelle en treillis à laquelle étaient suspendus des lampions de papier. Ces derniers luisaient faiblement, éclairés par les maisons en flammes derrière eux. Leurs bottes martelaient le chemin de planches. Devant eux se dressait la structure des bains publics, assez basse par rapport au brasier lancé à l'assaut du ciel. Ses murs étaient arrondis et de la vapeur s'échappait par le sommet ouvert, comme si l'établissement lui-même avait été en feu. Ché repéra un mouvement dans la rue au-delà, à travers le rideau de flammes dont les lueurs teintaient les maisons.

— Hé ! gronda Boucle, lorsqu'il lui saisit le poignet pour la pousser derrière l'abri d'une table.

Il la relâcha pour pouvoir regarder par-dessus. Il n'y avait plus rien. Plus aucun signe de la silhouette qu'il avait aperçue à l'instant. Ché jeta un regard à la ronde, avisant les panaches de fumée et les flammèches qui se rapprochaient ; il s'efforça de ne pas laisser la frayeur le gagner.

— Viens, dit-il.

Il se leva et partit en courant ; cette fois, il tenait son pistolet à la main.

Un bruit éclata sur leur gauche. L'une des lanternes disparut devant ses yeux.

Ché jura et accéléra tout en essayant de repérer la source du tir. Une nouvelle détonation retentit et une table fut propulsée en l'air juste comme ils passaient. Il vira à droite pour se dégager de la place, franchissant d'un bond un drap suspendu devant lui. La façade arrière des bains apparut juste devant eux ; de petites cabanes mitoyennes crachaient de la vapeur.

— Je crois qu'on nous tire dessus ! cria Boucle, tandis qu'il lui faisait franchir la porte de l'une des cabanes.

Ils pénétrèrent dans une obscurité moite. Il referma le mince panneau de la porte et un trou gros comme un poing apparut dans le mur au niveau de leurs têtes.

Ché se laissa tomber au sol.

— Couche-toi ! cria-t-il en tirant Boucle à terre.

L'instant suivant, la cabane explosait avec la violence d'une tempête. Des débris de bois volèrent en tous sens dans l'espace sombre, tandis que les murs implosaient.

— Fais quelque chose ! hurla-t-elle.

Elle était couchée en position fœtale sur le sol.

— C'est ce que je fais ! répondit-il en hurlant lui aussi, la tête entre les bras.

Il sentit des éclats de bois pénétrer dans ses chairs. Il avait protégé son corps au détriment de ses bras et de ses jambes.

La violence décrut un instant. Des voix criaient au-dehors.

Ché se glissa jusqu'à l'un des trous dans le mur pour regarder à l'extérieur. Une dizaine de silhouettes approchaient, vêtues de lourdes tenues anti-feu, la tête enveloppée de casques intégraux, les yeux protégés derrière du verre. Elles se penchaient maladroitement pour recharger des armes lourdes qui, à en juger par leur taille, ne pouvaient être que des canons à main.

Ché essuya la sueur sur son visage. Il renifla l'air humide, saturé de soufre, et perçut la trace d'une autre odeur ; un effluve qui lui était familier. Il jeta un regard derrière lui. Dans l'obscurité de la cabane, il aperçut un panier de linge à l'arrière. Ses yeux fouillèrent le sol entre leurs deux positions.

Les hommes à l'extérieur recommencèrent à tirer. Boucle se mit à crier, tandis que Ché rampait jusqu'à une poignée dans le sol ; il ouvrit la porte d'une trappe donnant sur un puits carré qui traversait toute la masse des herbes aquatiques. Une longue planche striée était fichée dedans ; c'était là qu'on faisait la lessive. Il ressentit une douleur à l'oreille ; une autre dans le dos. Boucle criait toujours plus fort.

— Boucle ! cria-t-il.

— Quoi ?

— Es-tu blessée ?

— Quoi ?

— On s'en va !

Elle regarda dans le puits ; des bulles venaient crever la surface des eaux noires du lac. Ses yeux ronds vinrent se poser sur lui.

— Tu es fou !

Ché était déjà affairé à enlever son sac à dos. Il se laissa glisser dans l'eau, chaude comme celle d'un bain.

— Accroche-toi à moi et bats des pieds aussi fort que tu peux. Je pense qu'il y a un canal au sud d'ici. Il ne peut pas être bien loin.

Il vit qu'elle était terrifiée. L'idée lui vint qu'il aurait dû être effrayé lui aussi.

Elle plongea dans l'eau et remonta en crachant.

— Le sud ? cria-t-elle. Comment peux-tu savoir où est le sud ?

— Je devine, répondit-il. Es-tu prête ? Respire à fond. C'est parti !

Le vieux prêtre et bras droit de Sasheen, Heelas, retira le carré de tissu masquant son nez et sa bouche pour inspirer profondément l'air de la nuit de Tume.

Quelle puanteur, se dit-il avec amertume. Cela lui rappelait Q'os au plus fort de l'été, lorsque le brouillard pestilentiel de Baal recouvrait parfois la ville – mais en bien pire.

Au moins, il était loin de la chambre et de l'atroce odeur de mort de la Matriarche ; et hors des profondeurs de la citadelle aussi. Heelas avait toujours détesté être au contact de la maladie, tout comme il avait toujours redouté les endroits clos. De tout temps, sa pire crainte avait été les tunnels glacés de l'Hypermorum, où l'on mettait les morts à reposer. Et son pire cauchemar était d'être mort lui-même, et d'être enterré là-bas pour l'éternité.

Elle meurt, songea-t-il encore une fois en traversant le pont-levis de la citadelle pour s'avancer sur la place centrale. *Sasheen est en train de mourir.*

Il avait laissé la Matriarche dans sa chambre, seule, à l'exception de l'effroyable présence de la tête de Lucian à côté de son lit. *Quel couple*, avait-il pensé en refermant la porte derrière lui, soulagé. C'était bien difficile désormais de se les remémorer tels qu'ils avaient été : deux amants mutuellement éblouis l'un part l'autre. Pendant un temps, ils avaient été inséparables ; Sasheen et son fringant général de Lagos. La Sainte Matriarche avait même évoqué la possibilité d'engendrer des enfants avec lui ; de se construire une demeure de famille à Brulé.

Tête basse, Heelas marchait les mains dans les manches, ignorant les signes de tête des prêtres qui passaient – tous hommes et femmes de moindre statut.

Heelas s'arrêta au bord du canal pour s'absorber dans la contemplation des radeaux d'herbes aquatiques et des débris de bois qui flottaient à la surface de l'eau. Il aperçut une éclaboussure devant lui, mais ne vit pas quel poisson l'avait faite ; rien d'autre que la douce lueur rémanente derrière lui.

Les prêtres de rang inférieur ne me salueront plus lorsqu'elle sera morte, songea-t-il, morose. Encore trop heureux si Romano se contentait de le faire « biffer », de lui faire arracher le nez avant de le faire mettre dehors. Il en était toujours ainsi lorsqu'un dirigeant succédait à un autre. On faisait place nette ; le premier cercle disparaissait pour laisser la place à un autre. Bientôt, toute sa vie, tout ce à quoi il avait œuvré serait réduit à néant.

— Excusez-moi, dit la voix de quelqu'un qui le bouscula.

Furieux, Heelas se retourna – pour sentir immédiatement un objet pointu appuyé contre son ventre à travers sa robe. Il était bien trop expérimenté pour se demander si cela pouvait être autre chose qu'une dague.

Le visage masqué d'un Acolyte flottait devant le sien.

— Où est-elle ? dit une voix grave derrière le masque.

— Qui ? demanda-t-il, de manière à gagner du temps.

— Sasheen. Où est-elle ?

Heelas leva les mains.

— Comment pourrais-je le savoir ? Je ne suis qu'un messager.

— Baisse les mains ! siffla l'homme. Je vois comment tu te pavanes, prêtre. Ne me mens plus et réponds à ma question ou je te tue là, maintenant, sur place.

Heelas se redressa.

Tout ça pour ça, songea-t-il. *Un couteau dans le ventre et le nez empli d'une odeur d'œufs pourris.*

— Tu crois pouvoir m'effrayer ? dit-il. Je vois tes yeux, *farlander*. Tu as l'intention de me tuer de toute façon. Alors fais-le. (Heelas se frappa la poitrine.) Je suis prêt.

Une main jaillit pour le saisir par le devant de sa robe, et le planter sur place. La lame traversa son vêtement et la peau de son ventre. Puis elle demeura là, enfoncée de la longueur d'un doigt à l'intérieur de lui ; Heelas sentit le sang chaud couler dans sa toison pubienne, puis le long de ses cuisses.

Le bras droit de la Matriarche blêmit. La douleur n'était rien ; puis elle fut tout.

Au fil des ans, Heelas s'était soumis à son lot de purges personnelles. Il savait comment gérer la douleur ; il mobilisa toute sa volonté et contraignit tout son être à se détendre dans les vagues de souffrance qui l'assaillaient.

— Si je crie, je peux faire venir une dizaine d'hommes en un instant.

— Alors crie.

Heelas regarda autour de lui. Des Prêtres et des Acolytes allaient et venaient dans l'espace éclairé par des lanternes. Plus loin, le long d'un mur, un peloton d'exécution éliminait les survivants de la garde de la ville de Tume. Tout à côté, d'autres soldats grouillaient autour d'un entrepôt, déchargeant un chariot de munitions, emportant des caisses de grenades et d'autres explosifs. Oui, il pourrait certainement les appeler, mais il n'en serait mort que plus vite.

Qu'importe. De toute façon, elle se meurt.

— Tu ne peux pas arriver jusqu'à elle, dit-il froidement. Elle est dans le palais immergé. Au cœur du rocher.

— Décris-moi l'endroit.

Heelas s'exécuta, tout en se disant combien il était étrange de voir ce que le corps et l'esprit pouvaient faire pour s'accrocher à la vie pendant encore quelques précieux petits instants.

La chair est forte, se dit-il.

À l'instant même où il eut fini, l'homme le frappa trois fois, aussi vite qu'un serpent sur sa proie. Il s'éloigna alors même qu'Heelas tombait à genoux, les mains crispées sur son ventre déchiré et plein de sang.

— Au secours, haleta-t-il, mais personne ne l'entendit.

Il était trop tard pour recevoir de l'aide. Il s'effondra sur le côté.

Le souffle haletant, la tête posée sur le chemin de planches, il observa les grains de poussière disséminés comme des rochers dans un désert.

Une fourmi cheminait dans ce paysage. Il la vit incliner ses antennes vers lui pendant un instant, tandis qu'il gisait là et mourait, puis elle poursuivit son chemin.

Ché se dit que Boucle était morte lorsqu'il hissa son corps hors de l'eau du canal pour l'allonger sur les herbes aquatiques. Elle cracha cependant lorsqu'il lui appuya sur le ventre, puis roula sur le côté et se mit à tousser.

— Tu vas bien ? demanda-t-il.

Elle s'essuya la bouche et prit un instant pour retrouver sa voix.

— Je crois que oui.

De l'autre côté du canal, la rue était un enfer de flammes rugissantes. Tremblante, Boucle resta assise à contempler l'incendie ; il la tint dans ses bras jusqu'à ce qu'elle finisse par s'apaiser.

La démangeaison au niveau de son cou était une vibration permanente désormais. Il regarda tout autour de lui, les immeubles sur la rive sur lesquels se reflétaient les flammes, la rue étroite où s'entassaient les débris laissés après la razzia.

Ils sont tout près.

— Il faut que tu partes maintenant, dit-il en aidant Boucle à se mettre debout sur ses jambes chancelantes.

L'eau dégoulinait de leurs vêtements.

— Et toi ?

— Il y a quelque chose que je dois finir avant de te rejoindre.

Elle fronça les sourcils et jeta un regard le long de la rue vide.

— Tout va bien se passer, lui dit-il. Fais bien attention, c'est tout.

Au moment même où il prononçait ces paroles, il sentit une pointe de culpabilité s'insinuer en lui à l'idée de la laisser partir comme ça.

— Tiens, dit-il en lui fourrant son pistolet dans les mains.

— Je n'ai jamais utilisé une arme de toute ma vie.

— Et ce n'est pas maintenant que tu vas pouvoir le faire. Il est noyé. Il faut le démonter et l'huiler. Si tu as des ennuis, pointe-le et sers-t'en pour menacer. Et tiens, prends ça aussi, ajouta-t-il en débouclant sa ceinture de munitions. (Il la passa à la taille de Boucle, tandis qu'elle le regardait faire.) Tu seras plus crédible ainsi. N'oublie pas, sers-t'en juste comme d'une menace. N'essaie pas de tirer. Compris ?

— Bien sûr. Je ne suis pas idiote.

— Alors file, dit-il doucement.

Boucle resta plantée sur place, complètement perdue et tremblante. Il fit glisser un doigt le long de la joue de la jeune fille ; lorsqu'il atteignit son menton, il lui releva le visage pour que leurs yeux se croisent.

Elle saisit le doigt et le tint devant elle.

— Tu fais bien attention à toi, Ché. Tu m'entends ?

Il apprécia le son de son nom dans sa bouche.

— Je serai prudent.

Leur baiser fut bref, avec un petit quelque chose d'emprunté ; deux étrangers dont les chemins se séparaient.

Elle s'écarta de lui pour s'éloigner dans la nuit.

Une nouvelle fois, Ché était seul.

La sœur de Guan contemplait bouche bée l'incendie devant eux. Ses yeux reflétaient la brillance des flammes. Elle se balançait doucement, comme si elle avait suivi le rythme d'une musique intérieure.

Un fusil tira, quelque part dans le lointain. Un officier se détacha des lignes pour aller voir de quoi il s'agissait.

— Où est-il ? demanda Guan sur le ton de l'impatience, en scrutant les allées du marché ouvert – l'unique endroit qu'ils n'avaient pas encore incendié.

— Laisse faire le temps. Nos hommes vont le débusquer.

— S'ils ne se retrouvent pas piégés quelque part là-dedans avec lui. Je te le dis, nous aurions déjà dû voir quelque chose.

Guan commençait sérieusement à douter du bien-fondé de leur plan. Il était trop chaotique ; c'était plus un spectacle qu'une démarche pratique. Il aurait mieux valu qu'ils partent tous les deux s'occuper de Ché. Mais comme bien trop souvent, il avait accepté de laisser sa sœur le convaincre de faire autrement.

Ils se tenaient par la main, comme il arrivait parfois ; comme ils le faisaient depuis leur enfance. Swan serra celle de son frère, comme pour le rassurer.

Le long de la rue, une mince file de soldats était en position ; ils avaient le visage enveloppé dans des écharpes comme les leurs. À travers le marché vide, tous contemplaient les murs de flammes et les colonnes de fumée qui montaient vers le ciel de la nuit. Dans les rues derrière, un autre cordon de soldats était caché ; eux attendaient.

— Tu crois qu'il mérite ça ? demanda-t-il à sa sœur.

— Qu'est-ce que le mérite vient faire là-dedans ?

— Certes. Mais il est l'un des nôtres.

Un filet d'air frais passa sur sa paume ; Swan venait de lui lâcher la main.

— Tu as ce genre de préoccupations maintenant ? Après qu'il a déserté ? Après qu'il est devenu le traître que nous l'avions pratiquement accusé d'être ?

Guan savait qu'il ne servait à rien de discuter avec elle. D'ailleurs, certaines vérités étaient suffisamment solides pour se suffire à elles-mêmes.

— Tu crois qu'ils nous feront la même chose lorsque tout ça sera fini, c'est ça ?

— Pourquoi ne le feraient-ils pas ? Nous en savons autant que lui.

— Oui, mais en faisant ce que nous faisons, nous prouvons que nous sommes fiables. C'est bon pour nous, Guan. Je le sens. Ils ont besoin de gens comme nous pour leurs sales boulots. Qui qu'ils soient.

— Espérons que tu sois dans le vrai.

Il devenait de plus en plus difficile de voir quoi que ce soit dans la brume grise qui emplissait l'air.

Quelque chose jaillit des stalles, avec un tapis de flammes sur le dos. Les soldats les plus proches épaulèrent leurs arbalètes et tirèrent.

C'était un chien en feu, qui glapissait et tentait de mordre les flammes tout en courant. Il fit un bond quand les carreaux l'atteignirent, puis roula sur le sol, mort.

Swan marmonna un juron.

— Ces gens ! Ils abandonnent leurs chiens derrière eux et ces pauvres bêtes meurent, dit-elle d'un ton aigre.

Une nouvelle fois, Guan regarda sa sœur avec quelque chose qui ressemblait à de l'étonnement ; la manière dont fonctionnait son esprit ne cessait de le surprendre. Ils avaient beau être jumeaux, capables parfois de finir les phrases l'un de l'autre ou de lire mutuellement leurs pensées, il y avait chez Swan une tare que lui-même ne partageait pas.

Il était sur le point de lui rappeler qu'elle ne devrait pas éprouver de remords à brûler des chiens, puisqu'elle brûlait des gens, lorsque son cou pulsa une fois, puis une autre encore plus fortement.

Guan porta un doigt à son cou ; Swan fit de même.

— Tenez-vous prêts, dit-il aux soldats devant eux. Il va sortir.

Ils épaulèrent leur arbalète ; sa sœur prit son pistolet. Les minutes s'égrenèrent ; la fumée s'échappait des passages entre les stalles. La pulsation s'accéléra encore au niveau de son cou.

Mais toujours aucun signe. Les arbalètes commencèrent à bouger entre les mains des hommes.

— Il devrait être suffisamment proche pour qu'on le voie maintenant, dit Swan en pointant son pistolet en direction du marché.

Guan restait immobile. Quelque chose ne collait pas. Ché devrait pratiquement être sur eux à cet instant.

— Tu ne crois pas…

Il pivota sur lui-même, et sa sœur l'imita un instant plus tard. Ensemble, ils scrutèrent la rue de part et d'autre, dans les deux directions, puis les maisons bordant le côté opposé, avec leurs fenêtres obscures.

Guan tira son propre pistolet, tout en s'écartant d'un pas sur le côté.

— Swan, dit-il.

Et ensemble, ils se replièrent dans l'ombre d'un mur, aussi profondément que possible.

38

L'art du cali

Ché savait qu'ils n'arrêteraient jamais de le traquer. À moins qu'il ne s'occupe d'eux en premier. Il les prit donc en chasse depuis les toits, arrivant sur leur position à l'instant même où ils se repliaient dans l'ombre du mur.

Ils avaient alerté les soldats de sa présence, si bien que les hommes sondaient l'obscurité devant eux en pointant leurs armes d'un côté puis de l'autre. Ché se tenait accroupi sur le côté dans l'ombre des toits en pente, en veillant bien à ce que sa silhouette ne se découpe pas sur le ciel pendant qu'il se déplaçait. Sur sa gauche, il y avait d'autres soldats encore, en embuscade dans les maisons et les jardins ; il apercevait l'éclat de l'acier, entendait une toux. Il pouvait seulement espérer qu'aucun d'eux ne le verrait.

Swan et Guan se replièrent vers un temple à l'extrémité de la rue ; juste derrière, on apercevait le lac. De toute évidence, ils ne goûtaient guère la perspective d'être les cibles d'un tireur embusqué.

Quel dommage qu'il n'ait pas un fusil en état de fonctionner.

Le temple s'élevait au bout de la rangée des toits. Un bâtiment d'habitation de deux étages, sombre et silencieux, le jouxtait. Les jumeaux s'arrêtèrent pour discuter avec une escouade de soldats, puis les hommes se déployèrent le long des maisons. Ché entendit les portes qu'on défonçait en dessous de sa position, les pièces fouillées sans ménagement.

Accroupi, il vit les deux Diplomates qui se retournèrent pour scruter la rue, les fenêtres, les toits, avant d'entrer dans le temple. Ils en laissèrent la porte ouverte.

Ché se suspendit au bord du toit pour se laisser tomber dans la ruelle entre les maisons et le temple. Après un coup d'œil dans chaque direction, il contourna l'arrière du bâtiment d'habitation, du côté où il se prolongeait dans un petit jardin, à l'abri derrière un muret. Une lueur vacilla à l'une des fenêtres ; une bougie venait d'être allumée à l'intérieur.

À pas de loup sur le sol mou et glissant d'herbes aquatiques compactées, il avança jusqu'au bout de l'édifice ; le bruit des soldats décrut derrière lui. Les coups de feu au sud avaient gagné en intensité depuis la dernière fois qu'il y avait prêté attention. Boucle devait être quelque part là-bas – du moins l'espérait-il – en chemin vers le point de rendez-vous.

Comme c'est étrange, songea-t-il. *Je suis là, à Khos, dans la ville de Tume, au bord de son lac bouillonnant, à tenter de tuer deux des miens, tout en espérant qu'une femme du camp ennemi parvienne à s'en sortir sans dommages.*

Il remarqua combien le mot lui paraissait erroné désormais : « ennemi ». Quelque chose d'enfantin semblait s'y rattacher.

Au-dessus du lac, une charge éclairante monta dans le ciel ; Ché ferma son œil droit pour préserver sa vision nocturne et attendit jusqu'à ce que le projectile retombe. La fenêtre était là-haut devant lui – et un arbre s'inclinait vers elle.

Dans l'obscurité qui revenait, Ché tira son poignard et le prit entre ses dents. Puis il entreprit l'escalade du tronc à l'écorce rugueuse, jusqu'à se retrouver suspendu à une branche face à la fenêtre. Il n'apercevait rien d'autre qu'une pièce plongée dans le noir et une porte ouverte ; d'un petit couloir sourdait une douce lumière, provenant d'au-delà d'un coude qu'il formait.

Pas de temps pour les subtilités, se dit Ché. Il décida d'opter pour la solution consistant à rentrer dans le tas vite et fort, en espérant être le dernier encore debout. *Mon vieil entraîneur de Q'os était dans le vrai*, songea-t-il en tendant une main pour ouvrir la fenêtre. La formation au cali qu'il avait reçue chez les Rōshun demeurait en lui, qu'il le veuille ou non. Avancer et attaquer, tel était son credo. Avec audace, vitesse et témérité.

Si seulement il avait eu une épée, alors peu lui aurait importé d'avoir un fusil en état de fonctionner. Mais tout ce qu'il avait, c'était son couteau.

Improvise, se dit Ché en franchissant la fenêtre d'un bond, pour se réceptionner avec la souplesse d'un chat.

Sa main étreignait le manche de sa lame. Il avisa une chaise et la prit pour la fracasser contre le mur. Le bruit aurait suffi à réveiller les morts.

À toute vitesse, Ché enjamba les débris, ramassant au passage ce qui avait été un pied du siège. L'extrémité brisée en était pointue et déchiquetée ; il fignola la pointe d'un coup de lame tout en se glissant dans le couloir, puis fit un second copeau en avançant vers l'endroit où le corridor formait un angle.

Il jeta un coup d'œil ; ils l'attendaient de l'autre côté. Deux silhouettes à couvert dans l'embrasure de la porte suivante, leurs pistolets pointés sur lui.

Ché baissa la tête tandis qu'une balle ricochait sur le mur. D'un ultime mouvement du poignet, il peaufina la pointe effilée de son pied de chaise, puis sortit de son abri pour le lancer de toutes ses forces sur la silhouette qui le tenait toujours en joue.

L'arme fit feu et Ché ressentit une soudaine douleur dans sa cuisse. Il chancela sur son autre jambe et s'affala contre le mur pour retrouver son équilibre ; la silhouette bascula en avant dans le couloir. C'était Guan, avec le pied de chaise fiché dans la joue gauche. Ses pieds tentaient de retrouver un semblant de stabilité sur le sol.

Ché vit passer une ombre sur l'arc de lumière sur le sol et fit sauter le couteau qu'il tenait dans sa main droite pour le saisir par la lame.

Il le lança à l'instant même où Swan s'encadrait de nouveau dans l'embrasure pour faire feu.

Ché tomba à la renverse, la tête soudain emplie d'une stridence ; un trait de douleur brûlante au sommet de son crâne. Swan était à terre elle aussi, la main serrée sur la poignée du couteau profondément enfoncé au niveau de sa hanche. La jeune femme rampait vers son frère.

— Oh non, souffla-t-elle d'une voix haletante.

Comme il respirait toujours, Ché ne tint aucun compte de sa blessure à la tête, mais se saisit la jambe à deux mains pour la palper de ses doigts tremblants. La balle avait traversé sa cuisse de part en part, un peu sur le côté. Elle avait évité l'os ; du sang poisseux coulait de ses chairs déchiquetées. Il parvenait à peine à bouger sa jambe tout engourdie.

C'était la première fois que Ché était ainsi blessé par un projectile. Il se serait attendu à une douleur bien plus atroce.

Il tira sur une manche de sa tunique jusqu'à la déchirer, puis s'en servit pour se poser un garrot en haut de la cuisse. Il tenta de se relever et ne put contenir un sifflement sous le coup d'une douleur fulgurante. Il lutta pour refouler les vagues de nausée qui l'assaillaient, et regarder autour de lui.

La Diplomate Swan tirait son frère vers la pièce d'où elle était sortie. Elle s'arrêta et tendit une main pour attraper le pistolet vide tombé à terre. Ché parvint à faire un pas dans leur direction ; Swan renonça au pistolet et tira Guan à l'intérieur.

Ché s'arrêta net pour inspirer de l'air goulûment ; Swan referma la porte sur elle d'un coup de pied.

Avec une sombre détermination, Ché tituba jusqu'à la porte et tenta de se pencher pour récupérer son couteau ensanglanté sur le sol. La tête lui tourna ; un filet de sang chaud dégoulina sur son visage. Du côté de sa jambe blessée, sa botte se remplissait.

Il déchira sa seconde manche et se confectionna une compresse qu'il appliqua sur la blessure, en serrant fort. Pendant un instant, il crut qu'il allait perdre connaissance.

— Allez, venez ! hurla-t-il.

Le couteau pesait lourd dans sa main.

Des grognements lui répondirent depuis l'autre côté.

Ché se redressa et poussa la porte de sa main poisseuse pour l'ouvrir à la volée.

La pièce était vide ; une bougie grésillait, posée sur le manteau d'une cheminée. Ché se pencha en avant vers l'intérieur et vit une autre porte ouverte. Une trace de sang, encore luisante au sol, en franchissait le seuil. Il pénétra dans la pièce en boitant et s'adossa au mur, pour le suivre tout du long jusqu'à l'autre porte. D'un coup d'œil rapide à l'intérieur, Ché vit qu'il s'agissait d'une chambre. Guan gisait au sol, les bras et les jambes en croix ; mort. Le pied de la chaise qui saillait de son visage avait quelque chose d'insolite.

Un craquement se fit entendre derrière lui.

Ché fut suffisamment rapide pour glisser une main à l'intérieur du garrot, juste à l'instant où il se refermait sur sa gorge. Le fil métallique mordit profondément dans sa paume. De toutes ses forces, il poussa en arrière en sautant à cloche-pied sur sa bonne jambe, jusqu'à faire traverser toute la chambre à Swan. La jeune femme heurta quelque chose – une lourde armoire, dont les portes ouvertes et les cintres s'entrechoquèrent dans un grand fracas pendant qu'ils s'empoignaient dans son giron de bois.

Le souffle chaud de Swan sifflait à l'oreille de Ché, chargé de fureur.

Une nouvelle fois, Ché fit sauter son couteau dans sa main pour changer de prise, puis frappa le flanc de la Diplomate. Une fois, deux fois, jusqu'à ce que Swan bouge et le repousse. Ché trébucha et ils tombèrent ensemble sur une table qu'ils fracassèrent.

Swan parvint à attraper la main armée de Ché pendant qu'ils roulaient sur le sol. De son autre main, elle tenait son garrot serré. Le fil sciait la main de Ché et les côtés de son cou ; le sang coulait de partout.

— C'est ça que tu veux ? siffla Swan tout à sa haine pour lui. C'est ça que tu voulais, espèce de kush ?

La main de Ché n'était plus qu'une pauvre chose sans vie coincée entre son souffle haché et les constrictions mortelles du garrot. Il ne voyait presque plus rien ; il respirait à peine.

Il passa sa main encore libre par-dessus son épaule et sentit ses doigts crocher le visage de la Diplomate. D'un geste plein de brutalité, il fourra la serre de son pouce dans l'œil de Swan. La prise de la jeune femme se desserra légèrement.

Dans un rugissement, Ché lutta contre la douleur incandescente de sa main afin d'écarter le fil du garrot.

Il se remit debout tant bien que mal. Swan en fit de même en prenant appui sur une chaise renversée, puis sur le manteau de la cheminée. Ché se retourna juste à l'instant où elle cinglait l'air de son garrot. L'extrémité de celui-ci vint s'enrouler autour du manche du poignard, qu'elle lui arracha de la main d'un coup sec. Il éprouvait bien des difficultés à tenir debout ; Swan n'était pas en meilleure posture. L'œil de la jeune femme était un chaos tout noir d'où coulait du sang.

Un coup atterrit sur la joue de Ché. Il secoua la tête et para un nouveau coup, puis encore un autre. Il recula, prenant du champ pour trouver une cible ; Swan se redressa, le poignard à la main.

Ché trébucha vers l'arrière, sautillant sur sa jambe valide, tandis que Swan avançait vers lui en traînant sa propre jambe blessée derrière elle. Elle tenait fermement l'arme ; la lame formait une mince tranche d'argent rutilant à la lueur de la chandelle, juste à portée du ventre de Ché. Il secoua la tête, faisant voler autour de lui des gouttes de sueur.

À reculons, Ché repassa la porte de la chambre ; lentement, Swan se rapprochait de lui. Soudain, elle se fendit en ligne pour l'atteindre. Il n'eut que le temps de détourner la lame. Son pied buta contre le corps de Guan et il trébucha en arrière, en repoussant Swan sur le côté pendant qu'il chutait.

Le souffle court, il poussa sur le sol pour se relever, pendant que Swan faisait de même. Il parvint à faire reposer son poids sur un genou, puis envoya sa main encore valide tâtonner à la ronde jusqu'à ce qu'elle trouve le lit. Il se remit debout, grognant et soufflant sous l'effort, puis avisa le corps de Guan gisant à terre. Il sentit son équilibre partir en vrille et sa conscience se diluer dans les ténèbres de sa propre tête. Prenant appui sur le fond noir de son obscurité intérieure, il concentra toute sa vision et aperçut un rai de lumière, ouvert devant lui comme un passage.

Il s'y engouffra et vit Swan qui venait à lui le couteau à la main.

Il fit un pas de côté désespéré, sa main glissante saisissant un bras, et son pied avancé pour faire un croche-pied. Ils tombèrent en hurlant vers le sol ; perché sur elle, Ché l'écrasa de tout son poids.

Le pied de la chaise transperça la nuque de la jeune femme, dans un craquement sinistre de dents et d'os. Elle frémit une fois, comme sous l'effet d'un choc venu après coup, puis demeura là, dans une parfaite immobilité.

Un filet d'air s'échappa doucement de ses poumons, tandis que son corps s'amollissait.

Ché inspira avidement, avant de se laisser rouler sur le côté. Il resta inerte pendant un moment, tandis que s'écoulait de lui le peu d'énergie qui lui restait ; son esprit s'en était allé au-delà de la pensée et de la raison.

Il tremblait de tous ses membres lorsqu'il parvint enfin à se remettre debout. Il baissa les yeux sur les deux Diplomates. Swan gisait écartelée, le visage contre celui de son frère ; leurs corps étaient allongés dans deux directions opposées. Ils faisaient penser à deux amants en train de s'embrasser.

— Je suis là ! cracha Ché à leur intention, en se frappant la poitrine.

Dans la pénombre d'un canal mineur, Ash achevait de se préparer ; l'oreille aux aguets, il écoutait le bruit des réjouissances dans le lointain. Il regarda les vastes demeures de l'autre côté du canal ; des prêtres passaient devant les fenêtres éclairées d'appartements qu'ils s'étaient appropriés. Au-dessus des toits de ces beaux bâtiments, le rocher de la citadelle se dressait dans l'air de la nuit. L'étendard de Sasheen flottait toujours au sommet.

Une fenêtre s'ouvrit et une femme versa le contenu d'un pot de chambre dans l'eau du canal. Quelqu'un chantait dans la chambre derrière elle. Ash se tint immobile ; il savait que l'ombre le dissimulait. Lorsqu'elle eut fini, elle rentra et referma la fenêtre, coupant la chanson en plein milieu du refrain.

Rapidement, il retira ses vêtements et les entassa en une pile parfaite tout contre ses armes. À côté, il y avait un petit tonnelet de poudre noire ; une mine qu'il avait prélevée sur un chariot de munitions mannien.

L'air frais de la nuit fit venir la chair de poule sur la peau d'Ash ; il se frictionna les bras et les jambes pour les réchauffer. Son souffle était visible dans le halo chatoyant des lanternes qui se réverbérait à la surface noire du canal.

À cet endroit, la masse des herbes aquatiques avait été découpée pour former les berges verticales de la voie navigable. Des madriers de bois plantés debout les rehaussaient encore. Il s'assit au bord du chemin de planches, puis se laissa doucement glisser dans l'eau chaude – bien agréable pour apaiser la tension de ses muscles et les éraflures sur sa peau. Il resta un moment à barboter sur place, dans un état proche du délire tant était grand le soulagement qu'il ressentait. Sous ses pieds, dans les profondeurs des eaux claires, il apercevait des lueurs. Il battit des jambes pour rester à la surface et observa leur brillance entre ses orteils.

Lorsqu'il se sentit prêt, il se hissa pour attraper sa mine et la tirer jusqu'à l'eau ; le tonnelet produisit un bruit d'éclaboussures. Il s'ébroua pour s'éclaircir les idées, puis vérifia la mèche qui sortait par un trou enduit de goudron ménagé dans le tonnelet dansant sur l'eau. La mèche courait à sa surface puis remontait sur le chemin de planches au-dessus, où elle était nouée à son armure d'Acolyte, puis à une grosse bobine mobile, qu'un couteau fiché dans une planche maintenait solidement.

Il tira sur la mèche jusqu'à ce que l'armure bascule dans l'eau, en produisant un second bruit d'éclaboussures. Elle coula immédiatement, suivie un instant plus tard par la mine emportée vers le fond. Ash passa une boucle de la mèche à son poignet, puis inspira et expira plusieurs fois, très vite. Il sentit la ligne qui lui tirait la main et il plongea sous la surface en se laissant emporter dans les profondeurs silencieuses. Au-dessus, la bobine dévidait des longueurs de mèche.

Ses yeux le piquaient ; il battit des paupières et s'obligea à les garder ouverts. Sa cage thoracique se comprimait à mesure qu'il descendait et se rapprochait du rocher. De la lumière jaillissait par les baies au verre épais loin en dessous, ouvertes dans les flancs escarpés du rocher sur lequel la citadelle avait été édifiée. Tout en descendant, Ash fit quelques gestes pour s'en rapprocher, tirant la mèche avec lui – autant qu'elle-même l'entraînait. Il savait qu'il n'aurait qu'une seule occasion.

Il dispersa un banc de poissons devant lui, et sentit enfin s'alléger le poids qui l'entraînait ; l'armure s'était posée sur le rebord d'une fenêtre. La mine tournoya lentement à côté de la vitre. Ash dénoua la mèche à son poignet et nagea vers le bas. Il risqua un coup d'œil à l'intérieur et vit une pièce brillamment éclairée, avec des divans et des chandeliers, un prêtre bavardant avec un autre, deux Acolytes de faction près d'un couloir.

D'une traction, Ash fit venir l'armure et le tonnelet sur un côté, de façon qu'ils soient moins visibles.

Sa poitrine devenait brûlante. Il battit des pieds pour remonter à la surface ; des étoiles étincelaient à la périphérie de sa vision. La remontée lui prit plus longtemps que la descente. Il se souvint de ses instants de panique à bord du navire qui avait fait naufrage ; le poids de toute l'eau du monde qui l'écrasait.

Ash refit surface en battant des bras, le souffle court ; apparemment, ses poumons n'avaient pas encore recouvré un fonctionnement parfait. Les bruits de la ville parvinrent de nouveau à ses oreilles d'où l'eau s'échappait ; il scruta les alentours et constata avec satisfaction que la rue restait déserte.

Il tenta de sortir du canal ; en vain. Il n'y parvenait pas. Il ne respirait pas assez bien pour récupérer assez d'énergie.

Il s'installa dans l'eau, laissa sa respiration se calmer, avant de faire une nouvelle tentative. Il roula sur les planches ; ses poumons sifflaient. Il s'assit, posa ses bras sur ses genoux et laissa sa tête pendre entre eux. Il observa les petites mares que formait l'eau du lac dégouttant de sa peau.

Un homme poussa un juron non loin. Des formes étaient apparues à l'extrémité de la rue ; quelqu'un se soulageait pendant que d'autres attendaient. Leurs voix étaient avinées.

Ash regarda la mèche qui pendait dans l'eau. Tout ce qui lui restait à faire, c'était la couper, la jeter dans l'eau et courir.

Soudain, son couteau, fiché tout droit dans le bois d'une planche, attira son attention. Le sang du prêtre qu'il avait tué une heure plus tôt avait laissé des taches sombres sur la lame.

Combien en ai-je tué dans l'exécution de ma vengeance ? se demanda-t-il avec un sursaut.

Il n'en avait même plus le souvenir ; quelque part en route, il en avait oublié le décompte. Il avait réduit ses victimes à l'état d'êtres moins qu'humains, dénués de visage et dépourvus de valeur. Ceux qu'il avait tués dans les deux camps pendant la bataille – simplement pour s'en débarrasser – n'avaient laissé en lui que de très vagues impressions, à l'exception du craquement sec d'une rotule.

Ash était allé loin. Dans sa vengeance, il était monté à des altitudes où l'air était rare, tournant le dos à l'ordre des Rōshuns, l'unique foyer qui lui restait, à la manière de vivre qui avait laissé s'exprimer la meilleure part de lui-même, au code qui lui avait permis de tenir la bride à sa colère.

Il avait le sentiment d'avoir grimpé pendant tout ce temps sans même un regard derrière lui. Et là, en se retournant, il ne voyait que des tas de cadavres bordant le sentier qu'il avait gravi ; et devant eux, Nico, avec son rire enfantin et l'amour farouche de sa mère ; et puis, loin en dessous de son apprenti, dans les brumes obscures du début du chemin, son propre fils en train de chanter à tue-tête avec les autres écuyers, et une ferme aux murs blanchis à la chaux étincelante sous le soleil, devant laquelle sa femme attendait un époux et un fils qui ne reviendraient jamais.

Le sommet était tout proche maintenant. Tout ce qu'il avait à faire, c'était couper la mèche.

Sasheen méritait de mourir. Tous ceux de son espèce méritaient de mourir.

D'une main tremblante, Ash prit le manche du poignard et tira dessus pour le libérer.

Lorsque Sasheen s'éveilla, la première chose qu'elle aperçut fut Lucian qui la regardait intensément ; l'espace d'un instant, elle crut qu'ils étaient de nouveau amants, nichés dans les bras l'un de l'autre.

Puis elle vit qu'il n'était rien d'autre qu'une tête tranchée posée sur une table de nuit. Elle se souvint de la manière dont il l'avait trahie et son cœur sombra dans un accablement morose.

—Je n'ai jamais voulu ça, lui dit-elle.

Les lèvres de Lucian s'entrouvrirent ; un filet de lait royal s'en échappa pour couler le long de son menton. Mais il ne répondit rien, se contentant de l'observer.

—Je n'ai même jamais voulu devenir Matriarche. C'était le désir de ma mère – pas le mien.

—Je. Sais, chuinta la voix de Lucian aux sonorités mouillées.

La haine flamboya dans ses yeux.

Comment lui faire comprendre le chagrin qu'il lui avait causé ; la perte de confiance dans la seule et unique personne à qui elle avait enfin cru pouvoir se fier complètement. Sasheen avait voulu cet homme comme aucun autre auparavant ; et lui l'avait rejetée pour son insurrection idiote et la gloire qui allait avec.

—Je me meurs, Lucian, lui dit-elle.

La nouvelle parut lui plaire ; il sourit.

Même en cet instant, il pouvait encore lui faire du mal.

—Tu te souviens du temps que nous avons passé ensemble à Brulé ?

—Non.

—Bien sûr que si, tu t'en souviens. Tu en parlais presque tout le temps. Tu disais que nous devrions aller vivre là-bas. Pour y faire pousser des olives, comme de simples paysans.

— J'étais. Un. Idiot.

— Tu étais tout sauf un idiot, Lucian. C'était l'une des choses qui m'attiraient le plus chez toi. Nous étions bien assortis, toi et moi, ajouta-t-elle d'une voix songeuse.

Sasheen vit alors sa vie telle qu'elle aurait pu être, si elle avait seulement eu le courage de tourner le dos aux désirs de sa mère, de renoncer à sa position de Matriarche, de mener une vie luxueuse et simple avec son amant. Qu'avait-elle gagné au change ? Rien d'autre qu'une mort solitaire dans les tréfonds humides d'un rocher ; quelques lignes minuscules laissées dans les souvenirs de Mann.

— Je voudrais seulement... Je voudrais seulement...

Elle ferma les yeux et sentit de l'humidité sur ses joues, ainsi qu'une douleur sourde dans sa poitrine, comme si ce monde horrible tout entier pesait dessus.

Elle lutta pour respirer ; son souffle crachota jusqu'à ce que sa peau soit couverte de sueur. Elle haleta ; ses yeux papillotèrent, tentant de distinguer Lucian. Derrière lui, les eaux du lac qu'elle apercevait à travers les grandes baies étaient comme un néant noir tout prêt à l'engloutir.

— Que dois-je faire ? demanda-t-elle le souffle court, perdue en elle-même. Je ne sais pas ce que je dois faire.

Le regard de Lucian était aussi pénétrant qu'une lame de couteau.

— Tu. Meurs.

Une soudaine lueur embrasa le ciel de la nuit au-dessus de la tête d'Ash. Comme animés d'une vie propre, ses yeux vinrent se poser sur le sol brillamment éclairé.

Ash vit comment lui-même se prolongeait en une ombre, depuis la pointe de ses pieds.

Il fléchit.

Pendant de longs battements de cœur, il fixa du regard la pointe de son couteau et la mèche qu'il tenait entre ses mains tremblantes. *« Un curieux bonhomme. »* Ces mots étaient ceux que Nico avait prononcés, au sujet du Prophète rōshun.

Pourquoi lui revenaient-ils à l'esprit en cet instant ?

Le Prophète avait interrogé les roseaux pour eux avant qu'ils partent mener leur vendetta à Q'os. Il avait parlé d'un grand choc qui l'attendait, puis des chemins qu'il rencontrerait ensuite.

« Après le choc, deux chemins s'offriront à vous. Si vous choisissez l'un, vous échouerez dans votre quête, mais vous n'aurez rien à vous reprocher et il vous restera beaucoup de choses à accomplir encore… Si vous choisissez l'autre, vous finirez par réussir, mais vous serez condamnables à bien des égards et rien ne saura plus vous faire avancer. »

« Condamnables », se répéta Ash. Et rien ne saura plus vous faire avancer.

Il battit des paupières. Des larmes lui piquaient les yeux. Sa main retomba sur le côté et le couteau tomba au sol dans un cliquetis métallique.

La lueur dans le ciel s'estompa et l'ombre d'Ash disparut.

39

Rendez-vous

Boucle se tenait sur le toit de l'entrepôt pendant que les hommes escaladaient les échelles de corde pour monter à bord de l'aéro-nef qui les attendait. Le bâtiment était gravement endommagé, avec sa coque noircie par les flammes et son gréement en lambeaux. Déjà, une autre nef s'élevait péniblement dans les airs. Elle entama une longue courbe pour s'orienter au sud ; son pont était plein à craquer de soldats.

C'était la deuxième rotation que les aéro-nefs effectuaient depuis qu'elle était arrivée. Des archers et des hommes des Vestes grises tenaient les abords du toit, tirant sur les forces impériales qui s'approchaient de leur position. D'autres troupes ennemies convergeaient vers la marina. De toute évidence, le prochain départ serait le dernier avant que le bâtiment tombe aux mains de l'ennemi.

— Qui est-ce que tu attends ? demanda un Volontaire en passant près d'elle.

L'homme avait le visage si défait qu'il aurait tout aussi bien pu avoir vingt ans ou quarante ans.

— Un ami ! cria-t-elle, de façon à couvrir le bruit des coups de feu.

— Ma fille, il faut y aller maintenant. Nous n'avons plus le temps d'attendre.

Il tenta de la tirer vers la nef.

— Lâche-moi ! lui cria-t-elle au visage.

Il eut l'air étonné l'espace d'un instant. Puis il renonça et courut vers l'aéro-nef.

Boucle scruta le ciel et ne vit toujours aucun signe des ailes-de-guerre ennemies. Elle s'approcha du bord pour regarder dans les rues avoisinantes et la marina proprement dite. Les troupes impériales se rapprochaient.

Des soldats khosiens continuaient de se faufiler vers l'entrepôt. Certains arrivaient en courant, tandis que d'autres se repliaient en formation sans cesser de combattre.

Où es-tu, idiot?

Boucle ne savait pas quoi penser de cet homme qu'elle venait tout juste de rencontrer, mais qui paraissait toucher précisément toutes les cordes sensibles en elle. À l'évidence, ils avaient passé des heures inoubliables à faire l'amour, dans un esprit joyeux et libre, et parfois intensément passionné. Mais au-delà de ça, qui était-il vraiment?

Il restait un mystère – et un mystère dangereux, elle le sentait.

Boucle n'oubliait pas comment elle avait déjà, par deux fois au cours de son existence, succombé aux charmes d'hommes comme lui. Elle commençait à se dire que c'était un trait de caractère qui n'était pas très bon pour elle, car à bien y songer, les deux s'étaient révélés de francs salauds égoïstes.

Mais la guerre faisait rage, et ce que les soldats disaient était vrai : du conflit naissaient des circonstances exceptionnelles. Soudain, on se sentait l'obligation de vivre de manière intense et insouciante, bien conscient du risque de ne pas voir se lever le soleil du lendemain.

Comme pour illustrer cette pensée, Boucle sentit soudain son cœur bondir dans sa poitrine lorsqu'elle aperçut le visage de Ché par-dessus le bord du toit. Une Volontaire le soutenait.

—Ché! cria-t-elle en courant le rejoindre. (Il était couvert de sang et à peine conscient.) Ché!

Il releva la tête et plissa les yeux pour la distinguer.

Emmène-moi loin d'ici, semblait dire l'expression sur son visage.

Boucle passa sur son épaule le bras libre du jeune homme, puis aida la Volontaire à le tirer vers l'aéro-nef.

L'un des petits skuds décolla du toit. Un autre actionna ses tubes propulseurs pour manœuvrer et prendre sa place. Les hommes reculèrent pour lui dégager l'espace.

—Aucun signe du vieux *farlander*? demanda-t-il d'une voix rauque.

Boucle secoua la tête.

—Où qu'il soit, il ferait mieux de se dépêcher s'il veut quitter cette île.

Le jeune homme émit un son crépitant qui pouvait ressembler à un rire.

—Ce vieux fou? Il trouvera un moyen de partir d'ici. Il est même probablement déjà parti.

Ash fit charger le zel de guerre droit sur la porte d'entrée de la maison, en cinglant sa croupe de son épée au fourreau.

Il s'allongea sur la selle lorsque sa monture franchit la porte et que ses sabots résonnèrent sur les dalles de bois d'un couloir. Il entendit des bruits de poursuite derrière lui alors que le zel passait déjà par la porte ouverte qui donnait sur l'arrière.

L'animal s'ébroua et franchit une petite cour en trois foulées. Ash l'éperonna pour l'encourager, et la bête franchit d'un bond la barrière pour atterrir de l'autre côté. Le zel tomba sur ses appuis, puis reprit son allure. Ils contournèrent une place déserte ; des carreaux d'arbalète vrombirent à leurs oreilles.

Ash jeta un regard en arrière. Des hommes franchissaient la barrière, tandis que des cavaliers arrivaient des rues voisines.

Les tirs se rapprochaient. Il n'était plus très loin.

Les flancs de l'animal étaient couverts d'écume ; son souffle était fort dans sa gorge. C'était une sensation enivrante de chevaucher ainsi de nouveau, avec le vent dans les yeux et une témérité dans le sang qui était comme une réminiscence de sa jeunesse.

— Allez ! cria-t-il au zel pour l'encourager.

Sa monture sauta par-dessus une montagne de paniers éparpillés, s'engouffra dans une rue de l'autre côté de la place, dans le fracas des sabots martelant le chemin de planches. Il apercevait la marina à l'extrémité de la rue, avec ses longs quais éclairés par des lanternes accrochées à de hauts mâts de bois ; aucun bateau n'y était au mouillage.

Un canon fit feu ; le tonnerre de la déflagration emplit l'espace.

Ils débouchèrent de la rue pile au beau milieu d'une escouade de fantassins impériaux. Le zel passa dans leurs rangs sans même ralentir. Ash aperçut un entrepôt sur sa droite, le long des quais ; une aéro-nef flottait au-dessus de son vaste toit, éclairée par les tirs.

Des hommes couraient sur la surface plane en direction de la nef, s'accrochant comme ils pouvaient aux échelles de corde accrochées à la coque. Ce bâtiment volant lui parut bien familier. Il plissa les yeux et distingua la figure de bois sculpté à la proue : un faucon en plein vol.

Je ne le crois pas.

Il tira sur les rênes et dirigea sa monture sur l'édifice, avant de lui planter ses talons dans les flancs pour la lancer à fond de train. Tandis que le zel galopait, Ash avisa un skud sur la gauche qui décrivait des cercles autour de la marina, arrosant de mitraille les troupes ennemies à la ronde. Une série de panaches s'éleva en rafale de la surface de l'eau, pour éclabousser le chemin de planches sur lequel il fonçait. Il vit un escalier sur le côté de l'édifice ; quelques hommes étaient encore en train de le gravir. Il se demanda si Ché et la fille étaient arrivés jusque-là.

Soudain, le zel s'effondra au sol dans un grand cri.

Éjecté de sa selle, Ash boula sur le chemin de planches ; il tenait toujours son épée à la main. Il se remit sur ses pieds et tourna la tête derrière lui. L'animal se cabrait ; du sang coulait d'une blessure sur son flanc. Il vit les soldats impériaux qui fondaient sur lui.

Ash tourna les talons et s'élança pour sauver sa vie.

L'aéro-nef commença à bouger, emportant une immense quantité d'hommes à son bord ; ses tubes propulseurs faisaient entendre une stridence croissante le long de sa coque. En dessous, le toit de l'entrepôt était sur le point d'être submergé. Quelques Khosiens qui n'avaient pas réussi à l'atteindre livraient leur ultime combat, adossés les uns aux autres.

Des hommes étaient encore accrochés aux échelles de corde. L'un d'eux lâcha prise, pour tomber au milieu d'un groupe de soldats impériaux, qui le taillèrent en pièces avec frénésie. Depuis le bord, les soldats criaient à l'intention de leurs camarades désespérément suspendus dans le vide et dont les jambes s'agitaient dans l'air. Ils leur tendaient la main pour les haler sur le pont.

Adossé au bastingage tribord, Ché se faisait examiner la jambe par un medico. Accroupie à côté de lui, Boucle semblait ne même pas remarquer les tirs de calibres plus ou moins lourds qui venaient frapper la coque. Elle avait glissé un bras autour de la taille du jeune homme. Le contact de la jeune fille contre lui, chaude et vivante, lui était agréable. Il ne voulait plus regarder le toit en dessous.

— Regarde ! s'exclama soudain Boucle en pointant du doigt vers le bas.

Il tourna la tête pour regarder ce qu'elle lui montrait.

C'était Ash, arrêté net, tandis que la nef pivotait pour s'éloigner.

— Trench ! hurla le vieil homme.

Ché se leva tant bien que mal. Il repoussa le medico qui s'efforçait en jurant de le faire tenir tranquille.

— On ne peut pas le laisser, aboya Ché.

Il chercha autour de lui quelqu'un sur qui crier ; quelqu'un à qui dire de faire demi-tour. Mais il ne voyait guère au-delà des têtes des hommes serrés autour de lui. Au fond de son cœur, il sut que ses efforts étaient condamnés à demeurer vains.

Impuissant, il se retourna pour regarder.

Ils étaient suffisamment hauts désormais pour lui permettre d'avoir une vue d'ensemble du toit de l'entrepôt. Les rues voisines étaient pleines d'Acolytes et de soldats ; le toit était une île que la vague n'allait pas tarder à balayer.

La peau noire du *farlander* solitaire formait un contraste saisissant au milieu des robes blanches.

Ché vit la lame du vieil homme jeter une lueur argentée dans les ténèbres. Le Rōshun s'avançait dans les espaces entre ses ennemis, frappant et taillant dans la masse.

— Douce Mère, dit Boucle, en portant la main au pendentif de bois à son cou.

Ché l'entendit à peine dans le rugissement des tubes. L'aéro-nef vira sèchement vers la rive au loin et la silhouette d'Ash diminua derrière, pour ne devenir qu'un petit point qui s'évanouit dans la multitude.

L'instinct d'Ash prit les commandes. Pendant un certain temps, son attention fut si intensément concentrée sur ce qu'il faisait que plus aucune partie de lui-même n'était consciente de l'existence de son être au milieu du carnage. Il n'éprouvait ni peur, ni conscience, ni même aucune animosité ; il évoluait librement sans que rien ne puisse distinguer son esprit, son corps et sa lame. Il exécutait une performance unique, esquivant, frappant et tuant, tout en se frayant graduellement un chemin vers le bord du toit.

Autour de lui, ses assaillants tombaient dans des jets de sang, subitement privés d'une main, d'un bras ou d'un pied. Des têtes roulaient. Des ventres ouverts se vidaient de leurs entrailles. Des corps tombaient en silence comme soudain cueillis par le sommeil. D'autres cédaient en hurlant.

Ils n'arrêtaient pas de tomber.

— Arrière ! gronda Ash en pivotant pour tourner le dos au bord du toit. Ses pieds chancelaient dangereusement non loin du vide.

— Arrière ! répéta-t-il avec un petit coup sec de sa lame, projetant du sang devant lui.

Ils écoutèrent ; du moins, suffisamment pour hésiter et s'arrêter à distance. Ash avala goulûment de l'air ; des hommes arrivaient avec des arbalètes, des pistolets. Il essuya le sang sur son visage ; cracha celui qui lui avait envahi la bouche. Toutes les parties de son corps en étaient trempées.

Le souffle court, les Manniens contemplaient cette vision écarlate avec quelque chose tenant de la stupeur et de l'admiration.

Un soldat s'avança ; un officier à en juger par les tatouages ornant son visage.

— Qui es-tu ? demanda-t-il.

Il avait l'air sincèrement intrigué.

Ash considéra l'assemblée dépenaillée qui le cernait, les arbalètes et les pistolets pointés sur lui. La plupart des hommes avaient l'air d'être effrayés. Effrayés et épuisés.

— Lâche ton arme, ordonna l'officier. Lâche-la maintenant ou meurs.

Ash réfléchit un instant à la question, puis se redressa, quittant sa position de combat et abaissant son épée. Un vol d'oies passa en criant dans le ciel de la nuit. Il leva la tête, mais ne put les voir à cause des nuages. Il sentit le vent sur son visage comme un souffle de la Mère du Monde. L'expression sur ses traits s'adoucit.

— Vous devriez savoir, dit-il en regardant l'officier et en remettant son épée au fourreau, que je prendrais d'abord ma vie plutôt que de faire ça.

Et, avec les fusils et les arbalètes pointés droit sur son cœur, il fit la seule chose encore possible.

Il sauta.

40

Fins solitaires

L'eau le sauva, non seulement en amortissant sa chute, mais aussi en l'aidant à s'enfuir.

Dans la droite ligne du succès de son plongeon depuis le toit de l'entrepôt, Ash nagea sous la surface jusqu'à ce que ses poumons se mettent à le brûler. Lorsqu'il refit surface, les soldats impériaux tentèrent quelques tirs dans sa direction, mais il les ignora et replongea sous l'eau en battant des jambes.

Il continua à nager dans la même direction jusqu'à s'être éloigné au point de ne plus voir la marina. Il poursuivit le long de la rive d'herbes aquatiques ; les bruits et les lueurs de sa traque s'amenuisèrent derrière lui. Les nuages s'accumulaient dans le ciel et l'obscurité se faisait plus dense. Pendant un moment, il se laissa flotter sur le dos, le temps que s'estompe tout doucement la nausée consécutive à l'épuisement.

Du bord du lac, des charges éclairantes continuaient de monter dans le ciel. Tenter de gagner l'autre rive s'annonçait risqué ; des tireurs manniens devaient à coup sûr guetter les éventuels fuyards khosiens.

De quoi t'inquiètes-tu ? se demanda-t-il. *Dans ton état, tu as toutes les chances de te noyer d'abord.*

Ash battit des pieds en respirant calmement jusqu'à ce qu'il se sente prêt. Il regarda derrière lui la ville posée sur l'eau, puis de l'autre côté, la rive vers le sud.

Et le vieux *farlander* se mit à nager dans sa direction.

Il s'était mis à pleuvoir et les grosses gouttes éclataient à la surface du lac, dans un concert assourdissant. L'eau paraissait s'embraser partout où les gouttes arrivaient.

Ash cracha et tenta de voir devant lui. Ses derniers mouvements l'avaient emmené au-delà de la bouche enténébrée du Chilos, tandis que le courant avait tenté de l'y emporter. Il apercevait des feux sur les deux rives du fleuve ; des chapelets de lanternes accrochées le long des berges éclairaient toute la zone. Des hommes accroupis à côté de leur fusil scrutaient le courant.

Il se remit à battre des pieds et à nager. Cela faisait bien longtemps qu'il avait franchi les limites de son endurance. Seule sa volonté le faisait avancer.

À cet endroit, la berge était une plaine inondable sans relief et sans arbres. Les yeux plissés pour voir à travers le rideau de pluie, Ash distingua les lueurs d'un feu entourées par la toile luisante d'une tente. D'autres tentes étaient disséminées sur la plaine. Des cavaliers allaient et venaient dans l'obscurité, serrés dans leur manteau, les yeux fixés sur la rive.

Les crampes dans ses membres commençaient à devenir vraiment douloureuses. Le feu dans ses poumons l'empêchait presque de respirer. Ash savait que la noyade le guettait s'il restait plus longtemps dans l'eau. Il progressa en direction de la berge, en nageant comme un petit chien ; son corps était tout engourdi et pratiquement à bout de forces. La pluie masquait les bruits qu'il faisait. Il sentit de la boue sous ses mains et prit appui à tâtons, submergé par le soulagement. À quatre pattes, il rampa hors de l'eau pour se hisser sur une plage limoneuse. Il resta couché là un long moment, à chercher son souffle.

Puis il s'agenouilla pour regarder à droite et à gauche tout le long de la rive. Il était face à une berge de terre verticale couronnée d'herbes folles à son sommet. La petite plage de limon se prolongeait par de profondes rigoles creusées dans la berge, par lesquelles l'eau s'écoulait.

Il entendit un tintement dans la nuit et se plaqua au sol dans la boue, en luttant pour contenir une quinte de toux.

Debout sur la berge au-dessus, un soldat observait l'étendue d'eau devant lui. Ash se colla encore plus à la vase et attendit que l'homme s'éloigne dans l'obscurité. Il l'entendit appeler quelqu'un un peu plus loin.

Vite, Ash s'approcha tant bien que mal de l'un des fossés creusés par l'eau. Il regarda dedans et n'y vit rien d'autre que les ténèbres. Il sentit le frais de l'eau courant sur ses mains.

Il commença à ramper au fond du goulet ; la boue lui éclaboussait les yeux, la bouche et le nez. Il en était couvert et elle l'emplissait, jusqu'à ce qu'il ne fasse plus qu'un avec elle, qu'il devienne une créature de fange et d'alluvions, une chose toujours vivante et qui ne cessait de lutter, car elle ne connaissait aucun moyen de faire autrement.

Elle mourait, et la puanteur de son corps empoisonné suffisait à lui faire venir les larmes aux yeux.

Même avec son masque sur le visage, Sparus sentait la salive monter à sa bouche ; une furieuse envie de cracher le démangeait. Il baissa les yeux sur la forme haletante qu'était devenue Sasheen – ses traits gonflés et ses lèvres bleues. Il regarda la tête de Lucian, silencieuse sur la table de chevet, puis la jarre désormais vide de tout lait royal.

— Matriarche, dit-il posément.

Sasheen bougea ; ses yeux papillotèrent puis s'ouvrirent. Un souffle sortit de ses lèvres entrouvertes. Il attendit quelques instants qu'elle accommode sa vision sur lui.

— Nous avons un problème, lui dit-il sans ambages.

— Romano, répondit-elle avec un soupir.

— Il commence à abattre ses cartes. Ses hommes ont entamé leurs approches des officiers subalternes de l'armée, en leur proposant des promotions s'ils appuient ses prétentions au titre de Patriarche.

Les yeux de la moribonde fulminèrent.

— Mais je ne suis même pas morte encore.

Le Patriarche Aslan ne l'était pas non plus, se souvint-il, *lorsque vous lui avez tranché la gorge dans sa chambre.*

Elle agita la main pour lui demander d'approcher. Sa colère épuisait ce qui lui restait de souffle ; seul un filet de voix sortit de sa bouche.

— Et vous, Sparus. Vous a-t-il déjà approché ?

L'archigénéral bredouilla, désarçonné par son franc-parler. Il se dit qu'elle n'avait plus guère de temps pour les subtilités.

— Oui, confessa-t-il, tête basse. Il m'a demandé mon soutien.

Sasheen regarda la tête de Lucian. Ses yeux étaient clos, mais Sparus avait le sentiment que l'homme ne perdait pas une miette de ce qu'ils se disaient.

— Il voit sa chance, ajouta Sparus. Vous n'avez pas encore désigné de successeur.

— Je ne me soucie pas… de savoir qui prendra ma place. À condition que ce ne soit ni Romano, ni aucun de ceux de son clan.

— Sainte Matriarche, tenta Sparus, en usant de son titre à dessein. Si nous contestons ses prétentions, le corps expéditionnaire sera divisé. Nous nous retrouverons bloqués ici, à Tume, en train de nous battre entre nous. Pour le bien de cette campagne, il faut que cette question soit réglée immédiatement.

—Vous vous oubliez dans cette histoire, Sparus. Il y a plus en jeu que cette simple aventure à Khos. Écoutez-moi. Tuez Romano si vous le pouvez, mais ne lui cédez pas.

—Il serait déjà mort, si cela était possible. Et nos Diplomates ne sont toujours pas revenus.

—Sparus ! cracha-t-elle, en tendant une main pour saisir le poignet du vieux soldat. (À travers ses gants, il sentit la chaleur brûlante de la peau de Sasheen.) Vous ne lui donnerez pas cette armée. Je vous l'ordonne. Vous avez été loyal envers ma famille. Nous avons été amis, n'est-ce pas ? Ne vous ai-je pas hissé jusqu'à la position d'archigénéral ? Alors maintenant, faites cette dernière chose pour moi.

Une guerre civile, songea Sparus soudain saisi d'effroi. Quinze années seulement s'étaient écoulées depuis le dernier conflit au sein de Mann. Il y avait perdu son père et son frère. Il les avait tués de ses propres mains.

Et voilà qu'elle voulait rouvrir la voie de la discorde intestine.

Néanmoins, les paroles de la Matriarche avait fait vibrer une corde en lui. Elle l'avait promu archigénéral, et sa famille avait soutenu sa carrière déjà longtemps auparavant. Et en retour, ils ne lui avaient rien demandé d'autre que sa loyauté. Pour un général combattant, c'était le serment le plus important qu'il avait jamais fait.

Sparus hocha la tête avec solennité.

—Il en sera fait comme vous voudrez, murmura-t-il.

Elle le relâcha pour se rallonger sur ses oreillers, comme si sa tâche était achevée.

Sasheen savait qu'elle était toute proche de la fin désormais. Ses yeux ne fonctionnaient plus comme ils l'auraient dû. Autour d'elle, tout n'était qu'une composition floue de lumières, d'ombres et de larmes, si elle ne faisait pas l'effort conscient de battre des paupières et de se concentrer. Ses poumons devaient lutter pour avaler des goulées d'air minuscules. Elle sentait l'odeur de ses propres chairs en train de pourrir sur ses os. *Plus très longtemps*, songea-t-elle.

—Mon fils, croassa une voix.

Elle comprit que c'était la sienne. Sasheen le voyait désormais, le jeune Kirkus. Il lui faisait la moue, irrité de devoir se faire raser la tête chaque matin par ses serviteurs.

— Mais sans cela je ne pourrais pas faire ça, lui dit-elle en déposant un baiser sur son crâne luisant. (Il tressaillit et affecta d'être ennuyé.) Mon fils, répéta-t-elle.

Sa respiration s'arrêta un moment. Sasheen demeura paralysée ; elle flottait à la dérive. Puis son souffle repartit, et ses poumons laissèrent entrer en elle un filet d'air. Une seconde, sa vision s'éclaircit et elle vit sa chambre autour d'elle, dans le palais immergé. Elle était seule.

Ils m'ont tous abandonnée à ma faiblesse, se dit-elle. *Déjà occupés à comploter pour se faire une place dans le nouvel ordre.*

Seule la tête de Lucian était encore là. Il la regardait en silence, le regard empli d'extase.

Sasheen essaya de parler. Elle toussa et dut faire un effort pour que les mots parviennent à franchir le barrage de ses lèvres – un peu comme le faisait Lucian lui-même.

— Ainsi, nous mourrons ensemble.

La pièce s'assombrissait. Elle erra un instant dans les limbes de son esprit.

— Repose en paix, Lucian, murmura-t-elle. Tu m'as manqué.

Lucian ne répondit rien. Dans la chaude lumière des lanternes de cristal, ses yeux devinrent soudain brillants.

41

Des lignes dans la boue

Les cloches de bronze des temples sonnaient le passage d'une heure quand Creed éclaboussa son corps endolori avec l'eau du Chilos recueillie dans ses mains. Il écouta les gouttes qui retombaient dans l'onde indolente, puis se pinça le nez et s'immergea complètement.

« Dong… Dong… Dong… », entendit-il, lorsqu'il ressortit la tête de l'eau, le souffle court.

Le général se trouvait dans l'une des zones de bain taillées dans la pierre, édifiées le long de la rive ouest du fleuve, où les silhouettes des temples s'élançaient au-dessus de l'eau. En aval, on trouvait le fort et le camp permanent des Hoo, dont la taille avait été multipliée depuis que l'armée était arrivée en provenance de Tume, avec d'innombrables réfugiés. Des masses de gens se lavaient sur les deux rives. Cependant, à sa demande, Creed était seul ; ce jour-là, il avait bien besoin d'un peu de temps pour lui-même.

Il se sentait mieux qu'il ne s'était senti au cours de la nuit ; pendant un moment, il avait eu du mal à respirer, la tête lui avait tourné et il avait été pris de nausée. La crise avait été suffisamment forte pour que tous ceux autour de lui s'aperçoivent de son malaise. On avait fait venir des medicos, qui avaient écouté son cœur et pris son pouls, inquiets de ce qu'ils entendaient et relevaient.

« Du repos », lui avaient-ils prescrit, avec la mine la plus sévère qu'ils s'étaient sentis autorisés à prendre. « Il faut vous reposer et reprendre des forces. Vous avez trop tiré sur la corde. »

Si seulement je pouvais prendre le temps de me reposer, songea Creed. Mais il lui fallait organiser la défense avant que les Manniens se remettent en marche. Arrivées trop tard pour sauver Tume, les réserves d'Al-Khos s'étaient enfoncées au nord du lac Bouillon vers la source du Suck, dans l'espoir de contenir tout raid visant à déborder leurs lignes. Cependant, le gros de la force impériale allait sûrement marcher sur Bar-Khos. Et comme ils allaient vouloir éviter la barrière physique de la Rafale, ils allaient immanquablement passer par le Bac de Juno. Et tout cela arriverait bientôt.

Dans l'intervalle, les défenses du Bouclier devraient être renforcées avec les hommes dont lui-même pourrait se dispenser.

Et puis, il y avait encore cette question des Michinès à régler.

À la seule pensée de ces nobles aux visages fardés, il sentait tous ses poils se hérisser. Ils lui avaient coûté la perte de Tume avec leurs arguties ; la perte de bien des hommes. Au moins, l'idée des pouvoirs que la loi martiale conférait à Creed avait fait enrager le Principari d'Al-Khos – et à coup sûr son frère aussi, Sinese, le ministre de la Défense.

Je vais commencer par eux, songea-t-il. Désormais, il était investi du pouvoir de faire arrêter n'importe qui à Khos pour fait de trahison. Le cas échéant, il pouvait envoyer une escouade dans les appartements du ministre de la Défense pour le faire emmener de force. Les autres pourraient alors faire tout le vacarme qu'ils voulaient, pendant que leur pair pourrirait au cachot et qu'on instruirait un jugement contre lui et son frère, et tous ceux impliqués dans le retard des réserves d'Al-Khos.

L'heure était venue ; l'heure de payer.

Son cœur battait la chamade ; une main invisible lui comprimait tout le corps, comme au cours de la nuit précédente.

Laisse tomber, se dit-il en expirant profondément. *Profite de cette période de paix. Ils disent vrai et tu le sais. Tu tires trop sur la corde.*

C'était une vérité qu'il devait se rappeler de temps à autre ; il n'était qu'un humain.

Une chose bien étrange à se rappeler, voilà ce qu'il se serait dit à une certaine époque ; désormais, ce n'était plus le cas. Creed était le fameux Seigneur Protecteur de Khos, après tout, l'homme aussi fort qu'un ours, le général qui était pratiquement resté dix années sur la Lansvoie, à lutter pied à pied avec les Manniens. Comment lui-même pourrait-il ne pas se laisser prendre au piège de sa propre réputation, alors que tous ceux qu'il croisait le traitaient avec une sorte d'admiration, et qu'ils avaient tant besoin de sa force et de sa vaillance pour que reculent leurs peurs ? Creed se comportait comme un vieux roi guerrier, car il avait le sentiment d'être un tel personnage.

Et pourtant, au bout du compte, derrière le bluff et les récriminations, il restait Marsalas Creed des Hautes Tell, et tout le reste n'était que de la poudre aux yeux. Il était un homme vieillissant, qui se teignait les cheveux pour en conserver le lustre, qui ne doutait guère de lui-même, mais uniquement parce que sinon tout allait de travers, qui grinçait si fort des dents en dormant qu'il devait porter une gouttière en gomme de tiq pour les protéger.

S'il était leur sauveur, c'était uniquement parce qu'il était bon dans ce qu'il faisait.

Pendant un instant, il sentit la présence du fantôme du vieux Forias, le précédent Seigneur Protecteur de Khos, qui le regardait d'au-dessus – ce vieux Michinè qui avait tergiversé et divagué pendant que les Manniens submergeaient peu à peu le Bouclier. Forias était mort dans son sommeil, avec un poison lent à l'œuvre dans son sang, assassiné par un agent des Rares.

C'était pour ton bien, dit-il au vieil homme en pensée. *Sans cela, comment aurions-nous sauvé la ville ?*

Il sentit l'accusation silencieuse qui lui était retournée. Creed l'évacua d'un haussement d'épaules, comme on écarte un argument irrecevable.

Il aspergea son torse puissant d'une nouvelle giclée prise dans le fleuve, puis se lava la peau dans les eaux mystiques du Chilos. Cette matinée était tout entière consacrée à la vie et au plaisir de l'instant. Creed s'allongea dans l'eau et nagea doucement sur le dos, les yeux perdus dans la contemplation des nuages et du ciel ; des rires lointains lui parvenaient.

Le raclement d'une botte sur la pierre le fit se retourner ; sa tête affleurait tout juste la surface de l'eau. Halahan se tenait là, la mine sombre.

— Qu'y a-t-il ? soupira Creed.

— Un message urgent de Bar-Khos. Du général Tanserine. J'ai pensé que vous voudriez en être informé sur-le-champ.

Creed sentit un picotement dans son bras ; le signe prémonitoire d'une mauvaise nouvelle.

Il se mit debout tant bien que mal ; la boue lui passait entre les orteils.

— Le mur de Kharnost est sur le point de tomber. Tanserine demande qu'on lui envoie tous les renforts possibles.

Soudain, Creed eut du mal à respirer. Il porta une main à sa poitrine, avec l'impression que le monde entier pesait dessus.

Il tenta de parler, dut faire une pause, avant de tenter à nouveau.

— Des nouvelles… au sujet des renforts de la Ligue ?

— Toujours en chemin. Marsalas, vous vous sentez bien ?

— Ça va, grogna-t-il, en indiquant d'un geste de la main à Halahan de s'éloigner.

Le colonel avait commencé à déboucler la ceinture de son épée, comme s'il avait eu l'intention de se baigner à son tour.

Une douleur plus violente que des milliers d'épingles envahit ses veines ; il comprit qu'il n'allait vraiment pas bien. Ses jambes cédèrent sous lui.

Creed sombra sous la surface, à peine conscient des mains qui se tendaient pour le saisir, ou des cris d'inquiétude, amortis par l'eau autour de lui, accueillante comme le ventre d'une mère. Des bulles lui passèrent devant le visage ; toute sa vie s'engloutissait dans une intense souffrance. Puis sa conscience disparut.

Ils convinrent d'un pourparler sur terrain neutre, le lendemain matin de la mort de Sasheen, dans une tente montée à la hâte non loin du pont menant à Tume. Seuls et sans arme, Romano et Sparus se retrouvèrent face à face dans la froide lumière du jour.

Romano exultait ce matin-là ; l'archigénéral le voyait dans ses yeux.

Sparus lui-même ne ressentait plus que le souvenir de sa tristesse.

— Qu'allez-vous faire d'elle ? demanda Romano avec un sourire très proche du rictus.

Sparus faisait un effort pour que la colère ne transparaisse pas sur ses traits. Les enjeux étaient bien trop importants pour qu'il fasse de ce problème une question personnelle.

Délibérément, il prit une profonde inspiration avant de répondre. Les Mortarus préserveront son corps, puis nous le rapatrierons à Q'os.

— Peut-être devriez-vous rentrer par le même bateau.

L'archigénéral retira son casque et le tint entre son bras et sa hanche.

— Vous n'aurez pas cette armée, Romano.

Un air sincèrement étonné passa sur les traits avides du jeune homme.

— Et pourquoi en serait-il ainsi ?

— Parce que c'est la dernière chose que la Matriarche m'a confiée.

— Ah, répondit Romano. (Il se mit à faire les cent pas.) Je savais qu'elle ferait tout pour saboter mes chances. Néanmoins, je n'étais pas certain que vous suivriez ses ordres après sa mort lorsque tout cela n'aurait plus d'importance. (Puis il leva les yeux vers Sparus, en lui posant une question ouverte.) Sinon, ce sera la guerre civile.

— Romano, si vous voulez vous déclarer Patriarche, faites-le. Je ne m'opposerai pas à vous. Rentrez à Q'os avec vos hommes et emparez-vous de la capitale, si vous le pouvez. Et pendant que vous ferez cela, je marcherai sur Bar-Khos et je la prendrai pour nous tous.

De toute évidence, Romano avait déjà pensé à tout cela.

— Mes prétentions n'en seront que plus fortes si je les formule sur les ruines de Bar-Khos. J'ai besoin du corps expéditionnaire, Sparus. Je le veux pour moi.

— Alors c'est la guerre, répondit Sparus d'une voix tranquille. À moins que nous trouvions une autre manière de nous sortir de cette situation.

Romano haussa un sourcil et arrêta ses allées et venues en se plantant devant l'archigénéral.

Sparus se crispa ; il venait de sentir le subit changement d'atmosphère.

Il plongea son regard dans celui de Romano et y vit tout en un instant : Romano avait l'intention de le tuer là, sur-le-champ.

En un réflexe de soldat, Sparus remonta son casque pour frapper Romano, à l'instant même où le jeune général lançait sa main. Sparus sauta en arrière ; son casque vint heurter le visage de Romano tandis que l'extrémité des doigts du jeune homme lui caressait le visage.

Du poison ! songea Sparus, en reculant d'un pas encore. Il porta une main à sa joue. Coup de chance, les ongles du jeune général ne lui avaient pas entamé la peau.

— Gardes ! hurla Sparus en sortant à reculons de la tente. (Ses yeux lançaient des éclairs en direction de Romano, distant de quelques pas.) Tu mourras pour ce que tu as fait, lui promit-il.

— Nous verrons, répliqua Romano, avant de tourner les talons et de s'enfuir.

42

Dîner avec les autochtones

Lorsque la famille de Contrarè l'aperçut en train de marcher le long de la berge en direction de leur cabane, crotté de boue durcie de la tête aux pieds, le regard farouche et l'épée à la main, chacun de ses membres suspendit le geste qu'il était en train de faire pour rester figé, la bouche grande ouverte. Ils avaient l'impression que quelque créature des marais venait pour les piller. En un instant, ils s'enfuirent et disparurent dans les arbres.

Ash aurait été malvenu de leur en vouloir ; il savait quel tableau effrayant il devait composer. Tout en avançant, il se mit à siffler un air – qu'ils sachent au moins qu'il était humain. Lorsqu'il arriva dans la petite clairière devant leur cabane de feuilles et de branches, il s'arrêta devant le feu ; dans un chaudron suspendu au-dessus mijotait un ragoût de poisson. Il s'assit en poussant un grognement épuisé, puis se servit directement dedans.

Les habitants de la forêt ne reparurent pas, mais il savait qu'ils l'observaient depuis le couvert. Il entendit l'un d'eux frapper une série de coups sur un tronc. Quelques instants plus tard, la même série revint en écho depuis un lieu lointain au cœur de la forêt.

Afin de les rassurer avant qu'ils se mettent à lui faire des ennuis, Ash fouilla dans ses chausses crasseuses et défit maladroitement les cordons de sa bourse. Pour finir, il en tira une pièce, un aigle d'or ; il brandit la petite fortune au-dessus de sa tête pour que tous la voient distinctement.

— C'est pour vous, cria-t-il en la posant lentement sur un billot de bois dressé dans la boue. Je ne vais pas rester longtemps. Je ne fais que passer.

Il eut le sentiment que ce geste était suffisant pour lui valoir un répit. Il s'approcha de la rive, retira ses vêtements raidis et se récura à l'aide d'une poignée de feuilles de cuir, en utilisant tout particulièrement la face râpeuse du dessous ; il chantonnait un air du Honshu. Ensuite, il nettoya ses habits, pratiquement réduits à l'état de loques, puis les mit à sécher dans le vent. Il s'assit sur la berge et s'abîma dans la contemplation des poules d'eau qui se chamaillaient et se lissaient les plumes sur le fleuve.

Deux canots étaient amarrés sur la rive. Lorsqu'il fut rhabillé et prêt à partir, il prit prudemment place dans l'un d'eux, déposa son épée sur le fond du bateau et empoigna l'aviron. Il s'assit et poussa l'embarcation dans le courant.

— Merci ! cria-t-il aux Contrarè, en levant bien haut une main.

La brise jouait dans les fourrés. Les arbres émirent des craquements au-dessus de lui.

Ils s'éveillèrent en même temps et restèrent étendus sous leur couverture, à se regarder mutuellement de leurs yeux papillotants et bouffis de sommeil, noyés au milieu des bruits du camp.

— Bonjour, dit Ché avec un sourire.

Boucle lui sourit en retour.

Il la vit rouler sur le dos et s'étirer ; ensuite, elle s'assit et promena son regard à la ronde. Elle renifla sa tenue de cuir et fronça son petit nez.

— J'aurais besoin de me laver, annonça-t-elle.

Ché boita jusqu'au fleuve, aidé par Boucle qui le soutenait. Ses blessures avaient été nettoyées et recousues dans la nuit, mais la douleur demeurait suffisante pour lui rendre le souffle court. Ils se lavèrent ensemble, nus dans le Chilos. Boucle attirait l'attention des hommes alentour, civils ou soldats. Ché leur lança des regards noirs et leurs coups d'œil intéressés se firent un peu plus discrets.

Le Diplomate avait entendu parler des propriétés spirituelles des eaux de ce fleuve. Et quand bien même ne croyait-il guère à ces choses-là, il s'immergea en s'efforçant d'avoir la conviction qu'il pouvait y avoir là quelque vérité. Et pendant tout ce temps, il se demanda ce qu'il allait faire de lui désormais, et même ce qu'il faisait là avec cette fille dont il s'était si rapidement entiché.

Ensuite, ils allèrent déjeuner dans l'une des tentes réfectoires qui avaient été dressées au milieu du camp. Il vit Boucle chercher à la ronde des visages qu'elle connaissait. Elle échangea quelques mots avec certains, demandant des nouvelles de personnes qu'elle nommait, heureuse d'apprendre qu'elles avaient survécu.

Ensemble, ils emportèrent leur plateau de bois à l'extérieur et s'assirent sur un petit tertre herbu pour manger leur repas fort simple, composé de viande hachée et de haricots.

— C'est quoi ? demanda Ché à Boucle, qui jouait machinalement avec le charme de bois pendu à son cou.

— Ça ? dit-elle en prenant conscience de son geste. C'est mon allié.

— C'est-à-dire ?

— Il veille sur moi, expliqua-t-elle.

Ché inclina la tête. *Les Lagosiens ont de drôles d'idées*, songea-t-il. Cela dit, il était mal placé pour nourrir de telles pensées, en tant que Mannien lui-même.

— Est-ce qu'il te manque ? demanda-t-il.

— Quoi ?

— Ton pays.

Elle l'observa par-dessus son plateau de nourriture, les sourcils froncés.

— Je te demande pardon. C'était idiot de ma part.

Ché fut surpris de s'entendre prononcer aussi facilement de telles paroles. Il ne se souvenait même plus de la dernière fois où il avait bien pu s'excuser de quoi que ce soit.

Il ne se sentait pas lui-même ce jour-là. Un étrange sentiment de satisfaction s'était emparé de lui, comme si pour la première fois de son existence il se trouvait exactement à l'endroit où il devait être, et que tout allait pour le mieux dans le monde. Il avait rêvé de sa mère au cours de la nuit. Elle lui avait parlé de tas de choses dont il ne se souvenait plus, mais il avait gardé en mémoire le fait qu'elle souriait et qu'une douce chaleur émanait d'elle comme d'un rayon de soleil. Il avait senti son cœur se gonfler et une pensée était passée dans son esprit. *Comme le monde est affreux lorsque disparaissent ces liens entre nous.*

Puis il s'était réveillé – pour découvrir Boucle en train de battre des paupières en face de lui.

— Et toi ? Il te manque ?

Au ton de la jeune fille, on comprenait qu'elle lui en voulait encore de sa question.

— Mon pays ?

— Oui.

Il fit « non » de la tête et constata que c'était la plus exacte vérité. Peu lui importait s'il ne devait jamais revoir Q'os.

—Et c'est où ton pays, Ché ?

Il marqua une hésitation, et le mensonge qui lui était venu aux lèvres resta coincé dans sa bouche, de sorte qu'il ne dit rien. Il était fatigué des secrets et du fardeau qu'ils faisaient peser sur lui. Ce jour-là marquait un nouveau début.

—Ché ?

Il posa son plateau sur le sol et s'essuya les mains sur ses genoux.

—Qu'est-ce qu'il y a ? Pourquoi ne peux-tu pas me dire ?

—C'est que…

Ses yeux trouvèrent ceux de la jeune fille.

Boucle sembla lire en lui, car l'expression sur ses traits se durcit.

—Non, dit-elle en secouant la tête. Pas toi.

Il ne trouvait toujours pas ses mots. Le visage de Boucle se déforma sous l'effet de l'angoisse. Lorsque Boucle parla, ce fut comme si une créature avait été en train de l'étrangler.

—Tu es l'un d'eux ? Un Mannien ?

Ché jeta un regard à la ronde pour voir si on les avait entendus. Lorsque ses yeux revinrent se poser sur elle, il prit la mesure du gouffre qui s'était subitement creusé entre eux. Le lien s'en était allé, comme s'éteint la flamme d'une bougie.

Qu'ai-je fait ?

Le plateau de Boucle tomba sur le sol. Elle s'éloigna d'un pas rapide en direction de la tente.

—Attends ! cria-t-il derrière elle. Laisse-moi t'expliquer !

Elle disparut à l'intérieur. Avec une boule de terreur au creux de l'estomac, il vit un groupe de combattants des Forces spéciales arriver vers lui en courant. Boucle marchait derrière eux.

—Debout ! ordonna l'un d'eux.

Ché n'avait d'yeux que pour Boucle. Il savait qu'il pourrait lui faire comprendre, si jamais elle acceptait de le regarder.

—Debout, Mannien ! gronda un autre homme, attirant sur eux l'attention des gens à la ronde.

L'homme décocha un violent coup de pied dans les côtes de Ché, qui s'effondra dans l'herbe. Il aperçut la silhouette de Boucle ; elle lui tournait le dos et s'éloignait, le visage enfoui dans ses mains.

Puis ils lui tombèrent dessus avec toute leur fureur.

43

Le courage des morts

Auroch rêva de son frère cadet, Kuretz, mais dans son songe, celui-ci était de nouveau un jeune homme dégingandé, timide et suprêmement sensible au monde – et lui-même, un grand frère dominateur et un homme accompli.

Ils étaient dans le labyrinthe de taudis – où ils avaient passé leur enfance à Bar-Khos et où Auroch avait appris à se battre et à aimer ça – poursuivis par des personnes qu'ils ne voyaient pas, mais dont ils entendaient les cris de guerre. Dans le rêve, Auroch disait à son jeune frère de continuer à courir, pendant que lui-même s'arrêtait pour faire face à la horde hurlante et mettre son corps massif et couturé de cicatrices en travers de son chemin pour sauver Kuretz.

Lorsqu'il s'éveilla, stupéfait, il constata qu'il se trouvait sur la paille humide au fond du puits, tremblant de froid et trempé par la pluie qui tombait du ciel noir au-dessus d'eux. Debout au niveau de la terre ferme, un soldat faisait glisser par l'ouverture à claire-voie une longue perche qui vibrait sous son poids. Il assenait des coups de son extrémité dans les côtes d'Auroch pour le réveiller.

— Pas dormir, dit-il, sur un ton d'homme épuisé d'avoir à toujours répéter une élémentaire règle de vie.

Auroch se redressa pour s'adosser contre le mur de terre où l'eau de pluie ruisselait dans le trou. Le soldat fit le tour du puits, tourmentant tour à tour chacun des prisonniers. Des grognements et de petits cris de surprise résonnèrent dans l'obscurité.

Auroch songea à son rêve ; au visage de son frère.

Kuretz avait laissé un message le jour où il avait ôté sa ceinture pour se pendre à une poutre de sa chambre. Il ne supportait pas de vivre en étant rejeté par Adrianos, avait-il écrit. Et le voir se pavaner au bras de son nouvel amant.

C'était ce billet qu'Auroch avait fourré dans la bouche d'Adrianos, tandis qu'il agonisait sur le sol. Il n'en avait été fait aucune mention lors du procès ; la famille du héros l'avait peut-être retiré pour couvrir son sentiment de honte.

Un nouveau coup sur son épaule lui fit relever la tête. Le garde avait achevé son tour de puits pour revenir à lui.

— Pas dormir.

Auroch était toujours entravé. Son corps endolori, engourdi et martyrisé était un véritable inventaire de toutes les nuances d'ecchymoses. Quelque chose lâcha en lui. Il attrapa le bout de la perche pour l'arracher des mains de l'homme surpris. Sa seconde main enserra la tige de bois pour la repousser vers le haut, très fort, en plein dans la bouche du Mannien. Auroch percuta le visage ennemi, encore et encore.

Le pied de l'homme glissa sur le bord friable du puits et tomba en avant, les bras en croix, sur le treillis de bois – qui gémit sous son poids. Auroch essuya la pluie sur son visage et ajusta précisément le mouvement de la longue perche, pour frapper une dernière fois le Mannien sur la tempe, et le mettre hors d'état de nuire.

— Chilanos ! siffla-t-il dans l'obscurité et la pluie, tout en se mettant debout. Donne-moi un coup de main.

Mais Chilanos ne répondit rien ; Auroch se souvint qu'il avait perdu la faculté de parler après son dernier interrogatoire mené par les prêtres.

— Bahn ! tenta-t-il à la place, sans bien savoir pourquoi. (Bahn était aussi perdu qu'eux tous.) Calvone !

Un cliquetis de chaîne se fit entendre à côté de lui.

— Aide-moi, merde !

À sa grande surprise, une main attrapa sa tunique ; Bahn tira dessus pour se relever.

Brave garçon, songea Auroch. *Brave garçon !*

Il ne distinguait pratiquement pas son vieux camarade dans le noir ; rien d'autre qu'une vague silhouette. Bahn se pencha et saisit un pied d'Auroch pour indiquer à ce dernier de venir le poser dans ses mains, afin qu'il puisse lui faire la courte échelle.

— Maintenant, murmura Auroch en sautant à cloche-pied sur son autre jambe.

Bahn banda toutes ses forces et souleva en gémissant la grande carcasse d'Auroch.

Bahn parvint à le hisser d'un mètre, le dos collé au mur et les bras tremblant sous l'effort. Auroch lança une main pour saisir l'une des barres de bois de la claire-voie. Il manqua son coup et retomba au fond; Bahn n'avait pratiquement plus aucune force. Le soldat commençait à remuer au-dessus.

— Encore une fois, dit Auroch. Aide-moi, salaud!

Ils recommencèrent et, cette fois, Auroch parvint à saisir l'une des barres glissantes. Le bois de la claire-voie gémit à nouveau et fléchit un peu sous son poids. Les gouttes de pluie l'aveuglaient.

— Ne bouge plus, siffla-t-il à Bahn, tout en cherchant à tâtons les sangles de cuir qui retenaient le treillis de bois.

Il clignait des yeux pour distinguer quelque chose; à moins d'un mètre de distance, le visage du soldat était tourné vers lui. Seul le blanc de ses yeux était visible dans ses orbites. Les sangles étaient glissantes sous ses doigts. Avec un juron, il tira pour les libérer.

Une boucle céda, puis toute la bande de cuir enroulée autour des barres se défit. Auroch tira dessus, la dégagea et la laissa tomber au fond du puits.

Auroch repoussa le treillis, libérant l'ouverture du puits. Il resta ainsi suspendu suffisamment longtemps pour reprendre son souffle, dégoulinant d'eau et vidé de ses forces.

— Pousse, dit-il à Bahn. Par pitié, pousse!

Bahn était en train de rêver; il en était sûr.

Ils avançaient dans le camp du corps expéditionnaire impérial, sous une pluie battante et dans un froid glacé. Auroch marchait devant, vêtu de l'armure d'un soldat impérial; il boitait légèrement. Les autres le suivaient tant bien que mal et en désordre, se soutenant mutuellement; leurs yeux agrandis contemplaient les rangées bien ordonnées de tentes légères devant lesquelles ils passaient, et les soldats accroupis à l'intérieur.

Derrière eux s'étiraient le lac Bouillon et l'île de Tume, brillamment éclairée cette nuit-là. Le camp se situait le long de la berge, non loin de l'endroit d'où partait le pont vers la terre. Bahn apercevait des fortifications de ce côté-là. Des bruits de combat leur étaient parvenus au cours des derniers jours; des coups de feu et des cavaliers passant à la hâte. Tout d'abord, ils avaient espéré et prié pour que ce soit une mission de secours; mais personne n'était venu pour eux.

D'après les murmures saisis au vol entre les gardes à la bouche du puits au-dessus de leurs têtes, ils avaient compris que les Manniens se battaient entre eux. En tout cas, cela offrait un certain répit aux prisonniers. Les séances de raclée avaient cessé, de même que les interrogatoires et les drogues. C'était comme s'ils avaient été oubliés.

Bahn avait broyé du noir, allant jusqu'à conclure qu'il était déjà mort dans ce puits de cauchemar et qu'il attendait simplement qu'on l'enterre. Néanmoins, il avait trouvé une certaine forme de paix au fond du désespoir de leur situation. Il avait vu qu'il pouvait contempler sa mort imminente, et l'accepter – l'accueillir presque –, car elle allait sonner la fin de ses petits tourments terrestres.

Et puis était venu ce rêve; cette marche au bout d'une chaîne d'hommes, tandis qu'un rideau de pluie l'aveuglait et que ses fers mordaient dans les plaies ouvertes sur sa peau.

Ils marchaient et marchaient encore, précédés de leur puanteur, traversant le camp sans que quiconque ne s'occupe d'eux; dans un cliquetis métallique, ils passaient en traînant des pieds devant des soldats aux yeux luisants. Les Manniens avisaient Auroch devant eux et les regardaient d'un air morne; ils avaient l'air vidés, misérables et indifférents.

L'homme qui marchait devant Bahn, un certain Gadeon, émit un étrange gémissement remonté de sa gorge et commença à s'écarter en titubant. Bahn l'attrapa, glissant dans la boue sur ses pieds nus; il le remit dans la file.

— Reste avec nous, frère, murmura-t-il. Reste avec nous.

— Nous devrions y retourner, dit Gadeon d'une voix fébrile. Ils vont nous punir pour ça lorsqu'ils verront que nous sommes partis. Ils diront encore que nous sommes des traîtres – ou pire.

Bahn se sentit honteux de voir un homme brisé à ce point. Puis honteux de devoir se sentir ainsi.

Qu'ont-ils fait de nous? songea-t-il en écoutant l'homme délirer de peur. *Qu'ont-ils fait à nos esprits?*

Gadeon s'arrêta soudain, pour se retourner vers Bahn et le saisir de ses mains crochues.

— Ils nous laissent partir? demanda-t-il à voix haute. C'est ça?

Quelqu'un lui demanda de se tenir tranquille.

— Dis-moi, Bahn! cria-t-il. Je ne peux pas continuer s'ils…

Bahn plaqua une main sur la bouche et le nez de Gadeon – qui se débattit en suffoquant.

Pendant un instant, Bahn insista de manière sinistre; il voulait qu'il se taise et qu'il meure.

Une main lui tira le bras en arrière. C'était Chilanos. Il poussa Gadeon devant lui et le remit dans la file, marchant derrière l'homme une main posée sur son épaule.

Bahn se glissa derrière eux d'un pas chancelant.

Oui, songea-t-il. *Ils jouent avec nos têtes. Ils nous font rêver cette nuit. Et lorsque je me réveillerai, je serai de nouveau dans ce trou à attendre de mourir.*

Il regarda autour de lui et constata qu'ils avaient quitté le camp ; qu'ils avançaient péniblement sur la plaine. L'obscurité avait la douceur d'une étreinte.

Bahn vint cogner dans le dos de Chilanos, qui s'était arrêté net. Il regarda plus loin à travers la pluie, et vit que Gadeon s'était immobilisé également, ainsi que l'homme devant lui. Bahn les contourna en titubant ; il ne voulait pas s'arrêter. Il vit la haute silhouette d'Auroch, un bras levé pour imposer le silence. La tête du grand guerrier allait lentement de gauche à droite.

— Halte ! fit une voix dans l'obscurité devant eux. (Il y eut ensuite des bruits de pas piétinant dans la boue.) Qui va là ?

De l'acier glissa sur du cuir. Auroch s'évanouit dans la nuit.

Deux lames s'entrechoquèrent. Un autre cri s'éleva sur leur gauche.

— Au rapport !

Les bruits d'une course venant dans leur direction.

— Au rapport, j'ai dit !

C'est la réalité, songea Bahn. *Ce n'est pas un rêve.*

— On file, cria Bahn à ses compagnons, subitement pris de panique. (Il saisit un homme pour le pousser en avant dans les ténèbres.) On file, répéta-t-il en s'efforçant de les faire tous bouger. Ils commencèrent à courir, tout le groupe, soufflant et trébuchant.

Ils passèrent devant Auroch dans l'obscurité ; il s'écarta de quelque chose dans un tourbillon, puis leur fit signe de continuer d'un geste de la main.

— Sonnez l'alarme ! hurla quelqu'un. Sonnez l'alarme.

Le souffle court, les hommes franchirent en s'éclaboussant un ruisseau au fond d'une petite ravine encaissée. Ils s'aidèrent mutuellement à se relever ou à rester debout pour traverser. Bahn tomba et avala une gorgée d'eau boueuse. La pluie battait la surface agitée du cours d'eau. Il hoqueta, cracha, se remit debout et crocha dans la terre pour se hisser de l'autre côté.

Bahn se retourna pour chercher Auroch. Le grand guerrier se tenait debout sur la berge de la petite gorge ; sa silhouette se découpait sur la lumière des feux de camp. Une épée à la main, il tournait le dos à ses camarades de fuite.

Quelqu'un tentait de tirer Bahn. Il tourna les talons et suivit le groupe en bondissant maladroitement. Ils coururent jusqu'à ce que leur cœur soit prêt à jaillir de leur poitrine, puis continuèrent encore à courir, s'égaillant dans la nuit comme des fantômes.

44

Une mère

De la fumée s'échappait de la cheminée de la petite fermette, ainsi que d'une cabane à moitié branlante à l'arrière. Une avancée de toit en planches presque pourries flanquait l'un des pignons de la bâtisse ; son plancher était jonché de paille, qui s'était répandue jusque dans la boue de la cour où des volailles picoraient des grains de maïs. Le long de la barrière d'un enclos, un vieux zel marchait nonchalamment, tout en mâchonnant des brins d'herbe et en fouettant de la queue pour chasser les mouches de fin d'automne. Au-delà, dans le lointain, les montagnes du sud s'élevaient vers le ciel ; des cascades dévalaient des sommets, accrochant la lumière du soleil et allumant sur leurs flancs des lueurs d'argent.

Dans le passage menant à la cuisine, la mère de Nico était occupée à prélever quelques petites bûches dans un tas posé contre le mur blanchi à la chaux de la fermette. Elle se dirigea ensuite à pas rapides vers la cabane ; le bas de ses jupes balayait le sol. Ce matin-là, elle avait tiré ses cheveux roux en arrière ; ils brillaient d'un lustre profond.

Ash l'aperçut tandis qu'il marchait sur la boue du chemin. Il s'arrêta net, comme s'il venait de se heurter à un mur ; son cœur se mit à cogner lourdement dans sa poitrine.

Il arriva devant elle à l'instant où elle sortait en s'essuyant les mains de la petite cabane d'où s'échappait de la fumée.

— Ah ! s'exclama Reese, saisie, en portant vivement une main sur son cœur.

Elle se détendit néanmoins en le reconnaissant. Du regard, elle chercha Nico derrière lui ; elle ne le vit pas et son visage se durcit.

— Maître Ash, parvint-elle à dire.

— Dame Calvone.

Il vit qu'elle le détaillait et prenait la mesure de sa mise dépenaillée et de son état général passablement défraîchi. Une certaine tension envahissait les traits de son joli visage.

— Mon fils. Où est-il ?

Ash ferma les yeux sans même qu'il l'ait voulu, simplement pour s'épargner le spectacle de sa détresse. La honte lui fit baisser la tête.

— Non, murmura-t-elle en comprenant de quoi il retournait.

Comment pouvait-il dire ce qu'il lui fallait exprimer ? Ash fit un effort, ne serait-ce que pour la regarder en face.

— Le garçon…, commença-t-il. (Il lui fallut ensuite puiser jusqu'au plus profond de sa volonté pour dire la suite.) Dame Calvone, je suis désolé. Il est mort.

— Non.

Elle secouait la tête, une main accrochée à sa gorge ; sa peau s'était violemment empourprée.

Ash se débattit un instant avec la petite fiole de cendres accrochée à son cou, puis la lui tendit sur sa main à plat. Il vit combien cette petite chose était désolante. Plus encore que l'urne qu'il avait remise à Baracha pour qu'il la conserve en sûreté. Mais c'était là tout ce qu'il avait à lui donner ; or, en cet instant, il avait un besoin vital de rendre à la mère quelque chose de son fils.

— Je… Je suis… sincèrement désolé.

Reese considéra la fiole minuscule, les yeux emplis d'horreur, comme si Ash lui fourrait sous le nez le fœtus d'un enfant mort-né. En cet instant, Ash éprouva pour lui-même une détestation et un mépris absolus.

D'une gifle sur les mains du vieux *farlander*, elle envoya dinguer la petite fiole dans la cour ; elle vint se fracasser sur le mur blanchi à la chaux. Reese se jeta sur lui, en abattant un poing sur le visage d'Ash. C'était un sérieux coup, qui le fit chanceler. Puis les digues cédèrent et Reese laissa couler toute sa rage en un torrent de coups de poing et de pied.

— Vous m'aviez promis ! criait-elle. Vous m'aviez promis de le protéger.

Ash ne fit rien pour l'arrêter, même lorsqu'elle saisit une pique pour le frapper de la pointe métallique. Il tomba à la renverse dans la boue, les mains devant son visage. Il avait vaguement conscience des paroles qui jaillissaient de la bouche de Reese ; des accusations, dont chacune était justifiée et parfaitement exacte.

Du sang coulait dans ses yeux, l'empêchant de voir. Il entendit une voix d'homme crier, sentit des mains puissantes le saisir. Ash battit des paupières et reconnut le visage de Los penché sur lui. Assise sur le sol au milieu de ses jupons, Reese sanglotait sans pouvoir s'arrêter ; elle frappait le sol de ses mains, arrachant de pleines poignées de terre.

— Vous feriez mieux de partir, vieil homme, dit Los en aidant Ash à se relever.

Debout, le vieux *farlander* chancela sur ses jambes. Il voulait dire quelque chose à la mère de Nico, s'efforcer d'une manière ou d'une autre d'alléger son chagrin. Mais il savait qu'aucune parole au monde ne pourrait produire ce résultat.

Il laissa derrière lui une femme brisée – semblable à la petite fiole d'argile en miettes dans la boue.

Les nuages s'accumulaient dans le ciel d'automne, chargés de promesses de nouvelles pluies. Ash croisa des chariots sur la route, chargés de bagages et de familles ; des voyageurs qui allaient seuls, avec leur ballot sur le dos ; des troupeaux de bêtes, menés par des pâtres qui fumaient leur pipe, le visage sombre. En début d'après-midi, il gravit une crête et aperçut la baie des Bourrasques et Bar-Khos devant lui.

Il eut l'impression que des années s'étaient écoulées depuis qu'il avait visité cette ville assiégée des ports libres. Et pourtant, cela ne faisait que quelques mois qu'il y était venu à bord du *Faucon* – qui avait eu besoin d'y subir quelques réparations. C'était à cette occasion qu'il avait croisé la route de Nico, pour une première fois qu'il ne cessait de regretter.

Une brise soutenue soufflait tout le long de la côte déchiquetée, bordant les eaux moutonnantes de la baie. Il distinguait la Lansvoie qui s'avançait dans la baie, avec les murs sombres du Bouclier enveloppés dans des nuages de fumée. Des lueurs sporadiques les trouaient ; les langues de feu crachées par les canons.

De toutes les villes où je pouvais m'en retourner, songea Ash. *C'est Nico qui aurait dû revenir ici, avec quelques cicatrices et des dizaines d'histoires à raconter. Pas moi.*

Ash suivit d'un pas lourd la route fort fréquentée qui menait à la porte est de la cité. À sa droite, il voyait le port des aéro-nefs, avec ses manches à air flottant au vent et sa zone d'entrepôts qui s'étirait. Une demi-douzaine de nefs étaient posées au sol, leur enveloppe de gaz dégonflée ; des équipes de maintenance s'activaient tout autour.

À mesure qu'il approchait de la porte, il commença à percevoir un son particulier au milieu de tous les bruits de la circulation : le fracas des combats sur le Bouclier. Tout le monde l'entendait, tous ceux qui essayaient de franchir le goulet des portes ouvertes ; chaque chariot était méticuleusement fouillé par un soldat avant d'être autorisé à passer.

Porté par le flot, Ash franchit le barrage sans même être inspecté pour accéder aux rues à l'intérieur de la ville.

Il se mit à pleuvoir tandis qu'il avançait vers le cœur de la ville. La vie donnait l'impression de suivre un cours normal sous le bruit de la canonnade dans le lointain ; néanmoins, l'atmosphère était plus tendue qu'auparavant, plus agitée. Plusieurs fois, il passa devant des personnes qui criaient sous le coup de la colère, laissant libre cours à la fureur sous-jacente qui les habitait.

Pour quelques pièces tirées de sa bourse, il fit l'emplette d'un bol de riz en papier auprès d'un vendeur ambulant ; il l'engloutit avant même d'avoir passé le coin de la rue. Il traversa le quartier des Guildes, puis celui de la Barberie, pour déboucher dans la grande artère que formait l'avenue des Mensonges. Il y avait moins de monde et moins d'animation qu'à l'ordinaire. Les gens se hâtaient blottis sous leurs parapluies de papier, ou rasant les murs pour rester à l'abri des avancées de toit des bâtiments, jetant des coups d'œil moroses aux chariots bâchés qui passaient, chargés de soldats blessés et de morts.

Dans un petit bazar, Ash acheta un long manteau huilé, ainsi qu'un chapeau en herbes tissées à large bord qui allait s'incurvant jusqu'au niveau des yeux. Ainsi paré pour affronter les éléments, il se mit ensuite en quête d'un apothicaire, car l'air s'était fait plus lourd sous la masse des nuages, ce qui avait ravivé ses migraines. Il entendit le soulagement dans sa propre voix lorsqu'il interrompit la querelle de deux frères qui tenaient une petite boutique dans une rue de traverse, et qu'il put se procurer une provision de feuilles de doulce. En sortant de l'échoppe, il s'en fourra une dans la bouche ; il en sentit l'amertume sur ses papilles. Il poursuivit sa mastication un moment, car la douleur refusait de refluer. Il lui fallut mâcher quatre autres feuilles pour que sa tête aille un peu mieux. Il évita de s'appesantir sur ce que cela pouvait signifier.

Devant lui, à travers la bruine, il aperçut le mont Vérité qui se dressait au-dessus des toits du quartier. Il infléchit sa trajectoire et quitta cette vue pour entrer dans les ruelles du Bardello, la petite enclave où vivaient les musiciens, les poètes et les artistes. Pour finir, il s'arrêta devant un bâtiment de bois, qui penchait fortement vers les pavés de la rue ; aucune lumière ne sourdait de ses fenêtres hermétiquement closes. Un montant métallique était fixé au-dessus de la porte ; une enseigne de bois aurait normalement dû y être attachée, représentant un phoque tenu au bout d'une chaîne passée à son cou.

Ash regarda autour de lui pour s'assurer qu'il se trouvait dans la bonne rue. Éberlué et perplexe, il tenta d'ouvrir la porte et vit qu'elle était verrouillée.

— Hermes ! cria-t-il en tapant du poing sur la porte.

Au bout d'un moment, il entendit un pas traînant s'approcher, puis le bruit des verrous qu'on tirait. La porte s'ouvrit et Hermes, l'agent, passa la tête à l'extérieur ; il dévisagea Ash à travers une épaisse paire de bésicles.

— Ash ! hurla le petit homme, les yeux agrandis par la surprise. Mon vieux chien, c'est bien toi ?

Puis il ouvrit la porte en grand et fit signe à son ami d'entrer.

— Oui, c'est ce qui reste de moi, répondit Ash. (Il s'avança dans l'espace sombre et poussiéreux d'une pièce vide ; quelques chaises étaient disposées sur le pourtour, sous des dessins représentant la baie. Des oiseaux piaillaient dans la pièce voisine.) Que se passe-t-il ici ? Pourquoi es-tu fermé ?

L'homme releva la tête ; ses joues s'étaient violemment empourprées comme s'il venait de recevoir un coup au visage. Ses yeux étaient soudain devenus brillants ; il battit des paupières derrière ses verres épais. Il se racla la gorge et repoussa une mèche bouclée de son front.

— Tu veux dire… que tu ne sais pas ?

— Que je ne sais pas quoi ?

Hermes se tordit les mains de désarroi ; Ash n'aimait pas la manière dont l'agent le regardait – comme s'il avait eu devant lui le fantôme d'un homme mort à qui on n'avait pas encore dit qu'il n'était plus en vie.

— Viens, dit Hermes d'un ton doux – bien trop doux – en le prenant par le bras pour le conduire vers la porte menant vers l'intérieur de la maison. Tu devrais d'abord t'asseoir. Allons nous installer près du feu, tu veux bien ?

Hermes aimait les oiseaux plus que les gens ; toutes les pièces de la maison semblaient être pleines de ces créatures qui criaillaient et battaient des ailes. Ash renifla plus d'une fois en écoutant ce que l'agent avait à lui dire. Ses mains agrippèrent de plus en plus fort les bras du fauteuil au fil du récit. Hermes avait pris place en face de lui, dans un fauteuil spécialement fabriqué à la mesure de son corps minuscule ; la lumière du feu l'éclairait. En dépit de la chaleur, Ash était transi jusqu'aux os.

Il ne parvenait pas à y croire.

— Au début, je n'étais pas bien sûr de ce qui se passait, lui dit l'agent. J'attendais l'envoi d'un lot de nouveaux sceaux, mais rien n'arrivait. Ni sceaux, ni message par oiseau, ni lettre. Au bout d'un certain temps, j'ai envoyé un message à Cheem, par l'intermédiaire d'un porteur auquel nous faisons appel pour contourner le blocus. Mais toujours aucune réponse de Sato. C'est à ce moment-là que j'ai commencé à vraiment m'inquiéter.

Il s'interrompit et retira ses bésicles pour s'essuyer les yeux.

Morts, se dit Ash. *Tous morts.*

— La semaine dernière, j'ai finalement reçu une lettre. De Baracha. Il m'indiquait de cesser toute activité jusqu'à ce qu'il me redonne des nouvelles. Il écrivait que Sato avait été attaqué par des soldats impériaux, qui avaient absolument tout incendié. Et tué tous ceux qui étaient là-bas. Apparemment, lui était ailleurs quand c'est arrivé. À son retour, il n'a trouvé que des ruines. C'est ce qu'il m'a écrit, Ash. Ce sont ses mots. « Des ruines. »

— Des survivants ?

Ash s'entendit poser la question de sa voix distante, inconcevablement calme.

— Il ne m'a pas dit. Je ne pense pas. Oshō… Il a dit qu'Oshō avait été tué dans les combats.

Ash ferma les yeux. Tout autour de lui, les oiseaux criaient et faisaient du bruit dans leurs cages.

Ché, songea-t-il. *Ils ont utilisé ce qu'il savait pour nous trouver.*

Pendant un temps infini, il demeura là, incapable de bouger ; incapable même de parler.

45

Le fond de cale

« La forêt est un monde dans un monde. » C'était ce que sa mère, la Contrarè aimait à dire.

Comme il en franchissait la lisière, tout dégoulinant d'avoir traversé des cours d'eau et vêtu des haillons qui pendaient sur lui, il perçut une note différente dans l'air autour de lui : d'autres senteurs à ses narines, une lumière plus douce tombant de la canopée. Et il comprit que sa mère disait vrai.

Il s'aventura plus loin, plus profondément au cœur de la Rafale, jusqu'à ce que ses jambes ne puissent plus le porter. Il s'effondra sur le sol moelleux de feuilles et de terre humide, puis sombra dans le sommeil sans rêves de l'oubli.

À son réveil, Auroch savait qu'il n'irait guère plus loin sans recouvrer au préalable quelques forces. Il entreprit de s'installer un campement pour lui-même, non loin d'un ruisseau assez large et peu profond. Il alluma un feu de bois mort et humide, qui fumait beaucoup, puis fit rouler une grosse bûche devant, sur laquelle il s'assit. Il se nourrit de baies et des quelques poissons qu'il parvenait à pêcher à l'aide d'un bâton épointé ; il se risqua même à manger les champignons qui paraissaient familiers à ses yeux de citadin. Les noix, de toutes sortes, abondaient dans la forêt, mais elles avaient tendance à lui peser sur l'estomac s'il en mangeait trop.

Les premières nuits, lorsqu'il s'endormait sur un tapis de mousse, sous la lumière étincelante des étoiles qu'il apercevait à travers le feuillage des grands arbres dressés autour de lui comme les murs d'une maison, il savait que le monde au-delà de la forêt était en train de diminuer dans son esprit ; les troubles et les conflits de ce monde n'étaient plus les siens.

Il était en paix, enfin, dans ces lieux solitaires et paisibles du peuple de sa mère. Il avait envie de ne plus jamais les quitter.

Le quatrième matin de sa convalescence, Auroch fut réveillé par un coup sec dans son flanc ; il s'assit et découvrit autour de lui un groupe d'hommes Contrarè, qui le regardaient bouche bée. Des guerriers, à en juger par l'aspect de leurs visages peints en bandes vertes et noires, d'une oreille à l'autre, et par les plumes de corbeaux et les os ornant leurs longs cheveux noirs.

— *Chushon ! Tekanari !* ordonna l'un des hommes en le frappant de nouveau de sa lance.

Apparemment, ce guerrier était le plus jeune de tous.

Auroch attrapa l'extrémité de la hampe et arracha la lance des mains du Contrarè.

Immédiatement, une dizaine de pointes de lance vinrent appuyer contre ses chairs.

— Ouh là, doucement, dit Auroch en levant une main. (D'un mouvement sec, il lança son arme au jeune guerrier étonné, pour la lui rendre.) Calmez-vous, je suis des vôtres. Vous voyez ?

D'un geste, Auroch désignait son visage, comme si ce qu'il avançait était une évidence.

Les hommes se tournèrent vers le jeune guerrier ; manifestement, ils avaient tous grande envie de tuer Auroch sur place et dans l'instant.

Avec des mouvements gracieux, le jeune Contrarè ficha sa lance en terre et tira doucement sur les genoux de ses chausses pour s'accroupir devant Auroch. Avec des gestes hésitants, il saisit le visage d'Auroch et le tourna d'un côté, puis de l'autre. Il examina la proéminence des pommettes, le teint foncé de la peau, et les cornes tatouées sur ses tempes. Finalement, il manifesta son approbation d'un hochement de tête.

— Alors sois le bienvenu chez toi, frère des tribus, dit le jeune homme dans un négoce approximatif.

Ensuite, le jeune guerrier aida Auroch à se relever.

Ash errait sous la pluie, perdu et hagard. Son esprit avait sombré au niveau de ses pieds ; il s'abandonnait à la sensation des pavés durs et ronds sous la semelle de ses bottes, et les laissaient le mener où bon leur semblait.

Hermes, l'agent, lui avait proposé une chambre où rester aussi longtemps qu'il en aurait besoin. Tout engourdi, Ash avait décliné son invitation en le remerciant ; puis il avait quitté le petit homme debout sur le pas de sa porte. Les oiseaux piaillaient derrière lui.

—Je ne sais pas au juste ce que je dois faire maintenant, Ash. Sommes-nous vraiment finis ? Est-ce que tout est fini ?

Ash s'était contenté de répondre d'un geste d'adieu silencieux.

Il ne s'était pas rendu compte qu'il marchait en direction du sud et du Bouclier, jusqu'à ce qu'il sente des odeurs de poisson, d'algues et d'embruns. Il leva les yeux derrière le rideau de pluie tombant de son chapeau et aperçut la mer Sargassi devant lui, ainsi que les eaux plus calmes du port de l'est. Les innombrables navires abrités dans la rade tanguaient et roulaient dans la petite houle, tandis que des mouettes se plaignaient, malheureuses et affamées, allant et venant dans le ciel envahi par la pluie. Des hommes armés de cannes à pêche étaient assis sur des tabourets le long des quais, vêtus de ponchos à capuche pour se protéger des intempéries. Leur comportement était empreint de calme et de patience ; ils mâchaient de la goudronnelle ou en fumaient dans leur pipe en terre.

Aux yeux d'Ash, en cet instant, ils avaient l'air d'être les hommes les plus heureux du monde. Le Bouclier était visible depuis l'endroit où il se tenait, au-dessus du quartier des Tous Bouffons. La Lansvoie sur laquelle il se trouvait s'étirait au-dessus de l'eau pour s'enfoncer dans l'obscurité. Il ne distinguait pas grand-chose de l'assaut en cours ; juste quelques panaches de fumée qui s'élevaient sur le mur le plus éloigné, ainsi que la fulgurance des feux. La scène se déroulait dans le silence ; le vent de la mer emportait ailleurs les bruits des combats.

Il poursuivit son chemin pour arriver à un croisement bruissant d'activité surplombé par des auberges et des entrepôts de marchands. Un genre de marché sauvage s'y tenait. Des attelages élégants tentaient de se frayer un passage à travers la foule – essentiellement composée de vendeurs des rues, de prostituées agressives et de bandes de gamins en maraude. Devant lui, au flanc d'une colline escarpée, s'étageaient de hautes demeures de marbre dont les grilles donnaient sur des rues bordées d'arbres ; une enclave de Michinès et de gens du commun devenus riches. *Le congrès du Conseil se trouve au sommet*, se rappela Ash.

Le vieux *farlander* ne vit guère d'intérêt à aller dans cette direction. Il poursuivit donc son chemin le long du front de mer ; la route s'incurvait pour contourner le pied de la colline. Après une rangée de tavernes bruyantes et d'auberges bon marché, elle devenait un sentier de galets, bordé sur la gauche par des falaises blanches qui formaient le pied de la petite hauteur.

À cet endroit, la grève était une mince bande de rocher battue par les vents prise entre la mer et les falaises. Des cahutes avaient été érigées entre les flaques d'eau saumâtre, dont la surface chatoyait et s'agitait sous les rafales de pluie. Ash déambula entre les cabanes, enjambant les crabes et les amas d'algues. Ces habitations fragiles s'appuyaient sur des piles de pierres plates ; des planches avaient été posées au sol entre elles.

Il avait entendu parler de ce quartier lors de ses précédentes visites dans la ville de Bar-Khos, mais sans l'avoir jamais visité. Les habitants de la ville l'appelaient les « Écueils », à cause des marées qui l'inondaient par gros temps. On disait que c'était le quartier le plus pauvre de la ville, l'endroit où l'on finissait lorsqu'on ne pouvait pas tomber plus bas. De nombreux marins sans le sou y venaient dans l'attente d'un bateau qui recruterait des hommes. Eux-mêmes avaient un nom pour cet endroit.

Ils l'appelaient le « Fond de cale ».

Ash sourit sans humour devant l'ironie de son existence. Le coin sentait les égouts et le poisson pourri. Il s'avança dans les rochers, la nuque tordue pour regarder en l'air vers le sommet des falaises. Des oiseaux de mer tournoyaient, portés par les courants ascendants montés dans le ciel en passant au-dessus des villas des Michinès ; des vergers surplombaient les falaises de craie qui s'effritaient. Autrefois, des rois avaient vécu là-haut. Pendant un millier d'années, ils avaient régné sur Khos depuis le Palais Pâle, où ils résidaient entourés de leur famille et de leur cour.

Quelque chose sous le talon d'Ash lui fit perdre l'équilibre ; il se rattrapa juste à temps. Il baissa les yeux et découvrit une pomme tombée de l'une des branches des arbres posés au bord du vide ; sa chair brune était tout écrasée sous son pied. Une rafale rabattit la pluie dans son visage ; Ash frissonna.

Il poursuivit jusqu'au pied de la falaise, où la grève de rochers s'élevait soudain et où les cahutes étaient plus denses et plus nombreuses que plus bas. Les chemins de galets serpentaient entre les cabanes de fortune, abîmées par les intempéries, appuyées les unes contre les autres, accrochées tout le long du flanc rocheux jusqu'au pied de la muraille de craie. Dans la falaise elle-même, des abris avaient été construits sur les replats et dans les anfractuosités, dans des endroits qui paraissaient impossibles à atteindre. Plus haut encore, des grottes avaient été creusées, reliées entre elle par des échelles et des échafaudages branlants.

Il gravit un sentier qui allait et venait entre les cahutes et les quelques constructions à deux étages qui avaient été bâties. Des femmes étendaient du linge sous des auvents de toile huilée, la tête et les épaules enveloppées dans des châles, le visage rougi par la bise. Des bébés pleuraient à l'intérieur. Dehors, des gamins couraient après les chiens, chantaient d'étranges rimes, ou montaient des outres d'eau dans la pente. Ash constata qu'il y avait moins d'hommes que de femmes.

La douleur revenait déjà dans son crâne, en dépit des feuilles qu'il avait toujours en bouche. Une sorte de brouillard humide noyait son regard ; il clignait des yeux pour tenter d'y voir mieux. Il glissa une nouvelle feuille de doulce sur sa langue et attendit que sa vision s'éclaircisse un peu. Sa migraine demeura néanmoins ; des coups sourds lui martelaient le crâne au rythme des battements de son cœur. Il commença à se sentir nauséeux.

Il arrêta un homme du cru – un vieillard aux cheveux gris et à la mine hâve sous un parapluie de paille – et lui demanda où il pourrait trouver à se loger. L'homme lui jeta un regard curieux, mais ne s'en montra pas moins obligeant. Ash suivit ses indications et continua à monter, toujours plus haut.

Le *Perchoir* était un établissement qui tombait presque en ruine, installé sur une mince saillie le long de la falaise. L'enseigne au-dessus de la porte grinçait dans le vent, aussi vieille et décrépite que le reste du bâtiment étroit et tout en longueur. La peinture écaillée représentait un rat assis sur ses pattes arrière sur un tonneau perdu au milieu de la mer, effrayé au point de s'être fourré sa queue dans la bouche.

De la fumée s'échappait de la cheminée centrale de la taverne ; on entendait des rires à l'intérieur.

Ash franchit la porte pour entrer dans la buvette. Une rafale de vent et de pluie arriva avec lui et fit danser les lueurs de la lanterne sur les murs de la pièce obscure et enfumée.

— La porte ! cria un homme derrière le comptoir, un chauve grassouillet aux bras massifs ornés de tatouages. Vous faites rentrer le froid.

Ash referma la porte, gauchie et mal ajustée au chambranle, puis secoua son manteau pour le sécher ; une flaque se forma à ses pieds, avant d'être absorbée par les joncs au sol. Il faisait chaud dans la salle étroite. Un feu de bûches flambait tranquillement dans l'âtre. Ash retira son chapeau pour s'avancer vers le comptoir, laissant une traînée humide derrière lui.

Le propriétaire des lieux s'adonnait à une partie d'ylang avec une femme assise sur un tabouret, dont le visage affichait une expression d'ennui. L'homme fit glisser l'un de ses cailloux noirs sur le plateau, avant de relever la tête vers Ash.

— Qu'est-ce que je peux faire pour vous ?

— Du feu-de-Cheem, si vous avez.

Les yeux de l'aubergiste se mirent à briller.

— Vous avez de la chance. C'est probablement moi qui ai la dernière caisse de toute la ville.

Les bouteilles étaient dissimulées derrière le bar, dans un coffre fermé à clé et enchaîné au sol. L'homme se débattit un instant avec les clés suspendues à un anneau accroché à sa ceinture, puis déverrouilla le coffre pour en extraire une bouteille – le tout avec un luxe exagéré de gestes précautionneux. Le bouchon gémit lorsqu'il l'arracha du goulot avec les dents. Il fit tourner le breuvage dans la bouteille, avant d'approcher le goulot de ses vastes narines poilues pour en humer les arômes.

— Le meilleur, ronronna-t-il tout en servant la plus maigrichonne des rasades dans un verre, ébréché mais raisonnablement propre. Il était sur le point d'y ajouter un peu d'eau, lorsque Ash posa sa main sur le verre.

— Et laissez la bouteille, dit Ash.

Une lueur de suspicion parut subitement dans le regard du propriétaire.

— Une bouteille de cette merveille coûte un demi-aigle. Il n'est pas coupé, vous savez.

La pièce glissa sur le bar ; toutes les têtes se tournèrent.

L'aubergiste se passa la langue sur les lèvres. Il prit l'aigle d'or et le soupesa. Puis il tira la langue et vint la poser sur la pièce.

— Très bien ! s'exclama-t-il avec satisfaction.

Il laissa la bouteille où elle était et tira un ciseau et un petit maillet de sous le comptoir. Comme sur tous les autres aigles d'or, deux lignes perpendiculaires divisaient la pièce en quatre parties égales. Il posa l'extrémité du ciseau sur l'une de ces lignes, avant de frapper dessus d'un coup de maillet bien sec. La pièce se rompit en deux. Il empocha l'une des deux parties et rendit l'autre.

Ash fit tournoyer le contenu de son verre, le renifla, avant de l'avaler d'un coup.

La femme au teint hâlé l'examinait de son regard souligné de khôl. Il vit qu'elle devait être d'origine alhazii. Ses yeux paraissaient fascinés par la couleur de sa peau.

— Qu'est-ce qui vous amène dans le Fond de cale, étranger ? demanda-t-elle d'une voix grave et profonde, qui évoqua le crépuscule aux oreilles d'Ash.

— Mes pieds, répondit-il, avant de s'envoyer une rasade du liquide de feu au fond du gosier, puis de remplir son verre à nouveau à ras bord.

Ash prit une chambre pour la nuit, un cagibi misérable à l'étage, à peine suffisant pour contenir son lit poussiéreux. Il y laissa son épée et rien d'autre, puis redescendit s'installer dans un coin de la pièce du bas, avec sa bouteille de feu-de-Cheem. Ensuite, il entama le lent, mais fort attrayant processus consistant à se soûler à mort.

Il ne parla à personne au cours de cette longue soirée ; sa mine disait à tout le monde qu'il n'avait pas envie d'être dérangé. Le feu-de-Cheem atténua les douleurs dans son crâne, mais lui permit surtout de se couper de lui-même. Lorsque le tavernier annonça l'heure de fermeture, Ash se dit qu'il n'avait pas encore envie de regagner sa chambrette vide. L'alcool l'avait rendu mélancolique. Il savait que le sommeil ne lui viendrait pas facilement et qu'il rêverait de choses auxquelles il préférerait ne pas songer.

Ash finit son verre et le reposa bruyamment sur la table. Il prit sa bouteille avec lui, récupéra son long manteau à la patère, mit son chapeau et ouvrit la porte.

Dehors, la pluie s'était muée en fine grêle ; rabattue par le vent, elle lui brûlait le visage. Il faisait un froid mordant, même avec son manteau serré autour de lui et son chapeau enfoncé jusqu'aux oreilles. La marée montante déferlait en longues vagues, et les Écueils du bas étaient inondés dans trente bons centimètres d'eaux agitées. Ash s'accrocha à sa bouteille de feu-de-Cheem, puis s'avança d'un pas devenu incertain sur l'unique sentier de galets qui descendait.

Ash suivit le bord de l'eau, circulant de son mieux entre les cabanes sur son chemin. Une fois ou deux, il trébucha et dut se rattraper tant bien que mal pour ne pas tomber dans l'eau. Les petites constructions se firent moins nombreuses ; il continua à marcher jusqu'à un endroit où la pente s'arrêtait subitement en un à-pic plongeant dans la mer.

Il s'assit au sommet d'un rocher, les pieds dans le vide au-dessus des vagues ; la roche était lisse et glacée sous ses fesses. Il s'abîma dans la contemplation de l'immensité sauvage de la mer, et du grésil qui tombait comme surgi de nulle part. Dans le lointain plongé dans la nuit, la Lansvoie s'étirait vers le continent ; les grands murs du Bouclier se dressaient, noirs et immenses. De temps à autre, la lueur d'une explosion trouait l'obscurité ; le grondement sourd lui parvenait avec un instant de retard.

Des ruines, Ash. Des ruines.

Malgré lui, ses pensées revenaient sans cesse à Sato, et à tous ceux qui avaient été massacrés par les Manniens. Il songeait surtout aux quelques rares survivants de l'armée révolutionnaire du Peuple ; des hommes qui avaient partagé le même destin d'exil que lui-même.

Il aurait dû éprouver de la fureur en cet instant, mais au fond de lui, il ne ressentait rien d'autre que le désespoir et l'isolement. Et le spectacle des bombardements sur les murs ne faisait qu'assombrir encore son humeur. Lorsque la ville serait tombée, comme Sato, tout le reste de l'île tomberait à son tour ; ensuite, tous les ports libres seraient affamés jusqu'à ce qu'ils se soumettent. Les ténèbres l'auraient alors emporté sur la flamme.

C'était étonnant que ce ne soit qu'en cet instant qu'il éprouve un lien de solidarité pour ces peuples – alors que les Manniens lui avaient tout pris, et que les Khosiens contemplaient la défaite dans les yeux. Mais peut-être n'était-ce pas si étonnant après tout. La même chose s'était produite avec Nico, incapable qu'il avait été de s'ouvrir au garçon, de s'investir un tant soit peu dans une relation qu'il ne pouvait envisager de voir perdue une nouvelle fois. Ainsi en avait-il été de toutes les choses importantes de sa vie, depuis qu'il avait dû quitter le vieux pays.

Il vit l'immense et horrible gâchis de son existence ; c'était pratiquement plus qu'il n'en pouvait supporter.

Nous aurions dû rejoindre les Rares lorsqu'ils ont écrit pour se manifester auprès d'Oshō.

Nous aurions dû choisir un camp.

Ash leva sa bouteille au peuple de Bar-Khos, puis but une longue rasade.

Le vieux Rōshun chantonna de tristes mélopées du Honshu, tout en finissant l'alcool. Lentement, mais sûrement, il s'enfonça dans la fatigue, l'ivresse et le froid ; et son mal de tête n'en fut pas arrangé. Enfin, sa langue n'eut plus qu'une ultime goutte à récupérer.

Ash serra la bouteille vide contre sa poitrine et se mit à parler dedans.

— Salut, dit-il d'une voix moqueuse, rendue plus grave encore par l'écho. Je suis perdu, je n'ai nulle part où aller. Aidez-moi. Envoyez-moi à boire.

Il se concentra, remit le bouchon dans le goulot, leva la bouteille et la jeta aussi loin qu'il le put.

Ses paupières se fermèrent. Il était épuisé. Il était temps d'aller se coucher.

Ash s'allongea sur le rocher et se roula en boule. Il se mit à ronfler.

La pluie glacée redoubla.

Dans ses rêves, Ash gravissait les flancs de la vallée en direction du monastère de Sato. À chacun de ses pas, la pente devenait plus raide.

Il redoubla d'effort, lutta pour accélérer ; il brûlait d'apercevoir son foyer au milieu des malis bercés par le vent.

Tout d'abord, il ne l'aperçut pas, alors même qu'il se rapprochait. La panique le saisit tandis qu'il courait droit devant lui à travers les arbres. Finalement, il parvint devant un immense tas de cendres fumantes.

Il ne comprenait pas.

Ce doit être une erreur, se dit-il. *Je suis vieux, j'ai dû me tromper de vallée.*

Il sentait la fine poussière des cendres retombant sur son visage ; elle était froide. Et sur ses lèvres, elle n'avait aucun goût, comme de la glace.

Ash plissa les yeux pour regarder de plus près les ruines.

Au centre du monticule de cendres, un jeune mali poussait. Ses feuilles couleur de bronze s'agitaient dans un vent que lui-même ne sentait pas. Ash se pencha pour regarder de plus près. Autour du petit arbre, le vent dispersait déjà les cendres.

Une silhouette masculine avançait sous la pluie glacée, chargée d'un fagot de bois flotté. De temps à autre, elle se penchait pour ramasser une branche ou une planche renvoyée à la terre par la marée. La silhouette s'arrêta en arrivant sur la masse recroquevillée d'un homme roulé en boule sur un rocher, qui tremblait et marmonnait des choses en dormant.

— Hmf, fit Meer en le poussant du bout du pied.

L'homme endormi émit un grognement et remua dans son sommeil.

— Un vieux fou de *farlander*, reprit Meer. Tu vas mourir si tu dors dehors par une nuit comme celle-ci.

Meer poussa un soupir, lâcha son fardeau de bois, puis chargea non sans peine l'homme du lointain sur son épaule. Il se releva, équilibra sa charge, puis s'en retourna d'où il était venu, au-delà de l'à-pic, plus loin que les cabanes habitées.

Il allait falloir qu'Ash cesse de se réveiller ainsi, la nuque systématiquement endolorie et toujours dans un endroit inattendu.

Le matin se levait à peine, à en juger par la pâle lueur qui filtrait à l'intérieur depuis une ouverture derrière lui, jetant une teinte bleutée sur la fumée qui montait du petit feu allumé au centre d'un cercle de gros galets. Il était couché sur une natte de roseaux, couvert de son long manteau, la tête posée sur l'une de ses bottes. Le lieu était une grotte – creusée par l'homme, comme son aspect le laissait penser. Les murs courbes étaient recouverts de plâtre bleu ciel, qui par endroits était devenu humide et s'écaillait, révélant le rocher nu derrière lui.

Un temple, songea Ash. *On dirait un temple.*

Quelques affaires étaient empilées contre le mur opposé : une sébile de bois, un sac de toile, un bâton tordu, une couverture soigneusement pliée, une pile de parchemins renfermée à l'intérieur d'une reliure de tissu, un encrier, des chandelles, une grande jarre.

Ash rampa jusqu'à cette dernière pour regarder dedans.

De l'eau.

Il en but la moitié en une énorme gorgée, et en renversa une bonne partie sur sa tunique. Il lâcha un grognement lorsque l'eau fraîche atterrit au fond de son estomac, pour tenter immédiatement de remonter.

Un raclement de pieds sur le sol le fit regarder par-dessus son épaule.

— Vous êtes donc vivant ?

Chacune des syllabes de ces mots vrilla la tête d'Ash, lui arrachant une grimace.

Celui qui venait de parler était un moine, du moins en avait-il l'apparence, avec sa tête rasée, sa robe noire et ses pieds chaussés de sandales. Une quarantaine d'années, mais avec le regard pétillant et fasciné d'un jeune homme.

Le moine laissa tomber une grosse brassée de bois à côté du foyer. Il retroussa sa robe, révélant des jambes puissantes à la peau blanche, puis s'accroupit devant le feu pour le tisonner à l'aide d'un bâton et y ramener un semblant de vie.

Ash rampa jusqu'à l'entrée de la grotte ; ses yeux clignèrent dans la lumière du jour. Il était très haut dans la falaise, en train de contempler une mer grise sur laquelle les vagues moutonnaient. Il baissa la tête et vit une échelle qui descendait jusqu'à un sentier étroit au pied de la falaise.

Il inspira l'air du large, pour chasser les brumes qui lui embrouillaient l'esprit.

— Comment suis-je arrivé ici ? demanda-t-il d'une voix aussi calme que possible.

— Vous êtes arrivé en volant la nuit dernière, comme une feuille poussée par le vent. Je peux vous dire que j'ai été surpris.

Dans d'autres circonstances, Ash aurait sans doute apprécié le sens de l'humour de cet homme. Là, il se contenta de l'ignorer ; il s'assit et entreprit l'horrible processus consistant à enfiler ses bottes trempées.

— C'est quoi, cet endroit ? demanda-t-il, le souffle court. Un sanctuaire ?

Il avait toujours une botte vide devant lui.

— Oui, répondit le moine, en regardant autour de lui l'espace un peu miteux. Très ancien, je crois. On m'a dit qu'il y avait eu ici une statue de bronze du Grand Bouffon. Elle était là, exactement à l'endroit du feu. (Le moine se frotta les mains l'une contre l'autre pour les réchauffer.) Les gens d'ici disent qu'ils lui apportaient des offrandes et des prières écrites sur du papier de riz. Puis la statue a été volée, un jour, et il leur a fallu bien du temps pour réunir de quoi en faire une autre. Celle-là, ils l'ont enchaînée dans le sol. Mais un voleur l'a emportée elle aussi. (Le moine se mit à genoux sur le sol, le dos bien droit, la main droite posée sur la gauche ; la position de la méditation chachen.) Lorsque je suis venu habiter ici, l'hiver dernier, j'ai pris la place de la statue. Je m'installe donc ici chaque jour et j'attends d'être volé.

Ash émit un grognement et, au prix d'un ultime effort, parvint à enfiler sa seconde botte. Il laissa filer son souffle avec soulagement – quand bien même ses bottes étaient-elles froides, humides et bien peu confortables. Puis ses yeux se posèrent sur les lacets rendus visqueux par l'eau, et dont le laçage lui paraissait à cet instant suprêmement complexe ; il battit des paupières, en proie au désarroi. *Il faudra que ça aille comme ça*, décida-t-il.

— Au fait, je m'appelle Meer, reprit le moine.

Ash l'entendit à peine. Des bribes de souvenirs lui remontaient à l'esprit. Il se rappelait avoir chanté sur un rocher, avoir lancé sa bouteille vide dans la mer, puis s'être roulé en boule pour dormir. Et la pluie glacée n'avait pas cessé un instant de tomber au cours de la nuit.

— Merci de m'avoir ramené à l'intérieur la nuit dernière.

Meer hocha la tête ; ses yeux souriaient.

— Vous êtes du Honshu, n'est-ce pas ?

Ash hocha la tête, notant au passage comment le moine utilisait le nom véritable de son pays.

— Alors j'espère que vous aurez l'occasion de me parler de ce pays un jour. Je n'y suis jamais allé, mais j'adorerais le découvrir. Je suis un voyageur, vous savez.

— D'accord. Quand j'aurai le temps.

— Vous allez quelque part ?

Ash releva la tête, frappé par la question. Il n'était pas bien certain de la réponse. Qu'y avait-il pour lui à Cheem, si le monastère n'existait plus, et si Oshō, Kosh et les autres étaient morts ?

— Je ne sais pas, répondit-il. Je pensais rentrer chez moi, à Cheem, si je trouvais un bateau pour m'y emmener. Mais maintenant…

Ash secoua la tête.

Le moine observait un point quelque part de l'autre côté de la fumée qui montait ; l'expression sur son visage avait subitement pris une grande intensité.

— Vous avez dit Cheem ?

— Oui. Et alors ?

Un petit sourire timide.

— Rien, répondit-il en secouant la tête.

— Il faut que je vous dise qu'on parlait de vous ce matin au *Perchoir*, lorsque j'y suis passé avec ma sébile. Ils disaient qu'un riche *farlander* avec une épée était arrivé pour boire afin d'oublier son chagrin. Ils pensaient que vous vous étiez jeté dans la mer la nuit dernière.

— Je suis désolé de les décevoir.

— Ils ne faisaient qu'exprimer leur inquiétude à votre sujet. Les gens sont comme ça ici. Vous savez, tout d'abord, j'ai cru que vous aviez seulement la gueule de bois. Mais maintenant que j'ai eu l'occasion de vous examiner, je crois que vous êtes réellement mal en point. Y a-t-il quelque chose qui vous afflige, mon ami ?

— Oui. La curiosité des autres.

— Je suis désolé, répondit Meer. Loin de moi l'idée de me montrer indiscret.

Ces paroles firent vibrer une corde en Ash. Il se montrait impoli envers son hôte ; il s'en rendait bien compte. Sans la générosité de cet étranger, il serait peut-être mort d'être resté exposé aux intempéries.

— J'ai une maladie, admit Ash. Mon père est mort de la même chose, après que les douleurs dans sa tête étaient devenues si fortes qu'il n'y voyait même plus. Chez moi, elles vont en s'intensifiant.

— Je vois. Je pourrais peut-être vous aider avec ces migraines. Je connais quelques remèdes. Je pourrais vous préparer une décoction spéciale de chee, si vous voulez.

Ash hocha la tête, pas vraiment convaincu.

— Mais il y a autre chose encore, non ? reprit le moine.

— Que voulez-vous dire ?

— Quelque chose qui trouble votre esprit, je pense.

Ash lutta pour calmer les battements de son cœur emballé.

— C'est difficile d'en parler, non ?

Ash ne put rien faire d'autre que hocher la tête. Quelque chose grossissait en lui. Quelque chose qui avait besoin de sortir.

Ash laissa d'abord filer un long soupir avant de pouvoir parler.

— J'ai perdu quelqu'un, dit-il. Une personne proche de moi.

Plein de délicatesse, Meer hocha la tête. En cet instant, il lui rappelait Pau-sin de son village d'Asa, le petit moine qui écoutait les problèmes des villageois sans émettre le moindre jugement ; il n'offrait que sa sympathie. Lui aussi avait cet art de faire sortir les mots venant du cœur.

— Oui ? fit le moine, sur un ton fait pour inviter à poursuivre.

— Et tout ce qu'il reste du garçon maintenant, ce sont des cendres dispersées dans une basse-cour, et d'autres contenues dans une urne que j'ai confiée à quelqu'un pour la mettre en lieu sûr. Il y a tout à parier que cette urne est aujourd'hui posée à côté du tas de ruines qui a un jour été mon foyer.

Meer médita ce qui venait de lui être dit. Ash n'avait pas la moindre idée de ce qu'il pouvait être en train de penser.

— Je vois. Vous ne pensez pas pouvoir continuer ainsi, avec autant de chagrin au fond de vous. Vous pensez que la vie ne vaut pas la peine d'être vécue, si elle doit être aussi terrible que ça.

Ash ne pouvait pas détourner les yeux du regard fixe du moine qui ne cillait pas.

— C'est pour cette raison que vous voulez boire jusqu'à en mourir.

Il se demanda si l'homme n'était pas un Prophète. Certains avaient ce don sans même avoir suivi la moindre formation.

Ash regarda le moine s'approcher de l'entrée de la grotte pour s'asseoir à côté de lui, les jambes dans le vide. Le vent agitait les plis de sa robe noire.

— Ces vagues en dessous. Les voyez-vous ?

Ash toussa pour s'éclaircir la voix.

— Je ne suis pas encore aveugle.

— Parfois, lorsque j'entends des histoires telles que la vôtre, je me souviens que les vagues sont très semblables à nous, à la nuance près qu'elles vivent des vies bien plus courtes. Je les regarde se précipiter vers la grève et je vois comment elles retombent et se brisent en parts égales de création et de destruction. Ce spectacle me fascine. Et je vois aussi comment le vent les maintient en vie en soufflant sur elles. Il utilise l'eau de ces vagues de façon à faire passer sa force à travers elles. Sur combien de laqs ? Je me le demande. Quelle distance ont-elles parcouru depuis la tempête au loin pour arriver jusqu'ici ?

Ash écoutait, totalement absorbé ; pour cet instant, il en avait oublié sa gueule de bois. La mer donnait aux yeux du moine des reflets vert foncé. Meer posa son regard sur Ash.

— Vous avez envie d'entendre ce que je vous raconte ? Je ne vous ennuie pas ?

Ash secoua la tête.

Meer contempla de nouveau la mer.

— Vous voyez, j'observe la manière dont elles s'écrasent sur la grève et se réduisent à rien du tout. La fin de leur voyage ; la fin de leur existence. Et, dans ces moments-là, il m'apparaît clairement à quel point leur fin est précisément ce qui les rend complètes. Elle est ce qui leur donne un sens, ce qui façonne leur vie. Que seraient-elles si elles naissaient simplement quelque part à la surface de l'océan pour ne jamais cesser d'être ? Qu'est donc la création sans la destruction ? Quelque chose d'insipide et d'uniforme qui ne varie jamais. Quelque chose de vraiment mort.

Meer se laissa aller en arrière et inspira profondément, comme s'il revenait à lui-même. Il observa une nouvelle fois Ash de ses yeux pleins de vie, examinant l'expression sur son visage pour déterminer à quel point son interlocuteur suivait ce qu'il disait.

Apparemment, il conclut que ce n'était pas suffisant.

— Je vais vous dire quelque chose, reprit Meer. Au bout du compte, la mort est un cadeau de la vie. Je sais, c'est une notion bien difficile à apprécier lorsqu'on perd ceux qu'on aime si farouchement. Mais sans la mort, nous ne serions pas en vie. Ceux qu'on perd n'auraient pas été vivants sans elle.

Ash alla s'accroupir devant le feu, en tournant le dos au moine. Ces paroles de Meer étaient pleines de bons sentiments. Mais elles n'étaient que cela : des morts et des idées. Elles ne faisaient pas disparaître sa souffrance.

— Je vais encore vous dire une chose, reprit le moine. Considérez que c'est une avance sur toutes les histoires que vous me conterez sur le Honshu.

» Lorsque j'ai visité les îles du Ciel, j'ai vu comment les gens y vivaient. Ils sont pratiquement immortels là-bas. Vous saviez cela ? Ils connaissent des méthodes pour faire durer la vie, y compris en trompant la mort elle-même. Mais au bout du compte, je me suis dit que leur longévité leur causait bien du tort. Pour moi, ils sont inhumains. Même avec leurs miracles et les merveilles qu'ils produisent, leur existence est placée sous le signe de l'ennui et d'une profonde léthargie. Pire, bien pire encore, ils ne voient plus la poésie du monde autour d'eux, tant ils sont enfouis en eux-mêmes.

Ash se tourna lentement, un sourcil levé pour marquer son incrédulité.

— « Les îles du Ciel » ?

— C'est exact.

— Je pensais que seuls les long-courriers marchands de Zanzahar savaient comment y aller.

Meer haussa les épaules.

— Quand vous me parlerez du Honshu, je vous raconterai peut-être d'autres de mes histoires. Qu'en pensez-vous ?

Ash ouvrit la bouche, puis la referma dans un claquement de dents.

Meer se trompait sur la question du fardeau partagé. Le vieux *farlander* se sentait encore pire que quelques instants auparavant. Avec un grognement, il se releva et jeta son long manteau sur ses épaules.

— Encore merci, dit Ash en se mettant en route pour regagner le confort de sa chambre et dans la perspective d'un long bain chaud.

Cet après-midi-là, les habitués du *Perchoir* parlaient de la guerre lorsque Ash quitta finalement son lit. Il se fourra quelques feuilles de doulce dans la bouche, puis descendit l'escalier pour aller se chercher à boire.

Au comptoir, il s'assit sur un tabouret avec une demi-bouteille de feu-de-Cheem et entama une partie d'ylang avec Samanda, la femme alhazii à la peau sombre qu'il avait rencontrée le premier soir – et qui se trouvait être l'épouse de l'aubergiste. Ce dernier, prénommé Lars, était particulièrement fier de sa jeune moitié. Il ne se plaignait pratiquement jamais du fait qu'elle refusait de faire absolument quoi que ce soit qui puisse ressembler à du travail dans l'auberge.

— Je dors avec toi et c'est déjà bien du travail, lui avait-elle répondu la fois où il avait eu tendance à se montrer critique.

Il avait baissé les yeux et s'était éloigné en rasant les murs, tout en marmonnant.

Ash se gratta les piqûres que les punaises lui avaient infligées, puis prêta l'oreille aux ragots que les hommes se racontaient dans la salle. Ils évoquaient la rumeur selon laquelle la Matriarche serait morte des blessures reçues au cours de la bataille de Chey-Wes.

Ash espérait de tout cœur que ce soit vrai. Il écouta à peine lorsqu'ils enchaînèrent sur le fait que les envahisseurs impériaux en seraient venus ensuite à se battre entre eux ; la sempiternelle nouvelle du mauvais état des défenses du Bouclier, et de la chute imminente du mur de Kharnost.

Ash perdit sa partie d'ylang ; il n'était plus vraiment concentré. Il était ivre et avait besoin de marcher ; il s'excusa, prit sa bouteille et sortit.

Des feuilles mortes jonchaient les chemins ; le vent les avait entassées au pied des constructions, ce qui n'était pas sans rendre la marche un peu traîtresse. Le vent était chargé de froid ce jour-là ; sans aucun doute, il annonçait que l'hiver allait bel et bien être précoce.

Non loin de l'orée des Écueils, près de l'endroit où les vagues se brisaient, il avisa le moine Meer, assis sous un petit abri devant la mer ; un groupe d'enfants avait pris place devant lui. Ash s'arrêta et abaissa sa bouteille de feu-de-Cheem pour regarder.

Le moine brandissait une ardoise et un morceau de craie. Il apprenait à lire aux enfants, qui riaient et faisaient un jeu de cet apprentissage.

Cette scène fit naître un semblant de paix en Ash. Il s'éloigna de quelques pas sur les rochers et s'accroupit avec sa bouteille à la main ; il était toujours à portée de voix du groupe, mais protégé des embruns.

Sur la mer, un bateau de pêche luttait pour regagner le port dans la houle nettement creusée ; ses voiles déchiquetées flottaient dans le vent et l'équipage souquait ferme contre le courant. *Un sacré travail*, songea Ash.

Il plongea en lui-même. Ses pensées voletaient comme des feuilles dans le vent ; à peine aperçues, déjà emportées.

Un flocon de neige vint s'accrocher à ses cils. Il cligna des yeux pour le chasser et leva la tête vers les nuages. D'autres flocons tombaient.

— Regardez, les enfants. Il neige ! s'exclama le moine derrière lui.

La marmaille oublia sur l'instant la leçon pour se mettre à gambader autour de lui sur les rochers, follement excitée par ces petites choses blanches et glacées qui descendaient du ciel en flottant.

Ash sourit et sentit le vent froid sur ses dents.

Le moine s'approcha de lui tandis que le crépuscule arrivait ; il tenait une longue canne à pêche à la main.

— Vous avez l'air affamé, mon triste ami. (L'estomac d'Ash émit un grondement parfaitement audible en guise de réponse.) Suivez-moi. Allons attraper quelques poissons et partageons un bon dîner.

Ash accepta ; ensemble, ils choisirent un replat au-dessus des vagues. Les étoiles apparaissaient dans le ciel, peuplant une à une le ciel de la nuit de leur lumière, posées comme autant de petits cailloux au firmament. Meer lança sa ligne aussi loin que possible, puis se mit à fredonner un air pendant qu'ils attendaient.

— Je croyais que les moines de Khos ne mangeaient pas la chair des poissons, dit Ash au bout d'un certain temps.

Les constellations apparaissaient à l'est ; Ash s'arracha à leur contemplation pour se tourner vers Meer.

Le moine ramena lentement sa ligne à lui, avant de relancer son hameçon, ses lests et son bouchon dans l'eau. Il se rassit.

Une minute s'écoula avant qu'il réponde.

— J'ai une confession à vous faire. Je ne suis pas vraiment moine. (Ash vit qu'il parlait sérieusement.) Avez-vous déjà entendu parler de faux moines ?

— Bien sûr. Depuis le début de la guerre, seuls les moines ont le droit de mendier.

Le moine, qui n'en était donc pas un, laissa filer un profond soupir.

— Je trouve que c'est un moyen plus pratique de gagner ma pitance lorsque je suis ici. Cela me convient mieux.

— Alors pourquoi me raconter ça ?

— Parce que ce n'est pas un secret. Si l'on me pose franchement la question, je le dis. Et ici, la plupart des gens n'ont que faire de savoir qui vous êtes. Je les ai aidés lorsque j'ai pu, contrairement à bon nombre de moines qu'on trouve sur cette île, enfermés dans leurs sanctuaires. Il faut que je vous dise une chose : même pendant les quelques mois que j'ai passés au monastère, j'ai toujours pensé que la plupart d'entre eux se souciaient plus de dogme et de politique que de la Voie. (Meer jeta un regard en coin à Ash, comme s'il essayait de voir sa réaction.) Et puis, dès que le printemps sera là, je repartirai voyager à l'étranger.

— Mais au *Perchoir*, je les ai entendus raconter comment vous veillez chaque jour au sanctuaire là-haut, comment vous plongez dans de profondes méditations.

— Peuh. Ils appellent ça comme ils veulent bien l'appeler. Dans le sanctuaire, je me contente de m'asseoir pour regarder tourner le monde.

Ash vit l'ironie dans ces paroles. Dans la langue du Honshu, la méditation de chachen consistait à rester assis, immobile.

Il regarda le moine et s'interrogea.

— J'allais venir vous voir plus tard, dit Meer. J'ai parlé avec quelques amis dans la ville. Au sujet de votre situation.

— Vous avez fait quoi ?

— Je peux vous amener jusqu'à Cheem si vous voulez.

— Ah bon ? Et je suppose qu'on y va en volant, comme une feuille dans le vent ?

Meer le gratifia de l'un de ses sourires qui lui donnaient un air enfantin.

— J'ai un ami qui possède un navire.

L'expression sur le visage d'Ash était éloquente.

— C'est vrai, se récria Meer.

— Mais dites-moi. Pourquoi vous donner tout ce mal pour un vieux *farlander* comme moi ?

— Parce que nous aimerions venir avec vous. À Sato.

La main d'Ash vola vers son épée, mais elle ne trouva rien ; il avait laissé son arme dans sa chambre.

— Qui êtes-vous ? demanda-t-il d'une voix glacée. Comment connaissez-vous l'existence de Sato ?

L'homme haussa les épaules et tendit la main en un geste de conciliation.

— Je suis celui que je dis être. Et même un peu plus. Pour l'instant, tout ce que vous devez savoir, c'est que je suis votre ami, Ash. Et j'ai certains autres amis. Des personnes qui aimeraient beaucoup pouvoir s'entretenir avec l'ordre des Rōshuns.

— L'ordre des Rōshuns n'existe plus.

— Pourquoi cela ? Parce que les soldats impériaux l'ont attaqué ? Oui, nous avons déjà parlé à plusieurs de vos agents dans les ports libres. Ils nous ont tous dit la même chose que vous. Pour autant, peut-être y a-t-il des survivants à Cheem. Et s'il y en a, nous aimerions leur faire une proposition.

Ash se retrouva debout sans même avoir eu conscience de se lever.

— Vous faites partie des Rares ?

Un petit hochement de tête empreint de modestie.

— Croyez-moi, nous ne voulons rien d'autre que parler avec les vôtres. Et en retour, il se pourrait bien que je n'ai d'autre volonté que celle de vous aider.

— M'aider ? À quoi ?

Meer s'avança d'un pas pour poser une main sur l'épaule d'Ash. Son regard plongea dans celui du *farlander*.

— À faire votre deuil, mon ami.

46

Le bunker

Loin sous le temple des Murmures, la vieille Kira, mère de Sasheen, sortit de la plate-forme suspendue pour s'engager dans un tunnel souterrain éclairé par des lampes à gaz ; elle vit que tous les chariots étaient déjà partis, à l'exception d'un seul.

Elle prit place à bord de ce dernier, dont les roues étaient engagées sur des rails. Le cocher veillait soigneusement à ne pas croiser son regard ; les deux zels renâclaient d'impatience. D'un geste excédé, Kira tira sur un cordon pour faire tinter la cloche, et le postillon – un esclave que la vie loin du soleil rendait blafard – fit claquer son fouet sur le dos des zels. L'attelage s'ébranla.

Au plus profond de son cœur brûlait un feu ardent. Les murs de béton nu défilaient de part et d'autre ; les sections violemment éclairées alternaient avec des espaces lugubres et obscurs, tous de longueur identique. Kira alimentait son foyer de douleur de souvenirs de sa fille et de son petit-fils, Kirkus, tous deux morts désormais.

C'était Kira, en tant que donneur d'ordre de la Section, qui avait ordonné au Diplomate Ché de faire le nécessaire dans l'éventualité où Sasheen venait à être capturée ou si elle fuyait le champ de bataille. C'était un ordre qu'il fallait donner, comme cela avait toujours été le cas lorsqu'une Matriarche ou un Patriarche partait en personne en campagne. Un ordre qu'on lui avait ordonné à elle-même de transmettre.

Et cet ordre avait été exécuté. Sa fille était morte, empoisonnée par le projectile d'un Diplomate.

Oh, Sasheen, se dit-elle, submergée par le sentiment de deuil et de détresse qui envahissait son corps frêle.

Sa propre lignée s'éteindrait au jour de sa mort. D'autres au sein de la famille Dubois – sa demi-sœur Velma et ses descendants – allaient reprendre le flambeau de la destinée fragilisée du clan.

Ses pensées passèrent au Diplomate toujours en vie, quelque part sur l'île de Khos ; celui qui, de toute évidence, avait tiré dans le cou de sa fille. Ché, le jeune homme aux manières de Rōshun. Un déserteur, si le vague rapport transmis par les jumeaux était un tant soit peu fiable.

Kira se demanda comment elle pourrait le détruire totalement.

Elle avait l'impression que son voyage durait des heures, à rouler d'un bord à l'autre, le long des rails, de plus en plus bas, en direction d'un point de fuite qui changeait sans cesse. Un temps qu'elle consacra à songer à des choses, à laisser ses émotions s'écouler doucement pour se diluer dans l'engourdissement, et son esprit se perdre dans des pensées sans but.

L'attelage s'arrêta et elle sursauta ; ils étaient arrivés à destination. L'air était lourd et sentait le renfermé, si loin en dessous des catacombes de l'Hypermorum.

Kira descendit de la voiture et s'avança vers la lourde porte d'acier encastrée dans le mur. À l'instant où elle arrivait devant, un prêtre sortit d'une guérite pour l'ouvrir. Il s'inclina profondément devant Kira, tandis qu'elle franchissait le seuil un peu surélevé conduisant dans la petite pièce cylindrique à l'intérieur ; les murs en étaient lisses comme du verre, si bien qu'elle avait l'impression d'être à l'intérieur d'une bouteille. Une autre porte d'acier fermait l'autre extrémité.

La lumière s'estompa plongeant la pièce dans l'obscurité. Un sifflement se fit entendre, tandis qu'une brume se déposait sur elle, dans un parfum de pins et de mer.

— Votre sauf-conduit, s'il vous plaît, dit une voix tout autour d'elle.

— Huit, six, zéro, quatre, neuf, neuf, un.

La porte intérieure se déverrouilla. Kira franchit le seuil pour entrer dans la lumière au-delà.

Le bunker était une tombe pour tous ceux qui y avaient été enterrés vivants ; les portes d'acier étaient autant faites pour les empêcher de sortir, que pour empêcher d'entrer ceux du dehors.

Les prêtres et esclaves qui vivaient là étaient condamnés à ne jamais revoir la lumière du soleil. Certains s'étaient portés volontaires pour cette demi-existence, mais la plupart d'entre eux n'avaient guère eu le choix. L'air sec et filtré qui flottait dans ses salles entretenait une atmosphère d'espoirs abandonnés et de désirs à jamais réprimés. Des chuchotis de discussion s'échappaient des bassins, des salons et des cages du harem. Le silence régnait dans les bibliothèques et les salles des cartes. Un enfant chantait, nu, debout sur un piédestal dans un couloir de marbre ; son air célébrait la jalousie des amants.

Kira se tenait sous les longues lampes à gaz qui rendaient ces lieux aussi lumineux que dehors en plein jour, entourée des frises représentant des scènes de chasse, sur des murs marquetés de cuir. Une odeur d'humidité flottait dans ce salon d'attente – voire de moisi, malgré les senteurs fraîches déversées sur ses vêtements et sa peau.

Quatre autres personnes se tenaient dans la même posture tout autour de la pièce. Octas Lefall était là, le célèbre oncle de Romano, appuyé sur le manteau d'une cheminée décorative ; il scrutait Kira d'un air hautain, en donnant l'impression que la nouvelle de la mort de Sasheen lui faisait plaisir. Les autres étaient du côté du bar, en train de converser à voix basse.

Kira soutint le regard d'Octas, d'un œil tout aussi glacé que le sien. Elle n'était pas disposée à lui concéder la moindre victoire ce jour-là, en laissant affleurer ses émotions.

Le silence s'abattit lorsque s'ouvrit une grande double porte. Bien vite, ils se mirent en ligne et tombèrent à genoux, la tête baissée.

Le fauteuil roulant à haut dossier fit son entrée en grinçant, poussé par un prêtre massif. L'homme qui y était assis avait les yeux fermés, derrière des bésicles dorées. Il était nu sous sa tunique de soie à moitié ouverte ; sa vieille peau tavelée était couverte de taches d'origine hépatique et hérissée de quelques poils blancs et drus. Sa tête chauve bascula légèrement lorsque le fauteuil s'arrêta devant eux. Le prêtre sortit de la pièce, refermant les portes derrière lui.

À travers ses épaisses bésicles, ses yeux chassieux à l'expression méchante apparaissaient gigantesques.

— Kira, aboya-t-il, d'une voix aussi usée et éraillée que le laissaient supposer ses cent trente et une années. Votre fille est morte à Khos. Mes condoléances pour ce coup du sort. Puissions-nous nous souvenir de ses forces et non pas de ses nombreuses faiblesses.

Kira inclina la tête encore plus bas, ne serait-ce que pour dissimuler la bouffée de rage qui l'avait empourprée.

Il fit tinter une clochette d'argent posée sur ses genoux. Les extrémités de ses doigts étaient noires comme le charbon.

Un autre prêtre entra et s'avança en silence sur l'épais tapis pour lui tendre un verre de cristal empli de lait royal. Nihilis en but une gorgée et se lécha les lèvres. Son visage reprit des couleurs et il se redressa sur son fauteuil. Sa tunique s'entrouvrit encore plus, révélant les piques d'argent transperçant ses tétons, ainsi que les masses de bijoux ornant ses génitoires percées.

Kira l'observa par en dessous, les yeux mi-clos. Elle le haïssait autant qu'elle le craignait.

— Alors. Que faut-il faire maintenant ? On dirait bien qu'il y a un trône vacant sur lequel il faut mettre quelqu'un.

Octas Lefall fut le premier à se racler la gorge. Il était du même âge que Kira ; lui aussi avait été là lors de la Nuit la plus longue, puis au cours de l'ascension de Mann.

— Mon neveu a l'intention de faire part de ses prétentions dès qu'il aura repris en main le contrôle du corps expéditionnaire à Khos. C'est un candidat plus sérieux que n'importe quel autre, et nous le savons tous ici. Nous devrions ordonner à l'archigénéral de se soumettre à son commandement. Faisons en sorte que la transition soit aussi douce que possible. Permettons-leur de poursuivre la conquête de Bar-Khos.

— Une réaction bien prévisible, Octas. Comme toujours. Et vous autres, qu'en pensez-vous ?

— Je soutiendrais une telle motion, intervint Chishara des Bonns. Plus cette guerre dure, plus elle nous coûte.

Hart, du clan Chirt, riche en charbon, posa un regard surpris sur Chishara.

— Peut-être bien, répondit-il à voix haute. Mais il y en a d'autres qui ont l'intention de faire valoir une prétention légitime au trône. Mon fils est l'un d'eux. Nous devrions lui laisser sa chance.

Lefall émit un reniflement de dérision, qu'il accompagna d'un mouvement de son doigt le long de son long nez.

— Vous voulez que je donne mon assentiment à ce fougueux de Romano, lui dit Nihilis. Et pourtant, ce n'est pas trop dans nos habitudes, n'est-ce pas ? Nous devons d'abord déterminer s'il est apte à régner. S'il réussit à s'imposer à Khos, alors il pourrait avoir mon consentement. Dans le cas contraire, nous verrons qui se distingue dans les luttes intestines ici, à Q'os, et je déciderai s'ils sont fondés à avoir des prétentions.

— Mais, Maître, intervint Chishara. Si nous autorisons chacun à faire des siennes, nous risquons de perdre toutes nos chances à Bar-Khos.

— Oh, mais les ports libres finiront par tomber. Ne vous en faites pas pour ça, Chishara.

Kira constata que son attention dérivait. Elle tenait ses poings serrés le long de son corps ; ses ongles lui rentraient dans les paumes. Sa fille avait été rabaissée devant tout le monde – sa propre position l'avait été ; une amertume farouche s'emparait d'elle, voire un certain sentiment de honte.

Regarde le mal que tu as fait à ta famille, dit-elle muettement à sa fille. *Nous voici du côté des perdants désormais. Notre étoile est en train de pâlir et notre puissance s'amenuise. Tu étais censée gagner, ma fille ! Tu étais censée conquérir !*

Derrière elle, dans le vaste monde, Chishara jeta un regard à Lefall, à l'instant où elle s'apprêtait à répondre.

— Il n'y a pas que ça, Maître. Il y a le coût également. La semaine dernière, mes annaliticos m'ont avisée que si la guerre devait durer encore une année, elle nous aurait coûté plus au total que ce que nous pouvons espérer tirer des îles en plus de vingt ans d'occupation.

Nihilis agita un doigt dans sa direction, comme si elle avait été une enfant impudente. De fait, elle était la plus jeune de l'assemblée, avec à peine plus d'une cinquantaine d'années.

— La défaite des ports libres signifie bien plus pour nous que le simple bénéfice de leur blé et de leurs minerais. (Nihilis s'interrompit un instant pour boire une gorgée de lait royal. Il prit le temps d'en apprécier la saveur dans sa bouche.) Oui, je vois que vous êtes intéressés maintenant. Chacun d'entre vous. Kira, racontez-leur un peu ce plan subtil que nous avons mis au point.

Des visages hostiles se tournèrent vers Kira pour la dévisager. Leurs regards l'accusaient du favoritisme que lui manifestait leur maître à tous, car elle avait été autrefois sa maîtresse.

— Bien sûr, croassa Kira, en regardant Nihilis droit dans les yeux. (Ses genoux commençaient à la faire souffrir de rester dans cette position.) Un plan, il faut que je le précise, tout d'abord approuvé par ma fille et moi-même.

Un mince sourire sur ses lèvres pincées étira le visage ridé de Nihilis ; il acquiesça aux paroles de Kira d'un infime hochement de tête.

La mère de la tout juste défunte Matriarche se tourna vers les autres.

— Nous tablons sur une défaite des ports libres dans l'année, lorsque nous en aurons fini avec Bar-Khos. Ensuite, lorsqu'ils seront tous tombés, nous aurons toute latitude pour nous intéresser pleinement au problème de Zanzahar et du califat.

Lefall roula des yeux ; Kira choisit de l'ignorer.

Les mots jaillirent d'eux-mêmes de ses lèvres.

— À ce stade, nous devenons leur unique acheteur de poudre noire. Une fois la guerre achevée, nous ramènerons notre demande à pratiquement rien. Nous procéderons à cette coupe en prétextant une consolidation transitoire de nos comptes. Dans le même temps, nous organiserons une famine en Pathie, ou dans un autre des pays du sud, de façon à faire flamber le cours de notre blé. Nous serons alors dans l'obligation, ou du moins nous apparaîtrons comme tels, d'augmenter le prix auquel nous vendons notre blé à Zanzahar – et dont ils ne peuvent se passer.

» En moins d'une année après ces deux coups portés à son économie, Zanzahar sera engagée dans une spirale de crise de plus en plus profonde. Les conditions seront alors réunies pour un renversement de la maison de Sharat. Nous nous en assurerons. Nous mettrons nous-mêmes cette opération sur pied, avec des acteurs choisis par nous et épaulés par nos Diplomates. Zanzahar et le califat chuteront sans que nous ayons à livrer une seule bataille. Plus important encore, leur monopole des échanges avec les îles du Ciel tombera dans notre escarcelle. Et avec lui, la seule source connue de poudre noire.

Ils la regardaient en papillotant des yeux, comme si elle avait été en train de parler en langues.

— Êtes-vous sérieuse ? s'exclama Chishara, s'oubliant elle-même sous le coup de son humeur. Nous sommes sur le point d'en finir avec les ports libres que vous voulez déjà miser tout ce que nous nous apprêtons à gagner ? Et si le califat devinait nos véritables intentions ? Il pourrait appeler à un embargo contre nous, nous priver de poudre noire et fomenter des rébellions dans l'Empire.

— Vous avez peur de ce que nous pourrions perdre, interrompit Nihilis, en brandissant de nouveau son doigt. Cela a toujours été votre faiblesse, Chishara. Vous seriez mieux inspirée d'embrasser tout ce que nous pourrions en tirer.

— Tout est donc décidé, dit Lefall. C'est ce plan que nous allons mettre en œuvre ?

Nihilis se tordit le cou vers l'arrière pour mieux voir son interlocuteur. Kira observa l'étonnante rougeur des lèvres de son maître, de la pointe de sa langue, des bords épais de ses paupières.

— Possédez-vous assez de biens, Lefall. Assez pour vous satisfaire ?

Lefall se risqua à esquisser un sourire subtil.

— On ne possède jamais assez, Maître.

La langue colorée de Nihilis sonda l'air un instant.

— Alors, vous avez la réponse à votre question, non ?

Épilogue

Des amis avec des navires

Le rugissement des tubes propulseur d'une aéro-nef était un bruit à nul autre pareil. Il emplissait l'air et réduisait à rien tous les autres sons, si bien que pour une oreille habituée il finissait par ressembler au silence.

Ash s'appuya en avant contre le bastingage tandis que la nef entamait lentement un cercle au-dessus du monastère. Ses mains étreignirent plus fort la lisse tandis qu'il regardait le petit bois de malis aux feuilles cuivrées couvertes de neige, et l'austère rectangle noir des ruines au milieu, semblable à la marque qu'aurait apposée là quelque divinité courroucée.

Vers la lisière du bois, des tentes de toile formaient un campement qui s'étirait ; de la fumée s'échappait des tuyaux métalliques de leurs cheminées.

— Tous morts, hein ? remarqua le moine Meer. Vous vous souvenez, c'est ce que vous m'aviez dit ?

Ash ne répondit rien, stupéfait d'étonnement et les yeux rivés sur ce qu'il voyait.

Il entendit le cognement d'une canne sur le pont ; Coya s'approchait d'eux.

— Mon cœur et mon esprit se réjouissent de voir qu'il y a des survivants, remarqua-t-il d'un ton joyeux.

Puis il se tourna vers le capitaine du bâtiment, debout près du gaillard d'arrière avec son pilote, occupés à discuter du meilleur endroit où atterrir.

Coya frappa le pont de sa canne, dans l'espoir de se faire entendre malgré le bruit des tubes.

— Vite, Ronson ! Faites-nous descendre, maintenant !

Ash sauta à terre avant même que la nef ait touché la neige, précédant même d'un instant les garçons du bord qui bondirent avec des pieux et des cordes pour aller amarrer le bâtiment ; le vent ébouriffait leurs cheveux et agitait leurs vêtements.

Autour de lui, la haute vallée était engoncée sous un lourd manteau blanc. Un pica poussa un cri quelque part, jacassant pour lui-même comme s'il avait été en train de rire à quelque plaisanterie salace. Ash se tint là un instant, à contempler les tentes qui faséyaient dans le vent. Du pouce, il caressa la poignée de son épée au fourreau.

Après quelques pas hésitants, Ash se mit à marcher gaillardement, le cœur tout prêt à bondir.

Alors qu'il approchait de la première tente, dont le toit de toile s'arrondissait sous le poids de la neige, il entendit des voix qui soudain prirent du volume ; des gens se disputaient. Ash en fit le tour pour gagner l'entrée. Au même moment, Baracha en sortit, une grimace renfrognée sur son visage couvert de tatouages.

Le grand Alhazii demeura tétanisé par la surprise ; tout un éventail étonnant d'expressions passa sur son visage – la surprise, la colère, la confusion, puis enfin, le soulagement.

— Vieux salaud ! s'exclama-t-il, avant de saisir Ash par les épaules et de le secouer, sans même lui laisser le temps de répondre.

Derrière Baracha, il aperçut Serèse et Aléas, assis sur des lits de camp sommaires à l'intérieur de la tente ; ils avaient des cartes à jouer à la main et leurs bouches étaient grandes ouvertes.

— Ash ! s'exclamèrent-ils ensemble, avant de se ruer vers lui pour le saluer.

Ils s'étreignirent et Ash sentit son corps s'emplir de chaleur. Pour finir, il s'écarta d'eux, mal à l'aise de leur manifestation démonstrative d'émotions. D'un signe de tête, il désigna le moignon du bras gauche de Baracha, enveloppé dans un bandage de cuir.

— Il a bien guéri ?

— Oui, assez bien. Mais ça me démange plus encore que la vermine.

Bien sûr, songea Ash en se remémorant Oshō, lui aussi amputé, qui se grattait une jambe de bois que sa mémoire croyait encore de chair.

Et tout à coup, ils se mirent à parler les uns les autres, tous en même temps. Ash évacua leurs questions d'un revers de la main.

— Dis-moi, commença-t-il, incapable de se contenir plus longtemps. L'urne que je t'ai laissée, elle est toujours en sûreté ?

— Bien sûr, grommela Baracha. Je l'ai confiée à Aléas pour qu'il veille dessus.

Le jeune homme partit chercher l'urne de cendres, glissée sous son lit de camp. Un soulagement si profond envahit Ash, que tout son corps en trembla un instant.

— Viens, dit Baracha. Il faut qu'on t'amène voir les autres !

— Tu as appris ce qui s'est passé, alors ? demanda Baracha par-dessus son épaule.

— Par notre agent à Khos.

— Nous avons perdu la moitié des nôtres dans l'attaque. Lorsque Oshō s'est rendu compte que la situation était sans espoir, il a donné l'ordre au plus grand nombre de descendre dans la salle de veille ; les Manniens sont partis sans même se rendre compte que nous étions là.

Ash s'arrêta, ses deux bottes enfoncées dans la neige. Il percevait une odeur de cendres dans l'air.

— Oshō, comment est-il mort ?

Baracha se tint immobile un instant, avant de se tourner face à lui.

— Nous l'avons trouvé à la porte, entouré des autres. Ils ont livré un ultime combat là-bas, pour nous permettre de descendre nous mettre à l'abri.

— Et Kosh ?

— Il est plus maigre qu'il l'était. Et il boit plus que jamais.

— Il est vivant ?

— Viens voir par toi-même.

C'était plus que ce qu'Ash aurait pu espérer : une autre tente à l'atmosphère chaude et moite, et Kosh assis sur un lit de camp en train de parler à un groupe d'apprentis.

Son vieux camarade ouvrit la bouche, puis se précipita sur lui, les yeux étincelants.

— Tu es vivant, dit-il dans un souffle en honshu.

Et il tendit la main pour saisir Ash, comme pour confirmer qu'il existait bel et bien.

— Je suis heureux de te voir, mon vieil ami, dit Ash en l'étreignant. Sacrément heureux de vous voir tous.

Dans la plus grande des tentes du camp, le reste des Rōshuns se réunit dans une bruyante atmosphère d'excitation. Même le Prophète quitta sa cabane pour se joindre à eux, et accueillir Ash aimablement.

Au total, ils étaient vingt-quatre survivants ; des apprentis pour la plupart, des Rōshuns parmi les plus jeunes de l'ordre. C'étaient essentiellement les anciens qui avaient combattu à la porte pour leur offrir un délai. Ash reconnut Stretch des îles Vertes parmi eux, ainsi que Hull le malin et les deux frères Nevarēs, assis côte à côte comme toujours.

Ils alimentèrent le foyer central, pendant que le vent hurlait au-dehors. On apporta de l'alcool et assez de nourriture pour faire un festin. Apparemment, ils étaient bien approvisionnés. Baracha expliqua qu'ils avaient apporté des provisions de Port-Cheem, pendant qu'ils attendaient le retour des quelques Rōshuns encore sur le terrain, de façon à décider de ce qu'ils allaient faire ensuite. Les opinions divergeaient toujours sur ce point. Les plus jeunes survivants voulaient déclarer une vendetta contre l'empire de Mann, sans tenir compte du fait que le code des Rōshuns proscrivait une telle pratique. D'autres, tels que Baracha, étaient d'avis qu'ils pourraient reconstruire leur monastère ailleurs et poursuivre comme par le passé, à condition qu'ils trouvent un lieu sûr.

Ash se demanda combien il en restait à convaincre.

Lorsque Meer et Coya arrivèrent enfin, Ash se leva bien vite pour faire les présentations. Meer souriait, tandis que Coya, penché sur sa canne, hochait la tête pour saluer.

— Ce sont des amis, annonça Ash à la ronde. Ils sont venus pour nous faire une proposition.

Dans la tente, les Rōshuns s'agitèrent, mal à l'aise.

— Et en quoi consiste cette proposition ? demanda Aléas.

Comme Coya ouvrait la bouche pour parler, Ash secoua la tête.

— Pas ici.

Et il sortit, en sachant qu'ils allaient tous le suivre.

Ash s'arrêta devant les ruines, envahi par un millier d'impressions. Il resta un long moment à fixer du regard ce tas de décombres qui était le tertre funéraire de son foyer, de ses amis.

Derrière lui, il entendit les Rōshuns qui se regroupaient.

— Dites-leur, cria Ash par-dessus son épaule.

Il n'écouta pas le début de l'exposé de Coya. Au lieu de cela, il se pencha pour examiner les particules de cendre qui dansaient dans le vent. Il ferma les yeux un instant, puis les rouvrit et plongea ses doigts écartés dans la poussière grise ; il les remua et les retira doucement.

Ash les passa le long de son crâne, puis de son visage, jusqu'au bas de son cou. Alors seulement, il se retourna vers l'assemblée.

— Où êtes-vous basés ? demandait Baracha à Coya. À partir d'où opérez-vous ?

— Depuis les ports libres, le plus souvent.

— Vous êtes donc des Merciens ?

— La plupart d'entre nous. Mais pas tous, loin de là.

— Et redites-nous un peu ce que vous faites ?

Coya inclina la tête sur le côté et posa les yeux sur Meer.

— Nous combattons…, commença le moine, avant d'écarter les bras, subitement pris de court. (Il joignit les mains en les faisant claquer l'une contre l'autre.) Les concentrations de pouvoirs, je crois qu'on pourrait dire ça.

— Et les Manniens ? demanda Aléas avidement. Vous combattez les Manniens ?

— Bien sûr.

Kosh intervint à son tour.

— Vous voulez donc que nous venions travailler pour vous ?

Meer inspira, puis leva un instant la tête vers le ciel au-dessus de leurs têtes.

— Non, dit-il. Nous voulons vous demander si vous êtes prêts à choisir un camp.

— Vous vous trompez sur notre compte, intervint le vieux Prophète de sa voix posée. Les Rōshuns ne choisissent pas un camp.

— Alors peut-être est-il temps que vous deveniez autre chose, répondit Coya. Quelque chose de nouveau. Après tout, tout change, n'est-ce pas ?

Ash examinait de près les Rōshuns. Le vent chahutait leurs cheveux et leurs robes ; les branches s'agitaient autour d'eux, faisant tomber de la neige. Ils sentirent qu'il attendait pour prendre la parole. Un par un, ils se retournèrent pour lui accorder toute leur attention.

— Sato a été édifié par des exilés qui fuyaient la défaite, dit-il. Aujourd'hui, nous sommes une nouvelle fois des exilés. (Il s'avança d'un pas, de façon à se retrouver au milieu de tous. Son regard croisa celui du Prophète.) Continuons-nous à courir et à nous cacher ? demanda-t-il à l'assemblée. Ou bien honorons-nous ceux que nous avons perdus en nous battant pour quelque chose qui en vaut la peine ? Même s'il nous faut pour cela choisir un camp, même si nous ne restons plus des Rōshuns ? Je vais vous le dire, c'est ce que moi, j'aimerais que nous devenions.

Une rafale de vent passa en soufflant, apportant un filet de fines cendres avec elle pour le déposer sur la neige piétinée. Ash vit les têtes se tourner vers les ruines de Sato et sut à cet instant de quel côté leur décision allait basculer.

Il s'éloigna ; tout le reste n'était plus que palabres.

Dans la grande tente ce soir-là, les Rōshuns étaient assis autour du feu pour célébrer les retrouvailles de vieux amis ; dehors, le vent agitait les parois de tissu. Les discussions étaient bruyantes : assis côte à côte, Ash et Kosh contemplaient les flammes.

Kosh sortit une bouteille de feu-de-Cheem, arrachant un grognement de surprise de la gorge d'Ash.

— Je l'avais achetée dans l'espoir de fêter ton retour, dit-il en honshu. Buvons au bon vieux temps.

Kosh avait encore les yeux qui brillaient ; régulièrement, il tapotait amicalement l'épaule d'Ash. Il semblait être devenu un autre homme depuis la dernière fois où Ash lui avait parlé ; le vieux *farlander* le voyait au relâchement de sa peau, à ses rides plus creusées, à son regard moins intense, à sa voix atténuée. Quelque chose en Kosh s'était brisé, d'une façon très discrète.

Avec tant de personnes à l'intérieur de la tente et les bûches dans l'âtre, la température ne tarda pas à grimper. Ash s'y prélassait exactement comme s'il avait été dans un bain.

— Dis-moi, dit Kosh. La Matriarche. L'as-tu… ?

Ash secoua la tête.

— Bien. Alors nous n'en parlerons plus. Donc, tu penses que nous devrions faire confiance à ces Merciens ?

— Ce sont de braves gens. Et leur proposition est bonne. Nous pouvons être utiles dans les ports libres.

— Je pensais que nous en avions fini avec les causes perdues, dit Kosh d'un ton sec, en jetant un regard en direction de Coya et du moine en train de rire.

Kosh en avait oublié ce qu'il buvait.

Laisse-lui le temps, songea Ash ; il ne connaissait que trop bien son vieil ami.

— Tu devrais entendre les histoires du moine, tenta Ash, en regardant Meer à son tour. Il a beaucoup voyagé.

— Plus loin que nous ? Sûrement pas.

— Il m'a dit qu'il avait été aux îles du Ciel, et qu'il en était revenu.

— Si loin que ça ? répondit Kosh avec un petit hochement de tête concédé à contrecœur. Le Prophète a lui aussi une histoire, reprit Kosh.

Tu te souviens de Ché, notre mystérieux apprenti disparu. Eh bien, le Prophète raconte qu'il est venu le voir la nuit de l'attaque et qu'il lui a sauvé la vie en le cachant.

Ash lui jeta un regard étonné.

— Une étrange histoire, répondit-il.

Il but une longue gorgée, et sentit la brûlure au fond de son estomac. Il se demandait ce que le jeune Diplomate pouvait bien faire en cet instant. Et s'il était même toujours en vie.

Il fut surpris de constater qu'il ne lui voulait pas de mal. Finalement, son esprit s'était éclairci ; et son cœur s'était ouvert.

Ash regarda l'assemblée de Rōshuns, vit ceux qui n'étaient pas là – ceux qu'ils avaient perdus, ces hommes auprès de qui il avait passé la moitié de sa vie, dans les froides montagnes de Cheem.

— Je pensais que vous étiez tous morts, avoua-t-il.

— Oui, eh bien nous avons eu plus de chance que nous le méritions. À ce sujet, je suis désolé. J'ai eu de la peine lorsque j'ai appris ce qui t'était arrivé. Le garçon méritait une autre fin que celle-là.

Une longue gorgée de nouveau.

— Ce n'est pas fini, dit Ash. (Il se pencha pour se rapprocher de Kosh, de façon qu'il l'entende dans le bruit ambiant.) Il y a peut-être un moyen, mon ami.

— « Un moyen » ?

— De ramener Nico.

Kosh l'examina longuement, à la recherche de symptômes de quelque maladie. Il cligna des yeux, sans savoir quoi penser des paroles de son ami.

— Je ne comprends pas ce que tu dis.

— Meer connaît un moyen. Il me le montrera si nous nous rallions à lui.

— Et tu crois vraiment qu'une telle chose est possible ?

— Pas ici. Mais dans les îles du Ciel…

— Un moyen pour ramener les morts à la vie. Je t'en prie…

Ash savait comment cela devait résonner aux oreilles de son vieil ami. Il lui fit un sourire un peu gêné.

— Alors tu vas nous quitter à nouveau, comprit Kosh avec un temps de retard. Après tout ce que tu nous as dit au sujet de l'aide aux ports libres, tu repars.

— Pour un moment uniquement. Mais ce sera plus simple cette fois-ci, en sachant que j'ai au moins un endroit où retourner.

Kosh lui servit un autre verre, tout en réfléchissant. Il secoua la tête, tout à coup, comme pour chasser toutes les pensées encombrant son esprit, puis leva sa tasse pour la choquer contre celle d'Ash. Quelques gouttes de feu-de-Cheem leur coulèrent sur les mains.

— Avec cœur, dit-il.

Ils s'adossèrent, heureux de partager mutuellement un instant en silence.

Meer racontait ses histoires au coin du feu, en compagnie de Coya et du Prophète. Les hommes étaient déjà soûls. Tout le monde était déjà soûl.

Baracha était assis à côté de sa fille, en train de lui parler librement. Aléas riait de quelque chose, la bouche grande ouverte, les yeux posés sur le jeune Florés pour partager sa joie.

Ash se laissa aller confortablement, les yeux perdus dans les flammes. Pendant un instant, dans son esprit, il eut l'impression d'entendre le rire d'un autre jeune homme ; tout du moins, le souvenir de son rire.

Il inclina la tête sur le côté, dans l'espoir de l'entendre de nouveau.